Jeffery Deaver

Der böse Hirte

Autor

Jeffery Deaver gilt als einer der weltweit besten Autoren intelligenter psychologischer Thriller. Seit seinem ersten großen Erfolg als Schriftsteller hat Jeffery Deaver sich aus seinem Beruf als Rechtsanwalt zurückgezogen und lebt nun abwechselnd in Virginia und Kalifornien. Seine Bücher, die in 25 Sprachen übersetzt werden und in 150 Ländern erscheinen, haben ihm zahlreiche renommierte Auszeichnungen eingebracht. Nach der kongenialen Verfilmung seines Romans »Der Knochenjäger« (mit Denzel Washington und Angelina Jolie in den Hauptrollen), die weltweit ein sensationeller Kinoerfolg war, begeisterte auch die gleichnamige TV-Serie um das faszinierende Ermittler- und Liebespaar Lincoln Rhyme und Amelia Sachs die Zuschauer. Neben Lincoln Rhyme hat Deaver mit Colter Shaw einen weiteren außergewöhnlichen Serienhelden geschaffen.

Die »Colter Shaw«-Reihe von Jeffery Deaver bei Blanvalet

Der Todesspieler
Der böse Hirte
Vatermörder

JEFFERY
DEAVER

DER BÖSE HIRTE

Thriller

Deutsch von Thomas Haufschild

blanvalet

Die Originalausgabe erschien 2020 unter dem Titel
»The Goodbye Man« bei G. P. Putnam's Son,
an imprint of Penguin Random House LLC, New York.

FSC www.fsc.org MIX Papier | Fördert gute Waldnutzung FSC® C014496

Klimaneutral* Druckprodukt ClimatePartner.com/14044-1912-1001

Penguin Random House Verlagsgruppe FSC® N001967

1. Auflage
Taschenbuchausgabe 2023
by Blanvalet, einem Unternehmen der
Penguin Random House Verlagsgruppe GmbH,
Neumarkter Str. 28, 81673 München

Redaktion: Dr. Rainer Schöttle
Umschlaggestaltung: www.buerosued.de
Umschlagmotive: © Paul Sheen/Trevillion Images; www.buerosued.de
JaB · Herstellung: DiMo
Satz: Uhl + Massopust, Aalen
Druck und Bindung: GGP Media GmbH, Pößneck
Printed in Germany
ISBN 978-3-7341-1249-2

www.blanvalet.de

Für Jane Davis,
mit grenzenloser Dankbarkeit

Welch eine Reise hinter mir liegt, welch Dinge ich gesehen habe … Gebt mir einen Krug Wasser und einen menschlichen Leib. Gebt mir Luft zum Atmen und eine kräftige Brise, auf der ich aus der Unterwelt emporsteige.

Das altägyptische Totenbuch

EINS

DER MANN AUF DER KLIPPE

1

11. Juni, 14.00 Uhr

Ihm blieben nur Sekunden.

Nach links ausweichen? Oder nach rechts?

Ins abschüssige Unterholz? Oder über den schmalen Seitenstreifen auf die Steilwand zu?

Nach links.

Instinktiv.

Colter Shaw riss das Lenkrad des Kia herum und bremste stoßweise, um auf der Bergstraße nicht ins Schleudern zu geraten. Der Mietwagen, der bestimmt fünfundsechzig Sachen draufgehabt hatte, verfehlte nur haarscharf den Felsbrocken, der einen schroffen Hügel hinuntergerollt und mitten auf der Straße gelandet war, und tauchte ins Dickicht ein. Shaw hätte sich das Geräusch von zwei Zentnern Gestein, die durch Sträucher und über Geröll walzten, irgendwie dramatischer vorgestellt, aber das alles lief fast lautlos ab.

Und links erwies sich als die richtige Wahl.

Hätte er sich für rechts entschieden, wäre das Auto gegen einen Granitausläufer geprallt, der von hohem beigefarbenem Gras verdeckt wurde.

Shaw, der vor beruflichen Entscheidungen viel Zeit darauf verwandte, die prozentuale Wahrscheinlichkeit von nachteiligen Entwicklungen einzuschätzen, wusste andererseits, dass man sich manchmal auf sein Würfelglück verlassen musste.

Die Airbags lösten nicht aus, und er blieb unverletzt. Aber er war in dem Kia gefangen. Zu seiner Linken erstreckte sich ein Meer aus Mahonien, auch bekannt als Oregons offizielle Staatsblumen, deren nadelspitze Stachelzähne mühelos durch Kleidung und Haut drangen. Dort konnte er also schon mal nicht aussteigen. Auf der anderen Seite sah es deutlich besser aus: etwas Fingerkraut in fröhlich gelber Juniblüte und ein Forsythiengestrüpp.

Shaw stieß die Beifahrertür mehrmals hintereinander auf und drängte so die verschlungenen Pflanzen zurück. Dabei wurde ihm bewusst, dass der Angreifer den Zeitpunkt gut abgepasst hatte. Wäre der Felsbrocken früher aufgeschlagen, hätte Shaw problemlos bremsen können. Und bei etwas mehr Verzögerung wäre Shaw der Waffe zuvorgekommen und nun immer noch auf der Straße unterwegs.

Denn eine Waffe musste es gewesen sein.

Im Bundesstaat Washington waren Erdbeben und alle möglichen seismischen Aktivitäten zwar prinzipiell nichts Ungewöhnliches, aber in dieser Gegend hatte in letzter Zeit gar nichts gebebt. Und Brocken dieser Größe blieben normalerweise liegen, sofern man sie nicht absichtlich weghebelte – damit sie vor oder auf Autos landeten, mit denen Menschen einen flüchtigen bewaffneten Verbrecher verfolgten.

Shaw zog sein braun kariertes Sakko aus und zwängte sich durch den Spalt zwischen Tür und Rahmen. Er war gut in Form, ganz wie man es bei jemandem erwarten würde, der in seiner Freizeit senkrechte Felswände emporkletterte. Trotzdem blieb er in der nur etwa fünfunddreißig Zentimeter breiten Öffnung stecken. Er drückte die Tür von sich, wich ins Auto zurück und stieß sie dann erneut wiederholt auf, um die Lücke allmählich zu weiten.

Auf der anderen Straßenseite ertönte lautes Rascheln und

Knacken. Der Mann, der Shaw den Felsbrocken in den Weg gerollt hatte, arbeitete sich nun den Hügel hinunter durch den dichten Bewuchs in seine Richtung vor, während Shaw noch darum kämpfte, sich zu befreien. In der Hand des Mannes blitzte etwas auf. Eine Schusswaffe.

Als Sohn eines Survival-Fanatikers und als gewissermaßen auch eigenständiger Überlebensfachmann kannte Shaw zahllose Wege, den Tod zu überlisten. Andererseits war er Felskletterer und begeisterter Motocross-Fahrer und hatte beruflich mit Mördern und entlaufenen Schwerkriminellen zu tun, die vor nichts zurückschreckten, um auf freiem Fuß zu bleiben. Daher war der Tod für ihn ein vertrauter und allgegenwärtiger Begleiter. Doch nicht die Aussicht auf das Ende machte ihm zu schaffen, denn das war für jeden ohnehin unausweichlich. Viel schlimmer für ihn wäre eine unheilbare Verletzung seines Rückgrats gewesen, der Augen oder Ohren, die ihn zum Krüppel machen oder die Welt auf ewig in Finsternis oder Stille versinken lassen würde.

Schon als Kind hatte Shaw unter den drei Geschwistern als »der Rastlose« gegolten. Heutzutage, als erwachsener und ebenso ruheloser Mann, wusste er, dass eine solche Behinderung die reinste Hölle für ihn sein würde.

Er schob sich weiter durch den Spalt.

Fast geschafft.

Na los, komm schon …

Ja!

Nein.

Gerade als er sich vollständig frei wähnte, blieb seine Brieftasche, die hinten links in seiner schwarzen Jeans steckte, an irgendwas hängen.

Der Angreifer hielt inne, beugte sich durch das Unterholz vor und hob die Waffe. Shaw hörte, wie der Hahn gespannt wurde. Ein Revolver.

Und zwar ein großer. Als er abgefeuert wurde, riss der Mündungsknall mehrere grüne Blätter von den Zweigen.

Das Projektil ging fehl und ließ ein Stück neben Shaw die Erde aufspritzen.

Wieder ein Klicken.

Der Mann schoss erneut.

Diese Kugel fand ihr Ziel.

2

11. Juni, 8.00 Uhr, sechs Stunden zuvor

Shaw manövrierte sein neun Meter langes Winnebago-Wohnmobil durch die gewundenen Straßen von Gig Harbor im Bundesstaat Washington.

Der etwa siebentausend Einwohner große Ort wirkte sowohl idyllisch als auch ein wenig heruntergekommen. Wie der Name besagte, handelte es sich um einen Hafen, gut geschützt und mit dem Puget Sound durch eine schmale Durchfahrt verbunden, auf der nun Freizeit- und Fischerboote entlangglitten. Der Winnebago rollte an mehreren Fabriken und Werkstätten vorbei, teils noch in Betrieb, teils schon lange stillgelegt, die alle mit dem Bau von Booten oder deren unzähligen Bestand- und Zubehörteilen zu tun hatten. Für Colter Shaw, seit jeher eine echte Landratte, sah es so aus, als könne man jede Minute eines jeden Tages damit zubringen, ein Boot zu warten, zu reparieren, zu putzen und zu verwalten, ohne auch nur ein einziges Mal damit in See zu stechen.

Ein Schild kündigte die Segnung der Flotte in der Mitte des Hafenbeckens an, doch die Daten verrieten, dass die Zeremonie bereits vor einigen Tagen stattgefunden haben musste.

SPORT- UND FREIZEITBOOTE SIND WILLKOMMEN!

Der Branche ging es vielleicht nicht mehr so gut wie früher, und die Organisatoren wollten das Ereignis dadurch aufwerten, dass sie Anwälte, Ärzte und Geschäftsleute mit ihren Kabinenkreuzern in den Kreis der Fischerboote aufnahmen – immer vorausgesetzt, die Segnung fand tatsächlich in einer Kreisformation statt.

Shaw, ein professioneller Prämienjäger, war wegen eines Auftrags hier – so bezeichnete er für gewöhnlich seine Tätigkeit. *Fälle* wurden von Polizisten untersucht und von Staatsanwälten vor Gericht gebracht. Wenngleich Shaw in den letzten Jahren eine Vielzahl von Straftätern verfolgt hatte und womöglich einen guten Detective abgegeben hätte, wollte er sich nicht den Hierarchien und Vorschriften unterwerfen, die mit einer solchen Anstellung einhergingen. Es stand ihm frei, Aufträge ganz nach Belieben anzunehmen oder abzulehnen. Und er konnte sie auch jederzeit abbrechen.

Diese Freiheit bedeutete ihm viel.

So dachte Colter Shaw nun über das Hassverbrechen nach, das ihn hergeführt hatte. Auf der ersten Seite des Notizbuchs, das er bei diesen Ermittlungen führen würde, standen die Informationen, die seine Disponentin ihm mitgeteilt hatte:

Ort: Gig Harbor, Pierce County, Washington State.

Prämie ausgesetzt für Informationen zur Ergreifung und Verurteilung zweier Personen:

- *Adam Harper, 27, wohnhaft in Tacoma.*
- *Erick Young, 20, wohnhaft in Gig Harbor.*

Sachverhalt: In dem Bezirk hat sich eine Reihe von Hassverbrechen ereignet, darunter Schmierereien (Hakenkreuze, die Zahlen 88 [Nazi-Symbol] und 666 [Zeichen des Teufels]) auf Synagogen und einem halben Dutzend Kir-

chen, vornehmlich mit überwiegend schwarzen Gemeinden. Am 7. Juni wurde die Brethren Baptist Church von Gig Harbor verunstaltet und ein brennendes Kreuz davor aufgepflanzt. Ursprünglich wurde vermeldet, die Kirche selbst sei in Brand gesteckt worden, aber das entsprach nicht der Wahrheit. Ein Hausmeister und ein Laienprediger (William DuBois und Robinson Estes) liefen nach draußen und stellten sich den zwei Verdächtigen entgegen. Harper schoss die beiden Männer daraufhin mit einer Faustfeuerwaffe nieder. Der Prediger konnte inzwischen aus dem Krankenhaus entlassen werden, der Hausmeister liegt weiterhin auf der Intensivstation. Die Täter sind mit einem roten Toyota Pick-up geflohen, zugelassen auf Adam Harper.

Beteiligte Behörden: das Amt für Öffentliche Sicherheit des Pierce County in Abstimmung mit dem US-Justizministerium, das derzeit prüft, ob es sich um ein Hassverbrechen in Zuständigkeit des Bundes handelt.

Anbieter und Höhe der Belohnung:

- *Prämie eins: 50 000 Dollar, ausgesetzt vom Pierce County, garantiert durch den Kirchenrat von West-Washington (und den Hauptspender des Betrags, Ed Jasper, Gründer von Micro-Enterprises NA).*
- *Prämie zwei: 900 Dollar, ausgesetzt von Erick Youngs Eltern und Familienangehörigen.*

Besonderheiten: Dalton Crowe ist auf die Belohnung aus.

Dieser letzte Umstand gefiel Shaw gar nicht.

Crowe war ein ziemlich unangenehmer Zeitgenosse. Der Mittvierziger hatte nach seinem Militärdienst eine Sicherheitsfirma an der Ostküste eröffnet, damit aber wenig Erfolg gehabt und den Laden wieder geschlossen. Seitdem arbeitete er als freier Sicherheitsberater, Söldner und von Zeit zu Zeit auch als Prämienjäger. Shaws und Crowes Wege hatten sich mehrere Male gekreuzt, bisweilen auch gewaltsam. Sie gingen diesen Beruf unterschiedlich an. Crowe interessierte sich so gut wie nie für vermisste Personen, sondern jagte stets gesuchte Verbrecher oder entflohene Strafgefangene. Wenn man einen solchen Flüchtigen mit einer legalen Waffe und in Notwehr erschoss, bekam man trotzdem die Belohnung und landete meistens nicht hinter Gittern. Mit diesem Ansatz war Crowe das genaue Gegenteil von Shaw.

Shaw war sich nicht sicher gewesen, ob er den aktuellen Auftrag übernehmen wollte. Zwei Tage zuvor hatte er noch auf einem Gartenstuhl im Silicon Valley gesessen und eigentlich geplant, einer anderen Angelegenheit nachzugehen. Diese zweite Mission war persönlicher Natur und hatte mit seinem Vater und einem Geheimnis aus der Vergangenheit zu tun – einem Geheimnis, für das Shaw sich beinahe ein paar Kugeln in Ellbogen und Kniescheiben eingefangen hätte, aus der Pistole eines Killers mit dem komischen Namen Ebbitt Droon.

Das Risiko, verletzt zu werden, schreckte Shaw jedoch nicht ab, zumindest nicht, solange es sich in vernünftigem Rahmen hielt. Daher wollte er die Suche nach dem versteckten Schatz seines Vaters auch unbedingt fortsetzen.

Dann aber war er zu dem Schluss gelangt, dass die Ergreifung zweier offenkundiger Neonazis Priorität besaß, zumal die beiden bewaffnet waren und bereit schienen, über Leichen zu gehen.

Das Navigationsgerät lotste ihn nun durch die hügeligen und kurvenreichen Straßen von Gig Harbor, bis er die gesuchte Adresse fand, ein hübsches eingeschossiges Wohnhaus, dessen heiterer gelber Anstrich in krassem Gegensatz zu dem wolkenverhangenen grauen Himmel stand. Shaw sah in den Spiegel und strich sich das kurze, eng anliegende blonde Haar glatt. Es war nach einem zwanzigminütigen Nickerchen etwas zerzaust, Shaws einziger Pause während der zehnstündigen Fahrt von San Francisco hierher.

Er hängte sich seine Computertasche über die Schulter, stieg aus dem Wohnmobil, ging zur Haustür und klingelte.

Larry und Emma Young baten ihn hinein, und er folgte dem Ehepaar ins Wohnzimmer. Shaw schätzte die beiden auf Mitte vierzig. Ericks Vater hatte schütteres graubraunes Haar und trug eine beigefarbene Stoffhose sowie ein kurzärmeliges, makellos weißes T-Shirt. Er war glatt rasiert. Emma kaschierte ihre Figur mit einem rosafarbenen Glockenkleid. Sie hatte für den Besucher frisches Make-up aufgelegt, ahnte Shaw. Verschwundene Kinder bedeuteten einen großen Einschnitt, sodass regelmäßige Duschen und persönliche Kleinigkeiten oft vernachlässigt wurden. Nicht so hier.

Zwei Stehlampen verbreiteten Kreise aus heimeligem Licht im ganzen Raum. Die Tapete trug ein Muster aus gelben und rostbraunen Blumen, und auf der dunkelgrünen Auslegeware lagen orientalisch anmutende Teppiche, wie man sie im Baumarkt bekam. Ein angenehmes Zuhause. Bescheiden.

An einer Garderobe neben der Tür hing eine braune Arbeitsjacke. Sie war aus dickem Stoff und ziemlich fleckig. Auf der Brust war der Name Larry eingestickt. Shaw vermutete, dass der Mann als Mechaniker arbeitete.

Auch die Eheleute nahmen Shaw prüfend in Augenschein: das Sakko, die schwarze Jeans, das graue Button-Down-Hemd, die schwarzen Slipper. Also mehr oder weniger seine gängige Berufskleidung.

»Bitte setzen Sie sich, Sir«, sagte Larry.

Shaw entschied sich für einen bequemen, dick gepolsterten Lehnsessel aus leuchtend rotem Leder. Die Youngs nahmen gegenüber von ihm Platz. »Haben Sie seit unserem Gespräch etwas von Erick gehört?«

»Nein, Sir«, sagte Emma Young.

»Was ist der letzte Stand seitens der Polizei?«

»Er und dieser andere Mann, Adam, sind angeblich noch irgendwo hier in der Gegend«, sagte Larry. »Der Detective glaubt, dass die beiden Geld zusammenkratzen, also es sich irgendwo leihen oder vielleicht stehlen …«

»So etwas würde er nicht tun«, warf Emma ein.

»Das denkt aber die Polizei«, erklärte Larry. »Ich sage doch nur, was die mir erzählt haben.«

Die Mutter schluckte schwer. »Er hat noch nie … Ich meine, ich …« Sie fing an zu weinen – erneut. Ihre Augen waren bei Shaws Ankunft zwar trocken, aber gerötet und angeschwollen gewesen.

Er zog ein Notizbuch aus der Computertasche und nahm seinen Delta-Titanio-Galassia-Füllfederhalter schwarz, mit drei orangefarbenen Ringen zur Spitze hin. Shaw wollte mit dem Schreibgerät weder angeben, noch empfand er es als besonderen Luxus. Er machte sich im Verlauf seiner Aufträge nur umfangreiche Notizen und musste seine Hand dabei auf diese Weise weniger anstrengen. Außerdem bereitete das Schreiben ihm so ein wenig Freude.

Shaw notierte sich nun das Datum und die Namen der beiden Eheleute. Dann blickte er auf und bat um nähere Einzelheiten über das Leben des Sohnes: Erick studierte und hatte einen Teilzeitjob. Derzeit waren Semesterferien. Er wohnte noch zu Hause.

»Hat Erick früher schon mal mit Neonazis oder anderen Extremistengruppen zu tun gehabt?«

»Herrje, nein«, murmelte Larry, als könne er die Frage langsam nicht mehr hören.

»Das ist doch alles verrückt«, sagte Emma. »Er ist ein guter Junge. Na ja, es gab ein paar Schwierigkeiten, so wie bei allen anderen auch. Mit Drogen – ich meine, nach allem, was passiert ist, kann man das verstehen. Er hat sie bloß mal ausprobiert. Die Schule hat angerufen. Ohne Polizei. Das haben die gut geregelt.«

Larry verzog das Gesicht. »Pierce County gilt als das Meth- und Drogenzentrum des Staates. Sie sollten mal die ganzen Zeitungsartikel sehen. Vierzig Prozent von all dem Meth in Washington wird hier bei uns hergestellt.«

Shaw nickte. »Hat Erick Meth genommen?«

»Nein, dieses Oxy-Zeug. Nur vorübergehend. Er hat auch Antidepressiva eingenommen. Nimmt er immer noch.«

»Sie haben gerade gesagt ›nach allem, was passiert ist‹. Was meinen Sie damit?«

Die beiden sahen sich an. »Wir haben vor sechzehn Monaten unseren jüngeren Sohn verloren.«

»Wegen Drogen?«

Emmas Hand, die auf ihrem Oberschenkel lag, ballte sich zur Faust und zerknitterte das Kleid. »Nein. Er war auf seinem Fahrrad unterwegs und wurde von einem Betrunkenen überfahren. O Gott, das war schlimm. So schlimm. Und am schlimmsten für Erick. Es hat ihn verändert. Die zwei haben sich sehr nahegestanden.«

Brüder, dachte Shaw, der nur zu gut verstand, was für komplizierte Gefühle mit einer solchen Beziehung einhergingen.

»Aber er würde niemanden verletzen«, sagte Larry. »Und nichts Böses tun. Das hat er noch nie. Außer diese Sache bei der Kirche.«

»Das war er nicht«, herrschte seine Frau ihn an. »Du *weißt*, dass er das nicht war.«

»Laut den Zeugen hat Adam geschossen«, sagte Shaw. »Ich habe noch nichts über die Herkunft der Waffe gehört. Besitzt Erick eine? Oder hat er eventuell Zugang dazu?«

»Nein.«

»Dann dürfte es sich um die Waffe seines Freundes handeln.«

»Seines Freundes?«, fragte Larry. »Adam war keiner seiner Freunde. Wir hatten noch nie von ihm gehört.«

Emma wickelte sich geistesabwesend den Saum ihres Kleides um die geröteten Finger. Eine Angewohnheit. »Der hat auch das mit dem Kreuz gemacht, es angezündet. Und die Schmierereien. Alles! Adam hat Erick gekidnappt. So muss es gewesen sein. *Er* hatte eine Waffe und hat Erick gezwungen, mit ihm zu kommen. Hat ihm sein Auto abgenommen und ihn ausgeraubt.«

»Die beiden waren aber mit Adams Wagen unterwegs, nicht mit dem von Erick.«

»Das kann ich erklären«, behauptete die Mutter. »Erick war bestimmt so geistesgegenwärtig und hat den Schlüssel weggeworfen.«

»Hat er ein eigenes Bankkonto?«

»Ja«, sagte der Vater des Jungen.

Demnach würden die Eltern nichts von etwaigen Abhebungen wissen. Die Polizei konnte das herausfinden, auch hinsichtlich der Bankfilialen, die Erick aufgesucht hatte. Vermutlich war das bereits geschehen.

»Wissen Sie, über wie viel Geld er verfügt? Könnte er damit sehr weit kommen?«

»So etwa zweitausend Dollar, schätze ich.«

Shaw hatte sich im Raum umgeschaut und dabei vornehmlich auf die Fotos der beiden Söhne der Youngs geachtet. Erick sah gut aus, mit buschigem braunem Haar und unbeschwertem Lächeln. Aus den Medien kannte Shaw auch schon zwei Bilder von Adam Harper. Es waren zwar keine Polizeifotos, doch der junge Mann blickte jeweils argwöhnisch in die Kamera. Er trug kurzes blondes Haar mit blauen Strähnchen und wirkte ausgemergelt.

»Ich werde der Sache nachgehen und versuchen, Ihren Sohn zu finden.«

»Oh, gern, bitte«, sagte Larry. »Sie sind ganz anders als dieser grobe Kerl.«

»Den konnte ich nicht ausstehen«, murmelte Emma.

»Dalton Crowe?«

»Ja, so hieß er. Ich habe zu ihm gesagt, er solle verschwinden. Ich würde ihm keine Belohnung zahlen. Er hat gelacht und erwidert, die könne ich mir sonst wohin stecken. Er sei sowieso hinter dem großen Betrag her, Sie wissen schon – den fünfzigtausend, die das County ausgesetzt hat.«

»Wann war er hier?«

»Vorgestern.«

Shaw notierte sich: *D. C. sucht Anbieter auf. 9. Juni.*

»Lassen Sie mich Ihnen erläutern, wie ich vorgehe. Es wird Sie nichts kosten, solange ich Erick nicht gefunden habe. Ich berechne auch keine Spesen. Falls ich ihn ausfindig mache, schulden Sie mir die besagten neunhundert Dollar.«

»Es sind inzwischen eintausendsechzig Dollar«, verkündete Larry stolz. »Einer meiner Cousins hat sich beteiligt. Ich wünschte, es wäre mehr, aber …«

»Ich weiß, Sie möchten, dass ich Erick zu Ihnen heimbringe. Aber das ist nicht meine Aufgabe. Es wird nach ihm gefahndet, und ich würde mich dadurch strafbar machen.«

»Wegen Beihilfe«, sagte Emma. »Das kenne ich aus dem Fernsehen.«

Colter Shaw lächelte eigentlich nur selten, aber bei Treffen wie diesen schien es die Anbieter zu beruhigen. »Ich nehme aber auch niemanden in Gewahrsam. Mein Geschäft sind Informationen, nicht Jedermann-Festnahmen. Falls es mir gelingt, Erick aufzuspüren, werde ich die Polizei nicht davon in Kenntnis setzen, solange nicht sichergestellt ist, dass weder ihm noch einer anderen Person Gefahr droht. Sie werden einen Anwalt benötigen. Kennen Sie einen?«

Die beiden sahen sich ein weiteres Mal an. »Uns hat mal jemand bei einem Vertrag beraten«, sagte Larry.

»Nein, Sie brauchen einen Strafverteidiger. Ich besorge Ihnen ein paar Namen.«

»Wir haben nicht das … Oder wir könnten vielleicht einen Kredit auf unser Haus aufnehmen.«

»Das werden Sie wohl müssen. Erick braucht einen fähigen Rechtsbeistand.«

Shaw überflog seine Notizen. Seine Handschrift war sehr klein und wegen ihrer Ebenmäßigkeit sogar mal als graziös bezeichnet worden. Das Notizbuch war unliniert. Shaw hatte das nicht nötig. Jede Zeile verlief perfekt waagerecht.

Während der nächsten zwanzig Minuten stellte Shaw weitere Fragen, und das Ehepaar antwortete ihm. Im Verlauf der Unterredung gewann er den Eindruck, dass der unerschütterliche Glaube an die Unschuld ihres Sohnes nicht gespielt war; die beiden konnten einfach nicht akzeptieren, dass der Sohn, den sie kannten, zu einem solchen Verbrechen fähig sein würde. Schon der bloße Gedanke erschien ihnen absurd. Adam Harper musste der einzige Täter sein.

Als Shaw der Ansicht war, vorläufig genug erfahren zu haben, steckte er Stift und Notizbuch ein, stand auf und verabschiedete sich. Die Eltern versprachen, ihm mitzuteilen, was sie von der Polizei erfuhren oder ob Erick womöglich Freunde oder Verwandte kontaktiert und um Geld oder anderweitige Hilfe gebeten hatte.

»Danke«, sagte Emma an der Tür und schien in Erwägung zu ziehen, ihn zu umarmen. Sie beließ es dabei.

Es war der Ehemann, der von seinen Gefühlen überwältigt wurde. Er bekam keinen zusammenhängenden Satz heraus und drückte Shaw schließlich einfach die Hand. Dann wandte Larry sich ab, bevor die erste Träne rollte.

Auf dem Weg zu seinem Winnebago dachte Shaw an den einen Punkt, den er Emma und Larry verschwiegen hatte: dass er von den Familienangehörigen keine Belohnung einforderte, falls die gesuchte Person nicht mehr am Leben sein sollte. Es hätte nichts genützt, diese Möglichkeit auch nur zu erwähnen, wenngleich Shaw insgeheim befürchtete, dass Erick Young ermordet worden war, sobald Adam Harper keine Verwendung mehr für ihn gehabt hatte.

3

Wieso sollte ich mit Ihnen reden?« Der Mann schnaubte verächtlich.

Er trug eine verblichene, rissige braune Lederjacke, dazu Jeans und Stiefel. Adam Harpers Vater Stan war gerade damit beschäftigt, an einem Kai Kartons voller Motoröl aufzustapeln. Offenbar bereitete der Schiffsausrüster eine Lieferung vor, die ein Zubringerboot hier abholen würde.

Die Luft roch durchdringend nach Kiefernholz, Treibgut und Petroleum.

»Ich helfe Erick Youngs Familie bei der Suche nach ihrem Sohn. Nach Kenntnis der Polizei waren er und Adam zusammen unterwegs.«

»Ich wette, es geht Ihnen um die Belohnung.«

»Ja, das stimmt. Können Sie mir irgendetwas Hilfreiches über Adam verraten? Wohin er gehen würde? Welche Freunde oder Verwandte er aufsuchen könnte?«

»Stecken Sie das weg.« Er wies auf das Notizbuch und den Stift in Shaws Hand.

Shaw schob beides in seine Jackentasche.

»Ich habe keine Ahnung.« Harper war stämmig wie ein Baum, mit rotblondem grau meliertem Haar und gesunder Gesichtsfarbe, wobei die Nase etwas geröteter wirkte als die Wangen.

Ericks Familie hatte für die Suche nach ihrem entflohenen Sohn Geld aufgeboten; Stan Harper hatte das nicht. Vielleicht hoffte er ja, Adam könne sich erfolgreich dem Zugriff entziehen. Harper hatte jedenfalls keine Veranlassung, mit Shaw zu reden. Trotzdem mauerte er nicht. Nicht wirklich. Drei Kartons später drehte er sich zu Shaw um. »Er hat schon immer Probleme gemacht. War launisch und unberechenbar. Hat gesagt, es sei, als würden ständig Bienen um seinen Kopf schwirren. Das war auch für uns nicht einfach, das dürfen Sie mir glauben. Ihn hat das nicht interessiert. Er war nur auf sich selbst fixiert. In der Schule gab es dauernd Ärger, immer wieder klingelte das Telefon. Adam und ich haben uns manches Mal deswegen in die Haare gekriegt.« Ein Blick zu Shaw. »Aber so ist das bei Vätern und Söhnen. Das passiert jedem. Als er von der Schule abgegangen ist und sich Arbeit auf dem Bau gesucht hat, wurde es etwas besser. Aber meistens war er bloß Tagelöhner. Aus jeder Festanstellung wurde er postwendend wieder gefeuert.«

Bei der nächsten Frage musste Shaw vorsichtig sein. Nach seiner Erfahrung wurde blinder Eifer oft von den Eltern an die Kinder vererbt, genau wie die Haarfarbe oder eine Veranlagung für Herzkrankheiten. Er scheute sich nicht, Rassisten offen auf ihre Einstellung anzusprechen, aber im Augenblick ging es ihm darum, Informationen zu sammeln. »Dieser Vorfall bei der Kirche … das Kreuz, die Schmierereien. Hat er je davon gesprochen, dass er so etwas vorhatte?«

»Nicht dass ich wüsste. Doch ich muss gestehen, dass er und ich kaum je miteinander geredet haben. Nach Kellys Tod – dem Tod meiner Frau – hat er sich sogar noch mehr zurückgezogen. Das hat ihn kalt erwischt. Für mich war klar, dass sie sterben würde, und ich habe versucht, mich irgendwie darauf vorzubereiten. Adam wollte einfach nicht wahrhaben, was vor sich ging … Er hat es schlicht ausgeblendet.«

»Vertreten Freunde von ihm rechtsextreme Ansichten? Hat er sich in entsprechenden Kreisen aufgehalten?«

»Was sind Sie? Ein Kopfgeldjäger?«

»Mein Beruf ist es, Leute zu finden.«

Ob diese Antwort ausreichend war oder Fragen offenließ, vermochte Shaw nicht zu sagen. Harper hob mühelos zwei große Kartons auf einmal an. Das mussten mehr als zwanzig Kilo sein.

»Ich weiß zwar nichts Konkretes, aber er war … wie soll ich sagen? Leicht zu beeindrucken. Er hat mal ein paar Musiker kennengelernt, und plötzlich wollte er ein Heavy-Metal-Star werden. Ein ganzes Jahr lang hat er von nichts anderem geredet. Dann war es vorbei damit, und er wollte Skateboards bauen und verkaufen. Daraus wurde aber nie was. Während der Highschool ist er in schlechte Gesellschaft geraten, hat Ladendiebstähle begangen und Drogen genommen. Er hat alles gemacht, was seine Freunde von ihm wollten. Wissen Sie, als die Polizei mir den Vorfall bei der Kirche geschildert hat, war ich nicht überrascht. Jedenfalls nicht sonderlich. Ich dachte mir, er ist irgendwie ausgerastet. Seit dem Tod seiner Mutter hat sich viel in ihm aufgestaut.«

Stan ging zum Rand des Kais, spuckte aus und wischte sich mit dem Handrücken über den Mund.

»Diesen Erick sollten Sie sich mal genauer ansehen.«

»Bei ihm deutet nichts auf rechtsextreme Kontakte hin«, erwiderte Shaw. »Er ist auch nicht einschlägig vorbestraft.«

Harpers Augen verengten sich. »Adam ist übrigens mal für eine Weile verschwunden. Er war so ungefähr drei oder vier Wochen weg. Nachdem Kelly gestorben war. Er ist einfach gegangen, und als er zurückkam, hatte er sich verändert. Es ging ihm besser, er war nicht mehr so launisch. Ich fragte ihn, wo er gewesen sei. Er sagte, er könne nicht darüber reden. Vielleicht hat er da ein paar dieser Arschlöcher getroffen.«

»Wo?«

»Keine Ahnung.«

»Gibt es Freunde, mit denen ich sprechen könnte?«

Harper zuckte die Achseln. »Weiß ich nicht. Er war kein Kind mehr, verstehen Sie? Er hatte sein eigenes Leben. Und wir haben auch nicht am Telefon gequatscht wie er und seine Mama.« Harper erhielt eine SMS und verschickte eine Antwort. Sein Blick schweifte über das ruhige Hafenbecken. Dann zurück zu den Kartons.

»War er hetero?«, fragte Shaw.

»Sie meinen … im Sinne von nicht schwul?«

Shaw nickte.

»Was soll denn diese Frage?«

»Ich benötige so viele Fakten wie möglich.«

»Ich hab ihn immer nur mit Frauen gesehen. Mit keiner besonders lange.« Ein Seufzen. »Wir haben alles mit ihm versucht. Eine Therapie. Ja, das war ein guter Witz. Medikamente. Natürlich immer nur die teuersten. Und das alles zusätzlich zu Kellys Rechnungen für Ärzte und Krankenhausaufenthalte.« Er wies auf den Schuppen, der als Firmensitz von Harper Ship Services, Inc. fungierte. »Sehe ich etwa so aus, als könnte ich mir die goldene Versicherungskarte leisten?«

»Und nichts hat bei Adam funktioniert?«

»Kaum etwas. Abgesehen von diesen drei oder vier Wochen, die er wo auch immer gewesen ist.« Der letzte Karton wanderte auf den Stapel. »Vielleicht hat er Spaß daran gefunden, Kreuze anzuzünden und Kirchen zu beschmieren. Scheiße, wer kann das schon wissen? Und jetzt hab ich Papierkram zu erledigen.«

Shaw gab ihm eine Visitenkarte mit seiner Telefonnummer. »Falls Sie von ihm hören.«

Der Mann schob sich die Karte in die Gesäßtasche und

lächelte zynisch, was wohl besagen sollte: Damit du dir dein Blutgeld verdienen kannst.

»Mr. Harper, ich möchte, dass den beiden nichts passiert.«

Harper wandte sich ab, hielt aber nach ein paar Schritten inne.

»Es war so unglaublich frustrierend. Manchmal wollte man ihn einfach nur schütteln und anschreien: ›Reiß dich gefälligst zusammen. Jeder hat sein Päckchen zu tragen. Find dich endlich damit ab.‹«

* * *

Zurück im Winnebago bereitete Shaw sich einen Becher starken honduranischen Kaffee zu, gab ein wenig Milch hinein und setzte sich an den Tisch.

Während der nächsten halben Stunde telefonierte er mit einigen Verwandten der Youngs. Sie waren durchaus hilfsbereit, konnten aber keine nützlichen Informationen beisteuern. Danach kamen Ericks Freunde an die Reihe. Diejenigen, die mit Shaw sprechen wollten, wussten aber auch nicht, wo Erick sich aufhalten könnte, und brachten zumeist ihr Entsetzen darüber zum Ausdruck, dass er an einem Hassverbrechen beteiligt gewesen war. Ein Klassenkamerad sagte jedoch, seit dem Tod seines Bruders »ist er einfach … einfach nicht mehr derselbe, verstehen Sie?«.

Shaw setzte sich mit Tom Pepper in Verbindung, einem ehemaligen FBI-Agenten und Freund, mit dem er hin und wieder zum Felsklettern ging. Pepper mochte sich nicht mehr im aktiven Dienst befinden, war aber innerhalb der Strafverfolgungsbehörden so gut vernetzt wie eh und je und besaß zudem eine umfassende Sicherheitsfreigabe. Darüber hinaus hatte er immer noch Spaß an Ermittlungsarbeit, und so zog Shaw ihn bisweilen zurate. Diesmal bat er ihn um den Namen eines der hier zuständigen Ermittler, entweder vom Amt für Öffentliche Sicherheit des Pierce County oder von der örtlichen FBI-Dienststelle.

Die Beziehung zwischen einem Prämienjäger und der Polizei ist mitunter kompliziert. Die Behörden haben keine Einwände gegen Hinweistelefone wie Crimewatch, die als Anlaufstelle für anonyme Informanten dienen sollen. Aktiven Ermittlern wie Shaw stehen die Cops aber sehr zögerlich gegenüber. Im Gegensatz zu Tippgebern haben Prämienjäger nämlich schon so manchen Fall behindert, was gelegentlich sogar zur Flucht eines Verdächtigen kurz vor der geplanten Festnahme führte. Oder sie wurden bei ihren Nachforschungen verletzt oder getötet, was für die Polizei einen Haufen Scherereien bedeutete.

Andererseits hatte Peppers Name einiges an Gewicht und folglich auch seine Zusicherung, Shaw würde niemandem in die Quere kommen und sich vermutlich sogar als hilfreich erweisen. Der leitende Detective des Pierce County, Chad Johnson, brachte Shaw daraufhin binnen zehn Minuten auf den aktuellen Stand, den Shaw sich sogleich notierte. Johnson lieferte auch nähere Einzelheiten zu Adam Harper und ergänzte damit die Aussage des Vaters.

Nach dem Telefonat machte Shaw sich einen weiteren Becher Kaffee und blätterte seine Notizen durch.

7. Juni. Gegen 18.30 Uhr begab Erick Young sich zum Forest-Hills-Friedhof an der Martinsville Road in Gig Harbor. Dort liegt sein Bruder Mark begraben, der vor sechzehn Monaten verstorben ist. Erick suchte das Grab regelmäßig auf.

Kurze Zeit später wurde Erick auf dem Friedhof laut Zeugenaussagen in Begleitung von Adam Harper gese-

hen. Bis dahin war ein Kontakt zwischen ihm und Harper nicht bekannt.

Gegen 19.30 Uhr wurden der Polizei Schüsse bei der Brethren Baptist Church gemeldet. Die Opfer – ein Laienprediger und ein Hausmeister – gaben an, dass zwei junge Männer, die später als Adam und Erick identifiziert wurden, ein Kreuz vor der Kirche aufgepflanzt und angezündet hätten. Die Kirche wurde außerdem mit Hakenkreuzen und Schmähungen beschmiert.

Als der Prediger und der Hausmeister nach draußen liefen und die Verdächtigen bis zum Eintreffen der Polizei festhalten wollten, zog Adam eine Waffe und schoss die beiden nieder.

Die Verdächtigen flohen dann in Adams zehn Jahre altem roten Toyota Pick-up, zugelassen in Washington State. Ericks Wagen wurde später geparkt beim Friedhof gefunden.

Keiner von Ericks Social-Media-Einträgen lässt rassistische Tendenzen erkennen. Adam ist weder bei Facebook noch bei Twitter oder Instagram aktiv.

Keiner der beiden ist schwul, eine sexuelle Beziehung daher unwahrscheinlich.

Keiner von Ericks Verwandten oder Freunden hat von ihm gehört. Nach ihrer Kenntnis gibt es auch keinen speziellen Ort, den er aufsuchen würde.

Die behördlich veranlasste forensische Untersuchung ergab einen Zusammenhang zwischen den verunglimpfenden Schmierereien an der Brethren Baptist Church und ähnlichen Vorfällen im Pierce County während der letzten anderthalb Jahre.

Die Verdächtigen halten sich mutmaßlich immer noch im Umkreis von Tacoma auf, da sowohl Adam als auch Erick während der letzten Tage ihre Bankkonten geleert haben und der Pick-up zweimal von der Verkehrsüberwachung erfasst wurde. Das Geld soll vermutlich die Flucht an ein weit entferntes Ziel finanzieren.

Erick Young hat eine Teilzeitstelle in einer Resozialisierungseinrichtung für Jugendliche und absolviert an einem örtlichen Community College ein Bachelor-Studium. Er hatte Bestnoten in Mathe, Geschichte und Biologie, doch nach dem Tod seines Bruders litt er unter Stimmungsschwankungen, seine Leistungen verschlechterten sich, und er fehlte oft unentschuldigt bei der Arbeit. Dann machte auch noch seine Freundin mit ihm Schluss, und seine Eltern beschrieben ihn als »verwirrt und verletzlich«.

Adam Harper leidet seit Längerem unter Depressionen und anderen emotionalen Problemen. Er gilt als ziellos. Er hat das Community College besucht, aber nie abgeschlossen. Seinen Lebensunterhalt hat er zumeist mit handwerklicher Arbeit verdient.

Er wurde wegen Ladendiebstahls und kleinerer Drogenvergehen festgenommen. Bei ihm deutet nichts offen auf rassistische Neigungen hin, aber sein Vater berichtet von einer drei- oder vierwöchigen Abwesenheit. Hat er sich dabei einer Extremistengruppe angeschlossen?

Adam hat wenige Freunde. Soweit die Polizei sie ausfindig machen konnte, wissen weder sie noch seine Angehörigen, an wen er sich wenden oder an welchen Ort er womöglich fliehen würde.

Seine Wohnung, ein kleines Apartment im Osten von Tacoma, wurde durchsucht. Es fanden sich keine Hinweise auf extremistische Ansichten oder Kontakte.

Die benutzte Waffe war ein Smith-&-Wesson-Revolver, Modell Police Special, Kaliber 38, registriert auf Adams Vater.

Die Telefone der Verdächtigen sind ausgeschaltet.

Für beide Männer wurde ein Reisepass ausgestellt; Ericks befindet sich immer noch bei seinen Eltern.

Das Überwachungsvideo einer Wechselstube zeigt zwei Männer mit Sonnenbrillen und Kapuzenpullovern, die 500 US-Dollar in kanadische Dollar tauschen. Von der Statur her könnten es die Verdächtigen sein.

Shaw überflog die Einträge, lehnte sich zurück, schloss die Augen und ließ das Gelesene auf sich wirken, um daraus Folgerungen über den Vorfall und die Beteiligten ziehen zu können.

Sein Telefon summte. Es war Chad Johnson.

»Detective?«

»Wir haben die beiden, Mr. Shaw.«

Das bedeutete für Shaw einen neuen Geschwindigkeitsrekord, auch wenn ihm das kein Geld einbrachte. Doch wenigstens konnte er sich nun wieder seiner anderen Mission widmen: dem Geheimnis seines Vaters.

Echo Ridge …

»Wurde jemand verletzt? Haben sie Widerstand geleistet?«

Eine Pause. »Oh, wir haben sie noch nicht in Gewahrsam. Ich wollte sagen, wir haben sie *ausfindig gemacht.* Sie sind in Adams Pick-up unterwegs, erst nach Norden auf der Interstate 5, dann über Nebenstraßen, aber weiterhin in nördlicher Richtung. Um nach Kanada zu fliehen, schätze ich. Unser Team bereitet den Zugriff vor. Mit insgesamt zehn … Personen.«

Vor dem letzten Wort stockte er kurz. Shaw vermutete, dass man Johnson erst kürzlich darauf trainiert hatte, möglichst nicht mehr die rein männliche Sprachform zu benutzen.

»In einer Stunde müssten wir sie haben.«

»Gut.«

»Tut mir leid wegen der Belohnung, Sir.«

Er klang dabei nicht allzu bekümmert, fand Shaw. Vielleicht steuerten der Kirchenrat und das Hightech-Wunderkind Ed Jasper nicht die vollständige Belohnung bei und der Rest der Summe wäre von Johnsons Budget abgezweigt worden.

Shaw bedankte sich bei ihm, trank noch ein paar Schlucke Kaffee, schickte dann eine Nachricht an Mack McKenzie, seine Privatdetektivin mit Sitz in D. C., und erbat von ihr drei bestimmte Informationen. Wenig später traf ihre Antwort ein, so umfassend und präzise wie von ihr gewohnt.

Shaw las den Text aufmerksam, konsultierte eine Landkarte und ließ den Motor des Winnebago an. Er rollte von Stan Harpers Parkplatz, musterte die anderen Wagen – sowohl die abgestellten als auch die fahrenden Exemplare – und bog auf die unebene Straße ein. Dann verließ er Gig Harbor in östlicher Richtung und folgte den Anweisungen des Navigationsgeräts zu einem Wohnwagenpark, wo er den Winnebago zurücklassen und per Uber-Taxi einen Autoverleih aufsuchen wollte, um eine Stufenhecklimousine oder einen SUV zu mieten. Unterwegs reizte er die erlaubte Höchstgeschwindigkeit gerade so weit aus, dass man ihn nicht wegen der Überschreitung anhalten würde.

Er konnte sich keine Verzögerung leisten. Die Zeit war mehr als knapp.

Wenige Stunden später lenkte Shaw seinen gemieteten Kia achtzig Kilometer östlich von Tacoma durch die herrliche Berglandschaft kurz vor dem Mount-Rainier-Nationalpark. Gewundene Straßen, Panoramaansichten, grüne Wälder und glänzende, schartige Felsformationen, die wie nasse Knochen aussahen.

Nach einer steil ansteigenden Serpentine erreichte er ein

gerades Stück Strecke und beschleunigte den Wagen. Rechts von ihm ragte eine Steilwand auf.

Dann nahm er plötzlich eine Bewegung wahr.

Der Felsbrocken rollte direkt auf die Straße vor ihm zu.

Ihm blieben nur Sekunden.

Nach links ausweichen? Oder nach rechts?

4

11. Juni, 14.00 Uhr, Gegenwart

Diese Kugel fand ihr Ziel …

Ein Steinadler – aufgeschreckt durch den lauten Revolverknall, der durch das Tal rollte – erhob sich majestätisch in die Lüfte und ließ die störenden Menschen tief unter sich zurück.

Colter Shaw wandte den Kopf und bemerkte das große Einschussloch im rechten Vorderreifen des Kia. Der Wagen sackte in die Knie.

Shaw konnte sich endlich losmachen, schob sich durch die Forsythien und sah den Schützen die Straße überqueren. Der vollbärtige Mann streifte sich Pollenstaub und Kletten von seinen Ärmeln und der Jeans.

Dalton Crowe war fünf Zentimeter größer als Shaw, der immerhin eins zweiundachtzig maß. Seine breiten Schultern und der massige Brustkorb steckten in einem schwarz-rot karierten Holzfällerhemd. Dazu trug er eine Latzhose mit Tarnmuster und einen reich verzierten, abgenutzten Gürtel, dessen dunkle Farbe ungleichmäßig schimmerte. Das Holster für den langläufigen Revolver war nach Cowboy-Art geschnitten, braun, schillernd und mit verchromten Nieten.

Die beiden Männer hatten einander diverse Narben zugefügt, jeweils in ungefähr gleicher Anzahl, Länge und Tiefe.

Die Blutergüsse und Prellungen waren längst wieder abgeklungen. Bei diesen Auseinandersetzungen hatte es sich nicht um Kämpfe auf Leben und Tod gehandelt, sondern einfach nur um den Wettstreit zweier Prämienjäger. In einem der Fälle hatte Crowe versucht, Shaw aufzuhalten, um selbst die volle Belohnung für einen entflohenen Häftling einstreichen zu können, während Shaw verhindern wollte, dass Crowe den in die Enge getriebenen und unbewaffneten Mann kurzerhand niederschoss.

Crowe erreichte nun Shaws Fahrbahnseite und warf einen Blick auf den Reifen. »Hmm.«

»Du hast in meine Richtung gefeuert«, sagte Shaw, nur leise tadelnd, denn er hatte sich nicht wirklich bedroht gefühlt. Ihm war von vornherein klar gewesen, dass hinter dem Felsbrocken und dem Schuss Crowe stecken musste und nicht etwa die beiden Gesuchten, Adam Harper und Erick Young.

Für einen so kräftigen Kerl, den man sich gut in der Kluft der Hells Angels vorstellen konnte, besaß Crowe eine seltsam hohe Stimme. »Ach was, Shaw, da irrst du dich. Ich habe dich vor einer Schlange gerettet.« Er stammte aus Birmingham, Alabama, und sprach mit dem Akzent der dortigen Bevölkerung. »Einer Wald-Klapperschlange, und zwar einer verdammt großen.«

Shaw suchte den Boden ab. »Wo ist sie denn?«

»Na ja, ich wollte sie ja bloß verscheuchen. Was mir auch gelungen ist, wie du siehst. Ich mag nämlich sämtliche Geschöpfe Gottes, auch Klapperschlangen. Tut mir leid wegen deinem Reifen.«

Shaw wies auf den Felsbrocken, der die Straße vollständig blockierte.

Crowe machte sich nicht die Mühe, auch hierzu eine Geschichte zu erfinden.

»Diese Jungs gehören mir, Shaw. Adam und Erick. Ich werde sie aufspüren und abliefern. Ich war schon vor dir in Gig Harbor. Also pack deinen Krempel und mach dich auf den Heimweg.«

»Wie hast du mich gefunden?«, fragte Shaw.

»Ich bin eben der Beste, ganz einfach.« Crowe steckte den Revolver ein. Shaw fragte sich, ob er die Waffe wohl jemals am Zeigefinger herumwirbeln ließ wie die Typen in den Western. Shaw hatte mal mit angesehen, wie jemand sich bei einem solchen Manöver selbst in die Achselhöhle schoss. Die menschliche Dummheit kennt keine Grenzen.

»Mehr hab ich dazu nicht zu sagen. Und jetzt muss ich den gelben Volkswagen einholen.«

Shaws Augenbrauen zogen sich zusammen. »Woher weißt du, dass sie …?« Seine Stimme erstarb, als hätte er Crowe versehentlich bestätigt, was dieser bis dahin nur vermutete.

»Ha! So, nun kümmere dich mal lieber um deinen Reifen. Rufst du den Automobilklub oder machst du das selbst?« Crowe ließ den Blick in die Runde schweifen, hinüber zu dem Felsbrocken und dann zurück zu Shaw. »Auf diesen Straßen, in so einem Brotkasten von Auto … da könntest du wirklich zu Schaden kommen. Natürlich nicht durch mich, der deinen Hintern vor Klapperschlangen bewahrt. Aber jemand könnte auch auf *dich* anlegen. Das fände ich ganz schrecklich.«

Nachdem er seine Drohung an den Mann gebracht hatte, drehte Crowe sich um, stapfte jenseits des Felsbrockens ein Stück die Straße hinauf und verschwand im Gebüsch. Kurz darauf kam dort sein silberner SUV zum Vorschein und entfernte sich von Shaw. Crowe streckte seine Hand aus dem Fenster des Bronco. War das ein Winken oder eine obszöne Geste?

Shaw wählte den Notruf und meldete der Staatspolizei den herabgestürzten Felsen. Es handelte sich zwar um ein gerades Stück Strecke, und das Hindernis war in beiden Richtungen aus fünfzig Metern Entfernung deutlich zu erkennen, doch es lag nun mal in Colter Shaws Natur, andere Menschen vor Schaden zu bewahren, auch wenn sie durch eigenes Verschulden in Gefahr gerieten. Ein Fahrer, der nicht auf die Straße, sondern auf sein Smartphone schaute, mochte die Ohrfeige durch den Airbag vielleicht verdient haben, aber nicht seine Kinder.

Die nächsten Minuten verbrachte Shaw mit der Überprüfung der Reifen und dem vorsichtigen Zurücksetzen aus dem stacheligen Unterholz. Er musste den Wagen aufschaukeln und die Räder drehten ein paarmal durch, aber schließlich rollte der Kia wieder auf den Asphalt.

Shaw wechselte den Reifen und nahm sich die Radkästen vor, bis er den Peilsender fand, den Crowe dort versteckt hatte. Er schaltete das Gerät aus und verstaute es in seinem Rucksack.

Dann wendete er und fuhr in die Richtung, aus der er gekommen war, genau entgegengesetzt zu Dalton Crowe. Shaw vergewisserte sich auf der Landkarte und schätzte, dass er Erick Young und Adam Harper in weniger als einer halben Stunde abfangen würde.

5

Es hatte etwas Mühe und Zeitaufwand bedeutet, doch das Problem Dalton Crowe musste gelöst werden.

Die Selbsteinschätzung des Mannes – »Ich bin eben der Beste« – traf nämlich in keiner Weise zu. Crowe war ein zweckmäßig agierender Spürhund ohne besonderes Talent und ein schlichtweg lausiger Beschatter. Daher wusste Shaw, dass Crowe ihn in Gig Harbor von Anfang an verfolgt hatte. Schon bei den Youngs war ihm der silberne SUV aufgefallen, der einige Türen weiter am Straßenrand parkte, genau vor einem Haus, in dessen Rasen ein Schild die bevorstehende Zwangsversteigerung ankündigte. Das allein war nicht unbedingt verdächtig, aber Shaw merkte es sich.

Als er sich wieder auf den Weg machte, fuhr er an dem SUV vorbei, und der Fahrer beugte sich zum Handschuhfach hinüber, als wolle er nicht gesehen werden. Gleich darauf fuhr auch der Bronco los und folgte dem Winnebago, und zwar den ganzen Weg bis zur Firma von Adams Vater, dem Schiffsausrüster.

Das konnte niemand anders als Dalton Crowe sein, der offenbar seit seiner Ankunft in der Hafenstadt das Haus der Youngs überwachte, nur für den Fall, dass der Junge, der sich bekanntermaßen noch in der Gegend aufhielt, dorthin zurückkehren würde.

In dem Moment hatte Shaws Mission sich verzweigt: erst Crowe loswerden, *dann* Adam und Erick finden.

Also hatte Shaw sich einen entsprechenden Plan überlegt.

Das Amt für Öffentliche Sicherheit nahm an, die beiden jungen Männer seien von Tacoma aus in nördlicher Richtung unterwegs, anscheinend auf der Flucht nach Kanada, wenn man die Aufnahmen aus der Wechselstube berücksichtigte.

Shaw war sich jedoch zu achtzig Prozent sicher, dass Adam und Erick nicht in dem roten Pick-up saßen.

Er hielt ein anderes Vorgehen für weitaus logischer und hatte Mack daher per E-Mail drei Fragen gestellt:

1. In welchem Viertel von Tacoma gibt es am meisten Bandenkriminalität?
2. Wo liegt in oder bei diesem Viertel der nächste Busbahnhof?
3. Wo in der Region um Seattle und Tacoma werden gestohlene Fahrzeuge am ehesten ausgeschlachtet?

Die Antwort hatte gelautet: im Viertel Manitou; eine Western-Express-Station an der Evans Street; eine Vielzahl von Orten, jedoch mit einer gewissen Häufung von Schrottplätzen und Werkstätten im südlichen Teil von Seattle.

Shaw war überzeugt, dass die beiden sich verkleidet und kanadische Dollar eingetauscht hatten, um den Ermittlern vorzutäuschen, sie wollten nach Norden fliehen. Das allein reichte aber noch nicht aus. Sie mussten die Aufmerksamkeit außerdem auf Adams Auto lenken. Da Erick mit jugendlichen Straftätern arbeitete, wusste er wahrscheinlich über die Unterwelt des Pierce County Bescheid und würde den Pick-up an genau der richtigen Stelle platzieren können – mit dem Schlüssel unter dem Fahrersitz oder in einem der Radkästen »versteckt«. Kurze Zeit später würden ein paar Autodiebe sich den Wagen unter den Nagel reißen und nach Süd-Seattle fahren, um ihn in seine Einzelteile zu zerlegen.

Unterdessen waren Adam und Erick ein paar Blocks zu dem Busbahnhof an der Evans Street gegangen, hatten sich Fahrkarten gekauft und die Stadt verlassen.

Nachdem Shaw von Harpers Firma am Hafen aufgebrochen war, hatte er den Winnebago zu einem Campingplatz östlich von Tacoma gefahren und dort abgestellt. Ein Uber-Taxi brachte ihn zu einem nahen Autoverleih, wo er den Kia mietete und mit ihm ins Viertel Manitou fuhr. Crowe folgte ihm unbeholfen die ganze Zeit.

Shaw parkte vor einer Bodega, ging hinein und erkaufte sich mit einem Schmiergeld von zwanzig Dollar sowie dem Erwerb mehrerer Tüten Lebensmittel, die er gar nicht benötigte, das Recht, sich zur Hintertür hinauszuschleichen.

Von dort aus ging er zum Busbahnhof, der sich als wesentlich teureres Pflaster erwies. Es kostete Shaw fünfhundert Dollar, um den Zielort zu erfahren, für den die zwei Jungs sich Tickets gekauft hatten – eine Kleinstadt namens Hope's Corner, hundertdreißig Kilometer südöstlich von Tacoma, unweit des Mount-Rainier-Nationalparks.

Das war eine gute Nachricht, denn sie bedeutete, dass alle beide noch am Leben waren.

Shaw kehrte quer durch die Bodega und zum Vordereingang hinaus zu seinem Wagen zurück und verstaute die Einkäufe im Kofferraum. Als er sich in den Verkehr einreihte, war der silberne SUV nicht weit hinter ihm. Crowe hatte die Gelegenheit genutzt und inzwischen den Peilsender am Kia angebracht.

Dann ging der Spaß los.

Shaw fuhr auf Umwegen in die generelle Richtung von Hope's Corner, legte aber alle zwanzig Kilometer eine kurze Pause ein, um ein Wasser, einen Kaffee oder einen Snack zu kaufen – oder noch eine überflüssige Straßenkarte. Dabei stellte er den Verkäufern und anderen Kunden stets die gleiche Frage.

»Sagen Sie mal, ist hier ein gelber VW Käfer durchgekommen? Zwei meiner Freunde sind damit unterwegs. Wir wollten zum Angeln nach Wuikinuxv Falls, aber es gab eine Planänderung, und ich kann die beiden nicht erreichen. Die gehen einfach nicht ans Telefon.«

Der Sinn dieser Übung war die Irreführung Crowes, was das Fahrzeug und Ziel der Verdächtigen betraf. Nachdem der Mann sich mithilfe des Felsbrockens nun einen vermeintlichen Vorsprung verschafft hatte, jagte er einem farbenfrohen, nicht existierenden Auto hinterher zu einem Ort, dessen Name sich nur schwierig aussprechen und noch schwieriger buchstabieren ließ … und der in genau der entgegengesetzten Richtung von Hope's Corner lag, wo die Verdächtigen sich in Wahrheit aufhielten.

Colter Shaw rollte nun am Ortseingangsschild von Hope's Corner vorbei und verschaffte sich einen Überblick. Es gab hier einen Imbiss, eine Autowerkstatt, einen Gemischtwarenladen und zwei Tankstellen, von denen eine außerdem als Bushaltestelle diente; dort mussten die Verdächtigen ausgestiegen sein.

Darüber hinaus verfügte der Flecken über einen Aussichtspunkt, von dem aus man eine großartige Sicht auf den Mount Rainier hatte, den höchsten Berg des Bundesstaats. Er zählte zu den weltweit sechzehn Decade Volcanoes und galt als überaus gefährlich. Shaw wusste das, weil er und Tom Pepper mal erwogen hatten, hier klettern zu gehen. Doch obwohl derzeit kein Ausbruch drohte, stellten die Hänge und Flanken eine große Herausforderung dar, denn sie bestanden hauptsächlich aus Eis und Schnee. Das hätte eine spezielle Klettertechnik erfordert, die Shaw und Pepper nicht besonders reizte.

Shaw hielt mit dem Kia an einer Zapfsäule der größeren Tankstelle, tankte nach und inspizierte den Schaden von seinem Abstecher ins Unterholz. Nur ein paar Kratzer und Beulen. Dennoch natürlich teuer. Doch Shaw machte sich keine Sorgen; er mietete stets mit Vollkaskoversicherung. Nachdem er fertig war, fuhr er mit dem Wagen zu einer schattigen Stelle neben dem Gemischtwarenladen. Er stieg aus, ging zum Kofferraum, öffnete ihn und vergewisserte sich, dass niemand in der Nähe war und ihn auch keine Überwachungskamera erfasst hatte. Dann holte er seine Waffe hervor – eine kompakte Glock 42, Kaliber 380, verdeckt getragen in einem Blackhawk-Polymerholster. Er lud die Pistole durch und steckte sich das Holster rechts in den Hosenbund, sodass die Halteklammer fest an seinem Gürtel anlag; wie schnell man die Waffe auch ziehen mag, es nützt alles nichts, wenn man das Holster unfreiwillig mitzieht.

So, nun musste er herausfinden, wo genau die beiden Verdächtigen waren.

Shaw überlegte. Der Bus war laut Fahrplan vor dreißig Minuten hier eingetroffen. Waren sie von hier aus per Anhalter weitergefahren? Wollten sie zu Freunden irgendwo in der Nähe?

Weder Adam noch Erick *schien* ein Neonazi zu sein, aber vielleicht war das alles nur Tarnung. Immerhin kamen die verunglimpfenden und rassistischen Schmierereien seit mehr als einem Jahr im Pierce County vor, und nie war jemand erwischt worden. Nun, da man sie identifiziert und zur Flucht gezwungen hatte, trafen sie sich hier womöglich mit ihren Gesinnungsgenossen. Im Hinblick auf Hass- und Rassistenorganisationen besaß der Staat Washington eine wenig rühmliche Geschichte, wusste Shaw dank mehrerer zur Fahndung ausgeschriebener Verbrecher, deren Prämien er sich entlang der Westküste verdient hatte. Es gab hier im Staat fast zwei Dutzend einschlägiger aktiver Extremistengruppen, darunter zwei Ableger des Ku-Klux-Klans.

Vom Aussichtspunkt aus ließ Shaw den Blick über die weitläufige Landschaft schweifen, in der man mühelos ein Milizlager verstecken könnte.

Oder hatten die Jungs nach den Schüssen einfach nur Panik bekommen und waren so weit geflohen, wie ihre finanziellen Mittel dies gestatteten? Zu einem Freund, der ihnen Unterschlupf gewähren würde – einem Freund, von dem zu Hause niemand wusste?

Also, wie lautet die Einschätzung?, fragte Shaw sich.

Die Chance, dass sie hier aus dem Bus gestiegen und zu Fuß in die Wildnis aufgebrochen waren? Fünfzehn Prozent. In diesem Gelände benötigte man einiges an Ausrüstung, dazu die entsprechende Fitness und Kenntnisse über das Leben in freier Natur, über die die beiden jungen Männer nicht zu verfügen schienen.

Die Wahrscheinlichkeit, dass sie sich mit jemandem treffen wollten, der sie an einen anderen Ort fuhr? Vierzig Prozent.

Eine Weiterreise per Anhalter auf einer der Querstraßen, die nach Osten und Westen aus Hope's Corner hinausführten? Denkbar, aber schwierig; hier herrschte generell nur wenig Verkehr. Shaw entschied sich für zwanzig Prozent.

Die Zuflucht zu einem Freund? Fünfzehn Prozent.

Und es gab noch eine Option. Hielten sie sich weiterhin in Hope's Corner auf?

Shaw hatte sein braunes Sakko angezogen. Damit seine Pistole auch wirklich unsichtbar blieb, zog er zudem das Hemd aus der Hose. Seine Genehmigung zum verdeckten Tragen einer Waffe besaß in diesem Staat Gültigkeit, aber er wollte vermeiden, dass jemand die Glock bemerkte und zu neugierig wurde.

Dann schlenderte er durch den Ort und hielt nach den beiden Gesuchten Ausschau.

Sie befanden sich in keinem der zwei Tankstellengebäude.

Danach kam der Gemischtwarenladen an die Reihe. Shaw betrat die niedrige, durchhängende Holzveranda und ging hinein, die Hand in der Nähe der Waffe. Kein Erick, kein Adam.

Er ging auf die Toilette, die er ohnehin aufsuchen musste; dort waren sie auch nicht.

Der Laden war eine Mischung aus Geschäft und Restaurant, an dessen rissigem Linoleumtresen ein halbes Dutzend Gäste saß. Shaw nahm sich eine Dose Reifendichtmittel, denn er hatte ja keinen Ersatzreifen mehr, und setzte sich auf einen der Barhocker, um ein Truthahnsandwich und einen großen Becher Kaffee zum Mitnehmen zu bestellen. Dann ging er mit der Tüte und der Dose zur Kasse und reichte seine Rechnung einem Mann mittleren Alters, dessen beigefarbenes Polyesterhemd mit einem Kettenmuster bestickt war.

Shaw legte einen Hundertdollarschein vor ihn hin.

Der Mann verzog das Gesicht. »Tut mir leid, Mister, darauf kann ich nicht herausgeben.«

»Ich will kein Wechselgeld.«

Der Mann merkte auf.

»Der Sohn eines Freundes von mir ist weggelaufen. Ich helfe dabei, ihn zu finden. Er war mit einem anderen Kerl unterwegs und könnte mit dem Bus aus Tacoma hergekommen sein.«

Einer der Gründe, weshalb Shaw sich vor Arbeitsbeginn gründlich rasierte, seine Schuhe putzte und ein gebügeltes Hemd und ein Jackett anzog, war der Wunsch, seriös zu wirken. Als würde er wirklich einem Freund bei der Suche nach dessen Sohn helfen. Er schenkte dem Mann ein weiteres Theaterlächeln.

»Hier ist ein Bild von ihm.« Er zeigte ein Foto von Erick vor. Der Junge trug darauf seine Football-Montur.

Shaw fragte sich, ob der Kassierer wohl die Nachrichten aus Tacoma verfolgte und von den Schüssen bei der Kirche gehört hatte. Anscheinend nicht. Der Mann fragte nur: »Auf welcher Position spielt er?«

»Receiver«, improvisierte Shaw. »Manchen Pass kann er sogar einhändig fangen.«

»Ist nicht wahr.«

»Doch, kann er.«

»Wieso ist er abgehauen?«

Shaw zuckte die Achseln. »Er ist eben noch ein halbes Kind.«

Der Geldschein verschwand in der Tasche des Mannes. »Ja, die beiden waren vor einer halben Stunde hier. Sie haben etwas zu essen und Wasser gekauft. Und ein Wegwerftelefon. Dazu eine Prepaidkarte.«

»Haben Sie mitbekommen, wohin die beiden wollten?«

»Nein.«

»Was liegt denn hier in Fußwegentfernung?«

Ein Achselzucken. »Keine Ahnung. In den Vorbergen gibt es mindestens ein Dutzend Hütten.« Noch ein Achselzucken, das wohl besagen sollte: Viel Spaß bei der Suche.

»Kann man als Wanderer andere Ortschaften erreichen?«

»Kommt drauf an, wer da wandert. Es ist ein ganz schönes Stück, aber man könnte es an einem Tag schaffen. Nach Snoqualmie Gap. Hieß früher mal Clark's Gap. Nach Lewis und Clark. Dann wurde das zu Snoqualmie geändert. Ein indianisches Wort. Heißt so viel wie ›grimmiger Stamm‹. Manchen Leuten hat die Änderung nicht gepasst. Man kann es mit dem politisch korrekten Scheiß auch übertreiben.« Er hatte Shaw von oben bis unten gemustert, vielleicht, um sich von seiner weißen Hautfarbe zu überzeugen, bevor er diesen Kommentar abgab – ohne zu wissen, dass Shaw tatsächlich ein wenig indianisches Blut in den Adern hatte. »Es ist aber eigentlich beides Blödsinn.«

Shaw begriff nicht und schüttelte fragend den Kopf.

»Lewis und Clark waren nie in dieser Gegend, und den Snoqualmie River suchen Sie hier ebenfalls vergeblich. Da könnte man den Ort genauso gut New York, Los Angeles oder Podunk nennen. Vielleicht waren die beiden Jungs ja dahin unterwegs.« Er runzelte kurz die Stirn. »Wissen Sie, da gibt es auch noch dieses Dings in den Bergen etwas außerhalb – von Snoqualmie Gap, meine ich. Manchmal fragen Leute nach dem Weg dorthin.«

»Welches Dings?«

»Eine Art Refugium.«

»Für Separatisten? Neonazis?«

»Nein, das nicht. Mehr so für New-Age-Typen. Hippies. Das war vor Ihrer Zeit.«

Shaw war zwar in der Bay Area geboren, aber lange nach den Blumenkindern und dem 1967er Summer of Love. Doch er wusste, was Hippies waren.

Er wandte sich einer Landkarte zu, die an der Wand hing. Dort sah er Snoqualmie Gap, einen kleinen Ort in ungefähr fünfzehn Kilometern Entfernung von Hope's Corner. In dem bergigen Gelände bedeutete das eine ziemlich anstrengende Wanderung.

»Und wo ist dieses Refugium?«

Der Kassierer kniff die Augen zusammen. »Ungefähr da, würde ich sagen.« Er zeigte auf ein Tal in den Bergen, bei einem großen See. Es lag etwa zehn oder elf Kilometer von Snoqualmie Gap entfernt, erreichbar über eine Staatsstraße und dann über die schmale Harbinger Road.

Zu Fuß würde man drei oder vier Stunden nach Snoqualmie Gap und weitere drei Stunden bis zu dem Refugium benötigen, sofern es überhaupt das Ziel der beiden war.

»Auf dem Weg hierher war auf den Straßen nicht viel los. Kann man per Anhalter nach Snoqualmie gelangen?«

»*Man* kann. *Die* nicht.«

»Warum?«

»Dieser Typ, mit dem der Sohn Ihres Freundes unterwegs ist … den würde ich nicht mal als Mutprobe zu mir ins Auto lassen. Sein Blick ist so komisch.«

Shaw bedankte sich bei dem Mann und wandte sich zum Gehen.

»He, Mister?«

Er drehte sich um.

Der Kassierer hatte die Stirn in Falten gelegt. »Sie haben vergessen, Ihre Rechnung zu bezahlen.« Er warf einen Blick auf den Zettel. »Das macht dann elf achtundzwanzig, bitte.«

6

Zehn Minuten später war Shaws Auftrag erledigt.

Er fand Adam Harper und Erick Young auf der Old Mill Road vor, etwa drei Kilometer außerhalb von Hope's Corner und noch ein ganzes Stück von Snoqualmie Gap entfernt.

Shaw hielt auf einem schmalen Seitenstreifen und schaute zu seiner Linken nach unten. Die Straße hier verlief wegen des enormen Gefälles in Spitzkehren und führte hinab in ein Tal, in dem ein Fluss blausilbern glitzerte. Auf der anderen Seite stieg die Fahrbahn dann wieder in die Hügel empor.

Die jungen Männer befanden sich fünfzehn Meter unterhalb und stapften voran wie Collegekids auf einem Wochenendausflug. Jeder der beiden trug einen Rucksack. Adam hielt eine große Feldflasche. Erick zeigte gerade auf den steilen Anstieg, der ihnen jenseits der Brücke bevorstand. Adam sagte etwas, und Erick nickte.

Sie wirkten völlig unbekümmert.

Shaw nahm sie genau in Augenschein und konnte bei keinem von beiden eine Pistole erkennen, die sich in der Jackentasche abgezeichnet, oder einen Kolben, der daraus hervorgeragt hätte.

Erick griff in das Seitenfach seines Rucksacks und zog eine Plastiktüte heraus. Dörrfleisch, glaubte Shaw. Der Junge aß ein Stück und bot Adam davon an, der aber mit einem Kopfschütteln ablehnte. Die Verdächtigen erreichten das Ende des geraden Serpentinenteils und bogen nach links in die nächste Kehre ein. Shaw sah ihnen dabei zu. Die folgende Gerade wölbte sich auf halber Strecke auf eine Klippe hinaus. Es ging dort senkrecht hinab, und man hatte an der Kante einige Felsen als eine Art Leitplanke aufgereiht. Die zwei jungen Männer setzten sich auf einen dieser Steine, der die Größe eine Parkbank besaß. Erick aß noch etwas von dem Dörrfleisch, und Adam telefonierte mit jemandem.

Shaw zog seine Landkarte zurate und stellte fest, dass sie sich in Hammond County befanden. Dann rief er das zuständige Sheriff's Office an. Man stellte ihn zum Sheriff persönlich durch, einem Mann namens Welles. Shaw informierte ihn über das Verbrechen in Pierce County und teilte ihm mit, er habe die beiden Verdächtigen gefunden. Der Sheriff überlegte kurz und erkundigte sich dann nach Shaws aktuellem Standort.

»Ich werde an der Kreuzung der Staatsstraße vierundsechzig und der Old Mill Road sein.«

»Okay, Sir. Lassen Sie mich das nur schnell überprüfen, und dann machen wir uns auf den Weg.«

Shaw wendete den Kia und fuhr die Old Mill Road zurück zu der Kreuzung in einem knappen Kilometer Entfernung. Er zog es vor, die Gesetzeshüter getrennt von Erick und Adam zu treffen, denn er kannte die Gewohnheiten und das Auftreten der hiesigen Deputys nicht und wollte vermeiden, dass sie mit heulenden Sirenen anrauschten und die harten Cops markierten. Das hätte die Verdächtigen nämlich zum Schießen verleiten können … oder zur Flucht ins Unterholz. Falls das geschah, würde es zu einer echten Plackerei werden, ihnen zu folgen, vor allem, falls sie sich trennten. Außerdem war dies ein beunruhigend gefährliches Gelände: steile Klippen, halsbrecherische Abhänge, reißende Stromschnellen. Der Fluss da unten sah zwar wunderschön aus, aber Shaw wusste, dass er kalt wie Metall im Januar sein und seine Fließgeschwindigkeit mehr als dreißig Kilometer pro Stunde betragen würde.

Shaw erreichte die Kreuzung und parkte dort. Wenig später trafen drei Streifenwagen und ein Zivilfahrzeug ein – ein schlammbespritzter SUV. Shaw und die Männer stiegen aus. Es waren fünf. Von jugendlichen Anfang zwanzig bis irgendwo im mittleren Alter. Welles, der Sheriff, war um die fünfzig und beleibt. Sein blondes Haar stand in seltsamem Widerspruch zu seinen Augen, die braun wie altes Leder waren.

Alle trugen graue Uniformen, nur nicht der Größte, ein schlanker und grobknochiger Bartträger in grün-schwarzem Flecktarn, dessen dunkle sandfarbene Baseballmütze mit dem Schirm nach hinten auf seinem Kopf saß. Er hatte eine militärische Ausstrahlung und konnte sich mit Anfang vierzig durchaus schon im Ruhestand befinden. Zwanzig Jahre Dienstzeit und fertig. Das verblichene Namensschild an seiner Jacke war schief; man hatte es von einer Uniform abgetrennt und auf die Jägerkluft aufgenäht. Dodd, J. Der SUV gehörte ihm. Der Pathfinder schien zwar zivil zu sein, doch Shaw entdeckte auf dem Armaturenbrett eine blaue Signalleuchte. Während die anderen Shaw in seinem Sakko und den Stadtschuhen neugierig musterten, blieb Dodds Miene ausdruckslos.

Welles trat vor und umschloss mit seiner Pranke Shaws Hand. »Sind Sie Kopfgeldjäger?«

»Nein.« Das war für Shaw nie infrage gekommen, denn dann hätte er meistens irgendwelchen flüchtigen Junkies hinterherlaufen müssen, deren Kaution zu verfallen drohte. Männer wie die waren oft tatsächlich so dumm, sich bei ihren Eltern oder Freundinnen zu verstecken.

Er erwähnte die Belohnung.

Ein oder zwei Augenbrauen hoben sich.

Shaw erwartete, dass die nächste Frage lauten würde: »Wie hoch?« Doch da lag er falsch. Stattdessen wollte der Sheriff wissen: »Schnappen Sie sich die beiden nicht selbst? Warum haben Sie uns benachrichtigt?« Welles' Stimme passte zu seiner massigen Statur. Sie grollte wie ferner Donner.

»Ich nehme niemanden fest. Ich spüre sie nur auf. Der Rest liegt bei der Person, Einrichtung oder Behörde, die die Belohnung ausgesetzt hat.«

»Mann, das klingt aber umständlich«, sagte Welles.

»Sagen Sie, Sheriff, kriegen wir auch eine?«, fragte einer der jüngeren Deputys.

»Eine was?«

»Eine Belohnung.«

»Hast du hier etwa jemanden aufgespürt, Bo?«

»Ich mein ja nur.«

»Immer mit der Ruhe.« Welles sah Shaw an. »Tragen Sie eine Waffe, Sir?«

»Ja. Hier ist mein Berechtigungsschein.« Shaw zog betont langsam seine Brieftasche aus dem Sakko und zeigte eine Genehmigung zum verdeckten Tragen einer Schusswaffe vor. Sie war in Utah ausgestellt und besaß im Staat Washington Gültigkeit.

»Tun Sie mir den Gefallen und lassen Ihre Pistole im Holster, ja?«

»Natürlich. Meine Aufgabe hier ist so gut wie erledigt.«

»Sind Sie den Jungs den ganzen Weg von Gig Harbor bis hierher gefolgt?«, fragte ein anderer Deputy.

»Ja.«

»Ich habe mit dem Leiter des Amts für Öffentliche Sicherheit des Pierce County gesprochen«, sagte Welles. »Er hat bestätigt, dass die beiden gesucht werden und es eine Belohnung gibt. Aber von Ihnen wusste er nichts.«

»Ich hatte da mit einem Detective namens Chad Johnson zu tun, nicht mit dem Sheriff.«

»Er hat gesagt, die beiden hätten einen Mann Gottes niedergeschossen und eine Kirche angezündet.«

»Nicht ganz. Es gab ein brennendes Kreuz, und die Kirche wurde mit irgendwelchen Parolen beschmiert. Aber in Flammen stand sie nicht. Ein Hausmeister und ein Laienprediger wurden verletzt.«

»Sind das Skinheads oder Nazis oder so?«

»Es sieht nicht danach aus. Der Hauptverdächtige heißt Adam Harper und ist Ende zwanzig. Die Rolle von Erick ist mir noch nicht klar. Er ist erst zwanzig Jahre alt.«

»Wie auch immer«, murmelte Sheriff Welles und verscheuchte ein oder zwei hartnäckige Mücken. »Sie werden alle beide per Haftbefehl gesucht.«

»Richtig.«

»Haben die auf dem Weg hierher irgendwas angestellt?«

»Nicht dass ich wüsste.«

»Und was wollen die ausgerechnet hier?«

»Keine Ahnung. Vielleicht sich mit irgendwelchen Freunden treffen. Und wie ich gehört habe, gibt es bei Snoqualmie Gap eine Art Anwesen. Womöglich ist das ihr Ziel.«

Welles überlegte. »Stimmt, da war doch was. Ich weiß nicht viel darüber. Es liegt im Nachbarbezirk, und wir sind nicht zuständig. Kann einer von euch was dazu beisteuern?«

Keiner seiner Deputys kannte sich aus.

»Falls das was Kirchliches ist, wollen die es vielleicht auch zusammenschießen«, mutmaßte Welles.

»Oder sie wollen nach Thompsonville«, sagte ein Deputy. »Da gibt es zwei Kirchen. Zu Fuß ziemlich weit, aber sie könnten per Anhalter fahren.«

Welles nickte nachdenklich. »Thompsonville. Ja. Das gäbe ein gutes Ziel für die ab.« Er schnalzte mit der Zunge. »Männer ohne Respekt für den Herrn? Das sitzt bei denen ganz tief. Die haben Übles vor, das garantiere ich. Okay, wir übernehmen ab hier, Mr. Shaw. Die sind also bewaffnet.«

»Davon müssen wir ausgehen. Mit einem 38er Police Special.«

»Elendes Mistding«, sagte jemand.

»Wo können wir sie finden?«, fragte Welles.

»Als ich sie zuletzt gesehen habe, hatten sie gerade eine Pause eingelegt. Auf dem Weg in ein Tal etwa zwei Kilometer von hier.«

»Ein Tal?«

Shaw sah, dass der Sheriff zu Dodd schaute, der kaum merklich nickte.

»Wenn Sie eine Landkarte haben, kann ich es Ihnen genau zeigen«, sagte Shaw.

»Im Handschuhfach, Junge«, sagte Welles zum jüngsten der Deputys.

Der Mann nickte forsch, lief zum Wagen des Sheriffs und verschwand im Inneren. Gleich darauf kehrte er mit einer Landkarte zurück und gab sie Welles, der das Blatt auf der nächstbesten Motorhaube entfaltete. Die Maschine darunter klickte leise, während sie abkühlte.

Shaw liebte Landkarten und war ein eifriger Sammler. Er nahm dieses Exemplar genau in Augenschein. Das glatte, unbefleckte Papier verriet ihm, dass der Sheriff und wahrscheinlich auch die Deputys nicht oft hier draußen unterwegs waren. Das zerklüftete Gelände lag zwar in ihrem Zuständigkeitsbereich, gehörte aber überwiegend zum Nationalpark, wo, so vermutete Shaw, in erster Linie die Ranger für Recht und Ordnung sorgten. Es gab hier außerdem einen Staatsforst, der sich bis jenseits der Bezirksgrenzen erstreckte.

Shaw zeigte auf eine Stelle der Karte. »Sie waren dort und haben etwas gegessen und getrunken. Ich weiß nicht, wie lange sie Rast machen wollten, aber auch wenn sie gleich wieder aufgebrochen sind, können sie sich inzwischen höchstens einen Kilometer weiter nördlich befinden.« Er zeigte auf einen anderen Punkt. »Das wäre dann maximal hier.«

Welles drehte sich zu seinen Männern um. »Wir machen jetzt Folgendes. Die beiden wollen nach Norden. Einige von uns fahren im Bogen schnell nach Abbott Ford und kommen ihnen dann von dort aus entgegen. TJ und B., ihr übernehmt das.«

»Alles klar, Sheriff.«

»Jimmy und ich fahren ihnen hinterher.«

»Damit wir sie in einer Zangenbewegung erwischen«, stellte einer der Deputys begeistert fest.

Was nicht wirklich der Beschreibung des Sheriffs entsprach.

»Genau.«

Welles wandte sich dem hageren, ausdruckslosen Dodd zu. »Und du gehst auf dem Scatterback in Stellung. Oben auf dem Kamm. Such dir eine gute Position. Damit du uns Deckung geben kannst.«

»Geht in Ordnung.« Der schmale, wortkarge Dodd fragte Shaw: »Haben die Gewehre?«

»Nein.«

Dodd nickte.

Welles faltete die Landkarte zusammen. »Besten Dank für Ihre Hilfe, Mr. Shaw. Sie haben sich die Belohnung redlich verdient.« Er lachte auf. »Aber ich hab leicht reden; das Geld stammt ja nicht aus *meiner* Tasche.« Sein Lächeln verblasste. Er sah die Deputys an. »Leute, ich meine das ernst. Wir müssen die aufhalten. Der Chief in Tacoma hat mir gesagt, dass die Opfer dort zwar Schwarze waren, aber auch die sind Kinder unseres Herrn. So, jetzt aber los.«

Shaw kehrte zu dem Kia zurück. Die Deputys tuschelten,

er hörte »Belohnung«. Und leises Gelächter. Während er am Steuer Platz nahm, gingen der Sheriff und die anderen Uniformierten zu ihren Streifenwagen und rasten alsbald davon, eine senffarbene Staubwolke im Schlepptau.

Dodd blieb. Der Mann trottete zu seinem SUV, öffnete die Heckklappe und zog ein großkalibriges Winchester-Gewehr aus einem Futteral, versehen mit einem Zielfernrohr der Marke Maven, dessen Wert vermutlich dem Monatsgehalt eines der Deputys entsprach. Aus einer metallenen Munitionskiste nahm Dodd eine Schachtel Patronen. Das leistungsstarke Kaliber 308 wie bei Scharfschützen üblich.

Der drahtige, ernst dreinblickende Mann fing an die Waffe zu laden. Seine Augen, die bis jetzt leblos gewirkt hatten, leuchteten merklich auf, während er Patrone um tödliche Patrone ins Magazin drückte.

7

Als Shaw auf der Old Mill Road eilig zu der Stelle zurückkehrte, an der er Erick und Adam zuletzt gesehen hatte, dachte er:

Unterschätze niemals die Kraft der Religion, ob zum Guten oder zum Bösen.

Das war keine der Regeln seines Vaters; Shaw war im Laufe eines Jahrzehnts von Prämienjagden selbst zu dieser Einsicht gelangt. (Seit Ashton Shaws Tod vor einigen Jahren hatte er dessen *Niemals*-Regelwerk beträchtlich erweitert.)

Er begriff, was Gottes verlängerter Arm, Sheriff Welles, geplant hatte. Der Sheriff würde mit seinem und einem der anderen Fahrzeuge die Straße im Süden blockieren, während ein dritter Streifenwagen das Gleiche von Norden tat, um Adam und Erick den Weg abzuschneiden. Dodd würde von erhöhter Position aus seinen Auftrag erfüllen; er wusste, dass »Deckung geben« in Wahrheit »erschießen« bedeutete.

Vielleicht würde Adam ja im Angesicht der Beamten überrascht den Arm heben.

Und Dodd würde ihn mit einem der großen Projektile zu Fall bringen.

»Die Kollegen vor Ort befanden sich in unmittelbarer Gefahr, und ich musste entsprechend handeln.«

Und Erick?

Der würde sich instinktiv zu dem verwundeten Adam umdrehen.

Ein weiterer Schuss.

»Ich konnte sehen, wie der zweite Verdächtige nach der Waffe seines Komplizen gegriffen hat, und musste davon ausgehen, dass er die Kollegen vor Ort an Leib und Leben bedrohen wollte.«

Keine Bodycam-Aufnahme würde das widerlegen und kein Zeuge etwas Gegenteiliges zu Protokoll geben.

Der Blick von Welles zu Dodd, gefolgt von dessen Nicken, hatte Shaw die Absicht der Männer verraten. Daraufhin hatte er ihnen auf der Landkarte einen Ort angegeben, der meilenweit von der Old Mill Road und dem tatsächlichen Verbleib der beiden jungen Männer entfernt lag.

Was genau er tun würde, sobald er Erick und Adam gefunden hatte, wusste er noch nicht. Doch ihm war klar, dass Welles und seine christlichen Mitstreiter gehörig auf Abstand bleiben mussten.

Er lenkte den Kia nun wieder zu der Stelle, an der er bei der ersten Sichtung gehalten hatte. Dort fuhr er rückwärts zwischen die hohen Kiefern, mitten ins Riedgras und das dichte Gestrüpp. Sein Wagen war zwar kein SUV, besaß aber einen Allradantrieb, und solange er damit auf festem Untergrund blieb, würde das Fahrzeug hoffentlich nicht stecken bleiben.

Shaw ließ sein Sakko im Wagen, stieg aus und zog die Sträucher zurecht, um das Versteck noch besser zu tarnen. Dann ging er zum Fahrbahnrand und blickte die steile, grasbewachsene Böschung hinunter zu der Stelle, an der die Jungen sich nach wie vor aufhielten, etwa zwanzig Meter unterhalb. Nun steckte er sein Hemd zurück in die Hose, sodass die Glock an seiner Hüfte sichtbar wurde und ihm den schnellen Griff zur Waffe ermöglichte.

Er beobachtete Erick und Adam. Sie saßen immer noch auf dem Felsblock am Rand der Klippe, mit den Gesichtern zur Straße und dem Hügel, nicht etwa zu der spektakulären Aussicht hinter ihnen: das felsige Tal und den schäumenden Fluss am Fuß der zehn Stockwerke hohen Steilwand. Als Adam sich umwandte, konnte Shaw erkennen, dass er den Revolver tatsächlich noch bei sich trug; im Sitzen hatte der Kolben sich ein Stück aus der Tasche seiner engen Jeans geschoben. Gut für Shaw. Adams Smith & Wesson hatte einen Hahn, der oft am Stoff hängen blieb, wenn man versuchte, die Waffe schnell aus einer Hosen- oder Jackentasche zu ziehen.

Die Verdächtigen besprachen etwas. Dann hielten sie inne, denn ein Telefon klingelte. Adam holte es hervor und nahm den Anruf an. Er schaute sich um, um sich zu orientieren, und bemerkte offenbar eine Straße, die von der Old Mill Road abzweigte. Shaw hatte den Eindruck, dass die Jungen ein Auto aus dieser Richtung erwarteten. Seine gedruckte Landkarte lag im Kia, aber er rief auf seinem Smartphone eine Karten-App auf. Die Straße hieß Highland Bypass und war zwar schmal, aber eine gute Abkürzung auf dem Weg nach Snoqualmie Gap.

Das bedeutete eine weitere Komplikation. Wer kam her, um die Verdächtigen abzuholen? Und wie viele? Falls Shaws Extremistentheorie zutraf, könnten sie zudem bewaffnet sein.

Wie lange noch bis zu ihrem Eintreffen?

Und wann würden Welles und seine Deputys annehmen, die jungen Männer seien ihnen entwischt – oder davon ausgehen, Shaw habe sie vorsätzlich belogen? In spätestens einer halben Stunde, schätzte er.

Er durfte keine Zeit mehr verschwenden, sondern musste sich die beiden jungen Männer jetzt schnappen, Adam entwaffnen und ihnen die Hände mit Kabelbindern fesseln. Dann zurück zum Kia und nichts wie raus aus Hammond County.

Mein Geschäft sind Informationen, nicht Jedermann-Festnahmen …

Nicht dieses Mal.

Behutsam stieg Shaw den Hügel hinunter bis zu dem Teilstück der Straße, an dessen breitem Rand die zwei jungen Männer saßen. Er ging hinter einem Baum in Stellung und beurteilte die Lage. Bei einer direkten Annäherung, entweder von jenseits der Straße oder auch von der Fahrbahn aus, würde er ohne Deckung ein großes Schussfeld im Auge behalten müssen. Er würde noch ein ganzes Stück entfernt sein, wenn er sie aufforderte, sich zu ergeben, und das könnte Adam dazu verleiten, den Revolver zu ziehen und das Feuer zu eröffnen. Shaw war wahrscheinlich ein besserer Schütze als Adam, aber verlassen konnte er sich darauf nicht – und außerdem wollte Shaw einen Schusswechsel unbedingt vermeiden.

Die Erfolgsaussichten dieser Option: dreißig Prozent. Nicht gut genug.

In Deckung bleiben und einfach nur rufen, sie sollten sich ergeben?

Nein, sie würden schießen oder wegrennen, vermutlich beides. Die Cops würden die Schüsse hören und mit gezückten Waffen herbeieilen. Dodd würde sich eine gute Position suchen und sein Scharfschützengewehr einsetzen.

Diese Taktik hätte nur zehn Prozent Aussicht auf Erfolg.

Die beiden von hinten überrumpeln?

Ja, das war die beste Option.

Wobei sie ganz eigene Schwierigkeiten mit sich brachte: »Hinten« bestand im Wesentlichen aus einer dreißig Meter hohen Steilwand über dem felsigen Talgrund.

Als die Jungen nicht hinsahen, huschte Shaw geduckt über die Straße und spähte über den Rand. Die Wand war nicht glatt und senkrecht, sondern verlief in einem Winkel von fünfundvierzig oder fünfzig Grad nach unten. Es gab zahlreiche Simse, Vorsprünge und Ausläufer.

Shaw erinnerte sich an ein Buch über die Kriege zwischen Indianerstämmen, das er einst als Junge gelesen hatte. In Gebirgsregionen war es damals üblich, die Feinde kurzerhand von einer Klippe zu werfen und den Rest der Schwerkraft zu überlassen, um Pfeile und Mühe zu sparen. Der menschliche Körper kann einem Aufprall mit fünfzig bis sechzig Kilometern pro Stunde standhalten, sofern die Oberfläche, auf der man landet, etwas nachgibt. Diese Geschwindigkeit erreicht man nach einem freien Fall von etwa zehn Metern. Bei größerer Höhe und felsigem Untergrund konnte man einpacken.

Spanne dich niemals an, wenn du fällst.

Ashton hatte den Kindern diese Grundregel stets ins Gedächtnis gerufen, bevor er sie aus zweieinhalb Metern Höhe zu Boden springen ließ. Wenn man schlaff wie eine Stoffpuppe war, trug man bei der Landung viel weniger Schaden davon. Bei einem von Shaws Aufträgen hatte ein Entführer vor ihm fliehen wollen, indem er von einem Hausdach auf ein anderes sprang. Das ging schief, und er stürzte neun Meter hinunter auf den Rasen. Dabei brach er sich nur den kleinen Finger, sonst passierte ihm nichts. Die Rettungssanitäter bestätigten, dass dafür wahrscheinlich die vollständige Abwesenheit jeglicher Körperspannung verantwortlich war – dank einer halben Flasche Wodka.

Falls Shaw hier den Halt verlor, würde er die dreißig Meter hohe Felswand hinabrollen. Das konnte tödlich enden, würde aber eher zu einer Reihe von Knochenbrüchen führen. Dabei wäre Shaw lieber tot, als sich das Rückgrat oder den Hals zu brechen und den Rest seines Lebens das genaue

Gegenteil von rastlos zu sein, nämlich an den Rollstuhl gefesselt.

Er würde über die Kante steigen, ungefähr drei Meter ungesichert nach unten klettern und sich dann seitlich bewegen, bis er hinter den zwei Verdächtigen wieder nach oben kam. Dann musste er schnell Adam entwaffnen und die beiden zwingen, sich gegenseitig Handfesseln anzulegen.

Vorausgesetzt, sie hatten ihn bis dahin nicht gehört oder gesehen.

Und er war nicht abgestürzt.

Er hatte weder Kreide dabei noch Kletterschuhe. Er wusste zwar, wie man barfuß kletterte, würde die Ecco-Schuhe aber nicht ausziehen. Falls es zu einer Verfolgung auf der mit Schotter übersäten Straße kam, brauchte er den Schutz.

Die Erfolgsaussicht dieses Plans schätzte er auf fünfundsiebzig Prozent. Die anderen fünfundzwanzig Prozent bedeuteten allerdings nicht nur eine fehlgeschlagene Festnahme, sondern beinhalteten einen verheerenden und potenziell tödlichen Sturz in die Tiefe.

Doch ihm blieb keine andere Wahl.

Also los.

Jetzt.

8

Shaw blickte nach unten und musterte die Felswand, die er bezwingen musste, um hinter Adam und Erick zu gelangen.

Eigentlich liebte er Wände wie diese: zerklüftet und voller Spalten. Shaw machte nun, was für alle guten Kletterer stets am Anfang stand: die Planung der Route. Er legte sich auf den Bauch und schob sich rückwärts auf die Kante zu; zuvor hatte er sich die Stellen eingeprägt, auf denen er mit den Füßen Halt finden wollte. Der Abstieg von einer Klippe war grundsätzlich schwieriger als der Aufstieg; man konnte die Felskanten, an denen man sich festhalten oder auf die man sich stellen wollte, nicht vorher durch Wegwischen oder Pusten von Erde und Staub befreien. Und ohne Kreide an den Fingern kann sogar eine noch so dünne Erdschicht tödlich sein. Shaw kletterte meistens hinunter, nicht hinauf.

Es ging los. Weiter, weiter, während die Füße nach Stellen suchten, die sein Gewicht tragen würden. Er hielt sich an Felsen und Zweigen fest für den Fall, dass seine Schuhe abrutschten. Endlich befand er sich weit genug über der Kante, um nach unten schauen zu können. Das war eine riesige Erleichterung. Nun konnte er dank der vielen Felsvorsprünge, der fünf bis zehn Zentimeter breiten Spalten und einem günstig gelegenen – und dicken – Ast die zweieinhalb Meter bis zu dem Sims absteigen.

Dann bewegte er sich langsam seitwärts bis zu dem Punkt, an dem er die Verdächtigen vermutete. Das Sims verlief nach unten, und der Felsblock, auf dem sie saßen, befand sich ungefähr sechs Meter über Shaw. Er blickte nach oben und plante den Aufstieg. Mit ausgestreckter Hand wischte er eine Stelle frei, packte zu und zog sich hoch. Dabei drückte er seine Hüfte beständig gegen den Fels, wodurch die Schulter ebenfalls nah an der Wand blieb und somit der ganze Körper vertikal ausgerichtet war – die beste Haltung beim Klettern. Er tastete sich mit den Füßen voran und nutzte Spalten, in die er seine Hände steckte, um dann die Finger auszubreiten. Danach beugte er ein Knie, suchte sich einen neuen Halt und streckte das Bein durch, um wieder ein kleines Stück nach oben zu gelangen.

Bloß nicht zu schnell. Schnell hieße laut. Laut wäre gar nicht gut. Laut würde die schwarze Mündung eines Revolvers bedeuten, die oben auf ihn wartete.

Er erreichte ein glattes quadratisches Stück Felswand von etwa anderthalb Metern Kantenlänge. Normalerweise würde er die Haftung der Gummisohlen nutzen, um sich mit viel Druck nach oben zu stemmen. Dabei brauchte man guten Halt für die Hände. Den gab es hier zwar, aber Shaw traute den Straßenschuhen nicht. Also bewegte er sich weiter zur Seite, um die glatte Stelle zu umgehen, gelangte über eine rissige Platte mit zahlreichen Griffmöglichkeiten nach oben und zog sich danach zurück an die ursprüngliche Position, nur diesmal oberhalb des glatten Bereichs.

Nun blieb noch ein knapper Meter bis zur Kante. Shaw ruhte kurz aus und atmete gleichmäßig, um sich für die bevorstehende Anstrengung zu wappnen: den letzten Zug, der ihn ans Ziel bringen würde. Mit seiner linken Hand packte er eine Spalte und stellte den linken Fuß dann auf einen Vorsprung auf nahezu der Höhe seines Ellbogens. Seine rechte

Hand streckte er nach einer Griffmöglichkeit kurz vor dem Rand aus, drückte sich mit beiden Beinen aus der geduckten Haltung nach oben und packte die beabsichtigte Stelle. Nun befand er sich genau an der Kante.

Langsam hob Shaw den Kopf und rechnete halb damit, dass Adam bereits auf ihn zielen würde.

Nein, die Verdächtigen waren drei Meter von ihm entfernt und schauten immer noch in die andere Richtung.

»Ich weiß nicht«, sagte Adam. »So etwa zwanzig Minuten. Sie waren sich nicht sicher.«

»Meine Eltern machen sich bestimmt große Sorgen.«

»Glaub mir doch endlich: Das hier ist es wert.«

»Ich wünschte nur, ich könnte ihnen irgendeine Nachricht schicken.«

»Nicht nach dem Scheiß bei der Kirche.«

Shaws linke Hand fand einen sicheren Eichenschössling, und er zog sich an die Oberfläche, zwar keuchend … aber dies möglichst leise. Einfach war das nicht.

Er ging in die Hocke und griff kurz nach der Glock, um sich zu vergewissern, an genau welcher Stelle sich das Holster befand. Dann trat er vor, während sein Blick zwischen Adams Händen und dem Boden zu Shaws Füßen hin- und herwechselte, damit seine Schritte kein unnötiges Geräusch verursachen würden.

Drei Meter, zweieinhalb, zwei. Shaw hielt inne, denn die Jungen sahen die Straße hinauf.

Kamen da die Neonazis?

Oder Welles und seine Truppe?

Egal, weiter im Programm.

Genauso wie er die Kletterroute geplant hatte, plante er nun den Zugriff.

Und setzte ihn in die Tat um.

Er beließ seine Glock im Holster, trat von hinten an Adam

heran, packte mit schnellem, festem Griff den kurzläufigen Revolver, stieß ihn zunächst nach unten, damit der Hahn nicht hängen bleiben würde, und zog die Waffe heraus.

»Was, zum …?« Adam sprang auf und fuhr herum. Bevor er auch nur ausholen konnte, um zuzuschlagen, rammte Shaw ihm schon die Faust in die Magengrube. Der junge Mann sackte ächzend auf die Knie und hielt sich den Leib.

Shaw steckte den Revolver ein und zog seine Glock. Die Mündung wies in Ericks grobe Richtung, aber nicht direkt auf ihn.

»Nein, Mann, bitte … Nein!« Die Augen des Jungen waren weit aufgerissen. »Wer …?«

»Oh, Kacke«, keuchte Adam. »Ich muss kotzen.«

»Dann bring es hinter dich. Wir haben keine Zeit. Ihr seid beide in Gefahr.«

»Sie haben mich geschlagen.«

»Wer sind Sie?«, flüsterte Erick. »Was ist …?«

Aus seiner Gesäßtasche zog Shaw zwei der Kabelbinder hervor, die er immer bei sich trug, und reichte sie Erick. »Um seine Handgelenke, mit den Händen nach vorn. Dann bei dir selbst. Schnell.«

Erschrocken nahm Erick die grauweißen Nylonstreifen entgegen und schien nicht zu wissen, wie er sie benutzen sollte.

»Wenn Sie ein Cop sind, müssen Sie sich erst zu erkennen geben«, knurrte Adam. »Andernfalls ist eine Festnahme nicht legal.«

»Das stimmt nicht, und ich bin kein Cop.« Er sah Erick an. »Ich bin wegen deiner Eltern hier.«

»Mom und Dad?«

Shaw wies auf die Kabelbinder. »Los. Ich sag's nicht noch mal. Es sind Männer in der Nähe, die euch töten wollen. Ich kann euch retten. Also mach schon.«

Erick schaute zu Adam, der langsam aufstand. Er sagte nichts, wirkte aber angeschlagen und angewidert zugleich.

»Sie müssen…«

»Um die Handgelenke. Los!«

Erick fesselte Adam und streckte dann Shaw seine Hände entgegen.

»Nein, mach das selbst.«

Er gehorchte, und Shaw zog die Fesseln abschließend noch etwas fester zu. Mit den Händen der Verdächtigen vor ihren Körpern war es für ihn riskanter, aber so konnten sie eigenständig bis zu dem Kia gelangen, der sich fünfzehn Meter über ihnen auf dem steilen Hang befand.

»Bitte, Mann«, flehte Adam mit rauer, verzweifelter Stimme. »Lassen Sie uns gehen. Sie müssen! Das hier ist alles total verrückt. Sie verstehen nicht.«

»Wir reden später über alles. Jetzt bewegt euch!« Shaw deutete die Straße entlang. »Wir müssen den Hügel hoch.«

Sie trabten los. Shaw war bereit, ihnen jederzeit ein Bein zu stellen oder sie zu packen, falls sie zu fliehen versuchten.

»Was ist mit meinen Eltern?«, flüsterte Erick.

»Sie haben eine Belohnung ausgesetzt, damit du gefunden wirst.«

Das schien ihn zu verwirren.

»Ich konnte sie nicht anrufen. Die Polizei hört bestimmt ihre Telefone ab.« Er nickte in Richtung von Adam, der ihn anscheinend entsprechend gewarnt hatte.

»Mein Wagen steht da oben«, erklärte Shaw. »Wir müssen so schnell wie möglich von hier weg.«

»Wer will uns etwas antun?«, fragte Erick.

»Der hiesige Sheriff und seine Deputys. Ich dachte erst, die wollten euch verhaften und für die Detectives aus Tacoma festhalten, aber jetzt bin ich mir ziemlich sicher, dass sie euch stattdessen umlegen wollen.«

»Warum?«

»Später. Auf der Fahrt.« Sie hatten fast schon die Stelle erreicht, an der sie den Aufstieg zum Wagen beginnen konnten.

»Ich habe dich telefonieren gesehen«, sagte Shaw. »Jemand soll euch hier abholen. Wer?«

»Niemand.«

Der junge Mann log – das verriet nicht nur sein Tonfall, sondern auch der Blick zum Highland Bypass, der Straße, auf der »Niemand« vermutlich bald auftauchen würde, um die Jungs einzusammeln.

Shaw sah Erick an, der auch nur sagte: »Ich … Niemand.«

Egal, dachte Shaw. Hauptsache, sie konnten innerhalb der nächsten paar Minuten von hier verschwinden.

An der günstigsten Stelle des Hangs, an der Shaw von seinem Auto nach unten gestiegen war, ließ er die beiden anhalten. »Da hoch.« Er zeigte hinauf. »Macht langsam. Das Gras kann schlüpfrig sein.«

Erick schaute nach oben und fing an zu klettern, wobei er sich mit den gefesselten Händen an Grasbüscheln und Pflanzenstengeln festhielt und voranzog. Er rutschte weg, und Shaw kam zu ihm, um ihm wieder auf die Beine zu helfen.

Er sah zu Adam. »Du auch. Los.«

Der junge Mann schaute sich um. Shaw rechnete damit, dass er gleich weglaufen würde, und machte sich bereit, ihn sofort zu verfolgen.

»He, Kumpel!«, rief Adam. Erick blickte zu ihm hinunter. »Vergiss nicht, was ich dir gesagt habe. Dein Bruder und alles andere … Das kommt wieder in Ordnung. Versprochen.« Ein sanftes Lächeln huschte über sein Gesicht. Er murmelte etwas vor sich hin. Shaw verstand »Auf Wiedersehen«, und den Rest konnte er nicht richtig hören.

Dann rannte Adam los – aber nicht etwa die Straße entlang, sondern in gerader Linie auf den Rand der Klippe zu.

»Adam! Nein!«

»He, Mann, was soll das?«, rief Erick.

Shaw lief hinterher.

Adam zögerte nicht. Er erreichte die Kante mit voller Geschwindigkeit und warf sich hinaus in die Luft.

Shaw hielt im letzten Moment an. Keuchend vor Anstrengung und Entsetzen sah er den jungen Mann in den Tod stürzen.

9

Sheriff Welles stoppte seinen Wagen am Rand der Old Mill Road in der Nähe des Felsblocks, auf dem die Verdächtigen gesessen hatten.

Dreißig Meter weiter unten lag Adams Leichnam bäuchlings und zerschmettert da. Eines seiner Beine stand in schrecklichem Winkel ab. Eine große Blutlache schimmerte hell im Sonnenschein und machte damit dem nahen Flusslauf Konkurrenz.

Der Sheriff stieg aus. Auch die Beifahrertür öffnete sich, und Dodd kam zum Vorschein, der Scharfschütze. Seine Miene war genauso ungerührt wie zuvor. Oder doch nicht? Gab es da nicht einen Anflug von Enttäuschung darüber, dass es ihm verwehrt geblieben war, diese Ketzer zu erschießen?

Beide Männer rückten gleichzeitig ihre Gürtel zurecht, als wäre das Vorschrift, wenn man im Hammond County aus einem Behördenfahrzeug stieg. Sie gingen zu Shaw. Die Schuhe des Sheriffs scharrten über den Asphalt. Dodd trug Jagdstiefel mit Gummisohlen und verursachte keine Schrittgeräusche.

Als sie stehen blieben, richteten auch sie ihre Blicke auf den Talgrund weit unterhalb. Dort waren die anderen Deputys, nah bei der Brücke über den flinken Fluss. Shaw hätte gedacht, dass sie Adams Leichnam zudecken würden. Aber nein. Dann wurde ihm klar: Wozu auch? Es gab hier keine schockierten Passanten. Eine Decke hätte außerdem bei den Selfies gestört. Ihn überkam regelrecht Ekel, als er sah, wie sie Fotos schossen.

Was, zum Teufel, war nur geschehen? Ein Selbstmord? Adam musste doch gewusst haben, dass er daheim im Pierce County einen fairen Prozess erhalten würde. Und er hätte ja auch auf eine Gelegenheit zur Flucht hoffen können, denn es waren nur seine Handgelenke gefesselt, und Shaws Wagen war kein Gefangenentransporter, sondern eine Kia-Stufenhecklimousine.

Warum also einfach aufgeben und sich wie selbstverständlich in die felsige Tiefe stürzen?

Shaw war wütend auf sich selbst. Er hatte gewusst, dass Adam labil war. Er hätte näher bei ihm bleiben müssen, wenngleich er den rasanten Sprint zum Rand der Klippe dennoch nicht hätte vorhersehen können.

»So«, sagte Welles. »Ich schätze, die zwei waren wohl doch nicht da, wo Sie uns hingeschickt haben.«

Wann würde der Mann ihn fragen, weshalb Shaw die Verdächtigen gefesselt und in Gewahrsam genommen hatte, ganz entgegen seiner Behauptung, er würde niemanden festnehmen? Würde Shaw am Ende selbst in einer Zelle des Hammond County landen?

»Wo ist der andere?«, fragte Dodd.

»Nachdem Adam gesprungen war, wollte ich zurück zu Erick, aber er war weg.« Shaw deutete auf einen Pfad, der in den Wald führte. »Da entlang.«

»Haben Sie auch ihm die Hände gefesselt?«, fragte Welles.

»Ja.«

Der Sheriff ließ den Blick über den Straßenrand und die Klippe schweifen. »Er ist gesprungen, ja?«

»Richtig.«

»Es war kein Unfall, da sind Sie sich sicher?«

»Ja, absolut. Wir waren nicht nah an der Kante. Er ist plötzlich losgerannt. Ich habe keine Ahnung, wieso.«

»Wo ist die Waffe?«

»Die hatten sie nicht bei sich«, log Shaw.

Die drei Männer schauten noch einen Moment lang nach unten, und dann wandte Welles sich in die Richtung, die Shaw angezeigt hatte – zu dem Pfad, auf dem Erick angeblich geflohen war. »Sind Sie *sicher*, dass er da entlang ist?«, fragte der Sheriff.

Im Klartext: Belügen Sie uns schon wieder?

»Ja.«

Der Sheriff schien ihm zu glauben. »Okay.« Er nahm ein Walkie-Talkie vom Gürtel. »Jimmy?«

Knistern und Knacken. *»Sheriff?«*

»Du und noch einer, ihr fahrt rüber zur Morgan Road. Der andere Junge wird vermutlich dort auftauchen, in einer halben Stunde oder so. Er ist auf dem Holzfällerpfad, und er ist mit Kabelbindern gefesselt.«

»An den Füßen?«

»Natürlich nicht an den Füßen. Meinst du vielleicht, der hüpft durch die Gegend wie der Osterhase?«

»Hab verstanden, Sheriff. Alles klar.«

Welles hängte das Gerät wieder an seinen Uniformgürtel. »Den erwischen wir schon noch. Keine Eile. Auch falls er Angst bekommt und sich versteckt, dürfte ein Bengel wie der, aus Gig Harbor, sich hier in der Gegend kaum auskennen. Früher oder später kriegt er Hunger und läuft zur Straße. Dann schnappen wir ihn.«

Der Sheriff senkte die Stimme. »Da haben Sie uns ganz schön hinters Licht geführt, Mr. Shaw.«

Jetzt ging es los.

Welles lächelte gequält. »Aber keine Sorge, Sir. Wir geben Ihnen Rückendeckung.«

Dodd nickte und setzte etwas Ähnliches wie ein Lächeln auf. Shaw konnte erkennen, wie ungewohnt dieser Gesichtsausdruck für ihn war.

Welles hielt ihm die Hand hin.

Verwirrt schlug Shaw ein.

»Ich bin stolz auf Sie, Sir«, sagte Dodd.

»Verzeihung?«

»Oh, schon klar, so müssen Sie das verkaufen.« Welles grinste wissend. »Erst dachte ich, ganz ehrlich, Sie wollen uns in die falsche Richtung schicken, damit Sie sich die Jungs holen und zu einem dieser liberalen Gutmenschen-Anwälte verfrachten können.«

»Diese Arschlöcher«, murmelte Dodd.

Welles sprach nun noch leiser, als würden Spione oder Reporter in der Nähe lauern. »Ich meine, Sie sind ja nicht auf den Kopf gefallen. Erst rufen Sie uns und melden uns die Jungs hier, und dann schicken Sie uns sonst wohin.« Er schnippte mit den Fingern. »Das sah alles streng nach Vorschrift aus.«

»Echt schlau«, warf Dodd ein.

Welles runzelte die Stirn. »Klar, ich hätte das am liebsten selbst erledigt. Aber am Ende haben wir doch alle das gewünschte Ergebnis vor uns, nicht wahr?« Ein Nicken in Richtung der Kante.

Da begriff Shaw, was er meinte. Der Sheriff und seine Deputys glaubten, dass Shaw dies alles geplant hatte – den Mord an dem Jungen, der wie ein Selbstmord aussehen sollte. Eine private Rache für die Schüsse auf den Prediger.

Trotz aller Abscheu rang Shaw sich ein selbstgefälliges Lächeln ab. »Oh, das muss ich natürlich entschieden zurückweisen, wie Sie sicher verstehen werden.«

»Wir halten dicht.«

»Sir, ich muss gestehen, dass ich das Leben dieses Sünders gern eigenhändig beendet hätte«, sagte Dodd. »Aber in dem Fall hätte er keinerlei Schmerz verspürt.«

Ein Projektil fliegt mit annähernd neunhundert Metern pro Sekunde.

»Dank Ihnen konnte dieses armselige Exemplar der menschlichen Rasse einige höchst unangenehme Momente auskosten – nachdem Sie ihn gestoßen hatten und bevor er unten aufgeschlagen ist.«

Shaw verzog belustigt das Gesicht. »Was denn, Sie glauben, ich hätte ihn gestoßen? So etwas würde ich nie tun. Er ist gesprungen.«

»Und das wird auch in unserem Bericht stehen«, sagte Welles. »Kriegen Sie trotzdem noch diese Belohnung?«

»Das müsste klappen.«

»Sehr gut, es sei Ihnen gegönnt. Schade, dass sie nicht *beide* gesprungen sind. Wie bei einem Pakt, verstehen Sie? So was kommt manchmal vor.«

»Vergessen Sie nicht, Adam war der Schütze«, sagte Shaw. »Nicht Erick.«

»Werde ich.« Welles schüttelte lächelnd den Kopf. »Wirklich gerissen, wie schon gesagt. Erst lassen Sie den anderen Jungen entkommen, dann kümmern Sie sich um Adam. Richtig? So gibt es keine Zeugen. Nein, diesem Erick wird nichts geschehen. Aber Sie dürfen mir glauben, er wird in unserem Gästezimmer wenig zu lachen haben. Das verspreche ich Ihnen. Ich habe Sie falsch eingeschätzt, Sir. Am Anfang, mit all den feinen Klamotten und so. Wir erleben oft, dass Fremde uns herablassend behandeln. Nicht auf Augenhöhe.«

»Das ist eine Schande«, sagte Shaw, voll in seiner Rolle.

»Ich dachte, Sie wären auch einer dieser Stadtmenschen,

trotz Ihrer Knarre da.« Er zeigte auf die Glock an Shaws Hosenbund. »Aber Sie sind einer von uns.«

Wie sehr wir doch hören und sehen, was wir hören und sehen wollen.

»Wo beten Sie?«, fragte der Sheriff.

»In der First Baptist«, sagte Shaw. »Meine Frau und ich gehen schon seit Jahren da hin.«

Er wählte diesen Namen für die Kirche, weil es davon Tausende überall im ganzen Land gab – nur für den Fall, dass Welles versuchen sollte, Nachforschungen anzustellen.

Und ein gottesfürchtiger Mann musste natürlich auch verheiratet sein.

Welles nickte Dodd zu und hob eine Hand, als dieser ihn nicht gleich zu verstehen schien. »Oh, richtig.« Der Mann zog eine Serviette aus der Tasche und gab sie Shaw. Darin eingewickelt war der blutige Kabelbinder, den man von Adams Handgelenken geschnitten hatte.

»Ich dachte mir, der sollte lieber nicht gefunden werden«, sagte Welles. »Ein gefesselter Mann *könnte* von einer Klippe springen, aber ...« Sein sonnengebräuntes Gesicht legte sich noch mehr in Falten als ohnehin schon. »Am besten man lässt es gar nicht erst darauf ankommen. Die gerichtliche Untersuchung findet hier statt. Was gut ist. Der Coroner ist einer von uns. Er gehört auch zu unserer Pokerrunde. Es wird alles glattgehen. Machen Sie sich keine Sorgen.«

»Das weiß ich zu schätzen.«

Es entbehrte nicht einer gewissen Ironie, dass der vermeintlich manipulierte Bericht des Sheriffs und des Gerichtsmediziners darlegen würde, was tatsächlich geschehen war.

Er ist gesprungen, ja ...?

»Okay, dann machen wir uns mal daran, den anderen Jungen zu finden. Wahrscheinlich wird er sich stellen. Um diese Jahreszeit sind die Insekten eine echte Plage. Und dann natürlich die Schlangen. So möchte bestimmt niemand abtreten. Fragen Sie mal J. P. Gibbons, meinen Vorgänger. Sein letzter Monat war echt heftig. Nun ja, genau genommen kann man ihn gar nichts mehr fragen.«

»War er ein Mann Gottes?«, fragte Shaw.

»Nicht genug, wie es scheint. Machen Sie's gut, Mr. Shaw.«

10

Shaw verfolgte, wie der Wagen des Sheriffs langsam die Straße entlangfuhr und auf dem unebenen Asphalt ordentlich durchgeschüttelt wurde.

Dann ging er noch einmal zum Rand der Klippe und schaute nach unten. Der Anblick blieb verstörend; Adams Leichnam lag immer noch unverhüllt an Ort und Stelle. Die Deputys lungerten herum und warteten auf den Gerichtsmediziner. Zwei von ihnen spielten Karten auf der Motorhaube eines der Streifenwagen.

Shaw stieg den steilen Hang hinauf und kehrte zu dem Kia zurück. Als er dort eintraf, hörte er ein Fahrzeug, das sich auf dem Highland Bypass näherte – der Straße, aus deren Richtung Adam offenbar mit Besuchern gerechnet hatte. Shaw hatte sie völlig vergessen.

Bewaffnete Neonazis?

Er würde Welles verständigen müssen. Wie unangenehm der Mann und seine Leute auch sein mochten, Shaw würde nicht zulassen, dass sie in einen Hinterhalt gerieten. Von der erhöhten Position aus saßen die Beamten für einen Angreifer wie auf dem Präsentierteller.

Er überprüfte den Smith & Wesson. Die Trommel des Revolvers fasste fünf Patronen, von denen vier abgefeuert worden waren. Nur ein Schuss blieb übrig. In Shaws Glock steckte eine Patrone in der Kammer und sechs in dem schmalen Magazin. Er ging im Unterholz in Deckung, nahm sein Telefon und machte sich bereit, Welles anzurufen.

Ein schwarzer Transporter kam in Sicht und hielt in der Nähe der Stelle, an der Adam und Erick gesessen hatten. Das Logo auf der Seite des Fahrzeugs stellte das mathematische Unendlichkeitssymbol dar. Die Türen öffneten sich, und zwei Männer und zwei Frauen stiegen aus.

Keine Nazis.

Eher … Amish.

Sie trugen identische Uniformen – dunkle Stoffhosen oder Röcke, taubenblaue Hemden und schwarze Slipper. Nur eine Variation gab es: Die zwei Männer hatten Baseballmützen ohne Logo oder Aufschrift auf den Köpfen, und einer von ihnen trug zudem eine orange getönte Sonnenbrille. Außerdem schienen fast alle von ihnen Halsketten umgelegt zu haben. Shaw rechnete mit Kreuzen daran, doch es waren andere Anhänger, die er aus dieser Entfernung nicht erkennen konnte. Er nahm an, dass die Gruppe aus dem Refugium in der Nähe von Snoqualmie Gap stammte – was wohl das Ziel war, das Adam und Erick angesteuert hatten.

Der Fahrer stieg nun ebenfalls aus. Er war nicht groß, aber ziemlich breit und gebaut wie ein Ringer – wenngleich nicht wie die schlanken Athleten ohne ein Gramm Körperfett, gegen die Shaw im College angetreten war. Dieser Mann hatte eindeutig das Kommando, sah sich nun ungeduldig um und erteilte einige barsche Anweisungen. Die anderen schwärmten aus.

Ein leiser Aufschrei. Eine der Frauen schaute die Klippe hinunter. Sie musste Adams Leichnam weiter unten entdeckt haben. Die Brünette mit dem dunklen, lockigen Haar war nicht allzu groß, mit breiten Hüften, ansonsten aber schmal.

Und mit einem hübschen Gesicht. Nicht wie bei einem Fotomodell, sondern eher wie bei einer nachdenklichen Arthaus-Schauspielerin. Sie hatte helle Augen, deren genaue Farbe Shaw nicht ausmachen konnte. Ihr Gesicht war gerötet.

Der Fahrer, einer der anderen Männer und die zweite Frau gesellten sich zu ihr und blickten nach unten zu dem Toten. Im Gegensatz zu der Brünetten zeigten sie keine emotionale Reaktion, sondern blieben völlig ungerührt. Der Fahrer verzog sogar verärgert das Gesicht, als wäre die Fahrt hierher reine Zeitverschwendung gewesen. Er scheuchte die anderen zurück zu dem Transporter. Die Brünette blieb jedoch stehen und wischte sich Tränen aus den Augen. Der Fahrer ging zu ihr und packte sie grob am Arm. Er war wütend und flüsterte etwas mit finsterer Miene. Sie senkte ergeben den Kopf und nickte. Eine Zurechtweisung. Wofür? Weil sie Gefühle gezeigt hatte angesichts des Todes eines anderen Menschen? Der womöglich ein Freund gewesen war? Vielleicht gab es zwischen ihr und Adam irgendeine Art von Verbindung.

Der Fahrer flüsterte weiter. Sie nickte wieder. Der Mann vergewisserte sich kurz, dass die anderen nicht in seine Richtung sahen, und strich der Frau mit der Rückseite seiner Finger über den Arm und den Hals. Dann wanderte seine Hand nach vorn zu ihrer Kehle, wo er anscheinend die Kette oder den Anhänger berührte, und weiter zu ihrer Brust. Die Frau wandte sich abrupt ab und ging zu dem Transporter. Der Mann runzelte die Stirn und rief etwas hinter ihr her. Shaw verstand die Worte: »... oder Strafpunkte«.

Die Frau hielt inne und sah niedergeschlagen aus. Dann stieg sie in das Fahrzeug.

Der grobe Kerl ließ ein letztes Mal den Blick in die Runde schweifen und rief erneut etwas, leise genug, um nicht die Aufmerksamkeit der Deputys zu erregen. Shaw meinte zwei

Namen zu erkennen: so etwas wie »Gisele« und eindeutig »Frederick«.

Ganz in der Nähe ertönte ein Rascheln und das Geräusch von Schritten, als der Mann mit der orangefarbenen Sonnenbrille den Hügel hinunterkam. Offenbar hatte er sich auf die Suche nach Adam und Erick begeben und noch nichts von dem Toten mitbekommen. Hatte er Shaw gesehen? Durchaus möglich. Bei dem Transporter blieb er stehen und blickte zurück. Shaw duckte sich. Der Mann stieg ein. Der Motor wurde angelassen, der Fahrer wendete vorsichtig in drei Zügen, und dann verschwand die seltsame Truppe auf demselben Weg, auf dem sie hergekommen war.

Shaw setzte sich in den Kia, drehte den Zündschlüssel und fuhr langsam die Old Mill Road zurück. Er kam durch Hope's Corner, und nach acht weiteren Kilometern verließ er das Gebiet von Hammond County.

Dann hielt er am Straßenrand und stieg aus. Er ging nach hinten und öffnete per Funkfernbedienung den Kofferraum. Dort vor ihm lag Erick Young und blinzelte in den strahlend blauen Himmel.

»Na los, raus mit dir«, sagte Shaw.

11

Er fuhr schnell, aber nur knapp über dem Tempolimit. Shaw wollte nicht riskieren, dass Kollegen von Sheriff Welles ihn anhalten würden, auch wenn er gewissermaßen den Segen des Mannes besaß. Ein Blick in den Rückspiegel verriet ihm, dass es zumindest bis jetzt noch keine Verfolger gab.

Er musste an die Brünette denken, die im Gegensatz zu ihren Begleitern so erschrocken und bestürzt auf Adams Tod reagiert hatte.

Wer war sie, und was war das für eine Gruppe? Stammten die aus dem Refugium, von dem er gehört hatte?

Hippies…

»Warum hat er sich umgebracht?«, flüsterte Erick, der auf dem Beifahrersitz des Kia saß und aus dem Fenster starrte. Seine Hände waren ihm mittlerweile auf den Rücken gefesselt. Shaw trug weiterhin seine Waffe und wollte nicht riskieren, dass der Junge aus lauter Verzweiflung danach greifen oder sich eventuell aus dem fahrenden Auto stürzen würde.

Es war riskant gewesen, Erick Young vor den Deputys zu retten, aber Shaw konnte einfach nicht zulassen, dass Welles ihn in die Finger bekam.

»Komm mit«, hatte Shaw ihm nach Adams Sprung zugerufen. »Schnell.« Er hatte dem schockierten jungen Mann den Hang hinauf zu seinem Wagen geholfen und den Kofferraum geöffnet. »Steig da rein und verhalte dich leise. Ich bringe dich zurück nach Gig Harbor zu deinen Eltern. Die werden dir einen Anwalt besorgen.«

»Okay«, hatte Erick zaghaft eingewilligt.

Als nun ein weiterer Bezirk hinter ihnen lag, ließ Shaws Anspannung allmählich nach. Er warf einen Blick auf das Navigationsgerät des Wagens. Noch anderthalb Stunden bis zum Pierce County. Der Tank war ausreichend gefüllt, sie hatten Wasser dabei, und zu essen brauchten sie nichts. Als Toilette musste gegebenenfalls das Gebüsch am Straßenrand genügen. Es wäre nämlich schwierig geworden, an einer Tankstelle glaubhaft zu erklären, wieso der Beifahrer gefesselt war, obwohl man selbst gar keine Dienstmarke trug.

»Die wollten uns was antun, sagen sie? Die Polizisten?«

»Richtig. Die wollten euch nicht einfach nur verhaften.«

»Und wer sind *Sie*?«

Shaw erinnerte ihn an die Belohnung, die seine Eltern ausgesetzt hatten. Und an die Belohnung des Bezirks.

»Mom und Dad wollten, dass Sie mich einfangen?«

»Sie wollten, dass dir nichts zustößt. Mit einem bewaffneten Straftäter zu fliehen, war eine dämliche Idee.«

»Aber … ich musste einfach mitkommen.«

»Warum?«

»So war es eben.« Sein Blick blieb auf die Kiefern gerichtet, die draußen vorbeihuschten. »Er ist gesprungen«, wiederholte Erick. »Wieso nur hat er das getan?«

»Vielleicht wollte er nicht ins Gefängnis.«

»Aber wir waren das nicht.«

Die beliebteste Verteidigung der Welt. »Was davon habt ihr nicht gemacht?«, fragte Shaw.

»Na, alles. Ich meine, ja, Adam hat auf diese Typen geschossen. Aber in Notwehr.«

Shaw merkte auf. »Erklär mir das mal etwas genauer.«

»Okay, ich gehe regelmäßig auf diesen Friedhof. Zu einem Grab, weil ... mein Bruder ist letztes Jahr gestorben.«

»Mark. Davon habe ich gehört. Das tut mir leid.«

»Wissen Sie, ich rede sogar mit ihm.« Es schien dem Jungen peinlich zu sein. »Das klingt vielleicht albern, aber ich mache das nun mal.«

Shaw musste unwillkürlich an Russell denken, seinen eigenen Bruder. »Nein, das ist überhaupt nicht albern.«

»Ich stand also an seinem Grab, und da sind mir wohl die Tränen gekommen.« Er sah zu Shaw und blickte in ein mitfühlendes Gesicht. »Adam war auch da und kam zu mir herüber. Er war ... Ich weiß, er war irgendwie komisch. Aber er schien sich in dem Moment Sorgen um mich zu machen. Er hat gefragt, ob alles in Ordnung sei. Da habe ich ihm von Mark erzählt. Und erst hat er gar nichts dazu gesagt. Dann hat er auf ein anderes Grab gezeigt. Dort lag seine Mutter. Er sagte, ihr Tod habe ihn völlig zerstört. Und dann hat er von dieser Gruppe erzählt, die an einem Ort in den Bergen wohnt. Dort habe man ihm sehr geholfen. Er sagte, vielleicht könnten er und ich ja gemeinsam dorthin. Man bleibt da, keine Ahnung, drei Wochen oder einen Monat oder so. Wie bei einer Therapie, schätze ich.«

Shaw erinnerte sich daran, was Adam Harpers Vater gesagt hatte: dass es dem jungen Mann nach einigen Wochen Abwesenheit aus Tacoma deutlich besser gegangen sei. Dies musste er gemeint haben.

»Ich dachte mir, es kann ja nicht schaden, es mal auszuprobieren. Nichts sonst hat funktioniert. Er sagte, es sei teuer, aber ich hatte etwas Geld auf dem Konto. Es waren Semesterferien, und bei der Arbeit konnte ich mir freinehmen. Also sagte ich: ›Okay, versuchen wir's.‹ Dann ist dieser Mist bei der Kirche passiert.« Sein Atem beschleunigte sich. »O Mann ...«

»Red weiter, Erick.«

»Wir waren auf dem Rückweg zu unseren Autos und sprachen darüber, wann wir aufbrechen könnten, als uns plötzlich das Feuer aufgefallen ist. Wir sind nachsehen gegangen.«

»Zu dem Kreuz vor der Kirche?«

»Ja. Wie beim Ku-Klux-Klan, Sie wissen schon. Diese zwei Männer kamen heraus, und einer von denen – der Hausmeister, William, wie ich inzwischen weiß – hatte eine Waffe und fing an auf uns zu schießen.«

Shaw runzelte die Stirn. »Er hat als Erster geschossen?«

»Ja. Ich hab mich zu Boden geworfen, und Adam schrie: ›Stopp, wir waren das nicht!‹ Aber das hat den Mann nicht interessiert. Da hat Adam seinen Revolver gezogen – den, den Sie jetzt haben – und zurückgeschossen. Dann sind wir weggelaufen. Später in den Nachrichten war keine Rede davon, dass die zuerst gefeuert haben.«

Falls es tatsächlich so abgelaufen war, hatte der Hausmeister eine schwere Straftat begangen; man darf nicht einfach losballern, wenn man nicht bedroht wird. Sofern es nicht um die Abwehr einer akuten Lebensgefahr geht, ist es verboten, die Waffe auch nur zu ziehen, vom Abfeuern ganz zu schweigen. Nachdem der Hausmeister getroffen wurde, hatte er seine Waffe vermutlich dem Laienprediger gegeben und ihm aufgetragen, sie zu verstecken. Eine unregistrierte Waffe, nahm Shaw an.

»Was ist das für eine Gruppe, von der Adam erzählt hat?«, fragte er.

»Sie nennen sich Sowieso-Stiftung und sitzen da irgendwo in den Bergen. Ein paar wollten kommen und uns abholen. Als Sie vorhin danach gefragt haben, hab ich gelogen. Da Adam schon ›Niemand‹ gesagt hatte, wusste ich nicht, was ich machen sollte.«

»Und das soll so eine Art Therapie sein?«

»Ja, würde ich sagen. Es ist teuer, und man muss im Voraus bezahlen. Deshalb sind wir auch nicht gleich aus der Stadt abgehauen. Ich musste erst etwas Bargeld zusammenkratzen. Am Anfang dachte ich, das ist bestimmt irgendein Beschiss, Sie wissen schon. Aber Adam hat versprochen, nein, das hilft wirklich. Er hat damit den Tod seiner Mutter verarbeiten können, und bei seinem Vater hat es ihm wohl auch geholfen. Adam wollte aufrichtig, dass es mir besser geht. Das war ihm wichtig.« Seine Stimme erstarb. Er fing an zu weinen. Shaw hielt an, verstaute seine Glock samt Holster in dem dazugehörigen Kasten im Kofferraum und half Erick aus dem Wagen. Er fesselte ihm die Hände vor den Leib und bot dem Jungen ein paar Servietten an, die er zusammen mit dem Truthahnsandwich in Hope's Corner eingepackt hatte.

Dann fuhren sie weiter.

»Ich weiß nicht, ob es total verrückt war«, sagte Erick viele Kilometer später. »Aber ich wollte es versuchen. Mein Bruder fehlt mir so sehr. Jeden Tag. Wissen Sie, wie sich das anfühlt, Mr. Shaw?«

Er antwortete nicht. Vor einer Radarfalle wurde er langsamer und durchquerte dann Evansville mit exakt fünfzig Stundenkilometern.

Wenig später fuhr der Kia wieder mit Tempo hundert.

Shaw dachte abermals an die Brünette und ihre Reaktion. Und an die glasigen, leeren Blicke der anderen, während sie den Toten tief unter ihnen betrachteten.

»Diese Leute, die Adam angerufen hat, damit sie euch abholen … Hat er erwähnt, wer genau die waren?«, fragte er.

»Jedenfalls nicht, dass ich mich erinnern könnte. Ich habe aber auch kaum darauf geachtet, als er telefoniert hat.« Ericks Lippen wurden schmal. »Ich werde ins Gefängnis kommen, nicht wahr?« Er wischte sich erneut über die Augen.

Colter Shaw hatte mal mit dem Gedanken gespielt, Anwalt

zu werden. Als seine Familie aus Sicherheitsgründen von der Bay Area San Franciscos in den Osten von Kalifornien gezogen war, hatte sein Vater Hunderte von Büchern mitgenommen, darunter jede Menge juristische Fachliteratur. Als Junge hatte Colter die Bände verschlungen. Vor allem gefielen ihm die kommentierten Entscheidungssammlungen, deren Prozessberichte sich oft wie Kurzgeschichten lasen.

Soweit Shaw sich im Strafrecht auskannte, steckte Erick gewiss in Schwierigkeiten, auch falls seine Geschichte den Tatsachen entsprach. Denn er hatte sich immerhin der Verhaftung entzogen, die Justiz behindert und einem anderen Verdächtigen Beihilfe geleistet. Dennoch bestand für ihn die Aussicht auf einen Freispruch oder eine Bewährungsstrafe. Auf dem Smith & Wesson würden sich keine Fingerabdrücke von ihm finden. Die Polizei machte womöglich die Waffe des Hausmeisters ausfindig und konnte an Adams und Ericks Standort die auf sie abgefeuerten Projektile aus dem Boden holen. Im Verhör würden der Hausmeister – sofern er überlebte – oder der Laienprediger eventuell einknicken, ihre bisherigen Aussagen widerrufen und die Wahrheit sagen. Oder es gab Zeugen, die Ericks Geschichte bestätigen konnten.

»Du wirst deine Chance vor Gericht bekommen«, sagte Shaw.

»Aber sind Anwälte nicht ziemlich teuer?«

»Die guten durchaus.«

Das entmutigte ihn. »Wie weit noch bis nach Hause?«

»Eine knappe Stunde.«

»Ich werde etwas schlafen, schätze ich.«

»Sitzen die Fesseln zu eng?«

»Nein.«

»Ich muss sie dran lassen.«

»Schon in Ordnung.« Der junge Mann schloss die Augen.

12

Shaw zog sein Telefon aus der Tasche, zögerte kurz und wählte dann eine Nummer.

»Hallo.«

»Stan Harper?«

»Ja. Kann ich Ihnen helfen?«

»Hier ist Colter Shaw. Wir haben heute über Ihren Sohn gesprochen.«

»Ja, sicher.«

Shaw hatte derartige Nachrichten schon einige Male überbringen müssen. Es gab keine Möglichkeit, die Wirkung abzumildern. »Mr. Harper… Es tut mir leid, Ihnen mitteilen zu müssen, dass Adam vor zwei Stunden gestorben ist.«

Stille.

»Er hat sich das Leben genommen.«

»Was?« Ein Laut des Entsetzens.

»Ich wollte ihn und Erick der Polizei übergeben.«

»Aber Sie haben doch gesagt…« Die Stimme erstarb.

»Ich weiß. Es tut mir leid.«

Ich möchte, dass den beiden nichts passiert…

»Hat er sich erschossen?« Der Gedanke, dass ein Sohn sich mit der Waffe des eigenen Vaters umbrachte, musste unerträglich sein.

»Nein, er ist von einer Klippe gesprungen.«

»Gesprungen?«, fragte er ungläubig.

»Die Polizei wird sich mit Ihnen in Verbindung setzen, sodass Sie alles Notwendige veranlassen können.« Als der Mann nichts darauf erwiderte, fuhr Shaw fort: »Mr. Harper, ich habe mit Erick Young gesprochen. Es ist möglich, dass die beiden unschuldig gewesen sind.«

»Sie haben kein Kreuz angezündet und auf niemanden geschossen?«

»Doch, Adam hat geschossen, aber es könnte sich um Notwehr gehandelt haben.«

»Dann wäre er freigesprochen worden?«

»Kann sein. Oder man hätte ihn nur wegen minderschwerer Vergehen belangt.«

»Aber warum hat mein Sohn sich dann umgebracht?«

»Darauf weiß ich leider keine Antwort.«

Wiederum Schweigen. Shaw hörte durch das Telefon ein Schiffshorn und den verärgerten Schrei einer Möwe.

»Mr. Harper?«

Nach einer kurzen Stille trennte Harper die Verbindung.

* * *

Wissen Sie, wie sich das anfühlt, Mr. Shaw …?

Shaw hatte auf Erick Youngs Frage lediglich in Gedanken geantwortet: *Leider nur zu gut.*

Colter Shaw und Erick Young hatten etwas gemeinsam: die Trauer um ihre Brüder. In Ericks Fall, weil Mark tot war. Und was Shaw betraf, war Russell seit Langem verschwunden, und Shaw wusste nicht, ob er noch lebte.

Ashton und Mary Doves drei Kinder hatten sehr unterschiedliche Persönlichkeiten. Dorion, die Tochter, war die Jüngste und Klügste. Colter war der Rastlose. Und Russell, der Älteste, war der Eigenbrötler.

Ashton Shaw war vor Jahren gestorben – paradoxerweise genau wie Adam Harper durch den Sturz von einer Klippe, in seinem Fall an einem unheilvollen Ort namens Echo Ridge. Bei ihm hatte es sich aber eindeutig nicht um einen Selbstmord gehandelt. Kurz nach der Beisetzung des Vaters war Russell dann verschwunden. Colter Shaw spürte von Berufs wegen Leute auf, und er war gut in seinem Job. Doch Russell war es gelungen, sich ihm seit jenem Tag zu entziehen. Auch Mary Dove und Dorion hatten in all den Jahren keinen Kontakt mehr zu dem Sohn beziehungsweise Bruder gehabt.

Den Vater zu verlieren ist eine Tragödie, vor allem, wenn es unter verdächtigen Umständen geschieht. Gegen Ende seines Lebens war Ashton jedoch zunehmend unzurechnungsfähig und paranoid geworden. Shaw – damals noch ein Teenager – konnte sich an Phasen erinnern, in denen die finsteren Stimmungsumschwünge des Mannes ihn regelrecht gefährlich werden ließen. Er mochte viel zu jung gestorben sein, aber dennoch wirkte es wie der zwangsläufige Abschluss des komplizierten Daseins, das er in seinen letzten Jahren geführt hatte.

Russells Verschwinden hatte Shaw sehr viel schwerer getroffen. Seine Abwesenheit war schon schlimm genug, doch der Kummer wurde noch durch gewisse Fragen verstärkt. Erstens, war Russell am Leben oder tot? Der Trauerprozess ist jeweils ein anderer.

Und dann war da die überaus schwierige Frage, weshalb Russell sich auf diese Weise von seiner Familie entfernt hatte.

Shaw hatte sich damit abgefunden, dass sein Bruder nie zurückkehren würde, und versuchte nach Kräften, den damit verbundenen Schmerz in den Griff zu bekommen. Ihm war aufgefallen, wie hoffnungsvoll Erick über diese Gruppe gesprochen hatte, die Stiftung, und dass ihre Form der Therapie den Verlust vielleicht erträglicher machen könnte.

Für Colter Shaw kam eine derartige Behandlung allerdings unter keinen Umständen infrage.

Schon komisch, wie ein Prämienjob in der Wildnis von Washington State Erinnerungen und Gefühle wachrief, die in einem ganz anderen, lange zurückliegenden Leben wurzelten.

Ach, Russell … Wo steckst du? Was machst du gerade?

Falls du überhaupt etwas machst.

Während Erick weiterhin neben ihm döste, lenkte Shaw den sanft dahinrollenden Kia nach Westen.

Noch fünfundvierzig Minuten bis Tacoma.

Sein Bruder und sein Vater gingen ihm für den Rest der Fahrt nicht mehr aus dem Kopf.

Vereinzelt gesellten sich andere Bilder hinzu. Die Gruppe neugieriger Männer und Frauen in ihrer blau-schwarzen Kluft.

Vor allem die Brünette und ihre Auseinandersetzung mit dem stämmigen Rüpel.

Und natürlich Adam Harper.

Für dessen Tod Colter Shaw sich verantwortlich fühlte.

13

Er hielt es für das Beste, Erick Young direkt beim Amt für Öffentliche Sicherheit des Pierce County abzuliefern.

Shaw hatte erwogen, ihn zuerst zu seinen Eltern zu bringen und von dort aus die Behörden zu verständigen, aber der Fall war mit all den widersprüchlichen Schilderungen und Beteiligten schon kompliziert genug. Er verständigte die Eltern des Jungen jedoch zuvor telefonisch und teilte ihnen mit, dass es Erick gut ginge und sie ihn bei der Polizei sehen könnten.

Shaws Privatdetektivin, Mack, hatte einen erfahrenen Strafverteidiger ausfindig gemacht und dessen Nummer an Shaw weitergeleitet. Die beiden führten ein kurzes Gespräch über die Natur des Verbrechens und über die Geschichte, die Erick auf der Fahrt erzählt hatte – seine Version des Zwischenfalls bei der Kirche, die Shaw ihm auch glaubte.

»Tja, das wird eine interessante Aufgabe«, hatte Bob Tanner, der Anwalt, mit im Gerichtssaal geschulter Baritonstimme verkündet.

Shaw hatte es ihm überlassen, sich mit den Eltern und dem zuständigen Detective abzustimmen, damit Erick sich den Behörden stellen konnte. Derzeit parkte Shaw in seinem Mietwagen einige Blocks vom Amt für Öffentliche Sicherheit entfernt. Sein Telefon summte.

»Mr. Shaw?«, meldete sich Tanner.

»Ja.«

»Ich bin jetzt hier auf der Rückseite des Reviers, zusammen mit Ericks Eltern. Der Detective, mit dem Sie gesprochen haben, Johnson, wird das Aufnahmeverfahren durchführen. Ich kenne ihn, er ist ein guter Mann. Keine Spielchen, keine Angebereien, keine öffentliche Zurschaustellung. Die Medien wissen noch nichts.«

»Wir sind in fünf Minuten da«, sagte Shaw und trennte die Verbindung. »Erick, bist du so weit?«

Der Junge musterte einen altmodischen Imbiss. Acme Chili and Sandwich Company. »Mark und ich waren zweimal hier und haben Brown Cows bestellt. Wissen Sie, was das ist?«

»Nein.«

»Ein Root Beer mit Eiscreme. Als wären wir wieder Kinder. Und Pommes. Ja, ich bin so weit.«

Kurz darauf hielten sie hinter dem alten Backsteingebäude, das wie der Inbegriff eines Polizeireviers aus dem frühen zwanzigsten Jahrhundert aussah. Ericks Eltern standen dort neben zwei älteren Männern, beide groß und ernst und in dunklen Anzügen. Die Kleidung des Anwalts war etwas edler, dafür trug der andere Mann ein glänzendes goldenes Abzeichen am Gürtel.

Shaw stieg aus und half Erick aus dem Wagen. Beim Anblick des Kabelbinders zog der Detective eine Augenbraue hoch. Shaw durchschnitt den Plastikstreifen, und die Hände des Jungen wurden ihm mit Handschellen auf den Rücken gefesselt. Dann sah der Detective Ericks Mutter an und nickte, was offenbar das vereinbarte Zeichen für eine erlaubte Umarmung war. Sie schloss ihr Kind in die Arme. Der Vater trat hinzu und umarmte alle beide.

»Bitte verzeih, Mom. Es … es tut mir leid.« Dem Jungen standen Tränen in den Augen.

Auch Emma Young weinte und strich ihm über die Wange.

Detective Chad Johnson war ein ruhiger Mann Mitte vierzig. »Wir erledigen jetzt die Formalitäten«, sagte er zu den Eltern. »Er wird dem Haftrichter vorgeführt, und es gibt eine Kautionsanhörung. Irgendwann demnächst wird er Sie dann anrufen können.«

Shaw öffnete den Kofferraum seines Wagens, in dem auch die Papiertüte mit dem Smith-&-Wesson-Revolver lag, den er Adam abgenommen hatte. »Detective?«

»Ja, Sir?«

»Das ist die Waffe.«

Johnson nahm die Tüte entgegen.

»Möchten Sie zum Abgleich meine Fingerabdrücke nehmen?«

»Die haben wir schon, Mr. Shaw.«

Wenn man die Genehmigung zum verdeckten Tragen einer Schusswaffe erhält, werden die Fingerabdrücke eingescannt und an eine nationale Datenbank übertragen. Interessant, dass der Detective sich bereits die Mühe gemacht hatte, das zu überprüfen.

»Seit ich den Revolver im Besitz hatte, wurde er nicht abgefeuert«, fügte Shaw hinzu.

»Gut zu wissen. Wir werden außerdem Ihre Aussage zu Adam Harper benötigen.«

»Jederzeit.«

Johnson und Erick gingen los, begleitet von dem Anwalt. Erick hielt inne und drehte sich um. »Mr. Shaw, danke, Sie haben mir das Leben gerettet.« Ohne auf eine Antwort zu warten, ließ er sich dann von dem Detective in das Gebäude führen.

Shaw kehrte zu den Eltern zurück. »Ich weiß nicht, wie die Sache ausgehen wird«, sagte er. »Seine Geschichte unterscheidet sich von dem, was wir anfangs geglaubt haben.«

»Das hat Mr. Tanner uns schon gesagt. Ich habe mich über ihn informiert. Er ist ein guter Anwalt. Ein wirklich guter.«

Auf Macks Beziehungen und Empfehlungen war stets Verlass.

»Jemand anders hat dieses Kreuz angezündet.« Emmas Miene wirkte entschlossen. »Ich wusste es. Und dieser arme Junge, Adam, war auch unschuldig und hat sich nur verteidigt. Und doch hat er sich umgebracht. Wieso denn bloß?«

Gute Frage.

Shaw sah ihn wieder losrennen, von der Kante abspringen und in weitem Bogen in die Tiefe stürzen.

Und er sah sein Lächeln unmittelbar zuvor.

Da ertönte eine Stimme auf der Straße vor dem Gebäude. »Wo ist er? Ah, ich wette, da drüben!«

Der Mann war klein, dick und mit einem dunklen Nadelstreifenanzug bekleidet. Er musste etwa fünfzig Jahre alt sein. Bei ihm war eine ungefähr gleichaltrige Frau in einem rosafarbenen und gelben Blumenkleid und einem dreiviertellangen schwarzen Baumwollmantel.

»Mr. Shaw. Sie sind Mr. Shaw?« Er ging an Ericks Eltern vorbei.

»Der bin ich.«

Der Mann und die Frau lächelten beide. Ihre Blicke wirkten angespannt.

»Ich bin Lucas Slarr, der Geschäftsführer des Kirchenrats von West-Washington.« Er schüttelte Shaw die Hand. »Das ist Kitty McGregor, unsere Vorsitzende.« Ihr Händedruck war so fest wie der von Slarr, aber noch begeisterter. Sie nickten beide den Youngs zu, scherten sich aber eindeutig nicht darum, um wen es sich bei ihnen handelte. Shaw war der Held dieser Vorstellung.

»Kitty, walte deines Amtes.«

Sie zog einen Umschlag aus ihrer ziemlich großen beigefarbenen Handtasche. »Mr. Shaw, uns wurde aus Hammond County mitgeteilt, dass Sie Adam Harper ergriffen haben.«

»Ich habe ihn gefunden, ja.«

»Und die Pressestelle unseres Amts für Öffentliche Sicherheit hat uns wissen lassen, dass Erick Young hier abgeliefert wurde«, fügte Slarr hinzu.

»Für die Belohnung spielt es keine Rolle, dass einer der Tatverdächtigen dieses schrecklichen Verbrechens ums Leben gekommen ist«, sagte McGregor. »Das war nicht Ihre Schuld.«

Oh doch, dachte er, das war absolut meine Schuld.

»Im Namen aller Kirchen im Gebiet von West-Washington freut es mich, Ihnen dies überreichen zu dürfen.«

Shaw nahm den Umschlag entgegen und öffnete ihn. Darin befand sich eine Urkunde auf Pergamentpapier, etwa dreizehn mal achtzehn Zentimeter groß. Auf ihr abgebildet waren ein strahlendes Kreuz sowie Jesus, der ernst und mild dreinblickte und dabei ganz und gar arisch aussah.

Für Mr. Colter Shaw, in Anerkennung seiner tapferen Dienste zu Ehren unseres Herrn und Erlösers Jesus Christus.

Außerdem steckte in dem Umschlag ein Scheck über den Betrag von fünfzigtausend Dollar.

Laut Vertragsrecht kann eine bindende Vereinbarung auch rein mündlich getroffen werden – durch ein Angebot und dessen Annahme. Fred verspricht, Sam Geld zu leihen, und Sam verspricht, es zurückzuzahlen. Peng, schon hat man einen Vertrag, der von beiden Seiten geltend gemacht werden kann.

Doch eine Belohnung stellt einen Sonderfall dar; sie ist unilateral, wird also erst bindend, wenn jemand die Bedingungen erfüllt, an die sie geknüpft ist. Shaw war nicht verpflichtet gewesen, die beiden jungen Männer aufzuspüren, aber durch seine erfolgreiche Bewältigung dieser Aufgabe entstand wie durch Zauberei ein Vertrag, und man schuldete ihm das Geld.

Dass vor Gericht vermutlich herauskommen würde, dass der Kirchenrat nach den falschen Personen hatte suchen lassen, änderte nichts an Shaws Anspruch auf die ausgesetzte Summe. Diese Leute hatten Adam und Erick gewollt, und die hatten sie auch bekommen. Im Laufe der Jahre hatte Shaw etwa dreihundert Prämien einkassiert, und seines Wissens war darunter keine Belohnung für einen zu Unrecht Beschuldigten gewesen. Unter anderen Umständen hätte er auf zumindest einen Teil des Geldes womöglich verzichtet, aber nicht diesmal.

»Glauben Sie, dass Adam in den letzten Minuten seines Lebens seine Sünden bereut hat?«, fragte Slarr.

Shaw ging nicht davon aus, vor allem, weil der junge Mann anscheinend gar keine Sünden begangen hatte. »Das kann man nur hoffen.«

»Amen«, sagte Kitty McGregor. Sie schüttelten beide noch einmal Shaw die Hand und machten sich dann wieder auf den Weg.

Als er zu den Youngs gehen wollte, hörte er eine dröhnende Stimme. »Du mieses Arschloch!«

Colter Shaw wusste nicht, wie ihm geschah, als jemand ihm plötzlich mit flacher Hand auf den Rücken schlug und nach vorn stolpern ließ. Beinahe wäre er gestürzt.

Er wandte sich zu dem wütenden Dalton Crowe um.

14

Ach herrje«, sagte Larry Young.

Er schien darüber nachzudenken, sich dem Mann in den Weg zu stellen, aber Dalton Crowe wog fünfundzwanzig Kilo mehr als Ericks Vater. Er war die Einschüchterung in Person. Der große dunkelhäutige Mann warf ihm einen so grimmigen Blick zu, dass Larry blieb, wo er war.

Shaw nahm Crowe ruhig in Augenschein. Er wusste, dass der Mann ihn allenfalls ein wenig herumschubsen würde – vor allem in Anbetracht der Tatsache, dass sie sich in Rufweite des Amts für Öffentliche Sicherheit befanden.

Der Schreck der Youngs schien sich zu legen, als sie sahen, dass Shaw sich von dem Schlag, dem Gebrüll und der finsteren Miene nicht beeindrucken ließ.

»Dalton«, sagte Shaw freundlich.

»Du hast mir einen Bären aufgebunden, mich auf eine Wildgansjagd geschickt.«

Dieser Ausdruck stammte aus *Romeo und Julia*, aus dem Mund des witzigen und tragischen Mercutio. *Wildgansjagd* … Im Haus der Shaws auf dem Anwesen hatte es kein Fernsehgerät gegeben, also lasen und lasen und lasen die Kinder. Und sie spielten die Stücke oft nach, Shaw am liebsten *Heinrich V.*

»Da war kein beschissener gelber VW Käfer«, fuhr Crowe

fort. »Du hast unfair gespielt. Und du schuldest mir dieses Geld.« Er wies auf den Scheck in Shaws Hand. »Das gehört mir.«

Er griff danach. Shaw beugte sich vor und sah Crowe mit absoluter – und einschüchternder – Ruhe genau in die Augen. Der Mann wich zurück.

Shaw hätte durchaus bis später warten können, auf die Ungestörtheit eines Hotels, seines Winnebagos oder des Wohnzimmers der Youngs. Aber weil Adam Harper unter seiner Aufsicht gestorben war und weil Erick Young völlig verängstigt in einer Zelle saß und weil Shaws Schulter nach Dalton Crowes liebevollem Tätscheln immer noch wehtat, fand er, dies sei der perfekte Moment. Er zückte seinen Füllfederhalter. Er sah die Youngs an. Er fragte: »Haben Sie ein gemeinsames Bankkonto?«

»Ein …?«

»Ihr Bankkonto, läuft das auf Ihrer beider Namen?«

»Oh.« Emma war sichtlich verblüfft. »Nun, ja. Aber …«

»Was soll das?«, knurrte Crowe.

Shaw überschrieb den Scheck auf die Youngs und reichte ihn Larry. Deshalb hatte er nicht vorgehabt, auf die Belohnung zu verzichten.

»Bist du irre?«, herrschte Crowe ihn an.

»Tanner wird nicht billig«, sagte Shaw zu dem Ehepaar.

»Ich weiß«, erwiderte Emma. »Aber wir nehmen einen Kredit auf. Wir können das nicht annehmen.«

»Die können das nicht annehmen«, bekräftigte Crowe.

»Zu spät«, sagte Shaw.

Crowe wollte empört etwas einwenden und schien dann zu begreifen, dass er diesen Kampf nicht gewinnen konnte. Er zeigte mit ausgestrecktem Finger auf Shaw. »Das zahle ich dir heim, mein Freund.« Dann machte er kehrt und zog steifbeinig ab.

Larry wedelte mit dem Scheck. »Falls etwas übrig bleibt …«

»Besorgen Sie Erick therapeutische Hilfe. Bessere als beim letzten Mal.«

»Das werden wir«, flüsterte Emma.

Shaw wollte los. Er verabschiedete sich von den Youngs und ging zu seinem Mietwagen. Dabei musste er an das Telefonat mit Stan Harper denken.

»Aber warum hat mein Sohn sich dann umgebracht?«

»Darauf weiß ich leider keine Antwort.«

Er ergänzte nun in Gedanken: *Jedenfalls* noch *nicht*.

15

Shaw starrte durch die Windschutzscheibe nach vorn auf die Backsteinmauern des Amts für Öffentliche Sicherheit. Er schaltete seinen Laptop und den mobilen Router ein und ging online. Dann schrieb er Mack eine E-Mail.

Er ließ den Wagen an und fuhr los.

Eine halbe Stunde später war er wieder in dem Wohnwagenpark, nachdem er den armen Kia bei der Verleihfirma zurückgegeben und sich ausgiebig für die Schäden entschuldigt hatte, was zwar von Herzen kam, aber angesichts der Vollkaskoversicherung kaum von Bedeutung war: Hertz würde einfach die erforderlichen Karosserie- und Lackierarbeiten vornehmen lassen. Die Angestellte verzog kaum eine Miene.

Als er den heimischen Winnebago betrat, dachte er an die nächsten Schritte. Vor Kurzem im Silicon Valley, auf dem bequemen Gartenstuhl, hatte er überlegt, welcher von zwei Missionen er sich widmen wollte: der Belohnung für die Auffindung von Erick und Adam oder der Rückfahrt zu dem Anwesen in der Sierra Nevada, um dort dem Geheimnis um seinen verstorbenen Vater auf den Grund zu gehen.

Ashton Shaw – Politikprofessor und Amateurphysiker – hatte eine Entdeckung gemacht, die so bedeutend und brisant war, dass dadurch sowohl er als auch seine Kollegen in Lebensgefahr gerieten. Er hatte die anderen Eingeweihten vor den Risiken gewarnt und war mit seiner Frau und den drei Kindern auf ein riesiges Stück Land in den Ausläufern der Sierra Nevada gezogen. Dort hatte er sich alle Aspekte des Überlebens beigebracht und auch die Kinder diesbezüglich einem intensiven Training unterzogen.

Nach außen schien es, als hätte Ashton von seiner Entdeckung abgelassen, während er sie in Wahrheit insgeheim weiter ergründete. Er unternahm Reisen an unbekannte Orte und stellte dort mutmaßlich weitere Nachforschungen an – worum auch immer es sich dabei handeln mochte.

Für Shaw hätten die Befürchtungen und geheimnistuerischen Aktionen seines Vaters durchaus auf dessen zunehmend verzerrter Wahrnehmung der Realität basieren können, hätte es da nicht eine Reihe von Zwischenfällen gegeben. Erstens, Ashtons vorzeitiger Tod und das Ableben mehrerer seiner Kollegen. Zweitens, erst letzte Woche, Shaws eigene heikle Begegnung mit den Leuten, die wahrscheinlich hinter den Todesfällen steckten. Bisher wusste er von einer skrupellosen Frau namens Braxton und ihrem angeheuerten Killer Ebbitt Droon. Shaw hatte den beiden zuvorkommen können und erfahren, dass die Entdeckung seines Vaters auf dem Familienanwesen versteckt war, sogar auf dem Echo Ridge, dem Ort von Ashtons Tod.

Und nun musste er Näheres herausfinden. Was, um Himmels willen, mochte dieses Geheimnis sein? Der Beweis für Korruption in den Reihen der Regierung? Oder für andere Verbrechen? Eine Erfindung, vielleicht eine Arznei, die einen großen Pharmakonzern ins Wanken bringen könnte? Eine Militärtechnologie?

Er wollte nicht spekulieren.

Erstelle niemals eine Prognose ohne solide Faktenbasis.

Eine gute Regel, diesmal eine seines Vaters. Shaw befolgte sie fast immer.

Ja, das Geheimnis brannte ihm unter den Nägeln, und nun, da die Prämienjagd hier erledigt war, hätte er sich bei Tagesanbruch eigentlich sofort auf den Weg nach Kalifornien machen müssen.

Eigentlich …

Doch das musste noch warten. Seine Pläne hatten sich geändert.

Weil ein Bild sich in Colter Shaws Erinnerung eingebrannt hatte: Adam Harpers gespenstisch unbekümmerter Sprung ins Jenseits.

Sein Telefon meldete den Empfang einer E-Mail. Er las die Nachricht, an deren Anfang sein Auftrag für Mack stand.

An: MMack333@dcserversystem.net
Von: ColterShawReward@gmail.com
Betreff: Nachforschungsauftrag

Bitte finde alle verfügbaren Informationen über eine Art Selbsthilfeorganisation, die namentlich als Stiftung auftritt und als Logo das Zeichen für Unendlichkeit nutzt. Sie verfügt über ein Anwesen in der Nähe von Snoqualmie Gap, Washington State.

An: ColterShawReward@gmail.com
Von: MMack333@dcserversystem.net
Betreff: Nachforschungsauftrag

Es dürfte sich um die Osiris-Stiftung handeln, eine »C Corporation« nach kalifornischem Recht (d. h. profitorientiert, was ungewöhnlich ist, weil die meisten dieser Organisationen den 501(c)(3)-Status bevorzugen, also die Gemeinnützigkeit). Der Link zu deren Homepage findet sich unten. Tatsächlich eine Art Selbsthilfeverein. Im

Clearnet finden sich kaum Informationen, im Darknet gar keine. Es gibt keinen Wikipedia-Eintrag und keine Social-Media-Accounts, weder bei Facebook noch bei Twitter oder YouTube. Auch das ist ungewöhnlich. Ich habe mehrere Online-Werbeanzeigen gefunden, platziert auf Seiten für die Hilfe bei Trauerfällen, schweren oder tödlichen Erkrankungen, Depressionen und Angstzuständen. Wahrscheinlich möchte die Stiftung ihr öffentliches Image kontrollieren und bezahlt Fachleute dafür, unerwünschte Online-Verweise löschen zu lassen.

Shaw scrollte bis zu dem Link, klickte ihn an und gelangte dadurch auf die Internetseite der Stiftung.

∞

DIE OSIRIS-STIFTUNG
Wo das Gestern der Schlüssel zu einem Besseren Heute und einem Perfekten Morgen™ ist

Sind Sie niedergeschlagen oder plagen Sie Ängste? Betrauern Sie den Verlust eines geliebten Menschen? Machen Sie sich oft große Sorgen? Fühlen Sie sich einsam? Oder wird Ihnen immer häufiger alles zu viel?

Die Osiris-Stiftung könnte genau das sein, wonach Sie gesucht haben. Unter unserer Anleitung erlernen Sie, das Leben auf fundamental neue Weise anzugehen und so die Freude, Zufriedenheit und Sorgenfreiheit zu erlangen, die Sie verdienen. Sie werden nie wieder leiden müssen.

Unser Programm, genannt der Prozess™, ist ein dreiwöchiger Intensivkurs in unserem wunderschönen Bergrefugium in Washington State. Der Prozess™ vereint traditionelle spirituelle Lehren und moderne medizinische und psychologische Methoden. Er hat bereits Hunderten von Menschen dabei geholfen, ein glückliches und zufriedenes Leben zu führen.

Lesen Sie die Berichte all derjenigen, die den Prozess™ bereits erfolgreich abgeschlossen haben, indem Sie hier klicken: Erfahrungsberichte.

Um das Anmeldeformular aufzurufen, klicken Sie bitte hier: Anmeldung.

Über unseren Gründer und Direktor: Der schon als Kind verwaiste Meister Eli gründete die Osiris-Stiftung vor vier Jahren. Nach Abschlüssen an renommierten Universitäten hatte er zunächst eine erfolgreiche Geschäftslaufbahn eingeschlagen. Doch all das Leid und die Unzufriedenheit in seinem Umfeld, sowohl privat als auch beruflich, machten ihm zu schaffen. Er verkaufte seine Unternehmen und bereiste die Welt, beschäftigte sich intensiv mit Philosophie, Theologie, Medizin und den Naturwissenschaften. Aus der Summe dieser Erfahrungen entwickelte er den Prozess™. Die Ausbildung im Zentrum der Osiris-Stiftung findet unter Meister Elis Anleitung von Mai bis September statt. Die Herbst- und Wintermonate verbringt er im Fernen Osten, um bei namhaften spirituellen Lehrern zu meditieren und seine Kenntnisse zu erweitern.

In Macks E-Mail hieß es weiter:

> *Eli ist vermutlich David Ellis, 41. Auch seine persönlichen Spuren im Internet wurden gründlich verwischt, desgleichen in den sozialen Medien. Doch laut Handelsregister und behördlichen Datenbanken steckt er hinter den Firmen, denen die Stiftung gehört. Früher scheint er als Immobilien- und Börsenmakler in Florida und Kalifornien tätig gewesen zu sein, doch seit der Gründung der Osiris-Stiftung finden sich keine diesbezüglichen Einträge mehr. Er ist nicht vorbestraft.*

Shaw las noch einmal den Werbetext und musste an die uniformierten Insassen des Transporters denken, die am Schauplatz von Adams Selbstmord aufgetaucht waren. Das alles roch nach einem Kult.

Dieser Eindruck wurde durch einen weiteren Link erhärtet, den Mack beigefügt hatte: zu einem Artikel der *San Francisco Daily Times.* Darin ging es um Sekten, die sich anfällige Opfer suchten, um diese monetär oder sexuell auszubeuten – oder um einfach nur den Machthunger des Anführers zu stillen, der sich an unterwürfigem Gehorsam berauschte.

Der Beitrag war umfangreich, und der Verfasser analysierte mehrere unterschiedliche Sekten. Auch die Osiris-Stiftung wurde erwähnt, wenngleich nur kurz.

Manche Organisationen wirken wie Kulte, denn sie haben charismatische Oberhäupter, verlangen absolute Loyalität, versprechen spirituellen oder emotionalen Fortschritt und lassen sich dafür fürstlich bezahlen. Da nach außen aber absolute Geheimhaltung herrscht, kann man unmöglich genau feststellen, was sie sind: rücksichtslose Sekten, die über verletzliche oder leichtgläubige Menschen herfallen, oder legitime Selbstverwirklichungsgruppen. Zu dieser Grauzone zählen *Der neue Weg* und *Das Thompson-Programm*, beide beheimatet in Kalifornien, und die Osiris-Stiftung in Washington State.

Shaw beschloss, Gary Yang, den Autor des Artikels, anzurufen, um herauszufinden, ob er mehr über die Osiris-Stiftung wusste. Doch als er zur nächsten Seite von Macks E-Mail scrollte, las er:

Übrigens wurde Yang bei einem Raubüberfall vor seinem Haus im Mission District von San Francisco getötet.

Das alles war eine Woche nach der Veröffentlichung des Artikels geschehen.

Nimm einen vermeintlichen Zufall niemals ungeprüft hin.

Shaw schätzte die Chance eines Zusammenhangs zwischen dem Artikel und dem Tod des Reporters auf vierzig Prozent, was hoch genug war, um genauer hinzusehen.

Er ging online und suchte nach Berichten über das Verbrechen. Yangs Mörder hieß Harvey Edwards. Er hatte Yang die Brieftasche abgenommen und ihn niedergeschossen. Dann war er geflohen und später bei einem Schusswechsel mit der Polizei ums Leben gekommen. Edwards war zu jener Zeit Tagelöhner und einschlägig vorbestraft, unter anderem wegen Körperverletzung, Einbruchdiebstahl und Drogenbesitz.

Auf den ersten Blick schien es sich um einen typischen eskalierten Straßenraub zu handeln, doch Shaw war nicht überzeugt. Wieso jemanden erschießen, der bereitwillig sein Geld ausgehändigt hat? Er suchte weiter, fand aber kaum etwas über Edwards, nur ein paar alte Fotos aus den sozialen

Medien. Der Mörder sah nicht so aus wie erwartet. Keine mürrisch-verschlagene Visage, kein argwöhnisch und wütend funkelnder Blick. Stattdessen ein gut aussehender, sportlicher Typ mit fröhlicher Miene. Die Bilder waren an irgendeinem Strand aufgenommen, und er blinzelte lächelnd in die Sonne. Neben ihm saß eine attraktive Blondine.

Shaw wollte sich schon ausloggen, als er erstarrte.

Harvey Edwards trug auf dem Foto etwas um den Hals: ein schmales schwarzes Band mit einem Anhänger, einem violetten Unendlichkeitssymbol.

Dem Logo der Osiris-Stiftung.

16

Tom.«

Shaw saß auf der Sitzbank des Winnebago und sprach mit seinem Freund, dem ehemaligen FBI-Agenten Tom Pepper.

»Das Two Wolves Face ist nach wie vor aktuell?«, fragte der Mann. »Sofern das Wetter mitspielt.«

»Das Wetter? Da mach dir mal keine Sorgen«, erwiderte Shaw. »Ich halte den Schirm für dich.«

»Ha!«

Die hundert Meter hohe Klippe, ein Teil des Gebirgszugs der Sierra Nevada, stand schon seit einer Weile auf ihrer Kletterliste und sollte im August an die Reihe kommen.

»Ich benötige den Namen eines weiteren Detectives«, sagte Shaw.

»In Tacoma?«

»Nein, diesmal in San Francisco.«

»Hmm. Da gibt es jede Menge Mordfälle und einen Haufen Detectives. Weißt du, Colt, man sollte doch meinen, so schön, wie es da ist, mit der Bucht, den Brücken, dem Ghirardelli Square und all den alten Hippies, die Songs von Jerry Garcia singen, würde niemand einem anderen ein Haar krümmen wollen.«

Shaw erzählte ihm von dem Journalisten.

Pepper schnaubte: »So was kotzt mich an. Die freie Presse muss frei bleiben. Und am Leben.«

»Ich benötige den leitenden Ermittler.«

»Gib mir fünf Minuten.«

Shaw machte sich einen Becher Kaffee, wie immer auf die altmodische Art: indem er kochendes Wasser in einem Filter aufgoss. Kapseln waren nicht so sein Ding; der Preis für die Bequemlichkeit war ihm zu hoch. Er gab etwas Milch hinzu. Ein Schluck, dann noch einer. Pepper rief zurück und nannte ihm einen Namen und eine Nummer. Shaw schrieb sich beides auf und bedankte sich bei seinem Freund. Nach einem dritten Schluck Kaffee nahm er sein Telefon und wählte die Nummer.

»Detective Etoile.« Ein tiefer, nachhallender Bariton. Mit der Stimme konnte er nach nur einem Dutzend Worten so manchen Verdächtigen zum Reden bringen, glaubte Shaw.

»Hier ist Colter Shaw.«

»Oh, Mr. Shaw. Ja, Ihr Mitarbeiter, Tom Pepper, hat gerade mit mir gesprochen.«

Mitarbeiter. Das stimmte ja auch irgendwie. Shaw korrigierte ihn nicht.

»Es geht um den Mord an Gary Yang.«

»Richtig.«

»Mr. Pepper hat gesagt, Sie seien ein Privatermittler.«

Auch das war nahe genug an der Wahrheit. Shaw erwähnte nichts von seiner Prämienjagd.

»Detective, darf ich fragen, wie dieser Mord sich zugetragen hat?«

»Ziemlich geradlinig, mit jeder Menge Zeugen. Das Opfer wurde vor seiner Haustür überfallen, ausgeraubt und erschossen. Der Verdächtige ist geflohen. Die Polizei konnte ihn in einem Gemischtwarenladen stellen. Er hat sich nicht ergeben. Es kam zu einem Schusswechsel. Er wurde getötet. Niemand sonst wurde verletzt.«

»Edwards war nicht als Gewalttäter bekannt?«

»Zumindest war er deswegen weder *verhaftet* noch *verurteilt* worden«, betonte Etoile.

»Ich bin auf einen von Yang verfassten Artikel über Sekten gestoßen. Darin wird auch eine sogenannte Osiris-Stiftung in Washington State erwähnt. Ich glaube, Harvey Edwards hatte mit denen zu tun.«

Etoile überlegte kurz. »Was bedeuten könnte, dass a) der Raubüberfall nur Tarnung für einen Mord sein sollte und b) jemand anders dahinterstecken könnte.«

»Sind Sie bei Ihren Ermittlungen auf diese Stiftung gestoßen? Lag bei Edwards einschlägige Literatur herum? Oder sonst etwas mit dem Unendlichkeitssymbol darauf?«

»Das Ding, das so aussieht wie eine liegende Acht?«

»Genau. Das ist deren Logo.«

»Nicht, dass ich mich erinnern könnte. Aber wir haben uns die Wohnung von Edwards auch nicht allzu gründlich vorgenommen. Es bestand kein Anlass dazu. Sie haben die Fakten gehört. Klarer kann ein Mordfall kaum sein. Sie möchten vermutlich auch wissen, ob wir uns Yangs aktuelle Recherchen angesehen haben – im Hinblick auf mögliche Motive.«

»Und da Sie es von selbst erwähnen, haben Sie es offenbar nicht getan«, sagte Shaw.

»Korrekt. Wie schon gesagt, ein klarer Fall. Was ist das für eine Gruppe, diese Osiris-Stiftung? So was wie die Manson Family?«

»Es sieht nicht danach aus. Hilfe zur Selbsthilfe, diese Art Ansatz.«

»Und worin genau besteht Ihr Interesse, Mr. Shaw?«

»Jemand aus dem Umfeld dieses Vereins hat sich umgebracht. Adam Harper. Das Amt für Öffentliche Sicherheit in Tacoma kennt die Einzelheiten. Und ich bin zufällig Zeuge geworden, wie ein weibliches Mitglied der Gruppe auffallend schroff behandelt wurde.«

»Wie heißt die Frau?«

»Das weiß ich nicht.«

Etoile sagte nichts dazu.

»Ich möchte lediglich sicherstellen, dass nicht noch jemand, der mit dieser Stiftung zu tun hat, am Ende zu Schaden kommt.«

»Es klingt, als würden Sie sich mit Polizeiarbeit auskennen, also dürften Sie wissen, dass ein für abgeschlossen erklärter Fall bei unseren Vorgesetzten so beliebt ist wie ein ausgespucktes Kaugummi.«

»Das kann ich mir vorstellen.«

»Ich höre mich mal um. Wie kann ich Sie erreichen?«

Shaw nannte ihm seine Kontaktdaten und bedankte sich.

Dann beendeten sie das Gespräch.

Wieder ein Schluck Kaffee. Danach klickte Shaw einen dritten Link an, den Mack ihm geschickt hatte. Unten auf der Internetseite gab es eine E-Mail-Adresse zur Kontaktaufnahme. Er verfasste eine kurze Nachricht, schickte sie ab und fragte sich, ob er wohl je eine Antwort erhalten würde.

Es dauerte nur drei Minuten.

17

Osiris-Stiftung? Das sagt mir nichts.« Die gut aussehende Frau mittleren Alters, mit der Shaw über Skype sprach, wirkte mit ihrem kurzen Haar, der Hemdbluse und der goldenen Halskette wie eine Managerin. »Und glauben Sie mir, ich kenne die meisten von denen.«

Anne DeStefano zählte zu den führenden Sektenexperten des Landes. Als Doktorin der Psychologie beriet sie die Strafverfolgungsbehörden zu einschlägigen Organisationen, trat als Gutachterin vor Gericht auf und entprogrammierte – »ent-brainwashed«, wie sie das nannte – ehemalige Mitglieder, die den Sekten oder anderen repressiven Vereinigungen oder Personen entkommen waren.

»Was macht diese Stiftung denn?« DeStefano saß in ihrem Büro in Los Angeles. Shaw konnte hinter ihr an der Wand ein halbes Dutzend Urkunden diverser Institutionen und Universitäten erkennen.

»Haben Sie noch einen zweiten Computer?«, fragte er.

»Ja, einen Desktop.« Sie schaute nach links. »Wollen Sie mir eine E-Mail schicken?«

»Nein, es gibt eine Website.«

»Ich werde sie einfach googeln.«

»Die lassen ihren Namen aus allen Suchmaschinen und sozialen Medien löschen.«

DeStefano zog eine Augenbraue hoch. »Ein solches Vorgehen wäre typisch für einige der gefährlicheren Sekten. Wie lautet die Adresse?«

Shaw diktierte sie ihr. DeStefano wandte sich zur Seite und gab etwas auf der anderen Tastatur ein.

Dann las sie die Startseite der Stiftung. »Hmm. Schwer zu beurteilen. Die meisten echten Kulte wollen, dass man sich ihnen loyal für den Rest des Lebens verschreibt. Ein dreiwöchiger Kurs? Das klingt eher nach einer Freizeitranch oder einem Yoga-Camp. Wir machen uns eine schöne Zeit auf dem Land, hören ein paar Vorträge, sitzen ums Lagerfeuer und singen ›Kumbaya‹. Im schlimmsten Fall hat man etwas Zeit und Geld verschwendet. Andererseits ist da aber ›Osiris‹, dieser Verweis auf Ägypten. Das wirkt ein wenig okkult. Und *Meister* Eli. Viele der überzeugteren Sektenführer verleihen sich Titel wie diesen. Wissen Sie etwas über den Mann?«

»Nicht viel. Auch seine digitalen Spuren wurden verwischt. Bis vor einigen Jahren war er Geschäftsmann und hat dann alles aufgegeben, um die Stiftung zu leiten. Ich habe einige seiner Gefolgsleute gesehen. Die tragen einheitliche Kleidung.«

»Dann ist es *keine* typische Selbsthilfeorganisation. Aber das heißt noch nicht, dass es sich um einen Kult handelt.«

»Was genau *ist* denn ein Kult?«, fragte Shaw.

DeStefano kicherte. »Jemand hat mal gesagt, ein Kult ist eine religiöse oder gesellschaftliche Bewegung, die du zufällig nicht leiden kannst.«

Shaw lächelte.

»Tja, was ist ein Kult und was nicht?«, überlegte sie laut. »Mir geht es da ähnlich wie dem Obersten Bundesrichter, der mal gesagt hat, er könne Pornografie nicht genau definieren, aber er erkenne sie, wenn er sie sehe. Menschen mit gemeinsamen Interessen und Zielen kommen jeden Tag zusammen.

Man könnte sagen, eine Sportmannschaft, die ihren Trainer verehrt, ist ein Kult. Man könnte die katholische Kirche als Kult bezeichnen. Die Shriners, den Lions Club, die Freimaurer. Und ich? Ich definiere einen Kult als eine Gruppe, die für ihre Mitglieder oder Außenstehende potenzielle physische oder mentale Gefahren birgt. Mein Test basiert auf einem Buch von Margaret Singer und Janja Lalich, *Sekten: Wie Menschen ihre Freiheit verlieren und wiedergewinnen können*. Demnach kontrolliert ein Kult die Umgebung seiner Mitglieder, folgt einem System von Belohnungen und Strafen, verleiht seinen Anhängern ein Gefühl der Machtlosigkeit, nutzt Angst als Druckmittel, fördert die Abhängigkeit vom Sektenführer oder dem Kult und hat zum Ziel, die Verhaltensweisen seiner Mitglieder umzuformen. Und es gibt noch ein Element: Fast jeder Kult wird von einer einzelnen Führungsperson geleitet, meistens von einem Mann. Er verfügt über ein raumgreifendes Ego, attackiert seine Gegner, reagiert jähzornig, sieht sich absolut im Recht, hört weder auf Ratschläge noch auf Kritik, ist paranoid und giert nach Verehrung und Bewunderung.«

DeStefanos Blick wandte sich nach links auf den anderen Bildschirm. »Diese Osiris-Stiftung?« Sie zuckte die Achseln. »Die kann ich ohne weitere Informationen noch nicht wirklich einschätzen. Sie scheint in die Kategorie der Selbstverbesserungs- und Transformationssekten zu fallen – das sind die am wenigsten schädlichen. Die Anhänger sind für gewöhnlich Leute, die ihre Jobs hassen oder ihr Liebesleben verbessern wollen. Die Anführer nutzen Hypnose, Meditationen, Traumdeutungen und Gruppensitzungen, um die Sicht aufs Leben zu verändern. Die bewusste Meidung der sozialen Netzwerke gibt mir allerdings zu denken. Hat diese Stiftung etwas zu verbergen?«

»Sie haben von Kategorien gesprochen. Was für andere Sekten gibt es denn noch?«

DeStefano lehnte sich zurück. »Die meisten sind religiöser Natur und lehnen sich an entsprechende Traditionen an, manchmal auch nur zum Teil oder sogar völlig frei erfunden. Dann wären da die politischen Kulte – wofür wir uns im Wesentlichen bei 8kun und dem Internet bedanken dürfen. Es gibt Sekten, die ihren Anhängern schnellen Reichtum versprechen. Und natürlich die wirklich üblen Vertreter: Rassisten wie der Ku-Klux-Klan oder die Aryan Nations. Militante Separatisten. Rechtsextreme. Psychopathologische Kulte wie der von Charles Manson. Schwarze Magie. Teufelsanbetung, Tier- und Menschenopfer. Davon gibt es mehr, als Sie sich vorstellen können.«

Die Psychologin beugte sich vor und nahm Shaw genau in Augenschein. »Darf ich fragen, warum Sie sich dafür interessieren?«

Er erzählte DeStefano von der Ermordung des Journalisten Gary Yang und der Wahrscheinlichkeit, dass der Täter ein Mitglied der Stiftung gewesen war.

Sie runzelte die Stirn. »Yang hat über diese Leute einen Enthüllungsartikel geschrieben?«

»Nicht wirklich. Die Stiftung wurde bei ihm lediglich am Rande erwähnt, wenn auch mit dem Hinweis, dass es sich um eine Sekte handeln könnte. Yang wurde eine Woche nach dem Erscheinen des Artikels getötet – von einem mutmaßlichen Mitglied.«

»Demnach wollte der Täter sich entweder an Yang rächen oder verhindern, dass der Reporter womöglich weiter recherchiert und einige Geheimnisse enthüllt.«

»Das war mein Gedanke.«

DeStefano überlegte kurz. »Es gibt bei all diesen Organisationen ein Phänomen, das man als Einzel-Negativum bezeichnet. Stellen wir uns eine wohltätige Gruppe vor, die den Leuten helfen will. Wie bei der Transzendentalen Meditation zum Beispiel. Irgendwas in der Art. Der Anführer oder Lehrmeister hat keinerlei Machtgelüste, sondern möchte das Leben der Menschen aufrichtig verbessern. Es gibt keinen Missbrauch, die Gebühren sind angemessen, die Programme aufbauend und positiv und wirksam. Ohne Kontrollversuche. Man trifft sich jeden Dienstagabend und trinkt hinterher noch einen Kakao zusammen. Aber diese Gruppe existiert, um Menschen zu helfen, die mehr oder weniger stark von Problemen belastet sind, denn sonst würden sie ja gar nicht erst dort auftauchen, oder? Das bedeutet, dass manche Mitglieder vielleicht schon mal dazu neigen, über die Stränge zu schlagen, bisweilen gewaltsam. Ein solches Verhalten widerspricht zwar der gesamten Absicht der Gruppe, aber das ist diesen Leuten egal. Solche Individuen nennt man ›Einzel-Negativa‹. Die sind mir auch bei vollkommen harmlosen Organisationen begegnet. Es geht ihnen vermeintlich gut… bis sie plötzlich ausrasten und ein anderes Mitglied oder einen Außenstehenden angreifen oder sogar töten.«

»Es hat noch einen weiteren Todesfall gegeben. Einer der Anhänger hat Selbstmord begangen.«

Sie legte die Stirn in Falten. »Wissen Sie, warum?«

»Er war früher depressiv. Hat dann auch noch seine Mutter verloren. Und ihm drohte eine Verhaftung, obwohl ich glaube, dass die Anklage fallen gelassen worden wäre. Das hätte ihm auch klar sein müssen. Trotzdem hat er sich das Leben genommen.«

»Manche Sekten – vor allem die Transformationsgruppen, zu denen auch diese Osiris-Stiftung zu zählen scheint – können für labile Menschen schwer zu bewältigen sein. Eine Gruppensitzung kann letztendlich auf institutionelles Mobbing hinauslaufen.«

Das klang vertraut. Shaw beschrieb, wie der Fahrer des Transporters mit der Brünetten umgesprungen war.

Die Psychologin schwieg einen Moment lang. »Mr. Shaw, ich verstehe Ihre Sorge. Aber wenn Sie meine Meinung hören wollen: Sobald Menschen in den Bann einer Person geraten, passiert etwas mit ihnen. Jim Jones hat mehr als sechshundert Mitglieder seines Peoples Temple davon überzeugt, rund dreihundert Kinder zu ermorden und sich dann selbst mit vergiftetem Fruchtsaft das Leben zu nehmen – nebenbei bemerkt, es war nicht Kool-Aid, sondern eine andere Marke. Bis zum elften September war das die größte Anzahl amerikanischer Zivilisten, die bei einem Einzelereignis gestorben sind, das keinen natürlichen Ursprung hatte. Charles Manson hat vier von seinen Anhängern losgeschickt, damit sie völlig fremde Personen auf grauenhafte Weise abschlachten, und seine Gefolgsleute haben keine Sekunde gezögert, ihm diesen Wunsch zu erfüllen. David Koresh, der Anführer der Branch Davidians, hat seine Jünger zum bewaffneten Kampf gegen das FBI aufgerufen. Es gab fünfundsiebzig Tote. Warren Jeffs war das Oberhaupt einer fundamentalistischen Mormonensekte. Die Mitglieder glaubten an Polygamie und haben mitunter zwölfjährige Kinder geheiratet. Er selbst hatte siebenundachtzig Ehefrauen. Inzwischen verbüßt er eine lebenslange Haftstrafe. Kulte nehmen Gehirnwäschen vor. Es gibt dafür noch einen anderen Namen: Mentizid. Die Ermordung von Geist und Persönlichkeit.« Sie wies erneut auf den Computer zu ihrer Linken. »Dieser sogenannte Prozess, mit dem die Osiris-Stiftung wirbt, könnte die Mitglieder zu Gewalt oder sogar Mord anstacheln. Und auch wenn es dort auf den ersten Blick um positive Absichten gehen sollte, könnte es dennoch gefährliche Einzel-Negativa geben. Dabei haben wir noch gar nicht über die vielen Hundert Anti-Kult-Organisationen da draußen geredet. Die greifen die Sekten an, und die Sekten schlagen zurück. Kulte bekämpfen sich auch untereinander oder stehen im Wettbewerb. Es ist ein stetiger Kleinkrieg, oft mit Risiko für Leib und Leben. Also, Mr. Shaw, die Situation birgt zahlreiche Gefahren.« DeStefano hob beide Hände. »Ich rate Ihnen Folgendes: Falls Sie nicht persönlich involviert sind, halten Sie sich davon fern. Das meine ich ernst. Halten Sie sich so fern wie möglich.«

ZWEI

DAS BESTE KOMMT NOCH

18

15. Juni

Colter Shaw folgte mit dem Pick-up dem Verlauf einer Schotterstraße, vorbei an einem schlichten Schild mit violetter Schrift auf weißem Untergrund:

∞

DIE OSIRIS-STIFTUNG

Er fuhr weiter bis zum Haupteingang, durch einen schmalen Spalt in einer fünfzehn Meter hohen Felsformation. Der Anblick ließ ihn an eine Szene in einem Buch denken, das er als Junge wieder und wieder gelesen hatte: *Der Herr der Ringe*. Dort handelte es sich um den bedrohlichen Zugang zu einem uralten Königreich. Shaw bemerkte, dass ein Felsrutsch an dieser Stelle – ob nun natürlichen oder menschlichen Ursprungs – die einzige Zufahrt zum Anwesen der Stiftung vollständig blockieren würde. Er hatte die Landkarten der Gegend gründlich studiert; zu diesem Refugium führte kein anderer befahrbarer Weg, nicht mal ein alter Holzfällerpfad.

Sobald die Felsbarriere hinter ihm lag, sah Shaw einen knapp zwei Meter hohen Maschendrahtzaun und fuhr bis zu dem Wachhaus bei dem elektrisch betriebenen Tor. Die

Hütte maß ungefähr drei mal drei Meter. Aus ihr ragte ein Schornstein empor, was Shaw verriet, dass das Tor rund um die Uhr bewacht wurde; abends musste es hier in diesem Gebirgstal ziemlich kalt werden, auch im Sommer. Er erinnerte sich, dass das Zentrum der Stiftung im Herbst und Winter geschlossen war. Die Harbinger Road würde während der kalten Jahreszeit zumeist unpassierbar sein.

Ein stämmiger Mann in schwarzer Stoffhose und einem seltsamen grauen Hemd – einem Kasack, der bis zur Mitte des Oberschenkels reichte – trat an das Fahrerfenster. Er trug den Ohrstöpsel mit Spiralkabel, den alle Sicherheitsleute oder Nachrichtensprecher trugen, und an seiner Hüfte hing ein Walkie-Talkie. Shaw suchte ganz automatisch nach Anzeichen für eine Waffe, konnte unter der weit geschnittenen Uniform – sofern es überhaupt eine war – aber nichts dergleichen erkennen. An der Brust des Mannes hing ein kleines Schild, auf dem »Assistenzeinheit« stand.

»Guten Tag.« Der Mann lächelte freundlich.

»Hallo«, sagte Shaw. »Ich habe einen Termin.«

»Name?«

»Carter Skye.«

Ein Tabletcomputer wurde konsultiert und Shaws Tarnidentität bestätigt.

»Herzlich willkommen, Mr. Skye. Führen Sie Waffen, Alkohol oder Drogen mit sich?«

»Nein. Nur Kleidung, Rasierzeug und den üblichen Kleinkram.«

Der Mann tippte ein weiteres Mal auf den Touchscreen.

Shaw reiste zwar unter falschem Namen, aber hinsichtlich seines Gepäcks hatte er nicht gelogen, und das war auch gut so. Auf der anderen Seite des Parkplatzes waren zwei Männer in den gleichen Uniformen soeben damit beschäftigt, einen SUV sorgfältig zu durchsuchen. Einer hielt einen Spiegel am

Ende einer langen Stange und inspizierte damit den Unterboden des Fahrzeugs. So suchte man normalerweise nach Sprengsätzen oder versteckten Drogen.

Der Wachmann ging nun zum Heck von Shaws Chevrolet Silverado und notierte sich etwas auf einem Umschlag, vermutlich das Kennzeichen und das Modell des Wagens. Falls jemand Nachforschungen anstellte – nicht, dass es einen Grund dafür geben könnte –, würde er feststellen, dass das Auto von einer Firma geleast worden war. Das war ausreichend anonym und wirkte trotzdem unverdächtig. Der Mann reichte den Umschlag an Shaw weiter. »Suchen Sie sich eine freie Parklücke, stecken Sie den Schlüssel hier rein, und gehen Sie dann durch den nächsten Durchgang. Sie werden dort erwartet. Und bitte halten Sie Ihr Anmeldeformular bereit.«

»Alles klar.«

Noch ein kurzes Tippen auf dem Touchscreen, und das Tor öffnete sich mit leisem Scharren.

Shaw parkte, stieg aus, kramte die Anmeldung aus seinem Rucksack hervor und steckte sie in die Innentasche seines abgenutzten Anoraks. Er trug außerdem ein zerknittertes weißes T-Shirt, eine verblichene Jeans und verkratzte dunkelbraune Cowboystiefel. Mit seinem Gepäck machte er sich dann zu Fuß auf den Weg. Der Maschendraht war nicht die einzige Barrikade zum Schutz der Osiris-Stiftung. Vor sich sah Shaw einen hohen Staketenzaun aus imprägniertem Holz. Das Tor hier war aus dunklen Metallstangen gefertigt, über denen drei schmiedeeiserne Worte standen:

Gestern-Heute-Morgen

Die beiden jeweils etwa zwei Meter breiten Torflügel standen offen. Shaw ging hindurch, und ein Mann, der der Bruder des ersten Wachmanns hätte sein können, nahm lächelnd den Umschlag mit dem Schlüssel und Shaws Gepäck entgegen und schickte Shaw dann durch einen Metalldetektor.

Auf der anderen Seite drehte Shaw sich zu dem Mann um, der auf einen Pfad zeigte und sagte: »Folgen Sie diesem Weg. Die Verwaltung befindet sich im dritten Gebäude zu Ihrer Linken.«

Shaw wollte den Rucksack und die Sporttasche nehmen.

»Wir kümmern uns für Sie darum, Sir.«

»Nicht nötig, danke.« Ein wenig reserviert. Carter Skye hatte Ecken und Kanten.

»Wir kümmern uns darum, Sir.« Wiederum lächelnd. Gewissermaßen. Auf gar keinen Fall würde Shaw seine Sachen mitnehmen können. Er zögerte. Dann gab er sich mit dem bereitgehaltenen Gepäckschein zufrieden.

Der Wachmann betätigte den Touchscreen.

Shaw folgte dem Fußweg ungefähr dreißig Meter durch ein Gehölz, das nach Kiefern, Eukalyptus und Jasmin duftete. Dann trat er aus dem Dickicht hervor und verschaffte sich einen Überblick.

Das Anwesen der Osiris-Stiftung lag in einem von Gras und Bäumen bewachsenen Tal und erstreckte sich über geschätzte zwölf Hektar Fläche. Auf drei Seiten erhoben sich hohe Felswände und links von Shaw – im Osten – gab es ein von Pfaden durchzogenes Waldstück. Jenseits davon ging es steil nach unten. Man konnte es zwar von hier aus nicht sehen, aber dank der Landkarten wusste Shaw, dass auf der anderen Seite der Klippe ein großer See folgte. Zwischen den Bäumen blitzte in der Ferne ein spektakuläres Bergpanorama auf.

Auf dem Gelände stand eine Vielzahl zumeist eingeschossiger Gebäude, abgesehen von einem größeren Haus am südlichen Ende. Es hatte drei Stockwerke und wurde von einem achteckigen Glaspavillon gekrönt. Shaw konnte sich schon vorstellen, wer dort wohnte.

Alle Bauten hatten Spitzdächer, um Schäden durch die winterliche Schneelast zu vermeiden, und erinnerten an Blockhäuser, waren aber nicht vor Ort aus von Hand behauenen Baumstämmen errichtet worden; dazu waren die Balken zu gleichmäßig und passten zu fugenlos aufeinander. Es handelte sich um vorfabrizierte Fertigbauteile. Shaw kannte sich damit aus. Das ganze Anwesen ließe sich in einem Monat hochziehen, wenn auch zu erheblichen Kosten.

Genau genommen handelte es sich um ein *Camp*; so wurde es auch in den Unterlagen bezeichnet, die Shaw mit der Anmeldung zugeschickt worden waren. Da er nur wenige Tage zuvor einen Auftrag im Silicon Valley abgeschlossen hatte, fand er den Begriff seltsam; dort nämlich nannten viele Firmen ihr Gelände einen Campus, so wie an der Universität. Bei *Camp* schwang hingegen etwas anderes mit. Man fühlte sich natürlich an ein Ferienlager erinnert, aber auch an ein militärisches Ausbildungslager. Oder an ein Gefangenenlager.

Und dann wurde Colter Shaw mit einem Schaudern bewusst, dass der Bogen aus schmiedeeisernen Worten über dem Eingang noch an ein ganz anderes berüchtigtes Lager aus dem letzten Jahrhundert gemahnte.

Dieser Ort war gleichzeitig schön und beunruhigend. Anne DeStefano, die Psychologin, hatte ihm dringend geraten, sich fernzuhalten. Doch das konnte er nicht. Er hatte ihr verschwiegen, dass er durchaus persönlich involviert war.

Adam Harper – der alles riskiert hatte, um Erick Youngs Kummer zu lindern – war durch Shaws Schuld gestorben.

Und er wusste nun, dass der Grund dafür nicht der Vorfall bei der Kirche sein konnte, denn das war ein Fall von gerechtfertigter Notwehr gewesen.

Jeder hat sein Päckchen zu tragen. Find dich endlich damit ab.

So hatte Adams Vater es prägnant formuliert. Doch manchmal *konnte* man sich einfach nicht damit abfinden, und Shaw hätte das wissen müssen.

Adams Tod war eine Frage, die beantwortet werden musste.

Und noch etwas anderes ließ ihm keine Ruhe: die Brünette, die am Schauplatz von Adams Selbstmord als Einzige tief betroffen gewesen war. Und ihre barsche Zurechtweisung durch den massigen Fahrer des Transporters. Dann ihr angewidertes Zurückweichen vor seiner übergriffigen Berührung. Befand auch sie sich wie Adam wegen dieser Stiftung in Gefahr?

Und betraf das womöglich auch die anderen Anhänger?

Shaws Arbeit als Prämienjäger, nein, sein ganzes *Wesen* drehte sich ums Überleben. Um das Retten von Menschen. Das Auffinden des Entführungsopfers, des gefährdeten Ausreißers – oder auch des Serienkillers, bevor er den Verkäufer oder die Studentin ermorden konnte. Und hier hatte er versagt. Adam war tot. Shaw musste wissen, warum. Und ob hier noch weitere Personen bedroht waren.

Für ihn war dies ein Auftrag wie jeder andere, nur ohne finanzielle Belohnung. Er war hergekommen, um Nachforschungen anzustellen. Und falls jemand gerettet werden musste, würde er ihn retten. Sollte es hier Missbrauch geben, würde Shaw ihn aufdecken.

»Suchen Sie nach der Verwaltung, Mr. Skye?«, fragte eine Stimme hinter ihm. Es war ein weiterer Mann im grauen Kasack. Ebenfalls lächelnd. Und ebenfalls mit ruhigem, aufmerksamem Blick. Er nahm Shaws unordentliches Erscheinungsbild prüfend in Augenschein, obwohl er nach dem Metalldetektor wissen musste, dass Shaw keine versteckten Waffen mit sich führte.

Woher kennt der Kerl eigentlich meinen Namen?

Von seinem Tabletcomputer natürlich, den er nun in eine kleine Umhängetasche schob.

»Die sehe ich bereits«, murmelte Shaw. »Ich bewundere nur dieses Anwesen. Wirklich beeindruckend.«

»Allerdings.« Der Mann blieb teilnahmslos.

Shaw verstand den Wink – als wäre der Kerl ein Polizist, der Passanten zum Weitergehen aufforderte – und setzte seinen Weg fort. Das erste Gebäude war als Gepäckaufbewahrung gekennzeichnet, das nächste, größere als Assistenzeinheit.

Danach kam die Verwaltung. Sie war noch ein Stück größer als die ersten beiden Häuser. Shaw betrat die tadellos saubere, karg eingerichtete Lobby und wurde von einer braunhaarigen Frau an einem Empfangstresen begrüßt. Sie war Anfang dreißig und trug die gleiche Kleidung wie die Frauen in dem Transporter, der auf dem Highland Bypass gekommen war, um Adam und Erick abzuholen: hellblaues Oberteil, schwarzer Rock.

Und sie hatte einen Anhänger um den Hals – ein violettes Unendlichkeitssymbol, genau wie Harvey Edwards, der Mörder des Journalisten aus San Francisco. Was praktisch bestätigte, dass der Mann mit der Stiftung zu tun gehabt haben musste. Auch bei den Insassen des Transporters dürfte es jeweils genau so eine Halskette gewesen sein – die Shaw aus der Entfernung nicht hatte erkennen können.

Hinter der Frau gab es einen langen Korridor mit beschilderten Türen: Aufnahme, Geschäftszimmer, Planung, Medien. Es folgten weitere Büros, aber im Gang war es dunkel, und Shaw konnte die Schilder nicht ablesen.

Auch die Frau zog einen Tabletcomputer zurate. »Bitte gehen Sie gleich durch, Mr. Skye.« Sie wies auf die Aufnahme-Tür.

Dahinter lag ebenfalls ein makelloser Raum, etwa zwölf mal zwölf Meter, weiß gestrichen und mit einfallslosen großen Fotos von Sonnenunter- oder -aufgängen. An der hinteren Wand stand in schwarzer Farbe:

DIE OSIRIS-STIFTUNG
WO DAS GESTERN DER SCHLÜSSEL
ZU EINEM BESSEREN HEUTE UND EINEM
PERFEKTEN MORGEN™ IST

Und an der Seitenwand:

DAS BESTE KOMMT NOCH

Neben der Tür saß eine Frau am Empfang und telefonierte gerade, eine Blondine Ende zwanzig. Sie lächelte und bat mit erhobenem Zeigefinger um einen Moment Geduld. Entlang der Rückwand befanden sich drei weitere Schreibtische. An zweien davon saßen andere junge Frauen vor ihren Tablets. Die Computer steckten in Halterungen und konnten wie Monitore betrachtet werden. Auch diese Frauen trugen alle die blau-schwarze Kombination und den Unendlichkeitsanhänger. Sie unterschieden sich nur durch ihren Nagellack und ein paar Schmuckstücke und waren alle attraktiv, mit strahlendem Lächeln und ruhigem Blick. Und sie waren weiß wie auch alle anderen, die Shaw bis jetzt gesehen hatte.

Außer ihm waren noch weitere Bewerber anwesend. Vor dem hintersten Tisch saß ein Anzugträger mit schütterem Haar und beantwortete die Fragen der Mitarbeiterin. An dem nächsten Platz sprach ein Paar mittleren Alters mit der jungen Frau und wirkte ein wenig verlegen. Auch die beiden

Eheleute erteilten Auskünfte, die in den Tabletcomputer eingegeben wurden. Der dritte Tisch, ganz rechts, war unbesetzt. Auf ihm lag ebenfalls ein Tablet, mit dem Bildschirm nach unten.

Die Frau am Eingang legte den Hörer auf. »Willkommen, Mr. Skye«, begrüßte sie ihn, warf einen Blick auf ihren Monitor und zögerte kurz. Shaw nahm an, sie bemerkte soeben, dass er vom Parkplatz zur Verwaltung etwas länger als üblich gebraucht hatte, denn er war ja stehen geblieben, um sich einen Überblick zu verschaffen.

»Ihre Aufnahmespezialistin wurde anderweitig benötigt. Es dauert nicht lange. Draußen vor dem Haus steht eine Bank. Und das Wetter ist heute ganz passabel. Warum warten Sie nicht dort? Ich komme Sie holen, sobald meine Kollegin zurück ist.«

Ihm blieb kaum eine andere Wahl. Es gab weder hier noch in der Lobby irgendeinen Wartebereich.

»Kein Problem. Wie alt ist denn dieses Camp? Die Gebäude sehen so neu aus.«

»Ach, das weiß ich gar nicht so genau. Es dürfte höchstens zehn Minuten dauern.« Wieder dieses Lächeln.

Shaw verließ den Raum. Als er der ersten Empfangsdame im Vorbeigehen zunickte, lächelte auch sie ihn an. Ihm entging nicht, dass sie ihr Tablet dabei ein Stück von ihm wegdrehte.

Auf der Veranda stieg ihm abermals der feuchte Kieferndu ft in die Nase, der ihn stets zuverlässig an seine Jugend erinnerte. Diesmal musste er daran denken, wie er seinen Gürtel aus der Hose gezogen, ihn um einen Baum gelegt und als Kletterschlinge genutzt hatte, um sich in Sicherheit zu bringen. Bären können zwar auch klettern, aber solange sie nicht wirklich hungrig sind, ist ihnen das zu anstrengend. Dieses Exemplar überlegte eine Minute lang und schien davon verwirrt zu sein, dass seine Beute sowohl fliehen als auch Bäume erklimmen konnte – und dann auch noch beides mit hoher Geschwindigkeit. Vielleicht war das ja eine neue Art Raubtier, die Ärger bedeuten könnte. Der Bär hatte sich aus dem Staub gemacht.

Im Camp ertönte plötzlich Musik, die berühmte, aus fünfzehn Noten bestehende Eröffnung der »Ode an die Freude« aus Beethovens Neunter Sinfonie. Sie wurde in tiefer Stimmlage auf einem Synthesizer gespielt und die letzte Note allmählich leiser werdend in die Länge gezogen. Dann verkündete eine sanfte weibliche Altstimme über die Lautsprecher: »Es ist jetzt sechzehn Uhr dreißig.«

Gerade als Shaw sich auf die rustikale Bank setzen wollte, ließ ein Ausruf hinter dem Verwaltungsgebäude ihn innehalten. Es war ein Mann, und er klang erschrocken und aufgebracht. Shaw konnte die Worte zunächst nicht verstehen, aber dann kam der Mann näher.

»Nein! Nein! Aufhören!« Gefolgt von einem unterdrückten Aufschrei. Jemand hatte Schmerzen.

19

Shaw sah sich um und konnte niemanden in der Nähe entdecken. Auch schien keine Überwachungskamera auf diesen Bereich gerichtet zu sein.

Er ging an der Seite des Gebäudes entlang und duckte sich jeweils bei den Fenstern. Dann versteckte er sich hinter einem dichten Gestrüpp aus Myrten und leuchtend rot blühenden Kamelien.

Auf einem Grasstreifen, der die Häuser im Osten des Camps vom Wald trennte, stand ein schlanker blonder Mann mit gelbbrauner Hose, Blazer und T-Shirt zwischen zwei anderen kräftigen Kerlen, beide in grauem Kasack und mit Assistenzeinheit-Schild. Sie hielten den Zivilisten an den Oberarmen gepackt. Ein weiterer Mann kam hinzu.

Es war der Fahrer des Transporters, der Adam und Erick hatte abholen wollen und der die Brünette zusammengestaucht und dann befummelt hatte.

Auch er trug den Kasack, war ungefähr einen Meter fünfundsechzig groß und hatte schütteres braunes Haar, eine breite Statur und einen dunklen Teint. Dazu einen selbstgefälligen, unerschütterlichen Gesichtsausdruck. Er konnte sogar mit zwei kleinen Schildern aufwarten: Assistenzeinheit und Aufsicht. Im Gegensatz zu den anderen Männern der Einheit trug er ein Unendlichkeitsamulett aus Silber.

Es war noch jemand anwesend: eine junge Frau, deren Figur, Alter und Erscheinungsbild den Frauen entsprach, die Shaw soeben im Aufnahmeraum getroffen hatte. Sie war auch genauso gekleidet. Vielleicht gehörte sie zu dem dritten Schreibtisch und war die ihm zugewiesene Spezialistin.

Allerdings gab es einen Unterschied zwischen ihr und den Frauen im Haus. Sie lächelte nicht, und ihre Augen waren kleine, kalte Punkte.

Der Oberaufseher trat vor, sah auf seinen Tabletcomputer und nickte dann den beiden Wachen zu. Sie ließen den Mann in der Straßenkleidung los. Er rieb sich beide Oberarme. »Was soll das alles? Die sind einfach auf mich *losgegangen*!«

Der Aufseher musterte den Mann von oben bis unten. »Mr. Klein, ich bin Geselle Hugh und leite die Assistenzeinheit.« Seine Stimme war ruhig, geradezu monoton. »Sie haben versucht, sich unerlaubt Zutritt zur Stiftung zu verschaffen. Auf dem Anmeldeformular, das Sie unterschrieben haben, wird explizit darauf hingewiesen, dass der Zutritt mit einer falschen Identität untersagt ist und etwaige Verstöße als unbefugtes Betreten gewertet werden.«

Eine falsche Identität? Shaw hörte genau hin.

»Da muss ein Irrtum vorliegen. Ich heiße Briggs. Sie haben meinen Ausweis gesehen. Sie verwechseln mich mit jemandem. Das ist unerhört. Und ehrlich gesagt bin ich ziemlich sauer. Sie können mich doch nicht einfach so anpacken. Ich kenne meine Rechte.«

Hugh wies auf die Frau. »Während Gesellin Adelle hier mit Ihnen gesprochen hat, wurde durch die Gesichtserkennung Ihre wahre Identität enthüllt.«

Oh, verdammt. Daran hatte Shaw nicht gedacht.

»Und doppelt bestätigt«, fügte Adelle hinzu.

»Sie sind Jonathan Klein, ein Investigativreporter bei

NewsCircle. Unsere Gesichtserkennung basiert auf sechzig Markern. Die Algorithmen liegen nur selten falsch. Zur Überprüfung haben wir jedoch bei Ihrem Verlag nachgefragt und erfahren, Sie seien eine Woche lang auf Rechercherreise. Und als ich bei Ihnen zu Hause angerufen habe …«

Klein erschrak. »Bei mir zu Hause? Woher wussten Sie …?«

»… hat Ihre Frau mir verraten, Sie würden in den Bergen von Washington State einer Geschichte nachgehen. Wo genau, wusste sie nicht.«

»Du Arschloch.« Klein beugte sich vor und ballte die Fäuste.

Die beiden großen Kerle sahen fragend ihren Vorgesetzten an. Hugh schüttelte den Kopf. »Wir bieten hier bei der Stiftung eine intensive Hilfe zur Selbsthilfe für Menschen, die mit einer Vielzahl von Problemen zu kämpfen haben. Diese Informationen sind überaus privat. Ich habe Ihr elektronisches Revolverblatt gelesen. Wie die meisten Medien reißen Sie Dinge aus dem Zusammenhang, um sie dann aufzublähen und zu verdrehen. Sie würden die Behandlung von Menschen in unserer Obhut aufs Spiel setzen, nur um ein paar Internetanzeigen zu verkaufen. So etwas dürfen wir einfach nicht zulassen.«

Klein schnaubte verächtlich. »Damit kommen Sie nicht durch.«

»Ich sage Ihnen, was als Nächstes passieren wird, Mr. Klein. Sie sind nie hier angekommen. Sie fahren zurück durch Hope's Corner und noch dreißig Kilometer weiter, dann machen Sie kehrt, fahren wieder in diese Richtung und kommen von der Straße ab.«

Klein sah ihn ungläubig an. »Wie bitte?«

»Lassen Sie ihn echt aussehen. Den Unfall, meine ich. Wenn Sie aus dem Krankenhaus entlassen werden und wieder zur Arbeit gehen, widmen Sie sich anderen Geschichten und sorgen dafür, dass niemand von Ihrer Nachrichtenseite sich jemals wieder mit der Stiftung beschäftigt. Ich weiß nicht, wie genau Sie das bewerkstelligen werden, aber das ist *Ihr* Problem.«

»Krankenhaus?«

Hugh reichte sein Tablet an Adelle weiter – fuhr dann herum und hieb Klein mit voller Wucht den Handballen auf die Nase, bevor der auch nur wusste, wie ihm geschah. Der Reporter schrie auf. Hugh gab einem seiner Leute ein Zeichen. Der Mann trat hinter Klein und hielt ihm den Mund zu. Hugh packte das linke Handgelenk des Reporters und verdrehte es. Shaw, der erfahrene Ringer, wusste, was nun kam. Er hörte zwar nicht das Geräusch, mit dem die Schulter ausgekugelt wurde, denn das kommt nur dem Betroffenen laut vor, aber dafür Kleins zweiten Schrei, diesmal deutlich höher, wenngleich immer noch durch die Hand auf seinen Lippen gedämpft. Der Mann sackte in sich zusammen.

Hugh gab seinem Untergebenen erneut einen Wink, woraufhin dieser die Hand von Kleins Mund nahm, den Mann aber aufrecht hielt. Unterdessen wischte Hugh sich Kleins Blut von den Fingern. Dann verlagerte er sein Gewicht, bis er fest auf beiden Beinen stand, und verpasste dem Reporter einen blitzartigen Faustschlag auf die Wange. Diesmal konnte Shaw den Knochen brechen hören.

Klein verlor kurz das Bewusstsein. Die beiden Handlanger hielten ihn fest.

Hugh beugte sich vor. »Können Sie mich hören, Mr. Klein?«

»Wa… warum?« Er spuckte Blut. Und er weinte. »Genug. Bitte, bitte …«

»Können Sie mich hören?«

Der Reporter wollte den Arm heben, um sich das Blut abzuwischen, das ihm aus Nase und Mund strömte, schrie aber schon wieder auf; er hatte es mit der linken Hand versucht.

Hugh verzog das Gesicht, offenbar genervt von dem Geräusch. »Haben Sie mich verstanden?«

»Keine Artikel.«

»Und keine Polizei. Außer den Angaben zu Ihrem Unfall. Denn falls Sie etwas anderes erzählen sollten …« – er deutete auf Kleins zertrümmertes Gesicht – »… dann wird das Konsequenzen haben.«

»Nein, nein, bitte.« Schluchzend. »Ich werde alles tun.«

Hugh nickte den anderen zu.

Die Männer führten den wankenden Reporter in den Wald hinter dem Verwaltungsgebäude. Shaw sah sie links in Richtung Parkplatz abbiegen. Anscheinend verlief dort ein Pfad nach Norden und Süden. Auf diese Weise konnten die Männer das vordere Tor erreichen, ohne von den anderen im Camp gesehen zu werden. Shaw wich zurück und begab sich wieder auf die Veranda vor dem Haus.

Das veränderte alles.

Hugh und die anderen drei mochten die Einzel-Negativa sein, von denen die Psychologin gesprochen hatte. Immerhin schien Hugh das Eindringen des Reporters sehr persönlich zu nehmen, und seine sadistische Reaktion war auf geradezu absurde Weise überzogen. Alle anderen im Camp könnten sich als hilfsbereit und professionell erweisen. Dennoch – die Tatsache, dass man so gewaltsam reagierte, anstatt die Polizei zu rufen und einen Hausfriedensbruch zu melden, verriet Shaw, dass dies kein Ort für verletzliche und selbstmordgefährdete Personen war.

Er hatte versagt, als er Adam Harper hätte beschützen müssen. Nun musste er herausfinden, in welchem Ausmaß die anderen hier gefährdet waren.

Und es gab natürlich ein Problem.

Gesichtserkennung …

Er hatte im Zuge der Anmeldung ein Foto an die Osiris-Stiftung schicken müssen – was sogar sinnvoll erschien, denn so konnte man es mit der Person vergleichen, wenn sie vor Ort eintraf. Doch diese Leute nutzten eine Erkennungssoftware, die öffentliche – und wahrscheinlich auch private – Datenbanken mit dem Ziel durchforstete, unerwünschte Bewerber auszusieben und Eindringlinge zu entlarven, zum Beispiel Reporter oder Spione der Konkurrenz.

Sofern das System ihn nicht identifizierte, würde Shaw bei dem ursprünglichen Plan bleiben: am sogenannten Prozess teilzunehmen und herauszufinden, worum es hier überhaupt ging und ob Adam irgendwie dazu gebracht worden war, lieber Selbstmord zu verüben, als sich festnehmen zu lassen.

Falls die Software ihn aber als Colter Shaw enttarnte, musste er wohl oder übel sofort die Flucht ergreifen, um sich dann vielleicht im umliegenden Wald zu verstecken und sich etwas Neues zu überlegen.

Vergiss das Gepäck. Er würde seinen Computer verlieren, aber das wäre nicht das erste Mal.

Leblose Objekte dürfen dir niemals wichtiger sein als die eigene Haut.

Also, der Wagen bleibt stehen, und ich renne quer über den Parkplatz, springe über den Maschendrahtzaun und verschwinde im Wald. Dann folge ich der Harbinger Road nach Snoqualmie Gap, verständige Mack und lasse mir Geld schicken. Ich kaufe, was ich brauche, kehre hierher zurück, richte in der Nähe mein Lager ein und beginne mit der Überwachung.

Vorausgesetzt, man schlug ihn vorher nicht so heftig zusammen, dass das keine Option mehr war.

Die Vordertür öffnete sich. Es war die Frau aus dem Aufnahmeraum. Sie schien zu registrieren, dass Shaw stand und nicht auf der Bank saß. »Bitte kommen Sie, Mr. Skye.«

Er schaute zu dem Pfad, der zurück zum Parkplatz führte.

Drei der Wachen der Assistenzeinheit standen im Kreis vor ihrem Gebäude. Wie viele dieser Kasack-Träger gab es wohl insgesamt? Und wie viele waren mit der rabiaten Vorgehensweise ihres Chefs einverstanden?

»Geht es Ihnen gut, Mr. Skye?«

»Ja, sicher.«

»Folgen Sie mir bitte.«

Sie führte ihn zu dem dritten Schreibtisch. Er nahm auf demselben Stuhl Platz wie zuvor vermutlich der inzwischen ernsthaft verletzte Investigativreporter. Es dauerte ein paar Sekunden, die winzigen Kameras zu entdecken. Die auf ihn gerichtete Linse war in dem Buchstaben M des Worts Morgen an der Wand hinter dem Tisch versteckt.

Die hintere Tür öffnete sich, und die blonde Frau kam herein, die er draußen gesehen hatte.

Sie setzte sich, steckte ihren Tabletcomputer in die Halterung und schaltete ihn ein. Ihre Lippen lächelten. Ihre Augen blieben enge schwarze Kreise wie Pistolenmündungen.

»Mr. Skye, ich bin Gesellin Adelle. Dann lassen Sie uns mal loslegen.«

20

Als Shaw ihr das Anmeldeformular reichte, das er heruntergeladen und ausgefüllt hatte, bemerkte er drei kleine rote Flecke an der Seite von Adelles Bluse, dicht unterhalb ihrer rechten Achsel. Hughs heftiger Schlag auf Kleins Nase hatte das Blut spritzen lassen.

Die Frau am Empfangstisch erhielt einen Anruf. »Das Tor wird für eine halbe Stunde geschlossen«, teilte sie ihren Kolleginnen mit.

»Ich weiß«, sagte Adelle.

»Das Tor?«, stellte Shaw sich dumm. »Ist alles in Ordnung?«

Ihr Blick enthielt einen Anflug von Neugier. Wieso sollte er danach fragen? »Ja, natürlich, alles bestens.« Sie setzte ein Lächeln auf und tippte weiter auf dem Touchscreen herum.

Okay, dachte er, dann spiele ich mal meine Rolle weiter. Seine Gelenke und Wangenknochen waren vorläufig noch intakt, und Adelle lächelte, wenngleich das ungefähr so lebensecht wirkte wie ihr Make-up.

Die Frau legte sein Formular vor sich hin und fing an die Informationen in das Tablet zu übertragen.

Es hatte zunächst ein Online-Verfahren gegeben, bei dem Carter Skye ein Foto von sich übermitteln und in einem kurzen Text darlegen musste, warum er zu der dreiwöchigen

AnfangsTrainingsPeriode der Osiris-Stiftung zugelassen werden wollte.

Als Grundlage für Skyes Leben dienten ihm Harvey Edwards, der Mörder des Journalisten aus San Francisco, und Adam Harper. Skyes Vorgeschichte war voller Depressionen und Wut. Es hatte Zusammenstöße mit den Behörden gegeben, Drogenvergehen und vereinzelte Schlägereien. Er befand sich irgendwo auf einer Skala zwischen Zwangsstörungen, Aufmerksamkeitsdefiziten, Asperger-Autismus und Aggressionsproblemen. Seine Liebesbeziehungen hatten nie lange gedauert, und auch aktuell bezweifelte er, dass er und seine Freundin noch lange zusammenbleiben würden. (Dieser Teil war von einer Frau namens Margot inspiriert und überwiegend nicht erfunden.) Skye war als Landvermesser in der Forstwirtschaft tätig, so wie Shaw damals nach dem College. Sowohl Shaw als auch sein Alter Ego mochten es, für sich allein zu arbeiten. Skye war rastlos und nahm immer nur einzelne Aufträge an. Er kam nicht gut mit Vorgesetzten zurecht.

Am folgenden Tag hatte Shaw dann eine Antwort per E-Mail erhalten, in der ihm mitgeteilt wurde, er könne schon an der nächsten Sitzung teilnehmen und solle zu diesem Zweck das angehängte Formular ausfüllen und zum Camp mitbringen, dazu eine nicht zurückzahlbare Anmeldegebühr von eintausend Dollar. Falls er sich entschied, den ganzen Kurs zu belegen, würde das insgesamt siebentausendfünfhundert Dollar kosten.

Adelle stellte ihm nun einige Fragen, die er zügig beantwortete – er hatte sich Skyes Biografie gründlich eingeprägt, vorwärts und rückwärts.

Die Kamera in dem Buchstaben M mochte nur winzig sein, aber Shaw kam sie wie ein auf ihn gerichtetes Zielfernrohr vor. Anfangs hielt er den Kopf gesenkt, gab diese verdächtige Pose aber bald wieder auf. Es spielte keine Rolle. Die Linse war mit Sicherheit hochauflösend und hatte bereits ein Dutzend erstklassiger, gestochen scharfer Aufnahmen von ihm angefertigt. Diese wurden nun von einer schlauen Software mit zahlreichen Datenbanken abgeglichen. Vielleicht zog sie genau in diesem Moment eine digitale Augenbraue hoch, weil Carter Skye exakt wie ein gewisser Colter Shaw aussah.

Falls er aufflog, wie würde das ablaufen? Man würde ihn vermutlich zu der Lichtung zerren und der gleichen Behandlung unterziehen wie den Reporter, ihn also erst zusammenschlagen und dann wegschaffen. Shaw musste sich eine Geschichte ausdenken. Ja, er hatte einen falschen Namen benutzt, aber nur, weil es ihm peinlich war, um Hilfe zu bitten. Er würde sich passiv verhalten. Das würde sie in Sicherheit wiegen. Dann würde er zunächst Hugh ausschalten. Der Oberaufseher mochte etwas von asiatischer Kampfkunst verstehen, aber Shaws Vater hatte ihm und seinen Geschwistern schon als Kind Ringen beigebracht, und Shaws verfeinerte Fähigkeiten aus Collegezeiten waren ihm präsent wie eh und je. Er würde das Überraschungsmoment nutzen, um den Mann auf den Rücken zu werfen und ihm etwaige Waffen abzunehmen – mit etwas Glück eine Pistole. Dann konnte er damit alle in Schach halten und zum Wald rennen.

Shaw spannte sich unwillkürlich an.

Dann fiel ihm eine der Niemals-Regeln seines Vaters ein.

Lass niemals erkennen, was du vorhast.

Er entspannte sich und lehnte sich zurück.

Falls es zum Kampf kam, würde er kämpfen, falls es zur Flucht kam, würde er fliehen, falls die Gesichtserkennung gnädig war, würde er seine Rolle weiterspielen. Jetzt reiß dich zusammen: Du bist ein gestörter Typ in den Dreißigern, der mit seinem Leben unzufrieden ist und auf eine schnelle Abhilfe hofft.

Ihm fiel auf, dass Adelles Nagellack die gleiche Farbe hatte wie die drei dunklen Blutspritzer. Wie würde sie reagieren, wenn sie die Flecke am Abend bemerkte? Würde die Erinnerung an die Prügel ihr zu schaffen machen, oder wäre es für sie ein ganz gewöhnlicher Arbeitstag?

Sie war mit der Übernahme der Daten fertig und ließ das Formular in einer Schublade verschwinden. »Falls Sie sich entscheiden, die ATP fortzusetzen, besprechen Sie das Finanzielle mit Ihrem Interviewer, aber die Anmeldegebühr wird nun direkt fällig. Wie möchten Sie bezahlen?«

Ein so hoher Bargeldbetrag erregte automatisch Verdacht. Und anonyme Kreditkarten waren seit dem elften September nur noch schwer zu bekommen, da ließen die Banken und der Heimatschutz nicht mit sich reden. Aber Schecks? Die waren kein größeres Problem. Shaw entnahm seiner Brieftasche einen Scheck über eintausend Dollar, den er bereits im Vorfeld auf die Stiftung ausgestellt hatte. Das Geld ging von einem seiner Geschäftskonten ab, aber seine Privatdetektivin, Mack, hatte nicht personalisierte Vordrucke angefordert und sie selbst mit Skyes Namen und einer Postfachnummer versehen.

Adelle legte auch den Scheck in die Schublade und hakte einen weiteren Punkt auf dem Tablet ab. Sie wollte sich wieder Shaw zuwenden, doch dann richteten ihre Augen sich zurück auf den Bildschirm, und sie erstarrte.

Teilte ein neugieriger Bot ihr soeben mit: *Das ist in Wahrheit Shaw, Colter, 7832 Vista Trail Road, Okachee, Florida, professioneller Prämienjäger?*

Die Frau rührte sich nun wieder und tippte etwas mehr auf dem Touchscreen herum. Dann legte sie das Gerät bezeichnenderweise mit dem Bildschirm nach unten auf den

Tisch wie zuvor schon, als sie nach draußen gegangen war, um sich anzuschauen, wie der Reporter verprügelt wurde. Offenbar war das Gespräch beendet; die Neuankömmlinge an den anderen beiden Tischen saßen nach vierzig Minuten hingegen immer noch dort.

»Bitte entschuldigen Sie mich einen Moment.«

Shaw zuckte die Achseln.

Adelle verschwand durch die hintere Tür. Noch bevor diese wieder geschlossen war, fing die Frau schon an mit jemandem dort zu sprechen.

Shaw warf einen Blick auf den Eingang. Die Blondine war nicht mehr da. Er bemerkte, dass die Aufnahme-Sachbearbeiterin am mittleren Tisch kurz zu ihm hinsah und sich dann weiter dem Paar widmete, das immer noch befragt wurde. Die beiden wirkten inzwischen weniger verlegen. Der Kahlkopf ganz hinten war unverändert mürrisch.

Und Shaws Strategie, ein unverdächtiges Motiv für sein Pseudonym vorzugeben? Er beschloss, das noch einmal zu überdenken. Falls die Gesichtserkennung tatsächlich einen Treffer gelandet hatte, würde Hugh wahrscheinlich davon ausgehen, dass ein Prämienjäger so etwas wie ein Glücksritter oder Söldner war. Womöglich im Auftrag eines Konkurrenten. Die Expertin, Anne DeStefano, hatte erwähnt, dass Kulte sich untereinander bekämpften. Man würde Shaw vielleicht für eine größere Bedrohung halten als den Reporter.

Dann öffnete sich die hintere Tür, und zum Vorschein kam nicht etwa die blutbespritzte Adelle, sondern Hugh höchstpersönlich. Aus der Nähe konnte Shaw erkennen, dass der Mann wenig anziehend aussah, mit pockennarbigem Gesicht und schiefer Nase, die man nach einem Bruch vor langer Zeit schlecht gerichtet hatte. Aber er stellte ein unerschütterliches Selbstbewusstsein zur Schau. Seine Schultern waren breiter als von Weitem vermutet, seine Oberschenkel dicker, die Hände fleischiger.

»Hallo.« Eine angenehme Stimme, absolut ruhig.

Shaw nickte und stand auf.

Kämpfe niemals von einer tiefer gelegenen Position aus.

»Ich bin Geselle Hugh.«

»Carter Skye.«

Die Handfläche, die Shaw ergriff, war voller Schwielen. Viele Kämpfer prügelten und traten stundenlang auf mit Reis oder Kies gefüllte Gefäße ein, um ihre Hände und Füße abzuhärten. »Bitte seien Sie so nett und begleiten mich, Mr. Skye.« Dabei wies Hugh auf die hintere Tür, durch die wohl auch der Reporter Klein gegangen war, um seinem Schicksal zu begegnen.

Shaw schaute zum Eingang. Sechs Meter weit weg.

Nein. Zieh es durch.

Er würde sich bis zuletzt dumm stellen und dann das Überraschungsmoment nutzen, um Hugh und die anderen zu überrumpeln. Danach würde er in den Wald fliehen. Und sie würden ihn verfolgen. Aber das war kein Problem. Die Wildnis war *seine* Domäne.

An der Tür hielt Shaw inne, um Hugh den Vortritt zu lassen.

Lass deinen Gegner niemals hinter dich gelangen.

Hugh machte sich darüber offenbar keine Gedanken. Er hatte jede Menge Verstärkung, von seinen tödlichen Händen ganz zu schweigen. Der Mann ging als Erster hindurch, und Shaw folgte ihm.

Sie gingen nicht in Richtung des Empfangs, sondern folgten dem dunklen Korridor, den Shaw zuvor schon gesehen hatte, in den hinteren Teil des Gebäudes.

Am Ende des Gangs blieb Hugh vor einer nicht gekennzeichneten Tür stehen, tippte eine Nummer in ein Tastenfeld und wartete auf das grüne Licht. Dann gab er noch eine Ziffernfolge ein. Shaw hatte diese Art Schloss noch nie gesehen. Hugh hielt ihm nun die Tür auf. Diesmal zögerte Shaw nicht, sondern trat vor und streifte im Vorbeigehen Hughs rechte Hüfte, um nach einer Pistole zu suchen. Nichts. Der Mann war Rechtshänder, und ein trainierter Schütze würde sein Holster auf dieser Seite tragen.

Ziehe eine Schusswaffe niemals über Kreuz.

Shaw ließ seinen Blick durch den Raum schweifen, der sich deutlich von dem Aufnahmebüro unterschied. Die Wände waren violett gestrichen und mit Basreliefs, Gemälden und Tafeln behängt. Das Leitmotiv lautete Ägypten. Eine Gottheit – wahrscheinlich Osiris – wurde vielfach abgebildet. Shaw versuchte, sich ins Gedächtnis zu rufen, was er auf der Highschool über diese alte Hochzivilisation gelernt hatte, aber er konnte sich nicht mehr daran erinnern.

An einem Ende des Raums gab es einen großen hölzernen Schreibtisch, hinter dem ein Stuhl mit hoher Rückenlehne stand, dessen glänzender dunkelbrauner Lederbezug mit Messingknöpfen am Rahmen befestigt war. Davor standen zwei ganz ähnliche, wenngleich kleinere Stühle beidseits eines runden Tisches. Vor der rechten Seitenwand stand ein gleichfalls passendes Sofa mit einem Couchtisch. Die Beine der Möbel endeten in Klauen, die Metallkugeln umklammert hielten.

»Schräges Zeug«, murmelte Shaw.

»Bitte nehmen Sie Platz.«

Shaw hatte halb damit gerechnet, dass Hugh ihn mit seinem richtigen Namen ansprechen würde.

Er setzte sich auf einen der Stühle vor dem Schreibtisch.

War hier auch der Reporter zunächst »befragt« worden? Es wäre ein kaum geeigneter Ort für ein Verhör; man fühlte sich eher wie im Büro eines von Ägypten besessenen Firmenchefs, dessen kleines, aber erfolgreiches Unternehmen Sanitätsartikel oder Büromaterial vertrieb.

Die Tür ging auf, und ein dicklicher Mann trat ein. Auch er trug die vorschriftsmäßige Kleidung: blaues Hemd, schwarze Hose. Sein Unendlichkeitsamulett war silbern, genau wie bei Hugh. Das dünne Haar über dem Mondgesicht war nach hinten gekämmt und betonte dadurch seine Kopfform. Die ebenso runden Brillengläser taten diesbezüglich ein Übriges. In seinen Wurstfingern hielt er einen der allgegenwärtigen Tabletcomputer, dessen Bildschirm er interessiert betrachtete, während er den Raum durchquerte und hinter dem Schreibtisch Platz nahm.

Der Mann musterte Shaw von oben bis unten. »Wir müssen uns über ein paar Dinge unterhalten, Sir.«

21

Shaw stand auf, stellte sich breitbeinig hin und beugte sich ein wenig vor – kampfbereit.

»Nein, nein, nein. Setzen Sie sich, mein Freund.«

Nach einem Moment gehorchte Shaw, verlagerte sein Gewicht aber nach vorn, um sofort aufspringen zu können. Der dickliche Mann sah sich um. »Was für ein Zimmer, nicht wahr? Elegant. Wenn auch klein. Wissen Sie, woher das Wort ›Klaustrophobie‹ stammt?«

Shaw sah ihn wortlos an.

»Der erste Teil leitet sich vom lateinischen ›claustrum‹ ab, was Verschluss oder Riegel bedeutet. Und ›Phobie‹ kennt heutzutage wohl jeder. All diese *Jeopardy!*-Fragen. Schauen Sie sich die Sendung an?«

»Nein.«

»Natürlich nicht. Dafür bleibt keine Zeit. Sie sind ein viel beschäftigter Mann. Also, ich entschuldige mich für diese …« – er hob beide Arme – »… fensterlose Kammer. Meister Eli ist sehr auf Sicherheit bedacht und verlangt das auch von jedem anderen. Von Ihnen, von mir, von allen Kindern Gottes. Unsere Assistenzeinheit überprüft das Gelände ständig auf Abhörgeräte. Wussten Sie, dass man bei *Amazon* allen Ernstes auch hoch entwickelte Wanzen bekommt? Und wenn man innerhalb der nächsten vier Minuten und siebzehn Sekunden bestellt, wird die Ware schon am Folgetag geliefert.«

Shaw ließ ihn argwöhnisch nicht aus den Augen, denn genau so würde sich jemand mit Skyes Vorgeschichte, der jeglicher Autorität misstraute, verhalten – noch dazu an einem solch beengten Ort.

Der Mann wirkte unbeirrt fröhlich. Shaw dachte sich jedoch: Der will mich weichklopfen. Ein Teil seiner Aufmerksamkeit war nach hinten gerichtet, von wo Hugh ihn mit einem Elektroschocker oder einem Würgegriff attackieren könnte, der bei richtiger Anwendung binnen sechs Sekunden zur Bewusstlosigkeit führte. Und nach höchstens neunzig Sekunden zum Tod.

Er wandte den Kopf, als würde er den Raum betrachten. Der Leiter der Assistenzeinheit war in aller Stille verschwunden.

Seltsam.

Die fetten Finger des anderen Mannes huschten über das Tablet. Dann sah er wieder Shaw an. »Ich bin Geselle Samuel.«

Shaw hielt nach provisorischen Waffen Ausschau. Der Stuhl, das Tablet, ein Stift. Das alles wäre geeignet. Nichts davon gut.

Und schon wieder ein »Geselle«. Was hatte das zu bedeuten? Es handelte sich zweifellos um einen Rang oder Titel – aber mit welchen Implikationen?

Der Mann las weiter etwas vom Bildschirm ab. »Manche Bewerber erregen Meister Elis Aufmerksamkeit, Mr. Skye.«

Demnach hielt seine Tarnidentität stand.

Shaw schickte ein stummes Dankgebet an Mack McKenzie.

Colter Shaw war auch zuvor schon unter falschem Namen aufgetreten; es ist nicht illegal, sich gegenüber Privatpersonen als jemand anders auszugeben. Aber es ist auch nicht billig. Mack war Expertin darin, die notwendigen Dokumente zu fabrizieren: Führerscheine, funktionslose Kreditkarten, Firmenausweise, Versicherungsbescheinigungen, Kundenkarten und die Mitgliedschaft im Automobilklub.

Die eigentliche Schwierigkeit sind aber nicht die Dokumente, sondern das verfluchte Internet; der Ort, an dem jeder zuerst nachschaut, ob du wirklich der bist, der du behauptest zu sein.

Shaw hatte zwar nicht mit einer Gesichtserkennung gerechnet, aber natürlich mit einer Überprüfung seiner Identität, und Mack hatte hart daran gearbeitet. Nachdem er beschlossen hatte, verdeckt zu ermitteln, hatte Mack einen ihrer Spezialisten verständigt, der sich selbst als »Masseur« bezeichnete. Seine Bots durchstreiften Clearnet und Darknet, um je nach Kundenwunsch bestimmte Informationen entweder auszulöschen oder zu platzieren. Shaws Internetseite als Prämienjäger wurde vorübergehend vom Netz genommen und viele der Artikel über ihn bereinigt oder mit so viel Autobot-Ballast zugeschüttet, dass sein wirklicher Name in den Trefferlisten von Google, Bing und Yahoo ganz nach unten sank.

Gleichzeitig würde die raffinierte Software das Netz und die sozialen Medien mit der falschen Identität überfluten: in diesem Fall mit echten und bearbeiteten Fotos von Shaw – als Carter Skye – im Urlaub, in Zeitungsmeldungen (Fake News waren ja inzwischen der letzte Schrei und ließen sich mühelos fabrizieren und verbreiten), in Anstellungs- und Ausbildungsunterlagen, Blogs, Twitter- und Facebook-Einträgen, bei Instagram und Snapchat. Wie trächtige Spinnen würden diese Bots in der elektronischen Welt Gigabytes an Daten über Carter Skye erschaffen.

Angelehnt an Adam Harper besaß Skye eine problematische Vorgeschichte als Kleinkrimineller. Und wie bei Harvey

Edwards hatte es ein paar gewaltsame Auseinandersetzungen und Körperverletzungen gegeben, darunter ein Übergriff mit einer potenziell tödlichen Waffe.

Samuel nahm ihn nun mit großväterlichem Blick in Augenschein. »Leute wie Sie sind perfekt für die Stiftung. Sie haben eine bewegte Vergangenheit, wenn Sie verstehen, was ich sagen will.«

»Etwa die Vorstrafen?« Shaw runzelte die Stirn. »Die Hälfte davon war frei erfunden. Die Bullen hängen dir was an. Aber die können mich mal!«

»Schon klar, schon klar. Wissen Sie, manche Leute kommen nur zum Spaß her. Ohne es ernst zu meinen. Bei Ihnen ist das anders, Sie werden sich aufrichtig bemühen, damit es Ihnen besser geht. Das kann ich spüren. Sie werden uns alle Ehre machen. Und …« – er senkte ein wenig die Stimme – »… Meister Eli freut sich über, sagen wir … vorzeigbare Neumitglieder seiner Gemeinde. Und Sie, Mr. Skye, sind ein durchaus angenehmer Anblick.«

Samuel schien mit ihm flirten zu wollen. Shaw nickte zurückhaltend, um anzuzeigen, dass er begriffen hatte, worum es ging, aber leider höflich ablehnen musste.

Damit war die Angelegenheit geklärt, und alle hatten ihr Gesicht gewahrt.

»Es freut mich also, Ihnen mitteilen zu dürfen, dass wir Sie in unserem beschleunigten Förderprogramm aufnehmen möchten, sofern Sie sich entscheiden, das Training fortzusetzen. Wir glauben, dass Sie für die Stiftung ein Gewinn sein würden.«

»Äh, ich … Okay. Wieso nicht?« Immer noch misstrauisch.

»Großartig! Kommen wir also direkt zur Sache, ja?« Wie alle guten Verkäufer ging Geselle Samuel völlig in seiner Aufgabe auf. Er legte das Tablet hin und sah Shaw in die Augen. »Der Prozess ist teuer, aber Sie bekommen …«

»…einen echten Gegenwert?«

»Fürwahr, fürwahr, fürwahr! Meister Eli möchte, dass jeder sich den Prozess leisten kann. Daher hat er eine geniale Gebührenstruktur entwickelt. Ja, die ATP, die AnfangsTrainingsPeriode, ist teuer. Die siebentausendfünfhundert Dollar, die Sie auf dem Anmeldungsformular gesehen haben. Meister Eli weiß, dass dies eine beträchtliche Summe ist, aber sie garantiert ein entsprechendes Engagement. Wer so viel Geld auf den Tisch legt, *egal wofür*, bleibt bei der Stange. Denken Sie an die Beiträge für Ihr Fitnessstudio – Sie quälen sich doch nicht um fünf Uhr morgens aus dem Bett, weil Sie an Ihren Brustmuskeln arbeiten wollen, sondern weil die zweitausend Dollar nicht einfach verfallen dürfen. Habe ich recht?«

Er wartete nicht auf Shaws Antwort, sondern legte direkt nach: »Also, falls der Prozess Ihnen zusagt, bietet die Stiftung einwöchige Auffrischungssitzungen an. Die meisten Leute machen mindestens zwei- oder dreimal im Jahr von diesem Angebot Gebrauch.«

»Und was kostet das?«

»Zweitausend pro Woche. Aber es gibt eine Art lebenslanges Abonnement. Man zahlt bei jeder Teilnahme einen Unkostenbeitrag in Höhe von einigen Hundert Dollar und erklärt sich ferner einverstanden, der Stiftung fünf Prozent des persönlichen Vermögens zu hinterlassen. Dann kann man so oft herkommen, wie man möchte. Das wäre auch meine Empfehlung. Viele Leute schreiben sich dafür ein.«

Shaw lachte spöttisch auf. »Das klingt verlockend. Ich habe nämlich kein Geld. Die siebentausendfünfhundert waren alles, was ich noch irgendwie zusammenkratzen konnte. Und ein Testament habe ich auch nicht.«

»Darum würden wir uns für Sie kümmern.«

»Tja, falls Sie wirklich fünf Prozent eines 2006er Pickups und meiner CD-Sammlung wollen, tun Sie sich keinen Zwang an. Aber ... gibt es denn bei diesem Prozess irgendeine Art von Garantie?«

Das zauberte Samuel ein Lächeln auf das runde Gesicht. »Wie Sie sehen werden, hätte eine Garantie keinen echten praktischen Nutzen. Doch sobald Sie den Prozess einmal durchlaufen haben, werden Sie wissen, dass er funktioniert. Depressionen, Einsamkeit, Sorgen ... das wird alles der Vergangenheit angehören.«

»Aber ohne Drogen. Wegen denen bin ich schon mal in Schwierigkeiten geraten.«

»Drogen gibt es bei uns nicht. Was Sie zur Heilung Ihrer Leiden benötigen, liegt bereits in Ihnen. Meister Eli leitet Sie lediglich dabei an, dieses Potenzial zu nutzen. Und das funktioniert. Oh, und wie es funktioniert! So, Mr. Skye, Sie erfüllen alle notwendigen Kriterien, und ich hoffe, Sie werden sich für das Training entscheiden. Vorher jedoch ...« Samuel nahm ein einzelnes Blatt Papier aus der obersten Schublade. »... müssen Sie sich mit den Regeln vertraut machen. Meister Eli hat festgestellt, dass der Prozess am besten funktioniert, wenn diesbezüglich Klarheit herrscht und alle am selben Strick ziehen. Oder Strang. Wie auch immer, Sie wissen, was ich meine.« Samuel kicherte.

Dann verschwand das Lächeln, und er wurde ernst. »Und ich muss betonen: Verstöße *haben* Konsequenzen.« Er schob Shaw das Blatt zu.

22

Willkommen, Gefährten!

Das Fundament eures Trainings, der Prozess™, lässt euch eine sehr eindringliche Erfahrung machen. Meister Eli hat eine Reihe einfacher Regeln entwickelt, um sicherzustellen, dass ihr den größtmöglichen Nutzen aus eurer Zeit hier ziehen könnt. Wir bitten euch, die Punkte jederzeit zu befolgen.

Die Regeln:

1. Während eurer dreiwöchigen ATP (AnfangsTrainingsPeriode) dürft ihr das Camp unter keinen Umständen verlassen. Es gibt vor Ort ein medizinisches Team, das sich um nahezu alle Krankheiten und Verletzungen kümmern kann. Falls nötig, haben wir Zugang zu einer erstklassigen Gesundheitsversorgung in unmittelbarer Nähe.
2. Ihr dürft während der ATP keine Telefonate führen und keine E-Mails verschicken oder empfangen. Daher werden eure Mobiltelefone, Computer und anderen elektronischen Geräte von der Assistenzeinheit verwahrt. Wir haben Vorkehrungen getroffen, dass ihr im Fall eines echten familiären Notfalls benachrichtigt werden könnt.
3. Ihr werdet zu jeder Zeit die zur Verfügung gestellte Kleidung und euer Amulett tragen.

Zur Verfügung gestellte Kleidung? Vorgeschriebener Schmuck? Shaw fragte sich erneut, wo er hier wohl gelandet sein mochte.

4. Ihr werdet weder Alkohol noch Drogen konsumieren, abgesehen von ärztlich verschriebenen Medikamenten.
5. Bei der Osiris-Stiftung gibt es keine »Mitglieder« oder »Anhänger«. Die Mitarbeiter, Lehrenden und Lernenden begegnen einander als »Gefährten«. Zur Anrede nutzen wir ausschließlich den Vornamen, jeweils versehen mit dem Status des jeweiligen Gefährten: Novize, Auszubildender oder Geselle. Auch die Führungskräfte des Inneren Kreises der Stiftung sind Gesellen. Die geschlechtlich angepasste Nutzung dieser Titel steht im Einklang mit unserer Überzeugung, dass wir alle gleichberechtigt sind, unabhängig von Geschlecht, sexueller Orientierung, Hautfarbe oder Nationalität.
6. Ihr werdet keinerlei geschlechtliche Beziehungen mit anderen Gefährten oder Mitarbeitern eingehen.
7. Ihr solltet eure Stunden der Introspektion damit verbringen, allein zu meditieren und nachzudenken, nicht in Gruppen.
8. Ihr dürft eure Unterkunft zwischen 22.00 Uhr und 06.00 Uhr nicht verlassen. Dies dient dem Schutz vor wilden Tieren.

Shaw stellte sich unwillkürlich einen hungrigen Wolf vor, der verärgert bemerkte, dass es erst einundzwanzig Uhr fünfundvierzig war und er noch fünfzehn Minuten auf sein Abendessen würde warten müssen.

Er sprang zum Ende der Regeln.

13. Nach Abschluss des Trainings dürft ihr anderen vom Nutzen der Stiftung erzählen, dabei aber nichts über den eigentlichen Prozess™ oder die Einzelheiten eures Trainings preisgeben. Ihr werdet online nichts über die Stiftung, die Mitarbeiter oder eure hier gemachten Erfahrungen posten.
14. Ihr werdet nichts tun, das Meister Eli, die Mitarbeiter, die Stiftung oder den Prozess™ in Verruf bringen könnte.

Ging es bei zweien der Zehn Gebote nicht darum, keine anderen Götter zu haben und den Namen des Herrn nicht zu missbrauchen?

Shaw zeigte auf das Blatt. »Wieso ›Gefährten‹?«

»Meister Eli glaubt, dass dieser Begriff am besten dem Geist der Stiftung entspricht. Er beinhaltet Kameradschaft und Gleichstellung.«

Bezeichneten manche Leute nicht ihre Hunde als Gefährten? Shaws Schwester Dorion hatte das jedenfalls so gemacht. Ihm fiel noch eine Nutzung dieses Begriffs ein: Er hatte mal die halbwüchsige Tochter einer Prostituierten gerettet, weil die örtliche Polizei kaum etwas unternahm, um das vermisste Mädchen zu finden. Bei der Beschreibung möglicher Verdächtiger hatte die Mutter ihre Kunden nicht Freier, sondern »Gefährten« genannt.

Shaw überflog das Blatt ein weiteres Mal.

»Wir dürfen nicht gehen?« Er runzelte die Stirn.

»Meister Eli hat herausgefunden, dass der Prozess am besten funktioniert, wenn man sich vollständig auf ihn konzentriert.«

»Und kein Telefon?«

»Wir gestatten einen Anruf, damit Sie Ihre Angehörigen davon in Kenntnis setzen können, dass Sie für drei Wochen unerreichbar sind. Währenddessen wird die Stiftung Ihre

Familie sein, wie Meister Eli gern sagt. Außerdem sind Sie Single und haben keine Kinder.« Samuel wusste das, ohne vorher einen Blick auf sein magisches Tablet zu werfen. »Also, was halten Sie davon, Sir? Wir würden uns freuen, Sie mit an Bord zu haben.«

Dann sagte Samuel nichts mehr. Als geübter Verkäufer wusste er, dass man es nicht übertreiben durfte. Er nahm seine Brille ab und putzte die Gläser mit einem Tuch. Dann setzte er die Brille wieder auf, neigte den Kopf und sah Shaw an.

Shaw tat so, als würde er überlegen, und hatte den Blick auf den Schreibtisch gerichtet, dessen hölzerne Platte offenbar mit einem Abbild des Fudschijama versehen war. Seine Stirn lag in Falten. Diese Typen stellten sich nicht ungeschickt an. Als Bewerber hatte man bereits eine nicht rückzahlbare Gebühr entrichtet. Natürlich würde man zusagen; wer hätte schon Lust, tausend Dollar für diese zehnminütige Werbeveranstaltung aus dem Fenster zu werfen?

»Okay, meinetwegen. Und ich lasse mir das mit dem Testament mal durch den Kopf gehen. Sie wissen schon, im Hinblick auf zukünftige Sitzungen.«

Samuel strahlte. »Dafür ist noch jede Menge Zeit. Und die Gebühr? Kreditkarte oder Scheck?«

Shaw zog einen zweiten Scheck aus seiner Brieftasche, füllte ihn aus und reichte ihn dem Mann.

Samuel drehte den Tabletcomputer um und bat Shaw, mit seinem Finger darauf zu unterzeichnen.

Er tat es und hoffte, dass nicht gleichzeitig seine Fingerabdrücke gescannt wurden.

»So, nun steht Ihnen der besagte Anruf frei. Und dann geht es los!« Samuel schob ihm eine Karte zu. »Das ist ein Auftragsdienst. Rund um die Uhr besetzt. Geben Sie diese Nummer an wen auch immer weiter. Sofern ein Notfall eintritt, kann er oder sie dort eine Nachricht hinterlassen. Die

Assistenzeinheit wird sich dann mit Ihnen in Verbindung setzen.«

Shaw rief eines von Macks Wegwerftelefonen an, bei dem sie grundsätzlich nie abhob. Die Mailbox meldete sich mit der automatischen Standardansage, bei der kein Name, sondern nur die Nummer genannt wurde – was nützlich war, falls Hugh oder jemand anders mithörte. Shaw hinterließ eine Nachricht für seine »Mutter«. Er würde drei Wochen weg sein, um externe Hilfe in Anspruch zu nehmen. Während dieser Zeit würde er sich nicht melden, sei aber notfalls über einen Auftragsdienst erreichbar. Shaw nannte die entsprechende Telefonnummer und sagte seiner Mutter, er habe sie lieb.

Samuel streckte die Hand aus, nahm das iPhone entgegen, schaltete es aus, steckte es in einen Umschlag und klebte ihn zu.

»Haben Sie noch andere Geräte? Eine Armbanduhr, herkömmlich oder als Smartwatch? Ein Tablet, einen Computer…? Demnächst gibt es wahrscheinlich auch elektronische Zahnstocher.« Samuel lachte gequält auf.

»Bloß meinen Laptop. Der steckt in meinem Rucksack und ist ausgeschaltet.«

»Gut.« Samuel nickte zufrieden. »Ihr Gepäck wird für die Dauer Ihres Aufenthalts eingelagert. Wir stellen Ihnen alles Notwendige zur Verfügung.«

Dass man ihn einkleiden würde, war fast so nervig wie der Entzug der Kommunikationsmittel.

Ein weiterer Umschlag kam zum Vorschein, genau wie der, in dem Shaws Telefon verschwunden war. »Sie müssen Ihre Brieftasche, etwaige Kreditkarten und auch das Bargeld abgeben.« Samuel tippte auf die rote Klebelasche des Umschlags. »Alles wird sicher hier drin verwahrt sein.«

Weil noch nie jemand einen zugeklebten Umschlag gestohlen hat.

»Ich sehe, dass Sie sich Sorgen machen und misstrauisch sind. Manche unserer Gefährten – die besonders Unabhängigen, so wie Sie – wollen sich nur ungern anpassen und die Kontrolle abgeben. Meister Eli hat Stunde um Stunde ergründet, was für alle Gefährten am besten ist. Er ist zu dem Schluss gelangt, dass alles, was uns an unser Leben außerhalb des Camps erinnert, eine Ablenkung darstellt. Das darf nicht sein. Daher werden wir diese Gegenstände hier in Ihren Rucksack oder die Sporttasche stecken.«

Shaw entging nicht, dass er die Gepäckstücke genau benannte. Und Samuel hatte nicht nach einem Schlüssel gefragt; er wusste also, dass kein Schloss vorhanden war.

»Während unserer vier Jahre hier hat es keinen einzigen Diebstahl gegeben. Also! Ich wette, Sie platzen schon vor lauter Neugier! Lassen Sie mich Ihnen schildern, was hier vor sich geht. Die ATP. Sie werden mit einem Ausbilder arbeiten. Während der ersten Woche bin das ich.«

Wäre Abrichter oder Dresseur vielleicht passender? Da wir schon bei Hunden sind …

Wie hatte die Psychologin das doch gleich formuliert?

Ein Kult hat zum Ziel, die Verhaltensweisen seiner Mitglieder umzuformen …

»Man absolviert den Prozess in drei Stufen und fängt als Novize an.« Er reichte Shaw ein Amulett, ein schmales blaues Unendlichkeitssymbol aus Metall am Ende eines schwarzen Lederbands. »Legen Sie sich das um, und tragen Sie es die ganze Zeit.«

Shaw hatte noch nie etwas um den Hals getragen. Oder sonst irgendwelchen Schmuck. Einmal wäre es fast dazu gekommen. Das hatte mit Margot zu tun. Aber am Ende war dann doch kein Metall an seinem Finger gelandet.

»Regel Nummer 3«, wusste Shaw, ohne vom Blatt abzulesen.

»Ha! Sie sind auf Zack. So, Sie fangen also den Prozess als Novize an. Der Ausbilder entscheidet, wann Sie zur nächsten Stufe übergehen, nämlich der des Auszubildenden. Dann bekommen Sie ein rotes Amulett, meistens nach fünf oder sechs Tagen. Manchmal eher, manchmal später. Danach steigen Sie zur letzten Stufe auf und werden Geselle. Die meisten der bevorzugt ausgebildeten Gefährten, so wie Sie, ziehen nach Ende der ATP das Fortgeschrittenentraining in Betracht. Dann können Sie zur nächsten Stufe und somit in den IK aufsteigen, den Inneren Kreis.« Er hob sein silbernes Unendlichkeitsamulett an.

Für natürlich weitere siebentausendfünfhundert Dollar. Oder mehr.

Samuel erhob sich, Shaw ebenfalls. »Eine Sache noch. Wir geben uns hier nicht die Hände, und wir umarmen uns nicht.«

Er legte sich die offene rechte Hand auf die Vorderseite der linken Schulter. »Das ist unser Gruß und unser Abschied. Sehr viel einfacher und respektvoller, oder? Küsse ich jetzt diese Frau, umarme ich jetzt diesen Mann? Versuche ich es mit einem richtig festen Händedruck?« Er vollführte die Geste ein weiteres Mal. Shaw erwiderte sie.

»Ah! Als hätten Sie das schon Ihr Leben lang gemacht. Nun, willkommen bei der Osiris-Stiftung, Novize Carter.«

Shaw seufzte wie ein ehemaliger Krimineller, der befürchtete, dass *er* gerade ausgeraubt wurde. »Wehe, das funktioniert nicht.«

Die hintere Tür öffnete sich, und Adelle trat ein. Anscheinend hatte die Frau auf ihren Einsatz gewartet.

»Gesellin Adelle wird Sie zu Ihrer Unterkunft begleiten. Dort können Sie sich umziehen, frisch machen und etwas ausruhen. Abendessen gibt es von neunzehn bis zwanzig Uhr. Die Teilnahme ist vorgeschrieben.«

Shaw folgte der Frau ein paar Schritte, hielt dann inne und drehte sich um. »Darf ich noch was fragen?«

»Aber ja«, sagte Samuel.

»Aus Ihrer Internetseite wird man nicht so recht schlau. Was *genau* bewirkt dieser Prozess denn?«

In der Antwort des Mannes schwang etwas Ehrfurcht mit: »Nichts weniger als eine vollständige Änderung Ihres Lebens … für immer.«

23

Shaw ging mit Adelle auf einem Schotterweg quer durch das Camp. Er fühlte sich inzwischen an ein Armeelager erinnert, wenngleich an eines aus dem neunzehnten Jahrhundert.

Ein Dutzend Personen auf dem rustikalen Gelände hatten Notizbücher in den Händen: ein Paar mittleren Alters und mehrere einzelne Männer, alle in den Vierzigern oder Fünfzigern. Sie sahen wie Geschäftsleute aus. Shaw entdeckte eine Gruppe aus drei Frauen, alle Mitte zwanzig, schätzte er. Sie wirkten wie Cheerleader nach dem Training, vor allem wegen ihrer einheitlichen schwarz-blauen Uniformen, deren kurze Röcke über den Knien endeten. Außerdem gab es hier mehrere Männer in den grauen Kasacks der Assistenzeinheit, alle kräftig gebaut.

Shaw wunderte sich über die hellblauen Blusen und die hochgeschlossenen Pullover von gleicher Farbe. Womöglich ließen sie sich in den umliegenden Wäldern und Feldern besonders leicht erspähen. Zwar nicht so eindeutig wie Orange, aber hilfreich für die Verfolger, falls das notwendig wurde. Normalerweise wäre das ein absurder Gedanke … hätte er nicht mit angesehen, wie der Reporter misshandelt worden war.

Mehrere andere Männer und Frauen trugen die silbernen Amulette, dann kamen einige weitere Kasack-Träger ohne Anhänger um den Hals. Wie viele Mitglieder der Assistenzeinheit mochten wohl wie Hugh und seine beiden Handlanger sein? Vielleicht waren die meisten Leute hier eher wie Samuel, intelligent, humorvoll und darauf bedacht, den Menschen zu helfen, die hergekommen waren, um ihre täglichen Qualen zu lindern. Vielleicht unterschieden sie sich kaum von, zum Beispiel, manchen der Angestellten der Internetfirmen, die Shaw kürzlich im Silicon Valley kennengelernt hatte.

Er korrigierte sich im Stillen: Hugh und seine beiden Handlanger – und noch eine Person.

Die gerade direkt neben ihm ging.

Ein Golfwagen fuhr vorbei, das einzige motorisierte Transportmittel auf dem Gelände. Shaw sah mehrere dieser Gefährte, gesteuert von den Mitgliedern der Assistenzeinheit in ihren Kasacks oder von Personen in den blau-schwarzen Uniformen.

»Wie lange gehören Sie schon der Stiftung an?«, fragte er Adelle.

»Ein paar Jahre.«

Schweigen.

»Gewissermaßen als Vollzeitkraft?«

»Ich gehöre zum Personal.«

»Und gefällt es Ihnen hier?«

»Meister Eli ist ein Genie und hat die besten Lösungen für unser aller Probleme parat. Ich bin stolz, ein Teil davon zu sein.«

Er interessierte sich für ihr Privatleben. Als Mitarbeiterin würde sie den ganzen Sommer hier sein. Trotz Regel Nummer 6 musste es bei den Vollzeitkräften feste Beziehungen oder wenigstens gelegentliche Romanzen geben. Einige waren vielleicht sogar verheiratet. Und was war mit der Brünetten am Ort von Adams Selbstmord? Stand sie jemandem nahe?

Verpasse niemals eine Gelegenheit, relevante Informationen zu sammeln. Die sind für gewöhnlich bessere Werkzeuge als ein Hammer oder eine Pistole.

»Und niemand darf hier weg? Nicht mal für ein paar Stunden nach Snoqualmie Gap?«

»So sind die Regeln.«

Shaw ließ den Blick sorgfältig über das Gelände schweifen, suchte nach Zufahrten und Ausgängen, zählte die Angehörigen der Assistenzeinheit.

Und er hielt Ausschau nach dem Mann mit der orangefarbenen Sonnenbrille, der ihn an jenem Tag neben dem Kia entdeckt haben könnte. Außerdem begriff Shaw, dass Hugh nicht nach »Gisele« und Frederick gerufen haben musste, sondern nach *Geselle* Frederick.

»Novize Carter?«

»Ja?«

»Bewundern Sie das Camp?«

»Das macht schon was her.«

Hatte man ihn beim Spionieren ertappt?

Wahrscheinlich nicht, denn Adelle war sichtlich stolz. »Meister Eli hat es selbst entworfen. Wussten Sie, dass er Architektur studiert hat?«

»Wusste ich nicht.« Er warf einen Blick auf die Spitzdächer. »Und im Winter machen Sie zu?«

»Ja. Aber auch in wärmeren Gefilden wäre die Stiftung von Herbst bis Frühjahr geschlossen. Meister Eli benötigt diese Zeit, um in den Fernen Osten zu reisen. Er ist stets bemüht, seine Kenntnisse zu erweitern, um den Prozess zu verfeinern. Das wird nie ein Ende haben, sagt er. Er hat mir so sehr geholfen. Er ist der klügste und großzügigste Mann der Welt. Ich habe vor zwei Jahren mein Baby verloren.«

Das traf ihn wie ein elektrischer Schlag, umso mehr, als dass sie diese erschütternde Nachricht mit einem leichten Lächeln überbrachte.

»Herrje. Das ist ja … Es tut mir sehr leid.«

»Nein, nein, schon in Ordnung. Meister Eli hat es in Ordnung *gebracht*. Hier ist Ihre Unterkunft.«

Shaw wusste nicht, was er sagen sollte, und begleitete sie wortlos zu Gebäude C, das genau wie die anderen Quartiere aussah: ein langer, unauffälliger Zweckbau mit überdachter Veranda, zugänglich über zwei Trittstufen. Wie überall hier hatte man den Stil eines Blockhauses nachgeahmt. Auf der Veranda und nach außen gewandt standen vier Schaukelstühle aus im Alter grau gewordenem Teakholz. Shaw folgte Adelle durch die unverschlossene Haustür und in einen Gang mit vier Türen auf jeder Seite. Die Wände waren schmucklos, genau wie der Korridor im Verwaltungsgebäude. Shaw bekam das letzte Zimmer auf der linken Seite. Adelle öffnete das Schloss – ein simples Modell, leicht zu knacken, aber das registrierte er nur am Rande. Wenn jemand vom Personal ins Zimmer wollte, würde es ihm mit Sicherheit möglich sein. Und alle anderen? Was gab es bei Shaw denn schon zu stehlen?

Adelle reichte ihm den Schlüssel. »Ihre Kleidung liegt im Zimmer. Die Maße wurden geschätzt, treffen aber fast immer zu. Sollte etwas nicht passen, geben Sie in der Verwaltung Bescheid, und man wird Ihnen weiterhelfen.«

Man …

»Außerdem finden Sie drinnen einen Beutel für Ihre Privatkleidung vor.« Sie deutete mit unbestimmter Geste auf seinen Oberkörper. »Packen Sie alles hinein, und stellen Sie ihn einfach vor die Tür.«

»Ich kann die Sachen nicht behalten?«, fragte er, obwohl er wusste, wie die Antwort lautete.

»Leider nicht. Das gehört zum Prozess. Meister Eli sagt, wir sollten alles hinter uns lassen. Ihre Sachen werden gewaschen und liegen dann bei Ihrer Abreise bereit.«

»Okay.«

Die Beethoven-Melodie erklang erneut, und Shaw schaute zum Fenster. Es folgte wiederum die Frauenstimme. »Es ist jetzt siebzehn Uhr dreißig.«

»Jede Viertelstunde zwischen sechs und zweiundzwanzig Uhr wird auf diese Weise eingeläutet«, erklärte Adelle. »Meister Eli sagt, genauere Zeitangaben brauchen wir nicht. Die Konzerne und die Regierung haben zu viel Kontrolle über uns. Man diktiert uns einfach alles, sogar die Zeit bis auf die Sekunde.«

Wieder ein *man*, wenngleich ein anderes.

»O ja, Uhren sind ganz üble Biester«, sagte er.

Adelle erwiderte nichts darauf, beschrieb ihm jedoch nach einer kurzen Pause den Weg zum Speisesaal. »Der Plan für morgen liegt hier im Zimmer auf dem Tisch«, fügte sie hinzu. Dann sah sie ihn durchdringend an. »Es geht im Camp anders zu, als Sie es bisher gewohnt sind, Novize Carter. Sosehr Sie sich auch Hilfe bei den Minuspunkten in Ihrem Leben wünschen mögen, sosehr wehren Sie sich gleichzeitig dagegen. Das ist ganz natürlich. Je eher Sie jedoch loslassen, desto eher werden Sie sich den Prozess zu eigen machen, und alles wird wunderbar.«

Ihre Worte dienten als sanfter, aber unverkennbarer Ruck an der Leine. Shaw erkannte, dass er ihn womöglich verdient hatte. Seine Bemerkung über die Uhren könnte ein wenig zu spöttisch geklungen haben. Er durfte ab jetzt auf keinen Fall mehr aus der Rolle fallen.

Also seufzte er leise auf – was so ungefähr die einzige Art von Entschuldigung war, die ein harter Hund wie Skye über die Lippen brachte. »Das alles hier ist bloß so … Ich hab so was einfach noch nie gemacht.«

Die Strenge wich aus Adelles Gesicht. »Sie bekommen das bestimmt gut hin. Meister Eli liegen unser aller Interessen am Herzen. Und auch Sie gehören nun zu uns.« Sie wies auf sein Amulett. Dann wandte sie sich ab, hielt aber noch einmal inne und blickte zurück. »Und lesen Sie die Regeln. Man nimmt die hier sehr ernst.«

Shaw ging hinein, schloss die Tür und schaute sich im Zimmer um. Er war noch nie im Gefängnis gewesen – jedenfalls nicht zur Verbüßung einer Haftstrafe; Festnahmen hatte er durchaus ein paar erlebt –, aber so stellte er sich die Zellen einer Anstalt der niedersten Sicherheitsstufe vor, zum Beispiel für Scheckbetrüger oder Leute, die beim Insiderhandel im unteren siebenstelligen Bereich erwischt worden waren.

Es gab ein einfaches Bett – einen Futon auf einer erhöhten Plattform –, einen wackligen Tisch und einen Stuhl. Dazu einige identische, billige Lampen. Das Badezimmer war klein, und auf der schmalen Konsole lag eine Grundausstattung: ein Stück Seife, eine in Folie verpackte Zahnbürste, eine Tüte Einwegrasierer und Tuben mit den erforderlichen Lotionen, Gels und Cremes. Dünne Handtücher. Auf einem Regalbrett stand eine Kaffeemaschine neben Kaffeepulver, Teebeuteln und kleinen Tüten mit Zucker und Kaffeeweißer. Und eine Mikrowelle. Ein Korb mit Müsliriegeln, Keksen und Nüssen. Ein kleiner Kühlschrank enthielt mehrere Flaschen Wasser.

Shaw wusch sich Gesicht und Hände, trocknete sich mit den rauen Handtüchern ab und nahm den Raum genauer in Augenschein. Er nutzte bei seiner Arbeit gelegentlich Überwachungstechnik und wusste, wonach er Ausschau halten musste. Kameras gab es hier zumindest nicht, da war er sich sicher. Ein Video von jemandem, wie er nackt aus der Dusche kommt? Das könnte den Verantwortlichen für lange Zeit hinter Gitter bringen. Mikrofone waren hingegen möglich, auch wenn er bei seiner Suche keine fand. Doch die konnten natürlich unsichtbar in die Wände eingebaut sein, und sofern sie fest verkabelt waren, würde man sie nicht mal mit einem Scanner entdecken können, gesetzt den Fall, Shaw hätte einen gehabt.

Er würde einfach davon ausgehen, dass alles, was er hier sagte, mitgehört wurde.

Auf dem Bett lag seine Uniform. Inklusive Unterwäsche. Die Kleidungsstücke steckten noch in der Plastikhülle des Herstellers, an der Etiketten mit den Größenangaben hingen. Die Sachen waren demnach neu, nicht gewaschen. Shaw kam der alberne Gedanke, er könne die Kleidung behalten, wenn er abreiste – Andenken an »Mein Monat in der Sekte«.

Er zog sich um. Die Sachen waren bequem und passten perfekt. *Man* hatte sogar die Schuhgröße richtig eingeschätzt. Etwas war seltsam: Die Kleidung hatte keine Taschen. Was sollte das denn?

Shaw konnte keinen praktischen Grund erkennen. Es musste sich wohl um einen weiteren Aspekt der umfassenden Kontrolle handeln, die die Stiftung über die Mitglieder ausübte.

Er steckte seine Privatkleidung in den Leinenbeutel und stellte ihn hinaus in den Gang.

Auf dem Tisch lagen vier zwanzig mal fünfundzwanzig Zentimeter große Notizbücher mit seitlicher Spiralbindung; jedes Deckblatt trug die Aufschrift *Der Prozess*™. Daneben lag ein halbes Dutzend Kugelschreiber. Shaw schlug das erste Buch auf und rechnete mit einer weitschweifigen Abhandlung oder einem Programm für die nächsten drei Wochen.

Falsch. Nur leere Seiten. Vermutlich würde er Vorträge besuchen und aufgefordert werden, sich Notizen zu machen.

Auf dem Tisch fanden sich außerdem drei Blatt Papier. Eines enthielt eine Kopie der Regeln. Auf dem nächsten Blatt stand:

Tag eins – Lehrplan für Novize Carter

08.00	Frühstück
09.00	Erster Diskurs bei Meister Eli
10.00	Introspektion
11.00	Trainingsperiode Gebäude 7
12.00	Mittagessen
13.00	Introspektion
14.00	Zweiter Diskurs bei Meister Eli
15.00	Introspektion
19.00	Abendessen
20.00	Introspektion
22.00	Nachtruhe und Ausgehverbot

Das letzte Blatt stellte eine kleine Orientierungshilfe für Neuankömmlinge dar.

Denken Sie daran, bei der Osiris-Stiftung sind wir »Gefährten«.
Novize (blaues Amulett)
Auszubildender (rot)
Geselle (violett)
Innerer Kreis – »IK« (silber)
Die Gefährten in grauer Uniform sind Mitglieder der Assistenzeinheit – »AE«. Sie sind stets hilfsbereit und sorgen für Ihre Sicherheit.
Sprechen Sie andere Gefährten immer mit ihrem Rang und Vornamen an, niemals als »Mr.«, »Mrs.«, »Miss«, »Dr.« etc.

Shaw prägte sich die Punkte ein und legte das Blatt hin. Dann überflog er noch einmal seinen Lehrplan für den folgenden Tag. Er erinnerte sich, dass die Stunden der Introspektion gemäß den Regeln allein verbracht werden sollten. Ob das wohl dazu diente, die Mitglieder voneinander getrennt zu halten, wenn sie mal nicht als Gruppe unter der Überwachung von Eli und den Aufpassern standen?

Es ging auch hierbei wieder um Kontrolle.

Wie dem auch sei, für Shaw war das gut. Er würde die Freiheit nutzen, um im Camp Ermittlungen anzustellen.

Was auch nun als nächster Punkt auf seinem eigenen Terminplan stand.

24

Auf fremdem und potenziell feindlichem Gebiet:
Sei niemals ohne Fluchtweg.
Sei niemals ohne Zugang zu einer Waffe.

Diese Punkte zählten zu den grundlegendsten Regeln seines Vaters.

Fremd? Auf jeden Fall. Feindlich? Gehen wir mal lieber davon aus. Danke, Geselle Hugh!

Shaws erste Aufgabe war also der Fluchtplan. Er schlenderte durch das Camp, so unschuldig wie ein neuer Student am ersten Tag auf dem Campus, und sah sich alles an. Das Tal war nicht landschaftlich verändert worden. Daher gab es neben den Grasflächen auch immer wieder Baumgruppen und Bereiche mit dichtem Laubwerk. Der größte Teil des Anwesens war offenes Feld und wurde offenbar regelmäßig mit einem Stehrasenmäher bearbeitet, der unter einem offenen Zeltdach neben dem Verwaltungsgebäude stand. Es gab weder Blumenbeete noch sonstige Zierpflanzen.

Der spätnachmittägliche Himmel war blau und voller Schäfchenwolken. Die Sonne stand bereits hinter den Klippen im Westen, und die kalte Luft roch nach Kiefern, fauligem Wasser und Sumpfgas.

Shaw hatte damit gerechnet, dass die Aufseher der Assistenzeinheit ihn genau im Auge behalten würden, aber das schien nicht der Fall zu sein – jedenfalls nicht offensichtlich.

Er hielt ein weiteres Mal nach Überwachungskameras Ausschau, konnte aber wieder keine entdecken. Das kam ihm in der heutigen Zeit seltsam vor. Aber dann dachte er sich: Wozu teure und anfällige Technik kaufen, wenn deine Gemeinde eingesperrt ist, noch dazu meilenweit von anderen Menschen entfernt? Eine Gemeinde, nebenbei bemerkt, die glaubte – oder zu dem Glauben erzogen wurde –, dass es die größte aller Sünden sei, sich über die Anweisungen der Gottheit namens Meister Eli hinwegzusetzen.

Regel 14 …

Er gelangte ferner zu dem Schluss, dass es wohl noch einen anderen Grund gab, aus dem gewisse Organisationen keine Überwachungskameras benutzten. Diese Geräte zeichneten Vorfälle auf, von denen keine digitale Beweisaufnahme gewünscht war. Hugh würde bestimmt nicht wollen, dass sein Umgang mit missliebigen Eindringlingen publik wurde.

Shaw überlegte sich, wie schwierig es sein würde, an seine Sachen samt Brieftasche und Telefon zu gelangen. Die Gepäckaufbewahrung war derzeit geschlossen und dunkel. Vorder- und Hintertür schienen nicht alarmgesichert zu sein, aber er würde sehr aufpassen müssen, falls er auf diesem Weg dort eindrang; jeder vor oder neben der Zentrale der Assistenzeinheit könnte ihn sehen. Die Seiten und die Rückwand der Gepäckaufbewahrung waren mit Fenstern ausgestattet; dies wären die logischen Stellen für einen Einbruch.

Und sein Autoschlüssel?

Er wandte sich in die Richtung des Tors, über dem *Gestern-Heute-Morgen* stand. Bei der Assistenzeinheit blieb er stehen. Im Inneren des hell erleuchteten Gebäudes, das einem zweckbetonten Polizeirevier ähnelte, konnte er einen abschließbaren, aber im Moment offenen Metallschrank mit einer Vielzahl kleiner Fächer erkennen. In diesen Fächern steckten die Umschläge mit den Schlüsseln. Der Schrank hatte dicke Sicherheitstüren und ein beeindruckendes Schloss. Mit einer Brechstange oder einem Hammer würde Shaw ihn aber trotzdem gewaltsam öffnen können. Allerdings hockten dort auch drei Schlägertypen der Assistenzeinheit an ihren Schreibtischen. Und vermutlich war der Laden rund um die Uhr besetzt.

Vergiss den Pick-up.

Shaw drehte eine Runde entlang des Zauns, betrachtete die Bauten und prägte sich jedes Detail ein. Es gab mehrere Quartiere wie sein eigenes und einige Unterrichtsgebäude. Die meisten wurden im Augenblick genutzt; drinnen saßen die Mitglieder – nein, *Gefährten*, ermahnte er sich – im Kreis und schrieben in ihren Notizbüchern.

Ein Haus südlich des Speisesaals war größer als die Unterkünfte. Die Scheiben waren übermalt und vergittert, und ein Schild davor besagte:

GEBÄUDE 14
PRIVAT

Auf der Veranda saßen zwei der Männer im grauen Kasack und beäugten wortlos jeden, der vorbeiging. Auch Shaw nahmen sie regungslos zur Kenntnis. Er schaute stur nach vorn und verlangsamte seinen Schritt nicht. War das ein Gefängnis? Ein Lagerraum mit wertvollem Inhalt? Oder mit gefährlichem Inhalt?

Waffen? Praktisch jeder abgelegene Wohnsitz in der Wildnis verfügte über ein Gewehr für den Fall, dass Raubtiere zu nahe kamen, aber gab es hier mehr als das? Shaw folgte dem Weg, bis er aus dem Sichtfeld der Wachen verschwand, und kehrte dann in weitem Bogen zurück. Genau wie die anderen Bauten hatte auch Gebäude 14 eine Hintertür, und das Gras davor war von Golfwagen und Fußspuren niedergedrückt worden – weil vermutlich regelmäßig etwas angeliefert wurde. Shaw drehte den Türknauf. Abgeschlossen, und die Tür gab kein bisschen nach. Es handelte sich um ein einfaches Schloss, das Shaw knacken könnte, aber dafür wäre etwas Zeit erforderlich.

Die robusten Eisengitter vor den Fenstern waren mit den Rahmen verschraubt worden, und dann hatte man die Schraubenköpfe abgefeilt, damit sie sich nicht mehr herausdrehen ließen. Die Farbschicht auf dem Glas war dick; er konnte drinnen nichts erkennen.

Gebäude 14 würde vorerst ein Rätsel bleiben müssen.

Shaw steuerte die Südseite des Camps an, wo das große Wohnhaus stand. Ihm fiel auf, dass die meisten Leute, denen er begegnete, rote Amulette trugen – und somit Auszubildende waren, auf der zweiten Stufe des Prozess-Trainings. Es gab aber auch einige blaue Novizen.

Alle der etwa zwei Dutzend Personen waren weiß, was irgendwie nicht ganz zu Regel 5 passte, ihn aber nicht überraschte.

Hin und wieder schenkte ihm einer der Gefährten ein treuherziges Lächeln und vollführte diese seltsame Geste – berührte die linke Schulter mit der rechten Hand. Shaw achtete darauf, den Gruß stets zu erwidern.

Hinter dem Wohnhaus fiel sein Blick auf eine fünfundzwanzig Meter hohe Felswand mit zahlreichen Rissen und Vorsprüngen; Shaw hätte sie mühelos erklimmen können. Als Freeclimber sicherte er sich mit Seilen vor einem Absturz, nutzte sie aber nicht als Hilfe beim Aufstieg. Diese Wand hätte sich auch fürs Free-Solo-Klettern geeignet – also den Aufstieg ohne jegliche Hilfsmittel –, sofern jemand entsprechende Neigungen verspürte. Shaw nicht. Diese Klettertechnik widersprach seiner zentralen Daseinsphilosophie: dem Überleben.

Also, der Süden bot keinen akzeptablen Fluchtweg.

Auch nicht der Westen, der ebenfalls aus einer Klippe bestand, der hoch aufragenden »Herr der Ringe«-Formation durch deren einzige Lücke er von der Harbinger Road zur Einfahrt der Stiftung gelangt war.

Im Norden lagen der Staketenzaun und der Parkplatz, geschützt durch den Maschendraht. Einen zweieinhalb Meter hohen Holzzaun zu bezwingen war gerade noch möglich. Dieses Exemplar war jedoch mindestens drei Meter hoch und wäre ohne Leiter zu schwierig zu überwinden. Shaw hatte hier bisher noch keine Leiter gesehen, und außerdem würden die Tore bemannt sein, vielleicht sogar rund um die Uhr. Der Norden schied aus.

Die östliche Flanke des Camps bestand aus Wald, gefolgt von dem hohen Steilufer und dem See. Entlang des Ufers standen im Abstand von zirka fünfzehn Metern Bänke und boten einen herrlichen Ausblick auf die Berge. Rund drei Kilometer weiter östlich lag eine Staatsstraße, wie Shaw dank Google und seiner Landkarte wusste. Dort gab es etwa alle fünfzehn Kilometer eine Tankstelle, was ein erhebliches Verkehrsaufkommen bedeutete. Trampen war also möglich, und von den Tankstellen aus könnte er Mack verständigen, um sich einen neuen Wagen zu besorgen oder sich abholen zu lassen.

Aber wie konnte er das Lager in östlicher Richtung verlassen? Er folgte dem Verlauf der Klippe, die sich als zu glatt erwies, um hinabklettern zu können. Der Anblick der knochengelben Felswand ließ ihn unwillkürlich an die beiden Menschen denken, die an ähnlichen Orten durch Abstürze gestorben waren: Adam Harper bei Hope's Corner und Shaws Vater am Echo Ridge, getötet durch diejenigen, die Shaw als »den Feind« ansah – die Frau namens Braxton und Ebbitt Droon … plus alle anderen, die für sie arbeiteten. Die beiden Toten standen auch stellvertretend für Shaws Missionen. Es ärgerte ihn, dass er die Suche nach den Mördern seines Vaters vorläufig zurückstellen musste, aber er hatte keine Wahl. Was auch immer Adam in den Tod getrieben hatte, konnte auch andere gefährden. Das Geheimnis rund um den Mord an Shaws Vater würde warten müssen.

Er wandte sich ab und ging weiter nach Norden, zur Vorderseite des Camps, bis er das unheimliche Tor und den hohen Holzzaun erreichte, dem er dann nach Osten folgte. Tief im Wald endete der Zaun, und eine knapp zwei Meter hohe Maschendrahtbarriere verlief von dort bis zu einem steilen Felsabbruch.

Eli wollte wirklich nicht, dass jemand von hier wegkam.

Oder sich unerlaubt Zutritt verschaffte, dachte Shaw.

In dem Maschendrahtzaun gab es ein Tor mit Vorhängeschloss. Shaw überlegte. Das Schloss war verrostet und das Tor halb zugewuchert, der Boden dort seit Langem unberührt. Hier war seit Monaten niemand mehr gewesen. Shaw nahm einen Stein und brach mit einem halben Dutzend Schlägen den Bügel des Schlosses ab. Das Tor schwang auf.

Im Laufschritt läge die Staatsstraße nur zwanzig Minuten entfernt.

Nun hatte er seinen Fluchtweg.

Und die Waffe?

Beethoven hallte durch das Camp. Dann: »Es ist jetzt achtzehn Uhr fünfundvierzig. Das Abendessen wird in fünfzehn Minuten serviert.«

Shaw kehrte in seine Unterkunft zurück, setzte sich auf die Veranda und fertigte eine Skizze des Anwesens an.

Für den Fall, dass jemand das Buch zu Gesicht bekam, fügte er einige Notizen über das Einführungsgespräch mit Samuel hinzu – damit es so aussah, als würde er die ganze Sache ernst nehmen. Als Shaw fertig war, überflog er den Lageplan und prägte sich vor allem sein Quartier, den zentralen Platz mit der Bühne, die Assistenzeinheit, Gebäude 14 sowie das dreigeschossige Wohnhaus ein. Und natürlich seinen Fluchtweg im Osten.

Er wollte das Buch schon zurück in sein Zimmer legen, erinnerte sich dann aber an eine der Regeln.

Tragt ständig Notizbuch und Stift bei euch......

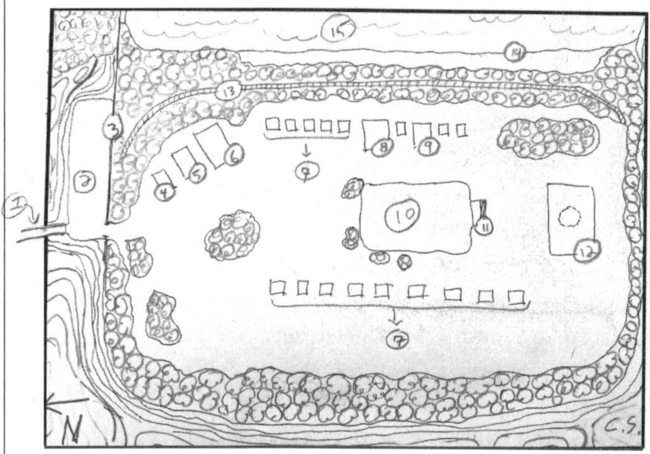

Osiris-Gelände

1 – Zufahrt zur Harbinger Road
2 – Parkplatz
3 – Holzzaun
4 – Gepäckaufbewahrung
5 – Assistenzeinheit
6 – Verwaltung
7 – Quartiere/Unterrichtsgebäude
8 – Speisesaal
9 – Gebäude 14
10 – Zentraler Platz
11 – Bühne
12 – Elis Wohnhaus
13 – Pfad
14 – Steilufer/Bänke
15 – See

Er ging zum Speisesaal, reihte sich ein, nickte anderen Gefährten zu und wechselte ein paar Worte. Er hielt nach Frederick Ausschau, dem Mann mit der orangefarbenen Sonnenbrille, der ihn am Ort von Adams Tod womöglich gesehen hatte. Allerdings war Shaw sich nicht sicher, ob er den Gefährten ohne Brille und Mütze wiedererkennen würde.

Außerdem suchte er nach der Brünetten.

Keine Spur von beiden.

Hatte die Frau die Stiftung verlassen?

Das wäre einerseits ein Rückschlag: Ihre Reaktion auf Adams Selbstmord deutete auf eine Verbindung zwischen den beiden hin. Die Frau könnte Shaw dabei helfen, einige offene Fragen zu klären. Andererseits würde ihre Abwesenheit bedeuten, dass sie sich nicht mehr in Gefahr befand.

Es gab noch eine Möglichkeit. Hatte die Hugh erteilte Abfuhr Folgen für sie gehabt? Shaw erinnerte sich an die wütende Miene des Mannes, gefolgt von seinem höhnischen Lächeln und der Androhung von Strafpunkten, als sie sich von ihm entfernte. Und an sein sadistisches Grinsen, als er dem Reporter die Knochen brach. Diesem Mann bereitete es Vergnügen, anderen Leuten Schmerz zuzufügen. War die Frau verletzt? Oder schlimmer? War Gebäude 14 eine Leichenhalle, und die Brünette lag nun dort, nachdem Hughs Vergeltung aus dem Ruder gelaufen war?

An einem anderen Ort, unter anderen Umständen hätte das wie eine Schnapsidee gewirkt. Hier nicht. Im Reich der Osiris-Stiftung war die Realität außer Kraft gesetzt.

Das fensterlose rätselhafte Gebäude konnte durchaus ein Totenhaus sein. Gleich darauf erfuhr Colter Shaw jedoch, dass die Frau nicht zu den Bewohnern zählte. Sie ging mit gesenktem Kopf direkt an ihm vorbei und stellte sich ans Ende der Warteschlange. Ohne jemanden zu begrüßen, klappte sie ihr Notizbuch auf und fing an zu schreiben.

25

Die ikonenhaften fünfzehn Noten aus der Feder des nahezu tauben deutschen Genies erklangen erneut und hallten durch den nasskalten Abend.

»Es ist jetzt neunzehn Uhr. Das Abendessen wird serviert. Alle Gefährten mögen sich bitte im Speisesaal einfinden.«

Die Türen gingen auf, und etwa siebzig Personen schoben sich in den hell erleuchteten Raum, der an eine x-beliebige Schulkantine erinnerte, wie es sie überall auf der Welt gab. Es roch nach gegrilltem Fleisch. Und darunter lag der Duft von Desinfektionsmittel.

Gleich neben dem Eingang stand eine große Tafel mit dem Sitzplan. Jede und jeder aus allen drei Gefährten-Stufen – Novizen, Auszubildende und Gesellen – hielt an und schaute sich den Plan an. Offenbar änderte Eli ständig die Plätze. Steckte eine Strategie dahinter? Vielleicht sollten die Neuankömmlinge von den Erfahreneren etwas lernen.

Oder potenzielle Unruhestifter sollten voneinander getrennt werden.

Oder handelte es sich lediglich um eine weitere kleine Machtdemonstration Meister Elis?

Die meisten der Gefährten waren Männer zwischen dreißig und sechzig, viele mit ungefähr gleichaltrigen Ehefrauen. Die nächstgrößere Gruppe waren junge Frauen von zwanzig bis vierzig. Shaw hatte mehr Hippies erwartet – oder Hippies 2.0. Endlich entdeckte er auch ein paar Latinos, Asiaten und Afroamerikaner. Insgesamt fünf.

Er fand seinen Platz an Tisch 4, in der Nähe der Tür, am anderen Ende des Saals beim Büfett, das an der gegenüberliegenden Wand neben der Küche aufgebaut war. Shaw ignorierte das vorerst und wartete, bis die Brünette sich gesetzt hatte.

Sie ging zu Tisch 7, ein ganzes Stück von Shaws Platz entfernt, und setzte sich, ohne von ihrem Notizbuch aufzublicken. Die Blätter waren durch eine Mischung aus häufigem Gebrauch, hoher Luftfeuchtigkeit und Tinte aufgequollen, und anscheinend hatte sie fast jede Seite gefüllt.

Die Tische waren nach Rang getrennt. Die meisten der Anwesenden trugen die roten Amulette der zweiten Stufe. Es gab drei Tische mit Gesellen und zwei mit Novizen. Die Gefährten des Inneren Kreises mit ihren silbernen Amuletten saßen nicht, sondern standen vor einer der Wände und plauderten miteinander.

Als die meisten Leute Platz genommen hatten, schlenderte Shaw zu Tisch 7 und setzte sich, sodass zwischen ihm und der Brünetten ein Stuhl frei blieb. Er nickte den anderen zu: einem älteren Mann, einem großen und schlanken Mann sowie zwei Frauen Ende zwanzig oder Anfang dreißig. Sie musterten ihn mit höflicher Zurückhaltung, als hätte er versehentlich das falsche Separee in einem teuren Restaurant betreten.

Dann wandte er sich an die Brünette. »Ich bin Novize Carter.«

Sie blickte überrascht auf. Ihre hellgrauen Augen richteten sich auf sein blaues Amulett und weiteten sich vor Schreck. Es schien ihr die Sprache zu verschlagen.

»Wie geht's?«, fragte Shaw und vollführte den Schultergruß. Er sah sich um. »Was steht denn heute auf dem Speiseplan? Riecht ja nicht schlecht. Ich hab seit zwei Tagen nichts Warmes mehr gegessen, abgesehen von einem Big Mac.« Er flüsterte. »Und ich hätte nichts gegen ein Bier einzuwenden, aber der Barkeeper scheint hier ja dauerhaft dienstfrei zu haben.« Er lachte über seinen eigenen kläglichen Scherz.

»Es… es tut mir leid, aber dies ist ein Tisch für Auszubildende.« Sie wies auf ihr rotes Unendlichkeitssymbol, sah ihm kurz in die Augen und schaute dann gleich wieder auf die gewachste Tischdecke.

»Bitte?«

»Ein Tisch für Auszubildende«, wiederholte sie stammelnd.

»Oh.« Er ließ den Arm sinken und tat verwirrt.

»Was haben wir hier, Auszubildende Victoria?«

Eine vertraute Stimme: Adelle. Sie hatte die Bluse gewechselt. Kein Blut mehr. »Novize Carter.«

»Gesellin Adelle.« Er runzelte die Stirn. »Stimmt etwas nicht?«

»Verzeihung, er hat…«, setzte Victoria an.

»Es gibt zugewiesene Plätze, Novize Carter«, sagte Adelle.

»Ja?«

»Da ist der Sitzplan.« Sie zeigte auf die Tafel.

»Ach so. Ich hab gar nicht darauf geachtet.«

»Das ist eine der Regeln«, tadelte sie ihn.

Lesen Sie die Regeln. Man nimmt die hier sehr ernst…

»Und Sie, Auszubildende Victoria, *müssen* daran denken, bei Regelverstößen sofort einen AE oder IK zu rufen.«

Das wusste Shaw noch von seinem Spickzettel: IK stand für Innerer Kreis, AE für Assistenzeinheit.

Adelle sprach weiter mit Victoria, nicht aggressiv, aber bestimmt. »Falls Sie uns nicht unverzüglich Bescheid geben…«

»Das ist ebenfalls ein Regelverstoß. Ich weiß!« Victorias

Blick blieb gesenkt. »Er hat mich überrumpelt. Ich war mit meinem Tagebuch beschäftigt…«

»Es ist ein minderes Vergehen. Ich glaube nicht, dass ich Geselle Hugh verständigen und um eine Entscheidung bitten muss.«

»Oh, vielen Dank, Ma'am.«

Verdammt. Shaw begriff, dass sein kleiner Winkelzug Victoria beinahe eine Bestrafung durch denjenigen eingebracht hätte, vor dem er sie beschützen wollte. Er beschloss, ab jetzt vorsichtiger zu sein.

Victoria zuckte zusammen. »Und ich werde nicht ›Ma'am‹ sagen. Oder ›Sir‹.«

Shaw erinnerte sich an die Regel.

»Das ist Ihnen nicht zum ersten Mal passiert. Kein schwerer Fehler, aber Sie müssen daran arbeiten.« Adelle neigte den Kopf ein kleines Stück. »Und *er* muss davon auch nichts erfahren.«

Der ehrfürchtige Unterton verriet Shaw, dass Adelle vermutlich Eli meinte.

»O danke, Gesellin Adelle.«

Ihre atemlose Unterwürfigkeit ärgerte Shaw, vor allem, weil die Frau mehrere Jahre älter zu sein schien als Adelle.

Victoria widmete sich wieder ihrem Notizbuch. Ihre Hände zitterten.

Adelle begleitete Shaw zu dem Sitzplan. »Da haben wir Sie, Novize Carter. Tisch 4.«

»Ich lese mir noch mal die Regeln durch.«

Sie nickte und ging zu einem der Gesellen-Tische.

Shaw setzte sich ebenfalls. Auf dem Tisch standen Krüge mit Wasser und Eistee. Es gab Papierservietten und Besteck aus billigem Metall. Alle Tischdecken waren dunkelviolett. Shaw erkannte plötzlich, dass die Farben der niederen Amulette, blau und rot, vermischt violett ergaben, die Farbe der

Unendlichkeitssymbole der Gesellen. Vielleicht stand Violett für irgendwas Bedeutendes im Alten Ägypten – ihm war weiterhin unklar, wie Osiris ins Bild passte. Oder die Farbe hatte etwas mit Elis persönlicher Mythologie zu tun.

Shaw grüßte die anderen Novizen an seinem Tisch. Ein Ehepaar, Walter und Sally, war ungefähr Mitte sechzig. Der Kahlkopf aus dem Aufnahmebüro vorhin hieß Henry. Er war fit und hatte einen festen Händedruck – wie Shaw merkte, bevor ihnen gleichzeitig einfiel, dass diese Begrüßung nicht gestattet war.

»Haben Sie so was schon mal gemacht?«, flüsterte Shaw.

»Noch nie. Ein bisschen bizarr ist es ja schon. Sind Sie von hier, aus Washington?«

»Nein, aus Kalifornien. Ich komme viel herum. Bin Landvermesser in der Forstwirtschaft.«

»Ich wohne an der Ostküste.« Henry ließ seinen Blick durch den Raum schweifen, und die mürrische Miene vom Nachmittag kehrte zurück. »Hoffentlich funktioniert das hier.« Er verstummte.

Mit ihnen an Tisch 4 saß Todd, ein ebenfalls mürrischer Mann, Anfang dreißig, durchtrainiert und mit Bürstenhaarschnitt. Er war tätowiert, vermutlich am ganzen Arm, wenngleich Shaw nur zwei oder drei Zentimeter am Handgelenk sehen konnte und der Rest unter der Uniform verschwand. Abby war eine hübsche Brünette mit traurigem Gesicht und nervösem Auftreten. Sie konnte nicht älter als neunzehn oder zwanzig sein. Ein gebräunter, kraushaariger Mann Ende zwanzig saß mit hängendem Kopf über seinem Gedeck. Er hieß John.

Um neunzehn Uhr zehn lösten die Gefährten des Inneren Kreises, ebenso viele Männer wie Frauen, sich von der Wand und verteilten sich, um jeweils an einem anderen Tisch Platz zu nehmen. Offenbar als Aufpasser.

Oder Wärter.

Möglicherweise als Spione, dachte Shaw.

Der für Tisch 4 zuständige Geselle näherte sich mit festem Schritt. Er war ein Mann Mitte dreißig mit perfekt gestutztem und gegeltem Haar, Typ geschniegelter Geschäftsmann. Er stand kerzengerade da und betrachtete die Anwesenden. Dann sagte er mit öliger, geübter Stimme: »Seien Sie gegrüßt, Novizen. Ich bin Geselle Quinn. Und ich bin stolz, heute Abend Ihr Tischherr zu sein.« Brillen wie seine waren selten: ein Drahtgestell mit Halbgläsern.

Quinn berührte seine linke Schulter mit der rechten Handfläche. Shaw ignorierte die absurde Situation und tat es ihm nach. Dann setzte er ein schüchternes Lächeln auf – als wäre er froh, Teil der Familie zu sein, obwohl noch neu.

Mit theatralischer Geste nahm Quinn je einen Krug Eistee und Wasser und beugte sich zu den Sitzenden vor. »Bevorzugen Sie ein Getränk?«

Shaw entschied sich für den Tee. Quinn schenkte allen ein – die anderen IKs taten an ihren Tischen das Gleiche – und setzte sich dann.

Über ihren Köpfen verkündete eine Stimme aus den Lautsprechern: »Lasst uns unseren Dank zum Ausdruck bringen.« Die meisten wussten, was nun kam, und sprachen die Worte mit: »Für unser Mahl danken wir dir, Meister Eli, und auch für alles, was du uns gelehrt *hast*, gegenwärtig *lehrst* und noch lehren *wirst*. Aus dem Gestern ein besseres Heute. Aus dem Heute ein perfektes Morgen.«

Shaw und Henry hielten mit, so gut sie konnten. Er bemerkte, dass Quinn beobachtete, wie sie sich bemühten. Dann rief die Stimme von oben: »Das Beste kommt noch!«

Applaus hallte durch den Saal, aber nicht wie am Ende eines Konzerts. Mehrere Mitglieder des Inneren Kreises schlugen koordiniert und langsam ihre gewölbten Hände aufeinander, sorgfältig abgestimmt, ein Klatschen pro Sekunde. Das dauerte eine sehr lange halbe Minute.

»Nun dürfen die Gesellen zum Büfett vortreten.«

Die leitenden Gefährten gehorchten. Erst nachdem sie ihre Teller gefüllt und sich wieder gesetzt hatten, kamen die Auszubildenden an die Reihe. Dann die Novizen.

Kontrolle …

Das Essen war so, wie Shaw erwartet hatte: Hühnchen von der Warmhalteplatte, Hamburger, vegetarische Lasagne, Salate und Beilagen. Parker-House-Brötchen, Butter. Er war nach der Reise und der Schnellerkundung des Camps hungrig und nahm sich großzügig davon.

Beim Essen schaute Shaw immer wieder zu Victoria. Sie trug das braune Haar zu zwei Zöpfen geflochten, die ihr bis auf den Rücken hingen. Die Enden wurden von schmalen roten Bändern zusammengehalten, deren Schleifen nachlässig gebunden waren. Ihr Gesicht war oval. Über ihrer blauen Uniformbluse trug sie eine blaue Weste. Keinen Ehering oder anderen Schmuck. Shaw ließ den Blick in die Runde schweifen; anscheinend trug niemand hier Schmuck, jedenfalls soweit er erkennen konnte. Manche dieser Leute waren mit Sicherheit verheiratet. Vielleicht hatten sie ihre Ringe abgeben müssen, zusammen mit den Mobiltelefonen. Nichts sollte an die Außenwelt erinnern. Shaw konnte nicht sagen, ob Victoria geschminkt war. Ihr Gesicht war aber leicht gerötet, so wie neulich. Womöglich von der Sonne.

Shaw wandte schnell den Blick ab, als sie den Kopf hob und in seine Richtung sah, als würde sie spüren, dass sie beobachtet wurde. Er fing ein Gespräch mit seinen Tischnachbarn an. Er und Henry waren in dieser Runde die einzigen Novizen, die heute erst anfingen. Abby war schon seit zehn Tagen hier. John, Sally, Walter und Todd wurden seit einer Woche in dem Prozess unterwiesen. Shaw bemerkte, dass

Walter für sich und seine Frau sprach; Sally blieb zurückhaltend und verunsichert. Abby konnte keine Sekunde still sitzen, Todd war misstrauisch, John verzagt.

Als sie den Hauptgang verspeist hatten und auf dem Nachtisch herumkauten, einem Stück fader Schokoladentorte, wischte Quinn sich den Mund ab und legte seine Serviette hin.

Der Blick seiner kalten Eidechsenaugen wanderte über die Anwesenden. Schließlich sagte er: »Nun ist es an der Zeit für die Teilhabe.«

26

Ich bin Walter, und das ist Sally.«

Quinn neigte den Kopf und klopfte leise auf den Tisch.

»Ach, ich wollte sagen *Novize* Walter und *Novizin* Sally. Verzeihung.«

Walter hatte dünnes weißes Haar, eine schmale Statur und einen nur leicht vorgewölbten Bauch. Durch sein gelassenes Auftreten wirkte er wie ein erfolgreicher Geschäftsmann im Ruhestand. Was sich auch gleich bestätigte: »Wir sind aus Chicago. Mir hat eine Firma für Autoteile gehört. Die wurden dann nach Detroit geliefert und dort eingebaut. Ich hätte die nicht produziert, aber die Regierung meinte, die müssten sein, also hab ich's doch gemacht, und das hat den Kindern das College finanziert, herzlichen Dank auch.«

Die Teilhabe, so hatte IK Quinn ihnen erläutert, sollte den anderen vermitteln, weshalb man die Stiftung aufgesucht hatte und was man sich von dem Aufenthalt versprach. Das würde »den Prozess erleichtern«.

»Also«, fuhr Walter fort, »ich bin immer noch als Berater tätig, was bedeutet, dass man mich dafür bezahlt, eine laute Klappe zu haben. Und Sally ist eine so gute Gärtnerin, dass nicht nur ihre Daumen, sondern auch ihre Finger grün sind.«

Als ihr Name fiel, lächelte Sally. Die grauhaarige Frau mit dem herzförmigen Gesicht war ebenfalls schlank, aber mit schlaffer Haut unter dem Kinn. Vielleicht weil sie erst kürzlich sehr abgenommen hatte. Shaw dachte an Krebs, aber ihr gesunder Teint sprach dagegen.

Walter fuhr mit seiner Erzählung fort, um seine Frau nicht in die Verlegenheit zu bringen, selbst etwas sagen zu müssen. »Ich würde ja behaupten, sie hat sogar grüne Zehen, aber das sähe unvorteilhaft aus, also lassen wir das lieber. Wir sind seit zweiundvierzig Jahren verheiratet und haben drei Kinder und vier Enkel.«

Stirnrunzelnd schaute Sally auf ihre linke Hand, die auf der ihres Mannes lag. Sie musterte ihren nackten Ringfinger, und dann huschten ihre Augen plötzlich panisch umher. Offenbar glaubte sie, den Ring verloren zu haben. Walter bemerkte es nicht.

Shaw begriff, warum sie hier waren.

Walter bestätigte auch diese Annahme: »Wir hatten ein paar Gesundheitsprobleme, die uns das Leben ein wenig erschweren. Als wir nachgeforscht haben, was man dagegen tun kann, sind wir auf einen Artikel über die Stiftung gestoßen. Darin hieß es, der Prozess würde die Menschen glücklicher machen. Und wer würde nicht gern etwas glücklicher sein? Also sind wir jetzt hier.«

Sally flüsterte ihrem Mann etwas zu und hob die linke Hand. Er lächelte und erwiderte etwas. Sie beruhigte sich wieder, sichtlich erleichtert, dass ihr Verlobungs- und ihr Ehering noch da waren.

Alzheimer …

»Danke, Novize Walter«, sagte Quinn. »Und nun Novize Todd?«

»Ja, der bin ich.« Der Mann strich sich mit der Hand über das kurze Haar. Er hatte braune Augen und dunkle Haut – womöglich ein Latino und eindeutig ein Soldat, entschied Shaw.

»Ich komme aus San Diego. Encinitas. Habe zwei Auslandseinsätze hinter mir. Ging ganz gut, hab nichts abgekriegt. Aber ich habe in Übersee mehrere Kameraden verloren. Und nach meiner Rückkehr ging irgendwie alles den Bach runter.« Er öffnete den Manschettenknopf und schob den Ärmel hoch. Es war keine großflächige Tätowierung, sondern das Abbild eines Messers mit den Worten »Stets voran« in Frakturschrift. »Ich war bei der Veteranenhilfe, auch bei anderen Ärzten. Nichts hat gewirkt.« Er zuckte die Achseln. »In einer Trauergruppe habe ich dann von diesem Verein gehört. Kann ja nicht schaden, dachte ich.«

»Sehr gut, Novize Todd. Aber denken Sie daran …«

»Jaja. Tut mir leid. Nicht ›Verein‹. Die Stiftung.«

»Das wird schon.«

»Medizin hat nicht geholfen, Ärzte haben nicht geholfen. Ich hoffe, der Prozess kann etwas bewirken.«

»Und, Novize Todd?«, fragte Quinn, den Kopf im Nacken, den eindringlichen Blick nach unten, über den Rand der Halbbrille hinweg. »Glauben Sie, der Prozess funktioniert?«

»Ja, würde ich sagen.«

Er klang zögernd. Und wenn Shaw diesen Umstand registrierte, dann auch Quinn.

»Danke dafür. So«, Quinn sah den schlanken, kahlköpfigen Mann neben Shaw an, »nun zu Ihnen.«

»Ich bin Henry. *Novize* Henry.« Es war ihm peinlich. »Heute ist mein erster Tag.«

»Willkommen, Novize Henry.«

»Ich arbeite für ein Pharmaunternehmen im RTP – dem Research Triangle Park bei Raleigh in North Carolina.« Er atmete tief durch. »Ich … äh … ich habe vor acht Monaten meine Frau verloren.« Seine Stimme zitterte. Er riss sich zusammen. Verlor kurz den Faden und lachte humorlos auf.

»Ich arbeite an onkologischen Medikamenten. Sie wissen schon, für die Chemotherapie. Karen hatte Krebs. Eine andere Art als mein Fachgebiet. Aber es ist irgendwie paradox, also dachte ich mir, ich erwähne es.« Ein Blick zu Quinn.

Der IK ermutigte ihn mit dem Lächeln, das jeder der Mitarbeiter hier beherrschte – teils warmherzig, teils distanziert.

Henry schluckte. »Ich werde nur schwer damit fertig. Jeder Tag ist hart. So. Das ist es, was ich hier hoffentlich in den Griff bekommen kann. Ich habe es mit Trauergruppen, einer Therapie und Medikamenten probiert. Leider ohne allzu großen Erfolg. Vielleicht läuft es hier besser. Morgen wird es besser. So hieß es doch.«

»Sehr gut, Novize Henry. Nun Sie, Novizin Abby.«

»Das bin ich. Äh … Dies ist meine zweite Woche. Sie wissen schon, das Übliche. Wie immer.« Sie wirkte gereizt, nervös. Sie stocherte in ihrem Kuchen herum. Hatte nicht viel gegessen.

»Unsere neuen Novizen wissen noch nicht Bescheid«, sagte Quinn ruhig. »Bitte erzählen Sie den beiden Ihre Geschichte, Novizin Abby.«

Mit gesenktem Blick vergrub sie einen Fingernagel in der Nagelhaut ihres Daumens. »Na ja, so ’n Zeug halt.«

»Fahren Sie fort. Vergessen Sie nicht: Scheuen Sie nicht vor den Minuspunkten zurück. Sie schaffen das. Meister Eli sagt, Sie haben gute Fortschritte gemacht.«

Ihre Augen weiteten sich ein wenig, und es schien sie zu rühren, dass der Leiter der Stiftung sich über sie geäußert hatte.

»Nur zu«, forderte Quinn sie auf.

»Okay, also, ich geh aufs College und studiere Kommunikationswissenschaft.« Sie sah niemandem in die Augen. »So. Die Sache ist die, zu Hause ist es irgendwie beschissen. Ich bleibe so oft wie möglich weg. Und da hab ich diese Leute getroffen. Ich meine, die sind in Ordnung. Irgendwie schon. Aber es gab da auch Oxy, Sie wissen schon. Und anderes Zeug.« Sie verstummte abrupt.

Quinn lächelte schneller, als ein Revolverheld hätte ziehen können. »Es ist alles gut. Sagen Sie, was Sie fühlen.«

»Bei denen hab ich alles Mögliche genommen. Aber am Ende war ich wieder clean. Das ist gar nicht so einfach. Und jetzt hab ich eine Scheißangst vor einem Rückfall. Sie wissen schon, in die Sucht. Ich hab 'ne Freundin, deren Mutter war mal hier, und es hat ihr geholfen. Also hab ich mich hier beworben und wurde angenommen.« Sie zuckte die Achseln und sackte dann wieder auf ihrem Stuhl zusammen. »Und es ist ziemlich cool. Meister Eli ist echt der Größte.«

»Danke, Novizin Abby. Und Sie, Novize Carter?«

Shaw tischte ihnen seine erfundene Geschichte über die schweren Zeiten auf, die zahllosen Jobwechsel, die emotionalen Probleme. Er orientierte sich dabei an Adam Harper und Harvey Edwards sowie an einigen abgebrühten Flüchtenden, die er im Zuge seiner Arbeit gejagt hatte. Die kriminelle Vorgeschichte ließ er aus – hauptsächlich, weil er diesen Teil von Skyes Leben bei seiner Vorbereitung nur grob umrissen hatte.

Shaw blieb bei der Behauptung, Carter sei familiär durch Depressionen vorbelastet. Die Drogen, der Jähzorn. Beziehungen fingen immer so vielversprechend an, aber dann – er senkte den Daumen – ergriff er die Flucht und meldete sich nie wieder. »Wohl um der Niedergeschlagenheit davonzulaufen. Manchmal klappt es, manchmal nicht.«

»Gut«, sagte Quinn. »Danke dafür.«

John, der Endzwanziger, hatte keine beruflichen Probleme. Er war ein erfolgreicher Programmierer und Softwareentwickler aus Los Angeles. Ihm gefiel seine Arbeit. Er war gut darin. Dann sprach er plötzlich leiser. »So vor gut einem Jahr war ich mit Dale auf dem PCH unterwegs, dem Pacific Coast Highway. Mit meinem besten Freund. Ich wollte mit meinem Porsche angeben.« Seine Stimme stockte. »Wir sind von der Straße abgekommen und gegen einen Baum gekracht. Er wurde getötet. Ich hatte nicht mal einen Kratzer … Nicht einen gottverdammten Kratzer. Nun versuche ich, irgendwie damit klarzukommen. Das ist nicht so leicht. Mein Ausbilder sagt, ich schaffe das. Meister Eli auch. Er sagt, ich kriege das hin. Auch wenn es dauert. Ich glaube ihnen.«

»Das sollten Sie auch«, sagte Quinn. »Er wird sich um Sie kümmern. Und es kommt alles in Ordnung.«

Während Quinn alle musterte, dachte Shaw: Kann ein menschliches Wesen mit noch geraderem Rücken dasitzen?

»Das haben Sie alle gut gemacht«, sagte Quinn. »Sie können sich darauf verlassen, dass der Prozess Ihnen Linderung verschaffen wird. Möchten Sie noch etwas zu trinken, Novize Carter?«

Er hatte bemerkt, dass Shaws Eistee zur Neige ging.

»Nein, vielen Dank, Geselle Quinn.«

Die Gespräche am Tisch gingen weiter – aber nur kurz. Schweigen senkte sich über den Saal, nur noch unterbrochen durch vereinzeltes Flüstern. Alle Blicke richteten sich auf den vorderen Teil des Raums. Durch die Fenster nahm Shaw eine Bewegung auf dem Pfad wahr, der zu dem Gebäude führte. In der Dämmerung ließen sich keine Einzelheiten erkennen. Zwar wurden die Wege durch Lampen auf Holzpfählen beleuchtet, aber das Licht war gedämpft und gelb. Die Laternen unterstützten die Anmutung, sich im neunzehnten Jahrhundert zu befinden.

»Ist *er* das?«, flüsterte jemand. »Kommt er her?«

»Manchmal lässt er sich beim Abendessen blicken.«

»Hoffentlich.«

»Tatsächlich!«

Zwei AEs öffneten die Tür, und herein kam eine ganze Entourage, angeführt von einem Mann in weißem Gewand. Langsam schritt er in den Saal. Spontan fing wieder das zähe, rhythmische Klatschen von vorhin an.

Meister Eli blieb stehen, lächelte und entbot seiner Gemeinde den Schultergruß.

27

Dank Macks Recherchen wusste Shaw, dass der Mann einundvierzig Jahre alt war, aber er wirkte jünger. Und obwohl er nicht groß war, besaß er eine kräftige, sportliche Figur mit perfekten Proportionen. Wenn er ging, hielt er sich absolut kerzengerade.

Sein breites, gut aussehendes Gesicht war gebräunt, die Augen stechend blau, ähnlich wie Shaws, aber heller, ätherischer. Die Lider hingen ein wenig und verliehen ihm einen Schlafzimmerblick. Das dichte schwarze Haar war sorgfältig geschnitten und sah mit dem Seitenscheitel wie die Frisur eines Politikers aus. Er trug ein Unendlichkeitsamulett; seines war golden.

Shaw nahm die Begleiter in Augenschein. Die beiden AEs, die ihm die Tür geöffnet hatten, blieben stets wachsam und waren wohl seine Leibwächter. Bei ihm war außerdem eine Frau Mitte vierzig mit kastanienbraunem Haar. Auch sie trug ein weißes Gewand, und ihr Anhänger war violett.

Als Letzter trat ein junger, zierlicher Mann mit schütterem Haar ein, ungefähr so groß wie Eli und gekleidet in die übliche blaue Uniform der Stiftung, mit ebenfalls einem violetten Unendlichkeitssymbol um den Hals. Er hatte außerdem ein dickes Notizbuch bei sich – in Leder gebunden, kein schlichtes Exemplar wie die Spiralbücher der Gefährten. Eli wandte sich ihm zu und flüsterte etwas. Der Mann zückte einen Stift und schrieb in das offene Buch. Er hatte diensteifrige Kaninchenaugen.

Als Shaw sich auf die Menge konzentrierte, nahm er unterschiedliche Reaktionen auf die Ankunft des Sektenführers wahr. Die meisten der Novizen schienen neugierig auf den Mann zu sein, dem sie siebentausendfünfhundert Dollar bezahlten. Die mit den violetten und roten Anhängern musterten Eli bewundernd, und manche plusterten sich sogar auf, um eventuell von ihm bemerkt zu werden. Die mit den silbernen Amuletten, aus dem Inneren Kreis, kümmerten sich nicht um ihm, sondern beobachteten die Menge, als wollten sie deren Reaktion beurteilen.

Shaw schaute sich die Leibwächter genau an. Einer war breit und dunkel und nicht besonders groß. Der andere war hager, um die eins neunzig und hatte das strenge, von Falten durchzogene Gesicht sowie den grauen Bürstenhaarschnitt eines ehemaligen Militärausbilders. Es war unmöglich, sich die beiden mit einem Lächeln vorzustellen. Shaw taufte sie »den Schrank« und »den Grauen«. Wie die AEs trugen auch sie den grauen Kasack und keine Anhänger um den Hals.

Wozu die Beschützer? Es gab den Metalldetektor, das Gepäck wurde überprüft, die Autos durchsucht, die Gesichtserkennung bemüht. In wie großer Gefahr konnte ein Selbsthilfe-Guru denn schweben?

Eli drehte eine Runde, lächelte und blieb an den Tischen stehen, beugte sich vor, um mit verschiedenen Gefährten zu sprechen. Einmal lachte er herzlich auf. Kurz danach nahm er das Notizbuch einer Auszubildenden und las eine Seite, während die Frau errötete.

Er ging weiter. Shaw hörte, wie er auf eine Frage antwortete: »Ich bin von selbst darauf gekommen! Doch, wirklich. Es war meine eigene Idee.« Dann: »Niemand sonst hat die

Lösung erkannt. Es war nicht leicht, aber mir ist es gelungen.«

Wenn Eli in ihre Richtung sah, entboten viele der Gefährten ihm den Schultergruß. Manchmal erwiderte Eli ihn, wenngleich er meistens nur nickte – wie ein ranghoher Offizier, der sich aussucht, ob er den Gruß eines Mannschaftsdienstgrads erwidert oder nicht. Shaw hatte den Eindruck, dass hier im Speisesaal nicht ganz so strenge Verhaltensregeln galten wie während des sonstigen Tagesablaufs.

Die Frau mit dem kastanienbraunen Haar in Elis Begleitung war attraktiv, mit hohen Wangenknochen und sorgsam gezupften Augenbrauen. Sie trug violetten Lippenstift und Foundation-Make-up. Ihre Körperhaltung und der geübte Gang deuteten auf ein früheres Mannequin hin.

Hin und wieder flüsterte Eli ihr etwas zu. Dann lächelte sie oder erwiderte etwas.

»Das ist Anja«, hörte Shaw jemanden sagen. Walter.

»Seine Frau?«

»Keine Ahnung. Die geben hier nicht viel von sich preis. Aber wer auch immer sie ist, sie hat ihm angeblich geholfen, die Stiftung zu gründen.«

»Und der Junge?«

»Geselle Steve. Persönlicher Sekretär und Protokollführer. Ich habe ihn noch nie ohne dieses Notizbuch gesehen. Das schleppt er mit sich herum wie eine Mutter ihr Baby.«

Shaw musste aufpassen. Bei Walter neigte er dazu, er selbst zu sein; er mochte den Mann. Aber er durfte sich keine Blöße geben.

Als Eli zu Victorias Tisch kam, wurde sie nervös und rege. Ihr Gesicht spiegelte nun eine ganz andere Persönlichkeit wider, voller Verehrung. Sie konnte Eli immer nur kurz in die Augen schauen und wandte dann den Blick wieder ab, und seine Nähe schien ihr den Atem zu verschlagen.

Sie lief rot an. Shaw war sie eher einsilbig vorgekommen, aber nun überschüttete sie Eli geradezu mit einem Wortschwall, als würde der Guru ihr entgleiten, sobald sie verstummte.

Steve flüsterte Eli etwas zu, aber der winkte beiläufig ab und setzte sein Gespräch mit Victoria fort. Sie wollte ihm etwas zeigen, das sie geschrieben hatte, und hielt ihm das Notizbuch hin. Er las die Passage wortlos, beugte sich dann vor und sagte etwas zu ihr. Sie strahlte und vollführte den Gruß; er erwiderte die Geste. Victoria schien tief bewegt zu sein. Ihr bewundernder Blick folgte ihm, als er weiterging.

Kulte nehmen Gehirnwäschen vor. Es gibt dafür noch einen anderen Namen: Mentizid …

Dann kam Eli zu Shaws Tisch.

»Seien Sie gegrüßt, Novizen Walter und Sally, Abby, John und Todd. Und Ihnen, Novizen Henry und Carter, ein herzliches Willkommen an Ihrem ersten Tag hier.«

Beeindruckend. Er hatte sämtliche Namen parat.

Sie alle murmelten unterschiedliche Formen der Begrüßung. Shaw entbot den Schultergruß, was Eli lächeln ließ. »Novize Carter, Sie nehmen an unserem beschleunigten Förderprogramm teil.«

»Ganz recht, Meister Eli. Ich bin überrascht. Meine Leistungen in der Schule waren nie besonders gut. Hier werde ich es besser machen. Versprochen.«

»Als ich den Prozess geschaffen habe, wurde mir bewusst, dass wir für manche unserer Gefährten besondere Vorkehrungen treffen müssen. Bei Ihnen bin ich da sehr zuversichtlich.«

Diese Anmerkung führte an den umliegenden Tischen zu aufgeregtem Raunen. Viele Blicke richteten sich auf Shaw. Manche der Leute schienen beeindruckt zu sein und sich für ihn zu freuen. Aber es gab auch Neid.

Shaw selbst ärgerte sich, dass er so viel Aufmerksamkeit erregt hatte, denn das war das Letzte, was er wollte. Er sah, dass auch Victoria ihn beäugte.

Eli zeigte auf die nicht geleerten Teller. »Ich hoffe, Sie finden das Essen akzeptabel. Vergessen Sie nicht, die Stiftung verspricht emotionale und psychologische Erfüllung, keine gastronomische.« Die Leute lachten höflich. »Viel Erfolg bei Ihrer Ausbildung. Wir sehen uns morgen. Es wird Ihnen bestimmt gefallen.«

Die Entourage zog weiter.

»Danke, Meister Eli«, rief eine junge rothaarige Frau am Nebentisch. »Für alles. Ich bin so …« Mehr bekam sie nicht über die Lippen.

»Sie sind Auszubildende Andi, richtig?«

»Ja …« Es raubte ihr den Atem. »Danke«, formte ihr Mund.

»Ich danke *Ihnen*, dass Sie ein Teil unserer Stiftungsfamilie geworden sind.«

»Er hat alle Namen auswendig gelernt«, flüsterte Shaw Walter zu.

»Nicht ganz«, sagte der alte Mann. »Ihm wird aus dem Hintergrund souffliert.« Er wies auf Steve.

Eli und sein Gefolge verließen den Saal durch eine Seitentür, und sogleich wurden überall Gespräche laut. Viele der Gefährten schienen genau zu analysieren, was Eli zu wem gesagt hatte.

Shaw schaute zu Victoria. Sie saß mit gesenktem Kopf da und schrieb.

Dann wurde das Licht gedämpft, und gleichzeitig erklang die vertraute Melodie aus den Lautsprechern, gefolgt von der angenehmen Frauenstimme: »Es ist jetzt zwanzig Uhr. Das Abendessen ist beendet.«

Die Gefährten standen auf, räumten ihr Geschirr ab und

stellten es in graue Sammelbehälter. Dann verließen sie den Saal. Shaw tat es ihnen gleich.

Die Sonne war untergegangen, und über den Himmel zog sich ein schillernder blauer Schimmer. Sterne funkelten hell und waren dank der gedämpften Laternen gut zu erkennen. Die frische Luft roch durchdringend nach Kiefern und Holzrauch.

Shaw blieb vor dem Speisesaal stehen und schaute sich um, als müsse er sich orientieren, obwohl er genau wusste, wo er sich befand und in welcher Richtung seine Unterkunft lag. Er suchte nach Victoria. Als Vorwand für ein Gespräch würde er sich bei ihr dafür entschuldigen, dass sein Regelverstoß sie in Schwierigkeiten gebracht hatte.

Nach einigen Minuten hatten jedoch alle Gefährten den Saal verlassen, und nur das Reinigungspersonal blieb zurück. Keine Spur von Victoria.

Dann entdeckte Shaw sie, als sie gerade die Veranda ihres Quartiers betrat. Von seiner Unterkunft aus betrachtet, lag es auf der anderen Seite des Geländes. Wie hatte sie das geschafft? Sie musste den Speisesaal durch dieselbe Seitentür verlassen haben wie zuvor Eli und seine Begleiter, auch wenn das für sie einen Umweg bedeutete. Es war fast so, als hätte sie Shaw absichtlich ausweichen wollen.

28

16. Juni

Nach dem Frühstück unternahm Shaw einen kleinen Spaziergang, während die aufgehende Sonne alles in goldenes Licht tauchte.

Er hatte vorgehabt, schnell zu essen und dann Victoria anzusprechen. Doch er hatte sich verspätet. Er hatte zu seinem Zimmer zurückkehren müssen, um sein Notizbuch zu holen; ein AE hatte ihn mit leeren Händen ertappt und sogleich an die Regel erinnert, das Notizbuch stets bei sich zu tragen. »Ihnen könnte eine Erkenntnis kommen«, sagte der Mann. Als redete er davon, einen Goldschatz zu finden.

Bis Shaw endlich den Speisesaal betrat, war Victoria schon gegangen. Nach nur zehn Minuten? Vielleicht hatte sie die Speisen auf den Warmhalteplatten gemieden – was verständlich wäre – und sich auf Saft, Kaffee oder Tee beschränkt.

Die »Ode an die Freude« erklang.

»Es ist jetzt neun Uhr«, verkündete die engelsgleiche Stimme. »Alle Novizen finden sich für Meister Elis ersten Diskurs bitte auf dem Platz ein.«

Ein Befehl, dachte Shaw. Das Wörtchen *bitte* war nur Staffage.

Gleich darauf folgte: »Alle anderen Gefährten, die Meister Eli lauschen möchten, dürfen ebenfalls teilnehmen.«

Der zentrale Platz war eine fünfzehn mal dreißig Meter

große Freifläche unweit von Elis Wohnhaus. Am südlichen Ende gab es eine breite Bühne, deren Hintergrund aus einem violetten Banner bestand, auf dem in dunklen goldenen Buchstaben zu lesen war: *Gestern-Heute-Morgen*, genau wie über dem schmiedeeisernen Tor. Über dem mittleren Wort prangte ein großes Unendlichkeitssymbol, ebenfalls golden.

Auf der etwa neun Meter breiten Plattform standen lediglich drei Lehnsessel, weit am rechten Rand. Auf einem saß Anja, auf einem anderen Steve. Der Sessel zur Mitte der Bühne hin war höher. Ein Thron.

Shaw hielt nach Victoria Ausschau. Er konnte sie unter den schätzungsweise achtzig oder neunzig Teilnehmern nicht entdecken. Manche der Gefährten sprachen miteinander, manche waren stumm und in sich gekehrt, andere lächelten. In der Mitte drängten sich die Novizen, Auszubildenden und Gesellen. Am Rand standen die Gefährten des Inneren Kreises, zirka zwei Dutzend an der Zahl. Sie bildeten sogar tatsächlich einen Kreis.

Das ganze Camp schien hier versammelt zu sein, auch wenn die Teilnahme nur für die Novizen verpflichtend war.

Plötzlich ertönte Synthesizer-Musik; wieder die »Ode an die Freude« aus Beethovens Neunter Sinfonie, diesmal in einer längeren Version. Im Reich der Klassik gab es keine schwungvollere und, jawohl, *freudigere* Komposition. Die IKs fingen an im Rhythmus mitzuklatschen, und Shaw erkannte, dass dies auch der Takt des Klatschens im Speisesaal gewesen war. Alle, auch Shaw, schlossen sich an.

Rund eine Minute lang hallte die Musik durch das Tal und endete dann abrupt – nicht aber das Klatschen. Die IKs machten damit weiter und ermunterten – nötigten – die ganze Gemeinde, es ihnen gleichzutun. Schließlich betrat Meister Eli mit erhobenen Armen und strahlendem Lächeln die Bühne. Anja und Steve standen ebenfalls und klatschten wie fast alle anderen.

Manche der IKs nahmen nicht mehr daran teil. Sie hielten inzwischen Tablets, machten sich vereinzelte Notizen oder filmten Eli und die Menge.

Stimmen aus dem Publikum brüllten immer wieder: »Meister Eli!« Es gab Jubel und begeisterte Rufe, deren Inhalt Shaw in all dem Durcheinander nicht verstehen konnte.

Eli zeigte auf den einen oder anderen in der Menge und lächelte oder vollführte den Schultergruß.

Dann wandte er sich an alle: »Seien Sie gegrüßt, meine lieben Gefährten!«

Manche im Publikum grüßten lautstark zurück. Die IKs wiederholten »Seid gegrüßt, seid gegrüßt!«, hoben die Arme und klatschten im vertrauten 4/4-Takt. Einige drangen in die Menge vor, um dafür zu sorgen, dass die anderen Gefährten mit der Rezitation fortfuhren. Die angeheizte Stimmung dieser Massenkundgebung ging Shaw auf die Nerven, aber er spielte mit und grinste die ganze Zeit wie ein Idiot, während er die Worte endlos wiederholte.

Schließlich gingen das Klatschen und der Sprechgesang allmählich zu Ende.

»Was für eine großartige Gruppe Sie sind! Großartig!« Eli näherte sich dem Rand der knapp zwei Meter hohen Bühne. Ein Meter hätte auch gereicht. Eli war zwar nicht groß, aber man hätte ihn von hinten auf dem Platz auch so noch mühelos erkennen können.

»Willkommen zu meinem Diskurs. Dem ersten. Das erste Mal ist immer gut, nicht wahr? Es wird Ihnen gefallen, das garantiere ich. An all die Novizen da draußen … es wird Ihnen gefallen.« Er schaute zu einigen Gesellen, die dicht vor der Bühne standen. »Wird es ihnen gefallen oder nicht?«

Die Männer und Frauen schienen entzückt zu sein, direkt angesprochen zu werden. Sie nickten und strahlten.

»Sicher wird es das. Sehen Sie? Na, sag ich doch.«

Klatschen. Shaw taten schon die Hände weh. Falls das so weiterging, würde er Schwielen bekommen. Er und John sahen sich an. Der Mann lächelte matt und schüttelte die Hände aus, als hätte er Schmerzen. Shaw nickte zurück.

Walter und Sally kamen zu ihm. Er war überrascht, als Sally sagte: »Guten Morgen, Novize Carter.« Ihr Mann war sichtlich erfreut, dass sie Shaws Namen behalten hatte.

»Was wird das hier?«, fragte Shaw mit Blick auf die Bühne.

»Eine Einführung in die Stiftung und den Prozess«, sagte Walter. »Und eine Begegnung mit dem Meister. Es ist für die Neuankömmlinge gedacht, aber Eli mag ein großes Publikum, falls Sie das nicht schon selbst gemerkt haben. Ich habe gehört, man registriert genau, wer durch Abwesenheit glänzt.«

Wieder dieses berüchtigte *man*.

»Ein zweiter Durchlauf ist aber gar nicht so schlecht. Der Prozess kann am Anfang ein wenig … ungreifbar sein. Falls das überhaupt ein Begriff ist.«

»Falls nicht, sollte man ihn einführen.«

Eli ging langsam von links nach rechts und kehrte dann zur Mitte der Bühne zurück. Alle Blicke folgten ihm. Er befand sich im Schatten, und trotzdem erstrahlten sein Gesicht und sein weißes Gewand. Es gab keine offensichtliche Bühnenbeleuchtung, doch beim Blick über die Schulter entdeckte Shaw mehrere große Halogenscheinwerfer, die halb in den Bäumen versteckt waren. Hier stand nirgendwo eine Technikkabine für die Steuerung; anscheinend folgte ein Computersystem Eli mit dem Licht automatisch über die Bühne.

In sanftem Bariton ergriff Eli das Wort. »Das Heute, in dem wir leben, ist so kurz. Ein flüchtiger Moment in der

Unendlichkeit des Universums. Ein Wimpernschlag. Wissen Sie, was ich meine?« Er schnippte mit den Fingern. »Da. Oje. Verpasst. Kaum hier, schon weg. Deshalb dürfen wir keine Sekunde, nicht eine einzige Sekunde darauf verschwenden, Bedauern zu empfinden, Kummer, Ängste, Depressionen, Trauer. Nicht eine verdammte Sekunde. All die schlimmen Dinge, die uns plagen. Sie rauben uns unsere Zeit.«

Zustimmendes Raunen.

»Niemand ist dagegen gefeit. Mich haben sie auch geplagt, Sorgen über Sorgen, das dürfen Sie mir glauben.« Er nickte versonnen. »Schlimme Dinge. Oh, all die Geschichten, die ich Ihnen über meine Vergangenheit und Jugend erzählen könnte. Was ich alles durchgemacht habe! Niemand hat schwerere Zeiten hinter sich als ich. Ich weiß, dass Sie sich über mich informiert haben. Ich weiß, Sie haben mich gegoogelt, richtig? Natürlich haben Sie das!«

Allerdings ohne Erfolg, weil deine Lakaien zuvor sämtliche deiner digitalen Spuren gründlich getilgt hatten.

Eli zeigte auf die Menge. »Sie sind schlau, Sie sind die Schlauesten! Sie sind großartig!«

»Wir lieben Sie, Meister Eli!«

Applaus und Jubel. Er senkte lächelnd eine ausgestreckte Hand und sorgte damit für Ruhe, als würde er einem springenden Hund Einhalt gebieten.

»›Googeln‹! Was ist das überhaupt für ein Wort? Zu meiner Zeit haben wir nicht gesagt, ›ich habe jemanden gelexikont‹. Oder ›gebüchereit‹.«

Die Menge lachte, und Colter Shaw, der in einem Zuhause ohne Technik aufgewachsen war, stimmte sogar mit Eli überein.

»Also, liebe Gefährten, für diejenigen, die nicht wissen, was Google ist, werde ich Ihnen nun ein wenig über Meister Eli erzählen. Meine Eltern sind gestorben, als ich noch jung war, und ich musste eine Reihe von Pflegefamilien erdulden. Das war eine schwierige, eine schreckliche Zeit für mich. Mit Missbrauch und Entbehrungen. Ich lebte auf der Straße. Ich wurde verprügelt, ich wurde ausgeraubt.«

Laute des Mitgefühls erklangen aus der Menge.

»Manche von Ihnen mögen das bezweifeln, wenn sie mich heute sehen, aber ich war in einer schlimmen Verfassung. Sie sind meine Freunde, also öffne ich mich Ihnen, das fällt mir gar nicht schwer. Es gab damals einige schlechte Menschen, die mich ausgenutzt haben. Einige sehr schlechte Menschen. Die schlechtesten, die man sich vorstellen kann. Die haben mich gezwungen, mit dem Trinken anzufangen und mit Drogen. Oh, damit habe ich wieder aufgehört. Ich wusste, das war nicht gut für mich. Ich konnte das, ich konnte aufhören. Es hat Kraft erfordert, aber die hatte ich schon immer. Oh, ich verfüge über Kräfte, die würden Sie mir nicht glauben. Und ich erkenne andere starke Menschen. Ich erkenne auf den ersten Blick, wer stark ist und wer nicht. Ich kann zum Beispiel sehen, dass Sie auch stark sind, oder? Ich kann das sehen. Damals habe ich also all das schlechte Verhalten abgestellt. Ich bin eines Morgens aufgewacht und habe gesagt: ›Das ist nicht richtig.‹ Und dann habe ich all die schlimmen Dinge rausgeworfen und auch die schlechten Leute. Niemand würde jemals wieder über mich bestimmen. Ich habe meine Willenskraft heraufbeschworen und, peng, all das schlimme Zeug und die schlechten Menschen rausgeworfen. Ich habe meinem Leben eine neue Richtung gegeben. Für die Highschool habe ich nur drei Jahre gebraucht und wurde Jahrgangsbester. Ich war in allen möglichen Klubs und Teams der Kapitän. Football. Mögen Sie Football? Wenn ich mir manche der Männer hier so anschaue, dann sind bestimmt Spieler darunter, nicht wahr? Ich kann Sie erkennen. Und ich wette, die Damen sehen sich auch gern hin und wieder ein Spiel an, oder? Na klar. Das war mein Sport, Football. Als Quarterback. Und Leichtathletik. Ich habe hundert Trophäen. Und ich habe einen Wirtschaftsabschluss von einer der besten Universitäten des Landes, auch hier in der Spitzengruppe meines Jahrgangs. Summa cum laude. Ich habe Firmen gegründet, ein ganzes Dutzend. Sie waren alle erfolgreich. Ich habe einen Haufen Geld verdient und einen Haufen Leute eingestellt. Erfolgreich! Alle meine Unternehmen. Sie waren perfekt, sie waren großartig! Ich habe Geld gescheffelt!«

Shaw ließ den Blick über die Menge schweifen. Die meisten Gesichter waren voller Bewunderung. Einige Novizen wirkten aber auch verblüfft. Schließlich erspähte er Victoria weiter hinten. Wie alle anderen hatte sie sich das Notizbuch unter den Arm geklemmt, um ungehindert klatschen zu können. Sie betrachtete Eli mit tiefer Verehrung.

»Doch während der ganzen Zeit, in der ich mein Team zur Meisterschaft geführt habe, zu einem Dutzend Meisterschaften, zwei Dutzend Meisterschaften, während der ganzen Zeit, in der ich meine Firmen geleitet habe, waren stets auch die Einsamkeit und Niedergeschlagenheit da. Ich war immer einsam und traurig. Habe meine Eltern vermisst, meine Ziehbrüder und Ziehschwestern – kaum hatten wir uns aneinander gewöhnt, wurde ich wieder weggebracht. Sie wissen, wie das ist, nicht wahr? Jemanden zu verlieren? Na sicher wissen Sie das. Sie wissen, wie sehr das präsent bleibt, wie ein Kopfschmerz, der sich einfach nicht legen will. Wie der Splitter im Finger, den man einfach nicht herausziehen kann. Und nicht nur ich litt Qualen. Man sah sie überall: unzufriedene Menschen. Bei ihrer Arbeit, in ihren Ehen. Ich wusste nicht, was ich tun sollte. Ich habe es mit einer Therapie versucht. Haben Sie das je ausprobiert?«

Allgemeines Nicken.

»Funktioniert nicht besonders gut, oder?«

Zustimmendes Gemurmel.

»Genau wie alle anderen habe ich mich irgendwie durchgewurstelt. So gut wie eben möglich. Ich habe Geld verdient. Und ich dachte die ganze Zeit, ich müsste mich mit allem abfinden. Aber man fühlt sich so hilflos, oder? Das kennen Sie, nicht wahr? Natürlich kennen Sie das. Aber dann …«

Eli kam näher an den Rand der Bühne. Er schaute über seine Gemeinde, sah einem Gefährten in die Augen, verharrte kurz, dann noch einem. Und die nächsten Worte flüsterte er: »Aber dann ist etwas passiert. Etwas Großes. Es war ein Tag im Juni. Ganz ähnlich wie heute. Ich erinnere mich gut daran. Sehe alles noch genau vor mir. Ich war mit einigen Geschäftspartnern unterwegs zu einer Besprechung in einer meiner Firmen auf dem Land.« Er hob die rechte Hand, mit der Handfläche nach außen. »Und plötzlich …«

Keiner der hundert Leute auf dem Platz verursachte auch nur das geringste Geräusch.

»… plötzlich fuhr ein Auto im Gegenverkehr über die Mittellinie und rammte uns. Frontal.«

Keuchen. Rufe: »Nein!«

»Drei Menschen sind gestorben.« Er schüttelte den Kopf. »Drei Menschen … Und einer davon war ich.«

29

Sie haben alle schon mal von Nahtoderfahrungen gehört, oder? Na klar haben Sie das. Man liest doch ständig davon. Oder sieht es im Fernsehen. Stimmt's?«

Wieder Nicken, geflüsterte Zustimmung.

»Die Ärzte haben mir später gesagt, dass mein Erlebnis kein Nahtod war. Es war der vollständige Tod. Ich bin tatsächlich gestorben.«

Das führte in der Menge zu aufgeregtem Tuscheln.

»Die hatten so etwas noch nie gesehen. Nun ja, was auch sonst?« Ein breites Lächeln. »Ich *muss* es einfach anders machen. Jeder kann *fast* tot sein. Aber ich hab's durchgezogen. So bin ich. Ich mache keine halben Sachen. Die Ärzte hatten mich schon aufgegeben. Und was ist dann geschehen?«

»Ich bin zurückgekommen«, flüsterte ein Gefährte neben Shaw.

Eli: »Ich bin zurückgekommen.«

Der Mann neben Shaw, ein Geselle, kannte Elis Diskurs so gut, dass er ihn mitsprechen konnte. Er war nicht der Einzige. Es gab im Publikum mindestens ein Dutzend lippensynchrone Gefolgsleute.

»Diese Ärzte haben mir später erzählt, sie hätten es noch nie erlebt, dass jemand so hart um sein Leben ringt. Ich sei ein Beispiel für die Lehrbücher, hieß es. Einige von ihnen haben Artikel über mich verfasst und in berühmten medizinischen Fachzeitschriften veröffentlicht. Oh, sie haben natürlich meinen Namen geändert, damit man mich nicht behelligen würde, aber ich bin gemeint. Und wissen Sie, warum ich so hart gekämpft habe?«

»Sagen Sie es uns!«

»Warum, Meister Eli?«

Viele dieser Rufe schienen von den Gefährten des Inneren Kreises zu kommen. Und waren natürlich abgesprochen, wenngleich sie ganz spontan wirken sollten.

»Warum habe ich so hart gekämpft?« Erneut ein Flüstern: »Weshalb bin ich zurückgekommen?« Er zeigte auf die Gefährten und schloss mit langsamer, weit ausholender Geste alle ein. »Ihretwegen. Weil ich im Verlauf dieser schrecklichen Erfahrung etwas gelernt habe. Ich habe gelernt, wie ich Ihrem Unglück ein Ende bereiten kann. Gleich im ersten Moment, als ich damals aus der Narkose erwacht bin und in das Licht über dem Operationstisch geblickt habe« – er hob beide Hände hoch über den Kopf –, »da wusste ich, was zu tun ist. Ich musste aufhören, nach Geld und Erfolg zu streben. Ich würde all meine Fähigkeiten aus der Schulzeit, dem Sport und dem Geschäftsleben auf ein neues Ziel ausrichten. Nämlich den Kummer und die Trauer und die Einsamkeit zu beseitigen, die ich überall um mich herum gesehen habe. Und es spielt keine Rolle, wie erfolgreich man ist. Sogar in Hollywood. Auch an der Wall Street.«

Eli schenkte Shaw ein Lächeln.

»Oder in der Forstwirtschaft.«

Raffiniert …

»Also habe ich meine Firmen verkauft – mit riesigem Gewinn übrigens. Später habe ich mit all dem Geld diesen Ort hier gegründet. Ich habe die Welt bereist, um Philosophie zu studieren …«

Eine andere Stimme in der Nähe von Shaw sprach Elis Worte mit: »... Religion und Naturwissenschaft und Medizin. Ich habe Tag und Nacht gearbeitet ...«

»Einmal habe ich an einem einzigen Tag sogar sechsundzwanzig Stunden gearbeitet! Wie das möglich war? Kommt jemand auf die Antwort?«

Flüstern. »Die Zeitzonen.«

Eli lachte. »Die Zeitzonen. Ich bin von Osten nach Westen geflogen und habe zwei Stunden gewonnen. Und ich habe immerzu gelernt. Gelernt, gelernt, gelernt. Manche der Ansichten habe ich abgelehnt, andere haben mir gefallen. Wo auch immer ich hinkam, habe ich nach Menschen gesucht, die glücklich waren, und nach denen, die es nicht waren. Und am Ende ... am Ende habe ich das Geheimnis ergründet, wie Depressionen, Ängste und Verlustgefühle zu überwinden sind. Und ich habe die Osiris-Stiftung geschaffen.«

Lautes Klatschen, ausgehend vom gut geölten Inneren Kreis, so koordiniert wie die Rockettes im Rockefeller Center.

Eli hob beide Arme, beruhigte das Publikum. »Wissen Sie, warum ich unsere Gruppe nach Osiris benannt habe?«

»Sagen Sie es uns!«, rief jemand.

»Wir lieben Sie, Meister Eli!«

»Osiris war ein Gott im Alten Ägypten, zweitausendfünfhundert vor Christus. Er wurde von seinem Bruder ermordet, der Leichnam dann in Stücke gehackt und über ganz Ägypten verteilt.«

Shaw rechnete halb damit, dass das Publikum Osiris' bösen Bruder ausbuhen würde, aber die Leute blieben ruhig.

»Und dann passierte Folgendes. Sind alle so weit? Osiris' Frau und ihre Schwester haben das Land bereist, die Stücke eingesammelt und in Stoff gewickelt – daher kommt übrigens der Brauch der Mumifizierung. Und Osiris ... Nun, nachdem die Stücke wieder zusammengefügt waren, wurde er sogar noch mächtiger als zuvor. Er wurde der Gott der Fruchtbarkeit und der Unterwelt. Er hat Geburt und Tod kontrolliert. Was für ein großartiger Mann! Deshalb habe ich unsere Familie die Osiris-Stiftung genannt – weil Osiris zerlegt und zu einer neuen Person zusammengefügt wurde. Zu jemandem, der stärker, zufriedener, glücklicher war. Ich meine, he, der Gott der *Fruchtbarkeit*? *Der* Job hat ihm doch bestimmt Spaß gemacht, meinen Sie nicht auch? *Ich* würde mich jedenfalls sofort dafür bewerben!«

Eli kostete das Gelächter aus.

»Nun, das ist es jedenfalls, was ich für Sie tun werde. Ich habe einen Weg gefunden, Sie auseinanderzunehmen und zu der Person zusammenzusetzen, die Sie sein sollten. Glücklich, zufrieden, produktiv, liebevoll und geliebt. Und wie mache ich das? Sagen *Sie* es mir. Was ist der Weg, um dieses Ziel zu erreichen?«

»Der Prozess!«, rief ein ganzer Chor.

Begeistertes Klatschen, nicht im Rhythmus von Beethoven oder einem anderen Musikstück. Einfach nur frenetischer Applaus.

»Und wobei hilft uns der Prozess? Wohin weist er uns den Rückweg? Jemand hier kennt die Antwort! Jemand hier unter uns. Der Prozess hilft uns zurück zu unserem …«

»… Wahren Kern!«

»Sehen Sie, ich sagte doch, Sie sind die Besten! Ich wusste es! Zu unserem Wahren Kern. Manche Menschen nennen es unsere Seele, andere unseren Geist … Aber diese Begriffe schleppen eine Menge Ballast mit sich herum. Also weg damit. Wir nennen es Ihren Wahren Kern. Der Ausdruck beschreibt, wer Sie wirklich sind, als welche Person Sie geboren wurden. Stellen Sie es sich als einen wunderschönen Garten vor, der im Laufe der Jahre immer mehr bebaut worden ist.

Inzwischen steht dort ein hässlicher Betonschuppen mit verschalten, dreckigen Wänden voller Graffiti und einem rostigen Wellblechdach. Und überall liegt Müll herum. Doch der Garten ist noch da, die unterirdischen Wurzeln leben noch. Der Prozess reißt die Wände ein, trägt das Dach ab, zertrümmert das Fundament und transportiert den ganzen Schutt ab. Er legt den Garten wieder frei. Durch den Prozess werden Sie erneuert. Das hässliche Gebäude wird abgerissen, und Sie fangen von vorn an. Wie Osiris.«

Die Leute riefen: »Erneuerung, Erneuerung, Erneuerung!«

Neben Shaw flüsterte jemand: »Aus dem Gestern ein besseres Heute ...«

Eli rief: »Aus dem Gestern ein besseres Heute ... Aus dem Heute ein perfektes Morgen.«

»Sie sind unser Leuchtfeuer!«

»Wir lieben Sie!«

Eli hob erneut die Arme über den Kopf und rief: »Das Beste ... kommt noch. Das Beste ... kommt noch!«

Die IKs heizten die Stimmung an: »Das Beste ...«

Die Menge antwortete: »... kommt noch!«

Eli schritt von der Bühne, wo seine beiden Leibwächter ihn erwarteten. Dann verschwand er. Anja und Steve standen auf und folgten ihm.

Der zweigeteilte Sprechgesang erfüllte das ganze Tal, und irgendwie fühlte auch Shaw die Worte in seiner Brust widerhallen.

»Das Beste ... kommt noch!«

30

Sei niemals offensichtlich.

Mit anderen Worten: Verhalte dich unauffällig. Colter Shaw beherzigte diese Regel, während er nun Victoria durch das Camp verfolgte.

Am Ende des Diskurses hatte er gesehen, dass ihre bewundernd geweiteten Augen unverwandt auf Eli gerichtet waren. Als der Mann die Bühne verließ, drehte sie sich um und drückte sich ihr Notizbuch vor die Brust. Dann steuerte sie den Wald an der Ostseite des Camps an.

Shaw folgte ihr. Er beobachtete ihr Spiegelbild in den Fensterscheiben. Er beobachtete sie am äußersten Rand seines Sichtfelds. Er beobachtete ihren Schatten, wenn ihr Körper durch etwas anderes verdeckt wurde.

Sie betrat nun den Wald und stieg den Hang hinauf. Oben gab das Steilufer den Blick frei auf achtzig Kilometer Bergpanorama, begrenzt durch majestätische Gipfel. Victorias Kopf war gesenkt, ihre lockigen Haare wie ein seitlicher Vorhang.

Mit gleichmäßigem Schritt erklomm sie den Hügel. Die beachtliche Steigung schien ihr nichts auszumachen. Shaw folgte mit ausreichendem Abstand, damit sie es möglichst nicht hören würde, falls er unabsichtlich auf einen Zweig oder trockene Blätter trat.

Auf einmal hörte er selbst ein Knacken hinter sich. Er blieb sofort stehen, ging in die Hocke und schaute zurück. Das Laub war zwar üppig – Salbei, Stechpalmen und Felsenbirnen –, aber nicht so dicht, dass es das hellblaue Oberteil oder den grauen Kasack eines etwaigen Verfolgers vollständig verdeckt hätte. Trotzdem konnte er niemanden entdecken. Er wartete noch einen Moment. Kein weiteres Geräusch, keine Bewegung. Falls es einen Verfolger gegeben hatte, war er oder sie verschwunden … oder verhielt sich nun lautlos.

Sollte er kehrtmachen und nachsehen? Nein, beschloss er.

Er blickte den Hügel hinauf. Victoria war nicht mehr zu sehen.

Shaw ging weiter nach Osten und stieg bis zu dem grasbewachsenen Steilufer auf der anderen Seite des Waldes. Als er oben ankam, saß Victoria auf einer der Bänke und genoss den Ausblick. Ihr Notizbuch war zwar aufgeklappt, aber sie schrieb nicht darin. Sie starrte nach vorn.

Er beschloss, nicht auf demselben Pfad wie zuvor Victoria das Steilufer zu betreten – damit sie ihn nicht sofort als Verfolger verdächtigte –, sondern ging zehn Meter zurück, wobei er ein weiteres Mal nach Verfolgern Ausschau hielt. Nichts. Dann wich er seitlich auf einen der anderen Pfade aus und kam oben ein gutes Stück rechts von Victoria zum Vorschein.

Er trat bis zum Rand der Klippe vor und nahm erneut die Felswand in Augenschein. Auch bei Tageslicht gelangte er zu dem gleichen Fazit wie zuvor: Das Klettern, vor allem ein Abstieg, wäre sehr schwierig und ohne Seile unmöglich. Die Oberfläche erinnerte ihn an den Echo Ridge, den er nie erklommen, aber von dem er sich einmal hektisch abgeseilt hatte. Bis heute war er sich nicht sicher, warum. Der Mann, der dort zerschmettert in dem ausgetrockneten Bachbett lag, war längst nicht mehr zu retten gewesen.

Als Colter sich umdrehte, schaute er in Victorias Richtung. Sie hatte ihn offenbar beobachtet und senkte nun sofort den Blick auf ihr Notizbuch. Seltsam. Das wirkte irgendwie schuldbewusst, als hätte man sie bei einer Tagträumerei ertappt, während sie doch eigentlich ihr Notizbuch hätte füllen müssen.

Shaw kniff die Augen zusammen und kam näher. »Wir … kennen uns von gestern Abend.«

»Novize …«

»Carter. Und Sie sind …« Er runzelte die Stirn, als könne er sich nicht entsinnen.

»Auszubildende Victoria.« Sie tauschten den Schultergruß aus; ihrer kam zögernd. Ihr gefiel nicht, dass Shaw hier aufgetaucht war.

»Mein Gedächtnis ist ein Sieb«, sagte er. »Dieser ganze Ort ist irgendwie schräg. Darf man überhaupt ›Ort‹ sagen?«

Ihre grauen Augen waren faszinierend.

»Wie meinen Sie das?«, fragte sie schroff. Sie wirkte nicht annähernd so eingeschüchtert wie am Vorabend, wenngleich Shaw natürlich auch weder der gefährliche Hugh noch der allmächtige Eli war.

»Jemand hat die Stiftung gestern so ähnlich bezeichnet und wurde korrigiert.«

»Keine der Regeln verbietet es, die Stiftung einen ›Ort‹ zu nennen.« Sie widmete sich wieder ihrem Notizbuch.

Er ließ den Blick über die Berge schweifen. »Das hier ist kein Zufall. Dass ich nach hier oben gekommen bin.«

»Ich weiß. Ich habe bemerkt, wie Sie mich beim Diskurs angeschaut haben.«

»Ich möchte mich nur entschuldigen. Ich habe gestern Mist gebaut und Sie in Schwierigkeiten gebracht.«

Es folgte eine lange Stille.

»Diese Ausgangssperre ab zweiundzwanzig Uhr«, sagte

Shaw schließlich. »Was meinen Sie, gibt es hier wirklich Bären und Wölfe?«

»Keine Ahnung. Man hört manchmal Geheul.«

Ein Moment verstrich. »Wie dem auch sei. Es war mein Fehler, und es tut mir leid. Dieser Hugh – ich hab ihn getroffen. Ein ziemlich … harter Kerl. Mit dem möchte ich keinen Ärger bekommen.«

Sie zuckte bei dem Namen nicht zusammen; Shaw hatte ihn erwähnt, um die Grundlage für ein Bündnis zwischen ihnen zu schaffen. Aber ihr Blick hielt kurz über den Notizen inne.

Dann ließ Victoria sich ein wenig erweichen. »Es hat keine großen Konsequenzen gehabt. Ich war nachlässig und selbst schuld.« Sie schaute nach unten auf das offene Buch, das mit eng beschriebenen Seiten gefüllt war, dazwischen einige Skizzen. Unbeholfene. Ihre Handschrift war grauenhaft. »Gestern Abend am Tisch war mir etwas zu einem Pluspunkt eingefallen. Etwas Gutes. Es hat sich wichtig angefühlt, und ich habe mich darauf konzentriert.«

»Ein ›Pluspunkt‹?« Und hatte nicht auch jemand »Minuspunkte« erwähnt?

Sie war kurz verwirrt und nickte dann. »Ach ja, Sie haben ja noch gar nicht Ihren Ausbilder kennengelernt.«

»Nein, das kommt als Nächstes.«

»Dann werden Sie es herausfinden. Ich darf nichts sagen. Es ist uns nicht gestattet, einem neuen Gefährten etwas über den Prozess zu verraten.«

Er setzte sich mit einigem Abstand. Sie zog trotzdem die Schultern zusammen.

»Das ist alles ziemlich merkwürdig«, sagte er.

Colter Shaw war von Natur aus eher schweigsam, hatte aber festgestellt, dass es ihm bei seiner Arbeit nutzen konnte, aus sich herauszugehen. Eine Plauderei nahm den Leuten die Befangenheit und gab ihm die Chance, ihre Reaktionen auf seine Worte einzuschätzen, wodurch sich bisweilen neue Ansätze ergaben. Also legte er los. »Ich habe noch nie an einer, Sie wissen schon, Gruppentherapie teilgenommen. Und dieser Ort scheint so … Ich weiß nicht, wie ich das ausdrücken soll. Fokussiert, vielleicht. Intensiv. Ich dachte, es ginge hier lässiger zu. Dass man sich frei bewegen kann und auch mal 'ne Runde Frisbee spielt.«

»Meister Eli glaubt, dass man für die Erneuerung nicht abgelenkt sein darf. Man muss sich auf sich selbst zurückziehen, damit der Prozess funktionieren kann. Er sagt, der Dschinn bezieht seine Kraft aus der Lampe, in der er steckt.«

»Das gefällt mir«, sagte Shaw. Er verstummte und sah zu den fernen Gipfeln. Auch der Ausblick erinnerte ihn an den Echo Ridge, obwohl dort die Berge am Horizont wie verfaulte Zähne aussahen. Hier jedoch ragten wohlgeformte hellgraue Felsspitzen aus grünen Waldgürteln empor. Shaw drehte sich zu Victoria.

»Dieser Meister Eli hat echt was drauf. Normalerweise wird mir schnell langweilig, und ich stehe nicht gern bloß herum. Aber ihm könnte ich stundenlang zuhören. Und dann diese Erfahrung, die er gemacht hat, diese Todeserfahrung.«

»Oh, Meister Eli ist der klügste und großzügigste Mann der Welt.«

Was, sofern Shaw sich richtig erinnerte, wortwörtlich mit einer Äußerung der blutbespritzten Adelle übereinstimmte.

»Hoffentlich funktioniert das hier. Mir bleiben nämlich kaum noch andere Optionen. Ich habe schon alles probiert. Pillen, Seelenklempner. Nichts davon hat sonderlich geholfen.« Shaw hob eine Hand, ließ sie auf seinen Oberschenkel sinken und seufzte.

Übertreib's nicht.

»Ihr ganzes Leben lang?«, fragte Victoria. »Haben Sie schon Ihr Leben lang Probleme, oder ist etwas vorgefallen?«

Er erzählte ihr von Carter Skyes lebenslangem Kampf – der Jugend in ärmlichen Verhältnissen, den Drogenexperimenten, Prügeleien, der kurzzeitigen Bandenzugehörigkeit während seiner Zeit als Tagelöhner. »Und ich hab auch mal gesessen, da will ich ehrlich sein.«

Sie reagierte nicht darauf.

Er behauptete, sein letzter Rückschlag sei der Tod seines Vaters bei einem tragischen Unfall gewesen. Falls sie nachfragte, würde er von einem Autounfall erzählen, nicht von der Wahrheit: einem Sturz aus zehn Stockwerken Höhe. Das wäre ein wenig zu persönlich.

Victoria fragte nicht nach.

»Ich hoffe, das hier klappt.« Er ließ ihr Gesicht nicht aus den Augen. »Ein Bekannter hat mir von diesem Ort erzählt. Adam Harper. Kennen Sie ihn?«

»Nein.«

Shaw vermochte nicht zu erkennen, ob sie die Wahrheit sagte. Sie schien vor ihrer Antwort einen winzigen Moment gezögert zu haben. Falls sie Adam tatsächlich nicht gekannt hatte, wäre das ein echter Rückschlag für Shaw. Er hatte gehofft, von Victoria mehr über den jungen Mann und seinen Aufenthalt hier im Camp zu erfahren.

Adams Tod war eine Frage, die beantwortet werden musste …

Sie blätterte geistesabwesend in ihrem Notizbuch. Ihre Fingernägel waren rosa lackiert. »Der Prozess wird helfen. Man muss sich nur anstrengen.« Ihre Miene hellte sich auf. »Meister Elis Zweiter Diskurs findet heute Nachmittag statt. Er ist so … inspirierend. Sie werden schon sehen. Alles wird Ihnen klar werden.«

»Aus welchem Grund sind Sie hier?« Shaw nahm an, dass die Frage zulässig war. Geselle Quinn hatte sie am Vorabend explizit zur Teilhabe aufgefordert. Vielleicht zählte das zu den Schritten auf dem Weg der Erneuerung.

Sie antwortete, ohne zu zögern. »Ich leite eine Privatbibliothek in Portland. Bücher haben mir schon immer sehr viel bedeutet. Also habe ich Bibliothekswissenschaft studiert. Und Philosophie.«

Auch Shaws Vater Ashton hatte sich für Philosophie begeistert. Sie war ihm ein vielleicht seltsames, aber erfüllendes Hobby gewesen. »Sie ... Ich meine, das ist wirklich ein vollwertiger Studiengang?«, fragte er in seiner Rolle als Skye.

Victoria fuhr fort, ohne darauf einzugehen. »Ich war mit einem tollen Mann verheiratet, hatte einen wunderbaren Sohn. Alles lief ... perfekt.«

Sie sprach in der Vergangenheitsform, registrierte Shaw sofort.

»Letztes Jahr habe ich meine Mutter besucht. Sie hatte gerade eine Operation hinter sich. Don und Joey waren zu Hause und haben sich einen Film angesehen, einen Superheldenfilm, hinten im Hobbyraum. Vorn im Haus brannte kein Licht. Die Polizei glaubt, dass der Einbrecher angenommen hatte, es sei niemand da. Mein Mann und mein Sohn haben den Film angehalten, um sich Knabberzeug zu holen. Und dann sind sie im Haus auf den Einbrecher getroffen. Er hat sich erschreckt und auf sie geschossen. Ohne Grund, er war nicht in Gefahr. Aber er hat trotzdem geschossen.«

Sie klang so emotionslos wie Adelle, die Shaw von dem Verlust ihres Babys erzählt hatte.

»O Gott. Das tut mir leid. Wie geht es ...?« Seine Stimme erstarb.

»Dann kam das Trinken. Und auch Schmerztabletten, aber in erster Linie der Alkohol.«

Und Shaw hatte am Vorabend ausgerechnet einen Scherz über den Barkeeper gemacht.

»Manche Tage sind hart«, sagte sie. »Wirklich hart. Dann kommt alles wieder hoch.«

Wie beim Anblick von Adam, der unterhalb von ihr tot auf den Felsen lag. Shaw sah wieder ihr Gesicht in jenem Moment vor sich.

»Aber ich arbeite daran.« Sie klopfte auf das Notizbuch.

Er wollte das Gespräch gern fortsetzen, um sie besser kennenzulernen, aber er hatte die Zeit vergessen. Die himmlischen Töne erklangen, gefolgt von der Uhrzeit und: »Novizen, melden Sie sich bei Ihren Ausbildern.«

Als Shaw zögerte, schien das Victoria zu beunruhigen. »Sie dürfen sich nicht verspäten. Das ist Regel …«

»Nummer 12. Ein *paar* davon habe ich mir gemerkt.«

Er hatte auf ein Lächeln gehofft.

Shaw wartete einen Moment, aber sie war bereits wieder in ihr Notizbuch vertieft, und er hatte aufgehört zu existieren.

31

Auf dem Weg den Hügel hinunter, beidseits gesäumt von Bäumen und Sträuchern, sah Shaw einen Golfwagen hinter Gebäude 14 anhalten.

Was verbarg sich da im Inneren?

Er bog vom Pfad ab und duckte sich hinter ein dichtes Buchsbaumgewächs, das seinen charakteristisch herben Geruch verströmte. Aus dem Wagen stiegen drei Männer. Shaw fragte sich, weshalb sie wohl keine Amulette, aber ansonsten die übliche schwarz-blaue Uniform trugen. Das war ein klarer Verstoß gegen die Regeln.

Einer der Männer schaute den Grasstreifen hinauf und hinunter, der zwischen den Gebäuden und dem Wald verlief. Dann nickte er. Ein anderer schloss die Hintertür auf, während der Dritte Arbeitshandschuhe überstreifte, einen Pappkarton von der kleinen Ladefläche des Wagens hob und hineintrug. Die anderen folgten ihm ins Gebäude, und die Tür schloss sich.

Shaw hätte immer noch gern gewusst, ob es dort Waffen gab. Der Karton schien schwer gewesen zu sein und war behutsam getragen worden. Enthielt er Munition?

Von seinem Versteck aus hatte Shaw nur wenig erkennen können, aber er glaubte, im Inneren des Gebäudes etwas Metallisches schimmern gesehen zu haben.

Nun kehrte er auf den Pfad zurück und überquerte den Platz zu Gebäude 7, wo er seinen Ausbilder Samuel treffen sollte. Shaw trat ein. Auf einem Whiteboard stand zu lesen, dass seine Sitzung in Raum 4 stattfinden würde. Er klopfte an, und die Tür öffnete sich.

»Hallo, hallo, hallo! Wie schön, Sie wiederzusehen, Novize Carter. Kommen Sie nur, kommen Sie herein!«

Der dicke, fröhliche Geselle Samuel entbot ihm den Schultergruß – den Shaw erwiderte – und wies ihm einen Lehnsessel zu. Samuel nahm ihm gegenüber Platz. Neben jedem der Sessel gab es einen kleinen Tisch. Shaw erwarteten dort eine Flasche Wasser und eine Schachtel Kleenex. An der Rückwand des Zimmers stand ein Schreibtisch. Es gab keine Fenster, und die violetten Wände waren vollkommen schmucklos. Der Raum war klein und beengt, die Luft drückend.

Der Dschinn bezieht seine Kraft aus der Lampe, in der er steckt…

Samuel schlug die Beine übereinander, nahm einen Schreibblock und legte ihn sich auf den Schoß. Diesmal also keinen Tabletcomputer. Er nahm einen Stift.

»Wie lässt es sich hier für Sie an?«

»Ganz gut, schätze ich. Keine Ahnung. Es sind ja erst ein paar Stunden. Aber was Mr. Eli – *Meister* Eli – vorhin gesagt hat, das hat mir irgendwie gefallen.«

Würde Carter Skye, der geplagte Forstwirtschaftslandvermesser, das so ausdrücken?

Ja, beschloss er.

»Und heute Nachmittag werden Sie noch mehr davon erleben.«

Shaw lehnte sich zurück und musterte das Zimmer. »Wissen Sie, das ist alles immer noch fremd für mich. Gemeinschaften sind eigentlich nicht mein Ding. Am Ende gerate ich immer in Streit und werde rausgeworfen.«

»*Natürlich* ist es fremd. Zu diesem Zeitpunkt muss Ihnen das hier wie eine Art Ferienlager vorkommen. Alles ist ungewohnt, und man kennt sich noch nicht aus. Waren Sie mal in einem Ferienlager?«

Shaws Alter Ego schnaubte verächtlich.

Samuel nickte zustimmend. »Ich auch nicht! Mom und Dad konnten die Kohle nicht zusammenkratzen. Ich musste in den Ferien arbeiten. In einem Soda-Shop. Und Sie?«

Der junge Colter hatte damals fast jeden Tag gearbeitet – auf dem Anwesen. Er hatte das Abendessen gejagt und zerlegt, Zäune repariert, Brennholz gehackt und gelernt, wie er einen Mann, der doppelt so groß war wie Shaw selbst, zu Boden ringen und mit einem Kniestoß in den Solarplexus ausschalten konnte.

»Ich hatte verschiedene Ferienjobs.«

»Ein Junge, der keine Angst davor hatte, sich die Hände schmutzig zu machen! Von denen könnten wir mehr gebrauchen, oder? Die junge Generation, also wirklich.« Er verzog mürrisch das Gesicht. »Okay, fangen wir an.« Samuel nahm ihn genau in Augenschein. »Denken Sie daran, durch den Prozess erneuern Sie sich und legen Ihren Wahren Kern frei. Das kommt Ihnen wahrscheinlich zunächst mal einschüchternd oder übermächtig vor. Aber das ist es nicht, ganz und gar nicht. Dank Meister Elis Genialität. Sie müssen dazu weder Sanskrit lernen noch sich die Bhagavad Gita einprägen, Abschnitte aus dem Talmud rezitieren oder stundenlang in irgendeiner bizarren Yogastellung verharren. Meister Eli hat den Prozess so gestaltet, dass er jedermann zugänglich ist. Ihre Aufgabe ist ganz einfach.«

»Und worin besteht sie?«

Samuel sah Shaw direkt in die Augen. »Sie müssen mir lediglich die Wahrheit sagen.«

32

Ich werde Ihnen Fragen über Ihr Leben stellen – privat und beruflich –, und wir arbeiten die Aspekte heraus, die Ihnen besonders nahegehen.« Samuel ballte eine Faust. »Bei denen Sie *wirklich* entschiedene Ansichten vertreten oder starke Emotionen entwickeln. Voller Leidenschaft. Im Hinblick auf Personen, Orte, Situationen oder den Job. Jede Interaktion und Reaktion, die dabei stattfindet. Die schlechten Gefühle – Wut, Angst, Kummer – und die guten Gefühle – Freude, Liebe, Behagen. Und wie nennen wir die, schlau, wie wir sind? Die Minuspunkte und die Pluspunkte.«

Ach, das war damit gemeint.

»Wichtig ist Ihre intensive emotionale Beteiligung«, sagte Samuel. »Ich *hasse* dieses, ich *liebe* jenes.«

»Und dann?«

Der Mann hob beide Hände. »Dann meditieren Sie über das, was wir herausgearbeitet haben.«

»Und das reißt am Ende den Betonschuppen ab und lässt den Garten unseres Wahren Kerns wachsen.«

Samuels Augenwinkel legten sich in Fältchen. »Ein Mann, der aufpasst. Manche tun das nicht. Bei allem Respekt, aber diese Leute fuhrwerken bloß herum – kann man das so ausdrücken? Sie fuhrwerken herum und hören nur mit halbem oder einem Ohr zu, nicht mit allen beiden. Oje, meine geistreichen Metaphern lassen mich im Stich. Aber Sie verstehen, was ich sagen will. Sie, Novize Carter, möchten sich ernsthaft erneuern und sind klug genug, es auch zu schaffen. Und was am wichtigsten ist, Sie haben den nötigen Biss, das Durchhaltevermögen. Das gefällt mir. Meister Eli gefällt es auch. Es war schlau von ihm, Sie in unser beschleunigtes Förderprogramm aufzunehmen.«

Interessant. Eli persönlich hatte ihn ausgewählt.

»Wenn ein Plus- oder Minuspunkt sein hässliches oder hübsches Haupt erhebt, greifen wir ihn uns und haken nach.«

»Ich soll also einfach über Dinge in meinem Leben nachdenken?«

»Ganz recht.«

»Und dafür bezahle ich Geld?«, murmelte er.

Samuel lachte laut los. »Oh, ich mag Sie, Novize Carter. Nein, der Prozess beinhaltet durchaus noch mehr. Meister Eli wird heute Nachmittag im Zweiten Diskurs darüber sprechen. Und wir werfen nun einen Blick auf einige Minuspunkte, ja? Mit denen fangen wir immer an. Soweit ich weiß, gab es bei Ihnen ein paar Probleme mit dem Gesetz. Auch mit den Eltern. Oder mit Drogen und dem Teufel Alkohol.«

Er wies auf die Schachtel Kleenex. Shaw sah sie fragend an.

»Falls Sie weinen müssen, ist das völlig in Ordnung. Es bedeutet, dass der Prozess funktioniert.«

Zuletzt hatte Shaw Tränen vergossen, als der kleine Finger seiner rechten Hand sich bei einem Klettermissgeschick auf erstaunlich-geräuschvolle Weise nach außen gebogen hatte.

Skye winkte belustigt ab. Samuel wirkte amüsiert.

Er strich nun die Seiten in seinem offenen Notizbuch glatt. »Lassen Sie uns ein wenig über Sie herausfinden.« Er erkundigte sich nach den dunkleren Seiten von Skyes Leben: der Zurückgezogenheit, dem Trinken, den Drogen, den Depressionen, der inneren Unruhe.

Dann befragte er Skye ausgiebig zu seiner Arbeit in der Forstwirtschaft, wollte wissen, für welche Firmen er tätig gewesen war und ob er gern einen eigenen Betrieb hätte.

»In der Welt der täglichen Schinderei gibt es jede Menge Minuspunkte«, erklärte Samuel.

Shaw konzentrierte sich auf seine Tarnidentität und bemühte sich, völlig ruhig zu wirken, während er seine erfundene Geschichte erzählte. Hoffentlich spielte sein Gedächtnis ihm keinen Streich. Er hatte vom Method Acting gehört, bei dem ein Theater- oder Filmschauspieler reale Ereignisse und Beziehungen aus seinem echten Leben als Ausgangspunkt für die Gestaltung der Rollen nutzte, in die er schlüpfte. Doch in Wahrheit hatte Shaws Leben so gut wie nichts mit dem von Carter Skye gemeinsam. Daher wurden seine Handflächen feucht, als er das Bild eines anfangs vielversprechenden Mittdreißigers zeichnete, dessen emotionale Ausrutscher ihn aus der Bahn geworfen hatten.

Dann wollte Samuel etwas über sein Liebesleben wissen. Shaw hielt sich Margot vor Augen und beantwortete Frage um Frage.

Er trank einen Schluck Wasser. Wischte sich den Schweiß ab.

Ohne Uhr und ohne Möglichkeit, die Stimme der Zeitgöttin zu hören, verlor Shaw die Orientierung. War die Stunde nicht allmählich vorbei? Er hoffte es inständig.

Samuel blätterte in seinen Notizen und nickte. Dann nahm er seine Brille ab und putzte sie. »Wissen Sie noch, was ich zu Ihnen gesagt habe? Worin Ihre Aufgabe besteht?«

Shaw nickte. »Ich soll Ihnen die Wahrheit sagen.«

»Genau.« Samuel setzte die Brille wieder auf und beugte sich vor. Der freundliche Großvater verschwand. Seine Miene war eiskalt. »Dann sparen wir uns doch diesen ganzen Bockmist. Weshalb sind Sie wirklich hier?«

33

Verdammt, wie war er aufgeflogen?

Um ein guter Lügner zu sein, muss man ein gutes Gedächtnis haben. Hatte er sich irgendwo widersprochen?

Hatte er sich für einen ehemaligen Sträfling und Straßengauner zu gewählt ausgedrückt?

War dieser bartlose Weihnachtsmann zu entwaffnend gewesen? Shaw zu unvorsichtig?

Doch ihm blieb nichts anderes übrig, als weiter seine Show abzuziehen. Er setzte ein verdutztes Gesicht auf. »Wie meinen Sie das?«

»Oh, es gab ein paar belastende Vorfälle bei der Arbeit.« Er klopfte auf seine Aufzeichnungen. »Und Daddy oder Mommy haben Ihnen ein oder zwei Traurigkeitsgene vererbt. Und Sie waren nicht so häuslich, wie Ihre Freundin sich das gewünscht hätte. Aber das sind Mückenstiche. Die Leute kommen nicht zur Osiris-Stiftung, legen dermaßen viel Geld auf den Tisch und nehmen all diese Mühen auf sich wegen so einem Kleinkram. Sie kommen, weil sie völlig verzweifelt sind. Und absolut nichts von dem, was Sie mir erzählt haben, deutet auch nur ansatzweise darauf hin.«

Der Blick hinter den runden Brillengläsern seines Gegenübers bohrte sich in Shaws Augen. »Ich will … die … Wahrheit … wissen.«

»Mein Bruder«, platzte es ohne jedes Zögern aus Colter Shaw heraus.

Was, zum Teufel, war das denn?, dachte er im selben Moment.

* * *

Später würde Shaw sich fragen, ob er Russell in einem Anfall von Method Acting erwähnt hatte.

Vielleicht hatte auch nur sein Überlebensinstinkt improvisiert. Er wusste, dass er unbedingt seine Tarnung aufrechterhalten musste – und sei es nur, um nicht verprügelt oder sogar getötet zu werden. Also hatte er hektisch die erstbeste glaubwürdige Antwort gewählt.

Doch Colter Shaw musste außerdem zugeben, dass auch die folgende Erklärung denkbar schien: Hier in diesem kleinen Raum, im Gespräch mit einem einfühlsamen, klugen und sympathischen Mann, hatte die Tarnung schlichtweg versagt. *Shaw*, nicht Skye, saß hier als Gefährte der Stiftung und litt tatsächlich unter dem tragischen Verlust seines Bruders. Er nahm *wirklich* an der ersten Phase des Prozesses teil, weil er sich erneuern wollte. Er wünschte sich *im Ernst*, zum Auszubildenden aufzusteigen und dann ein Geselle und Angehöriger des Inneren Kreises zu werden und das begehrte silberne Amulett zu erhalten.

Daher war es völlig natürlich für ihn, den bedeutendsten Minuspunkt seines Lebens preiszugeben: die Trauer um seinen verschwundenen Bruder.

Mit bitterer Ironie musste er an Elis Geschichte über Osiris und dessen Bruder denken.

Samuel machte sich Notizen. Dann blickte er auf. »Ah ja, ja. Novize Carter, ich sehe Ihnen an, dass wir auf etwas Wesentliches gestoßen sind. Es geht hier bei vielen Leuten um die Geschwister. Man könnte gewissermaßen von einem Hattrick der Minuspunkte sprechen: Liebe, Arbeit und Familie. Bei Letzterer oft auch die Eltern. Da tun sich wahre Abgründe auf! Mein eigener Vater und meine Mutter wären sogar negative Musterbeispiele dafür. Immerhin bin auch ich hier gelandet. Was Mom und Dad anbetrifft, hat Meister Eli mir wirklich den Hals gerettet. Aber Geschwister sind nicht weit davon entfernt. Ein stetiger Quell der Freude … und des Entsetzens. Wie heißt denn Ihr Bruder?«

»Randall.« Zu nah an Russell? Egal. Shaw hatte den Namen ausgesprochen, nun gab es kein Zurück mehr.

»Randy?«

»Nein. Randall.«

»Hat er den Namen von einem Verwandten geerbt?«

»Nein.«

Ashton Shaw hatte seine Kinder nach Persönlichkeiten aus der Pionierzeit benannt. Russell nach dem Entdecker Osborne Russell, Colter nach dem Trapper John Colter und Dorie nach Marie Aioe Dorion, einer der ersten Pelztierjägerinnen in Nordamerika.

»Sie sind also wegen Randall hier.« Samuel hielt inne. »Ist er gestorben?«, fragte er leise.

»Das wissen wir nicht.«

»Wir?«

»Die Familie. Meine Mutter, meine Schwester.«

Okay, pass jetzt gut auf. Lass dich nicht überrumpeln.

Mehr Wasser.

»Er ist weggegangen und hat sich nie mehr gemeldet?«

»Ja, richtig.«

»Ich verstehe. Eine Frage von *Sein* oder *Nichtsein*. Oder präziser: von *ist noch* oder *ist nicht mehr*. Merken Sie, wie sich Ihre Augen verengen, Novize Carter? Wenn ich Ihnen jetzt ein Stethoskop an die Brust halten könnte, würde ich vermutlich feststellen, dass das Babumm, Babumm sich ein wenig beschleunigt, nicht wahr?«

»Kann sein. Gut möglich.«

Dann wurden auch Samuels Augen schmal, und sein Lächeln verschwand. »Sie müssen verstehen, dass ich scherze, weil wir uns auf gefährliches Terrain begeben, sobald wir die großen Minuspunkte in Angriff nehmen. Die wirklich ernsten Themen. Ich möchte, dass Sie sich wohlfühlen. Was wir hier tun, ist von großer Bedeutung für Ihre Erneuerung, Ihren Weg zur Stufe eines Gesellen, den kein Minuspunkt mehr davon abhält, den Garten seines Wahren Kerns zu erreichen. Sie leiden, und Sie sind hergekommen, um das in Ordnung zu bringen. Meister Eli möchte Ihnen helfen, er *lebt* dafür, Ihnen zu helfen. Und wir *können* helfen. Wir *werden* helfen.«

Samuel hatte recht, was den Herzschlag anging.

Babumm …

»Erzählen Sie mir mehr.«

»Er war mein großer Bruder, mein Beschützer. Und dann war er weg. Einfach so.«

»Sie haben schon wieder kurz gezögert. Vor ›mein‹ Beschützer. Sie haben Temperament, Novize Carter, Temperament und Köpfchen. Und Sie wissen, wie man seine Fäuste benutzt. Ich kann mir nicht so recht vorstellen, dass Sie jemals einen Beschützer gebraucht haben. Nein, ich gehe eher davon aus, dass jemand anders in Ihrer Familie beschützt werden musste. Womöglich Ihre Mutter. Nein … halt. Sie sind auch das Produkt einer starken Mutter. Es ging um Ihre Schwester. Kommt das so ungefähr hin?«

»Ja, das ist richtig.«

»Und wie heißt sie?«

»Doris.«

Viel zu nah dran. Pass gefälligst besser auf, ermahnte Shaw

sich streng und musste wieder daran denken, wie Hugh den Reporter brutal ins Gesicht geschlagen hatte.

»Randall hat also Ihre Schwester beschützt. Wovor? Oder vor wem? Ihrem Vater? War er … übergriffig?«

»Nein, nein, nichts dergleichen.«

Samuels Tonfall und besorgte Miene erinnerten an einen aufmerksamen und gütigen Vater – an einen ganz anderen Mann als Ashton Shaw in seinen späteren Jahren, wenn sein unsteter Blick und die von den Antipsychotika schwere Zunge dazu führten, dass Colter den Blick abwenden musste. Ein Mann, dessen einst so brillanter Geist gegen Ende immer mehr den Halt verlor und sich verfinsterte.

»Fahren Sie fort.«

Shaw dachte: Ich komme her, um herauszufinden, warum ein Mann in meiner Obhut gestorben ist, und um einer völlig Fremden zu helfen, und ich ende in einer Therapiesitzung. Colter Shaw hatte noch nie derartige Hilfe in Anspruch genommen, auch nicht auf Margots Drängen hin. Er erinnerte sich an eine Situation vor mehreren Jahren, als seine Freundin, die in der archäologischen Fakultät der Universität an ihrem Schreibtisch saß, ihre blonden Locken in den Nacken geworfen und zu ihm herübergeschaut hatte. Dann fragte sie ihn ohne Umschweife, ob sie gemeinsam einen Therapeuten aufsuchen könnten. Er hatte sich dagegen gesträubt. Im Rückblick hielt er das manchmal für einen schweren Fehler und manchmal auch nicht.

Rastlos …

»Doris war stark, *ist* stark. Aber Vater hat sie zu hart rangenommen. Er dachte, es wäre zu ihrem Besten. Er hat sie in Gefahr gebracht.«

»Beim Sport?«

Ashton wollte die damals Dreizehnjährige zwingen, eine senkrechte, fast fünfzig Meter hohe Felswand nachts und ganz allein zu erklimmen. Und das war nur eine der Prüfungen, die der gestörte Mann für seine Kinder bereithielt. Um sie abzuhärten. Um ihnen beizubringen, wie man überlebt.

»Ja. Er hat zu viel von ihr verlangt und sie dadurch physisch und mental zu stark beansprucht.«

»Und Randall hat das unterbunden?«

»Ja.«

»Wir sind hier an irgendwas nah daran, Novize Carter. Aber noch nicht so richtig. Ein übereifriger, gefährlicher Vater … ein älterer Bruder, der seine kleine Schwester beschützt. Aber … Sie haben Ihre eigene Rolle in dieser Geschichte noch nicht erwähnt. Lassen Sie uns darüber mal reden.«

Ihm wurden wieder die Hände feucht.

»Nicht lange nach dem letzten Zwischenfall mit Doris ist unser Vater gestorben.«

»Wie?«, fragte Samuel sogleich.

Shaw hielt inne. »Zunächst sah es wie ein Unfall aus.«

»›Es sah so aus.‹ Aha. Es war also keiner?«

»Nein. Es war Mord oder Totschlag.«

»Herrje. Und Sie haben gedacht …?«

»Ich dachte, mein Bruder hätte ihn getötet«, sagte Shaw.

»Vatermord. Tja.«

»Er hat es aber nicht getan. Der wahre Täter wurde später entdeckt. Ru… Randall hatte nichts damit zu tun. Aber er ist gleich nach der Beisetzung verschwunden. Was überhaupt keinen Sinn ergeben hat.« Shaw hob beide Hände. »Und seitdem haben wir nichts mehr von ihm gehört. Das ist Jahre her.«

»Und Sie glauben, er habe von Ihrem Verdacht gewusst. Und Sie dafür gehasst.«

Shaw nickte.

»Und Sie hatten keine Gelegenheit, mit ihm zu sprechen. Um sich zu entschuldigen oder zu erklären.«

»Nein. All die Jahre. Ich habe versucht, ihn zu finden und mit ihm zu reden. Ohne Erfolg.«

Samuel lehnte sich zurück. »Was ist Ihrer Ansicht nach der größte Minuspunkt im Hinblick auf Ihren Bruder? Was tut am meisten weh?«

»Er war immer mein Freund gewesen.« Shaw atmete tief durch. »Und ich seiner. Und dann habe ich alles zerstört.«

»Nun, Novize Carter, wir haben bei unserer ersten Sitzung beachtliche Fortschritte gemacht. Vorläufig sollten wir es dabei belassen. Wir werden uns diesen Minuspunkt noch gründlich vornehmen. Als wäre er ein Stein, der zu Kies zermahlen wird. Keine Sorge. Sie machen das gut. Jetzt ist es aber erst mal genug. Gehen Sie und halten Sie in Ihrem Notizbuch fest, worüber wir gesprochen haben. Aber gehen Sie nicht zu weit weg. Sie wollen sich doch nicht zu Meister Elis Zweitem Diskurs verspäten. Denn davon sollte Ihnen kein einziges Wort entgehen.«

34

Wie schlimm war es?«

Shaw drehte sich um.

Victoria stand drei Meter hinter ihm.

»Ich habe Sie aus Gebäude 7 kommen gesehen. Es scheint Ihnen nicht besonders gut zu gehen.«

Shaw zuckte die Achseln.

Sie lachte leise auf, und ihre Stirn legte sich in die paar oberflächlichen Falten, die sie mit Anfang dreißig schon hatte. »Wer ist Ihr Ausbilder?«

»Geselle Samuel.«

»Der ist gut. Nicht so aggressiv wie manche der anderen. Trotzdem ist es schwierig, über jede Einzelheit des eigenen Lebens ausgefragt zu werden. Über die Arbeit in der Bibliothek, was hat mein verstorbener Mann beruflich gemacht und was habe ich davon gehalten? Wie finde ich es, dass mein Vater ein reicher Bankenanwalt ist? Nehme ich ihm das übel?«

»So lief das bei mir auch. Was weiß ich schon groß über die Forstwirtschaft und die Holzindustrie? Ich bin Landvermesser. Dann kam der ganze Familienkram.«

»Das kann hart sein.«

Er winkte ab, als wolle er nicht mehr über die Sitzung reden. »Wie lange dauert es noch, bis Sie Gesellin sind?«

»Nur ein paar Tage, hoffe ich. Es gibt noch einiges zu

tun. Einige weitere Schritte. Die erfordern Durchhaltevermögen.«

Seltsam, dass sie dieses Wort benutzte. Ashton Shaw hatte von seinen Kindern auch oft Durchhaltevermögen verlangt, nicht zuletzt bei Doris' nächtlicher Klettertour, an der die Familie zerbrochen war.

Er stutzte und hätte beinahe losgelacht. Das war der fiktive Name. Shaw korrigierte sich: Seine Schwester hieß *Dorion*.

»Seien Sie gegrüßt, Gefährten«, ertönte eine sanfte Männerstimme hinter ihnen.

Shaw erkannte sie sofort.

Sie drehten sich beide um. Eli und seine Entourage näherten sich: Anja, Steve und die beiden AE-Aufpasser, der Schrank und der Graue.

Alle entboten den Gruß, nur Anja nicht, die ein Nicken und ein Lächeln andeutete und ein Stück in den Hintergrund zurückwich.

»Novize Carter und Auszubildende Victoria«, sagte Eli. Er schien sich zu freuen, sie zu sehen.

»Meister Eli.« Victorias Stimme bebte, und sie neigte den Kopf, als stünde ein König vor ihr.

Shaw nickte dem Mann zu. Von Nahem betrachtet waren Elis blaue Augen dermaßen hell, dass es sich um gefärbte Kontaktlinsen handeln musste.

»Wie ist Ihre erste Sitzung heute verlaufen?«, fragte er Shaw.

»Ganz gut, schätze ich. Es ist wie ein Schlag in die Magengrube, sich all diesen Minuspunkten zu stellen.«

»Oh, wem sagen Sie das? Aber so sollte es sein. So *muss* es sein, damit der Prozess funktionieren kann. Ich habe das sorgfältig so geplant. Es hat Jahre gedauert, die Maschine exakt zu justieren.«

»Sie haben das gut hingekriegt.«

»Meinen Sie?«

»Ja, allerdings«, behauptete Shaw.

Eli strahlte selbstzufrieden.

»Auszubildende Victoria, Sie haben schon viel erreicht. Die Berichte sind voller Lob. Ich wusste von Anfang an, dass Sie eine der Guten sein würden. Ich kann die erkennen. Immer.«

»Danke, Sir.« Sie verzog das Gesicht. »Verzeihung, *Meister Eli.*«

Shaw erinnerte sich, dass sie zuvor schon durch falsche Anreden aufgefallen war.

»Ach, kein Problem, meine Liebe.« Er lächelte. »Heute Abend halte ich im Studienraum eine Meditationssitzung ab. Würden Sie daran teilnehmen?«

»Ich? Oh, aber natürlich, Meister Eli.« Sie bekam große Augen.

»Gut. Im Anschluss an das Abendessen.« Der Mann wandte sich Shaw zu. »Und da Sie, Novize Carter, zu unserem beschleunigten Förderprogramm gehören, werden wir auch Sie bald im Studienraum begrüßen können. Vielleicht schon morgen oder übermorgen. Damit sind intensive Übungssitzungen im Wohnhaus gemeint. Meine eigene Variante der transzendentalen Meditation. Von mir selbst entwickelt. Sie ist patentiert.«

»Die Einladung ist eine Ehre«, sagte Victoria zu Shaw.

»Ja, äh, klar. Klingt spaßig.«

Eli kicherte und schaute zu Steve, der zurücklächelte. »Mal sehen, für wie spaßig er das nach all der harten Arbeit noch hält«, sagte er zu seinem Assistenten. »Es erweist sich bisweilen als … Mir fehlt das richtige Wort.«

»Strapaziös«, schlug Steve vor.

»Ja. Strapaziös.«

»Aber erfüllend«, fügte Steve eilig hinzu.

»Cool«, erwiderte Shaw, nachdem Skye ihm dieses Wort genehmigt hatte.

Er bemerkte, dass Anja ihn ansah. Ihre Miene blieb neutral. Verbarg sie dahinter Misstrauen oder etwas anderes?

»Auf ein Wort, Novize Carter«, sagte Meister Eli mit verschwörerischem Unterton und ging los, ohne etwas zu den anderen zu sagen. Shaw schloss sich ihm an. Als sie außer Hörweite waren, musterten Elis seidenweiche Augen ihn von oben bis unten. »Ich habe einen Vorschlag für Sie. Einfach nur etwas, das Sie sich durch den Kopf gehen lassen sollten.«

»Ja, Meister Eli?«

»Es gibt eine besondere Gruppe von Gefährten. Die oberste Spitze.«

»Der Innere Kreis?«

»Nein, noch höher. Sie werden Auserwählte genannt. Nur ein Prozent der Gefährten kommt dafür infrage. Ich treffe die Auswahl selbst und unterweise die Leute dann höchstpersönlich. Das kann ein Jahr oder länger dauern. Aber sie bekommen währenddessen und auch danach ein Gehalt. Sie sind wie Mönche, könnte man sagen. Vermutlich haben Sie einige von ihnen hier im Camp gesehen. Sie tragen unsere Uniform, aber keine Amulette.«

»Darüber habe ich mich schon gewundert.«

Die ernsten Arbeiter, die ihm hinter Gebäude 14 aufgefallen waren. Vielleicht fand dort die Schulung der Auserwählten statt.

»Dennoch tragen sie natürlich unser Symbol. Ihnen werden die Köpfe geschoren, und man tätowiert ihnen das Unendlichkeitszeichen auf die Kopfhaut. Dann wächst das Haar wieder nach.« Eli lächelte sanft. »Ich weiß, dies ist Ihr erster Tag hier, aber Sie entsprechen dem Profil. Sie sind alleinstehend, haben keine Kinder, reisen gern. Geselle Samuel sagt, es macht Ihnen nichts aus, hart zu arbeiten.«

Demnach hatten sie bereits über ihn gesprochen.

»Sie wissen, wie es sich anfühlt, ein schweres Leben zu haben. Das ist bei den Auserwählten ein wichtiger Faktor. Und sie müssen körperlich fit sein, nicht von der Sorte, die sich leicht einschüchtern lässt. Manchmal können Leute sich mit unserer Weltsicht nicht anfreunden. Es hat schon Proteste gegeben. Hin und wieder sogar Tätlichkeiten.«

»Wissen Sie, ich habe selbst schon die Erfahrung gemacht, dass die Leute es nicht abkönnen, die Wahrheit zu hören.«

»Sie und Novize Todd sind aus dieser Gruppe die besten Kandidaten für die Auserwählten.«

Shaw erinnerte sich an Todd noch vom gestrigen Abendessen. Der ehemalige Soldat.

»Was genau wäre denn meine Aufgabe?«

»Nennen wir es Kundenbeziehungen.«

Wohl die Anwerbung neuer Mitglieder. Besuche bei Trauergruppen und Beerdigungen. Um die Leute für die Stiftung zu gewinnen.

»Ja, ich wäre nicht abgeneigt. Lassen Sie mich darüber nachdenken.«

»Aber sicher. Wir besprechen das später noch. Oh, und das bleibt bitte vertraulich. Nur ich und wenige andere sind mit dem Auserwählten-Programm betraut.«

»Natürlich, Meister Eli.«

Sie tauschten den Schultergruß aus. Eli kehrte zu den anderen zurück und ging mit ihnen weg.

Shaw und Victoria setzten ihren kleinen Spaziergang auf dem Pfad fort. Sie sah ihn neugierig an. »Ich schätze, meine Ausbildung läuft ganz gut«, sagte er.

Sie schien nachhaken zu wollen, entschied sich dann aber dagegen.

»Wie wäre es mit Mittagessen?«, fragte Shaw.

Victoria zögerte kurz. »Ich sollte mit meinen Aufzeichnungen weitermachen«, sagte sie dann und hob ihr Notizbuch, als würde sie seinen Vorschlag regelrecht abschmettern.

Shaw betrachtete das reizvolle, nachdenkliche Gesicht.

Arthaus-Schauspielerin …

»Bei Ihnen funktioniert der Prozess also?«, fragte er.

»Jeden Tag hier gibt es weniger und weniger schlimme Momente. Wenn ich in ein paar Wochen aufsteige, wird mit Sicherheit alles in Ordnung sein«, verkündete sie mit leuchtender Miene.

Die Kultsprache amüsierte Shaw; Gefährten konnten nicht sagen, dass sie die Ausbildung »abschließen« würden. Nein, sie würden »aufsteigen«.

»Wir sehen uns beim Zweiten Diskurs«, sagte er.

»Ich werde da sein.«

Was nicht beinhaltete, dass sie sich auf dem Platz auch tatsächlich treffen würden.

Ihre Wege trennten sich, ohne Schultergruß. Shaw ging hinunter zum Speisesaal, um sich Kaffee und ein Sandwich zu holen. Die Stiftung war seltsam und beunruhigend, kein Zweifel; die Reglementierung, die überdrehten Massenkundgebungen beim gestrigen Abendessen und am Vormittag auf dem Platz, Elis Ego und seine Kontrollsucht. Man konnte die Osiris-Stiftung mit Recht als eine Sekte bezeichnen.

Aber war sie auch gefährlich? Der Mord an dem Journalisten in San Francisco ließ sich kaum von der Hand weisen, genauso wenig die brutale Behandlung des Reporters, deren Zeuge Shaw geworden war. Diese Vorfälle wirkten inzwischen jedoch wie Ausnahmen, begangen von Einzel-Negativa: Harvey Edwards in San Francisco und Hugh, der gefährliche, eigenmächtige Kopf der Assistenzeinheit. Edwards'

Vorgeschichte deutete auf eine kriminelle Veranlagung hin. Und Hugh? Wie private Sicherheitsleute überall stellte er gern seine Autorität zur Schau – und seine Muskeln. So konnte er seine eingerosteten Karatekenntnisse zur Anwendung bringen, sich anderen überlegen fühlen und Frauen anbaggern.

Eli selbst war offensichtlich ein Narzisst, aber auf fast lächerliche Weise. Wirklich finstere Züge hatte Shaw nicht an ihm wahrgenommen. Der Mann war eindeutig seiner altruistischen Mission verhaftet, Menschen in ihrer Not zu helfen.

Womöglich wusste Eli sogar nichts von Hughs Übergriffen oder Edwards' Mord an dem Journalisten, so wie die Psychologin es angedeutet hatte.

Und der Prozess?

Eine harmlose Mischung aus Selbsthilfepredigten und Standardtherapien. Shaw hatte keine Beweise, um der Stiftung Adams Tod anlasten zu können – was der Grund für seinen Aufenthalt war. Das emotionale Koordinatennetz des jungen Mannes hatte sich einfach nur verschoben.

Soweit er sehen konnte, bestand auch kein besonderes Risiko für Victoria oder sonst jemanden. Der Prozess schien ihr nach ihrem unfassbaren Kummer eine Stütze zu sein.

Beethovens Melodie erklang im ganzen Camp. Dann verkündete die Frauenstimme: »Meister Elis Zweiter Diskurs beginnt in wenigen Augenblicken.« Sie wiederholte, dass die Teilnahme für Novizen verpflichtend und für die anderen Gefährten freiwillig sei.

Shaw räumte sein Geschirr ab und folgte wenig später dem Pfad zum Platz. Dutzende andere in seiner Nähe schlugen dieselbe Richtung ein.

Er war versucht, sie insgeheim als Lemminge zu kritisieren. Doch das wäre unfair gewesen; diese Gefährten waren Menschen wie alle anderen – sie versuchten einfach nur, in einer oftmals unberechenbaren Welt irgendwie auf Kurs und sich selbst dabei möglichst treu zu bleiben. Für Colter Shaw bedeutete das ein Leben auf Wanderschaft. Er spürte entflohene Straftäter und vermisste Personen auf, erkletterte senkrechte Felswände oder schnappte Luft auf seinem Motorrad – er testete Grenzen aus.

Wer hatte denn schon die für alle gültige Wahrheit gepachtet?

Und wer konnte nicht ein wenig Erneuerung gebrauchen?

Die Menge versammelte sich – Lehrlinge in der Mitte, umringt von IKs, genau wie am Vormittag. Auf der anderen Seite des Platzes sah er Walter und Sally und gesellte sich zu ihnen. Die Frau sah ihn an und lächelte, aber zurückhaltend. Die Männer tauschten den Schultergruß aus. Sally schaute verwirrt dabei zu. »Ach, ihr Jungs …«

»Was passiert denn in diesem zweiten Akt?«, fragte Shaw und wies auf die Bühne.

Walter gluckste. »Ich sage nur so viel: Es ist der Hammer!«

35

Die IKs fingen an zu klatschen, und die längere Version der »Ode an die Freude« hallte durch das ganze Tal, genau wie an jenem Vormittag vor dem Ersten Diskurs.

Jenseits der Bühne, hinter Elis Wohnhaus, ragten in scharfem Kontrast die Berge und Bäume auf, schwarz und braun und grün, vor einem Nachmittagshimmel von umwerfender Klarheit. Eine sanfte Brise trug den reichhaltigen Duft von Lehm und Kiefern mit sich, darin ein Hauch Eukalyptus.

Das gleichmäßige Klatschen verwandelte sich in tosenden Applaus, als Eli die Bühne betrat. Sein weißes Gewand leuchtete erneut.

Er hob die Hände, und es wurde still.

Aber nur kurz, dann rief jemand: »Wir lieben Sie, Meister Eli!«

Was zu erneutem Applaus führte.

Schließlich gab die Menge Ruhe.

»Haben die Novizen heute gute Sitzungen gehabt?« Sein Blick schweifte über die Träger der blauen Amulette. Er sah Shaw direkt an.

»Ja!«, riefen mehrere der anderen.

»Aber so was von!«, bekräftigte eine Männerstimme.

Eli zeigte auf den Mann. »Der gefällt mir!«

Der Novize strahlte.

»Sie arbeiten dabei etwas heraus. Und zwar was?«

»Minuspunkte!« »Pluspunkte!« Die gerufenen Worte kollidierten.

Eli wandte sich an niemand Bestimmten, wie der Moderator einer Late-Night-Talkshow, wenn er seinem Assistenten eine Bemerkung zuwarf. »Ich wusste, dass dies eine gute Gruppe sein würde. Sie sind Stars! Sie sind großartig!«

Zur Belohnung gab es für Eli noch mehr frenetischen Beifall.

»Sie werden dieses schlimme Bauwerk im Handumdrehen einreißen und anfangen, im Garten Ihres Wahren Kerns die Pluspunkte einzupflanzen. Ich weiß es. Ich weiß genau, wie es Ihnen geht. Und Sie werden das gut machen. Ich irre mich nie.«

Er verstummte.

Die Menge ebenfalls.

»Heute Vormittag habe ich Ihnen von Osiris erzählt. Welch ein Mann er war! Ein Gott. Gott der Unterwelt. Gott der Fruchtbarkeit.«

Drei oder vier IKs hielten Tablets hoch und filmten damit.

»Osiris. Was für ein toller Kerl das war. Fantastisch! Großartig! Und wissen Sie, was mir besonders an ihm gefällt? Er kehrte von den Toten zurück, wissen Sie noch? Er ist unsterblich.« Eli trat zum Rand der Bühne vor. Bildete Shaw sich das ein, oder schien das Licht nun ein wenig heller?

Der Meister zeigte mit dem Finger auf das Meer der nach oben gerichteten Gesichter.

»Genau wie wir alle. Genau … wie … Sie.« Er wies auf die Menge. »Unsterblich.«

Viele der Altgedienten lächelten. Die meisten Novizen folgten Eli mit gespannter Aufmerksamkeit, wirkten dabei nun aber mehr oder weniger verwirrt.

»Ich werde jetzt das Geheimnis des Prozesses enthüllen.

Dies ist es, worum es letzten Endes geht. Unsterblichkeit. Unser Slogan: *Gestern. Heute. Morgen.* Gestern, in unserem früheren Leben. Heute« – er hob beide Hände, die Handflächen nach außen – »in diesem Moment. Und morgen, in unserem zukünftigen Dasein.« Er ließ das kurz wirken. »Der Prozess wird Ihnen beibringen, wie man lebt« – er zeigte auf das goldene Unendlichkeitssymbol im Hintergrund – »und zwar für ewig.«

36

Eine Frau neben Shaw – eine Auszubildende – flüsterte: »Der Tod ist ein Trugschluss.«

Eli rief: »Der Tod ist ein Trugschluss! Der Tod ist eine Erfindung der Machthaber, der Politiker, der Religionen, der Mediziner, der Konzerne, der Medien. Der Tod ist eine Lüge! Man redet Ihnen ein, die Gegenwart sei Ihre einzige Gelegenheit zur Existenz. Die tun das, um Sie zu kontrollieren. Um Ihnen ihr Produkt zu verkaufen. Schließen Sie diese Versicherung ab, nehmen Sie diese Arznei, wählen Sie jenen Politiker, kaufen Sie dieses Haus. Zahlen Sie hunderttausend Dollar für eine medizinische Behandlung. Leben Sie jetzt, Sie haben nur diese eine Chance. Verschwenden Sie sie nicht. Geben Sie uns Ihr Geld, und wir werden dafür sorgen, dass etwas davon für Ihre Kinder bleibt. Nachdem wir natürlich ein klein wenig für uns selbst abgezweigt haben.«

Bei dem Wort *klein* breitete er beide Arme aus, als würde er die Größe eines Fisches übertreiben, den er gefangen hatte.

Was zu Gelächter und Applaus führte.

»*Die* sind es, die Ihnen die hässlichen, heruntergekommenen Betonschuppen mit den undichten Dächern andrehen, um Ihren Wahren Kern zu begraben.«

Nicken und beifälliges Gemurmel.

»Unsterblichkeit …« Eli sprach nun mit leiserer Stimme, wodurch er die Aufmerksamkeit der Gefährten nur noch mehr fesselte. »Erinnern Sie sich daran, was ich heute Morgen gesagt habe: Das Heute ist kurz, ein flüchtiger Moment, ein Wimpernschlag. Und das stimmt. Aber das Heute ist lediglich ein winziger Teil des gesamten Daseins Ihres Wahren Kerns. Das erstreckt sich nämlich vom Anbeginn der Zeit bis zu ihrem Ende. Oh, ich weiß, ich weiß … Das ist für manche von Ihnen ein bisschen viel auf einmal. Und woher ich das weiß? Es ist mir genauso ergangen. Ich war einst an Ihrer Stelle. Ich war unschlüssig, ich war zynisch. Also hören Sie mich einfach an. Hören Sie mir zu. Um mehr bitte ich Sie nicht. Wollen Sie zuhören?«

»Wir hören!«

»Wir lieben Sie!«

»Unsterblichkeit«, sagte er. »Jede Gesellschaft, jede Zivilisation, jede Religion, ob primitiv oder fortgeschritten, hat davon ihre eigene Version. Sie erinnern sich doch noch an meinen alten Freund Osiris, nicht wahr? Wir lieben ihn, oder? Ist er nicht toll? Ist er nicht großartig?«

Applaus.

Shaw fragte sich, worauf das alles hinauslaufen sollte. Er schaute zu Walter, der den Blick erwiderte und ihm zunickte.

Der Hammer …

»Die Ägypter wussten, dass die Seele unsterblich ist. Fragen Sie mal Osiris und seine Frau. Die Griechen? Es gab Tausende von Berichten über Wiederauferstehungen von den Toten. Seelen und Körper wurden wiedervereint und lebten im Elysium. Lesen Sie Ihren Plato, einen meiner Lieblinge. Haben Sie ihn gelesen? Sie *müssen* ihn lesen. Er ist ein Genie, er ist ein großartiger Autor. Er schreibt ständig über die unsterbliche Seele. Er ist der größte Philosoph, den die Welt je gesehen hat. Ich lese ihn jeden Abend. Die Buddhisten.

Lieben Sie nicht auch die Buddhisten? Ich schon. Die sagen, dass Menschen durch den Tod ihren physischen Leib in einen unsterblichen Körper aus Licht verwandeln – genannt Regenbogenkörper – und ewig leben. Das gefällt mir! Ihnen nicht auch? Und die Christen? Gläubige kommen für immer in den Himmel, Sünder in die Hölle. Schauen Sie sich doch nur mal Jesus persönlich an. Gestorben, wiederauferstanden und dann gen Himmel aufgefahren, um dort auf ewig mit seinem Dad zu leben. Haben Sie das Bekenntnis von Nicäa gelesen? Das müssen Sie lesen. Darin steht, dass jede tote Person im Zuge der Wiederkunft des Herrn auferweckt wird. Die Hinduisten? Die haben die Wiedergeburt. Sofern man ein gutes Leben führt, sorgt das Karma dafür, dass man an höherer Stelle zurückkommt. War es ein schlechtes Leben, dann gute Nacht. Und wie sieht's mit den Juden aus? Ich liebe die Menschen jüdischen Glaubens. Die Pharisäer waren überzeugt, die Seele sei unsterblich und Tote würden wiedergeboren. Wörtlich heißt es dort, sie würden in zukünftigen Leben ›in Leiber übergehen‹. Der Islam? Im Koran steht, Tod sei dasselbe wie Schlaf. Man erwacht aus dem Schlaf. Und man wird aus dem Tod erwachen. Ich könnte noch zahllose Beispiele anführen. Milliarden und Abermilliarden von Menschen sind seit Beginn der Zivilisation davon überzeugt, dass wir schon vor unserem jetzigen Dasein gelebt haben und danach noch weitere Leben führen werden. Wie also könnte das *nicht* wahr sein? Doch bei allem Respekt für die Religionen, die ich gerade erwähnt habe: Die glauben an die Unsterblichkeit, einverstanden. Aber es gibt da ein Problem.«

Vereinzeltes Flüstern in der Menge: »Wenn du ein Christ bist …«

Eli legte eine Kunstpause ein. »Wenn du ein Christ bist, erwartet dich ein christlicher Himmel«, sagte er dann. »Wenn du ein Jude bist, ein jüdischer. Als Hindu wirst du wiedergeboren. Und wenn du zu viel Fernsehen schaust, landest du bei *The Walking Dead*.«

Gelächter und Applaus.

»Zombies!«, rief jemand.

Eli kicherte und wurde dann wieder ernst. »Die Regeln der Unsterblichkeit müssen für alle gleich sein, unabhängig vom jeweiligen Glauben. Sie gelten für Atheisten genauso wie für den Papst. Doch jede der Religionen, von denen ich gesprochen habe, schließt alle anderen aus. Das heißt, die müssen sich alle irren. Verzeihen Sie meine Unverblümtheit, aber so bin ich nun mal. Ich bin offen und ehrlich. Das haben Sie mittlerweile erkannt, oder? Ich sag's, wie es ist.«

Nicken.

»Also, ich habe nichts gegen Religion. Nicht das Geringste. Ich hoffe, Sie alle finden Trost in Ihrer Kirche, Synagoge, Moschee oder welche Art von Gotteshaus Sie auch besuchen mögen. Doch wenn es um Unsterblichkeit geht, sollten all die Priester und heiligen Männer und Rabbis und Gurus das Thema jemandem überlassen, der die Wahrheit kennt. Und der bin ich.«

37

Eli musterte die Menge, die größtenteils gebannt an seinen Lippen hing.

Nach einem langen Moment fuhr er fort: »Was weiß meine bescheidene Wenigkeit denn schon über dieses Thema? Oh, eine ganze Menge. Ich habe Ihnen von meiner Todeserfahrung erzählt – kein *Nah*tod, sondern ein vollständiger Tod.«

»Ja, das wissen wir noch!«

»Wir lieben Sie!«

»Als ich tot war, habe ich Dinge gesehen. Bilder. Nachdem die Ärzte mich zurückgeholt hatten, konnte ich nicht aufhören, darüber nachzudenken. Es waren Bilder von Personen und Orten, die vertraut gewirkt haben, obwohl ich sie noch nie in meinem gegenwärtigen Leben gesehen hatte, auch nicht in einem Film oder Buch. Woher waren diese Bilder gekommen? Ich konnte es mir nicht erklären. Ich wusste nur, dass sie mich tief bewegt haben. Einige machten mich überglücklich, andere ängstlich, wieder andere wütend. Eines aber hatten sie gemeinsam: Wenn ich an sie dachte, war das Gefühl jeweils sehr stark. Also fing ich an mich auf reale Menschen und Orte der Gegenwart zu konzentrieren, die mich mit vergleichbarer Intensität berührten. Ich fing an darüber zu meditieren. Wenn ich das tat, kehrten die Bilder aus dem Zeitraum meines Todes wieder. Sie stammten aus einer Zeit vor hundert Jahren, zweihundert Jahren, tausend Jahren…« Seine Stimme senkte sich. »Stellen Sie sich das vor! Ich blickte zurück auf meine früheren Leben!«

Laute des Erstaunens, freudiges Getuschel.

Das war es also, was der Prozess bewirken sollte. Samuel hatte Shaw aufgetragen, über die Punkte zu meditieren, die intensive Gefühle in ihm hervorriefen. Laut Elis Mythologie würde dadurch die Tür zu seinen früheren Leben geöffnet.

»Ich sagte ja bereits, dass ich schon in jungen Jahren Waise geworden bin«, fuhr Eli fort. »Es war furchtbar. Verheerend. Ich habe meine Eltern so sehr vermisst. Meinen Vater Tobias. Meine Mutter Rachel. Wie unendlich sie mir gefehlt haben. Als ich bei meiner Meditation versucht habe, mich an diese intensiven Gefühle zu erinnern, sah ich meine Eltern plötzlich vor mir. Wir waren zusammen, und zwar im neunzehnten Jahrhundert. Und da wusste ich, dass ich sie wiedersehen würde – in der Zukunft.«

Die Gefährten fingen an aufgeregt miteinander zu flüstern. Die meisten schienen Eli diese Behauptungen allen Ernstes abzukaufen, glaubte Shaw.

Eli ging zum Rand der Bühne und blickte hinunter auf Henry, den kahlköpfigen Mann, der gleichzeitig mit Shaw hier angefangen hatte. Er war der Wissenschaftler aus der medizinischen Forschung, den der Krebstod seiner Frau vor acht Monaten völlig aus der Bahn geworfen hatte. Eli sprach ihn direkt an. »Man verliert niemanden. Nicht auf Dauer. Sie beide werden wieder zusammen sein. Ihr gemeinsames Leben liegt im Morgen.«

Shaw fühlte sich an einen Pfingstprediger erinnert, der seinen Schäfchen die Bibel erklärte. Die Worte folgten keinerlei Logik, doch die Gefährten standen eindeutig im Bann des Mannes und hielten seine Doktrin für eine echte Heilsbotschaft.

Ein Stück hinter Henry fiel Shaw ein anderer hochgewachsener Mann auf, ein Geselle, der in seine Richtung schaute. Er musste unwillkürlich an Frederick denken – den Mann mit der orangefarbenen Sonnenbrille, der ihn am Tag von Adams Tod oberhalb der Klippe bemerkt haben könnte. War dies derselbe Kerl? Die Statur passte, aber ohne die Sonnenbrille war Shaw sich nicht sicher.

Als er erneut hinsah, hatte der Mann sich bereits wieder Eli zugewandt.

»Falls Tausende von Jahren Religion und Spiritualität beim Weg zur Unsterblichkeit danebenliegen, wie kann ich da für mich in Anspruch nehmen, ihn gefunden zu haben?« Ein Kichern. »Wie heißt das bei meinen jüdischen Freunden? Chuzpe? Woher nehme ich die Chuzpe, allen Göttern auf einmal vors Schienbein zu treten? Ganz schön dreist, oder? Aber ich verrate Ihnen die Antwort. Warum habe ausgerechnet *ich* den Schlüssel, der die Tür zur Unsterblichkeit öffnet, und niemand sonst? Soll ich es Ihnen verraten?«

»Ja, sagen Sie es uns!«

»Wir lieben Sie!«

»Weil ich – und nur ich – weiß, dass Unsterblichkeit nicht auf Mystizismus, Überzeugung, Glauben oder Hoffnung beruht. Sie beruht auf…« Er ließ den Blick über die Menge wandern.

»Wissenschaft«, riefen fünf oder sechs IKs gleichzeitig. Shaw fragte sich, wie lange sie dafür wohl geübt hatten.

»Ge-nau! Wissenschaft. Kalte, harte Wissenschaft. Im Zuge der Reisen nach meiner Todeserfahrung habe ich mit Ärzten gesprochen, mit Physikern, Ingenieuren und Neurowissenschaftlern. Sie alle sind sich einig, dass unser Denken und Bewusstsein – unser Wahrer Kern – aus einer einzigartigen Kombination von Energieimpulsen entsteht. Wenn die Existenz des Körpers aufhört, bleibt die Energie des Wahren Kerns bestehen. Das folgt aus dem Ersten Hauptsatz der Thermodynamik. Ich habe Abhandlungen darüber verfasst. Sie wurden weltweit publiziert. Der Erste Hauptsatz der Thermodynamik. Und was besagt er? Dass Energie weder erschaffen noch zerstört werden kann. Unser Wahrer Kern ist also Energie, und Energie existiert für immer! Sie ist unsterblich! Und es spielt keine Rolle, ob Sie ein guter oder schlechter Mensch sind, ein Heiliger oder Sünder, ein primitiver Stammesangehöriger … oder ein Politiker in Washington.« Er seufzte.

Und bekam die Lacher, auf die er es abgesehen hatte.

»Nach Ihrem Tod wird Ihr Wahrer Kern in einem neuen Körper weiterleben.« Ein Stirnrunzeln. »Und wie geht das? Ganz ehrlich: Das weiß ich noch nicht. Es ist wie damals in der Schule. Ich fand immer die richtige Antwort. Ich bekam erstklassige Noten. War Klassenbester. Aber ich konnte mir nicht immer erklären, *woher* ich die Antwort wusste. Eines Tages werden wir wissen, wie Ihr Wahrer Kern den Übergang in einen neuen Körper bewerkstelligt. Wie beim Fliegen. Tausende von Jahren wussten wir nicht, warum Vögel fliegen können, doch am Ende haben wir erkannt, dass es mit der Form ihrer Flügel zu tun hat. Das *Wie* kann uns aber vorläufig egal sein. Es zählt nur, dass Ihr Wahrer Kern fortbestehen wird. Und dass Sie Ihre Lieben wiedersehen werden. Zwar in anderer Erscheinungsform, aber die Verbindung und Zuneigung wird die gleiche sein. Und ohne die Abhängigkeiten, Sorgen und Krankheiten, die Ihnen derzeit zusetzen.«

Er sah nacheinander Walter und Sally, Abby und einige andere an.

»Das ist es, was der Prozess bewirkt. Sie meditieren über intensive Gefühle aus dem Heute und rufen dadurch Erinnerungen an frühere Leben wach – im Gestern. Sie erkennen die schlechten Angewohnheiten und schädlichen Einflüsse aus der Vergangenheit und eliminieren sie im Heute. Sie umgeben sich mit guten Menschen und widmen sich positiven Aktivitäten. Deshalb sagen wir …«

Die IKs: »Aus dem Gestern ein besseres Heute!«

»Und der Prozess wird Ihren Wahren Kern für das nächste Leben konditionieren, sodass Sie zukünftig die Minuspunkte ganz von selbst meiden und sich stattdessen auf die Pluspunkte verlegen werden.«

Sein griechischer Chor: »Aus dem Heute ein perfektes Morgen!«

»Das Beste kommt noch!«, rief Eli.

Gefolgt von allseitigem Klatschen und Sprechgesang.

Samuels Bemerkung während des Aufnahmegesprächs ergab nun einen Sinn:

Wie Sie sehen werden, hätte eine Garantie keinen echten praktischen Nutzen …

Ob der Prozess tatsächlich funktionierte, würde man erst wissen, wenn man im Grab lag.

»Verstehen Sie jetzt, wieso ich Ihnen all Ihren Schmerz nehmen kann, Ihre Depressionen, Ihre Ängste, Ihre Trauer? Weil Sie immer wissen werden, dass im Morgen das Glück auf Sie wartet, das großartige Glück.«

Elis Stimme wurde lauter und eindringlicher. »Es gibt keinen Tod; es gibt keine Trennung von Ihren Lieben. Der Wahre Kern eines jeden zieht auf ewig von Leben zu Leben weiter.«

Er lächelte seinem hingerissenen Publikum beruhigend zu. »Wenn es für uns an der Zeit ist, das Heute zu verlassen, entbieten wir den traditionellen Abschiedsgruß der Stiftung.« Er kreuzte die Arme vor der Brust und legte sich beide Hände auf die Schultern. »Und wir sagen: ›Auf Wiedersehen, bis zum Morgen.‹«

Das hatte Adam unmittelbar vor seinem Sprung in den Tod gemurmelt.

»Das Morgen«, fuhr Eli mit leiser, monotoner Stimme fort. »Wenn Sie und Ihre Lieben sich wiedersehen, wenn Sie ein neues Leben beginnen und Glück und Trost finden, wie Sie es verdienen. Sagen Sie es gemeinsam mit mir … Auf Wiedersehen …«

»… bis zum Morgen!«, ertönte der kollektive Freudenschrei.

»Denken Sie daran, der Tod existiert nicht. Wir sagen nie, wir ›sterben‹. Wir sagen, wir ›steigen auf‹. Wir steigen aus diesem Dasein in ein besseres Leben auf.« Er verließ nun die Bühne und rief: »Das Beste …«

»… kommt noch!« Die Menge brach in tosenden Applaus aus und führte den Sprechgesang aus voller Kehle fort.

Doch Colter Shaw hörte nicht mehr zu. Er konnte nur noch daran denken, was Victoria erst vor einer Stunde zu ihm gesagt hatte.

Wenn ich in ein paar Wochen aufsteige, wird mit Sicherheit alles in Ordnung sein …

Sie meinte damit nicht den Abschluss ihrer Ausbildung. Sie meinte damit, dass sie sich genau wie Adam Harper umbringen würde.

38

Er hatte seine Antworten.

Shaw war hergekommen, um herauszufinden, weshalb Adam Harper sich in den Tod gestürzt hatte und ob Victoria oder sonst jemand hier, der ähnlich labil wie Adam war, sich in Gefahr befand.

Eli – David Ellis, der einstige Immobilien- und Börsenmakler aus Florida – war kein einfacher Scharlatan; er tötete Menschen.

Die Osiris-Stiftung war ein Selbstmord-Kult.

Shaw hatte sich gewundert, warum Adam so seltsam und ruhig gelächelt hatte, bevor er in den Tod gesprungen war. Nun begriff er. Der junge Mann glaubte, er würde wieder mit seiner Mutter vereint sein. Die letzten drei Sekunden seines Lebens hatte Adam nicht etwa Qualen gelitten, wie Dodd, der Scharfschütze, gemutmaßt hatte, sondern war voller Vorfreude auf sein Leben im Morgen gewesen.

Shaw musterte die Gefährten, die nun den Platz verließen, manche aufgeregt im Gespräch, andere nachdenklich. Er nahm an, dass die meisten von ihnen diese behauptete Unsterblichkeit für zumindest zweifelhaft, wenn nicht sogar für komplett erfunden halten und zu der Erkenntnis gelangen würden, dass sie einen beträchtlichen Teil der Studiengebühren ihrer Kinder für die Teilnahme am Prozess verschwendet hatten.

Doch es gab auch zahlreiche treue Jünger. Shaw konnte es ihren Gesichtern ansehen. So wie Adam oder Victoria waren sie überzeugt davon, dass im Morgen eine bessere Welt auf sie wartete. Sie würden sich das Leben nehmen, wenn der Kummer zu groß wurde. Vielleicht auch schon bei kleinen Misserfolgen.

Was konnte Shaw tun? Rechtliche Schritte einleiten?

Eine Anzeige wegen Betrugs hatte kaum Aussicht auf Erfolg, so wie auch niemand seine Spende an eine Kirche zurückfordern konnte, die ewiges Leben im Himmel versprach. Shaw war Zeuge geworden, wie Hugh und einige AEs jemanden verprügelt hatten, aber seine Aussage reichte für eine Anklage nicht aus, und Klein würde wahrscheinlich Hughs Drohungen beherzigen und den Mund halten. Davon abgesehen würden Hugh und die AEs auch niemals Eli belasten, der von dem Übergriff auf den Reporter vielleicht gar nichts wusste.

Es stand fest, dass Harvey Edwards den Journalisten in San Francisco ermordet hatte, aber ließ Eli sich damit in Verbindung bringen? SFPD-Detective Etoile nahm sich den Fall womöglich noch einmal vor, aber derartige Ermittlungen waren langwierig.

Gab es eventuell Telefondaten, Notizen oder Memos … irgendetwas, das gegen den Sektenführer verwendet werden konnte? Ein Zeuge, der gehört hatte, wie Eli den Mord anordnete, wäre perfekt, aber falls es eine solche Person gab, gehörte er oder sie dem Inneren Kreis an und würde niemals den Mund aufmachen.

Shaws Überlegungen zu einer Strategie für Elis Niedergang mussten jedoch vorläufig noch warten. Er hörte plötzlich verärgerte Stimmen laut werden.

Eli, Hugh und die zwei Leibwächter standen auf dem von Bäumen gesäumten Pfad zwischen der Bühne und dem Wohnhaus. Sie hatten sich umgedreht und dem Lockenkopf

John zugewandt, dem Novizen aus Südkalifornien, dessen Freund bei dem Autounfall gestorben war. Der Mann sah Eli herausfordernd an und war eindeutig wütend. Der Graue und der Schrank blieben wachsam, schienen John aber nicht als echte Bedrohung zu empfinden; jeder der beiden hätte ihn mit einem einzigen Schlag zu Boden schicken können. Shaw wich vom Pfad ins Dickicht ab und näherte sich der Auseinandersetzung bis auf etwa sechs Meter.

Mehrere andere Gefährten waren ebenfalls aufmerksam geworden und wollten sich nähern, doch zwei AEs eilten mit strengen Mienen herbei und schickten sie weg.

»Sie haben sie in den Studienraum mitgenommen«, sagte John barsch. »Sie hat mir erzählt, was dort vorgefallen ist.«

»Novize John, das geht Sie nicht das Geringste an«, sagte Eli.

»Es ist ein Verstoß gegen die Regeln. Keinerlei geschlechtliche Beziehungen mit anderen Gefährten oder Mitarbeitern.«

»Diese Regel findet dort keine Anwendung. Im Studienraum können wir uns in gewisse Elemente unserer früheren Leben vertiefen, die von wesentlicher Bedeutung für die Freilegung des Wahren Kerns sind.«

»Freilegung«, sagte John verächtlich. »Ich will Sie mal was fragen: *Vertiefen* Sie sich vor allem in hübsche Mädchen?«

Also dafür war der Studienraum gedacht, keineswegs für Meditationen.

Strapaziös ...

»Sie gehen zu weit, Novize John«, warnte Hugh.

»*Ich* gehe zu weit? Abby ist sechzehn, verdammt noch mal.«

Das Leuchtfeuer hatte demnach Unzucht mit Minderjährigen begangen.

Elis Reaktion war genau genommen gar keine. Seine Miene ließ im ersten Moment keinerlei Regung erkennen, dann schaute er kurz zu Hugh. Auch der Leiter der AEs reagierte nicht, doch Steve runzelte ein wenig die Stirn, bekam sich aber gleich wieder in den Griff. »Das war mir nicht bewusst«, sagte Eli.

»Sie hat bei ihrer Anmeldung behauptet, sie sei achtzehn«, sagte Steve.

»Tja, vielleicht hätten Sie das mal lieber nachprüfen sollen, meinen Sie nicht auch? Zum Beispiel einen Blick auf sie werfen und sich denken, oh, da möchte ich aber einen Altersnachweis sehen. Hm? Sie hätten sie auch in ihrem Highschool-Jahrbuch finden können. Die stehen nämlich heutzutage im Internet, falls Sie's noch nicht wissen. Oder haben Sie einfach nur festgestellt, dass sie scharf aussieht, und beschlossen, sich nicht um ihr wahres Alter zu kümmern?«

»Danke, dass Sie uns darauf hingewiesen haben, Novize John«, sagte Eli mit ausdrucksloser, monotoner Stimme. »Ich werde mich persönlich bei ihr entschuldigen. Und wir werden Maßnahmen ergreifen, um so etwas zukünftig zu vermeiden. Ich spreche mit den Leuten unserer Aufnahmeabteilung.«

John hatte anscheinend mit mehr Widerstand gerechnet. Er wusste nicht so recht weiter.

»Ehrlich gesagt«, fuhr Eli fort, »glaube ich nach diesem Zwischenfall nicht, dass Sie wirklich ein geeigneter Kandidat für den Prozess sind. Ich denke, Sie sollten Ihren Aufenthalt bei uns am besten beenden.«

»Selbstverständlich haue ich von hier ab. Und dieses Unsterblichkeitsgeschwätz? Wie, zum Teufel, kriegen Sie die Leute bloß dazu, Ihnen diesen Schwachsinn abzukaufen?«

»Wir erstatten Ihnen Ihr Geld«, sagte Eli.

»Novize John ist mit einem der Shuttles hergekommen«, warf Hugh ein. »Wir bringen ihn mit dem Wagen zurück nach Snoqualmie Gap.«

»Was ist mit Abby?«, fragte John.

»Sie wird uns natürlich auch verlassen müssen«, sagte Eli. »Wir werden ihre Eltern benachrichtigen, damit sie das Mädchen abholen. Der Vorfall tut mir aufrichtig leid. Aber ich bin Ihnen für den Hinweis wirklich dankbar.«

»Glauben Sie allen Ernstes, Sie kommen so einfach davon?«

Nein! Lass gut sein, dachte Shaw.

Doch es war zu spät. Das Schicksal des jungen Mannes war sogar schon in der Sekunde besiegelt gewesen, in der er Abbys Besuch im Studienraum erwähnt hatte.

Hugh vergewisserte sich durch einen schnellen Rundblick, dass keine Gefährten in der Nähe waren. Dann schlug er dem jungen Mann mit einer geschmeidigen Bewegung ansatzlos vor die Brust. John keuchte auf, bekam keine Luft mehr und stürzte sofort zu Boden. Hugh griff in die Tasche, zog mehrere Kabelbinder hervor und fesselte John damit an Händen und Füßen. Dann nahm er sein Walkie-Talkie vom Gürtel und sprach einige Anweisungen hinein. Nach höchstens einer Minute kam ein AE mit einem Golfwagen angefahren. Er wuchtete den jungen Mann auf die Ladefläche des Gefährts und deckte ihn mit einer Plane ab. Shaw duckte sich tiefer ins Unterholz. Der Golfwagen fuhr in den Wald, bog nach links auf den versteckten Pfad ab und steuerte das Haupttor an.

Eli nickte Hugh abermals zu, und er folgte dem Wagen. Dann gingen Eli und seine Leibwächter zum Wohnhaus.

Damit hatte Shaw noch eine weitere Antwort: Hugh war kein Einzel-Negativum. Eli war ebenso gefährlich wie sein Leiter der Assistenzeinheit und trug mit Sicherheit die Verantwortung für Harvey Edwards' Auftrag, den Journalisten in San Francisco zu ermorden.

Auch Shaw machte sich auf den Weg zum Tor. Er wusste, was passieren würde.

Blieb nur die Frage: Würde er es verhindern können?

39

Shaw eilte dem Golfwagen hinterher, der auf dem holprigen Waldweg nur langsam vorankam. Dabei hielt er sich abseits des Pfades und nutzte die Bäume und Sträucher als Deckung.

Nun trafen der Wagen und Hugh bei dem *Gestern-Heute-Morgen*-Tor ein. Shaw sah nirgendwo einen Gefährten, nur einige Männer der Assistenzeinheit. Hughs Anweisungen über Funk hatten vermutlich beinhaltet, für freie Bahn zu sorgen.

An dem offenen Tor blieb der Wagen stehen. Der Fahrer stieg aus, schaute sich um und schlug die Plane zurück. Dann zog er John mühelos von der Ladefläche des Fahrzeugs. Der junge Mann war kaum bei Bewusstsein. Er hatte sich übergeben und protestierte benommen, war dabei aber so schwach, dass er nicht den geringsten Widerstand leistete. Man zerrte ihn quer über den Parkplatz und warf ihn auf die Rückbank eines alten Ford Taurus, dessen Motor bereits lief und in dem ein junger Gefährte am Steuer saß. Der Mann zählte zu den Auserwählten – er trug die Uniform, aber kein Amulett.

Ein stämmiger AE brachte einen großen Rucksack – Johns Gepäck, vermutete Shaw – zu dem Taurus und verstaute ihn im Kofferraum. Der Fahrer und Hugh wechselten ein paar Worte.

Das hier war nicht wie bei dem Reporter Jonathan Klein, der noch gar nichts Belastendes über die Stiftung herausgefunden hatte. Bei dem hatte eine Tracht Prügel gereicht. Nein, John konnte Eli wegen der sexuellen Nötigung einer Minderjährigen anzeigen. Der junge Mann musste sterben. Hugh gab offenbar soeben Instruktionen, wie John umgebracht und der Leichnam beseitigt werden sollte. Vielleicht in einem der Seen. Oder in einer tiefen Schlucht, wo die Tiere innerhalb weniger Tage nichts von ihm übrig lassen würden.

Shaw, überleg dir etwas zur Rettung des Mannes!

Hier im Camp konnte er sich dem Wagen nicht nähern. Zu viele AEs.

Die örtliche Polizei konnte er auch nicht verständigen, denn er hatte kein Telefon.

Daher würde er versuchen, den Ford in der Nähe des Camps zu stoppen.

Er schloss die Augen und rief sich die Landkarte ins Gedächtnis. Die Harbinger Road schlängelte sich von hier aus über mehrere Kilometer den Berg hinunter. Der Ford würde die engen Spitzkehren langsam angehen müssen, wodurch Shaw eine Gelegenheit zum Zugriff erhielt. Sobald die Serpentinen jedoch endeten, verlief die Straße kerzengerade, und der Wagen würde auf achtzig Kilometer pro Stunde beschleunigen können.

Wie sollte er das Auto abfangen?

Da fiel ihm nur eines ein.

Er musste rennen.

Als der Ford den Parkplatz verließ, durch das Maschendrahttor und dann in den Spalt der hohen Granitklippe fuhr, lief Shaw ostwärts zu dem Pfad, den er tags zuvor als möglichen Fluchtweg ausgekundschaftet hatte. Anstatt jedoch diese Richtung beizubehalten, bog er außerhalb des Camps nach Norden ab, erklomm den felsigen Grat und schaute nach unten. Er konnte den Ford sehen, der in die erste Serpentine einbog.

Shaw begutachtete das Gelände: ein Hang mit fünfzehn Grad Gefälle und reichlich Vegetation, darunter Bäume und sumpfige Stellen. Der Boden bestand aus Lehm, Felsen und etwas Gras.

Tja, auf geht's!

Shaw stürmte die wellige Hügelflanke hinab, nach Norden auf die Spitzkehren zu, und wich dabei dichtem Unterholz aus. Er atmete tief und gleichmäßig und wünschte sich, er hätte Zeit für ein paar Dehnübungen gehabt. Auch konnte er nicht mit seinen Kräften haushalten, sondern musste so schnell wie möglich vorankommen – jedenfalls soweit die Umgebung es zuließ. Vereinzelt würde er wählen müssen: lieber den Kopf einziehen, um einen Überhang oder halb umgestürzten Baumstamm zu unterqueren, oder das Tempo beibehalten und eine rutschige oder von Geröll bedeckte Felsformation bezwingen? Und dabei stets die dornigen Pflanzen im Auge behalten, die ihm die Haut zerfetzen konnten.

Das Laufen war für Colter Shaw alles andere als ungewohnt. Auf dem Anwesen hatte Ashton den Kindern beigebracht, wie sie zu Fuß ihr Überleben sichern konnten – indem sie Beutetiere überraschten und vor Raubtieren flohen oder Naturgewalten wie Überflutungen und Lawinen entkamen.

Er hatte ihnen auch von den berühmten Läufern der amerikanischen Ureinwohner erzählt: den Tarahumara in Mexiko und der Sierra Madre. Sie selbst bezeichnen sich als Raramuri, was »Jene, die schnell rennen« heißt, und legen auf der Jagd oder zur Überbringung von Nachrichten regelmäßig große Entfernungen zurück – bisweilen mehr als dreihundert Kilometer.

Im College hatte der Trainer von Shaws Ringermannschaft, dem die Geschwindigkeit des Jungen aufgefallen war, ihm geraten, es auch mal mit Leichtathletik zu versuchen, aber Colter war daran nicht interessiert. Er lief nur für sich selbst, aus Freude an der Bewegung, nicht, um sich mit anderen zu messen. Ob Lang- oder Kurzstrecken, er hatte oft das Gefühl zu fliegen, ein begeisterndes Erlebnis. Seine beiden Geschwister teilten diese Vorliebe nicht. Aber das war auch nicht überraschend, denn immerhin war er der Rastlose unter ihnen.

Obwohl er nun ein wenig im Zickzack laufen musste, um losen Schutthaufen und anderen Hindernissen auszuweichen, ließ er seinen Abwärtskurs weitgehend durch die Schwerkraft und die Neigung des Hangs bestimmen – der wie die senkrechte Linie in einem Dollarsymbol die S-förmigen Serpentinen der Harbinger Road durchschnitt.

Shaw brach aus dem Wald hervor und überquerte die erste Spitzkehre, über der immer noch die Staubwolke des gerade erst vorbeigefahrenen Wagens hing. Auf der anderen Seite stürzte er sich wieder zwischen die Bäume und raste weiter talwärts.

Dann … *oh, verdammt!* Sein Schwung trug ihn auf die flache Oberseite eines großen Felsblocks, der ins Leere ragte, wie Shaw zu spät bemerkte.

Er konnte nicht mehr anhalten.

Aber der zweieinhalb Meter tiefe Sprung endete auf – *danke, Mutter Natur!* – einem dicken Bett aus Lehm und raschelndem Laub. Shaw landete, rollte sich ab, kam sofort wieder auf die Beine und lief weiter.

Auf einmal nahm er rechts im Dickicht eine Bewegung wahr. Reh oder Wolf?

Bitte kein Bärenjunges. Shaw konnte schneller laufen als viele Tierarten. Eine wütende Schwarzbär-Mutter zählte vermutlich nicht dazu.

Die lächerlichen Slipper, die der Kult ihm aufgenötigt hatte, waren ein Problem. Hätte er mehr Zeit gehabt, wäre er in sein Zimmer zurückgekehrt, um ein Hemd in Streifen zu reißen und sich um die Füße zu binden, ähnlich wie bei den Tarahumara: Die trugen sogenannte *Huaraches*, dürftige Stoffsandalen, die ihnen dabei halfen, mit hoher Geschwindigkeit große Entfernungen zu bewältigen. Moderne Läufer und Wissenschaftler hatten das Schuhwerk untersucht, um zu ergründen, weshalb es beim Laufen so dienlich war.

Talwärts, immer weiter talwärts.

Bei der zweiten Serpentine verpasste er das Auto zwar erneut, hatte den Abstand aber deutlich verringern können. Die Staubwolke war dichter als zuvor, und Shaw sah kurz das Bremslicht aufblitzen, als der Ford in die nächste Kurve einbog.

Noch eine Serpentine bis zu dem geraden Stück. Shaw atmete tief durch und rannte weiter. Das Gefälle wurde größer, und er geriet einige Male ins Stolpern, konnte sich jedoch stets wieder fangen. Sein Training als Ringer kam ihm zugute; er hielt nicht nur das Gleichgewicht, sondern beschleunigte sogar noch.

Und währenddessen dachte er: Was mache ich, wenn ich den Wagen einhole?

Er beschloss, mit einem Steinwurf die Windschutzscheibe genau vor den Augen des Fahrers splittern zu lassen. Der Mann würde erschrecken und instinktiv bremsen. Der nächste Stein sollte das Seitenfenster des Auserwählten zertrümmern – das im Gegensatz zur Frontscheibe nicht aus Verbundglas bestand. Shaw würde den Gurt des Mannes öffnen, ihn auf die Straße zerren und sich selbst ans Steuer setzen.

Dann würde Shaw zur Polizei in Snoqualmie Gap fahren. Er hätte damit zwar lieber noch gewartet, um stichhaltige

Beweise für Elis und Hughs Beteiligung an den diversen Verbrechen zu sammeln, aber ihm blieb keine Wahl; er musste Johns Leben retten.

Auf dem Polizeirevier oder beim Sheriff's Department würde Shaw dann berichten, was er gesehen hatte, und Elis sexuellen Übergriff auf Abby zu Protokoll geben. Er würde erklären, in welcher Verbindung die Stiftung zu dem Mord an dem Journalisten Gary Yang stand, und beschreiben, wie der andere Reporter in dem Camp zusammengeschlagen worden war.

Das alles waren nur Indizien, und manche davon wirkten absurd. Aber Shaw würde den Fall so überzeugend wie möglich darlegen.

Er erreichte nun die dritte und letzte Serpentine. Gut. Er hatte den Ford überholt. Hier hing noch keine Staubwolke über der Harbinger Road, und er konnte einen großen Abschnitt des geraden Streckenteils überblicken. Keine Autos. Keuchend und mit gesenktem Kopf ruhte Shaw sich einen Moment lang aus und ignorierte das Seitenstechen. Dann hob er zwei Steine vom Fahrbahnrand auf, jeweils etwa so groß wie eine Grapefruit. Er behielt einen davon in der rechten Hand und suchte im hohen Gras neben der Straße Deckung.

Dort wartete er darauf, das Fahrerfenster des Wagens zertrümmern zu können.

Und ging in Gedanken den Ablauf erneut durch.

Aber es kam kein Auto.

Weitere sechzig Sekunden verstrichen.

Dann hörte er von weiter oben das Geräusch einer Kollision. Knirschendes Metall, gefolgt von der Hupe des Wagens. Sie erklang jedoch nur kurz und verstummte dann wieder.

Shaw drehte sich um, atmete abermals tief durch und machte sich an den Aufstieg.

Als er diesmal zwischen den Bäumen hervortrat, sah er vor sich den Ford, der aus der U-förmigen Kurve zwischen zweiter und dritter Spitzkehre ausgebrochen und dicht neben der Fahrbahn gegen eine drei Meter hohe Felswand geprallt war. Die Front des Wagens war eingedrückt, und die Airbags hatten ausgelöst. Die Geschwindigkeit konnte nicht mehr als sechzig Kilometer pro Stunde betragen haben; weshalb also der Unfall?

Im Wagen bewegte sich etwas. Der Fahrer schaute ruhig zu John, der immer noch auf der Rückbank saß. Er war ordentlich durchgeschüttelt worden und wirkte benommen und angeschlagen – vermutlich eher wegen Hughs Hieb von vorhin als wegen des Aufpralls. Er schüttelte langsam den Kopf.

Shaw musste John aus dem Auto holen, bevor der Auserwählte versuchte, ihn auf andere Weise zu töten. Er würde sich Hughs Killer schnappen, ausschalten und fesseln. Dann würde er John helfen, zu Fuß in die Ortschaft zu gelangen. Ein langer Weg, aber ihre einzige Option.

Shaw lief auf den Wagen zu, den Stein weiterhin fest in seiner Rechten.

Er war noch fünfzehn Meter entfernt, als der Auserwählte einen Benzinkanister im Inneren des Wagens ausleerte. Der Mann sah aus dem Fenster und entdeckte Shaw. Falls dieser Anblick ihn überraschte, ließ er es sich jedenfalls nicht anmerken. Der Fahrer lächelte nur matt, entbot den beidhändigen Abschiedsgruß, hob dann ein Feuerzeug und verwandelte den Innenraum des Fords in ein Inferno.

40

Filmreife Autoexplosionen kommen im echten Leben so gut wie nie vor, auch wenn viele Drehbuchautoren und Regisseure gern das Gegenteil präsentieren.

Im Tank ist für eine derartig spektakuläre Reaktion einfach nicht genug Luft vorhanden. Doch wenn an einer anderen Stelle ein Brand entsteht, schmelzen die Benzinleitungen und Dichtungsringe, woraufhin die streng riechende tödliche Flüssigkeit das Feuer erheblich anfacht. So auch jetzt. Am hinteren Ende des Wagens flackerten ein paar orangefarbene Lichter auf, und wenig später brannte der Ford nicht nur innen, sondern auch außen lichterloh. Aus dem wallenden Flammenmeer schraubte sich schwarzer Rauch gen Himmel.

Colter Shaw versuchte ein weiteres Mal, sich dem Fahrzeug zu nähern, aber die sengende Hitze und der dichte Qualm trieben ihn wieder zurück. Der kurze Blick, den er auf die Insassen erhaschte, verriet ihm, dass sie sich nicht mehr hin- und herwarfen.

Verflucht noch mal…

Eli hatte die perfekte Waffe geschaffen. Die Auserwählten waren alles andere als »Mönche«. Sie waren die Prätorianergarde, ergeben bis in den Tod. Sie waren die säkulare Version eines fundamentalistischen Selbstmordattentäters. Der feste Glaube an ein besseres Dasein in der Zukunft bewirkte, dass sie nach einem begangenen Mord keine Mühe auf ihre Flucht verwandten, was ansonsten stets der schwierigste Teil eines solchen Verbrechens war.

Shaw begriff nun, dass Harvey Edwards ebenfalls zu den Auserwählten gezählt hatte. Sein Schusswechsel mit der Polizei nach dem Mord an dem Journalisten Gary Yang war kein Zufall gewesen, sondern sein Weg in den Tod, um *aufzusteigen*.

Und Shaw erkannte, weshalb man ihn selbst in das beschleunigte Förderprogramm aufgenommen hatte: wegen seiner vermeintlichen Neigung zur Gewalt und seinem jähzornigen Wesen. Eli wollte ihn nicht von diesen Dämonen befreien, sondern sich ihrer bedienen.

Wenn jemand so durch und durch narzisstisch veranlagt war wie Eli, befand jeder sich in Gefahr, den er als Bedrohung ansah: andersdenkende Gefährten innerhalb der Stiftung, konkurrierende Sektenführer, Polizisten und Staatsanwälte. Falls diese Leute dann aus dem Weg geräumt wurden, würde ihr Tod wie ein Unfall aussehen – oder wie ein erweiterter Selbstmord, der Lieblingsfall eines jeden Mordermittlers. Kaum Nachforschungen, ein wenig Papierkram, und schon konnte man sich wieder mit anderen Dingen befassen.

Shaw neigte den Kopf. Ein Geräusch mischte sich in das Prasseln der Flammen.

Ferne Sirenen, die sich näherten. Er ging zu einem Felssims und schaute den Berg hinunter. Blinkende Signalleuchten. Polizei, ein Löschfahrzeug, ein Rettungswagen, jeweils mit der Aufschrift Town of Snoqualmie Gap versehen.

Wie konnten die so schnell hier sein?

Dann wurde es ihm klar. *Natürlich.*

Shaw schaffte es gerade noch rechtzeitig in Deckung. Ein schwarzer Transporter der Osiris-Stiftung kam langsam die

Serpentinen hinunter – vielleicht dasselbe Fahrzeug, mit dem Victoria und die anderen zum Schauplatz von Adams Tod gefahren waren.

Etwa dreißig Meter vor dem brennenden Wrack blieb der Wagen stehen. Shaw stieg höher den Hang hinauf, von wo aus er gute Sicht auf die Straße hatte und trotzdem versteckt bleiben konnte.

Die Einsatzfahrzeuge trafen ein, und die sechs Insassen stiegen aus. Keiner der Männer und Frauen machte Anstalten, den brennenden Ford zu löschen, wenngleich sie die Schläuche ausrollten und die umliegende Vegetation mit reichlich Wasser abspritzten. Das war ihre einzige Sorge: ein eventueller Waldbrand. Shaw wusste, dass diese Leute auch dann nichts zur Rettung der beiden Opfer unternommen hätten, falls sie noch vor deren Tod hier eingetroffen wären.

Wie zur Bestätigung stiegen nun Hugh und einer der anderen Auserwählten aus dem Transporter, gingen zum Sheriff und dem Einsatzleiter der Feuerwehr und reichten ihnen Briefumschläge.

Die weißen Rechtecke verschwanden in den Jackentaschen.

Shaw bezweifelte nicht, dass die überwältigende Mehrheit der Behördenvertreter des Staates sich an die Gesetze hielt – wie zum Beispiel Chad Johnson vom Amt für Öffentliche Sicherheit des Pierce County. Doch innerhalb weniger Tage waren ihm nun sogar schon zwei Gruppen schwarzer Schafe untergekommen: Welles und seine Beschützer der Kirche von Hammond County sowie hier in Snoqualmie Gap ein Haufen Uniformträger, die einfach die Hand aufhielten.

Diese Männer und Frauen lehnten sich nun gelassen an ihre Fahrzeuge und betrachteten das lodernde und qualmende Flammenmeer, das den Ford vollständig ausbrennen ließ. Der Gestank war unerträglich – eine Mischung aus Gummi und den Insassen.

Shaw machte sich an den Aufstieg zum Camp. Er durfte nicht riskieren, dass man seine Abwesenheit bemerkte. Ein letztes Mal ließ er den Blick über das Geschehen schweifen und fühlte sich an den Tag von Adams Selbstmord erinnert: Die Gesetzeshüter hatten kein Interesse daran, das Verbrechen zu verhindern oder zumindest im Nachhinein aufzuklären.

Es gab jedoch einen Unterschied. Hier schoss nur einer der Cops ein Selfie mit dem brennenden Wagen und den beiden Leichen. Die anderen waren zu sehr damit beschäftigt, zu telefonieren und Witze zu reißen, als dass sie außerdem noch Paparazzi gespielt hätten.

41

Shaw hatte das Gebot seines Vaters befolgt, sich einen Fluchtweg zu suchen.

Vorläufig hatte er jedoch gar nicht die Absicht zu fliehen. Er würde so lange bleiben, wie es nötig war, um Beweise für Elis Schuld zu finden.

Aber nun, da die Fronten abgesteckt waren, machte er sich daran, die nächste grundlegende Regel seines Vaters zu beherzigen:

Auf fremdem und potenziell feindlichem Gebiet …

Sei niemals ohne Fluchtweg.

Sei niemals ohne Zugang zu einer Waffe.

Falls man ihn bei seiner Suche nach Belastungsmaterial gegen Eli und Hugh erwischte, würde es zu einem Kampf kommen. Das stand außer Frage. Und man würde sich nicht darauf beschränken, ihn zusammenzuschlagen und wegzuschicken. Man würde ihn jagen und töten.

Daher brauchte er eine Waffe.

Eine Schusswaffe wäre ideal; sie wirkte abschreckend und konnte in seinen geübten Händen dazu dienen, Feinde durch gezielte Verletzungen außer Gefecht zu setzen, dabei aber ihr Leben zu schonen.

Shaw nahm an, dass es in der Zentrale der Assistenzeinheit Schusswaffen gab, aber es würde so gut wie unmöglich sein, in das Gebäude zu gelangen. Zudem dürften die Waffen in einem Stahlschrank eingeschlossen sein.

Es schien zwar wenig wahrscheinlich, aber womöglich enthielt auch das geheimnisvolle Gebäude 14 Waffen.

Shaw könnte ein Messer aus der Küche stehlen, aber Klingenwaffen waren problematisch. Um einen Gegner mit einem Messer auszuschalten, blieb kaum eine andere Möglichkeit, als ihn zu töten. Harmlosere Stiche oder Schnitte erzielten nicht die nötige Schockwirkung auf den Körper; das geschah erst durch starken Blutverlust, und dann befand der Betreffende sich für gewöhnlich auch schon an der Schwelle des Todes.

Bei dem Versuch, Johns Leben zu retten, hatte Shaw sich von den Fähigkeiten der amerikanischen Ureinwohner inspirieren lassen. Nun griff er erneut auf diese Quelle zurück. Zum Überlebenstraining seines Vaters hatte gezählt, die Kinder Werkzeuge aus Holz und Stein anfertigen zu lassen. Und Waffen.

Die Stammeskrieger im Nordamerika des neunzehnten Jahrhunderts waren geübte Gewehr- und Bogenschützen, doch es galt unter ihnen als mutiger und ruhmreicher, im Kampf einen »Counting Coup« zu landen: sich dem Feind so weit zu nähern, dass man ihn mit der bloßen Hand oder einem zeremoniellen Coupstab schlagen konnte, was dann ungefähr einem Peitschenhieb glich. Oft töteten die Krieger ihre Feinde auch nicht, sondern demütigten sie durch eine schlichte, harmlose Berührung. Über die erzielten Coups eines Kriegers wurde sein Leben lang Buch geführt, und sie spiegelten sich in Schnitzereien an seinen Besitztümern und durch seine Kleidung wider.

Eine der beliebtesten Methoden, einen Gegner zu verwunden oder zu töten und einen Coup zu landen, war der Einsatz einer Kriegskeule.

Bei der Schlacht am Little Big Horn kamen General George Custer und mehr als zweihundert Soldaten ums Leben, hauptsächlich durch Kugeln, gefolgt von Pfeilen. Viele der Männer wurden aber mit Keulen erschlagen.

Diese Waffe konnte tödlich sein oder auch nur zur Schwächung des Gegners eingesetzt werden, sowohl im Nahkampf als auch als Wurfgeschoss. Für Shaws gegenwärtige Situation wäre sie perfekt geeignet.

Er hatte kein Werkzeug, also suchte er den Boden nach Schiefer und anderen brüchigen Gesteinsarten mit scharfen Kanten ab. Das war nicht schwierig; es lagen Hunderte von möglichen Kandidaten auf dem Waldboden verstreut. Vor Ewigkeiten hatte es hier mal einen Gletscher gegeben. Shaw fand ein knapp anderthalb Kilo schweres Stück mit brauchbarer Kante. Es würde kein Bestandteil der Waffe sein, sondern sollte dazu dienen, die Griffe zurechtzuschnitzen. Er würde zwei Keulen anfertigen, beschloss er. Es konnte nicht schaden, auf Nummer sicher zu gehen.

Die Stiele würden aus frischem grünem Holz bestehen, ungefähr vier Zentimeter im Durchmesser. Abgefallene Äste waren verlockend, wären aber zu brüchig, daher musste Shaw einen Schössling abschneiden. Sein Vater hatte ihn gelehrt, dass Weide sich am besten dafür eignete, aber es gab hier keine, und so entschied er sich für eine andere gute Lösung: Liguster, eine Art, die oft als Zierpflanze Verwendung fand. Mit seiner Schieferaxt dauerte es nur fünf Minuten, einen passenden Stamm zu entrinden und zwei etwa fünfzig Zentimeter lange Stücke abzutrennen. Er versah die Enden mit einem Spalt.

Als Kopf einer traditionellen Keule wählte man zumeist glattes Flussgestein, aber es erforderte Zeit und einen beherzt geschwungenen Hammer, um die Stücke so zu bearbeiten, dass sie einen festen Sitz im Stiel fanden. Das alles war hier nicht möglich, also suchte Shaw sich zwei Steine mit rauer Oberfläche, die den Halt verbessern würde.

Der Kopf wurde eigentlich mit einem Lederriemen am Griffende verschnürt. Shaw würde auch in diesem Punkt improvisieren müssen. Er suchte sich einen Hundsgift-Strauch, einen Verwandten des Milchbaums, wählte zwei braune Stängel von jeweils hundertzwanzig Zentimetern Länge, trennte sie unten ab und entfernte die Blütenstände. Dann brach er sie mit einem Stein auf und arbeitete sich zu den innersten Fasern vor. Sie waren so stark wie ein Baumwollseil.

Nun rammte Shaw die Steine in den jeweiligen Spalt am Ende des Stiels und verschnürte sie mithilfe der Fasern fest mit dem Holz. Er schwang die Waffen zur Probe. Die Steine saßen einwandfrei. Die Keulen lagen gut in der Hand, hatten das richtige Gewicht und waren halbwegs ausbalanciert. Gute Hieb- und gute Wurfwaffen. Die Köpfe aus Fels wogen jeweils rund zwei Kilo.

Doch halt. Nicht »Fels«. Sein Vater hätte ihn korrigiert: »In der Wildnis heißt es ›Fels‹«, hätte Ashton gesagt. »Sobald es aber einem menschlichen Zweck dient – ob nun als Skulptur von Michelangelo oder als Speerspitze –, wird es zu ›Stein‹.«

Der junge Colter hatte ihn mal gefragt, warum das so wichtig sei.

»Sei niemals unpräzise«, hatte sein Vater erwidert.

Shaw beschrieb nun einen Bogen bis zur Rückseite der Unterkünfte im Westen des Camps und versteckte die Keulen in einem Blätterhaufen unmittelbar hinter Gebäude C. Von seinem Zimmer aus konnte er sie durch die Hintertür oder das Fenster binnen weniger Sekunden erreichen. Dort am Boden würden sie zwar schnell austrocknen, aber nicht binnen ein oder zwei Tagen. Seine Ermittlungen duldeten keinerlei Aufschub. Shaw würde nicht zulassen, dass noch jemand durch die Hand der Sekte starb.

Beethovens Melodie hallte durch das Tal, dann: »Es ist jetzt achtzehn Uhr fünfundvierzig.«

Das ließ ihm gerade noch genug Zeit für eine weitere Erledigung. Colter Shaw verschwand wieder im Wald.

42

Als er vor dem Abendessen in der Warteschlange stand, ließ Colter Shaw den Blick abermals in die Runde schweifen und hielt nach Frederick Ausschau, dem Mann mit der orangefarbenen Sonnenbrille.

War er der Gefährte, der ihn während des Unsterblichkeitsdiskurses angesehen hatte?

Shaw musste außerdem daran denken, dass er den Eindruck gehabt hatte, selbst beobachtet zu werden, während er Victoria gefolgt war.

Aber falls das zutraf, wieso hatte dieser Frederick ihn dann nicht gemeldet?

Regel 11. Falls ihr verdächtiges Verhalten bemerkt, verständigt sofort ein Mitglied des Inneren Kreises oder der Assistenzeinheit. Vergesst nicht: Wir sind für die Sicherheit und Unantastbarkeit der Osiris-Stiftung alle gemeinsam verantwortlich.

Die Spitzel-Regel …

Die Türen öffneten sich, und die Rindviecher trotteten voran – nachdem Shaw nun die wahre Natur der Stiftung kannte, kehrte sein Zynismus zurück. Es fiel ihm schwer, sich angesichts der vielen Menschen im Speisesaal nicht zu fragen, wer von ihnen, wie Victoria, Trost in der Vorstellung fand, sich das Leben zu nehmen und in einem perfekten Morgen neu anzufangen, ganz egal, wie verheerend diese unverzeihlich narzisstische Tat sich auf ihre Freunde und Angehörigen auswirken würde.

Ihm fiel wieder ein, wie ungerührt der Auserwählte das Benzin ausgeschüttet und in Brand gesetzt hatte. Shaw atmete tief durch und schob den Gedanken beiseite.

Heute Abend hatte man ihn an Tisch 5 platziert. Er bemerkte, dass Johns Name auf dem Sitzplan nirgendwo mehr auftauchte. Als Erklärung hatte man sich bestimmt eine Geschichte ausgedacht. Wie sie wohl lautete?

Abby und Henry saßen wie am Vortag auch an seinem Tisch, Walter und Sally hingegen nicht. Shaw entdeckte sie auf der anderen Seite des Saals. Sallys Gedächtnis schien sie im Stich zu lassen; ihre Miene zeugte von Verwirrung.

Shaw setzte sich und fing ein Gespräch mit der Frau an seiner Seite an. Novizin Kate war Mitte zwanzig und sah mit ihrem langen pechschwarzen Haar und dem blassen Teint exotisch aus. Sie versuchte, sich nichts anmerken zu lassen, aber Shaw konnte ihre Niedergeschlagenheit spüren. Von der Stiftung hatte sie zum ersten Mal im Rahmen einer Trauergruppe erfahren. Sie erwähnte das Militär. Eine Kriegerwitwe, mutmaßte Shaw.

Wann würde diese Frau wohl in den Studienraum eingeladen werden, so wie Victoria, Abby und eine unbekannte Zahl der anderen? Shaw wurde plötzlich bewusst, dass die meisten der unbegleiteten Frauen jung und attraktiv waren.

Er schaute zu Victoria, die zwei Tische weiter saß und in ihr aufgeschlagenes Notizbuch starrte.

Die Stimme von oben verkündete, die Gesellen dürften sich nun selbst bedienen, und die Gefährten des Inneren Kreises gingen zu den ihnen zugewiesenen Tischgruppen. An Shaws Tisch kam Gesellin Marion, Mitte vierzig, schlank und feingliedrig, mit kurzem grauem Haar. Sie war zwar freundlich, aber wortkarg und musterte die Gefährten in ihrer Runde sogar noch eindringlicher als Geselle Quinn am ersten Abend.

»Novize Carter?« Samuel war von hinten an Shaw herangetreten und beugte sich vor. »Auf ein Wort?«

Shaw stand auf und folgte ihm. Marion blickte ihnen hinterher. Eine private Unterredung zwischen Ausbildern und Gefährten schien, obgleich kein Regelverstoß, so doch ungewöhnlich zu sein. Dann konzentrierte die Frau sich wieder auf ihr Gespräch mit Abby, die neben ihr saß.

Der dickliche Mann putzte seine Brille und setzte sie wieder auf. »Wir können bei unserer nächsten Sitzung näher darauf eingehen, aber ich wollte jetzt schon etwas anmerken. Sie können dann darüber meditieren. Was die Situation mit Ihrem Bruder angeht, ist mir nach allem, was Sie mir erzählt haben, ein Gedanke gekommen.«

Shaw nickte erwartungsvoll.

»Ich glaube, er *wollte* nicht weggehen. Er hatte aber das Gefühl, ihm bliebe keine andere Wahl. Falls Sie nun weiter nach ihm suchen und ihn ausfindig machen, wird er nur wieder weglaufen. Aber falls Sie ihm etwas Zeit lassen, kommt er von allein zurück.«

»Wieso glauben Sie das?«

»Ein Beschützer erledigt seine Aufgabe manchmal dadurch am besten, dass er seine Schutzbefohlenen verlässt. Auf diese Weise locken Vögel zum Beispiel Raubtiere weg von ihrer Brut.« Er setzte sein großväterliches Lächeln auf. »Sie waren *weitgehend* ehrlich, aber nicht völlig ehrlich. Sie werden mir noch etwas mehr erzählen müssen.«

Shaw lächelte ebenfalls, nicht nur, weil die Rolle es verlangte, sondern auch, weil der Mann richtiglag.

»Danke, Geselle Samuel.«

Sie entboten einander den Schultergruß und kehrten dann an ihren jeweiligen Tisch zurück.

Das Essen ging weiter und folgte dabei der bekannten Choreografie.

Mit einer Ausnahme: Unter den Warmhalteplatten standen Dosen mit Brennpaste, und eine Serviette fing Feuer. Shaw, der sich mit seinem Teller soeben wieder hingesetzt hatte, spielte den Helden, indem er einen Krug Wasser nahm und den kleinen Brand löschte. Das brachte ihm eine Runde echten Applaus ein, nicht das metronomische Klatschen der IKs.

Als die Stimme verkündete, es sei nun zwanzig Uhr, wollte Shaw schon sein Geschirr abräumen, doch dann erklang aus den Lautsprechern: »Gefährten, behalten Sie bitte Platz.«

Wie am Vorabend fing auch diesmal der ganze Saal an zu tuscheln, als Eli, Anja, Steve und die zwei Leibwächter eintraten. Die IKs fingen mit dem Klatschen an, und Eli lächelte und hob beide Hände. Er entbot den Schultergruß.

In Begleitung von Steve ging Eli dann in den hinteren Teil des Raums, wo man eine niedrige Bühne errichtet hatte, auf der ein hüfthoher Tisch stand. Steve verschwand kurz in der Küche, holte eine Weinflasche und einige Gläser und stellte sie auf den Tisch.

Ein IK reichte Eli ein Mikrofon, und der Meister betrat die Bühne. Da alle anderen saßen, wäre ein Podest vermutlich nicht nötig gewesen, doch Shaw wusste, dass Eli wohl wegen seiner wenig imposanten Körpergröße darauf bestanden hatte.

Das Klatschen erstarb. »Ich möchte die Auszubildenden Taylor, Margery, Ben und Marcus bitten vorzutreten.«

Die vier gehorchten, und eine der beiden Frauen, eine umwerfend hübsche Blondine, warf Eli einen schmachtenden Blick zu.

Eli nickte. Steve schenkte Wein ein und reichte jedem ein Glas. Eli hob seines. »Diese vier Gefährten haben die zweite

Phase des Prozesses abgeschlossen. Es erfüllt mich mit Stolz, wie hart sie an ihren Selbstanalysen und Meditationen gearbeitet haben. Sie gereichen der Osiris-Stiftung zur Ehre. Und heute Abend steigen sie in den Rang von Gesellen auf. Bitte sprecht es mit mir gemeinsam: Aus dem Gestern ein besseres Heute. Aus dem Heute ein perfektes Morgen.«

Alle fielen ein.

Die IKs klatschten und riefen: »Gesel-len, Gesel-len.« Wieder und wieder.

Shaw ertappte sich dabei, dass er nicht mitklatschte – und dass Gesellin Marion ihn beäugte. Er schloss sich sogleich der Menge an und hoffte, dass man ihm seine Abscheu nicht ansah.

Die vier neuen Gesellen tranken ihren Wein. Dann überreichte Steve ihnen violette Unendlichkeitsamulette und sammelte dafür die roten Exemplare ein. Eli wandte sich an das Publikum:

»Meine lieben Gefährten. Vergessen Sie niemals Ihre Pflicht zur Wachsamkeit. Denken Sie daran, wir sind Bedrohungen ausgesetzt. Manche Leute bestreiten unsere Existenzberechtigung. Sie werden versuchen, uns aufzuhalten. Denen gefällt nicht, was ich sage. Denen gefällt die Wahrheit nicht. Es gibt religiöse Menschen, die mich hassen, weil mein Wissen ihren Aberglauben entkräftet. Es gibt Mediziner, die mich hassen, weil ich bewiesen habe, dass unser gegenwärtiger Körper *nicht* unser einziges Leben bedeutet. Es gibt Selbsthilfe-Gurus, die mich hassen, weil ich sie als Scharlatane entlarve. Und dann gibt es noch diejenigen, die einfach jeden hassen, der seiner Zeit voraus ist. Wie nennen wir all diese Hasser?«

»Vergifter«, riefen mehrere der Anwesenden.

»Jeder, der mich infrage stellt, mich bedroht … mich verrät, ob von innen oder von außen, ist ein Vergifter. Und wir müssen permanent auf der Hut sein. Die wollen mich davon abhalten, den Gefährten hier zu helfen. Die wollen Ihnen wegnehmen, was mein Prozess bewirken kann. Die wollen dafür sorgen, dass Sie niemals das Morgen sehen werden.«

Verärgertes Gemurmel.

Shaw ließ den Blick in die Runde schweifen. Genau wie während Elis bizarrem Zweiten Diskurs, dem über die Unsterblichkeit, nahmen einige der Gefährten die Botschaft eher zurückhaltend zur Kenntnis – sehr viele andere aber ließen durch ihre erschrockenen Mienen erkennen, dass sie Elis Worte vorbehaltlos akzeptierten: dass es da draußen einen Feind gab, der die Stiftung, den Prozess und Eli persönlich bedrohte. Und damit auch alle Gefährten.

Es folgte der zweigeteilte Sprechgesang: »Das Beste … kommt noch!« Als alle wieder verstummten, war das Abendessen beendet.

Die frischgebackenen Gesellen verließen die Bühne und steuerten ihre Plätze an, nur die Blondine – sie hieß Taylor – blieb stehen und schaute lächelnd zu Eli. Er ging an ihr vorbei und direkt zu Victoria. Für Taylor war das wie eine Ohrfeige. Offenbar hatte sie geglaubt, die Zeremonie würde eine private Fortsetzung im Studienraum finden.

Sie kehrte an ihren Tisch zurück und wahrte den Schein, indem sie mit den Leuten plauderte, die ihr gratulierten, doch ihr Blick richtete sich immer wieder kurz auf Victoria und Eli.

Eli flüsterte Victoria etwas ins Ohr. Sie lächelte und stand auf. Shaw sah an ihnen vorbei und bemerkte, dass noch jemand die beiden beobachtete. Anja. Ihre Arme waren verschränkt, ihr Gesicht eine teilnahmslose Maske. Die Entourage brach zum Studienraum auf, begleitet von Victoria, nach hinten abgeschirmt von den Leibwächtern.

Als sie fast schon die Tür des Speisesaals erreicht hatten, geriet Victoria ins Wanken und streckte die Hand nach einem

Tisch aus, um sich festzuhalten. Stirnrunzelnd wandte Eli sich zu ihr um. Sie fiel auf die Knie. Die verbliebenen Leute im Saal – ungefähr die Hälfte der Gefährten – erschraken hörbar oder fingen an zu tuscheln.

»Auszubildende Victoria …«, setzte Eli an.

»Ich… irgendwas stimmt nicht«, hörte Shaw sie sagen. »Ich …« Sie verzog das Gesicht und griff sich an den Bauch. Dann, vornübergebeugt und auf einen Arm gestützt, übergab sie sich heftig.

Zwei weibliche IKs liefen herbei und halfen Victoria auf einen Stuhl. »Es geht mir gut«, rief sie.

»Nein, das tut es nicht«, widersprach eine der Frauen. »Hier.« Sie feuchtete eine Serviette an und reichte sie Victoria, die sich das Gesicht abwischte.

Dann verfinsterte ihre Miene sich mit einer jähen Wut, die Shaw nicht erwartet hatte. Sie ballte die Fäuste. »Wirklich, es geht mir gut.«

Eli sah Steve an. »Mach hier sauber.«

»Ich rufe die Putzkol…«

»Das habe ich nicht gesagt«, unterbrach Eli ihn schneidend. »*Du* machst hier sauber.«

Shaw sah den Mann zum ersten Mal die Geduld verlieren. Es war ein beunruhigender Moment.

»Jawohl, Meister Eli.« Steve eilte sogleich in die Küche.

Victoria atmete tief durch. »Ich weiß nicht, was das war. Es kam ganz plötzlich.« Sie senkte den Blick. »Verzeihen Sie, Sir … Meister Eli. Es geht mir wirklich gut.«

»Oh, meine Liebe, keine Sorge«, sagte Eli. »Wir bringen Sie gleich auf die Krankenstation.« Er war immer noch außer sich, weil seine heutige »Studiensitzung« ausfallen musste, wollte sich vor seinen Anhängern aber keine Blöße geben.

»Und den Studienraum verschieben wir auf morgen?«, fragte Victoria.

»Wir werden sehen.« Eli legte ihr eine Hand auf das Haupt. »Ruhen Sie sich jetzt erst mal aus.«

Ihr Gesicht war immer noch vor Scham gerötet. Sie ließ den Kopf hängen.

Die IK, die ihr die Serviette gegeben hatte, nahm nun ihre Hand, half ihr auf und geleitete sie zu der Seitentür, aber erst nachdem Victoria – selbstverständlich – ihr kostbares Notizbuch an sich genommen hatte.

Elis Aufmerksamkeit galt wieder dem Saal. Sein Blick fiel auf Taylor, die Blondine, die er kurz zuvor hatte abblitzen lassen. Ihre Miene war zunächst getrübt, wurde dann aber flehentlich, als würde *sie* sich bei *ihm* entschuldigen.

Doch Elis Entscheidung war schnell gefällt. Sein Gesicht verzog sich zu so etwas wie einem Hohnlächeln, und er drehte sich um. Der Frau stiegen Tränen in die Augen.

Shaw achtete auf Anja, die ebenso ungerührt wirkte wie bei Elis erster Wahl seiner Studienraumpartnerin.

Dann entschwebte die verbliebene Entourage zur Seitentür hinaus, während Steve mit Wischmopp und Eimer zurückkehrte und sich an die Arbeit machte.

43

Das Eisenkraut ist eine Blütenpflanze mit beachtlicher kultischer Vorgeschichte. Im Alten Ägypten wurde sie »Träne der Isis« genannt, und zwar nach der Frau von Osiris, die ihren Mann buchstäblich wieder zusammengesetzt hatte.

Nachdem Jesus vom Kreuz abgenommen worden war, wurden seine Wunden mit einer Verwandten des Eisenkrauts gereinigt, was ihr den Beinamen »Heiliges Kraut« einbrachte. In der Kultur der amerikanischen Ureinwohner findet es bei einigen Stämmen im Zuge von Traumdeutungen Verwendung.

Colter Shaw wusste auch um eine säkulare Nutzung des Eisenkrauts: Es lässt sich als Brechmittel einsetzen, falls jemand in der Wildnis etwas Giftiges gegessen hat. Eine entsprechende Tinktur wirkt genauso zuverlässig wie Brechwurz – mit stets überaus unangenehmen Folgen.

Sobald ihm klar geworden war, was sich hinter den »Meditationssitzungen« im Studienraum verbarg, hatte Shaw einen Entschluss gefasst: Victoria würde nicht daran teilnehmen. Eigentlich ging ihn das zwar nichts an, und es war anmaßend von ihm, eine solche Entscheidung zu treffen. Aber das kümmerte ihn nicht. Er bewertete die Situation kaum anders als Elis Übergriff auf Abby. Die eine Frau war noch minderjährig, die andere suizidgefährdet und schutzlos – und beide standen unter dem heimtückischen Einfluss eines gefährlichen Soziopathen.

Doch wie konnte er eingreifen, ohne sich zu verraten?

Er erinnerte sich daran, im Wald hinter den Unterkünften Eisenkraut gesehen zu haben. Nachdem er die zwei Keulen versteckt hatte, pflückte er genug von der Pflanze, um eine ausreichende Dosis herzustellen. Dann trocknete er die Kräuter in seinem Zimmer in der Mikrowelle und zerrieb sie zwischen den Händen zu winzigen Krümeln. Er glaubte nicht, dass man sie herausschmecken würde; Eisenkraut ist zwar ein wenig süßlich – nicht bitter wie die meisten natürlichen Brechmittel –, besitzt aber kein ausgeprägtes Aroma. Shaw riss eine Seite aus seinem Notizbuch und wickelte das Pulver darin ein.

Dann ging er zum Speisesaal. Er kannte die erforderliche Konzentration des Mittels. Es würde keinen Schaden anrichten, nur Brechreiz verursachen. Vorausgesetzt natürlich, dass Victoria nicht dagegen allergisch war.

Wie wahrscheinlich war das?

Er legte sich nicht auf eine Prozentzahl fest. Dieser sexuelle Missbrauch musste verhindert werden, und da Victoria ohnehin auf die Krankenstation kommen würde, könnten die Ärzte eine eventuelle allergische Reaktion dort sofort behandeln.

Die Verabreichung des Eisenkrauts war leicht.

Shaw setzte das Büfett in Brand.

Als er sich dort seinen Teller auffüllte, schob er eine Serviette neben den Brenner. Kaum war er auf dem Rückweg, brach das Feuer aus. Als alle auf die Flammen starrten, trat er an Victorias Seite, griff quer über den Tisch nach einem Krug Wasser, um Feuerwehr zu spielen, öffnete derweil die Hand und ließ das Eisenkraut auf Victorias Lasagne rieseln. Er konnte sehen, dass sie nichts davon mitbekam.

Der Effekt würde nicht lange anhalten, das wusste er.

Schon jetzt fühlte sie sich wahrscheinlich deutlich besser. Aber sie würde weiterhin bestürzt darüber sein, dass sie die Gelegenheit verpasst hatte, sich dem Mann hinzugeben, der ihr beibrachte, ihre verlorene Familie zurückzubekommen.

Als Shaw nun aus dem Speisesaal hinaus in den kühlen, klaren Abend trat, war ihm klar, dass Victoria unterdessen darauf hoffte, Eli so bald wie möglich im Studienraum aufsuchen zu können.

Doch dazu würde es nicht kommen.

Weder für sie noch für sonst jemanden.

Colter Shaw würde schon dafür sorgen.

* * *

Ein Dokument über ein Offshore-Bankkonto auf Nevis oder Saint Thomas hätte Shaw weitergeholfen. Vielleicht ein Video, das Eli von seinen Sitzungen im Studienraum aufgenommen hatte und das einen sexuellen Missbrauch belegte. Oder ein Memo, das auf Steuerhinterziehung hindeutete.

Worauf Shaw am meisten hoffte, war etwas, das Eli mit dem Mord an dem Journalisten Yang in San Francisco in Verbindung brachte. Eine Telefonrechnung oder E-Mails.

Er wollte außerdem eine Liste der anderen Auserwählten und Angaben dazu, wo sie sich aufhielten, denn diese Männer waren eindeutig Zeitbomben.

Idealerweise würde Shaw etwas finden, dann zu Fuß vom Camp aus in östlicher Richtung zum Highway gelangen und das Beweismaterial an die Bundes- oder Staatspolizei übergeben, nicht an die korrupten Cops aus Snoqualmie Gap.

Wo würde man wohl am ehesten etwas Belastendes auftreiben können?

Natürlich in der Verwaltung.

Und in Gebäude 14? Er sah es sich gerade an. Es saßen

immer noch zwei AEs davor. Wozu die Wachen? Und welchem Zweck hatte der heutige verstohlene Besuch der Auserwählten gedient?

Elis Wohnhaus stand auch auf der Liste. Dort würde es vermutlich die meisten aussagekräftigen Beweise geben, sofern überhaupt welche existierten. Eli dürfte derartiges Material in seiner Nähe wissen wollen.

Shaw würde mit Gebäude 14 anfangen. Er schlich sich auf den Grasstreifen am östlichen Rand des Camps und näherte sich der Rückseite des Hauses.

Es schien keine Überwachungskameras zu geben. Die AEs auf der Vorderseite redeten miteinander und waren daher abgelenkt. Würden sie eine Kontrollgang nach hier hinten machen? Zu dieser späten Stunde war das nicht allzu wahrscheinlich, und an einem so windstillen Abend würde Shaw sie rechtzeitig hören.

Die Hintertür war aus massivem Holz und besaß keine Fenster. Shaw untersuchte sorgfältig den Knauf – es wies zwar nichts auf eine Alarmanlage hin, aber heutzutage gab es dermaßen ausgeklügelte Sicherheitssysteme, dass der erste Anschein trügen konnte. Die Wahrscheinlichkeit? Er hatte bereits erfahren, dass es hier noch nie zu einem Diebstahl gekommen war. Warum also Geld für eine Alarmanlage ausgeben? Er erinnerte sich außerdem daran, dass die Auserwählten mit dem Golfwagen vor dem Betreten des Gebäudes keinerlei Vorrichtungen deaktiviert zu haben schienen.

Shaw schätzte das Risiko einer Alarmanlage auf zwanzig Prozent ein.

Niedrig genug, um es darauf ankommen zu lassen.

Und der eigentliche Zutritt? War kein Problem. Shaws Vater hatte den Kindern eingeschärft, dass sie bisweilen gezwungen sein könnten, gegen Gesetze zu verstoßen – um sich einer Bedrohung zu entziehen, um Nahrung und Waffen zu stehlen, um zu überleben.

»Leben ist wichtiger als Moral«, hatte Ashton oft gesagt.

Und so brachte er Dorion, Colter und Russell die Grundlagen des Schlösserknackens bei. Die Tür von Gebäude 14 war so simpel wie nur möglich. Es gab keinen zusätzlichen Türriegel. Das Schloss war im Knauf untergebracht: ein Schließmechanismus, eine Stulpschiene, ein Schließblech. Ein Profi hätte einen elektrisch betriebenen Dietrich ins Schlüsselloch gesteckt und das Schloss in zehn Sekunden geöffnet. Shaw stand dieses Hilfsmittel nicht zur Verfügung, dafür aber ein alternatives Werkzeug: ein Tafelmesser, das er soeben aus dem Speisesaal entwendet hatte. Wahrscheinlich war die genaue Anzahl der Besteckteile bekannt, aber manchmal musste man eben etwas riskieren.

Es war eine einfache, wenngleich nervtötende Aufgabe. Man schob die Klinge in den Türspalt und drückte den Riegel ein kleines Stück aus der Öffnung im Schließblech zurück in Richtung Schloss. Dann zog man sehr fest am Knauf, damit der federgelagerte Schnapper nicht wieder in die Türzarge schnellte. Shaw machte das ein Dutzend Mal und bewegte den Riegel Millimeter um Millimeter nach hinten. Zwei Dutzend Mal. Drei.

Endlich bekam er die Tür mit einem letzten Ruck auf. Keine Lichter flammten auf, keine Sirene heulte los.

Er suchte Decke und Wände ab. Keine Kameras.

Shaw trat ein und zog die Tür leise zu. Es brannte kein Licht, aber durch einen Spalt unter dem Vordereingang und ein wenig auch durch die übermalten Fenster drang etwas Helligkeit ins Innere.

Shaw schaute sich um. Wenn er nicht so bemüht gewesen wäre, absolut kein Geräusch zu verursachen, hätte er verärgert aufgeseufzt.

Was war das Geheimnis, das die AEs bewachten und das die zombieähnlichen Auserwählten hertransportiert hatten?

Gartenbedarf.

Das war alles: Säcke voller Karotten-, Weizen-, Mais- und Grüne-Bohnen-Samen sowie Dünger, Behälter mit Rattengift und Schädlingsbekämpfungsmittel, Rechen und Hacken und ein paar benzinbetriebene Gartenfräsen.

Keine Schusswaffen.

Keine Aktenschränke.

Entmutigt verließ Shaw das Gebäude und schloss lautlos die Tür. Er lauschte kurz, konnte aber an dem monotonen Gespräch der Wachen auf der Vorderseite keine Veränderung wahrnehmen. Sie hatten seinen Einbruch nicht gehört.

Nun steuerte Shaw das Verwaltungsgebäude an. Auch hier gab es eine Hintertür – zu der hinaus Hughs Männer diesen armen Reporter namens Klein gezerrt hatten. Durch die Fenster konnte Shaw Leute auf den Gängen sehen. In drei der Büros brannte Licht, und mindestens sechs Personen kamen und gingen. Der Verkauf von Unsterblichkeit schien ein florierendes Geschäft zu sein. Shaw würde sein Glück zu einem anderen Zeitpunkt versuchen müssen.

Da hörte er plötzlich ein Knacken und Rascheln im Unterholz. Er ging in die Hocke, suchte den Waldrand ab und ärgerte sich über seine alberne hellblaue Verkleidung, dank derer er sich sogar bei so schwachem Mondschein vom schwarzgrünen Gras und Laubwerk abhob. Shaw schloss kurz die Augen – um sich besser auf sein Gehör konzentrieren zu können – und lauschte. Ja. Da war noch einmal dieses Geräusch. Keine Schritte, sondern eher ein Sich-wieder-Beruhigen, als würde ein Spion sich ebenso ducken wie Shaw, um ein kleineres Ziel abzugeben. Und wieder musste er an Frederick denken.

Oder folgte ihm jemand anders?

Ein Killer aus den Reihen der Auserwählten?

Shaw blieb absolut still.

Nichts mehr.

Also weiter im Programm.

Zur dritten möglichen Quelle für belastendes Material – dem Wohnhaus.

Shaw näherte sich vorsichtig im Schutz der Sträucher. In dem großen Gebäude würde sich natürlich ebenfalls jemand aufhalten. Die zwei Leibwächter, der Schrank und der Graue. Steve musste inzwischen auch wieder hier eingetroffen sein. Die Abkanzelung im Speisesaal würde ihm kaum etwas ausgemacht haben. Welpen wie er entfernten sich nicht so einfach von ihrem Herrn und Gebieter, auch nicht nach einem schmerzhaften Ruck an der Leine.

Oben in dem achteckigen Pavillon stand Anja am Fenster und schaute hinaus über das Camp, das für sie wahrscheinlich nur wie eine Ansammlung gelber Lichter aussehen würde. Sie bürstete sich geistesabwesend das lange Haar. Eli war nirgendwo zu entdecken.

Die fünfzehn Noten hallten durch die kühle Luft. »Es ist jetzt zweiundzwanzig Uhr. Alle Gefährten kehren in ihre Unterkünfte zurück. Ab sofort gilt die Sperrstunde.«

Shaw konnte es sich nicht leisten, erwischt zu werden. Die Erstürmung der Burg musste bis morgen warten.

Außerdem würden laut der Regeln nun die wilden Tiere über das Camp herfallen, um sich gierig ihr Abendessen zu sichern.

44

Ohne Uhr konnte Colter Shaw nicht genau sagen, wie spät es war, als man ihn holen kam.

Der Himmel war noch dunkel, und er fühlte sich, als hätte er nur eine Stunde geschlafen; seiner Schätzung nach musste es ungefähr Mitternacht sein, als die Tür geräuschvoll aufflog und zwei stämmige AEs ihn an beiden Armen aus dem Bett zerrten.

»Verdammt, was soll das?«, fluchte er. Ob in der Rolle von Carter Skye oder nicht, das hätte wohl jeder in einem solchen Moment gesagt.

»Ruhe. Sie kommen jetzt mit.«

»Nein. Ich gehe nirgendwo…«

»Maul halten.«

Einer der AEs warf Shaw die Uniform und Schuhe hin. »Anziehen.«

»Was hab ich getan? Was ist…?«

»Anziehen. Oder wir schleifen Sie ohne Klamotten durchs Camp.«

Shaw zog sich an.

Fünf Minuten später wurde er durch die Hintertür des Gebäudes der Assistenzeinheit geführt. Die Männer hielten ihn an beiden Oberarmen kurz vor der Schmerzgrenze gepackt und brachten ihn einen Gang entlang zu einem kleinen Verhörzimmer, wie es sie in Polizeirevieren überall auf der Welt gab. Der Raum enthielt lediglich einen Tisch und zwei zweckmäßige graue Metallstühle. Die Wände hier waren weder violett gestrichen noch mit ägyptischen Kunstgegenständen oder Malereien verziert. Sie waren weiß. Drinnen war es warm und roch nach einem Putzmittel mit Kieferduft.

Klaustrophobie … Der erste Teil leitet sich vom lateinischen ›claustrum‹ ab, was Verschluss oder Riegel bedeutet. Und ›Phobie‹ kennt heutzutage wohl jeder.

Shaw war sich sicher, dass einer dieser AEs bei Hughs Misshandlung des Reporters zugegen gewesen war.

Die beiden machten kehrt und schlossen die Tür hinter sich.

Shaw erhielt die Gelegenheit, sich all die Verstöße vor Augen zu führen, die Novize Carter bereits begangen hatte: den Diebstahl des Messers, den Einbruch in Gebäude 14, die Eisenkraut-Würzung von Victorias Abendessen, den Sprintversuch, um John vor einem grauenhaften Tod zu bewahren. Ihm wurde klar, dass Kameras hier eigentlich gar nicht nötig waren, weil Eli seine Anhänger in Spitzel verwandelt hatte, die etwaige Vergifter melden würden.

Nun war er sich sicher, dass man ihn tatsächlich verfolgt hatte, und zwar mindestens zweimal: auf seinem Weg, um mit Victoria zu sprechen, und vor wenigen Stunden nach dem Einbruch in Gebäude 14.

Wer war der Spion? Frederick oder jemand anders?

Die Tür ging auf, und Hugh trat ein, begleitet von dem AE, der dem Journalisten den Mund zugehalten hatte, während Hugh dessen Schulter auskugelte. Der Mann stellte sich in eine der Ecken. Hugh setzte sich und scrollte durch ein Tablet. Er blickte zu Shaw auf und wies auf den anderen Stuhl.

»Und?« Carter Skye würde in dieser Situation nachvollziehbarerweise verunsichert sein. Andererseits hatte er wie Adam Harper im Knast gesessen, eine schlimme Kindheit durchlebt und sich in seiner Jugend oft geprügelt. Er war in erstklassiger Form. Das von Shaw verfasste Drehbuch sah nicht vor, dass der Protagonist sich leicht einschüchtern ließ.

»Setzen.«

Nach kurzem trotzigen Zögern nahm er Platz.

Es bestand natürlich immer die Möglichkeit, dass der fiktive Mr. Skye als ein gewisser Colter Shaw enttarnt worden war, woraufhin man ihn in diese schalldichte, fensterlose Kammer eingeladen hatte. Bislang hatte niemand ihn mit Namen angesprochen. Für welches der beiden Alter Egos hielt man ihn?

Falls die wussten, dass er ein Spion war, brauchte er sich nicht mehr zu verstellen. Es würde zu einem Kampf kommen. Shaw spielte mehrere mögliche Szenarien durch, bis ihm auffiel, dass der AE in der Ecke einen Elektroschocker in der Hand hielt.

Hugh schaute von dem Tablet auf; Shaw konnte den Inhalt des Bildschirms nicht erkennen. »Wie lautet Regel Nummer 14?«, fragte der Oberaufseher mit rauer Stimme.

»Tut nichts, was …«, er musste kurz überlegen, »… Meister Eli, die Mitarbeiter, die Stiftung oder den Prozess in Verruf bringen könnte.«

Falls Hugh von seinem Gedächtnis beeindruckt war, ließ er es sich jedenfalls nicht anmerken.

»Bei dieser Regel geht es um Integrität. Und ›Integrität‹ kann zweierlei bedeuten.«

Shaw tat verwirrt. »Tja, keine Ahnung … Das heißt Ehrlichkeit oder so, richtig? Was, zum Teufel, geht hier vor sich?«

»Und außerdem bedeutet es strukturell gefestigt«, fuhr Hugh fort. »Zum Beispiel die Integrität eines Schiffsrumpfs.«

»Ach ja?« Er ließ Hugh nicht aus den Augen.

»Beides zielt auf Ihr Verhalten ab.«

Verdammt, benutz endlich einen Namen. Lass mich wissen, mit wem du hier sprichst. Carter oder Colter. Würde es zu einem Kampf kommen? Er allein gegen alle anderen?

Hugh scrollte durch sein Tablet. »Was Sie getan haben, ist ein Verstoß gegen beide Arten von Integrität. Sie haben Meister Eli hintergangen und die Stiftung in Gefahr gebracht.«

»Ich weiß immer noch nicht, wovon Sie da reden.«

»Wir haben Beweise. Und Zeugen.«

»Schwachsinn.«

Hugh stutzte.

Shaw beugte sich vor. »Zeig sie doch mal her, deine Beweise, du Arschloch«, knurrte er.

»Was?«, flüsterte Hugh entgeistert. Der andere AE blieb auf der Hut.

»Her damit! Mit den Beweisen. Und den Zeugen. Bring sie her.«

»So lassen wir nicht mit uns reden, Novize Carter.«

Also schien er nicht vollständig aufgeflogen zu sein. Hugh konnte jedoch immer noch anordnen, dass Carter Skye für seine Sünden getasert und verprügelt wurde.

Regel 14 …

»Meister Eli verrichtet hier ein gutes Werk. Dank ihm können Hunderte von Menschen ein besseres Leben führen. Und Sie bringen das alles durch Ihre Treulosigkeit in Gefahr?« Hugh nickte dem AE zu, der nun den Elektroschocker hob.

»Wir wollen wissen, was Ihr Motiv ist und für welchen Vergifter Sie arbeiten. Oder sind Sie aus eigenem Antrieb hier?«

»Vielleicht ist er auf Geld aus und will den Prozess stehlen«, murmelte der AE. »Es wäre nicht das erste Mal.«

»Das werden wir schon noch herausfinden.« Hugh schaute zu dem Taser.

Der AE drückte einen Knopf, und ein kleines rotes Lämpchen leuchtete auf, als würde der Strahl einer Taschenlampe das Auge einer Schlange erfassen.

45

Was auch immer ich Ihrer Ansicht nach getan habe, Sie irren sich«, versicherte Shaw mit fester Stimme.

Hugh hob eine Hand. Der bewaffnete AE blieb stehen.

»Ich bin wegen der Probleme in meinem Leben hergekommen. Wegen all der Punkte, über die ich mit Geselle Samuel gesprochen habe. Und als ich sah, was Meister Eli für die Gefährten getan hat, und gehört habe, wie er unser Leben für immer verändern kann, da wusste ich, dass ich hier richtig bin. Was… was Sie hier behaupten, ist Quatsch. Sie müssen mich mit jemandem verwechseln. Ich habe keinen Verrat begangen. Das würde ich niemals tun. Meister Eli ist einer der brillantesten, großzügigsten Menschen der Welt.«

Shaw stand auf. »Ich schwöre, ich habe nichts Unrechtes getan.« Zermürbt, beinahe flehentlich.

Die beiden Männer schienen sich ein wenig erweichen zu lassen.

In dem Moment wirbelte Shaw nach rechts, schlug die Taser-Hand beiseite, hob den Mann mit einem simplen Ringermanöver von den Füßen und ließ ihn rücklings auf den Boden krachen.

Der Kehle des AE entrang sich ein seltsames Geräusch. Vielleicht wollte er etwas sagen. Vielleicht schnappte er auch einfach nur nach Luft.

Shaw achtete nicht darauf. Er riss dem keuchenden Kerl den Taser aus der Hand und richtete ihn auf seine Gegner. Ganz ruhig schien er nur noch nach dem bestmöglichen Ziel zu suchen. Hugh musterte ihn ebenso ungerührt.

»Ihre Informationen sind falsch«, murmelte Shaw. »Wagen Sie es ja nicht, mir je wieder zu drohen. Ist das klar?« Er warf den Elektroschocker neben den verletzten AE auf den Boden.

Dann setzte hinter Shaw auf einmal das Klatschen ein – das mitreißende, stakkatohafte Klatschen im Rhythmus der »Ode an die Freude«. Er drehte sich um.

Das Geräusch stammte von Eli, der im Eingang stand, den Kopf geneigt, die vollen Lippen zu einem leichten Lächeln verzogen. Er ließ die Hände sinken und nickte Hugh und dem keuchenden AE zu, der sich mühsam wieder aufrappelte und mehr Angst vor Hugh zu haben schien als vor dem Mann, der ihn gerade flachgelegt hatte. Er hob den Taser auf. Hugh war über die Niederlage seines Kollegen eindeutig nicht begeistert. Doch er sah Shaw an und nickte ihm mit widerwilligem Respekt zu. Dann verließ er den Raum, eilig gefolgt von seinem Handlanger, der sich die Brust hielt.

Bevor die Tür sich schloss, erhaschte Shaw einen Blick auf einen der Leibwächter, den Grauen, dessen zerfurchtes Gesicht keinerlei Regung erkennen ließ. Dann traten der Schrank und Steve hinzu, Letzterer mit seinem allgegenwärtigen Notizbuch.

Das Schloss klickte, und Eli und Shaw waren allein.

»Gut gemacht, Novize Carter. Sie haben mit Bravour bestanden.«

Colter Shaw hatte schon auf halber Strecke der Entführung gemerkt, dass der Zwischenfall sehr nach einem Test aussah. Hugh war nicht konkret geworden, hatte nur von »Treulosigkeit« gesprochen, nicht von bestimmten Vergehen. Allgemein von »Beweisen« und »Zeugen«. Und er hatte all das ein wenig steif vorgetragen. Shaw war außerdem zu dem Schluss gelangt, dass er sich wie ein potenzieller Auserwählter verhalten musste, um in der Organisation aufzusteigen und so vielleicht Zugang zu den gesuchten Beweisen zu erhalten.

»Dies ist ein Initiationsritus, ein Loyalitätstest. Sie wären überrascht, wie die Leute reagieren. Manche knicken ein und sagen: ›Jaja, vergib mir, Vater, ich habe unreine Gedanken über Gesellin Allegra oder Geselle Bill‹, oder: ›Ja, ich habe mir das Telefon eines der AEs geborgt, um meine Frau anzurufen, weil sie gerade ein Kind bekommt.‹ Und einige Leute haben zugegeben, dass sie mit anderen Organisationen in Verbindung stehen, um ihnen Einzelheiten über den Prozess zu verraten. Oder dass sie Journalisten sind und sich eingeschlichen haben, um einen Enthüllungsartikel zu schreiben.«

Shaw fragte sich, was wohl aus ihnen geworden war. Er stellte die Frage nicht laut.

Um sich zu behelfen, zeigte er sich wieder vollends als Carter Skye. »Ich würde nichts tun, um dem Prozess zu schaden. Nach meiner Sitzung mit Geselle Samuel und Ihrem Zweiten Diskurs? Niemals. Das war unglaublich.«

Shaw hätte fast »großartig« gesagt, aber das hätte man ihm als Spott auslegen können.

»Ja, das ist es, nicht wahr? Hat es Ihnen wirklich gefallen? Ich bin so begeistert. Ich wusste von Anfang an, dass Sie etwas Besonderes sind. Ich habe ein Auge für Menschen. Ich kann sie einschätzen wie niemand sonst. Das ist bei mir eine angeborene Fähigkeit.«

Dämlicher Narzisst …

Eli öffnete die Tür und bat Steve herein. Er und sein Laufbursche wechselten einen Blick, dann wandte Eli sich wieder an Shaw. »Es ist mir eine Freude, Sie hiermit zum Auszubildenden zu befördern«, sagte er feierlich und nickte Steve zu, der eine Halskette mit rotem Unendlichkeitssymbol hervorzog. Eli nahm Shaw das blaue Amulett ab und legte ihm das neue Exemplar um.

»Gutes Verhalten muss belohnt werden«, sagte Eli.

Wie in jeder richtigen Sekte, erinnerte Shaw sich.

Ein System von Belohnungen und Strafen …

»Ich glaube, Sie haben sich einen Besuch im Studienraum verdient.«

Shaw erkannte sofort die Gelegenheit, ein wenig herumspionieren zu können.

Eli beugte sich zu ihm vor. »Sie können wählen. Anja oder ich?«

Shaw erwiderte seinen Blick. »Anja.«

»Ah. Natürlich.« Er sah nicht enttäuscht aus. Ihm standen zu seiner Zerstreuung zahllose andere Gefährten zur Verfügung.

»Steve, führ ihn dorthin.«

»Jawohl, Meister Eli.«

Steve deutete auf die Tür. »Auszubildender Carter.«

Shaw wollte losgehen. Eli legte ihm eine Hand auf die Schulter und drückte sie. »Genießen Sie Ihre Studien.«

46

Leider wurde nichts aus der Chance, sich im Wohnhaus umsehen zu können.

Shaw hatte gehofft, Steve würde ihn bis zur Haustür begleiten und dann so etwas sagen wie: die Treppe hoch, zweite Tür links. Was ihm Bewegungsfreiheit verschafft hätte. Aber nein, der Handlanger hatte anscheinend den Befehl, die Gefährten nicht unbeaufsichtigt zu lassen.

Auf dem Weg durch die Flure fiel Shaw auf, wie opulent dieses Haus war: An den Wänden hingen erlesene Gemälde, auf den Tischen standen Skulpturen, das Mobiliar bestand aus Chrom, Ebenholz, Palisander und weichem Leder. Irgendwas Ägyptisches gab es nicht; das alles wirkte zu protzig und übertrieben, sah irgendwie nach Miami Beach aus. David Ellis war ja ursprünglich ein Geschäftsmann aus Florida.

Shaw konnte weder Wachen noch Kameras entdecken. Das würde für künftige Besuche von Vorteil sein. Andererseits gab es hier auf den ersten Blick weder Büros noch Archivräume.

Steve führte ihn zu einer nicht gekennzeichneten Tür im ersten Stock und klopfte an.

»Herein«, sagte eine Frauenstimme.

Der Studienraum war ein Liebesnest mit einem riesigen runden Bett, das vier oder fünf Personen Platz bot. Hier waren die ägyptischen Motive wieder sehr präsent, mit Wandbehängen und -gemälden, Henkelkreuzen und Basreliefs von Osiris oder irgendwelchen anderen Göttern; Shaw kannte sich mit dem Pantheon dieser alten Hochkultur nicht aus. Es roch durchdringend nach Weihrauch.

Liebesnest …

Osiris war immerhin der Gott der Fruchtbarkeit, nicht nur der Unterwelt.

Steve drehte sich um und nahm auf einer Bank im Korridor Platz. Er fing an in dem Notizbuch zu blättern, das so ziemlich alles über Meister Elis Leben zu enthalten schien.

Diesen Schatz hätte Shaw wirklich gern mal in die Finger bekommen.

Er trat ein und schloss die Tür hinter sich. Anja saß in einer – natürlich violetten – Seidenrobe auf der Bettkante und nickte ihm zu.

Shaw entbot den Schultergruß. Anja lächelte, erwiderte den Gruß aber nicht, sondern stand auf und ging zu einem Glasschrank. »Möchten Sie einen Drink?«

»Einen Drink?«

»Im Studienraum gelten die Regeln nicht.«

»Nein, vielen Dank.«

»Stört es Sie?«, fragte sie und hob eine nachgezogene Augenbraue.

»Nur zu.«

Anja schenkte sich einen Cocktail ein, offenbar aus Wodka und Fruchtsaft. Sie beeilte sich und verzichtete auf Eis.

Gegenüber vom Bett stand eine Couch. Shaw setzte sich.

»Ihr Name …«, sagte er. »Russisch?«

Die Frage schien sie zu überraschen. Der Ablauf einer »Belohnung« im Studienraum war vermutlich schon ausgiebig erprobt worden und kam meistens ohne viel Konversation aus. »Ja. Er bedeutet ›Gnade‹.« Sie bemerkte sein Amulett. »Schon Auszubildender? Sieh an. Nach nur zwei Tagen.« Ein leises Lachen. »Sind Sie bereit für den Sturm?«

Er runzelte die Stirn.

»Manch einer benötigt dafür eine Woche oder mehr. Es wird Ihnen einen Haufen finsterer Blicke einbringen.«

»Das ist für mich nichts Neues.«

»Sie sind anders.«

»Ach ja? Ich weiß viel zu wenig über die Leute hier, um einschätzen zu können, was normal ist und was nicht.«

Sie trank einen Schluck. »Ich bin mir sicher, Sie haben Ihre Probleme. Aber Sie sind nicht hilfsbedürftig. Alle anderen hier sind es; deshalb sind sie hergekommen.« Nun ein größerer Schluck. »Was feiern wir?«

»Er will, dass ich Auserwählter werde.«

»Ah, das ergibt Sinn. Seine eigene private Truppe. Die Mönche, die Ritter der Tafelrunde. Mir gegenüber erwähnt er sie mit keinem Wort … Na ja, das ist nur eines von vielen Themen, über die er nicht mit mir spricht.«

»Wie lange kennen Sie ihn schon?«

»Zehn Jahre.«

»Und wo haben Sie ihn getroffen? Bei irgendeiner spirituellen Veranstaltung?«

Eine Pause. »Wir kennen uns aus einem anderen Leben.«

Meinte sie damit das neunzehnte Jahrhundert oder einen Börsenmaklerkongress in Fort Lauderdale? Deshalb war sie nicht hier. Anja wollte nicht über sich und Eli befragt werden. Es gefiel ihr zwar nicht, als eine Art Prämie herhalten zu müssen, doch Shaw hatte den Eindruck, dass sie lieber Sex als Fragen wollte.

Sie schaltete eine Lampe aus und setzte sich wieder auf die Bettkante. Das Oberteil ihrer Robe klaffte ein Stück auseinander.

»Haben auch Sie den Prozess absolviert?«, fragte er mit Blick auf ihr violettes Amulett.

»Natürlich.«

»Sie können also Ihre früheren Leben sehen?«

Ein Zögern.

»Ich habe daran gearbeitet.«

»Wozu die Lotusblumen?«, fragte Shaw und zeigte auf einige der Topfpflanzen im Raum. Er glaubte, außer dem Sandelholz auch Schweiß und Parfum riechen zu können. Dies war das Bett, in dem auch Victoria beinahe zum Opfer einer perfiden Eroberung geworden wäre.

»Sie sind das Symbol der Unsterblichkeit.«

Anja nahm eine schwarze Bürste und fuhr sich damit durch das Haar. Shaw erinnerte sich, sie schon vorhin dabei gesehen zu haben, oben im Pavillon.

»Als junge Frau war ich hübsch«, sagte sie. »Ich habe als Fotomodell gearbeitet und als Hostess in einigen vornehmen Klubs. Zu jener Zeit habe ich … Meister Eli kennengelernt.«

Wäre ihr beinahe der echte Name des Mannes, David, in das weihrauchgeschwängerte Ambiente hier entglitten?

»Sie sind immer noch sehr attraktiv.« Was stimmte. »Sind Sie und er miteinander verheiratet?«

»Es gab eine Zeremonie. Sie mag rechtlich nicht bindend sein, aber ich betrachte sie trotzdem als gültig. Eigentlich wollte ich eine Feier mit weißem Kleid. Ich habe immer noch das Brautkleid meiner Mutter.«

»Vielleicht im Morgen.«

»Vielleicht.«

Shaw vermochte nicht zu sagen, ob sie an Elis Prozess glaubte. Womöglich ja. Man konnte sich fast alles einreden, wenn man nur wollte. Er selbst zum Beispiel glaubte daran, dass sein Bruder Russell wieder auftauchen würde und sie ihre seit Jahren unterbrochene Beziehung einfach fortsetzen könnten.

Worin Samuel ihn kurioserweise zuvor beim Abendessen noch bestärkt hatte.

Ein Beschützer erledigt seine Aufgabe manchmal dadurch am besten, dass er seine Schutzbefohlenen verlässt …

Anja leerte ihr Glas, stellte es auf einen Tisch und zog ihre Robe weiter auseinander. Dann legte sie sich rücklings auf das Bett. Ihre Körpersprache signalisierte: Je eher wir damit anfangen, desto eher ist es vorbei.

Shaw sah, dass auf der oberen Wölbung ihrer linken Brust ein Unendlichkeitssymbol eintätowiert war.

Sie folgte seinem Blick.

»Bin ich nicht ein Glückspilz? Nur die Auserwählten und wenige andere werden mit dem Zeichen tätowiert. Mich hat er sogar zweimal markiert. Sonst hat niemand mehr als eines.«

Shaw stand von der Couch auf, setzte sich auf das Bett und streckte die Hand aus. Anja drückte den Rücken durch, die Augen geschlossen, das Gesicht zur Decke gerichtet. Er zog ihr Gewand wieder zusammen. Sie sah ihn fragend an und schien verwirrt zu sein. Eventuell auch besorgt – dass jemand sich Eli widersetzte, indem er dessen Geschenk nicht annahm.

»Sind Sie eher an Steve interessiert? Er stünde zur Verfügung.«

»Nein. Ich wäre an Ihnen interessiert. Unter anderen Umständen.«

Sie knotete den Gürtel zu. »Ich bin ja so eine Närrin.« Ihr traten Tränen in die Augen.

Shaw fragte sich bisweilen, ob Liebe nicht zwangsläufig von Torheit begleitet wird, so wie ein Schatten uns anhängt, wenn die Sonne schräg am Himmel steht. Manchmal ist er verschwommen, manchmal scharf, aber er ist immer da.

Und wieder sah er Margot Kellers langes Gesicht vor sich. Nicht zum ersten Mal in diesem Camp musste er an die nahezu gleichaltrige gertenschlanke Frau mit den weichen dunkelblonden Locken denken. Sie hatte ihn eigentlich schon immer an eine griechische Göttin erinnert. Irgendwie komisch, dass er gerade in einem Zimmer saß, das mit Kunstwerken einer anderen alten Hochkultur geschmückt war.

»Es ist schon spät.« Er stand auf.

»Warten Sie.« Anja schien beunruhigt zu sein.

Shaw hob eine Augenbraue.

»Er wird erwarten, dass Sie länger bleiben. Er könnte glauben, ich… ich hätte nicht genug getan. Steve wird ihm Bericht erstatten. Dann würde er mich zurechtweisen. Oder mehr.« Sie nahm ein Taschentuch und wischte sich die Wange ab. Das Make-up hatte einen blauen Fleck überdeckt. Anja wollte, dass Shaw ihn sah.

»Natürlich. Reichen fünfundvierzig Minuten?«

»Danke. Wirklich, vielen Dank.« Sie verkroch sich unter der Decke, ohne den Seidenmantel auszuziehen. »Ich habe eine Tablette genommen. Ich bin müde. Wahrscheinlich schlafe ich gleich ein.«

»Tun Sie sich keinen Zwang an.«

Anja lehnte sich zurück und hob eine Hand. Vielleicht als Dankesgeste.

Oder als Bitte, sie nicht zu bemitleiden.

Vermutlich beides, glaubte Shaw.

47

17. Juni

Am nächsten Morgen, noch vor dem Frühstück, wollte Shaw seine Mission fortsetzen, ins Wohnhaus einzudringen. Auf der Veranda seiner Unterkunft blieb er jedoch stehen. Er erkannte das Geräusch, das zunächst ganz schwach ertönte und dann hartnäckig lauter und lauter wurde.

Ein dumpfes Hämmern, am ganzen Leib spürbar.

Er suchte den Himmel ab und entdeckte schließlich den schnittigen Hubschrauber, der aus Südwesten herangerast kam.

Es handelte sich um eine große Maschine mit weißer Kabine und dunkelblauem Heck. Auf der Seite standen die Buchstaben CHP.

California Highway Patrol.

Das Geräusch erweckte die Aufmerksamkeit aller Gefährten im Camp. Wer ging, blieb stehen. Wer saß, blickte von seinem Notizbuch auf.

Der Helikopter vollführte eine elegante Landung im Norden des Geländes, auf einer Freifläche in der Nähe des Staketenzauns und des *Gestern-Heute-Morgen*-Tors. Der Motor wurde abgeschaltet, und zwei Männer in Anzügen stiegen aus. Einer war ein ziemlich großer Afroamerikaner mit glänzendem Kahlkopf. Der andere war ein schlanker Weißer. Beide trugen goldene Abzeichen am Gürtel.

Sie orientierten sich kurz und gingen dann zu dem nächstbesten Schotterpfad. Dort stand eine Frau um die vierzig, die ihr blondes Haar zu einem Knoten aufgesteckt hatte. Shaw erinnerte sich nicht an ihren Namen, aber er hatte sie und ihren Mann, der derzeit nicht bei ihr war, bereits kennengelernt. Der schwarze Detective zeigte seine Dienstmarke vor und sprach die Frau an. Sie wirkte verwirrt und schaute sich um. Dann sagte sie ein paar Worte und zeigte nach Süden, in Richtung Wohnhaus. Die beiden Beamten machten sich dorthin auf den Weg und ließen ihre Blicke in die Runde schweifen. Shaw hatte den Eindruck, dass sie nicht so recht wussten, was sie von diesem Ort halten sollten.

Er ging zu der Frau, die stirnrunzelnd den Männern hinterherblickte, nickte ihr zu und entbot den Schultergruß. Sie erwiderte die Geste geistesabwesend.

»Auszubildender Carter. Wie war doch gleich Ihr Name?«

»Auszubildende Carole.« Sie sah besorgt aus und musterte das Wohnhaus.

»Waren das Polizisten aus San Francisco?«

»Ja.«

Das SFPD hatte keine eigenen Hubschrauber mehr, sondern griff bei Bedarf auf die Unterstützung der Highway Patrol zurück. Shaw konnte erkennen, dass die Pilotin, eine zierliche Frau mit schwarzem Haar, eine hellgrüne Uniformbluse und eine graue Hose trug. Die Farben der CHP.

»Hieß einer der beiden Detective Etoile?«

Sie schien in Gedanken versunken zu sein.

»Auszubildende Carole?«

»Ja, ich glaube schon.«

Shaw rechnete damit, dass sie ihn fragen würde, woher er diesen Namen kannte. Doch die sichtlich erschütterte Carole entdeckte in diesem Moment ihren Ehemann und eilte sogleich zu ihm. Die beiden fingen an zu reden.

Als Shaw den zentralen Platz erreichte, sah er viele Gefährten aufgeregt tuscheln. Die IKs standen eng beieinander. Vier Auserwählte verharrten schweigend und beobachteten die Menge. Drei von ihnen hatten die Arme vor der Brust verschränkt. Ihre Gesichter waren wie aus Stein gemeißelt.

Hinter der Bühne verschwanden Etoile, der andere Detective und Eli soeben im Wohnhaus.

Demnach behandelte der Beamte Yangs Tod keineswegs wie ein ausgespucktes Kaugummi.

Bedeutete das etwa hier und jetzt das Ende der Stiftung? Nein, noch nicht, begriff Shaw. Falls Etoile über genügend Beweise verfügt hätte, um eine Verbindung zwischen Yangs Mörder – Harvey Edwards – und Eli herstellen zu können, wäre er mit einer halben Armee hier eingefallen, darunter auch Einheiten der Staatspolizei von Washington. Das hier war lediglich eine Vernehmung zur Klärung des Sachverhalts.

Zwanzig Minuten später kamen die beiden Detectives wieder aus dem Haus und kehrten zum Hubschrauber zurück. Shaw wünschte, er hätte mit ihnen reden können, doch das war natürlich unmöglich. Er war nicht Colter Shaw; er war Carter Skye.

Der Motor der Maschine lief an, und als das anfangs hohe Rotorengeräusch tiefer wurde, hob der Helikopter ab und entschwand in Richtung Nordkalifornien.

Was hatten die Beamten in Erfahrung gebracht? Und wie reagierte Eli auf den Zwischenfall?

Kurz darauf erklang die Beethoven-Melodie aus den Lautsprechern, und die Stimme sagte: »Alle Gefährten finden sich auf dem Platz ein.«

Diesmal ohne das Wörtchen »bitte«.

Die Anweisung wurde wiederholt.

Als so gut wie alle versammelt waren, verließen Eli und sein Gefolge das Haus. Die Leibwächter blieben mit Eli am

Fuß der Treppe stehen. Anja und Steve nahmen auf den Sesseln am Rand der Bühne Platz.

Die »Ode an die Freude« ertönte zweimal nacheinander. Dann ging Eli die Stufen hinauf und trat bis zum Rand der Bühne vor.

Die IKs erhielten keine Gelegenheit, ihr rhythmisches Klatschen anzufangen. Die Menge brach kurzerhand in frenetischen Beifall aus.

Eli hob beide Arme.

»Wir lieben Sie!«, schrien Leute im Publikum. »Unser Leuchtfeuer!« »Meister Eli!«

Endlich legte sich der Lärm.

»Gute Freunde und Gefährten. Meine *lieben* Freunde und Gefährten … Haben Sie das gesehen? Haben Sie gesehen, was gerade passiert ist? Einige Vergifter haben Lügen über mich in die Welt gesetzt. Fake News!«

Es gab vereinzelte Buhrufe.

»Fake … Fake …« Der simple Sprechgesang dauerte volle sechzig Sekunden.

»Ein jämmerlicher Versuch dieser Vergifter, mir zu schaden. Das hätten sie wohl gern. Sie wollen mich zu Fall bringen. Und jeden einzelnen von Ihnen auch!«

»Nein!«

»Zum Teufel mit denen!«

»Wir haben viele Feinde, Sie und ich. Denken Sie an meine Worte von gestern Abend: Die Medizin hasst uns. Die Religion hasst uns. Politiker hassen uns. Weil ich die Wahrheit sage.«

Es folgte ein Sprechchor: »Erneuerung! Erneuerung!«

»Und das jagt ihnen Angst ein! Doch die Vergifter sind diejenigen, die Angst haben sollten! Das habe ich erklärt. Das habe ich diesen beiden Polizisten erklärt, und nun verstehen sie es. Ich werde wegen meiner Vision schikaniert.

Ich habe gesagt, sie sollten die Vergifter verhaften, die diese Lügen über mich verbreitet haben. Es ist nämlich eine Straftat, die Justiz in die Irre zu führen. Und ich werde diese Leute verklagen. Ich habe das beste Juristenteam des ganzen Landes. Diese Anwälte sind großartig! Niemand wird damit davonkommen, Ihnen allen hier Schaden zufügen zu wollen, meiner Familie!«

Dann kam irgendwo im hinteren Bereich der Menschenmenge Unruhe auf. Es wurden Rufe laut. Shaw glaubte zu sehen, dass jemand einen anderen wegstieß.

Die Leibwächter merkten auf. Steve erhob sich. Eli schien sich zu ärgern, dass er – im übertragenen Sinne – nicht mehr im Scheinwerferlicht stand. »Was ist da los?«, rief er gereizt. »Was geht da vor sich?«

Mehr lautstarkes Gerede. Es war schwer zu verstehen.

»… stellt Sie infrage!«, rief plötzlich jemand von hinten. »Meister Eli!«

Eli hob beide Hände, damit Ruhe einkehrte, und spähte angestrengt in die Menge.

Ein hagerer Auszubildender mit fahlem Gesicht zeigte auf eine Frau in seiner Nähe. Es war Carole, mit der die Detectives aus San Francisco nach der Landung gesprochen hatten. Ihr Mann stand neben ihr und wirkte nervös.

»Sie sagt, dass Sie uns belogen haben!«

Was sofort wieder allgemeines Raunen auslöste.

»Ruhe bitte!«, mahnte Eli.

Carole, deren Kopf vor Wut gerötet war, riss sich von der Frau los, die sie an der Schulter gepackt hielt.

Eli wandte sich an den schmalen Mann, der Carole beschuldigt hatte. »Noch mal von vorn.«

»Sie hat gesagt …«

Carole trat vor. »Ich habe nicht behauptet, Sie hätten gelogen, Meister Eli. Ich habe nur … Nun, diese Polizisten haben nach einem gewissen David Ellis gefragt. Der Mann sei außerdem bekannt als Artie Ellington. Und als Hiram Lefkowitz. Ich habe mich lediglich gefragt, wer Sie wirklich sind.«

Ein kollektives Aufkeuchen.

Steve ging zu Eli und flüsterte ihm etwas ins Ohr. Dann kehrte er an seinen Platz zurück.

»Auszubildende Carole«, rief Eli ernst. »Kommen Sie her zu mir.«

»Ich habe nur …«

»Bringt sie her. Sofort!« Er sah dabei zwei AEs an.

Einer der beiden stellte sich vor Caroles Mann und legte ihm eine Hand auf die Brust, um ihn zurückzuhalten. Der andere packte Carole am Arm und zog sie bis vor die Bühne, direkt unterhalb von Meister Eli und seinem eiskalten Blick.

48

Mit verschränkten Armen blickte Eli auf die Frau herab, und seine Miene war verwundert und verächtlich zugleich.

»Auszubildende Carole. Glauben Sie, ich wurde als ›Eli‹ geboren?«

»Das weiß ich nicht. Es war nur so… merkwürdig. Dass die Polizei sich nach verschiedenen Namen erkundigt, die Sie gehabt haben sollen. Ich habe mich nur nach dem Grund gefragt.«

»Ach, ist das so? Habe ich mehrere Namen?« Er tat zutiefst verblüfft und ließ den Blick über das Publikum schweifen, bevor er wieder Carole damit durchbohrte. »Ist das so?«

»Das hat dieser Mann gesagt. Der Detective.«

»Sie kennen ihn also.«

»Ihn kennen? Nein. Er hat mich einfach angesprochen und gefragt, wo er Sie finden könne, und dabei hat er die anderen Namen erwähnt.«

Shaw schaute zurück zu Thomas, ihrem Mann, der mit dem AE stritt. Der Sicherheitsmann gab einem der Auserwählten ein Zeichen, der die verschränkten Arme sinken ließ, sich mit einigen schnellen Schritten zu den beiden gesellte und leise etwas zu Thomas sagte, woraufhin dieser abrupt verstummte.

»Und Sie glauben, er hat die Wahrheit gesagt.«

»Ich … äh …«

»Sie … äh …«, äffte Eli sie nach. »Eloquent ist was anderes, oder, Carole? Sie, *äh*, kennen den Mann nicht, aber Sie, *äh*, glauben ihm, wenn er behauptet, ich hätte andere Namen.«

»Das habe ich nicht gesagt. Ich bin nur …«

»Doch, das hat sie!«, rief jemand dazwischen. »Sie hat Sie angezweifelt.«

»Sie hat Regel 14 gebrochen!«

»Ist Ihnen denn gar nicht in den Sinn gekommen, dass womöglich der Vergifter, von dem die Polizei verständigt wurde, mir *unterstellt* hat, ich hätte andere Namen?«

»Ich habe bloß …«

»Aha, wir wechseln von ›äh‹ zu ›bloß‹. Und Sie haben das einfach geglaubt. Es ist Ihnen nie in den Sinn gekommen, dass irgendein Vergifter erfahren hat, dass, jawohl, ich mit Vor- und Zunamen David Ellis heiße. Dabei ist das gar kein Geheimnis. Es steht so im Behördenregister. Haben Sie gedacht, ich wurde als Meister Eli geboren? Das wäre doch eher ungewöhnlich auf einer Geburtsurkunde, oder?«

»Nein, ich …«

Er sah sein andächtiges Publikum an und kostete jeden Moment aus. »Steht so etwas auf einer Geburtsurkunde? Wohl kaum.« Eli beugte sich vor. »Ich bin bei dem Autounfall gestorben!«

In der Menge wurde Mitgefühl für den armen Mann laut.

»Ich bin gestorben! Begreifen Sie das? Und als ich tot war, habe ich mich selbst in der Vergangenheit gesehen, und damals trug ich den Namen Eli. Und ›Meister‹? Ein Titel, was denn sonst? Einer, den ich mir verdient habe, möchte ich behaupten. Vielleicht sind Sie da ja anderer Ansicht.«

»Die soll sich was schämen!«

»Vergifterin!«

»Wir lieben Sie, Meister Eli!«

»Unser Leuchtfeuer!«

Ein Mann aus der Menge trat vor und schubste Carole. Sie schrie auf und stolperte zurück. Eli schritt nicht ein.

»Lasst sie in Ruhe!«, rief ihr Mann.

Ein weiteres Wort des Auserwählten unterband das sofort.

»Carole hier beschuldigt mich also einer Tat, die ich nicht begangen habe. Ist das fair? Ist das richtig?«

Die Menge keuchte auf. Shaw benötigte einen Moment, bis er den Grund dafür begriff. Eli hatte den Rang »Auszubildende« nicht genannt. Wurde Carole nun verstoßen?

»Sie muss bestraft werden!«

»Habe ich nicht dazu aufgerufen, vor den Vergiftern auf der Hut zu sein? Und vor ihren Lügen? Doch Sie, Carole, glauben denen und nicht mir.«

»Nein.« Ihre Augen waren weit aufgerissen. »Ich habe nur …«

Jemand in der Menge fing wütend an zu murren. Ein junger Geselle schlug Carole mit seinem Notizbuch. »Miststück«, murmelte er.

Sie bekam allmählich Panik. »Ich habe lediglich … Ich wusste nicht, was ich glauben sollte. Drei Namen, unterschiedliche Namen. Sie müssen verstehen …«

»Was ich verstehe, Carole, ist Folgendes: Ich gelange mehr und mehr zu der Überzeugung, dass *Sie* eine Vergifterin sind!«

»Nein. Ich habe doch bloß …«

»Bloß, bloß, bloß!« Sein Hohn wurde immer aggressiver. »Carole, als Sie mir davon erzählt haben, wie Ihr Vater zu Ihnen ins Zimmer gekommen ist, als Sie noch ein Teenager waren, da bin ich von Ihrer Unschuld überzeugt gewesen. Aber nun, da ich sehe, wie Sie vorbehaltlos die Lügen der Vergifter glauben, da muss ich doch sehr daran zweifeln, ob Sie damals wirklich das Opfer waren.«

»Was?«, rief Carole gedemütigt.

»Ich glaube, Sie sind so durch und durch verdorben, dass Ihr Freund einen guten Grund dafür hatte, Sie ins Krankenhaus zu bringen.«

»So war das nicht!« Sie schnappte nach Luft. »Ich habe nichts getan! Mein Vater war betrunken. Er hat mich verprügelt. Und er hat mich missbraucht!«

Eli grinste affektiert. »Aber ins Gefängnis gekommen ist er dafür nicht, oder? Falls Sie so unschuldig waren und er so schuldig, wieso wurde er dann nicht verhaftet?«

Mit hochrotem Kopf und laut schluchzend schaute sie zu Thomas. Sein Gesicht war eine Maske; anscheinend hatte Carole die harten Einzelheiten ihrer Vergangenheit Eli anvertraut, aber nicht ihrem Mann.

»Ist er ins Gefängnis gekommen?«, herrschte Eli sie an, als wäre er ein Anwalt beim Kreuzverhör.

»Ich hatte Angst.«

»Die Antwort lautet also Nein. Sehen Sie her, Carole.« Er hob seine Arme. »Ich habe mich an all unsere lieben Gefährten gewandt und ihnen versichert, dass sie den Vergiftern die Stirn bieten können. Und Sie machen das alles zunichte. Weil Sie nicht an mich glauben.«

Carole hatte verloren, und sie wusste es. »Bitte, Meister Eli … das war falsch von mir. Ich habe nur …« Sie erstarrte, weil sie befürchtete, erneut verhöhnt zu werden. »Ich hatte nicht mit deren Fragen und Behauptungen gerechnet. Ich habe nicht nachgedacht. Selbstverständlich wurden sie von Vergiftern hergeschickt. Und auch sie selbst waren Vergifter.« Ihre Stimme kippte, und sie wischte sich Tränen aus dem Gesicht. »Sie haben allen meine Geheimnisse verraten.«

»Weil Sie die Regeln gebrochen haben«, erwiderte Eli mit eisiger Stimme.

Der Großteil der Menge starrte sie zornig an. »Vergifterin!«, riefen einige. Und dann: »Verräterin!«

»Werft sie raus!«

»Judas.«

Carole streckte Eli beide Hände entgegen. »Bitte!«

Er schüttelte den Kopf. »Ich hätte nie gedacht, dass ich an Ihrer Loyalität zweifeln müsste.«

»Das müssen Sie auch nicht.«

»Was geschieht mit Vergiftern, Carole?«

Sie rezitierte, was sie vermutlich bei einer Sitzung mit den Ausbildern gelernt hatte: »Sie erneuern sich nicht. Ihr Wahrer Kern bleibt verborgen. Sie können niemals das Gestern sehen und nie ins Morgen aufsteigen.«

Mehrere Dutzend Gefährten stimmten einen Sprechchor an: »Vergifterin!«, begleitet von einem lauten Klatschen auf der zweiten Silbe.

Ein anderer Mann neben Carole stieß sie brutal weg. Eine aufgebrachte Frau ohrfeigte sie. Blut spritzte Carole aus der Nase. Sie fiel auf die Knie und schützte ihren Kopf mit beiden Armen. Die anderen schlugen und traten sie. Jemand warf einen Stein. Er traf Carole an der Stirn. Sie stieß einen leisen Schrei aus.

Die AEs und der Auserwählte hielten ihren Mann Thomas zurück. Shaw schaute zu Henry, dem Kahlkopf, der gleichzeitig mit ihm hier angefangen hatte. Acht oder zehn andere Gefährten wechselten ebenfalls Blicke. Sie nickten.

Das hier musste aufhören.

Doch noch bevor Shaw und die anderen eingreifen konnten, hob Eli seine Hände. Alle beruhigten sich. »Also gut, Freunde und Gefährten, das reicht. Es ist genug!«

Er stieg von der Bühne und ging, flankiert von seinen Leibwächtern, zu Carole. Die Menge teilte sich gehorsam, doch zuvor versetzte eine Frau der Verräterin noch einen kräftigen Tritt in den Bauch.

Eli musterte die verletzte Carole, die dort zusammengekrümmt im Staub lag und einen Arm vor ihr blutendes Gesicht hielt.

Mehrere Gefährten streckten die Hand aus und berührten Elis Gewand, als er an ihnen vorbeiging.

Er bückte sich und half Carole auf die Beine, während seine Leibwächter ihn abschirmten. Shaw hatte den Eindruck, dass so etwas nicht zum ersten Mal geschah: die Bestrafung eines Ketzers. Zwei der weiblichen IKs sahen einander an und lächelten dabei verstohlen. Sie hatten ihren Spaß.

»Es tut mir leid, Meister Eli«, stieß Carole schluchzend hervor. »Das war falsch von mir.«

»Meine arme Freundin und Gefährtin. Es beschämt mich, dass Sie verletzt worden sind.« Er wandte sich an die aufgewühlte Menge. »Es darf nie zu Gewalt kommen.« Doch es war klar, dass er kein Wort davon ernst meinte. Er musste sich sogar ein Grinsen verkneifen.

»Auszubildende Carole. Sie alle! Erkennen Sie denn nicht die Gefahr, die von den Vergiftern ausgeht? Wie sehr mein Prozess sie in Angst versetzt? Wie sehr sie die Wahrheit fürchten? Sehen Sie doch nur, was alles unternommen wird, um mich aufzuhalten. Um uns gegeneinander aufzuhetzen. Und um mich zu Fall zu bringen. Die wissen, dass ich die Welt aus den Angeln heben kann. Ich bin eine Bedrohung für sie. Sie werden vor nichts zurückschrecken.«

»Bitte«, schluchzte Carole, »können Sie mir verzeihen?«

Eli betrachtete sie nachdenklich. Dann schweifte sein Blick wieder über die Menge. »Sollen wir ihr vergeben?«

»Vergifterin«, riefen manche. »Bestraft sie!«

Die meisten jedoch sahen, dass Elis Wunsch nach Vergeltung gestillt war. »Vergebt ihr, vergebt ihr!«, stimmte Steve an.

Der Rest des Publikums fiel ein. Der Sprechgesang wurde auch diesmal wieder von abgehacktem Klatschen untermalt. Es klang wie der Klicklaut eines Insekts.

Shaw schaute quer über den Platz zu Victoria. Ihr Mund war geschlossen und sie klatschte nicht, sondern starrte nur reglos auf die schluchzende Frau und den Mann, der über ihr stand und ihr eine Hand auf den Kopf legte.

Shaw fragte sich, was wohl geschehen wäre, wenn ein Sprechchor »Tötet sie!« verlangt hätte. Das Bild eines rasenden Mobs, der die Frau zu Tode steinigte, kam ihm gerade alles andere als undenkbar vor.

Eli umarmte Carole, deren Blut sein weißes Gewand befleckte. Dieser Mann wusste wirklich jeden dramatischen Moment zu nutzen.

»Es ist wieder gut, Auszubildende Carole. Alles ist vergeben.« Er sah zu Anja und winkte sie ungehalten zu sich. Die Frau verließ das Podest und legte einen Arm um Carole. Gemeinsam gingen sie zur Krankenstation.

Das Leuchtfeuer kehrte derweil auf die Bühne zurück.

Brillant, dachte Shaw. Eli hatte nicht nur die allgemeine Aufmerksamkeit von dem Besuch der Polizei, den verschiedenen Namen und einer Vergangenheit abgelenkt, die er nicht publik wissen wollte; er hatte außerdem demonstriert, dass Illoyalität bestraft wurde. Carole hatte ihrem Ausbilder von den Schrecken und Erniedrigungen ihres Lebens erzählt und sich darauf verlassen, dass alles vertraulich bleiben würde. Eli jedoch hatte dieses Wissen gegen sie verwendet. Jedem im Camp war nun klar, dass Eli etwas gegen ihn in der Hand hatte. Niemand würde es wagen, den Meister zu hintergehen.

Eli kündigte nun an, es werde am heutigen Tag einen außerplanmäßigen Diskurs geben. Dann fügte er hinzu: »Widmen Sie die nächsten paar Stunden der Introspektion und Vervollständigung Ihrer Aufzeichnungen. Und vergessen Sie niemals: Das Beste …«

»… kommt noch!«

Die IKs übernahmen und führten lächelnd und fröhlich umherstolzierend den Sprechgesang weiter, während Eli und seine Leute den Platz verließen. Die Gefährten zerstreuten sich.

Shaw sah Caroles Mann zur Krankenstation eilen. Dann entdeckte er Walter, der auf ihn zusteuerte. Der Mann schien nach ihm Ausschau gehalten zu haben.

»Hallo«, sagte Walter mit finsterer Miene.

»Haben Sie verfolgt, was gerade los war?«, fragte Shaw.

»Nein. Es ist etwas passiert.«

»Was denn?«

»Sally ist verschwunden. Sie war in unserem Zimmer, und ich bin nach draußen gegangen, weil dieser Hubschrauber angeflogen kam. Als ich wieder reingegangen bin, war sie weg.«

»Was genau hat sie? Alzheimer?«

»Ja. Sie nimmt Medikamente. Galantamin. Es nützt nicht viel.«

»Ich helfe suchen.«

»Oh, vielen Dank. Ich mache mir ziemliche Sorgen.«

49

Haben Sie schon die AEs verständigt?«, fragte Shaw.

»Ja, hab ich. Aber bei denen geht irgendwas vor sich. Die haben gesagt, ich müsste mich selbst darum kümmern. Dann sind sie wie verschreckte Mäuse in alle Richtungen davongehuscht.«

Shaw vermutete, dass nach Detective Etoiles unerwartetem Besuch irgendein Notfallplan ausgearbeitet wurde.

Walters Miene zeugte von großer Sorge, und sein Blick wanderte unstet umher.

Shaw musste daran denken, was er sich hinsichtlich der hellblauen Blusen und Hemden gefragt hatte, die an die Gefährten ausgegeben wurden. Damit ließen sich nicht nur Flüchtlinge leichter entdecken, sondern auch anderweitig vermisste Personen.

Die beiden Männer suchten den Platz ab und erweiterten dann ihren Radius. Die Frau würde an drei Seiten des Geländes durch die natürlichen und künstlich errichteten Barrieren aufgehalten werden, aber im Osten lagen das Steilufer, das fünfundzwanzig Meter senkrecht abfiel, sowie der Pfad, den Shaw entdeckt hatte und der letztlich zum Highway führte. Wenn man zuvor allerdings vom Weg abkam, verlor man sich im dichten Wald und einem Labyrinth aus Schluchten und Felsformationen, einer Wildnis, die sich über mehrere Hundert Quadratkilometer erstreckte. Dort drohten Stürze und eine Unterkühlung, aber auch Wölfe, Berglöwen, Kojoten und Wildschweine. Von den Klapperschlangen ganz zu schweigen.

»Verfluchter Hubschrauber«, murmelte Walter. »Ich war zu neugierig. Und plötzlich war sie weg. Vielleicht hat der Helikopter ihr Angst eingejagt. Keine Ahnung.«

Sie versuchten es im Speisesaal. An einem der Tische steckten mehrere IKs ernst die Köpfe zusammen und sprachen leise miteinander. Shaw sah in einer Ecke außerdem ein Paar mittleren Alters beim Kaffee sitzen. Auch sie wirkten ernst. Er erkannte in ihnen zwei der Gefährten wieder, die sich angeschickt hatten, Carole vor dem Mob zu retten. Shaw und die beiden nickten sich zu.

Dann setzten die zwei Männer ihre Runde durch das Camp fort.

»Ihr Kurzzeitgedächtnis ist meistens hinüber.« Walter hatte die rechte Hand zur Faust geballt. »Sie erinnert sich daran, was wir während der Flitterwochen zu Abend gegessen haben und von welchem Hersteller das Geschirr stammte. Welche Form der Griff der Teetasse hatte. Wie der Sänger in der Hotelbar hieß. Vor zweiundvierzig Jahren.« Er seufzte und spähte angestrengt in den dichten Wald. »Wo bist du, mein Schatz?«, flüsterte er.

Während sie einige Gefährten fragten, ob sie Sally gesehen hätten – ohne Erfolg –, stellte Shaw fest, dass eine gewisse Beklommenheit über dem Camp lag. Es schien sich eine Kluft aufgetan zu haben zwischen Elis treuem Gefolge und all jenen, die seinen Umgang mit Carole nicht guthießen und außerdem die erlogene Ideologie des Prozesses anzweifelten, nach dem Auftauchen der Polizei nur umso mehr. Shaw sah diverse, teilweise hitzige Debatten.

Die beiden Männer drehten mehrere, immer größer werdende Runden durch das Tal und wandten sich dann dem

Wald zu. »Hier ist es wie in dem Naturschutzgebiet bei uns zu Hause in Akron. Vor dreißig Jahren haben wir unmittelbar an dessen Rand gewohnt. Vielleicht kommt es ihr deswegen bekannt vor. Und noch etwas: Sie ist wacklig auf den Beinen. Ich habe ihr eine dieser Armbanduhren besorgt, die mich benachrichtigen, falls sie stürzt. Aber die wurde uns hier bei der Anmeldung abgenommen. Es hieß, Meister Eli könne Wunder bewirken. Sally werde sich pudelwohl fühlen. Also habe ich nachgegeben.«

Der Pfad endete als Sackgasse vor einer Felswand. Sie machten kehrt. Der Himmel bewölkte sich. Es wurde immer windiger.

Ein Zweig knackte. Shaw hob eine Hand, und Walter blieb stehen. Shaw hielt derweil Ausschau nach einem Stein oder Ast, der sich als Waffe nutzen ließe, falls ein Wolf beschlossen haben sollte, mitten am Tag zu jagen – was nur überaus selten vorkam –, oder ein Berglöwe Hunger hatte.

Er glaubte, etwa dreißig Meter hinter ihnen eine Bewegung zu sehen, in der Richtung, aus der sie gerade gekommen waren.

»Ist das Sally?«, fragte Walter.

»Nein, das ist entweder ein Tier oder jemand in den Büschen, der uns folgt.«

»Diese AEs würden nicht so geheimnisvoll tun, sondern uns direkt zur Rede stellen, was wir hier machen.«

Shaw nahm einen spitzen Stein und machte einige Schritte auf die Gestalt zu.

Sie schien sich zurückzuziehen. Er ließ die Waffe fallen, und die Männer drangen tiefer in den Wald vor, nach Norden auf den hölzernen Zaun zu.

»Wohin würde sie gehen?«, grübelte Walter.

Shaw hielt es zu fünfundachtzig Prozent für wahrscheinlich, dass Sally sich instinktiv an den Verlauf eines Pfades oder

Bachbetts halten würde. Er wusste zwar nicht viel über Erkrankungen des Erinnerungsvermögens, aber was hier versagte, ließ sich wohl eher mit den Daten auf einer Festplatte vergleichen, während der Überlebensinstinkt wie das fest auf dem Motherboard verankerte BIOS war. Ein Pfad bedeutete andere Menschen, ein Bachbett bot leichteres Vorankommen und Trinkwasser.

Also konzentrierten sie sich bei ihrer Suche darauf.

Nach einem knappen Kilometer im Halbkreis um Sallys und Walters Unterkunft befand Shaw sich immer noch genau auf Kurs; er hatte sich nicht mehr im Wald verirrt, seit er ein kleiner Junge war.

Zehn Minuten später hörte er ein leises Geräusch und hielt inne. Walter tat es ihm gleich und blickte sich stirnrunzelnd um.

Schnipp. Schnipp.

Sie steuerten vorsichtig darauf zu. Shaw hob erneut einen Stein auf. Die Männer umrundeten ein dichtes Brombeergebüsch.

Sechs Meter vor ihnen stand Sally am Ufer eines flachen Baches. Sie hatte die Stirn in Falten gelegt und schnippte seltsamerweise mit den Fingern.

»Schatz!«

Sie sah ihren Mann an, als sei sie nicht im Mindesten überrascht; Shaw jedoch war ihr fremd. Er stellte sich ihr vor, und sie nickte höflich. Dann verdunkelte sich ihre Miene, und sie schnippte ein weiteres Mal mit den Fingern. »Bobo ist verschwunden, einfach weggerannt.«

»Wir haben ihn in der Tierpension untergebracht, weißt du noch?«, sagte Walter geduldig. »Damit wir herkommen konnten.«

»Ach ja, richtig. Wie dumm von mir. Was habe ich mir bloß dabei gedacht?«

Es musste sich um ein Haustier handeln, das sie früher einmal besessen hatten.

»Du siehst müde aus, Liebling. Möchtest du dich nicht ein wenig hinlegen?«

»Ja, das wäre schön.«

Sie gingen zu dritt zum Quartier der beiden. Walter brachte seine Frau ins Zimmer und kehrte dann auf die Veranda zurück.

»Vielen Dank, mein Freund.« Er schüttelte Shaw herzlich die Hand.

Die Männer nahmen auf den Schaukelstühlen aus Teakholz Platz. Shaw lehnte sich zurück; die Stühle waren bequemer als gedacht. Während er hinaus auf das Camp sah, eilten mehrere grimmig dreinblickende AEs vorbei, dicht gefolgt von Gesellin Adelle, der hübschen Frau von der Aufnahme.

Ich habe vor zwei Jahren mein Baby verloren …

»Das hier war eine schlechte Idee«, sagte Walter, als die Frau außer Hörweite war.

»An diesem Kurs teilzunehmen?«

»Wir sind bloß hergekommen, weil die Medizin nichts mehr für sie tun konnte, jedenfalls nicht wirklich. Als letzte Option. Wenn diese Stiftung Werbung auf Alzheimer-Websites schaltet, vielleicht ist da ja doch etwas dran. Ich dachte an experimentelle Arzneimittel, neue Behandlungsansätze oder sogar einen chirurgischen Eingriff. Und dann kommen wir her und müssen feststellen, dass es um eine zweite Chance beim nächsten Mal geht – in einem zukünftigen Leben.« Er lachte zynisch auf. »Sally und ich würden uns wiedersehen. Ihre Gehirnzellen wären dann besser in Schuss. Und ich sähe womöglich wie Brad Pitt aus und könnte fünf unter Par in St. Andrews spielen.«

Er winkte mit beiden Händen ab. »Da wurde mir klar, dass es sich um nichts als einen Haufen Pferdekacke handelt und ich das von vornherein hätte merken müssen. Pluspunkte, Minuspunkte, frühere Leben, zukünftige Leben.« Er musterte Shaw. »Sie könnten mich hierfür melden.«

»Keine Sorge, wir beide verstehen uns.«

»Das habe ich mir schon gedacht.« Sie sahen weitere AEs, die ihre Tablets umklammert hielten und von der Verwaltung zu einem Gebäude auf der anderen Seite des Platzes gingen.

Walter seufzte. »Wir alle kommen auf diese Welt, gesegnet mit ein paar Talenten und belastet durch so manchen Sprung in der Schüssel. Die Kunst liegt darin, das Beste daraus zu machen. Sally und ich haben gute Kinder, zwei davon besser geraten als der Dritte, aber er ist immer noch ganz okay. Und unsere Ehe war ein echter Glücksgriff. Das hier« – er vollführte eine ausholende Geste – »ist regelrecht eine Beleidigung. Es unterstellt uns, wir hätten unser Leben nicht hingekriegt.«

Er zog einen Flachmann aus dem Hosenbund, nippte daran und reichte ihn Shaw, der ebenfalls einen Schluck Whisky trank und die Flasche dann zurückgab. Sie war aus Plastik und für den Metalldetektor unsichtbar.

»Sie müssen von hier weg, Walter.«

»Nein, wir sitzen das aus. Es sind nur noch zehn Tage übrig.«

»Sie dürfen nicht warten. Es wird Ärger geben.«

Der alte Mann sah Shaw prüfend an. »Sie sagen das, als wüssten Sie schon Bescheid.«

Shaw erzählte ihm von der Ermordung eines Reporters und der Misshandlung eines anderen sowie von dem erweiterten Selbstmord: dem Auserwählten, der sich und John verbrannt hatte.

Walter war einen Moment lang sprachlos. »Mein Gott! Dieser nette Kerl von unserem Tisch? Und die Polizei hat nichts unternommen?«

»Eli schmiert den Sheriff. Ich versuche, Beweise gegen ihn zu sammeln. In dem Hubschrauber haben Polizisten aus San Francisco gesessen, die den Mord untersuchen. Ich mache mir Sorgen wegen der nächsten Ereignisse. Haben Sie schon mal von Jonestown gehört?«

»Klar, dieser Irre, Jim Jones. Das war auch eine Sekte, nicht wahr? Die haben sich alle umgebracht.«

»Ein paar Journalisten und Regierungsvertreter sind hingeflogen, um sich genauer zu informieren. Das hat die Selbstmorde und Morde ausgelöst.«

»Und Sie glauben, Eli könnte etwas Ähnliches vorhaben?«

»Das weiß ich nicht, aber sehen Sie sich nur die AEs an, die plötzlich allesamt Sitzungen abhalten. Und Eli hat einen weiteren Diskurs anberaumt. Es fühlt sich einfach so an, als würde sich etwas zusammenbrauen, und zwar nichts Gutes. Trauen Sie und Sally sich eine kleine Wanderung zu? Rund drei Kilometer?«

Walter überlegte. »Der Wald eben war ganz schön dicht. Und abschüssig.«

»Ich würde Sie bis ins offene Gelände mit lichtem Kieferngehölz bringen. Da gibt es zwar auch ein paar Felsen zu überklettern, aber die sind höchstens einen Meter hoch. Danach wären Sie beide in Sicherheit.«

»Warum?«

»Weil dort ein Highway liegt. Ich bin sicher, irgendein Wagen nimmt Sie mit. Oder Sie laufen weiter bis zur nächsten Tankstelle in zwei Kilometern oder so.«

»Haben Sie das vorher ausgekundschaftet?«

»Ja, ich habe meine Hausaufgaben gemacht.«

Verliere niemals die Orientierung.

Walter nickte. »Ich wusste gleich, dass Sie keiner der Gläubigen sind. Schon als Sie sich an den Tisch gesetzt und nach Wein gefragt haben.«

»Bier.«

»Wer sind Sie? Kein Polizist?«

»Mehr so etwas wie ein Privatdetektiv.«

»Ich bin einverstanden, von hier abzuhauen. Aber was ist mit unserem Geld, den Kreditkarten und Telefonen?«

»Ich glaube, die kann ich besorgen. Die Gepäckaufbewahrung ist nicht allzu gut gesichert, das habe ich schon überprüft. Aber wir brauchen einen Zeitraum von etwa zwei Stunden, in dem man Sie nicht vermissen wird. Sie haben doch erzählt, dass Sally eine gute Gärtnerin ist. Können Sie Ihrem Ausbilder nicht mitteilen, dass Sie beide gern eine Weile dort arbeiten würden?«

»Wo?«

»Im Garten.«

»Es gibt hier keinen. Ich habe mich gleich am Anfang danach erkundigt wegen Sally. Aber wir haben heute kaum Programm. Wir könnten ja über unsere Minuspunkte meditieren.« Er schnaubte verächtlich. »Von elf bis zwei oder drei dürfte niemand sich fragen, wo wir abgeblieben sind.«

»Das klingt gut.« Shaw klappte sein Notizbuch auf und zeigte Walter die Lageskizze. Er wies auf das grasbewachsene Steilufer im Osten, wo er tags zuvor mit Victoria gesprochen hatte. »Da stehen einige Bänke.«

»Ich weiß. Wir sitzen dort manchmal.«

»Wir treffen uns da um elf. Bringen Sie kein Gepäck mit. Sonst kommen die Ihnen auf die Schliche.«

»Okay.«

»Und ich habe eine Bitte.«

»Welche?«

»Dass Sie jemanden mitnehmen.«

50

Es überraschte Colter Shaw nicht, dass vor der Unterkunft, die er suchte, ein Auserwählter mit versteinerter Miene auf einem der Schaukelstühle saß. Doch das würde wohl kein Problem darstellen. In Shaws Welt ließen Fenster nicht nur Licht und Luft, sondern auch Personen ein. Zumindest wenn diese über etwas Geschick verfügten.

Er schlich durch die Büsche und spähte vorsichtig ins Innere, bis das gesuchte Zimmer gefunden war. Dann suchte er weiter, bis er auf einen leeren Raum stieß, zog das Tafelmesser aus der Tasche und hebelte das Fenster auf. Shaw stemmte sich empor und hinein, wo er sich auf dem Boden abrollte. Leider nicht so leise, wie er sich das gewünscht hätte, denn seine Absätze verursachten ein dumpfes Geräusch. Er hielt inne und lauschte, ob jemand darauf reagierte.

Offenbar nicht. Shaw sah hinaus auf den Flur, ging zu der gewünschten Tür und klopfte behutsam an. »Ich bin ein Freund. Machen Sie auf?«

Stille.

»Es ist wichtig.«

Ein Scharren. Die Tür öffnete sich.

Vor Shaw stand die zierliche sechzehnjährige Abby und sah ihn überrascht an. »Ach, Sie sind das«, sagte sie.

* * *

Sie saß auf dem Bett und er auf dem Stuhl, den er neben die Tür geschoben hatte, um hören zu können, ob jemand sich näherte.

Ihre Augen waren rot, und sie zappelte immer noch so nervös herum wie schon im Speisesaal. Ihre Fingernägel waren vollständig abgekaut.

»Was ist los, Abby?«, flüsterte er.

Sie merkte auf. Er hatte sie nicht mit ihrem Rang angesprochen. »Es ist alles so furchtbar«, sagte sie nach einem Moment und fing leise an zu weinen.

Er ließ ihr Zeit.

Sie nickte. »Gesellin Marion sollte meine Ausbilderin sein, aber Meister Eli hat ihren Platz eingenommen. In den Sitzungen war er fantastisch. Er hat geduldig zugehört und mir geholfen, meine Pluspunkte zu finden. Ich habe ihm erzählt, dass ich als Kind mal in einem Kunstmuseum war und das ganz toll fand. Da hat er gesagt, ich sei in einem früheren Leben eine Künstlerin gewesen und sollte daher über Kunst meditieren. Das habe ich gemacht, und es hat sich so gut angefühlt. Dann hat er mir aufgetragen, in den Studienraum zu kommen. Alle sagten: Wow, das ist aber eine große Ehre. Wie dem auch sei, er hat behauptet, es ginge um besondere Studien, aber Sie können sich ja denken, worum es in Wahrheit ging. Es war mir egal. Es ist ohnehin nicht so mein Ding, nicht nach den Sachen, die bei mir zu Hause vorgefallen sind. Deshalb hat es mich nicht so tangiert, und er war glücklich. Er hat gesagt, er würde mich lieben. Er hat gesagt, ich sei anders und dass er und ich uns in der Vergangenheit gekannt hätten. Ich war so froh. Und dann …« Ihre Stimme erstickte, und sie weinte wieder.

Shaw stand auf, holte ein Handtuch und gab es ihr. Wütend trocknete sie ihr Gesicht.

»Ich habe mit der Auszubildenden Rose gesprochen;

er hatte ihr das Gleiche erzählt. Und der Auszubildenden Joan. Und noch jeder Menge anderen. Doch das war okay. Irgendwie. Solange er auch mit mir Zeit verbringen würde. Solange er *mich* lieben würde. Aber heute … da hat er mich hier ins Zimmer gezerrt und gesagt, ich sei eine hinterlistige Schlampe. Ich hätte über mein Alter gelogen und so die ganze Stiftung in Gefahr gebracht. Er sagte, er habe sich geirrt: Ich sei gar nichts Besonderes. Ich sei dumm und verdiene es, in einem Crackhaus zu krepieren.« Sie schluchzte einen Moment lang in das Handtuch. »Er sagte, falls ich je jemandem davon erzählen würde, würden Geselle Hugh und einige der AEs mich töten. Ich müsse hier drinnen bleiben, bis meine Abreise geregelt sei. Und ich dürfe mit niemandem reden.«

»Abby, erinnern Sie sich an John?«

»Ja, er ist krank geworden und abgereist.«

»Nein. Eli und Hugh haben ihn ermordet.«

»Was?«, keuchte sie.

»Er stellte eine Bedrohung dar. Er wollte ihre Machenschaften enthüllen.«

Abby brauchte nicht zu erfahren, dass es dabei um sie gegangen war.

»O mein Gott.«

Shaw beugte sich vor. »Hören Sie, ich bin nicht wegen der Kurse hier. Ich bin so was wie ein Polizist und ermittle gegen Eli, und ich befürchte, er will auch Ihnen etwas antun.«

»Ich habe ihm versprochen, nichts zu sagen.«

»Das ist ihm egal. Kennen Sie Walter und Sally? Die vorgestern an unserem Tisch gesessen haben?«

»Das alte Ehepaar. Ja. Die sind nett. Sally ist krank, richtig?«

»Ich schaffe die beiden von hier weg. In einer halben Stunde. Und ich möchte, dass Sie mitgehen.«

»Zurück nach Hause?«, murmelte sie verbittert. »Na super!«

»Wir bringen Sie erst mal in Sicherheit und machen uns dann Gedanken über den Rest. Die beiden haben eingewilligt, Sie für eine Weile bei sich aufzunehmen. Walter kann sich mit Ihren Angehörigen in Verbindung setzen.«

Sie seufzte und knetete das Handtuch fortwährend in ihren roten, geschundenen Händen.

»Ich hab hier gesessen und mir eingeredet, Meister Eli habe bloß überreagiert. Er würde sich wieder umentscheiden. Er habe das alles nicht so gemeint. Wenn wir zusammen waren, ist er immer so glücklich gewesen. Ich habe ihn glücklich gemacht, und das hat sich so gut angefühlt.«

»Abby, wir müssen jetzt los.«

»Okay, aber was ist mit diesem gruseligen Typen vor der Tür?«

»Sind Sie schon mal aus einem Fenster geklettert?«, fragte Shaw.

Das zauberte ein leises Lächeln auf ihr Gesicht, als wollte sie fragen: Soll das ein Scherz sein?

51

In die Gepäckaufbewahrung zu gelangen stellte sich als ungefähr so simpel heraus wie von Shaw ursprünglich erhofft.

Da an einem Werktag wie heute weder neue Teilnehmer eintrafen noch Absolventen abreisten, war das Gebäude geschlossen. Es half zudem, dass keine AEs vor Ort waren, sondern sich derzeit wahrscheinlich mit Eli und Hugh berieten.

Um womöglich einen echten Schlussstrich zu ziehen.

Jim Jones hat mehr als sechshundert Mitglieder seines Peoples Temple davon überzeugt, rund dreihundert Kinder zu ermorden und sich dann selbst mit vergiftetem Fruchtsaft das Leben zu nehmen …

Die Fenster auf der Rückseite waren mit einem gewöhnlichen Riegel ausgestattet. Mit dem Tafelmesser bekam man sie spielend auf. Eine Alarmanlage gab es nicht.

Drinnen standen keine Schränke, sondern offene Regale mit großen Fächern. Anhand der Gepäckscheine fand Shaw mühelos Walters und Sallys vier Koffer. Sie hatten für drei Wochen Aufenthalt gepackt, ohne zu wissen, dass sie nichts davon benötigen würden. Auch Abbys Rucksack war schnell gefunden. Shaw öffnete die Gepäckstücke, nahm für jeden Kleidung zum Wechseln und ein Paar Schuhe heraus und steckte die Sachen in einen Wäschesack, den er aus seiner Unterkunft mitgebracht hatte. Dazu legte er Brieftasche,

Handtasche und Bargeld des älteren Ehepaars. Abby besaß ebenfalls eine Geldbörse, versehen mit einer langen Kette für die Gürtelschlaufe. Darin fand sich zwar nur wenig Bares, aber immerhin eine Prepaid-Kreditkarte, die ihr »Arschloch von Stiefvater« ihr widerwillig mitgegeben hatte.

Shaw öffnete seinen eigenen Koffer und nahm zwei Hundertdollarscheine für Abby heraus. Seine Brieftasche steckte er sich in den Hosenbund, mal wieder verärgert darüber, dass diese Klamotten keine Taschen hatten. Er war inzwischen zu der Überzeugung gelangt, dass Taschen wohl zu den großartigsten Erfindungen aller Zeiten zählten.

Dann stellte er alle Gepäckstücke genau an ihren ursprünglichen Platz zurück.

Eine Enttäuschung gab es dennoch: Shaw kam nicht an die Mobiltelefone heran. Vor einer der Wände stand ein großer Behälter mit einem beeindruckenden Schloss. Shaw erkannte die Vorrichtung sofort. Die Seiten bestanden aus dickem, mit Metalloxid beschichtetem Glas. Über den Boden verliefen Stränge aus rosafarbener Glasfaserisolierung, die, so wusste Shaw, sich im Inneren des Behälters bündelten und die Telefone rundherum umgaben. Glas stellte eine der effizientesten Methoden dar, Mobilfunksignale abzuschirmen. Shaw war sich sicher, dass man sämtliche Geräte ausgeschaltet und, sofern möglich, die Akkus entnommen hatte. Neuere Modelle mit fest verbauten Batterien blieben zwangsläufig prinzipiell einsatzbereit, auch wenn sie abgeschaltet waren. Diese Box unterband daher kurzerhand jeglichen Signalverkehr.

Er schlich sich aus dem Gebäude und legte den Fensterriegel wieder vor. Zehn Minuten später erreichte er die Bank mit dem Ausblick auf das Bergpanorama. Die anderen erwarteten ihn schon.

Shaw schaute sich um. Keine IKs oder AEs. Bestimmt waren sie immer noch damit beschäftigt, gemeinsam mit Eli und Hugh Pläne zu schmieden, wie sie auf den Besuch der Mordermittler und deren neuerliche Nachforschungen reagieren sollten.

»Mir nach.«

Mit dem Wäschesack über der Schulter führte Shaw sie am hohen Steilufer entlang nach Norden, bis sie sich in einiger Entfernung vom Camp befanden. Dann blieb er stehen. »Ziehen Sie sich um.« Er verteilte die Kleidung und die anderen Gegenstände, die er aus der Gepäckaufbewahrung mitgebracht hatte.

Sallys Augen erstrahlten wie durch ein Wunder, als ihr Mann ihr den Verlobungs- und den Ehering ansteckte. »Oh«, sagte sie, »ich dachte, ich hätte sie verloren. Und ich hatte Angst, es dir zu sagen, mein Liebling.«

Walter küsste sie auf die Wange.

Shaw reichte Abby ihre Kleidung, ihre Geldbörse und seine Spende. Sie sah überrascht die zweihundert Dollar an.

»Nehmen Sie es«, sagte Shaw.

»Ich …«

»Nehmen Sie es.«

Ihre Augen sagten Danke.

Walter führte Sally hinter einen dichten Stechpalmenstrauch, damit sie die Kleidung wechseln konnte.

Abby wandte Shaw einfach den Rücken zu und zog sich aus; er sah nicht hin.

Das Ehepaar kam zurück. Walter trug ein braungelbes Hemd mit dunkler Hose, Sally eine marineblaue Bluse und einen dunklen Rock. Zum Glück hatte sie flache Schuhe eingepackt.

Abby zog eine schwarze Jeans und einen Drake-Pullover an.

Shaw ließ den Wäschesack herumgehen, damit alle ihre Uniformen, Amulette und Slipper hineinstecken konnten.

Dann vergrub er den Sack unter einen Haufen aus Zweigen, Blättern und Kiefernnadeln.

»Los geht's. Hier entlang.«

Es war heiß, die Sonne gelb wie ein Eidotter, und überall schwirrten summende Insekten umher. Shaw fand etwas wilden Lavendel und Ringelblumen. Er brach Stängel und Blätter ab und verteilte sie. »Zerdrücken Sie die Pflanzenteile, und reiben Sie damit Ihre Haut ein, vor allem die Fußknöchel und Ellbogen. Da stechen die Mücken am liebsten zu.«

Sie machten es alle vier.

»Sind wir nicht eine wohlriechende Truppe?«, fragte Sally, was alle lächeln ließ. Dann schaute sie sich mit großen Augen um. War ihr die Gefahr bewusst, oder glaubte sie einfach, ihr Mann und ein paar Freunde, an die sie sich gar nicht erinnern konnte, würden einen vergnüglichen Spaziergang durch den Wald hinter ihrem Haus im Mittelwesten unternehmen?

Die Wanderung verlief jedenfalls so ereignis- und problemlos, wie Shaw erwartet hatte. Sie ließen den rostigen Maschendrahtzaun hinter sich zurück und folgten dem schmalen Pfad zwischen einem Felshang und dem Rand der Klippe. Schon komisch, dass man auf einem neunzig Zentimeter breiten Bürgersteig keinen Gedanken an irgendein Risiko verschwenden würde; befand sich hingegen auf einer Seite des Weges eine tödliche Schlucht, hielt man bei jedem Schritt unwillkürlich den Atem an.

Dann stiegen die vier einen sanften Hügel hinab und passierten offene Felder und stille Waldstücke mit dickem Nadelteppich.

»Was sollen wir machen, wenn wir zu Hause sind?«, fragte Walter, der seine Frau an der Hand hielt.

»Kehren Sie noch nicht gleich nach Hause zurück«, sagte Shaw. »Mieten Sie sich möglichst weit von hier entfernt in einem Hotel oder Motel ein, und bleiben Sie dort. Eli kennt Ihre Adresse. Es ist zwar unwahrscheinlich, dass er Ihnen einen der Auserwählten auf den Hals schicken würde, aber Sie sollten vorsichtig sein. Warten Sie ab, bis es sicher ist.«

»Sollen wir die Polizei verständigen?«

Auch dies verneinte Shaw. »Ich brauche erst noch mehr Beweise. Und vergessen Sie nicht, dass der örtliche Sheriff Eli warnen würde. Alle Spuren würden von der Bildfläche verschwinden. Eli ebenfalls. Und alle Zeugen, fürchte ich.«

Bald darauf traten sie aus dem Wald hervor und gelangten über einen grasbewachsenen Hang zum Highway.

»Was erzählen wir den Fahrern, die anhalten, um uns mitzunehmen?«, fragte Abby. »Haben wir uns bei einer Wanderung verlaufen?«

Das war eine gute Frage; Shaw hatte sie nicht bedacht. »Wir schieben es auf meine miesen Fahrkünste.«

Sobald sie die Staatsstraße erreichten, dauerte es nur fünf Minuten, bis der erste Wagen anhielt. Die vier Flüchtlinge – ein älteres Ehepaar mit Sohn und Tochter – wirkten alles andere als bedrohlich. Das Fahrzeug war ein Dodge Caravan, gefahren von einem jungen Paar.

Shaw erklärte, er sei mit dem Auto dummerweise in einen Waldweg eingebogen, um näher an einen Wasserfall heranzukommen, und dabei sei eine Achse gebrochen. Der Automobilklub sei schon unterwegs, und er würde beim Wagen bleiben. Doch er wolle nicht, dass seine Eltern und Schwester in der heißen Sonne ausharren mussten. Könnten die jungen Leute sie vielleicht bis zu einem Motel am Rand ihrer Strecke mitnehmen? Die beiden waren sofort einverstanden. Der Mann schüttelte den Kopf, als er von dem Achsenbruch hörte – bei so einer Panne konnte selbst der geschickteste barmherzige Samariter nichts ausrichten. Genau deshalb hatte Shaw sich dafür entschieden.

Der Schultergruß war Geschichte. Shaw umarmte alle drei zum Abschied.

Abby drückte ihn besonders fest. »Danke, Mister«, flüsterte sie. »Vor ganzem Herzen, ehrlich.«

Sobald der Wagen außer Sicht war, machte Shaw kehrt und legte die rund drei Kilometer zum Camp im Laufschritt zurück.

Als er dort eintraf, verschnaufte er eine Weile und trat dann aus dem Wald auf den Platz hinaus, um zu seinem Quartier zu gehen. Vor dem Haus hatte eine Gruppe Männer sich versammelt und redete miteinander: Eli, Hugh, die beiden Leibwächter – der Schrank und der Graue – sowie mehrere andere AEs. Steve ebenfalls. Mit dem Rücken zu Shaw stand ein hochgewachsener, schlanker Gefährte.

Der Mann drehte sich um und nahm seine orangefarbene Sonnenbrille ab. Es war Frederick, den Shaw am Schauplatz von Adams Selbstmord gesehen hatte. Und jawohl, er war auch der Mann, der Shaw zuvor während des Diskurses angesehen hatte.

Nun kniff er die Augen zusammen und sagte etwas zu Eli und Hugh. Dann zeigte er mit einem langen, dünnen Finger genau auf Shaw.

52

Shaw dachte daran, wie der Reporter zusammengeschlagen worden war. Gesicht zertrümmert, Schulter ausgekugelt.

Eines laut, das andere leise. Beides enorm schmerzhaft.

Er befand sich mindestens fünfzehn Meter von seinen einzigen Waffen entfernt, den beiden Kriegskeulen, die er angefertigt hatte. Und bis zum schützenden Wald waren es ungefähr dreißig Meter.

Ein Blick auf den Boden. Schotter. Schlecht für die Traktion, vor allem mit diesen Slippern. Shaw ging den Männern entgegen, sodass er ihnen auf einem Stück Rasen begegnen würde. Seine Miene drückte freundliche Neugier aus. Um unverdächtig zu wirken und gegebenenfalls das Überraschungsmoment nutzen zu können.

Nach seiner bisherigen Einschätzung war Hugh nicht bewaffnet, der Schrank und der Graue wahrscheinlich schon.

Shaw ging auf Frederick zu, was nur logisch war, denn immerhin hatte der Mann auf ihn gezeigt. Dabei würde er an den Leibwächtern vorbeikommen. Sein Plan: Er würde einen von ihnen zu Boden ringen und ihm die Pistole abnehmen. Der Schrank hatte einen tieferen Körperschwerpunkt und würde schwieriger zu Fall zu bringen sein. Außerdem deutete die militärische Haltung des Grauen darauf hin, dass er mit größerer Wahrscheinlichkeit eine

Waffe trug als sein Partner. Daher würde der Graue das Ziel sein.

Shaw musste ihn hart treffen und sofort die Waffe packen. Da sich unter der Kleidung des Mannes nichts dergleichen abzeichnete, musste es eine Automatik sein, die schmaler als ein Revolver war. Shaw würde durchladen, auch wenn das bedeutete, eventuell eine Patrone zu verlieren.

Dann konnte er Eli und die anderen in Schach halten und die Flucht ergreifen.

Sofern es überhaupt eine Waffe gab.

Sofern er rechtzeitig durchladen konnte.

Sofern Hugh und der Schrank nicht ebenfalls bewaffnet waren und zuerst zogen und feuerten.

Und falls es keine Waffe gab?

Im Kampf Mann gegen Mann konnte er gegen Hugh nur gewinnen, wenn er ihn überraschte, und die Gelegenheit wäre mit dem Angriff auf den Grauen vertan. Shaw hatte Hughs Fähigkeiten gesehen. Der Mann war körperlich fit und emotional abgeklärt. Bei seiner Misshandlung des Reporters war ihm keinerlei Regung anzumerken gewesen. Ein ruhiger Kämpfer ist stets gefährlicher als ein nervöser.

Was die Technik anging, konnte Shaw nicht mit Hughs asiatischer Kampfkunst mithalten.

Benutze niemals deine Fäuste; man bricht sich zu leicht die Finger oder das Handgelenk. Ringe den Gegner zu Boden und setze dann Ellbogen und Knie ein.

Dennoch würde Shaw sein Bestes geben, um sofort in den Nahkampf zu gehen und einen Ringergriff anzuwenden. Er musste den Gegner aus geduckter Haltung von den Füßen heben und rücklings zu Boden schmettern.

Seine Chance? Ohne die Überraschung vermutlich bei dreißig Prozent.

Hinzu kamen zwei Dutzend Mitglieder der Stiftung in

nur fünfzig Metern Umkreis. Die Getreuen würden herbeieilen, um ihr Leuchtfeuer zu retten. Vielleicht würden sie sich sogar opfern, um ihren spirituellen Anführer vor einem Vergifter zu bewahren. Da ihnen eine Erneuerung winkte, hatte der Tod für sie keine Bedeutung.

Die Chance einer erfolgreichen Flucht?

Dreißig Prozent.

Shaw lächelte die ganze Zeit und schlenderte beiläufig auf Frederick zu, der ihn mit wissender Miene ansah.

Als er nur noch fünf Meter von dem Grauen entfernt war, sagte Eli etwas zu Hugh, und beide Männer wandten sich Shaw zu, der seinen eigenen Schwerpunkt senkte und sich bereit machte, den Grauen anzugreifen und aus geduckter Position sofort von den Beinen zu holen. Der alte Krieger war Rechtshänder. Ein Holster würde an seiner rechten Hüfte hängen.

Noch drei Schritte, zwei …

Shaw spannte sich an, bereitete sich physisch – und mental – auf den Kampf gegen fünf Widersacher vor.

53

Shaw war noch anderthalb Meter von dem Grauen entfernt, als Eli ihn plötzlich anlächelte und den Schultergruß entbot. »Auszubildender Carter, danke, danke!«, rief er. »Ist dieser Mann nicht großartig?«, sagte er zu den anderen. »Ich hab's doch gleich gesagt. Habe ich nicht gesagt, er ist ein Star?«

Verblüfft blieb Shaw stehen, neigte den Kopf und erwiderte den Gruß.

»Danke, Auszubildender Carter«, sagte nun auch Steve.

Am besten nichts anmerken lassen, bis ich mehr Durchblick habe, dachte Shaw und nickte.

Frederick kam hinzu.

Eli sah ihn an. »Geselle Frederick hat uns gerade erzählt, was passiert ist. Bitte fahren Sie fort.«

»Auszubildender Carter kam zu mir und sagte, er habe die Novizen Walter, Sally und Abby gesehen, wie sie aus einem Fenster der Gepäckaufbewahrung gestiegen und in den Wald gelaufen sind. Es waren keine AEs in der Nähe, also haben Auszubildender Carter und ich die Verfolgung aufgenommen.« Er sah Shaw an. »Wir dachten, die arbeiten womöglich für die Konkurrenz und stehlen Geheimnisse. Richtig?«

Shaw nickte.

»Wir konnten nicht erkennen, in welche Richtung sie geflohen waren, also haben wir uns getrennt. Ich habe sie dann in der Henderson-Schlucht gesehen. Ich bin zurückgerannt, um Geselle Hugh zu verständigen.«

»Wir haben eine Suchmannschaft zusammengestellt«, sagte der Leiter der AE.

Shaw spielte weiter mit, obwohl er noch immer nicht begriff. »Haben Sie sie gefunden?«, fragte er Hugh.

»Nein.«

Es hatte keine Suche gegeben. Shaw wusste, welche Schlucht gemeint war. Man gelangte dorthin, wenn man sich jenseits des Zauns nach Norden wandte, nicht nach Osten in Richtung Straße. Dort folgte ein Labyrinth aus Felsspalten und Steilwänden ohne nennenswerte Wege. Nicht mal Holzfällerpfade. Eli und Hugh waren froh, die drei Flüchtigen in der Wildnis umkommen zu lassen.

Zeugen …

»Wie schrecklich«, sagte Eli. »Und wie schade. Was *haben* die sich nur dabei gedacht? Und dieses arme Mädchen.« Er sah Shaw an. »Wissen Sie, Abby geht gerade erst aufs College.«

Du meinst Highschool. Shaw schüttelte mitfühlend den Kopf.

»Schicken Sie noch ein paar Männer los. Und Sheriff Calhoun soll auch welche abordnen. Hoffentlich finden wir die drei noch.«

»Jawohl, Meister Eli«, sagte Hugh.

Dieses Gespräch war für Shaws Ohren gedacht. Es würde nichts dergleichen geschehen. Alles war bestmöglich gelaufen. Die einzige weitere Zeugin für den sexuellen Missbrauch einer Minderjährigen würde in ein oder zwei Tagen tot sein.

»Wie unglaublich schade«, wiederholte Eli.

Doch dann schienen die Vermissten und ihr erfreuliches baldiges Ableben wieder aus Elis Bewusstsein zu schwinden. Seine magnetischen blauen Augen richteten sich auf Frederick und Shaw, und er ging zum nächsten Programmpunkt über. »Ich danke Ihnen beiden für Ihren Einsatz zum Wohle der Stiftung.« Ein Schultergruß für Shaw. Dann verengten seine Augen sich auf einmal. »Diese Männer in dem Hubschrauber … das alles ist von vorne bis hinten gelogen.«

Shaw runzelte die Stirn. »Aber natürlich. Wahre Größe ruft Neid hervor.«

»Ja! Das gefällt mir! Man neidet die Größe!« Eli schaute zu Steve, der in sein dickes Notizbuch schrieb, offenbar, um die Redewendung festzuhalten. Shaw fragte sich, ob sie wohl einen neuen Sprechgesang daraus machen würden.

Dann kehrten Eli, Hugh und die AE-Gorillas zum Wohnhaus zurück, wo vermutlich ein Krisenzentrum eingerichtet worden war, um die Untersuchung von Gary Yangs Tod zu kontern.

Shaw sah Frederick an. Dessen Blick bestätigte: Ja, wir sollten reden.

* * *

Der Mann wartete, bis niemand sonst sich mehr in Hörweite befand. »Ich habe Sie neulich auf dem Hügel gesehen – oberhalb der Stelle, an der Geselle Adam in den Tod gesprungen ist.«

»Das hatte ich vermutet«, sagte Shaw. »Wegen der orangefarbenen Sonnenbrille.«

»Die gehört eigentlich nicht zur Ausstattung der Stiftung«, sagte Frederick. »Eli sieht gern die Augen der Leute. Aber ich bin brav und gehorsam. Da gestattet er eine harmlose Nonkonformität. So nennt er das. Okay. Sie fragen sich, wieso ich Sie nicht Hugh gemeldet habe.«

Das verstand sich von selbst.

»Wegen meines Bauchgefühls, würde ich sagen. Ich habe nach Adams Tod Ihr Gesicht gesehen. Sie waren eindeutig bestürzt, Mann. Aber ich konnte mir keinen Reim darauf machen, und dann habe ich Sie ein paar Tage später hier auf dem Gelände entdeckt. Wie ein Cop haben Sie nicht gewirkt. Vielleicht ein Journalist, ein Investigativreporter, Sie wissen schon, der über die Stiftung schreibt. Meister Eli warnt uns ständig vor denen. Den Vergifter-Medien. Aber Adam hatte schon eine Weile nichts mehr mit der Stiftung zu tun, also hatten Sie wahrscheinlich nicht gewusst, dass er ein Gefährte war.«

»Nein«, bestätigte Shaw. »Anfangs hatte ich noch nichts von der Stiftung gehört.«

Fredericks Blick loderte wütend auf. »Vor einem Monat hätte ich gesagt, sein Tod spielt keine Rolle. Sein Wahrer Kern würde im Morgen weiterleben. Doch inzwischen? Verdammt, das ist ein einziger Betrug – alles, was Eli den Leuten verkaufen will. Ich bin gewissermaßen aufgewacht.« Frederick musterte Shaw. »Was also wollen Sie hier?«

»Adam wurde wegen einer Straftat bei Tacoma gesucht.«

Der Mann war überrascht. »Adam? Der war vielleicht seelisch zerrüttet, aber doch nicht kriminell – schon seit Jahren nicht mehr.«

»Es ging um einen Schusswechsel. Ich glaube, es war Notwehr.«

Shaw begriff, dass Adam an dem Tag, an dem er Erick getroffen hatte, eigentlich auf den Friedhof gekommen war, um sich am Grab seiner Mutter das Leben zu nehmen. Deshalb hatte er die Waffe dabei. Nachdem Shaw nun Elis unheilvolle Lehren kannte, bestand für ihn kein Zweifel mehr an dieser Absicht. Dann hatte Adam sich anders entschieden – zumindest vorläufig –, um Erick über den Verlust von dessen Bruder hinwegzuhelfen.

Shaw erzählte von der Schießerei und dem Kriminalfall und dass Adam mutmaßlich freigesprochen worden wäre.

»Dieser Mistkerl Eli. Er redet den Leuten ein, oh, geht los und steigt auf – bringt euch einfach um –, und ihr erwacht im Morgen. Etwas läuft nicht wie gewünscht? Fangt doch von vorn an, und alles wird gut. Adam war genau der Typ, der diesen Blödsinn glaubt. Depressiv und einsam. Wie geschaffen für Elis Masche.«

»Warum sind Sie geblieben?«, fragte Shaw.

»Ich wollte noch bis zum Ablauf der Saison bleiben. Er bezahlt gut. Ich brauche das Geld.« Frederick zuckte die Achseln. »Hier lernt man nicht unbedingt viel, was einem draußen nützen könnte.«

»Haben Sie ihn gut gekannt?«, fragte Shaw. »Adam?«

Der Mann zögerte. »Ich wollte mehr als Freundschaft, Sie wissen schon, aber er war nicht interessiert. Doch das war okay, nachdem wir es geklärt hatten. Für mich jedenfalls, denn ich hab gern mit ihm geredet. Das Leben hier ist schwer. Man wird einsam. Zusammen haben wir uns den Frust von der Seele gejammert. Ich hatte auch meine Probleme. Mein Coming-out hatte ich mit sechzehn. Mein Stiefvater ist explodiert. Er schrie und tobte, ich würde in der Hölle landen.« Frederick wirkte fast belustigt. »Ich habe nie so ganz begriffen, wieso ihn das aufgeregt hat. Er konnte mich nämlich nie leiden und Schwule schon gar nicht. Musste er da nicht *froh* sein, dass ich zur Hölle fahre?« Er sah Shaw an. »›Carter‹ ist wohl nicht Ihr richtiger Name.«

»Nein.«

Eine kühle Brise brachte den Geruch von feuchtem Rauch mit sich.

»Sind Sie ein verdeckter Ermittler?«

»Ja, aber ein Privatermittler.« Shaw fügte hinzu, er sei hergekommen, um den Grund für Adams Tod herauszufinden und um zu sehen, ob er anderen Gefährdeten behilflich sein könne, zum Beispiel Victoria. Er erzählte Frederick, wie Hugh sie auf der Klippe bedrängt und befummelt hatte.

»Das habe ich mitbekommen. Hugh ist ein Arschloch. Er hat hier eine Art System installiert. Falls du gegen die Regeln verstößt oder es auch nur danach aussieht, drückt er dir Strafpunkte auf. Das kann dich hier ausbremsen. Genügend Punkte, und du wirst vielleicht kein Geselle und musst ganz von vorn anfangen. Auf der Klippe ist er Victoria mit Regel 14 gekommen. Es darf dich nicht tangieren, wenn jemand stirbt, denn das bedeutet, dass du nicht an den Prozess glaubst. Falls du zufällig eine Frau und willens bist, kannst du ihn gern besuchen und deine Strafpunkte abarbeiten. Das wirkt sich auch vorteilhaft auf deine Karriere aus.« Er lächelte. »Und dann sind da noch die Rabatte bei den Gebühren.«

»Sie meinen die Nachlassverfügungen im Gegenzug für eine lebenslange Mitgliedschaft?«

»Nein.« Frederick lachte zynisch auf. »Sie haben einen Betrag von siebentausendfünfhundert Dollar gezahlt, der für alle gilt, nicht wahr? Irrtum. Wissen Sie noch, dass Sie ein Foto einsenden mussten? Warum wohl?« Er lachte erneut. »Hübsche junge Mädchen und Jungen zahlen nur hundert oder zweihundert Dollar. Manchmal sogar gar nichts.«

»Der Studienraum.«

Ein Nicken.

Es überraschte Shaw, dass er nicht von allein darauf gekommen war. Fast alle Frauen hier waren unter dreißig und attraktiv.

»Sie haben gesehen, wie ich Walter, Sally und Abby geholfen habe. Und Sie folgen mir schon die ganze Zeit hier. Das waren doch Sie, oder?«

»Ja.«

»Sie haben sich geschickt angestellt. Waren Sie beim Militär?«

»Nein, aber ich bin mit meinem Vater früher oft auf die Jagd gegangen. Mit meinem richtigen Vater. Wir haben uns nahegestanden. Ich habe ihn vor einigen Jahren verloren. Deshalb bin ich hier. Sein Tod war für mich schlimmer als gedacht.«

»Ich kann Verfolger normalerweise schnell entdecken. Sie waren gut.«

»Ich hatte Flecktarn an«, sagte Frederick. »Es gibt ein paar Uniformen für die Auserwählten. Und was ist nun mit Walter, Sally und dem Mädchen?«

»Die sind weit weg.«

»Warum haben Sie ihnen zur Flucht verholfen?«

»Abby ist erst sechzehn.«

Frederick verzog erschrocken das Gesicht. »Herrje. Hat Eli sie etwa in den Studienraum mitgenommen? Dann wäre er wegen Unzucht mit einer Minderjährigen dran.«

»Haben Sie von dem Fahrzeugbrand gehört?«

»Nein. Was meinen Sie damit?«

»John – der Novize – hat das mit Abby herausgefunden. Eli und Hugh haben einen der Auserwählten geschickt, damit er John und sich selbst tötet. Bei einem erweiterten Selbstmord. Ich war sicher, dass Eli auch Abby beseitigen lassen wollte. Daher habe ich Walter und Sally gebeten, sie mitzunehmen.« Shaw sah dem schlanken Mann ins Gesicht. »Was geht hier im Camp gerade vor sich? Was hat Eli wegen des Hubschraubers gesagt?«

»Er hat dem Inneren Kreis eröffnet, irgendein Vergifter habe sich Beschuldigungen aus den Fingern gesaugt. Das habe er auch den Polizisten erzählt. Die hätten ihm geglaubt und seien wieder gegangen. Zumindest behauptet er das.«

»Da irrt er sich.« Shaw berichtete von dem Tod des Journalisten in San Francisco.

»Und jetzt befürchten Sie, falls die Polizei zurückkommt,

könnte es hier so enden wie in Ruby Ridge, Waco oder Jonestown?«

»Ich habe die Gesichter der Mitarbeiter und mancher der Gefährten gesehen. Die würden für ihn kämpfen. Und einige würden ihr Leben für ihn opfern.«

»Sind Sie aus dem Grund nicht mit den anderen mitgegangen?«, fragte Frederick.

»Ich werde Eli zu Fall bringen.«

»Wie sieht Ihr Plan aus?«

»Ich muss Beweise sichern, bevor er sie vernichten kann. Geschäftsunterlagen und Telefondaten, E-Mails, Memos. Belege für Geldwäsche, Erpressung, Anweisungen zur Ermordung des Journalisten oder anderer Leute, die ihm gefährlich werden könnten.«

Zwei gestrenge AEs kamen vorbei. Sie entboten alle vier den Schultergruß. Frederick wartete, bis die Wachen weitergegangen waren. »Sein Büro geht vom Studienraum ab«, sagte er dann.

»Ich war dort, aber Büros habe ich nicht gesehen.«

»Es ist versteckt. Wenn man vor diesem runden Bett steht, liegt es rechter Hand. Die Eingangstür befindet sich in dem Wandgemälde von Osiris.«

Shaw erinnerte sich an das Bild.

»Ich konnte mal einen Blick ins Innere werfen«, sagte Frederick. »Dort stand ein Schreibtisch mit Unterlagen und einem Computer darauf. Außerdem Bücherregale und Aktenschränke.«

Ein Computer, dachte Shaw. Ein Kontakt mit der Außenwelt.

»Ist die Tür verschlossen?«

»Ich glaube nicht.«

»Kennen Sie irgendwelche Neben- oder Hintereingänge zum Wohnhaus?«

»Ich glaube, es gibt eine Tür auf der Rückseite.«

»Sind dort Überwachungskameras?«

»Keine Ahnung. Aber das Haus ist nie leer. Es sind immer AEs vor Ort. Und IKs. Eli, Anja und Steve. Dazu diese beiden eiskalten Leibwächter.«

Die Melodie aus den Lautsprechern erklang, und Shaw und Frederick verstummten.

»Alle Gefährten finden sich auf dem Platz ein.«

Die strikte Anweisung wurde wiederholt.

Es ging um den improvisierten Diskurs.

Die beiden Männer machten sich auf den Weg zur Bühne. »Was meinen Sie?«, fragte Shaw. »Glaubt Eli selbst an das, was er predigt?«

»Das habe ich mich auch schon gefragt.« Frederick vollführte eine ausholende Geste, die das ganze Camp einschloss. »Manchmal sieht es für mich tatsächlich danach aus, dass er diese Philosophie entwickelt hat, um die Welt vor Kummer und Verlust zu retten. Seine Launen, seine Kontrollsucht, sein Jähzorn, seine geldgierige Seite, sein … Appetit auf Frauen und Männer, das ist eben sein Naturell. Und wenn man es von dieser Warte aus betrachtet und unterstellt, dass er wirklich daran glaubt, dann ist ein Mord eigentlich kein Mord. Man schickt einfach nur eine Seele in ein zukünftiges Leben.«

Dieses Argument würde vor Gericht schwerlich standhalten.

»Er könnte es aber auch als totalen Blödsinn ansehen«, fuhr Frederick fort. »Aber eines dürfen Sie mir glauben: Ob es ihm nun ums Geld oder um die Rettung von Seelen geht, er wird nicht kampflos aufgeben. Auf gar keinen Fall.«

54

Die Bühne war derzeit noch leer, und viele der Gefährten wirkten aufgeregt.

Aber nicht alle. Manche standen ernst beieinander und schienen in erster Linie verunsichert zu sein.

Shaw hielt nach Victoria Ausschau, konnte sie aber nicht entdecken.

»Was hat er jetzt vor?«, fragte Frederick sich laut.

»Ich wette, es geht ihm um Ablenkung«, sagte Shaw. »Damit die Leute nicht mehr an den Hubschrauber und Caroles Ketzerei denken.«

»Auszubildender Carter«, erklang eine fröhliche Stimme hinter ihnen. »Geselle Frederick.«

Shaw drehte sich um und nickte. »Geselle Samuel.«

»Momente wie dieser sind stets mit einem köstlichen Gefühl der Vorfreude verbunden. Sogar im Inneren Kreis wissen wir nicht immer, was unser Leuchtfeuer als Nächstes vorhat.«

Je größer die Spannung, desto besser der Taschenspielertrick.

Und desto engmaschiger die Kontrolle.

Die Männer schauten zur Bühne.

Shaw dachte an das Arbeitszimmer neben dem Studienraum. Was würde er dort vorfinden?

Zumindest einen Computer. Falls Shaw ins Netz kam,

würde er Mack McKenzie kontaktieren, die Tom Pepper benachrichtigen könnte. Sein Freund wiederum würde Kollegen beim FBI und der Staatspolizei von Washington verständigen.

»Kommen Sie mit Ihren Aufzeichnungen gut voran?«, fragte Samuel.

»Ich hoffe. Es ist schwierig.«

»Da Sie nun Auszubildender sind, werden wir nach Minus- und Pluspunkten aus früheren Leben suchen. Das ist meistens komplizierter. Handelt es sich um eine echte Erinnerung oder habe ich das als Kind in einem John-Wayne-Film gesehen? Diese Punkte sind subtiler und nicht so leicht aufzudecken. Aber wir kriegen das schon hin. Ich pflege zu sagen, beim Prozess geht es um das Vertreiben des Nebels.«

»Ihre Metaphern werden von Stunde zu Stunde besser, Geselle Samuel.«

Der Mann lachte.

»Waren Sie Berater oder Therapeut, bevor Sie der Stiftung beigetreten sind?«, fragte Shaw.

»Ich? Nein, ich war Lehrer. In der Mittelstufe. Meister Eli hat mir alles über die Ausbildung und den Prozess beigebracht.«

»Ich habe begeisterte Berichte über Sie als Ausbilder gehört«, sagte Frederick. Er wirkte ganz natürlich, unaufdringlich, seine Stimme blieb ruhig. Ein geborener Schauspieler.

»Ach, jetzt bringen Sie einen dicken alten Mann zum Erröten.«

Shaw sagte, er freue sich schon auf die kommenden Sitzungen, und bemühte sich, eine angemessen erwartungsvolle Miene aufzusetzen. Dem Ausbilder schien es zu gefallen.

Samuel wusste wahrscheinlich nichts von Elis mörderischem Wesen. Die sexuelle Unersättlichkeit und das offen selbstgefällige Verhalten des Sektenführers konnten ihm natürlich nicht entgangen sein, aber die gehörten bei einer visionären Persönlichkeit oft einfach mit dazu, wenn man Fredericks Ausführungen glauben durfte.

Shaw suchte erneut die Menge ab. Noch immer keine Spur von Victoria.

»Geselle Samuel, mir ist da gerade ein Gedanke gekommen«, sagte Frederick. »Falls genügend Menschen den Prozess durchlaufen und die ganze Welt sich erneuert, ist der Kummer vielleicht endgültig ausgerottet. So wie es uns bei den Pocken gelungen ist.«

Samuel nickte versonnen. »Das können wir nur hoffen, Geselle Frederick. Obwohl ich in dieser zukünftigen Welt dann leider keinen Job mehr hätte.« Er zwinkerte.

Das Klatschen fing an. Shaw stand in der Nähe eines der Lautsprecher und erkannte, dass diesmal jemand ein Mikrofon vor die klatschenden Hände gestellt hatte; das Geräusch war besonders durchdringend.

»Das Beste …« *Klatsch, klatsch, klatsch.* »… kommt noch.«

»Das Beste …«

»… kommt noch.«

Die monotonen Worte und das Klatschen wurden lauter. Dreißig Sekunden, eine Minute. Zwei.

Dann verwandelte das rhythmische Klatschen sich in tosenden Applaus.

Eli betrat die Bühne, stellte sich vor das Publikum und entbot den Gruß. Der Scheinwerferstrahl von oben ließ ihn wieder einmal erglühen.

Dann hob er lächelnd und nickend die Hände. Wie schon beim letzten Mal zeigte er mit ausgestrecktem Arm auf manche Leute im Publikum und beglückte sie so mit seiner Aufmerksamkeit.

Dazu sein souveräner Gesichtsausdruck.

Nicht das Gesicht eines Mörders. Doch andererseits hatte

Colter Shaw schon viele Killer gesehen, die geradezu engelsgleich wirkten.

»Seid gegrüßt, Gefährten. Seid gegrüßt!«

Allmählich wurde es leiser.

»Ich habe heute etwas Wichtiges anzukündigen. Etwas … Es wird euch gefallen. Ihr werdet *begeistert* sein. Das garantiere ich!«

»Wir lieben Sie, Meister Eli!«

»Wir stehen für immer an Ihrer Seite!«

»Unser Leuchtfeuer!«

Eli hob abermals die Hand. Diesmal nur seine Rechte. Die Geste ähnelte dem Hitlergruß.

Die Gefährten verstummten.

»Ich habe uns in das bisher erfolgreichste Jahr geführt. Noch nie haben so viele Gesellen ihre Ausbildung abgeschlossen und sind in die Welt zurückgekehrt, um ein besseres, glücklicheres Leben zu führen.«

Jubel und rasender Beifall.

»Ich weiß, was Sie wollen, ich weiß, was Sie brauchen. Und ich gebe es Ihnen. Ich beweise den Vergiftern dieser Welt, den verlogenen Religionen, den egoistischen Politikern, den perniziösen Scharlatanen … Kennen Sie ›perniziös‹? Ich liebe dieses Wort. Es heißt bösartig. Klingt aber schlimmer, nicht wahr? Für mich jedenfalls.«

Gelächter.

»Der Prozess beweist, dass das, was diese Leute Ihnen andrehen wollen … Dreck ist!«

Die IKs buhten ein wenig, und die Menge machte mit.

Einen Sprechgesang gab es allerdings nicht, wenngleich Shaw nicht überrascht gewesen wäre, falls Eli die Menge dazu ermuntert hätte.

»Ich werde unsere Familie nun auf eine höhere Ebene bringen.«

Hatte der Manson-Kult sich nicht auch als Familie bezeichnet?

»Ich verkünde hiermit die Gründung des Repräsentantenkreises der Osiris-Stiftung. Er wird aus einer erlesenen Gruppe von Gefährten bestehen, die sich täglich mit mir treffen, um mir dabei zu helfen, unsere zunächst landesweite und letztlich weltweite Ausbreitung zu planen.«

Shaw und Frederick sahen sich an.

»Und ich bin hocherfreut, dass die Leiterin des Kreises eine unserer treuesten Mitarbeiterinnen sein wird, die sich als Ausbilderin höchste Verdienste erworben hat.« Eli fing an zu applaudieren und blickte in den Bereich hinter der Bühne, wo eine Frau mittleren Alters stand.

»Kommen Sie her zu mir, Gesellin Marion!«

Strahlend und errötend gesellte sie sich zu ihm und entbot der jubelnden Menge den Schultergruß.

»Gesellin Marion ist eine unserer Besten. Lieben wir sie nicht alle? Wer wurde von Gesellin Marion ausgebildet? Alle mal die Hand hoch! Oh, wie viele das sind! Sehen Sie sich das an! Wissen Sie, ich habe Gesellin Marion damals ausgewählt. Ich habe sie gesehen und drei Minuten mit ihr geredet, nur drei Minuten. Dann war mir klar, dass sie die geborene Gesellin und Ausbilderin ist.«

Ein Sprechgesang mit dem gedehnten Namen *Marion* setzte ein. Die sichtlich überglückliche Frau winkte der Menge zu.

Eli nannte nun die Namen von vier weiteren Gefährten, die der Gruppe angehören würden. »Kommen Sie auf die Bühne! Kommen Sie zu Gesellin Marion und mir!«

Sie gehorchten, zwei Männer und zwei Frauen, alle Mitte vierzig und ebenso überrascht wie Marion. Anscheinend waren sie regelrecht überrumpelt worden, sodass ihnen nichts anderes als der Schultergruß einfiel.

»Im Verlauf des heutigen Tages wird es eine formelle Einführungszeremonie geben«, rief Eli. »Ich werde jeden von Ihnen bitten, mir mit eigenen Worten zu sagen, was die Stiftung Ihnen bedeutet. Und ich möchte wissen, ob ich Ihnen wenigstens ein kleines bisschen helfen konnte.« Er lachte. »Herzlichen Glückwunsch, meine geliebten Gefährten. Vergesst nicht, das Beste …«

»… kommt noch!«

Eli verließ die Bühne, gefolgt von Anja und Steve. Gemeinsam mit den Leibwächtern gingen sie nach Süden.

»Ich werde mir Zutritt zum Wohnhaus verschaffen«, sagte Shaw zu Frederick, sobald er sicher war, dass niemand sonst zuhörte. »Können Sie versuchen, ein Telefon aus der Gepäckaufbewahrung zu besorgen?«

»Oh, Sie waren ja im Wald und haben das nicht mitbekommen. Nachdem die Polizei hier aufgetaucht war, wurde der Behälter mit den Telefonen in das Gebäude der Assistenzeinheit verlegt und wird jetzt rund um die Uhr bewacht.«

Shaw seufzte. »Versuchen Sie es auf dem Parkplatz. Vielleicht hat jemand eines im Wagen zurückgelassen. Ich weiß, die wurden durchsucht, aber womöglich nicht allzu gründlich.«

»Da vorn sind AEs postiert.«

»Wie es aussieht, wurden viele von ihren üblichen Aufgaben abgezogen.«

»Tja, die Autos sind aber doch verriegelt. Und die Schlüssel liegen ebenfalls bei den AEs.«

»Manche der älteren Modelle haben keine Alarmanlagen«, sagte Shaw.

Frederick runzelte die Stirn. Dann begriff er. »Oh, Sie meinen, ich soll die Tür knacken.«

Shaw sah, dass dem Mann die Idee gefiel. Er beschrieb Frederick den Weg bis zum östlichen Ende des Holzzauns, von wo aus man den Parkplatz im Bogen erreichen konnte.

Frederick überlegte kurz. »Wissen Sie, man kann schlecht erkennen, ob es einen Alarm gibt. Wie wäre es, wenn ich erst mal von unten die Motorhaube entriegeln und mit einem Stück Metall die Batterie kurzschließen würde?«

»Gut. Waren Sie Mechaniker, bevor Sie bei der Stiftung angefangen haben?«

»Ich war Auftragskiller bei der Mafia.«

Er verzog dabei keine Miene, und einen Moment lang glaubte Shaw ihm tatsächlich.

Dann lächelte Frederick. »Ich war Filialleiter einer Kette von Frozen-Yogurt-Läden. Namens Yo-Grrrrt.« Er buchstabierte das Wort, als hätte er das schon tausend Mal gemacht. »Unser Logo war ein glücklicher Bär. Wo wollen wir uns treffen?«

»Hinter meiner Unterkunft. Gebäude C. In einer Stunde.«

Frederick nickte und verschwand im Wald. Shaw wandte sich nach Osten bis hinter die erste Baumreihe am Rand des Camps und dann auf dem versteckten Pfad nach Süden in Richtung Wohnhaus.

Wie sich jedoch herausstellte, würde er warten müssen. Eli, Steve und die zwei Leibwächter standen auf einer freien Grasfläche an der Ostseite des Hauses. Eli diktierte, und Steve nickte eifrig, während er mitschrieb. Sobald Shaw den Schutz der Bäume verließ, um die Hintertür zu erreichen, würde man ihn bemerken, falls einer der vier Männer zufällig hinsah.

Da ertönte von der anderen, der westlichen Seite des Hauses ein leiser Schrei. Der Schrank und der Graue drehten sich sofort um. Die knochige linke Hand des Grauen zog den Kasack hoch, und seine Rechte legte sich auf den Griff der Waffe. Shaw konnte erkennen, dass es eine kleine Glock war. Er hatte mit seiner Vermutung richtiggelegen.

Dann eilten die beiden Leibwächter und Steve auf das Geräusch zu. Der Graue bedeutete Eli, er möge im Hintergrund bleiben. Dessen Aufmerksamkeit war nicht auf die Rückseite des Hauses gerichtet, und Shaw wollte die Gelegenheit nutzen. Doch dann hielt er inne. Nicht weit von ihm bewegte sich etwas im Wald. Verstohlen und langsam, vorsichtig. Wie ein Jäger auf der Pirsch – genauso wie Shaw, wenn er Wild verfolgte, vorgebeugt, um möglichst klein zu wirken, den Schritt stets auf die geräuschärmste Stelle gesetzt und immer gewahr, welches Laub rascheln würde und welches nicht.

Sei niemals offensichtlich.

Shaw erstarrte und traute seinen Augen nicht.

Der Jäger war Victoria, das Haar zu einem festen Knoten gebunden. Sie schlich näher an die Lichtung heran, auf der Eli in knapp zehn Metern Entfernung stand, und zwar mit dem Rücken zu ihr.

In der Hand hielt sie ein Messer. Wie es schien, hatte auch sie einen kleinen Diebstahl begangen, doch in ihrem Fall war es ein langes Schlachtermesser. Die verfärbte und etwas ungleichmäßige Schneide verriet Shaw, dass Victoria viel Zeit darauf verwandt haben musste, die Klinge auf einem Stein zu schleifen und so in eine rasiermesserscharfe Waffe zu verwandeln.

55

Sie blieb konstant in Bewegung. Ihre Haltung verriet Shaw, dass sie darin eindeutig Erfahrung hatte.

Victoria war noch sechs Meter von Eli entfernt und verringerte den Abstand lautlos immer weiter.

»Bloß ein Feuer, ein kleines«, rief jemand Eli zu. Es war Steves Stimme.

»Gab es Verletzte?«

»Nein. Der Inhalt einer Mülltonne ist in Brand geraten. Vielleicht wegen einer Zigarettenkippe.«

Shaw schätzte die Entfernungen ein. Victoria würde gleich ihre Deckung verlassen, um anzugreifen und das Leuchtfeuer auszulöschen.

Die Frau hielt das Messer mit der Schneide nach oben wie eine geübte Nahkämpferin. Sie würde Eli von hinten eine Hand um die Stirn legen, seinen Kopf in den Nacken ziehen und ihm gleichzeitig von Ohr zu Ohr die Kehle aufschlitzen. Das war eine unkomplizierte Methode ohne viel Kraftaufwand, sofern man das Überraschungsmoment für sich nutzen konnte. Falls Victoria weiter kein Geräusch verursachte, würde der Angriff gelingen.

Wer, zum Teufel, war sie wirklich? Offenbar nicht die verletzliche Bittstellerin, für die Shaw sie gehalten hatte. Wie auch immer ihr Motiv jedoch aussehen mochte, ihre Mission würde mit *ihrem* Tod enden, nicht mit dem von Eli. Von ihrer aktuellen Position aus konnte sie nämlich nicht sehen, dass der Graue und Steve unmittelbar hinter der Ecke des Wohnhauses standen. Da kein wirklicher Notfall vorlag, würden sie gleich zurückkehren. Dabei würden sie Victoria entdecken und zweifellos sofort erschießen.

Shaw blieb keine Zeit, die prozentuale Wahrscheinlichkeit für diverse Taktiken durchzugehen.

Er huschte im Bogen hinter Victoria – ebenso lautlos wie sie selbst – und griff dann aus drei Metern Entfernung an. Bis sie ihn hörte, war es zu spät, sich noch umzudrehen und in Abwehrhaltung zu gehen. Er riss sie mit einem passablen Tackling zu Boden. Sie stürzten in einen Laubhaufen.

Der Aufprall raubte Victoria den Atem. Shaw erging es nicht besser, vor allem, weil sie ihm einen gut platzierten Ellbogen in die Magengrube hieb. Dann sprang sie blitzschnell auf und versuchte, etwas Distanz zwischen sich und den Angreifer zu bringen – Regel Nummer 1 bei einer überraschenden Attacke. Shaw bekam jedoch im letzten Moment ihr Fußgelenk zu fassen, drehte es ein kleines Stück und brachte sie zu Fall, weil sie dem Druck lieber nachgab, als eine Verletzung zu riskieren.

Eine Sekunde später war sie schon wieder auf den Beinen und in der klassischen Position für einen Messerkampf: die linke Hand ausgestreckt, um den Gegner ablenken oder packen zu können, die rechte Hand mit dem Messer derweil fortwährend in Bewegung, immer vor und zurück.

Ihre Miene war angespannt. Sie warf einen schnellen Blick auf Eli und sah Steve um die Ecke kommen. Dennoch schätzte sie die Entfernung zwischen sich und der Zielperson ab.

»Sie wären dabei gestorben«, flüsterte Shaw.

»Ich hätte es schaffen können.«

»Nein, hätten Sie nicht.«

»Doch, hätte ich«, widersprach sie trotzig.

»Er ist bewaffnet«, flüsterte Shaw. »Der Grauhaarige. Der andere vielleicht auch.«

»Ich weiß«, knurrte sie leise. »Die Pistole zeichnet sich unter dem Kasack ab. Sein Partner trägt keine.«

Die Klinge zeigte weiterhin auf Shaw, doch ihr Blick richtete sich erneut auf ihr Ziel. Es schien, als würde sie immer noch einen Angriff in Erwägung ziehen.

Dann verzog sie verärgert das Gesicht und ließ die Schultern sinken. Sie richtete sich auf, umwickelte die Klinge mit einer Serviette und steckte sich das Messer hinten in den Hosenbund.

Eli und Steve setzten unterdessen ihr Gespräch fort und gingen auf das Wohnhaus zu. Die beiden Leibwächter schlossen sich an. Anscheinend war das Feuer gelöscht worden.

Shaw ging zu Victoria.

Als sie ihm mit aller Kraft eine Ohrfeige verpasste, wölbte sie die Hand ein wenig, sodass der laute Knall irgendwie an das rhythmische Klatschen erinnerte, mit dem die IKs ihre Sprechgesänge untermalten.

56

Jetzt wird mir alles klar. Das waren Sie.«

»Ich?«, fragte Shaw.

»Sie haben mich außer Gefecht gesetzt, um mich vor dem Studienraum zu bewahren. Um meine Ehre zu retten. Herrje, wo sind wir denn? Zurück in den Neunzehnfünfzigern?« Ihre Stimme war wütend und rau.

Er sah sich um. »Nicht hier. Dieser Ort ist zu ungeschützt.«

Sie beruhigte sich genug, um kurz darüber nachzudenken. »In einer der Unterkünfte?«

»Die könnten verwanzt sein.«

»Dann auf dem Steilufer, zu dem Sie mich verfolgt haben«, sagte sie pikiert.

Zehn Minuten später hatten sie den Hügel erklommen und die Bank erreicht, die einen herrlichen Ausblick auf die Landschaft mit den fernen Gipfeln bot. Einer der Berge wirkte in der glasklaren Luft besonders majestätisch. Außer ihnen war niemand hier.

»Was für ein Zeug haben Sie mir untergeschoben?«, fragte Victoria.

»Das Mittel? Eisenkraut.«

»Mir war so, als hätte ich etwas geschmeckt. Verdammt. Ich habe für den gleichen Zweck mal Kermesbeeren eingesetzt. Die schmecken besser, aber …«

»… die tiefrote Farbe ist verräterisch.«

Wie konnte sie das wissen? Die Anzahl der Personen, die notfalls Kräuter als Brechmittel einsetzten, war äußerst begrenzt, vermutete Shaw.

»Damit dürfte wohl feststehen, dass Sie keine Bibliothekarin sind.«

Victoria winkte nur ab. »Ich bin Sicherheitsberaterin. Und Sie kommen mir wie jemand vor, der mit dieser Berufsbezeichnung etwas anfangen kann.«

»Die Klinge. Sie haben sie auf einem gewöhnlichen Stein geschärft, nicht auf einem speziellen Schleifstein. Wo haben Sie das gelernt? In der Armee?«

»Auf YouTube«, antwortete sie spöttisch.

»Und Sie haben Eli mehrmals mit ›Sir‹ angesprochen.«

Sie zuckte die Achseln. »Stimmt. Das hab ich vergeigt.«

Victoria hielt unterdessen pausenlos nach Bedrohungen Ausschau und neigte den Kopf bei jedem Geräusch, bis sie es als natürlich und ungefährlich einstufen konnte. Diese Frau wusste, was sie tat.

Shaw hatte irgendwie schon geahnt, dass mehr hinter Victoria steckte, als es den Anschein hatte. Nachdem sie sich im Speisesaal übergeben musste, war ihm die jähe Wut auf ihrem Gesicht nicht entgangen. Das passte nicht zu der verletzlichen, unterwürfigen Frau, als die sie sich sonst präsentierte.

»Also, was machen Sie hier?« Shaw hob beide Hände.

Sie entschied sich für Offenheit. »Jemand, der mir nahestand, hat hier einen dieser idiotischen Kurse belegt und dann den Schritt ins nächste Leben tatsächlich vollzogen.«

»Das tut mir leid.«

Sie schnaubte verächtlich. »Sie war emotional angeschlagen. Aber das hätte sich auch wieder gebessert mit nur etwas mehr Anstrengung und etwas mehr Hilfe. Doch sie hat sich anders entschieden. Also bin ich hergekommen, habe mir die blaue Uniform angezogen und auf eine Gelegenheit gewartet, ihn zu töten.« Ihre Stimme war eiskalt. »Ich musste ihn allein erwischen, ohne seine Leibwächter und ohne Steve, den kleinen Hobbit.«

»Im Studienraum. Nur Sie und Ihr Messer.«

»Ohne Messer. Ich kann das auch mit bloßen Händen. Es dauert nur ein wenig länger.« Ihre scharfen grauen Augen richteten sich auf ihn. »Was ja auch sein Gutes hat.«

»Sie gehen für Ihre Rache ein großes Risiko ein.«

»Das lässt sich durch gründliche Planung minimieren.«

In dem Punkt waren sie einer Meinung.

»Okay«, sagte sie, »das ist meine Geschichte. Wie lautet Ihre?«

Shaw musste lachen. »Ich bin hergekommen, um *Sie* zu retten.«

57

Shaw erzählte ihr, dass er bei Adam Harpers Selbstmord vor Ort gewesen war.

Victoria nickte. »Wie schon gesagt, ich habe ihn nicht gekannt. Allerdings hatte ich von ihm gehört. Er wollte zu einer dieser Auffrischungssitzungen zurückkommen. Und einen neuen Rekruten mitbringen. Als die beiden abgeholt werden sollten, bin ich mitgefahren. Es war ein Vorwand, um auszukundschaften, wie ich von hier fliehen könnte, nachdem ich Eli erledigt hätte. Mir war nicht klar gewesen, dass man mir hier Autoschlüssel und Mobiltelefon abnehmen würde.«

»Ich habe Sie und Hugh gesehen. Wie er Sie schikaniert hat. Und wie er Sie anfassen wollte. Inzwischen weiß ich auch über sein Strafpunktesystem Bescheid.«

»Er ist ein Schwein. Adam war gerade erst gestorben, und Hugh hat dort allen Ernstes von mir verlangt, ich solle ihm nach der Rückkehr ins Camp einen blasen. Als ich mich geweigert habe, hat er mir fünf Strafpunkte aufgedrückt. Ich musste mich mit aller Kraft zusammenreißen, um ihm nicht den Kehlkopf zu zertrümmern oder ihn in die Tiefe zu werfen.«

Dann runzelte sie die Stirn. »Aber wir haben da nur Adam gesehen beziehungsweise seinen Leichnam. Was ist aus dem anderen geworden?«

»Ich habe ihn nach Tacoma zurückgebracht.«

»Und wer war ich für Sie?«

»Jemand, der nicht an einem solchen Ort sein sollte. Zumindest habe ich das geglaubt. Adam hatte sich das Leben genommen. Nach allem, was ich über Sekten wusste, könnte man ihm hier das Gehirn gewaschen oder ihn in den Tod getrieben haben. Ich wollte nicht, dass noch jemand sein Schicksal erleidet. Je mehr ich dann herausfand, desto mehr wollte ich Eli zu Fall bringen.« Er berichtete von dem grauenhaften Mord an John.

»Mein Gott, bei lebendigem Leib verbrannt.«

Er schilderte ihr auch Hughs brutale Misshandlung des Reporters und die Ermordung des Journalisten in San Francisco. »Die Beamten in dem Hubschrauber waren vom SFPD. Aber ich schätze, das haben Sie gar nicht verfolgt. Sie waren beschäftigt.«

Und zwar damit, ihre Mordwaffe zu schärfen und den Brand in der Mülltonne vorzubereiten.

»Die Ermittlungen in San Francisco wurden wieder aufgenommen. Eli und seine Leute halten nun hektische Treffen ab. Ich befürchte, sie könnten damit anfangen, Spuren zu beseitigen. Und Zeugen. Ich will ins Wohnhaus und etwas finden, das ich dem FBI übergeben kann.«

»Also haben wir uns gerade gegenseitig im Weg gestanden.« Sie lachte kühl auf. »Auch Sie wollen Eli zur Rechenschaft ziehen … Nur fürs Protokoll: Meine Methode geht schneller.«

»Ihre Methode bringt Sie in die Todeszelle.«

Sie kicherte, was wohl bedeutete: Man darf sich eben nicht erwischen lassen. »Sie haben das FBI erwähnt.«

»Ich kenne da jemanden.«

Die Frau ließ den Blick ein weiteres Mal in die Runde schweifen, neigte den Kopf, lauschte auf etwaige Bedrohungen.

Verliere niemals die Situation aus den Augen.

Er nahm an, dass Victoria einer eigenen Liste von Niemals-Regeln folgte.

»Sie heißen nicht Carter?«

»Nein. Colter.«

Sie runzelte die Stirn.

»Ich erkläre es Ihnen später. Und Sie?«

»Victoria. Der Nachname tut nichts zur Sache. Wie gehen wir nun weiter vor?«

Er erzählte ihr von seinem Mitstreiter, Frederick.

Sie nickte. »Er war am Tag von Adams Tod mit uns im Wagen. Nachdem Hugh mir die Leviten gelesen hatte, hat er sich anständig verhalten und versucht, mich trotz Adam und trotz Hugh ein wenig aufzumuntern.«

»Ich werde versuchen, ins Wohnhaus einzubrechen«, sagte Shaw. »Frederick sucht zurzeit nach einem Telefon. Können Sie ihm helfen? Er ist auf dem Parkplatz.«

»Warum sollte er mir glauben?«

»Sagen Sie ihm, ich habe Ihnen anvertraut, dass ich Walter, Sally und Abby rausgebracht habe. Dann weiß er, dass wir miteinander geredet haben.«

»Das ältere Ehepaar und dieses Mädchen, richtig?«

»Sie ist erst sechzehn.«

»Und Eli hat sie in den Studienraum mitgenommen?« Die Abscheu war ihr anzusehen.

Shaw nickte. »Deshalb hat er John ermorden lassen. Der wusste darüber Bescheid.«

»Dieser Scheißkerl.«

»Wir treffen uns in einer Dreiviertelstunde hinter Gebäude C.«

Victorias Blick war wieder der einer Jägerin, prüfte das Gelände, suchte den nahen Wald ab. Sie griff nach hinten, um den korrekten Sitz des Messers zu überprüfen.

»Sie wollen doch nicht etwa…«, setzte Shaw an.

»Eli töten?«, fragte Victoria. »Im Moment noch nicht.« Bei diesen Worten lächelte sie nicht.

58

War das zu glauben? Die einzige offensichtliche Videokamera, die Shaw im gesamten Camp entdeckt hatte, hing ausgerechnet über der Tür vor ihm. Der Hintertür des Wohnhauses.

Was nun?

Während sie in der Wildnis aufwuchsen, sahen Shaw und seine Geschwister nur selten mal einen Spielfilm, und Fernsehsendungen blieben ihnen völlig fremd.

Ashton und Mary Dove hatte nicht prinzipiell etwas dagegen; es war schlicht sehr aufwendig, fünfzig Kilometer zum nächstgelegenen Kino zu fahren, um sich ein Action-Abenteuer oder eine Beziehungskomödie anzuschauen – Autorenfilme liefen dort überhaupt nicht.

Und was das Fernsehen anging, vertrat Ashton die Überzeugung, dass ein Gerät, das per Funkwellen Informationen ins Haus übertrug, auch in umgekehrter Richtung funktionieren könnte.

Mit dieser Erkenntnis war der Mann seiner Zeit voraus gewesen.

Shaw musste unwillkürlich an eine Gaunerkomödie denken, die er und Margot sich vor einigen Jahren angesehen hatten. Es hatte ihn amüsiert, welche Anstrengungen der Held auf sich nahm, um eine Überwachungskamera auszutricksen: Der Kerl baute eine Kulisse, in der es genau wie hinter dem Haus des Bösewichts aussah. Er filmte die leere Gasse ab, hackte sich in die Stromversorgung, sorgte für einen zehn Sekunden dauernden Blackout im ganzen Viertel und nutzte diese Zeit, um vor der besagten Kamera eine kleine Leinwand aufzustellen, auf der dann die Aufnahmen aus der Kulisse liefen.

Shaw konnte sich nicht mehr erinnern, ob der Einbruch erfolgreich verlaufen war, aber der höchst unwahrscheinliche Plan zur Überwindung der Kamera war ihm im Gedächtnis geblieben. Und nun hing so ein Ding über der Hintertür von Elis Wohnhaus.

Seine nächsten Schritte?

Ach, zum Teufel!

Er hob einen Stein auf und schleuderte ihn gegen die Kamera. Sie riss aus der Halterung. Shaw hatte beschlossen, dass nur mit zehnprozentiger Wahrscheinlichkeit jemand ständig auf den Monitor starrte – Hugh verfügte einfach nicht über ausreichend viele AEs. Eli schien sich zwar durchaus Sorgen um die eigene Sicherheit zu machen, aber der Bildschirm würde allenfalls bei Nacht unter Beobachtung stehen, wenn der Mann am verletzlichsten war.

Andererseits musste das alles nichts besagen, und so lehnte Shaw sich vorerst an einen Baum und wartete ab, ob ein bewaffneter Ausfalltrupp versuchen wollte, den Angriff auf die Burg zu verhindern.

Fünf Minuten lang tat sich nichts. Das musste reichen.

Shaw entschied sich ein weiteres Mal für die direkte Methode und trat die Tür ein.

Kein Alarm.

Er ging ins Haus und schob die Tür zu. Der Raum, in dem er stand, diente als Lager und enthielt Kartons und verstaubte Kleiderständer. In einer Ecke standen lebensgroße Glasfaserfiguren von Schneewittchen und den Zwergen, die allerdings nicht vollzählig waren, sondern nur zu sechst. Shaw dachte nicht weiter darüber nach, wo der fehlende Zwerg abgeblieben sein mochte oder was diese Disneyfiguren überhaupt im Keller eines psychotischen Sektenführers verloren hatten.

Die Hintertür wurde vielleicht nicht regelmäßig genutzt, aber Shaw sah, dass sie als möglicher Fluchtweg einkalkuliert war. Auf dem Boden standen drei Koffer und ein Rucksack, der sich als Elis Notfalltasche erwies. Im Inneren steckten mehrere Hunderttausend Dollar in bar, Kreditkarten unter drei verschiedenen Namen sowie drei Reisepässe mit den gleichen Namen, aber alle mit Elis Foto.

Kein Telefon. Keine Waffen. Zu Shaws Verdruss.

Er stieg die Treppe hinauf und öffnete langsam die Tür. Dahinter lag ein dunkler, langer Korridor. Shaw orientierte sich und schlug die ungefähre Richtung zum Studienraum ein, dessen Lage er seit dem Treffen mit Anja kannte. Alle vier oder fünf Meter hielt er inne, hörte aber nichts außer dem Knarren und Knacken eines Hauses, das sich in seine Umgebung einfügte, indem das Holz sich setzte und die Wände gegen den Einfluss der Schwerkraft protestierten.

Endlich entdeckte Shaw auch einen Vorteil der hässlichen Slipper an seinen Füßen: Man konnte sich in ihnen lautlos bewegen.

Er stieg in den ersten Stock und wandte sich nach links.

Ein Geräusch ließ ihn aufschrecken. Ein Klopfen. Metall auf Metall.

Dann Schritte, die in seine Richtung kamen.

Shaw versuchte es bei mehreren Türen; erst die dritte war nicht verschlossen, und er betrat ein kleines Gästezimmer. Er ließ die Tür einen Spalt offen und spähte hinaus. Ein Schatten näherte sich. Ein Schloss klickte. Er hörte ein Ächzen. Eine Tür am Ende des Flurs fiel lautstark zu.

Dann wieder das Klopfen von Metall. Eine Waffe? Hatte jemand seinen Einbruch im Keller bemerkt?

Eine andere Tür öffnete und schloss sich, deutlich näher. Das Ächzen war lauter.

Der Schatten nahte. Shaw sah sich nach etwas um, mit dem er sich verteidigen konnte. Es gab eine dekorative Waschschüssel samt Krug; er musste sie zerbrechen und auf eine lange, scharfe Scherbe hoffen. Sein Vorsatz, auf derartige Waffen zu verzichten, war dahin.

Er schob die Schüssel unter eine Decke und schlug einmal kurz mit dem Krug zu. Das ergab einen brauchbaren Porzellandolch von etwa zwanzig Zentimetern Länge. Shaw wickelte das Zierdeckchen von der Kommode als provisorischen Griff um ein Ende und ließ die verbliebenen Scherben unter dem Bett verschwinden.

Dann öffnete er die Tür ein kleines Stück weiter, um hinaus auf den Korridor zu blicken.

Diesmal war das Ächzen schon sehr nah.

Shaw packte den Dolch, atmete tief ein und hielt die Luft an.

Eine stämmige Putzfrau mittleren Alters watschelte mit leichtem Humpeln an ihm vorbei. Sie schleppte einen schweren Eimer voller Flaschen und Lappen. Über ihrer anderen Schulter hing an einer Lederschlinge ein großer Staubsauger, der Shaw an ein Maschinengewehr oder eine Panzerfaust erinnerte. Daher stammte das metallische Geräusch. Die Frau hielt außerdem die Metallstange eines Wischmopps. Sie schwitzte stark und sah alles andere als glücklich aus.

Shaw steckte sich die Waffe in den Hosenbund und wich von der Tür zurück. Die Frau, eine Gesellin, ging weiter den Flur entlang. Das Ächzen und Klirren wurde immer leiser.

Shaw setzte seinen Weg zum Studienraum fort.

Es überraschte ihn nicht, dort niemanden anzutreffen. Der Hubschrauber und die offenbar durch ihn ausgelösten Planungssitzungen – worum auch immer es dabei gehen mochte – ließen Eli heute keine Zeit für Intimität, wie sehr es ihn auch danach verlangen mochte.

Shaw fand die Tür in dem Wandgemälde. Sie war nicht verschlossen, und er betrat Elis Arbeitszimmer, in dem ein moderner gläserner Schreibtisch stand, dazu ein lederner Bürostuhl sowie einige Lehnsessel und Beistelltische. An einer Seite gab es ein Badezimmer mit geöffneter Tür. Es war niemand dort.

Angewidert entdeckte Shaw auch eine batteriebetriebene Videokamera, die auf den Studienraum gerichtet war.

Ein Telefon fand er hier nicht. Und der Computer war natürlich durch ein Passwort geschützt.

Auf dem Tisch gab es mehrere ordentliche Stapel mit Dokumenten. Shaw überflog sie. Nichts von Interesse. Typische Memos und Notizen über geschäftliche Belange, Immobilienprospekte, Ideen zu neuen Diskursen, Akten über die Gefährten, Rechnungen.

Shaw öffnete einen der vier Aktenschränke, die an einer Wand standen. Sie alle zu inspizieren würde Tage dauern. Er nahm sich den ersten vor und blätterte die Mappen durch. Es gab hier keine Videos von Eli und dessen Bettgefährten. Zudem wären sie vermutlich nicht mal illegal gewesen, solange Eli sie nicht ohne Erlaubnis publik machte oder eine minderjährige Person darin auftauchte.

Irgendetwas. Gib mir bitte irgendetwas.

Er fand auch nichts über den ermordeten Reporter Gary Yang oder den Täter Harvey Edwards. Oder über irgendwelche anderen eindeutig kriminellen Aktivitäten, in die Eli verstrickt war.

Such weiter.

Shaw nahm einen weiteren Stapel Unterlagen heraus und hatte sie schon halb gesichtet, als er merkte, dass noch jemand sich im Raum aufhielt.

59

Shaws Vater hatte es mal so ausgedrückt: Wir verfügen über ein Radar, das uns aufmerken lässt, wenn Schallwellen sich durch die Anwesenheit einer weiteren Person verändern.

Er griff nach dem Porzellandolch und drehte sich um.

Im Eingang stand Anja.

Shaw ließ die Hand sinken.

»Das mit dem Hubschrauber waren Sie, nicht wahr?«, fragte sie.

Er nickte. »Ich habe herausgefunden, dass Harvey Edwards ein Gefährte war. Er hat den Reporter in San Francisco ermordet, kurz nachdem dessen Artikel über die Stiftung erschienen war. Edwards war sogar ein Auserwählter, richtig?«

Anja runzelte die Stirn. »Kann sein. Sind Sie auch von der Polizei?«

»Nein. Ich habe ein persönliches Interesse an diesem Ort.«

»Ich wusste, dass Sie nicht wie die anderen sind. Er ist zu blind dafür. Für ihn ist jeder bloß ein Spiegel, in dem er sich selbst betrachtet.«

»Hat Etoile – der Detective… hat er auch mit Ihnen gesprochen?«

»Ja.«

»Und was wollte er wissen?«

»Er hat herausgefunden, dass vor Yangs Tod jemand in

dessen Wohnung eingebrochen ist und Unterlagen gestohlen hat. Sein Redakteur hat ausgesagt, er habe an einem Folgeartikel zum Thema Sekten gearbeitet. Dazu hat er auch Nachforschungen über die Stiftung angestellt; es gab wohl Kopien von Memos, die Yang an seinen Redakteur geschickt hat und in denen wir erwähnt werden. Der Polizist wollte wissen, ob Eli oder sonst ein Angehöriger der Stiftung zuletzt noch Kontakt zu Edwards gehabt hatte.«

»Und?«

»Ich weiß es nicht. Wir waren alle erleichtert, als dieser Reporter ums Leben kam. Es war zwar eine Tragödie, aber wir wollten nicht zum Thema einer billigen Sensationsgeschichte werden. Ich schwöre, ich hatte keine Ahnung, dass David … dass Eli damit zu tun hatte.«

»Die Auserwählten sind sein verlängerter Arm. Wie suizidale Auftragsmörder. Das macht sie sehr effektiv.«

»Er erzählt mir nichts.«

»Etwas erzählt zu bekommen und etwas zu wissen sind zwei verschiedene Dinge.«

Sie sah zu Boden. »Also gut. Ich habe es vermutet.«

»Wie viele Auserwählte gibt es?«

»Das weiß ich nicht genau. Im Land verteilt vielleicht ein Dutzend. Und ungefähr ein halbes Dutzend hier.«

Seit Kurzem immerhin einer weniger.

»Was hat Eli vor? Will er irgendwohin fliehen?«

»Ich weiß es nicht. Er verrät mir nicht vorher, was er tun wird. Er tut es einfach.«

»Ich brauche Ihre Hilfe.«

Ihre Schultern sackten herab. Sie wirkte sehr müde. »Er ist alles, was ich habe«, flüsterte sie.

»Ich habe erst kürzlich zum ersten Mal von der Stiftung gehört. Trotzdem weiß ich inzwischen von fünf damit verknüpften Todesfällen«, entgegnete Shaw.

Sie sagte nichts.

»Das muss aufhören.« Shaw wies auf den Computer. »Ich benötige das Passwort.«

Ihr liefen Tränen über die Wangen. »Carter … Das ist nicht Ihr richtiger Name, oder?«

»Der Computer.«

Sie schluchzte. »Er ist alles, was ich habe! Was soll aus mir werden? Etwa wieder eine Hostess?«

»Das wäre immer noch besser, als für den Rest des Lebens Sträflingskleidung zu tragen.«

Sie schniefte. »Sie verstehen nicht. Er hat diese … Anziehungskraft. Man würde eher sterben, als ihn zu hintergehen.«

Shaw sah ihr ins Gesicht. »Genau das wird passieren. Also. Wie lautet das Passwort?«

Anja wischte sich mit dem Ärmel ihrer violetten Seidenrobe über die Augen. Dann atmete sie tief durch. »Es ist unmöglich zu erraten.«

* * *

Shaw traf Victoria und Frederick hinter seinem Quartier.

Die beiden hatten gemeinsam mehr als zwanzig Fahrzeuge ohne Alarmanlagen aufgebrochen – denn die meisten der AEs waren tatsächlich vom Parkplatz abgezogen worden. Leider hatte sich in keinem der Handschuh- oder Türfächer ein Mobiltelefon gefunden.

»Haben *Sie* etwas auftreiben können?«, fragte Victoria mit Blick auf die Unterlagen in Shaws Hand.

Er reichte ihnen Kopien. Sie lasen still und fassungslos.

Frederick schüttelte bestürzt den Kopf. »Wie haben Sie das in die Finger bekommen?«, fragte er.

»Mit Anjas Hilfe.«

Es hatte in dem Arbeitszimmer einen Moment gedauert,

bis Shaw belustigt begriff, dass Anja ihm gerade half. Denn Elis Passwort lautete tatsächlich »Unmoeglichzuerraten«.

Dadurch erhielt Shaw Zugriff auf zahlreiche Informationen, wenngleich es ihm nicht möglich war, eine Internetverbindung herzustellen; der Router benötigte ein anderes Passwort, das Anja nicht kannte, und Shaw blieb keine Zeit, um es herauszufinden oder irgendwie zu umgehen.

»Was nun?«, fragte Victoria.

»Sie beide verschwinden von hier, rufen die Nummern an, die ich Ihnen nennen werde, und übergeben das hier.« Er zeigte auf einen Satz der ausgedruckten Dokumente.

»Sie nicht?«, fragte sie.

»Ich kann nicht.« Er zeigte ihnen ein anderes Blatt Papier.

Die beiden beugten sich darüber. In der geröteten Haut rund um Victorias Augen zeichneten sich niedliche kleine Fältchen ab. Sie war ein Freiluftmensch. Ihre Fingernägel waren von mittlerer Länge, also schied Felsklettern aus. Shaw fragte sich, ob sie wohl Ski oder Rad fuhr.

Frederick blickte auf. »Mein Gott«, flüsterte er.

Victoria verzog das Gesicht. »Sind Sie sicher, dass Sie das tun wollen? Es könnte mächtig in die Hose gehen.«

»Fällt Ihnen was Besseres ein?«

Sie sah erneut auf das Dokument. »Nein. Aber wie wollen Sie das durchziehen?«

»Ich dachte mir, wir versuchen es mal in der Küche«, sagte Shaw.

Sie überlegte kurz. Ihr Stirnrunzeln verschwand. »Oh. Keine schlechte Idee.«

60

Eine halbe Stunde später, nach dem Abstecher in die Küche und diversen anderen Erledigungen, befanden Shaw, Frederick und Victoria sich wieder in dem Gehölz hinter seiner Unterkunft. Er wühlte im Laub, zog eine seiner Kriegskeulen hervor und gab sie Victoria. Sie musterte die Waffe bewundernd und schlug sich damit prüfend auf die linke Handfläche.

Frederick, der Frozen-Yogurt-Guru, bekam große Augen.

Shaw klappte sein Notizbuch auf und zeigte ihnen auf der Lageskizze das Tor im Osten. »Der Highway liegt fünfundvierzig Minuten entfernt.«

»Dreißig«, sagte sie.

Demnach war Victoria eine Läuferin.

Sie sah Frederick an.

»Ich werd's versuchen«, versprach er und blickte in den Wald. »Nordosten. Müssen wir ... äh ... auf das Moos achten oder so?«

»Moos?«, fragte Shaw.

»Sie wissen schon, um die Richtung zu erkennen. Damit wir uns nicht verlaufen.«

Shaw und Victoria sahen ihn beide zweifelnd an. »Die Sonne«, sagte sie.

»Oh. Sie können das?«

Eine geübte Wanderin war sie also auch.

»Halten Sie einen Wagen an«, sagte Shaw. »Behaupten Sie, es habe ein Verbrechen gegeben – einen Überfall oder so –, und bitten Sie den Fahrer, sein Telefon benutzen zu dürfen.« Shaw schrieb Macks und Tom Peppers Telefonnummern auf ein anderes Blatt aus seinem Notizbuch und gab es Victoria.

»Warum wählen wir nicht einfach den Notruf?«, fragte Frederick.

»Weil der zur nächstgelegenen Funkzentrale durchgestellt wird«, sagte Victoria. »Das wäre Snoqualmie Gap. Die dürfen aber nichts hiervon erfahren, denn sie werden von Eli und Hugh bestochen.«

»Falls niemand anhält oder gerade kein Auto kommt, gehen Sie nach Norden«, fuhr Shaw fort. »Dort liegt eine Raststätte.« Er gab ihr eine seiner Kreditkarten, die er bei dem Einbruch in die Gepäckaufbewahrung an sich genommen hatte. »So, jetzt los.«

»Ach, eines noch.« Frederick sah Shaw an und zog ein Notizbuch aus dem Hosenbund. »Das hat Adam gehört. Ich dachte mir, es interessiert Sie vielleicht.«

Shaw nickte dankbar und steckte es sich in den eigenen Hosenbund.

Dann liefen Frederick und Victoria in den Wald. Ihre Keule steckte griffbereit neben dem Messer. Frederick war nicht so trainiert wie Victoria, konnte am Anfang aber noch gut mithalten.

Aus den Lautsprechern des Camps ertönte die Melodie, gefolgt von der Anweisung, sich auf dem Platz einzufinden. Jetzt musste die Zeremonie beginnen, die Eli angekündigt hatte.

Shaw faltete die Papiere aus Elis Arbeitszimmer zusammen und verstaute sie in seinem Notizbuch. Er wollte soeben nach der Keule greifen, als von der Vorderseite seiner Unterkunft eine Stimme nach ihm rief.

»Hallo, Novize Carter.«

Ein schlanker Mittdreißiger kam mit gesenkten Armen auf ihn zu. Shaw konnte seinen Rang nicht erkennen; der Mann trug einen blauen Pullover. Doch als er den Schultergruß entbot, stellte er sich vor: »Ich bin Geselle Timothy.«

Shaw erhob sich, ließ die Keule liegen, erwiderte die Geste und eilte dem Mann entgegen, damit dieser nicht die Waffe bemerkte. »Und ich bin inzwischen Auszubildender.«

»Wirklich? So schnell? Gut für Sie! Ach, richtig, Sie waren ja im Förderprogramm.« Timothy war fit, athletisch und trug das blonde Haar zu einem Hahnenkamm gegelt. Sein Gesicht wirkte verkniffen, mit nach oben weisender Nase, die er nun außerdem rümpfte. Seine Haut war pockennarbig, als Folge einer Krankheit oder starker Akne in seiner Jugend.

»Wir sollten dem Aufruf folgen, *Auszubildender* Carter.«

»Ich komme gleich.«

»Nein, nein, nein!«, beharrte der Mann. »Ich möchte nicht, dass Sie Schwierigkeiten bekommen. Sie kennen die Regeln. Ein solcher Aufruf ist unverzüglich zu befolgen. Verstöße werden protokolliert und wirken sich nachteilig auf Ihre Ausbildung aus, falls die Zahl der Strafpunkte überhandnimmt. Ich weiß doch, dass Sie so schnell wie möglich Geselle werden möchten.«

Die Keule lag nur wenige Meter entfernt. Shaw benötigte sie unbedingt für seinen nächsten Schritt.

Doch er sah keinen Ausweg aus diesem Dilemma. Also seufzte er und schloss sich dem Mann an.

»Sie haben Ihr Notizbuch dabei. Gut für Sie. Schreiben Sie alles auf. Das ist wichtig.«

»Regel Nummer 9«, wusste Shaw.

»Jaja. Wie ich höre, sind Sie auch ein eifriger Kartograf.«

Demnach hatte jemand es bemerkt und ihn gemeldet. Das war keine Überraschung.

»Ich wollte mich hier nicht verlaufen. Und mein Zeichentalent hält sich in Grenzen.«

»Oh, wie bescheiden.«

»Zeichnen Sie ebenfalls?«

»Ich? Du meine Güte, nein. Wenn ich etwas zeichne, würde niemand sonst erkennen, was das sein soll.« Er schien zu erröten. »Aber ich kann etwas anderes. Ich kann summen wie ein Opernsänger.«

»Summen?«

»Mit Worten bin ich nicht gut, aber summen kann ich wie Paverelli.«

»Pavarotti?«

Der Mann nickte. »Außerhalb der Saison werde ich mich in Omaha bei ein paar Chören bewerben. Im Herbst und Winter, wenn das Camp hier geschlossen ist. Wissen Sie, Meister Eli reist dann in den Fernen Osten, um zu meditieren, zu studieren und seine Kenntnisse zu erweitern. Er ist der klügste und großzügigste Mann der Welt, finden Sie nicht auch?«

»Das ist er.«

Timothy betrachtete die Leute, die sich auf dem Platz einfanden. »Ein Aufruf wie dieser hat Vorrang vor allem anderen.« Er senkte die Stimme. »Ich kannte hier mal einen Gefährten, der hat sich lieber in die Hose gemacht, als sich bei einer solchen Gelegenheit zu verspäten. Ich selbst hätte zuvor wohl doch einen Abstecher zum Klo eingelegt. Aber ich respektiere seine Entscheidung. Wie läuft Ihre Ausbildung?«

»Gut.«

Timothy entbot einem AE den Schultergruß. »Ich werde von Meister Eli höchstpersönlich ausgebildet. Wir haben in meinen Gestern zahlreiche Minuspunkte ausfindig gemacht. Mein ganzes Leben lang war ich auf dem falschen Weg. Ich hatte regelrecht eine *Stadt* der Minuspunkte errichtet. Das habe ich zu Meister Eli so gesagt, und es hat ihm gefallen. Er hat es in einem Diskurs verwendet. Eine ›Stadt der Minuspunkte‹. Und er hat auf mich gezeigt.« Timothy strahlte.

Shaw und der Mann kamen an Gebäude 14 vorbei, dessen Vordertür offen stand. Drinnen waren drei oder vier AEs zu erkennen. Und ein Auserwählter.

»Mir fehlt das Fernsehen«, sagte Timothy sehnsüchtig.

»Bitte?«, fragte Shaw.

»Das bleibt unser Geheimnis, ja?«, flüsterte Timothy und schaute sich um. Normalerweise würde ein solches Eingeständnis völlig unbedeutend sein oder sogar als Scherz ausgelegt werden.

»Na klar.«

»Ich würde hier gern mal ab und zu eine Fernsehsendung sehen. Als ich verheiratet war, haben wir viele Serien geschaut. Natürlich nicht die Nachrichten, die hat Meister Eli nicht gestattet. Aber zum Beispiel Sitcoms. *Big Bang Theory*. Die war klasse. Die neue *Star-Trek*-Serie. Und Kelsey Grammer in *Frasier*. Was hat dieser Mann uns zum Lachen gebracht, meine Frau und mich! Als wir noch … Nun ja, es hat jedenfalls viel Spaß gemacht.«

»Haben Sie mal mit Meister Eli über die Anschaffung von Fernsehgeräten gesprochen?«

»Ach, ich möchte ihn nicht damit behelligen. Er sagt, wir dürfen uns nicht vom Prozess ablenken lassen.«

Sie erreichten den Platz. Shaw stand am Rand der Menge und hielt sein Notizbuch umklammert. Er überlegte, ob er sich wohl unbemerkt wegschleichen könnte, um die Kriegskeule zu holen. Nein. Mehrere AEs und IKs trieben die Menschen auf dem Platz zusammen und bezogen dann rundherum Aufstellung. Es waren nun sämtliche Gefährten hier versammelt, ungefähr einhundert Personen, mit den Novizen, Auszubildenden und Gesellen in der Mitte wie üblich. Rechts von der Bühne stellte ein AE soeben eine Kamera auf. Die vorangegangenen Diskurse waren von den IKs mit ihren Tablets aufgezeichnet worden; nun kam zum ersten Mal seit Shaws Ankunft eine Kamera mit Stativ zum Einsatz.

Auf der Bühne stand ein Tisch mit einer Flasche Rotwein, deren Korken nur lose aufgesteckt war.

Eli stand hinter der Bühne und sprach mit Gesellin Marion. Sie hatte Mühe, ihr stolzes Lächeln zu unterdrücken. An ihrer Bluse steckte ein kleiner getrockneter Lavendelstrauß. Vielleicht sollte das Kraut das Symbol der neuen Gruppe werden. Neben den beiden stand Steve.

Eli nickte, und dann stiegen er und Gesellin Marion die Stufen hinauf, gefolgt von den auserkorenen Gefährten und einer ernst dreinblickenden Anja. Als sie ihre Plätze hinter dem Tisch einnahmen, setzte Beifall ein, begleitet von vereinzelten Rufen und natürlich wieder angefacht durch die IKs. Die je zwei Männer und Frauen – der neue Kreis – schienen gemischte Gefühle zu empfinden. Einigen war die Aufmerksamkeit peinlich, andere lächelten selbstbewusst. Sie setzten sich an den Tisch zu Marion, die auf dem mittleren Stuhl saß. Eli stand hinter ihr. Es war wie eine Variation des letzten Abendmahls.

Auf Elis Geste hin legte Steve sein dickes Notizbuch beiseite, trat vor und füllte die Gläser, die an jedem Platz standen, darunter auch eines für Eli.

Dann ging Eli zum Rand der Bühne und ließ seinen Blick über die Menge schweifen.

»Freunde und Gefährten, es ist mir eine Ehre, diese fünf aus unseren Reihen in unserer neuen Gruppe willkommen zu heißen. Dem Repräsentantenkreis. Es liegt viel Arbeit vor uns, denn wir wollen mit der Stiftung landesweit expandieren. Und danach im Rest der Welt. Denn niemand kann uns davon abhalten, allen unsere Botschaft zu verkünden: Das Beste …«

»… kommt noch!«

Begeisterter Applaus.

Eli erhob sein Glas. »Auf den Prozess. Auf die Stiftung … Auf das Morgen!«

Der Kreis trank den Wein. Als Eli sein Glas an die Lippen hob, rief jemand von unten: »Halt!« Es war Hugh, der auf die Bühne stürmte und Eli das Glas aus der Hand schlug. Es fiel zu Boden und zerbarst.

Das Publikum hielt den Atem an.

»Er wurde vergiftet! Der Wein! Es werden alle sterben!«

61

Die Gefährten auf dem Platz schrien. Die Personen am Tisch sprangen entsetzt auf und ließen ihre Gläser fallen. Alle außer Eli hatten den Wein getrunken.

»Er hat aus Gebäude 14 Rattengift gestohlen!«, rief Hugh. »Holt den Arzt! Schnell!«

Ein AE nahm ein Walkie-Talkie vom Gürtel und sprach hinein.

»Was soll das?«, fragte Eli. »Was geht hier vor sich?«

Hugh hielt ein Blatt Papier hoch. »Wir haben das hier gefunden. Den Entwurf eines Geschäftsplans. Er will die Stiftung vernichten und eine eigene Organisation aufbauen. Dazu tötet er die Mitglieder der neuen Gruppe, Meister Eli! Und Sie will er auch töten.«

Panische Schreie aus der Menge. Mehrere der Leute auf der Bühne steckten sich einen Finger in den Hals, um sich zum Erbrechen zu bringen. Sie waren beunruhigend erfolgreich.

»Er? Wer?«, fragte Eli. »Von wem reden Sie?«

»Von ihm!«, sagte Hugh, wirbelte mit wutverzerrter Miene herum und zeigte auf Steve.

Der junge Mann war konsterniert. »Ich …« Er sah Eli und dann wieder Hugh an. »Nein. Ich habe nichts getan. Das würde ich nie. Sie *wissen*, dass ich nichts getan habe.«

»Zwei Gefährten haben ihn mit der Weinflasche im Gartenschuppen gesehen.«

»Nein, ich schwöre.« Steves Gesicht war hochrot. »Das würde ich *nie* … Ich liebe Sie, Meister Eli.«

»Jemand hat ihn klagen gehört, er lebe schon zu lange in Ihrem Schatten«, sagte Hugh. »Dass Sie ihn nicht anständig behandeln würden.«

»Ihn nicht anständig behandeln?«, flüsterte Eli. »Er war wie ein Sohn für mich.«

»Vergifter!«, rief jemand.

»Er ist ein Vergifter!«

»Judas!«

»Werft ihn raus!«

»Tötet *ihn*!«

»Der Arzt … wo bleibt der Arzt?«

Colter Shaw musterte die aufgewühlte Menge, die Wut auf den Gesichtern.

Auch Taumel und Panik.

Dann mal los.

Shaw ging zu der Treppe, die auf die Bühne führte. Es gefiel ihm nicht, jemandem Schmerzen zuzufügen. Er musste jedoch in Anbetracht von Hughs Kampfkünsten und der hohen Zahl an potenziellen Gegnern für etwas mehr Chancengleichheit sorgen. Wie beiläufig näherte er sich den zwei Leibwächtern. Die Aufmerksamkeit des Grauen war wie die aller anderen vollständig auf die Bühne gerichtet. Shaw hieb ihm eine Faust in die Magengrube. Der Mann keuchte auf und war wie gelähmt. Mit einem schnellen Ringergriff brachte Shaw ihn zu Boden, wo er flach auf dem Rücken landete und ächzend nach Atem rang.

»Chh, chh, chh …«

Shaw wusste, wie sich das anfühlte. Es war nicht angenehm.

Binnen zwei Sekunden zog er die Waffe des Mannes aus dem Holster und lud sie durch. Es war eine Glock 26, Spitzname »Baby Glock« aufgrund der kompakten Bauweise. Dennoch verfügte sie über ein zweireihiges Magazin mit zehn Schuss Kapazität. Shaw richtete die Pistole auf den Schrank, der ihn aus großen Augen anstarrte. Shaw bedeutete ihm, sich hinzulegen. Dann tastete er den Mann ab. Victoria behielt recht; er war unbewaffnet. »Fesseln. Sofort.«

Er zog Kabelbinder aus der Tasche.

»Erst er, dann du. Schnell.«

Der Schrank gehorchte.

Eine Frau in der Nähe warf einen Blick in Shaws Richtung und erschrak. »Was machen Sie da?«, fragte sie ungläubig.

»Still!«, befahl er.

Die Frau trug ein violettes Amulett. »Sie können mir keine Anweisungen erteilen.«

Shaw beugte sich ein Stück vor. »Hinsetzen!«, knurrte er. »Und Klappe halten!«

»Ist gut. Jawohl, Sir. Mache ich, mache ich.« Sie ließ sich aufs Gras fallen.

Shaw stieg auf die Bühne, die Waffe an der Seite, von der Menge abgewandt. Eli und Hugh schauten kurz in seine Richtung. Dann noch einmal. Nun bemerkten sie die Pistole. Eli war im ersten Moment erstaunt – dann wurde er rot vor Wut. Hugh neigte den Kopf, sah die Leibwächter und rührte sich nicht vom Fleck.

Zwei der unten stehenden AEs schöpften Verdacht. Sie sahen fragend Hugh an, der ihnen bedeutete, nichts zu unternehmen. Er hatte offenbar registriert, dass Shaw mit Waffen umgehen konnte und sie wohl auch benutzen würde.

Shaw ging zu Eli und deutete auf das Ansteckmikrofon an dessen weißem Gewand sowie auf den zugehörigen Sender.

Der erzürnte Mann nahm es ab und knallte es Shaw auf

die Handfläche. Das Geräusch hallte aus den Lautsprechern wider.

Shaw kehrte in die Mitte der Bühne zurück und hielt unterdessen nach etwaigen Bedrohungen Ausschau. Er konnte keine entdecken. Dann hob er das Mikrofon an den Mund. »Alle mal herhören! Der Wein wurde nicht vergiftet. Das war bloß Zucker.«

Das Raunen der Menge schwoll an wie eine Brandung.

»Ich habe die Substanz selbst ausgetauscht.« Shaw sah zu den fünf neuen Repräsentanten, die ihn verzweifelt anstarrten. »Ihnen wird nichts passieren. Und es war auch nicht Steve.« Sein Blick schweifte über die Menge und dann zurück auf die Bühne. »Ihr Leuchtfeuer hat versucht, Sie alle zu ermorden.«

62

Shaw konnte sich Victoria und Frederick nicht anschließen, weil er in Elis Computer auf etwas gestoßen war – auf jenes letzte Dokument, das er ihnen hinter der Unterkunft zu lesen gegeben hatte. Es enthüllte, dass mindestens fünf Personen im Verlauf der Einführungszeremonie sterben sollten, nämlich Gesellin Marion und die vier Gefährten, die für den Repräsentantenkreis ausgewählt worden waren.

Shaw erkannte, dass er im Hinblick auf das geheimnisvolle Gebäude 14 hätte misstrauischer sein müssen – all die Gartenwerkzeuge und Vorräte ... obwohl es hier doch überhaupt keinen Garten gab, wie Walter ihm erzählt hatte.

Er war zuletzt davon ausgegangen, dass die AEs auf der Veranda eigentlich den Platz im Auge behalten sollten. Aber traf vielleicht doch seine ursprüngliche Theorie zu? Dass der Inhalt des Gebäudes bewacht wurde?

Was dort war denn so wichtig?

Mehrere Kilo Ratten- und Mäusegift: Arsentrioxid.

Eli wollte sich offenbar von Jim Jones und dessen Peoples Temple in Guyana inspirieren lassen. Er selbst hatte dabei natürlich keineswegs vor, ins Morgen »aufzusteigen«. Daher sorgte er für einen Sündenbock. Die konstruierte Geschichte besagte, dass Steve hinter den Morden an dem Reporter Yang und an John steckte und nun versuchte, alles auf Eli zu schieben, weil er die Stiftung sabotieren und eine eigene Sekte gründen wollte.

Shaw, Victoria und Frederick waren in Gebäude 14 eingebrochen und hatten das Gift durch Zucker ersetzt.

Ich dachte mir, wir versuchen es mal in der Küche.

Oh. Keine schlechte Idee …

Doch Shaw konnte nach dem Austausch nicht einfach mit Victoria und Frederick verschwinden, denn Eli würde mit Sicherheit eine andere Möglichkeit ersinnen, Steve als Mörder dastehen zu lassen.

Shaw musste den König bloßstellen und stürzen.

»Er hat eine Pistole!«, rief plötzlich jemand.

Schreie. Einige Gefährten wandten sich zur Flucht.

»Keine Angst«, rief Shaw. »Ich arbeite mit den Behörden zusammen.« Das traf in gewisser Weise ja auch zu: Er würde mit den Behörden zusammenarbeiten, sobald sie hier eintrafen. Bald, hoffte er. *Sehr, sehr* bald.

Eli wollte sich abwenden. »Nein«, sagte Shaw barsch. »Sie stellen sich dorthin.« Er wies auf eine Stelle ein Stück vor ihm auf der Bühne. Eli sollte in seinem Sichtfeld bleiben.

Der Mann warf einen Blick auf die Waffe und gehorchte wütend.

Shaws respektloser Umgang mit dem Leuchtfeuer rief vereinzeltes Raunen, Aufbegehren und Entsetzen hervor, doch die meisten Gefährten warteten ab, was Shaw ihnen zu sagen hatte.

»Ich werde Ihnen mal was über Meister Eli erzählen. Dessen echter Name *tatsächlich* David Aaron Ellis lautet. Und Auszubildende Carole hatte recht: Er ist früher unter den falschen Namen Artie Ellington, Hiram Lefkowitz und Donald Elroy aufgetreten. Nach einer gescheiterten Laufbahn als Börsen- und Immobilienmakler ist er Hochstapler geworden. Er hat Sie bestohlen. Und … er hat Morde angeordnet.«

Aufkeuchen. Und zorniges Tuscheln.

»Gerade eben wollte er diese Leute auf der Bühne töten und es Steve in die Schuhe schieben, weil die Polizei wegen eines Mordes in San Francisco gegen ihn ermittelt.«

»Das ist eine Lüge!«, brüllte Eli aus vollem Hals. »Vergifter!«

»Deshalb war der Hubschrauber hier. Es handelt sich nicht um eine Kampagne gegen seine Glaubwürdigkeit, und es ist auch kein Irrtum. Eli hat die Ermordung eines Journalisten befohlen, der über die Stiftung geschrieben hatte. Sagt Ihnen der Name Harvey Edwards etwas?«

Die Gefährten, die überwiegend erst seit etwa drei Wochen hier waren, würden den Mann nicht kennen. Aber zwei oder drei Angehörige des Inneren Kreises sahen sich an und schienen sich zu erinnern. Sie hatten wohl schon geargwöhnt, dass mit ihrem edlen Anführer etwas nicht stimmte.

»Eli hat Edwards angewiesen, den Reporter zu töten und dann aufzusteigen. Der Mann hat sich bei einem Schusswechsel mit der Polizei töten lassen.«

»Lügen! Er ist einer von denen.« Eli schnippte mit den Fingern und schaute abermals voller Wut zu zwei der AEs im grauen Kasack. Hugh bedeutete ihnen, sich nicht von der Stelle zu rühren.

Einige IKs stimmten einen Sprechgesang an. »Ver-gifter, Ver-gifter!«

Es klang eher kläglich und verebbte gleich darauf.

Shaw merkte, dass Samuel ihn fassungslos ansah. Auch Timothy, der Geselle, der Shaw zum Platz begleitet hatte, stand mit offenem Mund da.

»Tötet ihn!«, schrie jemand.

»Lasst ihn sprechen!«

Shaw zog das Bündel Papiere aus seinem Hosenbund. »Das hier stammt aus Meister Elis Computer.«

Eli schaute angewidert zu Anja, die seinem Blick nicht standhielt.

»Er hat das heute verfasst. *Nachdem* der Polizeihubschrauber hier war, aber *vor* dieser Zeremonie.«

Shaw las vor. »Aussage für die Polizei. Nach den schrecklichen Giftmorden am heutigen Nachmittag auf dem Gelände der Osiris-Stiftung haben meine Angestellten das Zimmer von Steve Rindle durchsucht und herausgefunden, dass er geplant hatte, sowohl mich als auch wichtige Mitglieder der Stiftung zu töten. Jemand konnte im letzten Moment verhindern, dass ich den vergifteten Wein trank, aber andere hatten weniger Glück. Unser medizinisches Personal war nicht in der Lage, sie zu retten. Aus den bei Rindle gefundenen Dokumenten geht hervor, dass er meine Selbsthilfetechniken stehlen und seine eigene Organisation gründen wollte.«

Steve schüttelte weinend den Kopf.

»Lügen!«, tobte Eli. »Die Vergifter wollen mir etwas anhängen. Ver-gifter, Ver-gifter ...«

Diesmal fiel niemand mehr mit ein.

Shaw fuhr fort: »Wir haben Belege dafür gefunden, dass Kalifornien offenbar als Hauptsitz vorgesehen war. Rindle trägt außerdem die Verantwortung für den Mord an dem Journalisten Gary Yang in San Francisco. Er hat Harvey Edwards zu der Tat angestiftet und wollte sie mir unterschieben.«

Shaw sah die nun schweigende Menge an. »Begreifen Sie? Eli wusste vorher von der Vergiftung, weil er sie selbst geplant hat. Und verabreicht wurde das Gift vom Gesellen Hugh und einiges AEs, nicht von Steve. Steve war lediglich der Sündenbock.«

Eli murmelte Anja etwas zu. Sein Zorn war eisiger Verachtung gewichen.

Ein Mann versuchte es mit einem Sprechgesang. »Lüge ... Lüge ... Lüge.«

»Tötet ihn!«, schrie ein anderer.

Die große Mehrheit der Gefährten blieb ruhig.

»Reden Sie weiter, Auszubildender Carter«, rief jemand.

»Im Winter ist er zwar in den Osten gereist, aber nicht ganz so fern wie behauptet«, sagte Shaw. »Er kam nur bis Florida, wo er zwei Häuser im Wert von mehreren Millionen Dollar besitzt und dazu fünf Sportwagen – bezahlt von Ihnen allen.«

»Stopft ihm das Maul!«, befahl Eli zwei anderen AEs. Die beiden sahen sich verunsichert an und eilten dann auf die Bühne zu. Shaw brachte sie jäh zum Stehen, indem er die Pistole einfach ein kleines Stück nach rechts hielt. Er brauchte nicht mal direkt auf die Männer zu zielen.

Einer streckte sogar beide Hände in die Luft. Es sah beinahe lustig aus. Hugh verzog das Gesicht, und der stämmige Mann ließ die Arme wieder sinken.

Noch bevor Shaw fortfahren konnte, fing jedoch eine Gruppe zumeist männlicher Gefährten an sich leise abzustimmen. Ihre Mienen wirkten verkniffen und wütend. Offenbar handelte es sich um treue Gefolgsleute. Sie teilten sich auf und drangen mit einer Zangenbewegung auf beiden Seiten zur Bühne vor.

»Bevor Sie hier irgendwas versuchen, lassen Sie mich ausreden«, rief Shaw.

»Haltet ihn auf!«, schrie Eli. »Packt ihn! Falls die Vergifter, für die er arbeitet, ihren Plan umsetzen können, wird alles, was ich für unsere Gefährten getan habe, vergebens gewesen sein! Der Prozess stirbt.«

Diese Drohung reichte aus. Die beiden Gruppen ignorierten die Pistole und stürmten von beiden Seiten die Bühne. Shaw feuerte einen Schuss in den Boden – denn man schießt niemals in die Luft. Das schlug ein paar der anderen Gefährten in die Flucht, aber nicht den Mob. Vielleicht war ihnen klar, dass er nicht wirklich auf sie schießen würde, oder sie dachten sich: Ich bin unsterblich, also was soll's?

Sie stürzten sich von beiden Seiten auf ihn.

Die Waffe flog ihm aus der Hand, und er wurde umgerissen. Auf ihm türmten sich anderthalb Tonnen aufgehetzte Gläubige.

63

Der Graue schleppte sich auf die Bühne, gefolgt von dem Schrank. Man hatte ihnen die Fesseln abgenommen.

Hugh sah sie an. »Nutzlose Versager!«, flüsterte er grimmig.

Der Graue hielt hektisch nach seiner Glock Ausschau.

»Er hat sich hier eingeschlichen, ein Spion, ein Vergifter«, rief Eli der Menge zu. »Ich sagte doch, die würden alles tun, um mich aufzuhalten.«

Shaw taten nach der Attacke Bauch und Schulter weh. Er rang nach Luft.

»Tötet ihn!«, schrie jemand.

Hugh und ein AE zogen Shaw auf die Beine. »Bringt ihn zur Assistenzeinheit«, befahl der Oberaufseher.

Ein junger Mann, der ein Stück abseits mit leerem Blick dastand, nickte. Einer der Auserwählten.

Am Abend würde es einen weiteren Autounfall geben. Hugh hatte soeben das Todesurteil des jungen Mannes unterzeichnet, aber der Mörder zeigte sich davon so unbeeindruckt, als hätte er gerade den Wetterbericht gehört.

»Verräter!«

»Vergifter!«

»Tötet ihn!«

Eine Frau mit vor Hass glasigen Augen spuckte Shaw ins Gesicht.

Andere irrten ziellos und verwirrt umher.

Der AE und der Auserwählte packten Shaw an den Armen und führten ihn zügig von der Bühne.

Shaw war immer noch völlig außer Atem. Unten angekommen, rief er mit krächzender Stimme: »United Technical Development. Triangle Pharmaceuticals. Talbot Manufacturing.«

Er und seine Bewacher kamen drei Schritte weit, dann rief jemand: »Halt!« Es war einer der Auszubildenden, ein Mann Mitte vierzig mit kurzem Haar und einem teuren Brillengestell. »Das ist meine Firma. UTD.«

»Und ich bin Finanzchefin bei Talbot«, sagte eine Frau.

»Halifax Energy«, rief Shaw noch einen weiteren Firmennamen, bevor der Fausthieb des AE ihn zum Schweigen brachte.

»Schafft ihn hier weg«, tobte Eli. »Zur Assistenzeinheit.«

»Triangle Pharma?«, fragte ein Mann mit lauter Stimme. Es war Henry, der Kahlkopf, den Shaw aus dem Aufnahmebüro kannte und der seine Frau verloren hatte.

Er und ein Dutzend weiterer Gefährten stellten sich den zwei Männern und Shaw in den Weg. Die beiden Handlanger schauten fragend zu Eli, der befahl: »Los, weiter!«

»Nein«, widersprach die Finanzchefin von Talbot Manufacturing. Die schmale Frau mit dem grau melierten, straff nach hinten gezogenen Haar warf Eli einen ernsten Blick zu. Dann sah sie Shaw an. »Er soll ausreden.«

In der Menge wurde es ruhig.

Hugh war sich nicht sicher, wie er die Situation in den Griff bekommen sollte, ohne ein ausgewachsenes Handgemenge zu riskieren. Er gebot den AEs mit einer Geste Einhalt.

»Wissen Sie, warum die Ausbilder sich nach Ihren Firmen erkundigen?«, rief Shaw.

»Schafft ihn hier weg«, wiederholte Eli.

»Nein, wir wollen das wissen«, sagte ein hochgewachsener

Mittvierziger. Es war Tom, der Ehemann von Carole, die zuvor von Eli und dem Mob als Ketzerin angegangen worden war. Er hatte die Glock aufgehoben, die Shaw aus der Hand geflogen war – und er wusste eindeutig, wie man mit einer Waffe umging.

»Ich will das auch hören«, rief Henry.

»Lasst ihn sprechen!« Von irgendwo hinten in der Menge. Dann zustimmendes Raunen.

»Beachten Sie seine Lügen nicht«, sagte Eli. »Er versucht, Ihnen einen Bären aufzubinden. Er will Ihnen das Morgen wegnehmen. Ich bin der Einzige, der Ihnen geben kann, was Sie wollen.«

»Halten Sie die Klappe, Eli«, rief Henry.

Das schien den IKs und anderen treuen Gefolgsleuten nicht zu gefallen, aber sie hielten still.

Thomas trat in Begleitung von Carole vor. Er sah den AE und den Auserwählten an und wies dann auf Shaw. »Lassen Sie ihn los.« Dabei richtete er die Pistole auf den Auserwählten.

»Wird's bald?«, knurrte Henry.

Hugh nickte.

Die starken Hände lösten sich von Shaws Armen, und die beiden Männer wichen zurück. Einige Getreue wollten an ihre Stelle treten, doch Henry und zwei weitere Rebellen stellten sich ihnen mit geballten Fäusten entgegen.

»Fahren Sie fort«, sagte Thomas.

Flankiert von Henry, Thomas und deren Verbündeten stieg Shaw zurück auf die Bühne und nahm das Mikrofon. Er wiederholte, was er zuvor bereits gefragt hatte: »Haben Sie sich denn nicht gewundert, warum Ihre Ausbilder sich so umfassend nach Ihren Firmen erkundigen?« Es war irgendwie kurios, aber angesichts der gespannten Aufmerksamkeit der Menge bekam Colter Shaw eine Ahnung davon, welche Macht Eli während seiner Diskurse empfand.

»Was ist denn so interessant an Ihren Kunden, Verträgen und Abschlüssen? Und was soll eigentlich die Suche nach all den Minus- und Pluspunkten? Ganz einfach. Eli sammelt Insiderwissen. Er hat Ihre Sitzungen auf Band aufgezeichnet und an seinen Geschäftspartner in Miami weitergeleitet. Der nutzt dann eine von seinen Strohfirmen, um Aktien und Immobilien zu kaufen.«

Erschrockenes Aufkeuchen. Manche Gefährten wechselten bestürzte Blicke.

Doch dann rief eine Stimme: »Sie lügen!«

Jemand warf einen Stein nach Shaw; er wich mühelos aus.

»Lügen, Lügen, Lügen!« Doch Elis Stimme war mittlerweile nur noch weißes Rauschen.

Shaw ließ sich nicht aus der Ruhe bringen. »Vor fünf Jahren hat er Bankrott gemacht. Er beschloss, einen Selbsthilfeverein zu gründen. Und er hat recherchiert, welcher Ansatz wohl am profitabelsten wäre.« Shaw hob die Papiere auf, die er ausgedruckt hatte und die immer noch auf der Bühne lagen.

»Hier.« Er warf sie in die Menge. »Er hat mit einer Tabellenkalkulation das Einkommen verschiedener Arten von Organisation hochgerechnet. Wie man mit Börsenanlagen reich wird, wie man mit Immobilien reich wird. Ob man als übergeordnetes Thema Selbstbehauptung oder vielleicht auch sexuelle Defizite wählt. Und eine der Ideen war, den Leuten Unsterblichkeit zu verkaufen. Die zu erwartende Kapitalrendite lag zehn Mal so hoch wie bei allen anderen Ansätzen. Auch in den von ihm beauftragten Fokusgruppen kam diese Masche am besten an.«

Immer mehr Getreue waren verstummt.

»Nein, das sind alles Lügen!«

Shaw schüttelte langsam den Kopf, und als er dann weitersprach, waren seine Worte zutiefst aufrichtig gemeint: »Es tut mir leid, Ihnen das sagen zu müssen. Ich weiß, wie sehr Sie sich wünschen, dass der Prozess funktioniert. Ich wünsche mir das ebenfalls. Doch das tut er nicht. Er ist bloß eine Lüge, um an Ihr Geld zu kommen. Sind unter Ihnen Gefährten auf Lebenszeit?«

Niemand hob eine Hand, doch Shaw entging nicht, dass manche der Leute sich Blicke zuwarfen.

»Hat es Sie denn nie gestört, dass Sie der Stiftung einen Teil Ihres Vermögens hinterlassen müssen, während Sie gleichzeitig dazu ermuntert werden, sich umzubringen? Aus seiner Buchführung geht hervor, dass die Stiftung im letzten Jahr anderthalb Millionen Dollar vererbt bekommen hat.«

Das führte zu allgemeiner Unruhe.

Shaw sah keine Veranlassung hinzuzufügen, dass Elis Programm außerdem beinhaltete, Gefährten in seinen Studienraum zu locken. Viele der jüngeren Frauen und manche der Männer schienen entsetzt und wütend zu sein. Sie begriffen, dass Eli sie missbraucht hatte.

Ein weiterer Punkt, den Shaw von Anja erfahren hatte, durfte jedoch nicht unerwähnt bleiben. »Er ist auch keine Waise und hat nie in Pflegefamilien gelebt. Seine Eltern erfreuen sich bester Gesundheit. Sie wohnen in Fort Lauderdale.«

Shaw ließ den Blick über die Menge schweifen. Die aufgeheizte Stimmung zwischen Getreuen und Rebellen schien sich in Luft aufgelöst zu haben, wie so oft, wenn zunächst eine Prügelei drohte. Manche der Gefährten waren verwirrt, andere nachdenklich, einige verletzt und einige wütend. Ob nun einzeln, paarweise oder in Gruppen, sie machten kehrt und gingen zurück zu ihren Unterkünften oder zum Verwaltungsgebäude.

Dann entdeckte Shaw den Gesellen Samuel. Der ältere Mann schaute von ihm zu Eli. Er hatte Tränen in den Augen.

64

Hinter Shaw ging Hugh oben auf der Bühne zu Eli.

»Es ist vorbei«, flüsterte der Sicherheitsmann.

Eli stand mit offenem Mund da und sah wie ein verlorenes Kind aus.

»David. Es ist vorbei. Haben Sie mich gehört?«

Eli starrte auf Anja, die zusammen mit Steve die Stufen hinunterging. Der junge Mann hatte nichts als Verachtung für Eli übrig. Die beiden verschwanden hinter der Bühne.

»Also«, fuhr Hugh fort. »Wir müssen von hier weg. Möglichkeiten gibt es, wir haben sichere Zufluchtsorte.«

»Ich …«, stammelte Eli. »Mein Volk will, dass ich bleibe.« Er zeigte mit unbestimmter Geste auf den Platz.

Da wurde Shaw klar, dass der Sektenführer zwar nicht im Mindesten an den Prozess glaubte und diese Fiktion einzig und allein zur Anhäufung eines Vermögens ersonnen hatte, andererseits aber felsenfest davon überzeugt war, durch den Glauben der Menschen echte Macht erlangt zu haben. Er war regelrecht süchtig danach. Eli war seiner eigenen Mythologie erlegen. Er sah sich als Osiris, Gott der Unterwelt, Gott der Fruchtbarkeit.

»Die werden auf Sie losgehen«, murmelte Hugh. »Wir müssen uns die Akten, Computer und Festplatten schnappen und von hier abhauen. Schnell!«

Eli war wie vom Donner gerührt. Seine Miene zeugte von dem Schock darüber, binnen weniger Minuten ein ganzes Imperium verloren zu haben.

Hugh wandte sich an den Schrank und den Grauen. »Geht zum Haus. Ihr wisst, wo die Akten sind. Und der Computer im Arbeitszimmer. Die Videos.«

»Jawohl, Sir«, schnaufte der Graue, der sich noch immer nicht von Shaws liebvollem Klaps erholt hatte. Er und der Schrank drehten sich um und liefen nach Süden.

Hugh begriff, wie entsetzt sein Boss war. Er berührte Eli am Arm. »Wir finden etwas anderes, David.«

»Etwas Gutes«, murmelte der Sektenführer geistesabwesend. Er war weiterhin wie betäubt.

»Ja, es wird gut sein. In Übersee. Irgendwo auf der Welt. Es wird so gut wie hier.«

Mit tränennassen Augen schaute Eli ein weiteres Mal zu Shaw. Sein fassungsloser Blick war irgendwie noch unheimlicher als der abgrundtiefe Hass zuvor.

Eli winkte Timothy zu sich, den Gesellen, der Shaw zum Platz begleitet hatte. Der Mann kam zu ihm, und sie sprachen kurz miteinander. Dann nickte Timothy. Eli und Hugh gingen auf den Wald zu, wo der versteckte Pfad zum Verwaltungsgebäude führte. Sie würden alle belastenden Beweise entweder zerstören oder mitnehmen, um sie später zu vernichten.

Shaw wandte sich an Thomas, der immer noch die Pistole hielt. »Ich brauche die Waffe.«

»Was Sie brauchen, ist uns egal.« Er legte einen Arm um Caroles Schultern und hob die Glock. »Machen Sie ja keine Dummheiten.«

Shaw machte keine Dummheiten.

Er wollte die Verfolgung aufnehmen. Eli und Hugh würden auf dem Rückweg an Gebäude C vorbeikommen, hinter dem seine Keule versteckt lag. Damit – und mit dem Überraschungsmoment – wäre Shaw im Vorteil.

»David!«, rief hinter ihm eine Frauenstimme. Shaw blickte über die Schulter. Es war Anja. »Bitte, David. Lass mich erklären!«

Eli blieb stehen. Mit ausdrucksloser Miene sah er erst zu Shaw und dann zu Anja, etwa fünfzehn Meter dahinter. Dann richteten seine Augen sich auf ein Gebüsch neben Anja, hinter dem Timothy lauerte.

Der Mann hatte seinen Pullover ausgezogen. Shaw erkannte, dass er kein Amulett trug.

Er war einer der Auserwählten, ein Selbstmordattentäter.

Ich werde von Meister Eli höchstpersönlich ausgebildet …

Der Mann nickte seinem Boss zu, zog ein Teppichmesser unter dem Kasack hervor und griff an.

»Anja!« Shaw lief ebenfalls los.

Doch Timothy war schneller und packte die Frau an den Haaren.

»Nein!«, rief sie. »Bitte, Timothy.«

Ohne zu zögern fuhr er ihr mit der Klinge über den bleichen Hals. Blut spritzte hervor. Die Frau fiel auf die Knie und kippte dann mit einem gellenden Schrei zur Seite.

Timothy sah Shaw an. Dann atmete der Mann, der über Sitcoms lachte und gerne summte und im Herbst vielleicht einem Chor in Omaha beitreten wollte, tief durch und entbot mit gekreuzten Armen den Abschiedsgruß. »Auf Wiedersehen … bis zum Morgen«, rief er. Und durchtrennte seine eigene Halsschlagader.

Mit einem gleichgültigen Blick auf die Frau, die lange seine Geliebte gewesen war, wandte Eli sich ab und eilte mit Hugh weiter nach Norden.

Shaw erreichte Anja. Er wusste, was bei einer solchen Wunde zu tun war. Der klassische Ansatz, bei Halsverletzungen zunächst den Atemweg frei zu machen, reichte nicht aus, weil das Blut hier ohnehin nicht zum Gehirn gelangte, sondern auf den Boden floss. Die Blutung stand daher an erster Stelle. Dazu musste starker Druck auf die Wunde ausgeübt werden. Shaw kniete sich hin und machte sich ans Werk.

»Bitte«, keuchte sie.

»Keine Angst, ich hab schon Schlimmeres gesehen. Sie werden das schaffen.«

Das hatte er nicht. Und nein, sie würde es vermutlich nicht schaffen.

Unter ihrem sorgfältig aufgetragenen Make-up war sie aschfahl.

Eli und Hugh verschwanden nun außer Sicht. Shaw konnte ihnen nur hinterherblicken.

Verdammt.

»Ich übernehme«, rief eine Stimme. »Folgen Sie den beiden.«

Es war Steve.

»Kommen Sie her«, wies Shaw ihn an.

Der Mann ging in die Hocke.

»Nein. Entweder hinknien oder hinsetzen. Das hier kann eine Weile dauern.«

Steve gehorchte.

»Folgen Sie meinen Fingern«, sagte Shaw.

Auch dies tat Steve, zunächst vorsichtig, während das Blut leuchtend rot über seine Haut strömte. Dann etwas kräftiger.

»Er…«, flüsterte Steve. »Meister Eli. Er…«

»Ich weiß. Es ist schwer. Aber Sie müssen sich konzentrieren.«

»Okay.«

»Fühlen Sie die Schnittkanten?«

»Da? Ja.«

Anja wollte etwas sagen, gab den Versuch aber auf. Ihre Augen schlossen sich.

»Er hat ihr nicht vollständig die Kehle durchtrennt«, sagte Shaw zu Steve. »Wir können sie am Leben erhalten. Drücken Sie die Wundränder zu. Das wird eine rutschige Angelegenheit, aber es bleibt keine andere Wahl. Setzen Sie Ihre Fingernägel ein, um besseren Halt zu finden. So fest Sie können.«

»Alles klar.«

»Los.«

»Ich hab's.«

Shaw musterte die Wunde. »Gut.«

Er stand auf, wischte sich das Blut von den Händen und sah in der Nähe zwei Auszubildende vorbeikommen, einen Mann und eine Frau. Er rief sie zu sich.

»Wir brauchen Hilfe«, sagte er.

»Mein Gott, was ist denn passiert?«, fragte der Mann, als er Shaw erreichte.

»Holen Sie jemanden aus der Krankenstation her. Schnell.«

»Machen wir«, versprach die Frau. Dann liefen die beiden davon.

»Gehen Sie«, sagte Steve zu Shaw. »Halten Sie ihn auf.«

65

Shaw rannte.

Eli und Hugh konnten noch nicht allzu weit sein. Mit etwas Glück würde er sie gleich einholen.

Dann blitzte vor ihm etwas Weißes auf. Ja, da waren sie. Hugh und Eli, immer noch allein, unterwegs in Richtung Norden zum Verwaltungsgebäude. Shaw bog vom Pfad nach Osten in den Wald ab, wo er die Bäume und Sträucher bei der weiteren Annäherung als Deckung nutzen konnte.

Hugh hatte recht. Die Stiftung war erledigt. Auch wenn es weiterhin ein paar Gläubige geben mochte, war die gefährliche Illusion, die Eli erschaffen hatte, zerplatzt wie eine Seifenblase. Die Notfalltasche in Elis Keller bedeutete, dass er einen Fluchtplan besaß. Er und Hugh würden verschwinden und die verbliebenen AEs anweisen, sich im Camp zu verbarrikadieren. Wenn die Polizei eintraf, würden sie für ihren Boss Zeit schinden, indem sie den Sondereinsatzkommandos und Verhandlern vormachten, er befinde sich noch vor Ort. Vielleicht würde sich auch jemand für ihn ausgeben. Das würde die Behörden über Stunden oder sogar Tage beschäftigen, während der Sektenführer das Land verließ. Angesichts seiner Mittel hatte Eli bestimmt Zugang zu einem Privatjet.

Shaw blieb hinter den Büschen parallel zum Pfad. Er erkannte, dass er die beiden unmittelbar vor der Assistenzeinheit würde abfangen können. Eli und Hugh warfen gelegentlich einen Blick über die Schulter. Solange sie Shaw nicht zu Gesicht bekamen, würden sie davon ausgehen, dass er immer noch bei Anja war und versuchte, sie am Leben zu erhalten. Eli hatte den Angriff auf die Frau wahrscheinlich auch befohlen, weil er Shaw beschäftigen wollte, um ungestört fliehen zu können.

Shaw musste notgedrungen auf alle Waffen verzichten; es blieb ihm einfach nicht genug Zeit, um seine Keule zu holen. Und an Timothys Teppichmesser hatte er auch nicht gedacht. Er würde sich so leise wie möglich den beiden Männern nähern und sie angreifen, zuerst natürlich Hugh. Ein hartes Tackling, ein lähmendes Knie in den Solarplexus, dann schnell nach einer Waffe abtasten. Vermutlich würde Eli sich unterdessen nicht beirren lassen, sondern ohne seinen Freund weiterlaufen. Also musste Shaw ihn rechtzeitig einholen und ebenfalls ausschalten. Hugh trug bestimmt Kabelbinder bei sich; Shaw würde die beiden Männer damit fesseln und sie in den Wald zerren. Dann musste er sich ein Telefon organisieren.

Er gab dem Plan eine siebzigprozentige Erfolgsaussicht. Nun war er nur noch ungefähr zehn Meter von den Männern entfernt, die weiterhin vollständig ahnungslos wirkten.

Die Überraschung würde gelingen. Das erhöhte die Chance auf achtzig Prozent.

Und so blieb es, bis sich plötzlich vier AEs auf ihn stürzten, zwei von vorn und zwei von hinten.

Shaw wusste sofort, wieso er sie nicht bemerkt hatte. Er hatte nach grauen Kasacks Ausschau gehalten; diese Männer trugen jedoch die Tarnuniformen, die Frederick erwähnt hatte. Der Schlag von hinten war heftig. Shaw wurde bäuchlings zu Boden geworfen, und der Aufprall trieb ihm die

Luft aus der Lunge. Bevor er so recht wusste, wie ihm geschah, wurden ihm schon die Hände auf den Rücken gefesselt. Dann zog man ihn auf die Beine.

»Herrje, woher kommt all das Blut? Krepiert er etwa?«

»Hören Sie«, keuchte Shaw. »Es ist vorbei. Die Polizei wird …«

»Halt's Maul!«

»Falls Sie nicht wollen, dass …«

Der augenscheinliche Anführer der Gruppe, ein breiter Kerl mit Sommersprossen und feuerrotem Haar, hieb ihm ansatzlos eine Faust in den Magen. Shaw hatte Mühe, sich nicht zu übergeben.

»Was jetzt?«, fragte einer der anderen.

Rotschopf verriet es ihm: »Geselle Hugh hat gesagt, es soll wie ein Unfall aussehen. Als hätte er sich bei einem Sturz das Bein gebrochen und wäre dann von den Tieren erledigt worden. Das Bärenloch liegt ganz in der Nähe. Auf geht's! Falls er Ärger macht, verpass ihm noch einen Schwinger.«

66

Der gefesselte Shaw und seine vier Bewacher befanden sich nun etwa hundert Meter außerhalb des Camps, unweit der Fluchtroute zum Highway, wo Victoria und Frederick hoffentlich ein Telefon aufgetrieben hatten und nun dem FBI und der Staatspolizei taktische Informationen lieferten.

Rotschopf streckte den Arm aus. »Da entlang, glaube ich.«

Shaw konnte erkennen, dass ungefähr fünfzig Meter vor ihnen der Baumbestand endete und felsiges Gelände folgte.

»Was ist denn dieses Loch?«, fragte jemand.

»Eine Art Höhle«, erklärte Rotschopf. »Da gibt es Wölfe. Und Berglöwen.«

»Und wieso heißt es dann Bärenloch?«, fragte ein Kahlkopf mit breiter Brust und auffälliger Narbe auf Ohr und Hals.

Rotschopf verdrehte die Augen. »Na, weil es da auch Bären gibt. Zufrieden?«

»Ich frag ja nur.«

»Ein ekliger Ort. Da liegen überall Knochen herum, und es stinkt. Wir bringen ihn hin, brechen ihm das Bein und lassen ihn dort zurück. Als wäre er gestürzt und hätte nicht mehr weggekonnt.«

Shaw beschloss, dass er abhauen musste. Wenn sie sich diesem Loch näherten, würden die AEs abgelenkt sein und nach der besten Stelle suchen, um ihn nach unten zu bringen. Sobald sie anhielten, würde Shaw sich ein Stück von dem schmalen blonden Mann entfernen, der am schwächsten von allen wirkte. Daraufhin würde der Aufpasser ihn zurück an seine Seite ziehen, und in diesem Moment wollte Shaw ihn mit einem Kopfstoß und einem Tritt mit dem Knie in den Unterleib ausschalten. Dann würde er geradewegs tief in den Wald rennen. Die Männer würden ihn eine Weile verfolgen, aber immer unsicherer werden und befürchten, sich zu verirren, vor allem, wenn sie sich aufteilten, was der logischste Ansatz für eine Suche wäre.

In einem solchen Wald? Mitten im Sommer? Shaws Überlebenschance läge bei fünfundneunzig Prozent. Er musste die Handfesseln loswerden, aber in Anbetracht der vielen scharfkantigen Felsen hier dürfte das nicht lange dauern.

Dann lachte er innerlich auf. Ja, er würde mit einer Wahrscheinlichkeit von fünfundneunzig Prozent im Wald überleben. Doch es gab einen Haken: Zuvor musste er vier fitten Männern entkommen, die unter Umständen wie Timothy mit Messern bewaffnet waren. Vielleicht auch mit einem Taser. Oder sogar mit einer Pistole. Die Chance, überhaupt erst mal fliehen zu können? Allenfalls fünfunddreißig Prozent.

Andererseits waren fünfunddreißig so gut wie hundert, wenn man ohnehin keine andere Option hatte.

Rotschopf, der voranging, hob eine Hand, damit alle stehen blieben. Die Geste verriet Shaw, dass der Mann ein ehemaliger Soldat war. Entmutigend. Er würde sich wohl auch mit Nahkampf auskennen. Nun schaute er nach rechts, wo Shaw in fünfzehn Metern Entfernung den Rand der Klippe erkannte. »Da drüben, glaube ich. Da müsste es sein. Brad, du kommst mit.«

Nur zwei der Männer blieben bei Shaw zurück. Gut.

Während Rotschopf und Brad sich auf den Weg machten,

bereitete Shaw sich darauf vor, erst zurückzuweichen, dann anzugreifen, dem Gegner die Nase zu brechen und wegzulaufen.

Doch Rotschopf blickte über die Schulter, kniff die Augen zusammen und kam zurück. Hinter Shaw ging er in die Hocke. Der konnte nur seufzen, als er spürte, wie ihm ein Kabelbinder um die Knöchel gelegt wurde.

An allen vieren gefesselt.

So viel zum Thema Weglaufen.

67

Brad und Rotschopf kehrten vom Klippenrand zu Shaw, Blondie und Narbe zurück.

»Da ist es«, sagte Rotschopf zu den anderen. »Wie eine Grube, ungefähr drei Meter tief. Und es stinkt wie in einer Schlachterei.«

»Mir wurde ganz schwindlig«, klagte Brad.

»Sie haben den Hubschrauber doch gesehen«, sagte Shaw. »Die California Highway Patrol und Detectives aus San Francisco. Die ermitteln gegen Eli wegen Mordes. Und Sie sind seine Komplizen.«

»Mund halten«, befahl Rotschopf.

»Falls Sie sich kooperativ zeigen, rede ich mit der Staatsanwaltschaft. Die wird sich auf eine Absprache einlassen.«

»Wir haben nichts getan«, erwiderte Rotschopf. »Wir sind bloß private Sicherheitskräfte und müssen diese dämlichen Uniformen tragen.«

»Und Sie sind gerade durchaus dabei, etwas zu tun«, sagte Shaw. »Eine Entführung ist es jetzt schon. Und ziemlich bald wird es ein Mord sein.«

»Du kennst Hugh nicht«, erklärte Rotschopf. »Mit dem will man sich lieber nicht anlegen.«

»Na gut, dann sollten Sie mir wohl lieber die Fesseln abnehmen, denn er will doch, dass es wie ein Unfall aussieht.

Wenn das FBI meine Leiche findet, liegen die Kabelbinder noch da, auch nachdem die Tiere mit mir fertig sind.«

Die Männer schwiegen. Brad und Blondie sahen Rotschopf an.

»Das FBI?«, fragte Blondie.

»Halt's Maul«, knurrte Rotschopf.

»Ihre Fingerabdrücke und DNS sind überall an den Fesseln. Also müssen die weg. Und denken Sie daran, wer auch immer sie durchtrennt … ist tot.« Shaw sah dabei Blondie an. Seine Stimme war so ruhig wie das laue Lüftchen, das hier wehte. »Sobald meine Hände frei sind, zertrümmere ich ihm den Kehlkopf.«

»Vielleicht kann er so'n Zeug wie Hugh«, sagte Narbe. »Diesen Karate-Scheiß.«

»Der kann gar nichts.«

»Mit der Pistole konnte er aber umgehen.«

Shaw schaute von Narbe zu Blondie. »Einer von Ihnen beiden ist fällig. Und Sie können nichts dagegen tun.«

Das war natürlich Blödsinn. Sie konnten ihm einfach eins überziehen, die Fesseln abschneiden und ihn in das Loch werfen. Shaw war sich jedoch zu etwa fünfzig Prozent sicher, dass in Anbetracht der dringlichen Lage keiner von ihnen auf diese Idee kommen würde.

Da sagte Rotschopf: »Wir schlagen dir hier einfach mit einem Stein den Schädel ein, nehmen dir die Fesseln ab und zerren dich den Hügel runter.« Sein Schulterzucken schien zu bekräftigen: *Was denn sonst?*

»Dabei hinterlassen Sie nur noch mehr Ihrer Haare, DNS und Fingerabdrücke«, sagte Shaw. »Das FBI verhaftet Sie binnen einer Woche.«

»Wir haben keine Zeit für so was«, entgegnete Rotschopf. »Bringt ihn nach dort unten. Jetzt gleich. Und brecht ihm *beide* Beine.«

Blondie und Brad zogen Shaw weg.

Sie kamen drei Meter weit, dann ertönte hinter ihnen ein schriller Schrei.

Die beiden Männer und Shaw fuhren herum.

Rotschopf kniete mit verzerrtem tiefrotem Gesicht da und hielt sich mit der linken Hand die rechte Schulter. Es sah aus wie eine Parodie des Schultergrußes.

Über ihm stand Victoria und schwang ein weiteres Mal die Kriegskeule. Der Hieb streifte Rotschopfs Kopf und schickte ihn endgültig zu Boden.

68

Brad und Blondie ließen Shaw los, der sofort in die Knie ging und sich seitlich abrollte.

»Miststück«, knurrte Narbe.

Alle drei Männer zogen Einhandmesser hervor und klappten die Klingen aus.

Brad stand am dichtesten vor Victoria und griff sie als Erster an. Die Frau wich in einer fließenden Bewegung aus, duckte sich und zog einfach die Keule hoch. Im Wesentlichen zertrümmerte der Mann sich selbst das Knie. Sein Schrei war sogar noch spitzer als der von Rotschopf.

Shaw rutschte zu einem Baum und rollte in eine aufrechte Position. Blondie sprach in sein Walkie-Talkie. »Wir werden angegriffen!« Er klang ungläubig. »Wir sind beim Bärenloch und brauchen Hilfe.«

»Wir schicken Verstärkung«, lautete die blecherne Antwort.

Blondie ging auf Victoria los und hätte beinahe seinen Unterkiefer an die Keule verloren, bevor er zurücksprang. Er nickte Narbe zu, damit dieser die Gegnerin flankierte. Shaw war überrascht, dass sie es nicht gleich so versucht hatten.

Victoria hielt die Keule bereit und ließ die Männer nicht aus den Augen, während sie zu Shaw lief. »Umdrehen.«

Er gehorchte.

»Nein, halte sie auf«, rief Blondie seinem Partner zu.

Narbe versuchte es, aber ein Hieb mit der Keule ließ ihn wieder zurückweichen.

Victoria zog ihr Schlachtermesser und durchtrennte die Handfesseln. Dann reichte sie Shaw die Klinge, damit er seine Fußfesseln zerschnitt. Sie richtete sich sofort wieder auf, trat mit der Keule ein Stück vor und verharrte geduckt und mit festem Stand. Zu keinem Zeitpunkt wandte sie den Männern länger als eine Sekunde den Rücken zu.

Ihr Blick blieb absolut gelassen.

Und kalt. Eiskalt.

Beide Männer waren verunsichert.

»Du hättest sie dir schnappen müssen«, warf Blondie seinem Partner vor. »Hast du etwa Angst vor der kleinen Pflaume?«

»Fick dich.«

Shaw stand auf, das Messer kampfbereit umklammert.

Nun standen sie sich zu viert gegenüber. Shaw erkannte, dass die beiden am liebsten geflohen wären, vermutlich aber befürchteten, von Hugh schwer bestraft zu werden, falls sie die Aufrührer entkommen ließen.

»Lassen Sie uns tauschen«, sagte Victoria.

Keule und Messer wechselten jeweils den Besitzer. Victoria hielt die Klinge wie eine Expertin, und sie schien sich regelrecht auf einen guten Kampf zu freuen. Shaw hatte nichts anderes von ihr erwartet.

Auch er empfand ein Hochgefühl. In diesem dichten Wald an so einem kühlen, klaren Tag. Primitive Waffen, brutaler Nahkampf, zwei gegen zwei …

Victoria und er drangen nun langsam vor. Die AEs wichen zurück und vollführten dabei theatralische, absurde Gesten mit ihren Messern, als wären sie kleine Kinder, die einen Karatefilm nachspielten.

»Haben Sie die Straße erreicht?«, fragte Shaw.

»Ohne Probleme. Wir konnten einen Laster anhalten, und dann habe ich den Rückweg angetreten. Frederick war am Telefon, als ich aufgebrochen bin.«

FBI oder Staatspolizei würden demnach schon unterwegs sein.

Blondie traute sich. Shaw schlug ihn mit ein paar Schwüngen der Keule sogleich wieder in die Flucht. Er musste an Hugh und Eli denken, die inzwischen Beweise vernichteten oder einpackten. »Lassen Sie uns einen Zahn zulegen.«

Während Victoria sich den zunehmend verunsicherten Narbe vornahm, täuschte Shaw einen Angriff auf Blondie an, zog sich dann aber schnell wieder zurück. »Ja, verpiss dich, du Arschloch«, höhnte der AE.

Shaw hatte nun den gewünschten Abstand erreicht und warf die Keule aus der Aufwärtsbewegung heraus – so war sie weniger tödlich. Er erwischte den AE mitten im Gesicht, und Blondie ging stöhnend zu Boden. Blut strömte ihm aus der Nase, und er schlug beide Hände über der qualvoll schmerzenden Stelle zusammen.

Damit blieb nur noch Narbe übrig, der neuen Mut schöpfte, weil Shaw plötzlich unbewaffnet war. Er machte einen Schritt auf Victoria zu.

Auch sie schien allmählich die Geduld zu verlieren. »Okay.« Es klang so beiläufig, als würde eine Kellnerin mit einem Gast sprechen. Sie fasste das Messer an der Klinge und schleuderte es von sich. Es blieb zwei Meter neben Narbe in der weichen Erde stecken.

Der Mann beäugte es misstrauisch. Vielleicht fragte er sich, weshalb der Wurf ihn so deutlich verfehlt hatte, obwohl diese Frau sich doch eindeutig mit Messern auskannte.

»Nur für den Fall, dass ich es brauche«, sagte Victoria zu Shaw.

Sie ging auf Narbe zu, voll aufgerichtet, mit den Händen an den Seiten, also keinesfalls in einer Abwehrhaltung. Genau genommen schlenderte sie. Als sie noch rund zwei Meter von ihm entfernt war, griff er sie an. Sie glitt nach links, umschloss seine Messerhand mit beiden Händen, trat vor, damit er sich nicht losreißen konnte, und vollführte in aller Seelenruhe eine Drehbewegung mit den Armen. Shaw wusste, dass man auf diese Weise den gesamten Körper des Gegners ohne große Anstrengung unter Kontrolle hatte und ihn auf die Knie oder den Bauch zwingen konnte.

Oder man konnte ihm das Handgelenk brechen.

Victoria wählte die zweite Option.

Shaw hörte das Knacken noch aus sechs Metern Entfernung.

»Ah …« Narbe wurde erst weiß und dann ohnmächtig.

Victoria zog ihr Messer aus der Erde. »Manchmal ist mir einfach nicht danach, jemanden zu erstechen«, sagte sie. »Geht es Ihnen hin und wieder auch so, Colter?«

Einfallsreich, hübsch *und* mit Sinn für Humor.

»Wir müssen sofort weiter«, sagte er. »Eli und Hugh sind im Verwaltungsgebäude und lassen Beweise verschwinden.«

Sie fesselten den Männern zügig mit Kabelbindern die Arme auf den Rücken und nahmen Rotschopf das Messer ab. Shaw steckte es sich in die Socke. Dann warfen sie die anderen Messer tief in den Wald. Shaw holte seine blutige Kriegskeule. Victoria zog Blondie das Walkie-Talkie vom Gürtel.

Als sie auf einen schmalen Pfad nach Norden einbogen, in Richtung des vorderen Tors, bedankte Shaw sich bei Victoria.

»Das hätten Sie auch so geschafft«, sagte sie.

Er schaute zu den vier Schlägern und dem Bärenloch dahinter.

Brecht ihm beide *Beine* …

»Ich hatte schon vorher beschlossen, wieder umzukehren, sobald wir einen Wagen angehalten hätten. Sie waren noch nicht so weit, um aufzusteigen.« Victoria lächelte.

Das Walkie-Talkie gab keine Ruhe; jemand forderte unaufhörlich weitere Meldungen über den Angriff ein. Es war Hughs Stimme, die immer wütender wurde, weil keine Antwort kam. Wenigstens hieß das, dass er und vermutlich auch Eli sich noch im Camp aufhielten.

Victoria berührte plötzlich Shaws Arm. »Da kommt jemand.« Sie versteckten sich hinter einem dichten Heidelbeerstrauch. Ein halbes Dutzend AEs schwärmte soeben aus und kam weiter auf sie zu. Die Verstärkung, die Blondie angefordert hatte. »Mit Waffen«, flüsterte Victoria.

Zwei der Männer hielten Pistolen.

Shaw und Victoria eilten zurück zu den vier Gefangenen. Er beugte sich vor und flüsterte Rotschopf etwas zu: »Sie glauben nicht an den Prozess, richtig? Sie wissen, dass dies Ihr einziges Leben ist.« Shaw sah Victoria an. Sie kniete sich hin und hielt dem Mann ihr Messer an die Kehle.

»Ich bin bloß ein Rausschmeißer«, keuchte er.

»Wie heißt du?«, fragte Victoria. »Gib mir einen falschen Namen, und du bist tot.«

»Schwachsinn. Das wäre Mord.«

»Nein, bloß rückwirkende Selbstverteidigung.« Der Druck der Klinge erhöhte sich. Victorias Augen waren schwarz und leer.

Rotschopf erschrak. »Schon gut, schon gut. Andy.«

»Bist du ›Geselle‹ oder hast du sonst einen Rang?«

»Nein, nichts von dem Scheiß. Einfach Andy.«

Shaw drückte die Sendetaste des Funkgeräts. »Andy hier. Carter konnte entkommen. Wir sind ihm zum Wohnhaus gefolgt. Er ist drinnen. Wir brauchen mehr Männer!«

»Verfluchte Scheiße«, kam die Antwort. »Ihr wart zu viert.«

Gleich darauf wurden über Funk alle zum Wohnhaus beordert.

Die nahenden AEs hörten die Nachricht anscheinend auch. Sie machten kehrt und eilten nach Süden.

Victoria und Shaw wandten sich in die entgegengesetzte Richtung und liefen zur Vorderseite des Camps. Wenige Minuten später duckten sie sich hinter dem Verwaltungsgebäude und der Assistenzeinheit zwischen die Bäume. Shaw streckte Daumen und Zeigefinger aus.

Es würde dort Schusswaffen geben.

Sie musterten das Gelände. Es sah so aus, wie man es nach den chaotischen Ereignissen erwarten durfte. Viele der Gefährten standen in Gruppen zusammen, andere saßen bekümmert und für sich allein auf dem Platz oder einer Bank. Eine Frau war in Tränen aufgelöst. Zwei IKs stritten miteinander.

Neben dem Verwaltungsgebäude stand ein SUV, beladen mit Computern und Akten. Der Graue und der Schrank eilten herbei und stopften weitere Kartons voller Dokumente hinein. Dann liefen sie auf das Wohnhaus zu.

»Wollen Sie auch eine Keule?«, fragte er.

»Wäre nicht schlecht.«

Shaw ging zu seiner Unterkunft und holte die zweite Keule, die immer noch versteckt unter den Blättern lag. Dann brachte er sie zu Victoria. Die Frau wickelte ihr Messer in die Serviette ein und schob es sich hinten in den Hosenbund.

»Bei der Assistenzeinheit gibt es mit Sicherheit einen Waffenschrank«, sagte sie. »Sollen wir vorn ein Ablenkungsmanöver starten?«

Er schüttelte den Kopf. »Es sind zu viele AEs.«

»Okay, dann stoßen wir eben schnell durch die Hintertür vor.«

Die stand ein Stück offen. Shaw wagte einen Blick hinein. In dem Lagerraum voller Büromaterial und unbeschrifteter Kartons war niemand. Und tatsächlich, an einer der Wände stand ein Waffenschrank.

Shaw und Victoria nickten einander zu und betraten zügig das Gebäude, die Keulen einsatzbereit in den Händen. Sie zeigte auf sich selbst und die Tür, die zum vorderen Teil der Assistenzeinheit führte, was hieß, sie würde dort Wache halten. Er ging zu dem Stahlschrank.

Verdammt. Abgeschlossen.

Shaw zeigte darauf und schüttelte den Kopf. Victoria runzelte die Stirn. Er gesellte sich zu ihr, und sie spähten durch den Türspalt in den Korridor. Es gab dort vier weitere Türen, zwei auf jeder Seite – hinter einer lag das Zimmer, in dem man ihn verhört hatte. Sie schlichen sich auf den Flur und versuchten ihr Glück, aber alle Türen waren abgeschlossen. Am Ende des Gangs, an der teilweise geöffneten Tür zum vorderen Büro, hob Victoria eine Hand, und sie blieben beide stehen.

Dort bewegte sich etwas.

Ja, Eli und Hugh waren dort. Das war beunruhigend, denn es bedeutete, dass sie wahrscheinlich alle relevanten Akten und Computer entweder eingepackt oder vernichtet hatten.

Die beiden Männer wandten ihnen den Rücken zu und sprachen mit jemandem, den Shaw und Victoria nicht sehen konnten. Der Ton war freundlich.

Bislang hatte noch niemand Verdacht geschöpft.

Shaw zeigte auf Hugh und formte mit Finger und Daumen erneut eine Pistole, was heißen sollte, dass der Mann vermutlich eine Waffe trug.

Sie nickte und verstand: Shaw würde Hugh angreifen. Für Victoria blieben Eli und die andere Person im Raum.

Vielleicht war auch Eli bewaffnet, aber das schien wenig wahrscheinlich. Wie dem auch sei, er würde sich nicht gut mit Pistolen auskennen und daher leicht zu entwaffnen sein.

Shaw hielt drei Finger hoch und klappte sie nacheinander ein.

Als so die Hand zur Faust geworden war, stieß er die Tür auf und stürmte mit Victoria hinein.

Nur um sofort zu erstarren.

Eli und Hugh erschraken bei dem Geräusch und fuhren herum.

Ihre Handgelenke waren gefesselt.

Und der Mann, mit dem sie gesprochen hatten, war sichtlich überrascht. Sein Blick huschte von Shaws und Victorias Gesicht zu den Keulen und wieder zurück.

Es war der Sheriff von Snoqualmie Gap, der tief in Elis Schuld stand und der, begriff Shaw, die beiden Männer soeben vermeintlich festgenommen hatte, um ihnen zur Flucht zu verhelfen, bevor die echten Gesetzeshüter eintrafen.

69

Die Rettungssanitäter der Feuerwehr von Snoqualmie Gap schoben zwei gelbe Rolltragen den Schotterweg entlang, eine schnell und mit sprintender Begleitung, die andere deutlich langsamer.

Anja lag auf der ersten Trage. Sie war bewusstlos und kreidebleich. Ihr Hals war mit einer luftdichten Bandage umwickelt. Shaw hatte zu diesem Zweck einst eine Frischhaltefolie verwendet; dadurch sollte einer Luftembolie vorgebeugt werden. Anja hing zudem an einem Tropf mit Kochsalzlösung. Sie verdankte ihr Leben dem Mann, der die Trage begleitete: Steve. Seine Hände und Kleidung waren voller Blut.

Auf der zweiten Trage lag der Leichnam desjenigen, der verantwortlich für Anjas Zustand war: der aufgestiegene Timothy.

Shaw und Victoria standen vor der Assistenzeinheit. Sie hatten ihr Gepäck geholt, das zu ihren Füßen lag, wenngleich die Mobiltelefone und Autoschlüssel noch unter Verschluss waren. Angeblich hatte man die Schlüssel der Behälter noch nicht gefunden. Shaw war überzeugt, sie würden erst dann »gefunden« werden, wenn der Sektenführer und sein Kumpan längst weg waren.

Noch ein weiteres Paar war zugegen – Thomas und Carole. Der Mann hatte nach dem Angriff auf Shaw die Glock an sich genommen und nicht wieder hergegeben.

Shaw wusste, was dann passiert sein musste. Thomas hatte sich mit vorgehaltener Waffe Zutritt zum Verwaltungsgebäude verschafft und den Notruf gewählt – entweder per Festnetz oder mit einem Mobiltelefon der Angestellten.

Die Zentrale hatte den Notruf pflichtgemäß an das Sheriff's Office von Snoqualmie Gap durchgestellt. Daraufhin waren dieselben Beamten, die Shaw am Schauplatz von Johns Tod gesehen hatte, hier im Camp eingetroffen. Der Sheriff – auf dessen Namensschild Calhoun stand – wusste, dass ihm ein Haufen Bargeld winkte, falls er Eli und Hugh »festnahm« und rechtzeitig von hier wegbrachte.

Ein Deputy führte Hugh und Eli nun zu Calhouns eigenem SUV und half ihnen auf die Rückbank. Die Hände wurden ihnen vor dem Körper gefesselt, was gegen die Vorschriften so ziemlich jeder Polizeibehörde der Welt verstieß. Hugh warf Victoria einen lüsternen Blick zu. Sie parierte mit einem Blick aus Eis.

Ein AE, ebenfalls in Handschellen, wurde von einem anderen Deputy zum Parkplatz begleitet. Die beiden Männer plauderten wie zwei gute Bekannte auf einem Jagdausflug am ersten Tag der Rotwildsaison. Die Festnahme dieses und aller anderen AEs war eine reine Showeinlage. Man würde die Männer freilassen, sobald sie beim Snoqualmie Gap Sheriff's Department eintrafen, wenn nicht schon auf dem Weg dorthin.

»Sehen Sie«, sagte Victoria und wies auf den Pfad, der zu Elis Wohnhaus führte.

Zwei Deputys schleppten Koffer und Reisetaschen heran.

»Hotelpagen«, murmelte Shaw.

»Ich wette, das gibt ein hübsches Trinkgeld.«

Die Männer luden das Gepäck in den SUV des Sheriffs und

gingen zurück in die Richtung, aus der sie gekommen waren. Um die nächste Fuhre zu holen, dachte Shaw zynisch. Das Leuchtfeuer war es gewohnt, komfortabel zu reisen.

»Die müssen unsere Aussagen aufnehmen«, sagte Shaw leise zu Victoria. »Lassen Sie sich dabei so viel Zeit wie möglich. Niemand hier weiß, dass Frederick das FBI und die Staatspolizei alarmiert hat.«

»Meine Aussage wird so ausführlich werden wie *Moby Dick*. Den habe ich übrigens nie komplett gelesen, Sie etwa?«

»Ich habe gar nicht erst damit angefangen.«

Der Sheriff redete mit einigen seiner Deputys, die bestätigend nickten, während er seine Anweisungen erteilte. Dann wollte der Mann zu seinem Wagen gehen. Shaw sprach ihn an. »Sheriff Calhoun.«

»Ja?«

»Ich bin hier auf dem Gelände zum Zeugen mehrerer Delikte geworden und würde gern …«

»›Delikte‹? Sind Sie etwa Anwalt?«

»Nein.«

»Ich muss schon sagen, Sie haben sich ein paar hübsche Souvenirs gebastelt.« Er wies auf die Kriegskeulen. »Bieten Sie die doch mal in unserem Gemischtwarenladen zum Verkauf an. Da lässt sich bestimmt der eine oder andere Dollar verdienen.«

»Wir würden gern unsere Aussagen machen«, sagte Victoria.

Der Sheriff musterte Shaws blutiges Uniformhemd. »Und Sie sind auch ganz sicher nicht verletzt, Sir?«

»Nein, ich habe versucht, die Frau zu retten, die gerade hier abtransportiert wurde. Deren Ermordung Eli angeordnet hatte.«

Eli, dein Freund. Oder zumindest dein Gönner.

Der Sheriff reagierte nicht darauf, sondern zog seinen

Autoschlüssel aus der Tasche und ging zu dem SUV. Dabei sprach er in sein Funkgerät. »Tony, hast du den Rest von Mr. Ellis' Zeug?«

»Bin gleich da, Sheriff.«

»Gut, wir müssen los.« Er streckte die Hand nach der Fahrertür aus.

»Sheriff«, rief Shaw.

Der Mann zog eine Augenbraue hoch. Seine Miene wirkte gelangweilt.

»Was ist mit unseren Aussagen? Wir wären so weit.«

»Was für ein hilfsbereites Pärchen Sie doch sind! Die Staatsanwaltschaft wird sich mit Ihnen in Verbindung setzen.«

»Sie kennen doch noch nicht mal unsere Namen.«

»Die kriegen wir schon raus.« Calhoun setzte sich ans Steuer und ließ den Motor an.

Shaw bückte sich und öffnete seinen Rucksack. Nach kurzem Suchen nahm er eines seiner kleinen Notizbücher, schrieb etwas auf eine der Seiten, riss sie heraus, ging zu Calhoun und gab sie ihm.

»Mein Name und meine Telefonnummer. Damit der Staatsanwalt nicht suchen muss.«

»Danke. Die Welt braucht mehr besorgte Bürger wie Sie, Sir.«

Shaw kehrte zu Victoria zurück, und gemeinsam sahen sie dabei zu, wie die Deputys den Rest von Elis Gepäck in dem Toyota 4Runner verstauten. Einer der Männer schloss die Kofferraumklappe und klopfte zweimal gegen die Seite des Fahrzeugs.

Calhoun gab Gas, raste durch das *Gestern-Heute-Morgen*-Tor und weiter auf den Schotterparkplatz. Er hinterließ eine graue Staubwolke. Ihm folgte der SUV mit Akten und Computern, den Shaw und Victoria zuvor schon gesehen hatten.

Victoria tippte Shaw auf die Schulter und zeigte auf etwas. Wo eben noch der Toyota gestanden hatte, lag ein kleiner weißer Gegenstand. Es war das – nun zerknüllte – Stück Papier mit Shaws Namen und Telefonnummer, das er soeben erst dem Sheriff gegeben hatte.

70

Endlich traf die Kavallerie ein.

Fredericks Anruf bei Tom Pepper hatte funktioniert.

Special Agent Robert Slay von der FBI-Dienststelle in Tacoma wurde von zwei Dutzend Kollegen begleitet, darunter Beamte des Sondereinsatzkommandos, Forensiker und Verhandlungsexperten für Geiselnahmen.

»Sind Sie Shaw?« Der kräftig gebaute, gut aussehende Mann mit rabenschwarzem Haar trug einen marineblauen Anorak mit den Buchstaben seines Arbeitgebers auf dem Rücken und streckte die Hand aus. Shaw schlug ein.

»Das ist Victoria…?« Shaw sah sie fragend an.

»Lesston«, sagte sie und warf ihm einen tadelnden Blick zu. Sie schien nicht begeistert zu sein.

Slay stemmte die Hände in die Seiten und ließ den Blick über das Camp und die vielen Leute in den Uniformen der Stiftung schweifen. Er sagte nichts, registrierte aber durchaus das Gebäude der Assistenzeinheit und die Sicherheitsmänner, von denen inzwischen viele keinen grauen Kasack, sondern Zivilkleidung trugen, wie Shaw feststellte.

Slay erhielt einen Anruf und hörte mit ernster Miene zu. »Okay. Halten Sie mich auf dem Laufenden.« Er trennte die Verbindung und wandte sich wieder Shaw und Victoria zu. »Ich weiß Ihre Fahndungshinweise zu schätzen, Mr. Shaw.

Unsere Leute sind schon dran. Bislang aber ohne Erfolg.« Er hob zur Erklärung das Telefon.

Sobald Shaw sein eigenes Telefon zurückbekommen hatte, hatte er Tom Pepper angerufen und von ihm Slays Nummer erhalten. Der Agent und sein Team waren unterwegs zum Camp. Shaw hatte ihn gewarnt, dass Sheriff Calhoun mit an Sicherheit grenzender Wahrscheinlichkeit Eli und Hugh freilassen würde. Und er hatte einige Ideen für die Suche nach den beiden Männern geäußert.

»Wie hat Calhoun es aussehen lassen?«, fragte er nun. »Als wären sie geflohen?«

»Nein, er hat sie einfach gehen lassen, weil angeblich kein hinreichender Verdacht vorlag. Die Beweismittel durften sie auch alle mitnehmen.«

Victoria schnaubte verächtlich.

Shaw zeigte in die ungefähre Richtung des Bärenlochs. »Da liegen vier gefesselte Schlägertypen im Wald. Die könnten medizinische Hilfe gebrauchen.«

»Oh, die hatte ich ganz vergessen«, sagte Victoria.

»Anfangs werden die vielleicht mauern, aber sie sind keine Mitglieder der Sekte, sondern angeheuerte Hilfskräfte. Ich glaube, sie werden letztlich reden, wenn man ihnen einen guten Deal anbietet.«

»Was kann man denen denn vorwerfen?«

»Körperverletzung und versuchten Mord.«

»Und wer ist das Opfer?«

»Das wäre dann wohl ich.«

Slay runzelte die Stirn. »Und Sie haben die vier ganz allein überwältigt?«

»Nein, ich hatte Hilfe«, sagte Shaw.

»Was, zum Teufel, ist das hier überhaupt für ein Ort? David Ellis taucht weder im ViCAP noch in unseren sonstigen Akten auf. Gleiches gilt für die Osiris-Stiftung.«

Shaw erklärte es ihm kurz.

»Unsterblichkeit«, wiederholte der Agent nachdenklich und nahm ein weiteres Mal die Gefährten in Augenschein. Die meisten von ihnen standen einfach da und versuchten, irgendwie damit klarzukommen, dass der Traum vom ewigen Leben geplatzt war. Und dass man sie betrogen hatte. »Ich schätze, wenn man sich schon idiotisch verhält, dann am besten gleich im großen Maßstab«, sagte Slay.

Er zog ein digitales Diktiergerät aus der Tasche und nahm Block und Stift zur Hand. »Kann es losgehen?«, fragte er.

Shaw und Victoria nickten.

Sie machten ihre Aussagen und schilderten beide ausführlich ihre Erfahrungen, zwar nicht ganz so weitschweifig wie ein aufgeblähter Roman aus dem neunzehnten Jahrhundert, aber doch voller Informationen, die als Grundlage einer Vielzahl von Anklagepunkten gegen Eli und andere Gefährten dienen würden – Sexhandel, sexuelle Nötigung von Minderjährigen, Insidergeschäfte, mögliche Geldwäsche, tätlicher Angriff und Körperverletzung, Mord, Entführung.

»Was schätzen Sie, wie viele Leute haben dieses Camp durchlaufen?«, fragte Slay.

»Das geht seit vier Jahren so«, erklärte Shaw. »Es dürften jede Menge Mitglieder sein. Eli hat zwar Berge von Akten mitgenommen, aber womöglich gibt es ja noch Listen im Verwaltungsgebäude oder in Elis Wohnhaus.«

»Wir werden die Leute vernehmen. Einige von ihnen müssen Zeugen von Straftaten geworden sein.«

Shaw erzählte ihm auch von den Auserwählten.

Das ließ Slay innehalten. »Die sind wie Selbstmordbomber. Und wir müssen sie unbedingt ausfindig machen. Nach dem hier« – er vollführte eine unbestimmte Geste, die offenbar die Zerschlagung der Stiftung meinte – »könnten diese Leute, keine Ahnung, darauf programmiert sein, Zeugen zu eliminieren.«

»Und wir haben das hier.« Shaw übergab ihm die Videokamera, die sie in Gebäude 14 versteckt hatten, als Victoria und er dort eingebrochen waren, um das Rattengift gegen Zucker auszutauschen. Die Kamera stammte aus Elis Arbeitszimmer neben dem Studienraum, und die Aufnahme zeigte die AEs beim Präparieren der Weinflasche.

Einer der Männer war Hugh. *»Scheiße, setz die Maske auf«*, herrschte er einen seiner Kollegen an. *»Dieses Zeug kann dich töten.«*

»Es ist Gift. Das soll es ja auch.«

»Für mich sieht das wie Zucker aus.«

»Dann probier doch mal davon und lass mich wissen, wie süß es schmeckt.«

Slay rief einen der Kriminaltechniker herbei, der die Kamera eintütete und Shaws Namen für die Dokumentierung der Beweismittelkette festhielt.

Der Agent steckte sein Diktiergerät ein. »Nur aus Neugier: Was haben Sie beide eigentlich hier verloren? Sie kommen mir nicht gerade wie die typischen Kultanhänger vor.«

»Das hatte …«, setzte Shaw an.

»… persönliche Gründe«, vollendete Victoria den Satz.

»Hab ich mir schon gedacht«, sagte Slay, und sein Tonfall verriet, dass die näheren Einzelheiten nicht wirklich von Belang für ihn waren.

Steve kam zu ihnen. Er hatte sich das meiste Blut von den Händen gewaschen, doch sein Hemd war ruiniert. Shaw fiel auf, dass das rote Blut auf dem blauen Stoff violette Flecke hinterließ.

»Wie geht es Anja?«, fragte Shaw.

»Das lässt sich noch nicht sagen.«

Shaw stellte den Assistenten vor. Der junge Mann, dessen

Augen rot und verweint waren, erklärte Agent Slay seine Tätigkeit. Shaw wies auf das dicke Notizbuch hin, das zahllose Einzelheiten über Eli enthielt.

»Ich habe es hinter dem Wohnhaus versteckt und hole es Ihnen gleich«, versprach Steve.

Shaw hatte Slay berichtet, dass Detective Etoile vom SFPD die Ermittlungen im Fall Yang wieder aufgenommen hatte. Der Mord sei zweifellos auf Elis Anweisung erfolgt, weil der Reporter einigen Unregelmäßigkeiten im Zusammenhang mit der Stiftung hatte nachgehen wollen.

»Steht in diesem Notizbuch auch etwas über ein Treffen zwischen Eli und Edwards?«, fragte der Agent nun.

»Ja, Sir. Ich sollte es arrangieren.«

»Wann?«, fragte Shaw.

»Vor etwa zwei Monaten.«

»Genau zu der Zeit, als Yang ermordet wurde«, stellte Shaw fest.

Steve seufzte. »Meister Eli.« Er blickte hinaus über das Camp und schien seine Gefühle kaum in Worte fassen zu können. »Ich habe alles für ihn getan. Was auch immer er wollte. Zu jeder Zeit. Uneingeschränkt.« Er starrte seine Finger an, deren Nagelhäute immer noch dunkel verfärbt von Anjas Blut waren. Dann fuhr er sich mit der Zunge über den Mundwinkel. »Ich hole Ihnen das Notizbuch, Agent Clay.« Er machte sich auf den Weg zum Wohnhaus.

Eine gedrungene Frau mit Rock und unförmigem Pullover kam auf Shaw zu. Sie war ungefähr Mitte fünfzig und hatte ihr graues Haar zu einem Pferdeschwanz zusammengefasst. Wie viele der Gefährten trug sie nun keine Uniform mehr, dafür aber immer noch ihr Amulett. Es war rot.

»Ich bin Sue Bascomb.«

Nicht »Auszubildende Bascomb«. Der Bann war gebrochen.

Shaw und Victoria stellten sich vor.

»Geht es Ihnen gut?«, fragte die Frau stirnrunzelnd.

Offenbar wegen der Blutflecke.

»Alles bestens.«

»Ich wollte mich bedanken. Nach den ersten paar Tagen sind auch mir hier Zweifel gekommen, aber ich konnte nicht genau festmachen, woran das lag. Arbeiten Sie für die Polizei?«

Shaw und Victoria verneinten.

»Tja, er wäre mit allem davongekommen, falls Sie nichts unternommen hätten. Und die Leute auf der Bühne wären jetzt tot.« Bascomb schüttelte den Kopf. »Ich habe mich immer für so schlau gehalten. Doch nachdem mein Peter gestorben war, hat es mich ganz schön aus der Bahn geworfen.« Sie schaute sich um. »Da dachte ich, versuch's doch einfach mal. Vielleicht kann man dir hier helfen. Schlechte Idee. Ich hätte mich lieber mit meinen Freunden und Angehörigen durch die Trauer kämpfen sollen. Wenn man jemanden verliert, gibt es kein Patentrezept. Wie dem auch sei, ich weiß zu schätzen, was Sie getan haben.«

Colter Shaw nickte. Er konnte mit Lob oder Dank nicht gut umgehen.

»Ich möchte Ihnen etwas vorschlagen«, sagte die Frau. »Ich habe mir überlegt, meine Erfahrungen mit der Stiftung und Meister Eli aufzuschreiben … mit David Ellis, meine ich, dem Betrüger. Falls daraus was wird, dürfte ich Sie interviewen?«

»Als namenlose Quelle, gern.«

Bascomb sah zum Wohnhaus. »Ausgerechnet auf die Einsamen und Mutlosen hat er sich gestürzt … ich finde, die Welt muss von Eli erfahren.«

»Das sehe ich auch so.«

»Vielen Dank. Ich möchte nicht, dass so etwas noch jemandem zustößt.«

Bascomb ging weiter, nahm ihr Amulett ab und warf es in einen Abfalleimer bei der Zentrale der Assistenzeinheit. Shaw sah, wie sie innehielt und ein paar Worte in ihr Notizbuch schrieb – nun über ihr Dasein in einer Sekte und nicht länger über irgendwelche vermeintlichen Erinnerungen an frühere Leben.

Als Shaw sich abwandte, fiel ihm auf der Bank vor dem Verwaltungsgebäude eine weitere Frau ins Auge.

Es war Gesellin Adelle, seine Aufnahmespezialistin. Sie saß mit hängenden Schultern da, die Hände flach neben sich auf der Sitzfläche. Die Tränen hatten ihren Lidstrich verlaufen lassen. Wahrscheinlich versuchte sie zu verdauen, was Shaw zu den Gefährten gesagt hatte. Sie wollte ihm nicht glauben und erkannte doch zugleich, dass er recht hatte: Der Prozess war ein Schwindel. Ihr Baby war für immer tot. Es würde kein Wiedersehen im Morgen geben.

Shaw tat es sehr leid, sie in dieser Verfassung zu sehen.

Er deutete auf seine Uniform. »Ich will jetzt auch endlich dieses Kostüm loswerden«, sagte er zu Victoria.

71

Shaw und Victoria saßen auf der Bank, bei der sie sich zwischen Elis zwei Diskursen kennengelernt hatten. Beide trugen Jeans und T-Shirt – seines grau, ihres schwarz.

Sie hatte die blaue Steppweste aus dem Sortiment der Stiftung behalten. Shaws Jacke blieb in der Sporttasche. Der kalte Hauch, der in der intensiv riechenden Luft lag, störte ihn nicht. Er trug auch wieder seine Ecco-Schuhe; ihm taten immer noch die Füße weh, seitdem er in den minderwertigen Slippern versucht hatte, Johns Leben zu retten, und die Cowboystiefel, die er bei seiner Ankunft als Carter Skye getragen hatte, entsprachen ihm nicht wirklich. Victoria hingegen trug modische braune Stiefeletten mit fünf Zentimeter hohem Absatz.

Die Stimmung blieb gedrückt. Die Aussicht von hier oben war zwar atemberaubend, aber nach allem, was passiert war, hatte Shaw derzeit kein Auge für die Schönheit der Umgebung. Sie hatten beide ihre Telefone aus dem Gebäude der Assistenzeinheit zurückerhalten, und Shaw rief nun im örtlichen Krankenhaus an. Er wurde zu einem Arzt in der Notaufnahme durchgestellt und erkundigte sich nach Anjas Verfassung.

»Sie ist stabil und wird es überleben. In welcher Beziehung stehen Sie zu ihr, Sir?«

»Wir sind nur Bekannte.«

»Aus den Habseligkeiten der Patientin geht nicht hervor, ob sie Familie hat.«

»Da kann ich Ihnen leider auch nicht weiterhelfen.« Dann kam Shaw ein Gedanke. Er nannte dem Arzt Steves Namen und versprach, er werde den Mann bitten, sich bei ihm zu melden. »Die beiden sind Arbeitskollegen.«

Nach dem Gespräch gab er die Neuigkeiten an Victoria weiter. »Ich weiß nicht, inwiefern sie in seine strafbaren Handlungen verwickelt gewesen ist«, fügte er dann hinzu. »Sie wusste jedenfalls eine Menge über die Vorgänge und hat es nicht gemeldet. Das wird man ihr zur Last legen.« Er schüttelte langsam den Kopf. »Ich hätte dafür sorgen müssen, dass sie im Wohnhaus bleibt. Nachdem sie mir das Passwort für den Computer verraten hatte, hätte mir klar sein müssen, dass er sich an ihr rächen würde.«

»Es hätte aber Verdacht erregt, wenn sie nicht auf der Bühne gewesen wäre. Eli hätte den Braten riechen können.«

»Trotz allem hat sie nicht verdient, was ihr zugestoßen ist«, bekräftigte Shaw.

Victoria sagte nichts dazu; sie war anderer Meinung, das konnte er erkennen. Sie selbst war vermutlich eine Frau, der kaum etwas gegen ihren Willen geschah.

»Was meinen Sie?«, fragte sie. »Als Anja dachte, sie müsse sterben, hat sie da geglaubt, sie würde ins Morgen aufsteigen?«

»Schon möglich.« Es war denkbar. Obwohl Shaw zugleich überzeugt war, dass jeder Trost, den Anja daraus ziehen mochte, von ihrem Schmerz überschattet wurde. Dem Schmerz, sich eingestehen zu müssen, dass der Mann, den sie liebte, soeben ihren Tod befohlen hatte.

»Oh, sehen Sie nur.« Victoria stieß ihn an. Ihre Augen waren nach oben gerichtet.

Über ihnen schwebte ein Steinadler. Wahrscheinlich dasselbe Tier, das Shaw vor einigen Tagen gesehen hatte, denn diese Adler herrschten über Reviere von mehr als hundertfünfzig Quadratkilometern, und wehe allem anderen Federvieh, das ihnen dabei in die Quere kam. Steinadler waren die zweitschnellsten Vögel der Welt und erreichten im Sturzflug mehr als dreihundert Kilometer pro Stunde. Nur Wanderfalken waren noch schneller.

Dieses Exemplar hatte es jedoch gerade nicht eilig und glitt gemächlich durch den klaren azurblauen Himmel.

»Es ging mir nicht um Rache«, sagte Victoria nach einem Moment.

»Hmm?«

Sie rückte ein Stück von ihm weg und drehte sich zu ihm. »Sie haben gesagt, ich würde ein großes Risiko für meine Rache eingehen, indem ich herkomme, um Eli zu töten. Aber darum ging es nicht. Es war ein Dienst an der Allgemeinheit.«

Shaw wartete.

»Ich war in Übersee stationiert. Dort hatte ich eine Mentorin. Haben Sie je gedient?«

»Nein.«

»Dann wissen Sie das nicht. Es gibt zwei Arten von Feinden. Zum einen den militärischen Gegner, zum anderen den Feind, mit dem oder für den man arbeitet. Ich gehe nicht wie manch andere Frauen so weit zu behaupten, als Mann könnten Sie das nicht nachvollziehen. Es gibt viele Gründe, aus denen man etwas nicht begreift, und ein Mann zu sein mag dazugehören oder auch nicht. Keine Ahnung. Ich will nur sagen: Als Frauen müssen wir an beiden Fronten kämpfen. Gretta war meine Beschützerin und Freundin. Wir haben es sowohl mit den Taliban aufgenommen als auch mit Staff Sergeant George Watts, Chief Petty Officer Wayne DeVonne und Lieutenant Colonel Bradley J. Gibbons, der einen Wutanfall bekam, falls man ihn ohne das ›J‹ in seinem Namen vorstellte. Es kam nicht jeden Tag vor, und es überschritt nicht gewisse Grenzen. Es war nie eine versuchte Vergewaltigung. Es war ein Flirt. Eine wie zufällige Berührung. Demütigungen und Schikanen. Das ging so, bis die den Eindruck hatten, man habe endlich die Eier für den Job. Irgendwie komisch, aber so haben alle das genannt. Frauen und Männer. Ein Vergleich mit männlichen Genitalien. Niemand hat je gesagt, man habe die Eierstöcke.«

Sie lächelte matt. Shaw ebenfalls.

»Gretta hat mir beigebracht, mich zu behaupten … nein, das muss eher heißen, sie hat mir beigebracht, *wie* man sich behauptet. Wann man ›Jawohl, Sir‹ oder ›Ma'am‹ sagt. Wann man Nein sagt. Wann man nach dem Warum fragt. Wann man Schwachsinn beim Namen nennt. Wann man sich damit abfindet, Schwachsinn hinzunehmen, weil Schwachsinn einfach immer dazugehört. Das alles klingt ziemlich abstrakt, oder?«

»Nein, ich verstehe schon.«

Sie musterte ihn eindringlich.

»Dann, ja, die USBV. Das steht für …«

Sein Nicken verriet ihr, dass ihm diese so harmlos klingende Abkürzung vertraut war. Unkonventionelle Spreng- und Brandvorrichtung. Einer seiner Aufträge hatte sich sogar mal darum gedreht, ein solches Ding wiederzufinden.

»Was ist der Unterschied zwischen einem Geschütz im Ersten Weltkrieg und einer B-17, die eine Zweihundertfünfzig-Kilo-Bombe über Deutschland abwirft? Vermutlich gibt es keinen. Doch eine USBV? Da hört man vorher keine Kanone in der Ferne donnern. Keine Luftschutzsirenen. Da gibt es bloß ein Stück Straße, eine Mülltonne, einen Verkaufsstand, spielende Kinder, ein paar Ziegen. Und überall könnte so eine beschissene USBV versteckt sein. Ein Kinderwagen, dem ein Rad fehlt. So hat es Gretta und ihr Team erwischt. Drei sind gestorben. Sie hat überlebt. Sie sagte, es sei, als habe Gott ihr einen Fausthieb verpasst. Alles habe sich bewegt, die ganze Welt sei erschüttert worden. Jetzt langweile ich Sie.«

»Nein.«

»Gretta kam zurück. Wurde im Veteranenkrankenhaus behandelt, war bei zivilen Ärzten, erhielt eine Therapie. Das reichte alles nicht aus. Also versuchte sie es schließlich mit der Stiftung. Nach dem Ende meiner Dienstzeit bin ich an ihren Wohnort gezogen. Vor ungefähr zwei Monaten haben wir gemeinsam zu Abend gegessen. Sie war in großartiger Stimmung und sagte, alles würde gut werden. Ihr Versagen oder ihre Sorglosigkeit oder was auch immer sie sich vorwarf, würde ihr verziehen werden. Womöglich hatte sie den Kinderwagen übersehen oder war gerade abgelenkt gewesen. Wer weiß? Ich garantiere Ihnen, da gab es nichts zu verzeihen. Für derartige Situationen existiert kein Leitfaden. Im Handbuch geht es einzig und allein ums Töten und dabei nicht getötet zu *werden*, um die Beschaffung von Informationen, um das Betanken von Fahrzeugen oder das Abkochen von Trinkwasser. Aber nicht darum, wie man so etwas überwindet. Nach dem Essen hat sie mich umarmt und gesagt: ›Auf Wiedersehen, bis zum Morgen.‹ Dazu dieser Schultergruß.«

Victorias Blick wanderte langsam von Shaw himmelwärts. Vielleicht hielt sie nach dem Adler Ausschau.

»Sie ist nach Hause gefahren und hat sich erschossen. In der einen Minute noch so glücklich und zufrieden. Und eine Stunde später tot. Ich musste herausfinden, was passiert war.« Sie sah ihn an. »So wie bei Ihnen und Adam.«

Sie seufzte. »Ich habe Grettas Bruder beim Ausräumen ihrer Wohnung geholfen und dabei ihre Notizbücher vom

Aufenthalt bei der Stiftung gefunden. All ihre Aufzeichnungen über Minus- und Pluspunkte. Über die Reue. Die Anmerkungen, im nächsten Leben würde alles gut sein. Sie würde ›aufsteigen‹. Sie würde mit ihren gestorbenen Kameraden zusammen sein. Mit ihrer Mutter, ihrem Neffen. Und mit mir.«

Victoria schwieg einen Moment lang. Der Wind ließ das Laub rascheln und die Äste knacken. Sie zog sich die Weste enger um den Leib.

»Jedes Jahr bringen sich ungefähr fünf von hunderttausend Frauen um. Bei Frauen im aktiven Dienst oder Veteraninnen sind es neunundzwanzig. Stellen Sie sich vor, Sie sind eine Mutter in Omaha und wollen nach dem Fußballtraining noch zum Supermarkt, da explodiert plötzlich der Zeitungskiosk am Eingang und tötet vier Menschen. Oder Sie sind eine Geschäftsfrau in Baltimore, sitzen plaudernd mit Ihrem Kumpel in einem Restaurant, da wird Ihr Freund auf einmal von der Kugel eines Scharfschützen getroffen, deren Knall Sie erst hören, als Ihr Gegenüber schon tot am Boden liegt. Nach so einem Erlebnis ist man nicht mehr dieselbe. Niemals mehr. Aber wir tragen eine Uniform, also gehen die Leute davon aus, dass wir anders sind, irgendwie immun. Doch das sind wir nicht. Es ist für uns genauso schlimm. Und das Schlimmste, was man zu uns sagen kann, ist: ›Ach, lass einfach los. Im nächsten Leben wird alles gut.‹ Eli musste aufgehalten werden.«

Sie nickte und schob die dunkle Stimmung beiseite. »Tun Sie mir einen Gefallen?«, fragte sie lächelnd.

»Na klar.«

Sie reichte ihm ihr Telefon. »Machen Sie hier bitte ein Foto von mir.«

Victoria trat hinaus auf die Grasfläche und drehte sich zu ihm um. Er hob das Telefon und schoss mehrere Bilder. Das

Licht war gut, und mit den prächtigen Bergen im Hintergrund würde sie bestimmt zufrieden sein.

Dann schaute Victoria abermals gen Himmel. »Können Sie noch irgendwo den Adler entdecken? Den hätte ich auch gern im Bild.«

Shaw suchte angestrengt. »Nein, der ist weg.«

»Rufen Sie seinen Agenten an«, sagte sie lachend. »Ich möchte ihn buchen.«

Als Shaw erneut das Telefon hob, vernahm er ein Rascheln. Er wandte den Kopf und sah jemanden durch den Wald in Richtung des Steilufers rennen. Ein dicker Mann in der Uniform der Stiftung brach rotgesichtig und schwitzend aus dem Unterholz hervor. Er keuchte vor Anstrengung. Der Anstieg vom Camp nach hier oben war steil.

Es war Geselle Samuel. Er blickte von Shaw zu Victoria, die ihm am nächsten war. Dann lief er auf sie zu.

»Victoria!«, rief Shaw. »Rechts von Ihnen!«

Sie drehte sich um.

Es war zu spät. Ihr blieb keine Zeit, um eine Abwehrhaltung einzunehmen. Der massige Mann prallte gegen sie und warf sie zu Boden. Benommen und atemlos lag sie da.

Shaw ließ das Telefon fallen und rannte los. »Nein, Samuel! Nein!«

Der Mann packte Victoria am Kragen, zerrte sie zum Rand der Klippe und stieß sie ohne zu zögern hinunter. Shaw hörte ihren gellenden Schrei, als sie die fünfundzwanzig Meter in die Tiefe stürzte.

Samuel richtete sich auf und sah Shaw an. In seinen Augen standen Tränen, teils aus Kummer, teils aus Wut. »Auf Wiedersehen«, flüsterte er. »Bis zum Morgen.« Dann sprang er ebenfalls in den Abgrund.

DREI

ECHO RIDGE

72

20. Juni

Diesmal war die Klapperschlange echt, im Gegensatz zu dem erfundenen Reptil, das Dalton Crowe vor etwas mehr als einer Woche als Ausrede benutzt hatte, um ein Loch in den Reifen des Mietwagens zu schießen.

Colter Shaw folgte zu Fuß einem schmalen Pfad aus Steinen, Erde und Kies in einer entlegenen Ecke des Anwesens seiner Familie im Osten Kaliforniens. Die Schlange, ein ausgesprochen großes Exemplar, lag zusammengerollt genau vor ihm, träge und vermutlich mit einem leckeren Nagetier im Leib. Dennoch blieb sie stets verteidigungsbereit und dabei schnell und zielsicher. Immerhin bestand sie hauptsächlich aus Muskeln.

In dem Moment, in dem Shaw die Schlange entdeckt hatte und stehen geblieben war, hatte auch schon das charakteristische Rasseln der Schwanzspitze eingesetzt. Erstaunlich, welche Wunder die Evolution hervorbringt, dachte er. Es musste Hunderttausende von Jahren gedauert haben, diese kuriose Eigenschaft zu entwickeln, die im Wesentlichen besagte: *Halt oder ich schieße!*

Shaw war nicht allein unterwegs, sondern wurde von einem kräftig gebauten schwarzbraunen Rottweiler begleitet. Ein anderer Hund hätte vielleicht instinktiv angegriffen – denn wie sollte das Tier ohne YouTube oder die Wiederholungen alter TV-Western auch wissen, was das Rasseln bedeutete? Chase spannte sich an, aber Shaws Befehl »Warte« ließ ihn an Ort und Stelle verharren.

Gegen eine Klapperschlange half kaum etwas – außer einem bissfesten Beinschutz. Pfefferspray war nutzlos. Die Augen der Schlangen lagen hinter einer undurchdringlichen Nickhaut, und das für uns so beißende Capsaicin war für sie wie Wasser. Viele Personen, die es trotzdem damit versucht haben, können zudem bestätigen, dass man dabei fast zwangsläufig in die Reichweite der Schlange gerät.

Die Physiologie eines Hundes wie Chase war nicht so anfällig für Schlangengift wie die eines Menschen, doch als zusätzliche Vorsichtsmaßnahme hatte Shaw ihm eine entsprechende Schutzimpfung verabreicht. Er wusste noch, wie sein Vater vor vielen Jahren das jüngste der drei Kinder gefragt hatte: »So, Purzel, die Chance, dass ein geimpfter Hund einen Klapperschlangenbiss überlebt, liegt bei …?«

Die neunjährige Dorion hatte angestrengt nachgedacht. »Das kommt darauf an, wie groß der Hund und die Schlange sind«, hatte sie dann geantwortet. »So ungefähr achtzig Prozent.«

»Ja, gut. Und wenn der Hund geimpft und die Schlange schon tot ist?«

»Dann sind es hundert.«

»Ganz genau.«

»Aber ich will keine Schlange erschießen, Daddy.«

»Niemand will das. Doch manchmal heißt es: Du oder sie, Purzel. Und die Entscheidung fällt leicht.«

Shaw trug an der Hüfte ein Holster mit seinem Revolver, einem Colt 357 Magnum, der – welche Ironie! – nach einer anderen Schlange benannt war, einem Python. Aber er wollte auch keine Schlange erschießen, denn so, wie er es sah, befanden Shaw und Chase sich in *ihrem* Revier, nicht umgekehrt. Und außerdem verhielt das Reptil sich nicht aggressiv oder bösartig; es gehorchte einfach seiner Natur.

Daher wählte er eine andere Option: einen kleinen Umweg.

Shaw fand einen halbwegs geraden Ast von etwa einem Meter zwanzig Länge und stutzte ihn mit seinem Ka-Bar-Armeemesser zurecht.

Sei in einem Schlangengebiet niemals ohne Wanderstock unterwegs. Du kannst damit Pflanzen beiseiteschieben, und falls du auf eine Schlange stößt, wird sie vermutlich den Stock angreifen.

»Bei Fuß«, befahl Shaw und bog mit Chase nach links ins dichte Unterholz ab. Der Rottweiler blieb nah an Shaws linkem Oberschenkel, während sie einen großen Bogen um die Klapperschlange machten, bei dem Shaw zunächst in jedem Dickicht herumstocherte. Dann setzten sie ihren Weg fort.

Ihre Mission war die zweite der beiden, an die Shaw in der letzten Zeit gedacht und sie dann vorläufig zurückgestellt hatte, um sich um Erick und Adam zu kümmern ... und am Ende einen kleinen Abstecher zur Osiris-Stiftung zu unternehmen.

Er suchte nach dem, was sein Vater hier vor Jahren in diesem bergigen Abschnitt des Familienanwesens versteckt hatte.

Colter hatte in einem Archiv der Universität von Berkeley einen Hinweis gefunden, der auf dieses Gebiet von der ungefähren Größe einer Vorstadtsiedlung verwies. Manch einer mochte eine solche Aufgabe als beängstigend empfinden, doch Shaw wusste immerhin, *wie* er suchen musste, auch wenn er den konkreten Ort nicht kannte.

Der Pfad führte ihn nun auf den Echo Ridge. Jahre zuvor hatte eine Frau namens Braxton, die es auf seinen Vater abgesehen hatte, einen ihrer Handlanger geschickt. Er sollte

Ashton verfolgen und notfalls foltern, damit dieser sein Geheimnis preisgab. Hier oben hatte Ashton den Mann zunächst ausgetrickst und von hinten angegriffen. Bei dem folgenden Kampf war er dann jedoch abgerutscht und in den Tod gestürzt. Der halbwüchsige Colter hatte den Leichnam gefunden – und sich hektisch und völlig sinnlos die mehr als dreißig Meter zu dem Bachbett abgeseilt, in dem sein Vater lag.

Shaw fiel ein, dass er in Gedanken Adam als den Mann auf der Klippe bezeichnet hatte. Nun wurde ihm klar, dass das auch auf ihn selbst zutraf – und auf Ashton.

Seit Kurzem wusste Shaw, dass Braxton ihren Killer nicht nur schwer gemaßregelt hatte; er weilte nicht länger unter den Lebenden. Die Frau duldete anscheinend keine Inkompetenz.

Inzwischen hatte ein Kerl namens Ebbitt Droon seine Position inne.

Braxton und Droon waren allerdings nie auf den Gedanken gekommen, Ashton könne das Geheimnis an diesem Ort versteckt haben, sonst wären sie zurückgekehrt, um alles zu durchsuchen. Doch das war nie geschehen. Es gab keinen anderen Zugang zum Echo Ridge; man musste an dem Haus und dessen Überwachungssystem vorbei, das Mary Dove direkt nach dem Tod ihres Mannes installiert hatte. Braxton würde davon ausgehen, dass das Versteck in der San Francisco Bay Area lag, dem Zentrum von Ashtons Aktivitäten. Für sie stellte der Echo Ridge lediglich einen praktischerweise abgelegenen Ort dar, an dem man Shaws Vater auflauern und zur Preisgabe seines Wissens zwingen konnte.

Der Hund blieb plötzlich stehen und schaute nach links zu einer Reihe aus hohen Ahorn- und Schwarznussbäumen, dazwischen einige Weißkiefern. Das Unterholz bestand aus *Peritoma arborea,* Kreosotbüschen, Lupinen und Knallerbsensträuchern.

Ein Geräusch? Jedenfalls kein Rasseln – nur das Knistern trockener Blätter. Vielleicht ein Reh? Ein Bär? Bei Letzterem würde ein Umweg kaum weiterhelfen, und Shaws Hand legte sich auf den Colt. Doch was auch immer es war, es entfernte sich wieder, so wie neunundneunzig Prozent aller Waldbewohner, sobald sie dich hören, sehen oder riechen. Er und Chase setzten ihren Weg fort. Shaw behielt den Pfad im Auge und verglich auf seinem Smartphone die GPS-Koordinaten.

Er verspürte die Mischung aus Anspannung und Vorfreude, die sich kurz vor dem Erreichen eines Ziels einstellt. Was hatte sein Vater gefunden, und weshalb waren einige Leute bereit, dafür zu töten, und andere, dafür zu sterben?

Das Navigationssystem lotste ihn und Chase nun weg von der Klippe und tiefer in den Wald. Sie stiegen auf ein Kalksteinsims. Shaw zog abermals das Telefon zurate. Sie befanden sich am östlichen Rand des fraglichen Areals. Die Koordinaten seines Vaters bezeichneten eine Fläche von zweieinhalb Quadratkilometern, gefüllt mit dichtem Wald, Gestrüpp, Unterholz und Dornenbüschen, Felsformationen, Bächen und Tümpeln.

Shaw ließ den Blick über die Landschaft schweifen.

»Na, dann mal los.«

Das war zwar kein offizieller Hundebefehl, aber Chase verstand ihn trotzdem. Gemeinsam verschwanden sie unter dem Dach der Bäume.

73

Rottweiler zählen laut Dachverband der Rassehundezüchter zur Gruppe der »Arbeitshunde«, einer Kategorie groß gewachsener Rassen, die gezüchtet werden, um Wache zu halten, kleine Karren und Schlitten zu ziehen oder Such- und Rettungsdienste zu verrichten. Die für Letzteres eingesetzten Tiere waren daher geschickte Fährtensucher.

Shaw wühlte in seinem Rucksack und zog eine Plastiktüte heraus. Sie enthielt vermeintlich ein Stück Holz, das aber in Wahrheit recycelter Kunststoff war.

Eine der Überlebenstechniken, die Ashton Shaw seinen Kindern beigebracht hatte, war die Kunst, Gegenstände so zu verstecken, dass sie nur von deinen Mitstreitern gefunden werden können. Natürlich würde er niemals Elektronik dafür nutzen; es ging um Grundlegendes. Eine beliebte Technik besteht darin, das besagte Objekt in etwas einzuwickeln, das einen charakteristischen Geruch besitzt, der nur von einem Hund wahrgenommen werden kann. Falls man etwas nur für wenige Tage verstecken will, reicht dem Hund die Fährte des Versteckenden. Ashton jedoch wählte etwas, das weitaus länger Geruchsmoleküle abgibt, nämlich Plastik, vor allem recyceltes Plastik, das stark und unverwechselbar riecht.

Es gab Geräte, zum Beispiel den treffend benannten Nose Ranger, die dieser Aufgabe womöglich ebenfalls gewachsen wären. Doch nichts war besser dazu geeignet als ein Hund, und da Shaw einer zur Verfügung stand, ergriff er die Gelegenheit beim Schopf.

Was auch immer hier versteckt war, Shaw wusste, es würde sich in oder neben etwas befinden, das auch nach so vielen Jahren noch seinen einzigartigen Geruch verströmte. Shaw hielt Chase den Kunststoff nun unter die Nase, und der Hund schnüffelte begeistert daran. Dann hakte Shaw eine lange Leine in Chases Halsband ein und erteilte ihm einen Befehl: »Such.«

Der Hund rannte nicht in gerader Linie davon, sondern folgte einem zügigen Zickzackkurs von Fels zu Fels, Baum zu Busch. Shaw eilte hinterher, eine Hand in der Nähe der Waffe. Umwege waren nun nicht mehr möglich, und falls es erneut zu einer Konfrontation kam, wäre die Klapperschlange fällig.

Der Rottweiler hielt die Schnauze nach oben, denn die Fährte verlief durch die Luft, nicht am Boden entlang. Der verborgene Gegenstand würde zum Schutz vor den Elementen irgendwo in einer Höhle liegen, vermutete Shaw.

Aus Minuten wurden Stunden, und allmählich fragte er sich, ob er wohl einer Illusion aufsaß. Lagen ihm falsche Informationen vor? Eventuell hatte Ashton in einem seiner benebelteren Momente nur *geglaubt*, er habe das Paket versteckt, es aber nie wirklich getan.

Wie sich herausstellte, war dies doch nicht der Fall.

Chase hielt plötzlich an. Er machte, was alle Spürhunde tun, wenn sie ihr Ziel gefunden haben. Sie stehen nicht vor, sie bellen nicht. Sie setzen sich.

Shaw stand vor einer kleinen Höhle. Ein Felsrutsch hatte den größten Teil des Eingangs verschüttet, aber am oberen Rand blieb ein fünfzehn Zentimeter breiter Schlitz. Shaw gab dem Hund ein Stück getrocknetes Wildfleisch, ging in die Hocke und leuchtete mit seiner Halogenlampe in die Höhle. Keine Schlangen. Bloß Staub und Steine und – knapp zweieinhalb Meter hinter dem Geröll – etwas, das wie ein weißer Behälter aussah, ungefähr zwanzig mal dreißig Zentimeter groß, drei Zentimeter hoch und natürlich aus Recyclingmaterial gefertigt. Die Ränder waren mit einer dicken Schicht versiegelt, wahrscheinlich einem gewerblichen, wasserabweisenden Klebstoff.

Shaw fing an Steine wegzuräumen, aber es rutschte sofort Schutt nach; er würde eine Schaufel, eine Spitzhacke und ein paar Holzbalken benötigen, um den Höhleneingang vernünftig abzustützen. Die Suche nach dem Geheimnis seines Vaters sollte jedenfalls nicht damit enden, dass er hier lebendig begraben wurde. Er würde mit den passenden Hilfsmitteln zurückkehren. Fürs Erste notierte er sich anhand diverser Orientierungspunkte den genauen Ort, und dann machten er und Chase sich auf den mehr als einstündigen Rückweg zum Haus. Dabei ließen sie sich Zeit – der Weg war zum Teil sehr abschüssig und rutschig. Außerdem wusste man nie, ob nicht plötzlich jemand mitten auf dem Pfad liegen würde, zusammengerollt und wachsam und einfach nicht in der Stimmung, sich davonzuschlängeln.

74

Euer Junge hat gute Arbeit geleistet«, sagte Shaw zu dem Paar, das auf der vorderen Veranda des Hauses seiner Familie saß. Der Holzbau fügte sich harmonisch in das ausgedehnte Tal ein.

Er streichelte Chase den Kopf.

»Natürlich hat er das. Schließlich habe ich ihn ausgebildet.« Auch Teddy kraulte den Hund hinter den Ohren.

Velma lachte und wies auf ihren Ehemann. »Der Hund hat von ihm gelernt, wie man während einer ausgiebigen Netflix-Sitzung reglos zu seinen Füßen liegt.« Ihre Stimme war tief und so sanft, wie die Stimme ihres Mannes rau war.

Teddy lachte spöttisch auf. »Das wird sich eines Tages noch als nützlich erweisen. Dieser Hund wird nicht mal *zucken*, wenn direkt vor ihm ein Superheld zu Boden kracht und so eine Auf-einem-Knie-Landung hinlegt. Warum *machen* die das immer?«

Shaw hatte keine Ahnung, worauf der Mann da anspielte.

Velma und Teddy Bruin, Shaws Nachbarn aus Florida, waren zu Besuch. Ihre jeweils mehr als einen Hektar großen Grundstücke lagen im Norden des Bundesstaates am Ufer eines malerischen Sees, in dem es angeblich keine Alligatoren gab.

Glaube niemals jemandem, der dir ein Ufergrundstück verkaufen will und behauptet, dort lebten keine Alligatoren.

Shaw hatte bislang zwar noch keines der Reptilien gesehen, tendierte aber dazu, diese Regel zu beherzigen.

Teddy war Anfang sechzig, rund und rosig und hatte – wie sein Name implizierte – etwas von einem Bären an sich, was durch seinen langen Bart noch unterstrichen wurde, der irgendwie an einen General aus dem amerikanischen Bürgerkrieg denken ließ. Der Mann trug den braunen Schlapphut der australischen Streitkräfte, dessen rechte Krempe hochgeschlagen war, um nicht einem umgehängten Gewehr im Weg zu sein. Abseits des Exerzierplatzes war dieser Umstand allerdings weniger hilfreich, wie Teddys ungleichmäßig gebräuntes Gesicht bewies.

Die schlanke Velma war ungefähr genauso alt und hatte ihr graublondes Haar zu einer mit viel Spray fixierten Sechzigerjahrefrisur aufgetürmt, die an einen Bienenkorb erinnerte und sogar offiziell so hieß, glaubte Shaw. Genau wie ihr Mann trug sie khakifarbene Outdoorbekleidung.

Doch die beiden waren für Shaw viel mehr als lediglich seine Nachbarn. Sie kümmerten sich um den geschäftlichen Teil von Shaws Arbeit, suchten die Medien nach angebotenen Prämien ab und nutzten einen Computer-Bot, der das Gleiche im Internet tat. Sie erledigten außerdem alle finanziellen Transaktionen und die Buchhaltung; Colter Shaw war von derartigen Tätigkeiten zutiefst gelangweilt und beherrschte sie daher auch nicht.

Bis jetzt wusste Velma noch nicht, dass Shaw die gesamten fünfzigtausend Dollar des Kirchenrats verschenkt hatte. Auch sonst räumte er sehr oft Rabatte oder Ratenzahlungen ein, wenn die Anbieter einer Belohnung sich in Schwierigkeiten befanden. Velma hielt nicht viel von seiner Großzügigkeit und tadelte ihn offen dafür, dass er nicht häufiger an seine eigenen Finanzen dachte.

Das Paar und Chase unternahmen derzeit in ihrem Wohnmobil eine Reise quer durchs Land. (Eine Testfahrt hatte Shaw einst davon überzeugt, sich ebenfalls einen Winnebago anzuschaffen.) Und ein Besuch in Kalifornien beinhaltete natürlich einen Abstecher zum Anwesen, um Shaw und seine Mutter zu besuchen.

Shaw sah etwas aus Teddys Tasche ragen.

»Ist das eine Druckluftfanfare?«, fragte er.

»Für Bären«, erwiderte die Reibeisenstimme.

In Kalifornien gab es geschätzte vierzigtausend Schwarzbären, eine beachtliche Menge. Im Laufe der Jahre hatte es vereinzelte Angriffe gegeben, wenngleich Shaw in diesem Zusammenhang nur von einem einzigen Todesfall wusste: Dabei hatte ein Bär einen Berglöwen getötet, der gerade einen Wanderer bedrohte, und somit dem Menschen das Leben gerettet. Dann war der unverletzte Bär davongetrottet und hatte den überaus erleichterten Mann zurückgelassen, der sich zugleich ärgerte, den Zwischenfall nicht auf Video aufgenommen zu haben.

Die Bären waren meistens friedlich und scheu. Und ja, sie mochten keine lauten Geräusche. Wenn Shaw auf Nummer sicher gehen wollte, vor allem im Hinblick auf Muttertiere und ihre Jungen, nahm er jedoch Pfefferspray mit.

»Eine Druckluftfanfare gegen einen Bären«, tadelte Velma ihren Mann. »Ist das nicht so, als würde man ein Messer zu …?« Sie hielt inne.

Shaw kannte die Redewendung: ein Messer zu einer Schießerei mitbringen.

Doch Velma sagte: »… zu einem Kampf mitbringen, bei dem der Gegner ein größeres Messer hat?«

Teddy und Shaw lachten.

»Wir haben jedenfalls noch keine gesehen«, sagte Velma. »Bären, meine ich. Schade eigentlich.« Dann kam ihr ein Gedanke, und sie runzelte die Stirn. »He, Colt, ich habe den

Scheck über die eintausendsechzig Dollar erhalten, die Erick Youngs Familie als Belohnung ausgesetzt hatte. Aber ich habe noch nichts über die große Prämie gehört. Die fünfzigtausend. Soll ich da mal jemanden anrufen?«

Erwischt…

»Äh, weißt du, Velma…«

Ihm blieb keine andere Wahl, als die Wahrheit zu sagen.

Die Frau seufzte. »Nur damit ich das richtig verstehe. Du hast also fünfzigtausend Dollar verschenkt und dich danach ohne jede Bezahlung fast von Charles Manson und seiner Familie umbringen lassen.«

Er suchte nach einem Ansatz, um ihr zu widersprechen, fand aber keinen. »Das stimmt so ziemlich.«

»Meine Güte, Colter, das Geld wächst nicht auf Bäumen.«

»Ich habe dir immerhin ein Stofftier mitgebracht.« Shaw zeigte auf den kleinen Spielzeughund mit den großen Augen, den er unterwegs für sie gekauft hatte.

»Schweig still, mein Herz«, grummelte sie, was mit ihrer sanften Stimme trotzdem sehr angenehm klang. »Setz dich zu uns ans Feuer, Colt.«

»Die Provinz ist wohl zu viel für dich, Mädchen«, gluckste Teddy. »›Setz dich ans Feuer‹? Was ist denn in dich gefahren?«

Sie breitete die Arme aus. »Sieh dich doch nur um. Wir sind im Wilden Westen, und da muss man sich eben anpassen.«

»Ich muss noch ein paar Dinge erledigen«, sagte Shaw. »Wir sehen uns beim Abendessen.«

Er ging in die Küche, wo seine Mutter Gemüse schnitt.

Mary Dove, die ihr graues Haar zu einem Zopf geflochten trug, erinnerte an eine sehnige Grenzbewohnerin aus der Pionierzeit. Doch so hatte sie auch schon vor vielen Jahren als berühmte Medizinprofessorin ausgesehen, der es an der Universität zudem oblag, die Verwendung von Geldern zu überwachen, und die als Psychiaterin und Allgemeinmedizinerin in der Bay Area tätig war. Ihre ruhige und zugleich unnachgiebige Art hatte sich ebenfalls kaum geändert. Nach Ashtons Tod hatten die meisten in der Familie angenommen, sie würde nach San Francisco umziehen. Colter war sich jedoch sicher gewesen, dass sie hierbleiben würde, um als Ärztin und Physiotherapeutin zu arbeiten, Veranstaltungen über Themen wie Frauengesundheit und Psychopathologie abzuhalten und hin und wieder als Geburtshelferin ein Kind auf die Welt zu bringen.

»Und?« Sie deutete in die ungefähre Richtung des Echo Ridge, der einige Kilometer entfernt lag und vom Haus aus nicht sichtbar war.

»Ich hab's gefunden.« Er erzählte ihr von dem Päckchen, das er am nächsten Morgen bergen wollte.

Mary Dove sah eigentlich niemals überrascht aus, doch ihr Sohn glaubte, dass ihre Augen sich vielleicht, nur vielleicht, um einen oder zwei Millimeter weiteten.

»Wir reden darüber, wenn du zurückkommst. Es stehen Entscheidungen an«, verkündete Mary Dove mit fester Stimme. Das auf dem Echo Ridge versteckte Geheimnis war immerhin der Grund dafür, dass ihr Mann und mehrere andere Menschen das Leben verloren hatten. Sie war durchaus keine rachsüchtige Frau, denn Rache ist – wie auch Victoria hatte durchblicken lassen – bestenfalls Zeitverschwendung und schlimmstenfalls der direkte Weg ins Unglück. Aber Selbsterhaltung und das Überleben der Familie? Das stand an erster Stelle. Shaw hatte mal mit angesehen, wie seine Mutter seelenruhig ein großkalibriges Jagdgewehr an die Schulter hob und einen tollwütigen Wolf tötete. Ashtons Geheimnis zu erfahren bedeutete, eine tödliche Bedrohung zu verstehen. Und sobald man ein Risiko einschätzen konnte, konnte man es auch minimieren.

Oder besser – es eliminieren.

Mary Dove schenkte nun zwei Becher Kaffee ein und gab jeweils einen Schuss Milch hinzu. Shaw nahm beide Getränke von ihr entgegen, ging ins Wohnzimmer und schaute aus dem Fenster. »Diese Aussicht hat mir schon immer gefallen«, sagte er.

»Wunderschön«, stimmte Victoria Lesston ihm zu, die auf der Couch saß. Er reichte ihr einen der dampfenden Becher und setzte sich neben sie.

75

Bei ihrem Sturz war sie im Wasser gelandet, nicht auf den Felsen.

Samuel hatte seinen wütenden oder verzweifelten Angriff nicht geplant, sondern einfach das erstbeste Ziel angesteuert. Er wusste, dass er gegen Colter Shaw keine Chance hatte. Also hatte er Victoria über die Kante geschleudert – in der Annahme, dass es unten ein felsiges Ufer gab. Oder vielleicht auch ohne groß darüber nachzudenken.

Tatsächlich aber fiel sie in den tiefen See, der sich bis zu den Ausläufern der fernen Gipfel erstreckte.

Shaw lief zum Rand der Klippe. Und sah unten Victoria reglos mit dem Gesicht nach oben auf dem Wasser treiben.

Samuel trieb dort ebenfalls, aber mit dem Gesicht nach unten.

Shaw wählte Special Agent Slays Nummer, nannte seinen Aufenthaltsort und forderte sofortige medizinische Hilfe an. Dann schätzte er die Höhe ab. Fünfundzwanzig Meter. Kein unmöglicher Sprung, aber einer, der exakt geplant und ausgeführt werden musste.

Dafür blieb keine Zeit. Er zog Hemd, Schuhe und Socken aus. Dann kletterte er etwa acht Meter zu einem schmalen Sims hinunter.

Shaw sah nach unten. Die Färbung des Wassers ließ auf eine große Tiefe schließen.

Zum Teufel mit der prozentualen Einschätzung. Victoria drohte zu ertrinken.

Er sprang und ruderte dabei mit den Armen, um in aufrechter Position zu bleiben, was aber erfahrungsgemäß nie so gut klappte wie erhofft. Aus dieser Höhe traf er mit einer Geschwindigkeit von vierzig Kilometern pro Stunde unten auf. Während des dreisekündigen Flugs kam ihm der Gedanke, dass man sich auch mit zwei gebrochenen Füßen über Wasser halten kann.

Dann der heftige Aufschlag, der jäh alle Knochen, Muskeln und Organe stauchte. Shaw schaffte es, im letzten Moment tief einzuatmen. Die plötzliche Eiseskälte trieb ihm jedoch die gesamte Luft gleich wieder aus der Lunge.

Seine Fußsohlen brannten zwar höllisch, aber die komplexe Struktur der Knöchel blieb intakt; das Wasser hatte ihm nicht die Knochen gebrochen, und der See war tief genug.

Er schwamm sofort zu Victoria und zog sie mit einem Schleppgriff an Land.

Shaw blickte zurück. Samuel mochte den Aufprall zunächst überlebt haben, atmete aber vermutlich nicht mehr. Wie dem auch sei, man musste bei einer Rettung Prioritäten setzen, und Geselle Samuel aus dem Inneren Kreis genoss bei Shaw keine allzu hohe mehr.

Kurz darauf brachte ein Bergungsteam sie beide zurück nach oben. Die Sanitäter untersuchten Victoria, führten diverse Tests durch und kamen zu dem Schluss, dass nichts gebrochen war; ihre Wirbelsäule und Beine waren in Ordnung. Sie hatte sich jedoch an der Schulter verletzt, sie sich vielleicht ausgekugelt, oder es gab ein Problem mit der Rotatorenmanschette. Daher fixierte man ihr den Arm mit einer fleischfarbenen Bandage am Oberkörper, um die

Schulter zu schonen, und bot ihr ein Schmerzmittel an, was sie ablehnte.

Sie weigerte sich außerdem, ins örtliche Krankenhaus gebracht zu werden.

»Ich hab schon schlimmere Verletzungen erlebt. Das hier ist gar nichts.«

Nachdem beide sich umgezogen hatten, hakte Victoria sich mit ihrem gesunden Arm bei Shaw unter und kehrte mit ihm zum Sammelpunkt vor dem *Gestern-Heute-Morgen*-Tor zurück. Hier herrschte immer noch rege Betriebsamkeit. Kriminaltechniker von FBI und Staatspolizei sicherten pedantisch alle Spuren, so eifrig und effizient wie ein Buchhalter beim Jahresabschluss. Andere Ermittler waren unter flugs aufgestellten Zeltdächern damit beschäftigt, Gefährten und Angestellte gründlich zu vernehmen.

Shaw fiel auf, dass viele der Gesetzeshüter bei ihrer Arbeit Tabletcomputer benutzten, die exakt denen der Stiftung entsprachen.

Victoria ließ ihn los und nahm ihren Rucksack.

»Sie sind mit dem Auto hier, stimmt's?«, fragte Shaw.

»Mit meinem Pick-up. Dem schwarzen da drüben. Der hat eine Handschaltung, kommt also vorläufig nicht für mich infrage. Ich lasse ihn holen, sobald wir irgendwo abgesetzt werden. Meine Eltern können sich vielleicht darum kümmern. Oder mein Bruder oder ein Freund.«

»Wo ist denn Ihr Zuhause?«

»Meine Eltern wohnen in Glendale.«

Was nicht wirklich eine Antwort auf die Frage war. Er nahm an, dass eine ehemalige Soldatin ihres Alters, die als Sicherheitsberaterin arbeitete, nicht mehr bei Mom und Dad wohnte. Andererseits war sie ihm keinerlei Rechenschaft schuldig. Shaw überschlug sich ja auch nicht gerade damit, ihr alle relevanten Daten über sein Leben zu liefern.

»Das wird ein echtes Abenteuer«, fuhr Victoria fort. »Seit meinem Europatrip nach dem College habe ich in keinem Hotel am Busbahnhof mehr gewohnt. Ich wette, an der Ecke gibt es sogar ein Jack-in-the-Box-Restaurant.«

Shaw zog seinen eigenen Wagenschlüssel aus der Tasche. »Ich hätte da eine Idee.«

Sie sah ihn mit vorsichtiger Neugier an.

Er machte seinen Vorschlag, und nach einigem Überlegen sagte sie: »Okay.«

Eine Stunde später waren sie auf dem Weg nach Tacoma, wo er den gemieteten Silverado zurückgeben und seinen Winnebago abholen würde.

Während Shaw den Wagen durch die Serpentinen steuerte, war Victoria am Telefon und versuchte, mehr über die Fahndung nach David Ellis und Hugh herauszubekommen, der mit Nachnamen übrigens Garner hieß.

Special Agent Slay und die Staatspolizei hatten jedoch noch immer keine Fortschritte erzielen können.

Mit dem Winnebago fuhren sie dann in Richtung Süden und kamen gut voran. Die erste Pause legten sie weit jenseits der Grenze zu Oregon in der kalifornischen Kleinstadt Barkley Heights ein. Auf dem Ortseingangsschild war ein Zeichentrickhund abgebildet, der sein offenes Maul mit baumelnder Zunge nach oben reckte.

»Ein bellender Hund? Nicht gerade das allerfreundlichste Wahrzeichen«, stellte Shaw fest.

»Warum nicht lieber eine Robbe? Die bellen auch«, sagte Victoria.

»Hier dürfte es im Umkreis von mehr als sechshundert Kilometern keine einzige Robbe geben.«

»Seit wann hat denn Stadtplanung etwas mit Logik zu tun?«, gab sie zu bedenken.

Sie hielten nach einem Restaurant oder einer Bar Ausschau.

»Hier ist kaum was los«, sagte Shaw.

»Aber ich wette, man kann jede Menge Souvenirs und T-Shirts von Barkley, dem Hund, kaufen.«

Sie parkten an der Hauptstraße und gingen zu dem einzigen Imbiss dort.

Victoria gewann ihre Wette.

76

Nun, in Shaws Elternhaus, saßen sie gemeinsam auf der alten Couch, als deren Überwurf eine indianische Decke diente. Shaw trank einen Schluck Kaffee. »Alles okay?«, fragte er.

»Das ist die schlimmste Textzeile, die je in einem Drehbuch gestanden hat«, erwiderte Victoria.

»Hm?«

»Im Kino. Ein Feuergefecht. Autounfall. Tornado. Haie. Aliens. Die Action ebbt kurz ab. Held A – das sind Sie – fragt Heldin B, also mich: ›Alles okay?‹ Das reinste Klischee. Der Drehbuchautor läuft auf Autopilot.«

»Schon möglich. Aber die Frage ist berechtigt. Sie sind von einer Klippe gestürzt.«

»Ich wurde heruntergeworfen.«

»Und die Antwort lautet?«

»Jeden Tag etwas besser«, sagte Victoria. »Ihre Mutter ist wirklich gut. Ich hatte schon hin und wieder Physiotherapie und erkenne einen Profi, wenn ich durchgeknetet werde.«

Sie blickten nach Osten. Die sinkende Sonne in ihrem Rücken ließ die Berggipfel auf höchst beeindruckende Weise erstrahlen. Sogar in dieser warmen Jahreszeit lag dort oben noch Schnee.

Shaw hatte ursprünglich gedacht, Mary Dove könne Victoria als Psychotherapeutin helfen, hatte diese doch vermeintlich Mann und Kind verloren. Aber die Fakten hatten sich geändert: Diese Frau war gefähr*lich*, nicht gefähr*det*. Nach Samuels Angriff war Shaw zu der Überzeugung gelangt, dass ein Aufenthalt auf dem Anwesen unter den geschickten Händen seiner Mutter dennoch förderlich sein könnte.

»Was hat sie vor?«, fragte Victoria. Sie meinte Anne DeStefano, die Psychologin und Sektenexpertin. Shaw hatte mit ihr ausführlich über die Osiris-Stiftung gesprochen.

»Viele Kulte reden von Unsterblichkeit«, hatte DeStefano gesagt. »Nicht allzu viele fordern dich jedoch auf, diese Theorie auf die Probe zu stellen. Und die Leute haben denen das abgekauft?«

»Viele ja.« Shaw hatte das Wichtigste für sie zusammengefasst.

»Ich werde mich umgehend darum kümmern. Da die meisten Mitglieder nur kurze Zeit dort waren, also nur drei Wochen lang indoktriniert worden sind, dürfte der größte Teil des Schadens reversibel sein. Die Besucher der Aufbaukurse werden wohl etwas mehr Arbeit erfordern.«

Shaw berichtete Victoria, dass DeStefano sich mit den Strafverfolgungsbehörden abstimmen würde, die derzeit alle Gefährten befragten. Die Leute sollten mit den Namen und Anschriften von Psychologen und weiteren Experten aus ihrer jeweiligen Heimatregion versorgt werden.

Shaw hatte auch von Walter und Sally gehört, die unbeschadet nach Chicago zurückgekehrt waren. Abby würde eine Weile bei ihnen wohnen und dann in die Obhut des Jugendamtes ihrer Heimatstadt wechseln. Frederick und Shaw hatten mehrere Male telefoniert. Der Mann arbeitete mit der Polizei zusammen, um den Fall gegen Eli und Hugh aufzubauen.

Von links kam Chase nun zielstrebig angelaufen, bog wie ein Flugzeug vor dem Gate ab und blieb zwischen ihnen stehen. Dann ließ er sich zu Boden fallen und legte sein Kinn auf Victorias Schuh.

Sie schaute in den Himmel. »He, da oben. Ist das nicht … wieder ein Steinadler?«

Shaw kniff die Augen zusammen. »Sieht so aus.«

Ihr gemeinsames Maskottchen. Den Gedanken behielt er aber für sich.

Der dunkelbraune Vogel flog mit kräftigen Flügelschlägen zurück zum Wald und den Klippen. »Ein Männchen. Es ist Paarungszeit, und das Weibchen wird etwa einen Monat lang Eier tragen. Sie bauen übrigens keine Nester, sondern Podeste.«

»Und Dad hat offenbar etwas zu essen mitgebracht.« Sie sah ihn an. »Was gibt es Neues über das Leuchtfeuer und sein Faktotum?«

Shaw schüttelte den Kopf. »Leider nichts Gutes. Laut Agent Slay wurden sie bei der Einreise nach Kanada gesichtet, sind dann aber verschwunden.«

Die Behörden hatten die Royal Canadian Mounted Police kontaktiert, die zwar durchaus hilfsbereit war, aber im südlichen British Columbia ein riesiges Gebiet überwachen musste und einfach nicht genügend Leute hatte, um Eli und Hugh zuverlässig aufzuspüren.

Shaws Telefon summte. Die Nummer des Anrufers wirkte nur vage vertraut, so wie bei einem entfernten Cousin, den man vor einigen Monaten auf einer Hochzeit zum ersten und einzigen Mal getroffen hatte.

»Hallo?«

»Mr. Shaw, hier ist Bob Tanner.«

Erick Youngs Anwalt in Tacoma, Washington.

»Ich wollte Ihnen nur mitteilen, dass die Anklage fallen gelassen wurde. Die Polizei konnte zwei Kids aus einer Neonazigruppe östlich von Tacoma festnehmen. Die Farbe der Schmierereien an der Kirche passte zu entsprechenden Sprühdosen in ihrem Besitz. Sie haben sich schuldig bekannt. Und als die Detectives den Laienprediger vernommen haben, kam heraus, dass Ihre Vermutung zutraf: Der Hausmeister hat auf Erick und Adam geschossen, woraufhin Adam das Feuer lediglich erwidert hat. Nachdem die Jungen geflohen waren, hat er dem Prediger die Waffe gegeben und ihn gebeten, sie zu verstecken. Er hatte nämlich gar keine Lizenz.«

Shaw dankte dem Anwalt und trennte die Verbindung. Victoria wusste mittlerweile einiges über den Fall, und er erzählte ihr nun, wie alles ausgegangen war.

Dann saßen sie beide schweigend da.

»Nur fürs Protokoll«, sagte Victoria. »Ich bin nicht länger mordlüstern.«

»Meine Mutter kann also die scharfen Messer wieder aus der Schublade holen?«

Sie schnalzte mit der Zunge. »Manchmal gerät das Leben in Schieflage.«

Das wusste Colter Shaw nur allzu gut. Immerhin fuhr er quer durch das Land und stocherte in alten Geheimnissen herum, die andere Leute nicht hatten lösen können und die wiederum anderen schlicht egal waren. Und dann gab es noch diejenigen, die mit aller Macht *verhindern* wollten, dass etwas ans Tageslicht kam.

Er erhielt eine Textnachricht, las sie zweimal und stand auf. »Ich muss was erledigen.«

»Sehen wir uns beim Abendessen?«, fragte Victoria.

»Eher nicht.«

77

Shaw nutzte für Reisen am liebsten seinen Winnebago oder das Motorrad. Wenn Eile geboten war, ging er jedoch pragmatisch vor.

Im Augenblick befand er sich auf einer Flughöhe von viertausenddreihundert Metern an Bord eines nicht mehr ganz jungen Learjets, der immer noch zuverlässig seinen Dienst verrichtete. Wie alle privat gecharterten Flüge war diese Reise kostspielig. Doch ihm blieb keine andere Wahl. Die Zeit drängte, und per Linienflug wäre Shaw nicht schnell genug ans Ziel gekommen.

Er musste an die versteckte Box am Echo Ridge denken. Was würde sie wohl enthalten?

Was auch immer es sein mochte, es war es wert, dafür zu töten. Und zu foltern. Shaw sah wieder Ebbitt Droons Gesicht vor sich, der unbedingt den Schatz finden wollte und seine Waffe auf Shaws Knie richtete.

»Wir setzen zur Landung an, Mr. Shaw«, meldete eine Stimme aus dem Cockpit.

Die Maschine ging auf die Piste nieder und stand dabei schräg – was so üblich war und Shaw beunruhigt hätte, wäre er nicht schon Dutzende Male an Bord eines kleinen Flugzeugs gelandet. Im letzten Moment richtete der Learjet sich wieder aus, hob die Nase und setzte sanft auf. Dann rollte er zum Hangar, und der Pilot schaltete die Triebwerke ab.

Shaw stand auf, streckte sich – so gut es in der niedrigen Kabine möglich war – und öffnete die Tür.

»Es wird nicht lange dauern.«

»Welches nächste Ziel soll ich bei der Flugaufsicht anmelden?«

»Eine Option ist der Rückflug nach Hause. Und die andere?« Er zuckte die Achseln. »Ich lasse es Sie so bald wie möglich wissen.«

»Alles klar. Viel Glück, Mr. Shaw.«

* * *

Es sah hier im Wesentlichen so aus, wie Shaw es erwartet hatte: ein weitläufiges eingeschossiges Haus mit zwei Garagen und einem Werkstattanbau. Dazu ein Schuppen hinter dem Gebäude, der den Set-Designer von *Blutgericht in Texas* inspiriert haben könnte. Als Shaw mit dem Mietwagen in die Auffahrt einbog, kam er an einem provisorischen Schießstand mit Dutzenden Zielen aus unbeschichtetem Eisen vorbei, die bei jedem Treffer laut wie ein Gong hallen würden. Auf dem Boden lagen zahllose Behelfsziele verstreut, darunter Milch- und Limonadenflaschen, die in tausend Teile zersprungen waren.

Im Hintergrund ragten die Hügel von Montana mit ihren bewirtschafteten Wäldern auf. Hier hingegen war das Gelände ungepflegt und zugewuchert. Der dicke senffarbene Morast war mit toten Baumstümpfen und abgefallenen Ästen übersät. Es roch entsprechend.

Andererseits gab es hier auch ein paar ästhetisch vorteilhafte Elemente: In einem kunstvoll angelegten Teich schwamm ein Dutzend eleganter Koi-Karpfen, kontrastreich gefärbt in Schwarz, Weiß und leuchtendem Orange. Und neben einem rostigen V-Motor stand allen Ernstes eine Staffelei mit dem gelungenen Ölgemälde eines Berggipfels samt kreisendem Vogel. Es handelte sich allerdings nicht um einen Adler.

Shaw war noch zehn Meter von der Veranda entfernt, als die Fliegengittertür sich öffnete. Er sah zunächst nur eine fleischige Hand an einem baumdicken Arm, da ertönte auch schon eine Stimme: »Na, wenn das mal nicht mein guter alter Kumpel ist.«

Grinsend kam Dalton Crowe zum Vorschein und stampfte über die Bretter, die sich unter seinem Gewicht bogen. Er schien dieselbe Kleidung wie in der Vorwoche zu tragen, als er den Reifen von Shaws gemietetem Kia zerschossen hatte: eine Latzhose mit Tarnmuster und ein Holzfällerhemd. Hoch an seiner breiten Hüfte hing ein Holster mit einer halbautomatischen 45er.

»Wie schön, dass du es einrichten konntest, Shaw.« Crowe musterte ihn von oben bis unten. Sein Lächeln war eher schadenfroh als einladend. Shaws Anreise war sowohl teuer als auch unbequem gewesen, und Crowe wusste es.

»Hier.« Shaw zückte seine Brieftasche, nahm einen Scheck heraus und reichte ihn dem kräftigen Kerl.

Crowe schoss mit seinem Telefon ein Foto davon. Es war irgendwie seltsam, einen Biker/Hinterwäldler zu sehen, der geschäftliche Transaktionen per Smartphone abwickelte. Doch genau genommen hatte Crowes Vorliebe für moderne Technik Shaw überhaupt erst an diesen Ort gebracht.

»Okay.« Er gab Shaw ein Stück Papier. »Das ist die App, die du herunterladen musst. Dazu der Benutzername und das Passwort.«

Der Name lautete *TroubleMan666*.

Shaw steckte den Zettel ein und machte kehrt.

»Ich tue dir damit einen Gefallen, Shaw«, murrte der Mann. »Wegen der fünfzigtausend Dollar Belohnung bist du mir nach wie vor etwas schuldig. Ich hätte diese Jungs erwischt, wenn du nicht zu unsauberen Mitteln gegriffen hättest. Das werde ich mir merken.«

Ohne innezuhalten oder stehen zu bleiben, zeigte Shaw auf die Staffelei: »Das Bild gefällt mir, Crowe.«

* * *

Eine Stunde später saß er viele Kilometer entfernt in einem anderen Mietwagen. Der SUV, ein Toyota Land Cruiser, holperte über einen unbeleuchteten Feldweg. Shaw ließ sich Zeit.

Er sah auf das Navigationsgerät. Fuhr anderthalb Kilometer weiter und entdeckte dann einen Lichtschimmer voraus. Es war ein kleiner Ort namens Moody. Er lag in den Hügeln in unmittelbarer Nähe eines Sees und schien sich voll und ganz der Kunst des Angelns verschrieben zu haben, vornehmlich dem geschäftlichen Teil. Außer in der Eisdiele, einem Antiquariat und einem Telefonladen konnte man überall Köder kaufen, wie die Schilder in den Schaufenstern besagten.

An der einzigen Ampelkreuzung bog Shaw rechts ab und fuhr bis zum Lake View Motor Inn. Kurz vor dem Ziel hielt er an einer Seitenstraße und schaltete den Motor aus.

Das Motel war für seine Absichten günstig gelegen. Hinter dem Gelände verlief ein unbefestigter Weg nach Süden, der den Ort umging und sich gut zur Flucht eignete. Shaw hatte zuvor Google Earth und einige bessere topografische Karten konsultiert und wusste daher, dass der SUV dem Terrain gewachsen sein und etwaigen Verfolgern entkommen würde.

Er stieg nun aus dem Wagen und schloss die Tür, verriegelte sie aber nicht. Dann nahm er eine leere Plastiktüte – ein dickwandiges Exemplar – und verstaute sie in seiner Jackentasche. Diesmal hatte er zu seiner schwarzen Jeans kein Sakko gewählt, sondern eine ebenfalls schwarze Kampfjacke. Außerdem dünne Lederhandschuhe.

Shaw schlug sich in die Büsche und näherte sich dem spärlich beleuchteten Motel. Es roch nach dem See und nach Abfall; ob aus ein und derselben Geruchsquelle, blieb unklar. Er erreichte einen baufälligen Zaun, und als er dessen Tor aufstieß, fiel es zu Boden.

Das Motel bestand aus einzelnen Hütten für die Gäste, und Shaw musste sich erst orientieren. Dann schlich er im Schatten zu Nummer 7. Der mit Holz verschalte Bau war eines der größeren Quartiere und verfügte über einen eigenen Pfad hinunter zu einem Steg, der in den dunklen See ragte. Shaw machte einen kurzen Umweg und erkundete den Anleger. Als einziges Gefährt an diesem mit Unkraut bewachsenen Uferstück war dort unter einer Plane ein Ruderboot vertäut.

Shaw kehrte zu der Hütte zurück und schob sich behutsam und leise in die Lücke zwischen der Hauswand und einer Reihe Sträucher. Am Fenster, aus dem warmes gelbes Licht fiel, blieb er stehen und spähte hinein. Die Hütte war eine Suite, und er konnte in die beiden erleuchteten Schlafzimmer schauen.

Niemand da.

Auf dem Boden standen Koffer, Reisetaschen, Rucksäcke und Pappkartons. Der Fernseher lief, aber ohne Ton. Lokalnachrichten.

Worauf wartest du noch?, mahnte er sich selbst zur Eile.

Er zog ein Werkzeug mit flacher Klinge aus der Tasche, einen Fensterhebelöffner. Das Ding ähnelte dem Tafelmesser, mit dessen Hilfe er in die Gebäude der Osiris-Stiftung hatte einsteigen können, war aber dünner, aus Titan geschmiedet und speziell für diesen Zweck gefertigt und daher viel effizienter. Binnen weniger Sekunden war das Schloss entriegelt, und er schob das Fenster hoch. Genau wie bei Abbys Unterkunft stemmte Shaw sich dann unbeholfen auf dem Sims nach oben, steckte den Oberkörper ins Innere und rollte sich auf dem Boden ab. Er stand auf und sah sich um.

Die Bewohner waren vermutlich zum Abendessen gegangen und würden bald zurückkommen.

Shaw entfaltete die mitgebrachte Plastiktüte und machte sich daran, sie zu füllen.

Fünf Minuten später hielt er inne und lauschte. Dann ging er zur Vordertür, öffnete Kette und Schließriegel, zog die Tür auf und trat schnell nach draußen.

Beinahe wäre er mit den beiden Bewohnern der Hütte zusammengestoßen, die ihr Auto genau wie er in einiger Entfernung abgestellt hatten und den Rest der Strecke zu Fuß gegangen waren.

David Ellis – Meister Eli – keuchte erschrocken auf und ließ die Restauranttüte mit den Resten seiner Mahlzeit fallen.

Der Mann neben ihm, Hugh Garner, verlor keine Zeit, ging instinktiv in Nahkampfhaltung und hieb mit den Knöcheln einer Faust wuchtig auf Shaws Solarplexus.

78

Shaw rührte sich nicht und senkte absichtlich nicht seinen Schwerpunkt in eine geduckte Abwehrhaltung.

Mit dem Ergebnis, dass Hughs Faust die kugelsichere Stahlplatte traf, die zu Shaws Kampfjacke gehörte. Es gab ein dumpfes Geräusch, der Mann riss überrascht die Augen auf und verzog dann vor Schmerz das Gesicht.

Hugh zog blitzartig die Hand für einen zweiten Schlag zurück, diesmal gegen den Kopf gerichtet, und nun war auch Shaw kampfbereit. Er schleuderte die gefüllte Plastiktüte in das Gestrüpp neben der Tür, weit außerhalb der Reichweite beider Männer. Als dann Hughs geballte Faust zum zweiten Mal auf ihn zuraste, wich Shaw zur Seite aus und wurde nur an der Schulter gestreift.

Es tat kaum weh und ließ ihn lediglich gegen den Türpfosten prallen.

Hinter Hugh hatte Eli eine Pistole gezogen. »Ich hab ihn … geh aus dem Weg.«

Shaw hatte das Gegenteil erwartet; er hatte gedacht, Hugh würde bewaffnet sein, und wollte ihm eigentlich die Waffe abnehmen. Eli zielte, und Shaw machte das Einzige, was er tun konnte: Er duckte sich, rammte Hugh die Schulter in den Bauch und schob ihn zurück. Dabei nutzte er seine Erfahrung als Ringer und die Techniken, die Ashton seinen

Kindern beigebracht hatte. Er packte das Bein des Mannes, drehte den Oberkörper und riss ihn mit sich zu Boden.

»Du Arschloch«, knurrte Hugh.

»Aus dem Weg!«, rief Eli. Shaw ließ nicht los, denn er wusste, dass Eli nicht schießen würde, solange Shaw ihm kein eindeutiges Ziel bot.

Hugh schlug ihm immer wieder hart auf Rücken, Schulter und Kopf; das tat zwar weh, richtete aber keinen großen Schaden an. Shaw selbst landete einen Glückstreffer auf Hughs Ohr, und der Mann schrie vor Schmerz auf. Leider schien das Trommelfell nicht gerissen zu sein.

Umschlungen rollten sie durch den Dreck. Eli kam näher und fuchtelte mit der Pistole herum. »Weg da, mach endlich Platz!«

»Nein, nicht schießen!«, flüsterte Hugh. »Das ist zu laut.«

Shaw nutzte Elis Unschlüssigkeit. Er löste sich, hielt in geduckter Haltung beide Hände ausgestreckt und bewegte sich hin und her. Das war irgendeine Kung-Fu-Haltung, die er mal in einem Film gesehen hatte. Sie war bedeutungslos. Hugh durchschaute das sofort und grinste.

»Hugh, lass mich …«, setzte Eli an.

»Nein, den übernehme ich«, fiel der kräftige Mann ihm ins Wort.

Dies war für Hugh eindeutig eine persönliche Angelegenheit. Shaw hatte ihm die überaus lukrative, angenehme Existenz ruiniert. Doch übernehmen würde der ehemalige Leiter der Assistenzeinheit hier niemanden und gar nichts.

Shaw täuschte nach rechts an, stieß dann aber auf der anderen Seite mit schnellen Schritten vor und riss Eli zu Boden. Die Wut im Blick des Mannes wich jäher Angst. Shaw fand seinen einstigen Verdacht bestätigt. Die unnatürlich hellen Augen waren nun ganz normal blau. Eli hatte Kontaktlinsen getragen.

»Oh, verdammt! Wirf die Waffe weg. Schnell!« Hugh war hörbar entrüstet. Vielleicht ärgerte es ihn, dass Shaw sich dem Nahkampf auf Leben und Tod durch unfaire Mittel entzog.

Eli versuchte, die Glock loszuwerden, aber Shaw riss sie ihm aus der Hand und rollte sich weg. Er lud durch, um auf jeden Fall eine Patrone im Lauf zu haben, und zielte zwischen die beiden Männer.

Hugh hielt ihm beschwichtigend beide Handflächen entgegen. »Hör mal. Wir können dir eine Menge Geld besorgen. Einen ganzen Haufen.« Er wies mit dem Kinn auf die Plastiktüte. »Lass die Unterlagen, die Beweise oder was auch immer du geklaut hast, einfach hier. Du kriegst sofort Bargeld auf die Hand. Fünfzigtausend. Einhundert.«

Shaw musste unwillkürlich an Samuels unendlich traurige Miene denken, als der Mann sich in die Tiefe stürzte.

Was Mom und Dad anbetrifft, hat Meister Eli mir wirklich den Hals gerettet …

Und an Adelles Gesichtsausdruck, als sie zusammengesunken auf der Bank saß.

Ich habe vor zwei Jahren mein Baby verloren …

Und an Victorias Stimme, als sie ihm von Grettas Selbstmord erzählte.

Die Mündung der Glock schwenkte zu Eli, der zusammenzuckte und eine Hand hob. »Nein, bitte … nein.«

Shaw dachte an eine weitere Regel seines Vaters.

Richte niemals eine Schusswaffe auf jemanden, solange du nicht vorhast, den Abzug zu betätigen.

Colter Shaw betätigte den Abzug.

79

Während er in seinem gemieteten SUV über die unbefestigte Straße holperte, lernte Shaw etwas hinzu.

Die Männer hatten noch eine Pistole.

Sie verfolgten ihn gerade in ihrem eigenen SUV. Eli saß am Lenkrad des dunkelgrauen Fahrzeugs, und Hugh feuerte in Shaws Richtung.

Das alles geschah wegen des Schusses beim Motel. Shaw war zwar ziemlich versucht gewesen, Eli an Ort und Stelle zu erledigen, doch er hatte nicht auf den Sektenführer gezielt. Stattdessen hatte er Hugh in die Wade geschossen, die Pistole dann in den See geschleudert, sich die Plastiktüte geschnappt und im Laufschritt seinen Wagen angesteuert. Eli war anscheinend kurz im Motelzimmer verschwunden, um die zweite Waffe zu holen, und dann hatten die beiden die Verfolgung aufgenommen.

Ein weiterer Schuss peitschte auf.

Faustfeuerwaffen sind schon bestenfalls wenig treffsicher, und wegen der ungepflasterten Fahrbahn und Shaws Schlingerkurs hatten bislang alle Projektile den Land Cruiser verfehlt.

Shaw fuhr so schnell wie möglich die dunkle Straße entlang und behielt dabei die zurückgelegte Strecke seit dem Motel im Blick: vier Kilometer, fünf, sechs … Die Fahrzeuge überschritten Tempo hundert, dann hundertzehn, und Hugh und Eli holten allmählich auf.

Ein Blick auf das Navigationsgerät. Rund anderthalb Kilometer voraus vollführte die Straße eine scharfe Biegung. Shaw überlegte, mit welcher Geschwindigkeit er sie angehen sollte.

Dann zog er den Kopf ein, weil plötzlich doch eine Kugel in das Heck seines Wagens einschlug. Aber sie richtete sonst weiter keinen Schaden an – natürlich abgesehen von dem Einschussloch. Shaw erhöhte jedoch trotzdem lieber die Anzahl seiner Ausweichmanöver.

Da erreichte er eine Senke.

Sie war deutlich tiefer, als die Google-Karte hatte vermuten lassen. Shaws SUV krachte in die gegenüberliegende Böschung, wobei irgendetwas in dem Wagen hörbar zu Bruch ging. Dann pflügte er durch Erde, Gestrüpp und sandigen Mulch und weiter auf ein Feld auf der anderen Seite, wo die Vorderräder im Sand und der lockeren Erde stecken blieben. Der Airbag löste aus. Es war eine eindrucksvolle Erfahrung.

Shaw hörte Elis Wagen eine Vollbremsung machen. Er nahm die Plastiktüte, sprang aus dem Auto und ging hinter einem kleinen Hügel in Deckung, auf dem Forsythien und Stechpalmensträucher wuchsen.

»Carter … oder wie auch immer Sie heißen, hören Sie zu.« Eli stand am Straßenrand, während Hugh sich verschwitzt und mit schmerzverzerrtem Gesicht auf der Motorhaube abstützte.

»Geben Sie die Tüte her. Dann können Sie gehen. Werfen Sie sie einfach herüber. Das ist alles. Mehr wollen wir nicht.«

Shaw packte die Tüte am Griff und schleuderte sie auf die Freifläche. Dabei blitzte sie kurz im Licht der Scheinwerfer des SUV auf.

Eli, der inzwischen die Waffe hielt, erklomm die Böschung

und ging weiter auf das Feld, wobei er sich suchend umsah. Und zwar nicht nach der Tüte, sondern nach Shaw, den er natürlich zu ermorden gedachte, sobald er ihm unter die Augen kam.

Shaw zückte derweil sein Telefon und verschickte eine Textnachricht.

Höchstens fünf Sekunden später wurde das gesamte Feld so hell erleuchtet, als wäre es ein Footballstadion am Abend des Spiels.

Über Lautsprecher ertönte eine Stimme: »David Ellis, Hugh Garner! Hier spricht das FBI. Lassen Sie alle Waffen fallen, und legen Sie sich auf den Boden! Wenn Sie dieser Anweisung nicht unverzüglich nachkommen, eröffnen wir das Feuer.«

Der Sprecher war Special Agent Robert Slay.

»Waffen weg! Runter! Los, los, los! Oder wir schießen!«

Eli zögerte nur einen Moment und ließ die Pistole fallen. Er blieb jedoch stehen. »Sie sind hier gar nicht zuständig! Dies ist illegal. Sie können nicht…« Seine Stimme erstarb, als er zu Hugh schaute. Der blickte nämlich auf die Straße hinter ihnen und gehorchte dann dem Befehl.

»Nein«, flüsterte Hugh verzweifelt.

»Oh, Herr im Himmel«, murmelte Eli. Shaw fand es irgendwie ironisch, dies einen Mann sagen zu hören, der sein Geld damit verdiente, Wiederauferstehungen zu verkaufen.

Dreißig Meter hinter ihnen stand eine kleine steinerne Stele, die die Grenze zwischen Kanada und den Vereinigten Staaten markierte. Eli und Hugh hatten sich so sehr auf die Verfolgung von Shaw konzentriert, dass sie unabsichtlich wieder auf amerikanisches Staatsgebiet gelangt waren.

Agenten rannten herbei und legten ihnen Handschellen an, bei Hugh mit der nötigen Rücksicht auf seine Schusswunde.

Ein Krankenwagen rollte herbei, und die Sanitäter kümmerten sich um das verletzte Bein. Beiden Männern wurden die Rechte verlesen.

Shaw kam zurück auf die Straße, zog seine Handschuhe aus, steckte sie ein und gesellte sich zu Slay. Neben ihm stand Detective Laurent Etoile vom San Francisco Police Department, der Mann mit dem klingenden Bariton. Es überraschte Shaw, dass nicht er die Befehle über Lautsprecher erteilt hatte; vielleicht hatte das mit den unterschiedlichen Zuständigkeiten auf Staats- und Bundesebene zu tun.

»Das war ein gesetzwidriger Winkelzug!«, tobte Eli.

Slay, der soeben den SUV der Männer durchsuchte, blickte auf. »Wie bitte?«, fragte er geistesabwesend.

»Das war unzulässig.«

»Nein, war es nicht«, erwiderte der Agent ungerührt und setzte die Durchsuchung fort.

Eli und Hugh waren unerlaubt nach Kanada eingereist und konnten sich daher nicht auf den Schutz durch die dortige Justiz berufen. Zudem hatten sie die Grenze auf dem Rückweg aus eigenem Antrieb erneut überquert und unterlagen nun wieder der hiesigen Rechtsprechung.

Dass Shaw einen Unbewaffneten angeschossen hatte, versetzte dem Ganzen einen leichten Dämpfer, aber ihm war keine andere Wahl geblieben. Er musste sowohl Eli als auch Hugh zurück in die Vereinigten Staaten locken, und falls er lediglich mit der Tüte geflohen wäre, hätte womöglich nur Hugh die Verfolgung aufgenommen. Der Schuss ins Bein garantierte, dass Eli als Fahrer fungieren musste.

»Tja, die Beweise sind leider unzulässig«, stellte Eli fest. »Sie wurden illegal entwendet.«

Shaw musterte ihn und dachte an eine seiner eigenen Regeln, die nicht ganz Ashtons Niveau erreichte, denn der war ja immerhin der König von Niemals.

Sei niemals dramatisch.

Doch hin und wieder musste man sich einfach mal etwas gönnen. Mit theatralischer Geste schüttete Shaw den Inhalt der Tüte kurzerhand auf den Boden aus. Im Licht der Scheinwerfer starrte Eli auf die Zeitungen, Speisekarten und Werbeprospekte aus dem Motelzimmer: *Das Canadian Pacific Railway Museum. Besuchen Sie die Hogworth-Ahornsirup-Fabrik! Die unerzählte Geschichte von Moody, British Columbia.*

Darunter befand sich kein einziges Stück Papier, das die Männer vom Gelände der Osiris-Stiftung mitgenommen hatten – was auch immer an belastenden Beweisen noch existieren mochte; ein großer Teil dürfte inzwischen vernichtet worden sein. Der Diebstahl dieser Unterlagen durch Shaw wäre nämlich tatsächlich illegal gewesen.

»Wir benötigen nichts weiter für unsere Anklage«, sagte Detective Etoile.

»Sie mussten bloß Ihre Hintern zurück in die USA verfrachten«, fügte Slay hinzu.

»Ach, Scheiße«, fluchte Hugh.

Zusätzliche Beweismittel hätten den Fall eventuell ein wenig erleichtert, doch auch so verfügten die Behörden über jede Menge Material, um Hugh und Eli für sehr lange Zeit wegzusperren. Hinzu kamen Zeugen wie Anja, hintergangene Mitglieder des Inneren Kreises und Männer der Assistenzeinheit, die zur Aussage bereit waren. Und Steves Notizbuch erwies sich als eine wahre Fundgrube.

»Wie haben Sie uns gefunden?«, fragte Eli den FBI-Mann.

Slay wies auf Shaw. »Durch ihn.«

Shaw zuckte nur die Achseln und sagte nichts, obwohl es sich genau genommen um Teamwork gehandelt hatte. Und zwar ausgerechnet mit Dalton Crowe als Partner.

Die Suche nach Eli hatte schon angefangen, als der Sektenführer und Hugh noch gar nicht aus dem Camp der Osiris-Stiftung aufgebrochen waren. Während die Männer in Sheriff Calhouns SUV auf ihr Gepäck warteten, hatte Shaw ein Notizbuch aus seinem Rucksack gezogen, um auf einem Blatt seinen Namen und seine Telefonnummer für Calhoun zu notieren. Doch das geschah nur zur Tarnung. In Wahrheit nahm er den Peilsender, den Crowe an Shaws Kia angebracht hatte, als es noch um die Fahndung nach Erick und Adam gegangen war. Shaw schaltete ihn ein und versteckte ihn in Elis Notfalltasche, die bereits im Kofferraum des SUV stand.

Er hatte Slay darüber informiert, und der Agent hatte daraufhin Crowe kontaktiert, um zu erfahren, wie man an die Daten des Senders herankam. Doch der Prämienjäger war immer noch stinksauer über den Verlust der Erick/Adam-Belohnungen und verweigerte jede Kooperation. Dann versuchte der Agent, einen Gerichtsbeschluss zu erwirken, um den Zugriff zu erzwingen, doch kein Richter war gewillt, eine entsprechende Verfügung zu erlassen, weil Crowe in keiner Verbindung zu Eli stand.

Letztlich hatte Shaw sich an Crowe gewandt und nach einigem Hin und Her einen Preis von zehntausend Dollar für die Herausgabe der Zugriffscodes ausgehandelt. Das endgültige Einverständnis erhielt Shaw per SMS, als er neben Victoria auf der Couch saß.

Sehen wir uns beim Abendessen?

Eher nicht …

Der Deal würde jedoch nur zustande kommen, falls Shaw den Scheck eigenhändig überbrachte. (In erster Linie, weil Crowe hinsichtlich der Zahlung auf Nummer sicher gehen wollte. Seine hämische Schadenfreude mochte auch eine Rolle dabei gespielt haben. Es interessierte Shaw herzlich wenig.)

Die Peilsender-App verwies dann auf Moody in British

Columbia, dicht hinter der Grenze, wo die beiden Männer zweifellos ihre weitere Flucht an einen entfernteren und deutlich exotischeren Ort vorbereiteten.

Shaw und Slay befürchteten, dass ein offizielles Amtshilfeersuchen an die Royal Canadian Mounted Police zu lange dauern würde, sodass die Flüchtigen unterdessen verschwinden könnten. Daher ersonnen sie gemeinsam einen Plan, um die zwei Männer während der Verfolgung von Shaw zurück über die Grenze zu locken.

Shaw war an einem wenige Kilometer entfernt gelegenen Grenzübergang legal nach Kanada eingereist. Ein Mann in der Uniform des amerikanischen Grenzschutzes trat nun an ihn heran. »Colter Shaw?«

»Der bin ich.«

»Ich werde Ihren Reisepass abstempeln. Es sei denn, Sie möchten in dem Motel in Moody übernachten. Dort soll es ja ganz hübsch sein, wie ich gehört habe.«

»Nein, ich suche mir hier eine Unterkunft.« Er händigte dem Mann das blaue Büchlein aus.

Zu neunzig Prozent hatte niemand gesehen, wie er Hugh anschoss. Falls aber die zehn Prozent zutrafen, hätte das unangenehme und potenziell sogar gravierende Folgen. Da blieb er lieber diesseits der Grenze.

Was eigentlich schade war.

Shaw hatte noch nie eine Ahornsirup-Fabrik von innen gesehen.

80

21. Juni

Nach seiner improvisierten Grabung am Echo Ridge kehrte Colter Shaw mit dem Paket seines Vaters zum Haus zurück.

Begleitet nur von Chase betrat er Ashtons einstiges Arbeitszimmer.

Sein Blick streifte die vielen Dutzend gerahmter Fotos. Ein besonders gut gelungenes – gestochen scharf und mit leuchtenden Farben – zeigte die drei Geschwister Dorion, Colter und Russell, Arm in Arm, alle lächelnd.

Shaw räumte ein Stück des Schreibtisches frei und stellte den Kasten ab. Dann zögerte er. Was, um alles in der Welt, würde er finden? Hierfür waren Menschen gestorben. War der Inhalt wirklich so wichtig, wie die Begleitumstände erahnen ließen? Oder handelte es sich um ein Hirngespinst, ein Produkt der wirren Fantasie seines Vaters? Eine Sammlung längst verfallener Einkaufsgutscheine? Oder würde die Box sogar leer sein?

Der Klebstoff an den Säumen war dick, hart und bruchfest. Shaw trennte die obere Kante mit seinem Klappmesser auf. Im Inneren befand sich ein wasserdichter Beutel, den er ebenfalls aufschnitt, allerdings vorsichtiger als den äußeren Behälter.

Shaw nahm einen großen Briefumschlag heraus, öffnete ihn und stieß auf ein halbes Dutzend Seiten mit handschriftlichen

Aufzeichnungen Ashtons, ausgedruckten Artikeln und einer Karte der San Francisco Bay Area. Darüber hinaus lag in dem Umschlag ein Ring mit zwei Schlüsseln daran; sie schienen zu Türschlössern zu gehören, wie sie für ein Haus oder Büro vorgesehen waren. Und es fand sich ein Brief seines Vaters. Shaw glättete das zerknitterte Blatt und beugte sich vor.

Hallo!

Ich bin Ashton Shaw, ehemaliger Professor, Amateurhistoriker und Student der Politologie. Während meiner Jahre in der akademischen Welt und im Zuge meiner Forschungen und Publikationen hat sich bei mir ein Misstrauen gegenüber den meisten großen Konzernen, Institutionen und Personen verfestigt, auch gegenüber vielen Politikern und Lobbyisten, die in der Grauzone zwischen Legalität und Illegalität, zwischen Demokratie und Diktatur gedeihen. Ich habe zu diesen Themen zahlreiche Artikel veröffentlicht, Proteste organisiert und Veranstaltungen besucht.

Dabei wurde ich natürlich von manchen der betroffenen Organisationen bedroht. Aus Sicherheitsgründen bin ich mit meiner Familie aus der Bay Area an einen Ort umgezogen, an dem ich sie besser beschützen und zugleich meine Aktivitäten im Verborgenen fortsetzen konnte. Mir war klar, was ich meiner Frau und den Kindern damit abverlangen würde. Aber ich sah keine andere Wahl.

Zusammen mit mehreren Kollegen glaube ich einige Fortschritte bei der Glättung gesellschaftlicher Friktionen erzielt zu haben, indem wir diverse Korruptionsaffären in Politik und Wirtschaft publik machen konnten.

Dann bin ich vor einigen Jahren auf die BlackBridge Corporate Solutions gestoßen.

Im Zuge meiner Recherchen über die Machenschaften der Pharmaindustrie kam mir zu Ohren, dass in gewissen Wohnvierteln der unteren Mittelschicht urplötzlich und ohne entsprechende Vorgeschichte die Zahl der Drogensüchtigen dramatisch anstieg. Als Folge davon stieg auch die Kriminalitätsrate, und die Immobilienwerte sanken in den Keller. Die Gegenden wurden nahezu unbewohnbar.

Zu meinem Entsetzen handelte es sich nicht um einen typischen, aus Problemvierteln allgemein bekannten Verlauf, sondern um eine vollständig von BlackBridge arrangierte Drogenschwemme. Diese höchst geheime Spionagefirma hat ihren Sitz in Los Angeles. Sie hat einst klein angefangen, operiert heutzutage aber international und besteht aus ehemaligen Managern, Geheimdienstmitarbeitern, Soldaten, Söldnern und sogar Kriminellen. Zu ihren Kunden zählen einige der mächtigsten Konzerne der Welt.

Mehrere dieser Kunden hatten BlackBridge damit beauftragt, die Grundstückspreise gewisser Zielviertel massiv zu senken, weil sie die Immobilien im großen Stil zu möglichst geringen Kosten aufkaufen wollten. Als Methode wählte die Firma ein künstlich herbeigeführtes Suchtproblem und flutete die Straßen mit Drogen, die praktisch kostenlos an die Gangs geliefert wurden. Mitunter wurden Opioide, Fentanyl und Meth sogar frei auf der Straße verteilt, auch an Kinder. Der Plan führte zu Hunderten von Drogentoten und Verbrechensopfern. Tausende von Anwohnern verloren ihr Zuhause, und viele blieben obdachlos.

Dieses Immobilienprojekt ist übrigens nur eine von Dutzenden vergleichbar hinterhältiger Intrigen, die BlackBridge auf der ganzen Welt im Kundenauftrag in die Tat umsetzt.

Ich vermute, dass solche Praktiken auch sonst nicht

ungebräuchlich sind, und der Leser mag sich nun fragen, wieso BlackBridge für meine Kollegen und mich zu unserem »Weißen Wal« geworden ist.

Die Antwort ist simpel. Ein brillanter Student, den sowohl ich als auch mehrere meiner Kollegen aus unseren Seminaren kannten, machte seinen Abschluss, wechselte an die juristische Fakultät und wurde später in den Stadtrat von San Francisco gewählt. Wir blieben in regelmäßiger Verbindung, und Todd wurde zu einem Freund. Er war derjenige, der mir als Erster von dem seltsamen Anstieg der Drogenprobleme in dem von ihm vertretenen Bezirk berichtete.

Er hatte gerade erst angefangen, der Sache auf den Grund zu gehen, als er und seine Frau ermordet wurden. Es schien sich um einen Raubüberfall zu handeln, doch es wurde kaum etwas gestohlen, und die Polizei fand forensische Anhaltspunkte für eine Verbindung zwischen dem Täter und den neuen Straßendrogen.

Ich glaube, dass BlackBridge Todd umgebracht hat, um ihn aufzuhalten. Mindestens aber trägt diese Firma die Verantwortung für die Tat, weil sie seinen Bezirk mit Drogen überschwemmt hat.

Fast alle BlackBridge-Angestellten wollten aus Angst vor den Konsequenzen nicht mit uns reden, aber ich konnte einige auftreiben, die über die Vorgänge so empört waren, dass sie einem persönlichen Treffen zugestimmt haben. Zwar konnten oder wollten sie mir kein Belastungsmaterial liefern, doch sie erzählten mir von einem früheren Mitarbeiter namens Amos Gahl, der einige Dokumente entwendet hatte, die BlackBridge unbedingt zurückhaben wollte. Womöglich würden diese Unterlagen die Firma und letztlich auch ihre korrupten Kunden zu Fall bringen können.

Es hieß, Gahl habe die besagten Dokumente irgendwo in oder bei San Francisco versteckt, doch noch bevor er die Behörden informieren konnte, kam er unter fragwürdigen Umständen bei einem Autounfall ums Leben.

Ich nahm mir vor, das von Gahl versteckte Material zu finden.

Dann hat BlackBridge von uns erfahren.

Infolge der teils offenen, teils subtilen Drohungen zogen meine Kollegen sich einer nach dem anderen aus unserem Kreuzzug zurück. Zwei von ihnen starben an vermeintlich natürlichen Ursachen, die bei Weitem zu *zufällig wirkten.*

BlackBridge will uns nicht nur alle finden und aufhalten, sondern auch etwaiges Beweismaterial verschwinden lassen. Die Leitung dieser Operation obliegt einer Frau namens Irena Braxton. Sie mag wie eine gütige Großmutter aussehen, ist aber absolut skrupellos und schreckt nicht davor zurück, zur Erreichung ihrer Ziele Gewalttaten anzuordnen. Wir hatten sie für tot gehalten, angeblich ermordet von ausgerechnet einem ihrer ehemaligen Mitarbeiter, aber diese Information hat sich leider als falsch herausgestellt. Ihre Suche nach uns läuft weiter.

Und damit nun zu Ihnen!

Sie sind offensichtlich den von mir hinterlassenen Brotkrumen zum Echo Ridge gefolgt und kennen jetzt die ganze Geschichte.

Ich kann Sie nicht guten Gewissens darum bitten, diese gefährliche Aufgabe zu übernehmen. Kein vernünftig denkender Mensch würde das tun. Doch falls Sie mit dem Gedanken spielen, möchte ich anmerken, dass die Fortführung meiner Suche all jenen Gerechtigkeit verschaffen würde, die durch die Machenschaften von BlackBridge und deren Auftraggebern gestorben sind oder deren Leben auf den Kopf gestellt wurde. Und Sie würden Tausenden zukünftiger Opfer ein vergleichbares Schicksal ersparen.

Auf der beiliegenden Karte sind die Orte markiert, die als Versteck für Gahls Dokumente in Betracht kommen oder zumindest darauf verweisen könnten. Sobald ich dieses Schreiben samt den zugehörigen Anlagen deponiert habe, werde ich nach San Francisco zurückkehren und hoffentlich weitere Anhaltspunkte in Erfahrung bringen. Näheres findet sich in der Alvarez Street 218 in San Francisco.

Lassen Sie mich mit einer Warnung schließen:
Wiegen Sie sich niemals in Sicherheit!

A. S.

81

Eine Ausnahme von der sonst üblichen West-nach-Ost-Regel der Wetterströmungen in den USA trat unter anderem immer dann ein, wenn die kräftigen Santa-Ana-Winde aus dem Süden Kaliforniens aufzogen und Teile des Nordens erfassten, darunter das Tal, in dem das Anwesen lag.

Colter Shaw konnte im Arbeitszimmer seines Vaters durch das offene Fenster nun eine heiße Brise spüren, die gemächlich über das Haus strich. Im Juni kam das nur selten vor; die Santa Anas traten meistens von Oktober bis April auf. Doch in letzter Zeit fing diese Saison früher an und endete später. Auch fielen die Winde heißer und stärker aus, wie jeder bestätigen konnte, der bei einem der vielen Brände des Staates tragischerweise sein Zuhause verloren hatte.

Draußen ging Mary Dove gerade quer über ein großes Feld, das Colter sehr gut kannte. Dort hatte die Gedenkfeier für seinen Vater stattgefunden. Ein Anzeichen dafür, dass der Verstand des Mannes sich auch kurz vor dem Ende noch nicht vollends verabschiedet hatte, waren die knappen Instruktionen für seine Beisetzung gewesen:

Ich wünsche, dass Ashs Asche über dem Crescent Lake verstreut wird.

Auf der vier Hektar umfassenden Fläche hatte die Familie Gemüse angebaut, und seine Mutter tat das noch immer.

Hier hatten sie gejagt, hatten wilde Truthähne und Fasane geschossen und einiges an Rotwild, eine Tierart, bei der evolutionäre genetische Warnungen – *hier ist es nicht unbedingt sicher für dich!* – nicht bei den nachfolgenden Generationen anzukommen schienen.

Seine Mutter pirschte sich soeben an das heutige Abendessen an.

Mary Dove war die beste Jägerin der Familie Shaw. Colter sah es praktisch vor sich, wie sie mit der gut gepflegten Winchester auf ihre Beute anlegte und dabei durch ein verschrammtes Nikon-Zielfernrohr spähte, beide Augen offen. Das Gewehr stützte sie derweil auf einem Ast, Felsen oder Zaunpfahl ab.

Schieße mit einer Langwaffe niemals freihändig, außer in Notfällen.

Mary Dove würde erst dann abdrücken, wenn sie absolut sicher war, einen sauberen und tödlichen Schuss anbringen zu können. Bei all ihren gemeinsamen Jagden hatte Shaw es kein einziges Mal erlebt, dass sie ihr Ziel verfehlt oder zum Erlegen des Tiers mehr als eine Kugel benötigt hätte.

Er fragte sich, was wohl heute auf dem Speiseplan stand. Normalerweise hätte die mitgeführte Waffe ihm einen Hinweis geben können – eine Schrotflinte für Fasan oder Ente, ein Gewehr für Wildschwein oder Reh. Doch heute war Mary Dove nicht bewaffnet, sondern schwang lediglich einen Kugelschreiber, um den Empfang der Lebensmittellieferung zu quittieren. Der Wagen stand neben dem Briefkasten am Ende der Auffahrt.

Mary Dove gab dem Fahrer ein Trinkgeld – bis nach White Sulphur Springs waren es vierzig Kilometer. Dann nahm sie den großen Karton so mühelos entgegen, als enthielte er Federn und Luft, und kehrte zum Haus zurück.

Shaws Telefon summte. Die Anruferin war Sue Bascomb,

die Frau, die beabsichtigte, ein Buch über ihre Erfahrungen bei der Osiris-Stiftung zu schreiben.

Ich möchte nicht, dass so etwas noch jemandem zustößt …

»Mr. Shaw.« Sie war ganz aufgeregt. »Eli wurde verhaftet, er und dieser schreckliche Mann, Hugh. Haben Sie das gewusst?«

»Mir war so, als hätte ich etwas darüber gehört.«

»Ich arbeite inzwischen an dem Buch und habe die Namen von zwei Dutzend ehemaligen Gefährten, die bereit sind, mit mir zu sprechen. Falls Ihre Zusage noch gilt, würde ich Sie wirklich gern befragen.«

Shaw war unter der genannten Voraussetzung einverstanden: Er musste anonym bleiben.

Sue willigte ein. Sie erklärte, als Journalistin habe sie häufig mit namenlosen Quellen zu tun. Das sei vollkommen zulässig, solange strittige Behauptungen belegt werden könnten.

Sie vereinbarten einen Treffpunkt. Sue sagte, sie wohne in Seattle, und sie einigten sich auf Tacoma, wo Shaw ohnehin noch etwas zu erledigen hatte.

Dann stand er auf und gesellte sich zu seiner Mutter, die Steaks, Hühner und eine aufwendig hergestellte Pastete auspackte.

Mary Dove zog eine Augenbraue hoch.

Er zeigte ihr den Inhalt von Ashtons verborgenem Schatz. Sie las den Brief sorgfältig und überflog den Rest. Dann schob sie ihre Brille ein Stück die Nase hinauf und betrachtete die Karte von San Francisco. Schließlich schüttelte sie den Kopf und sah ihren Sohn an.

»BlackBridge. Das sagt mir gar nichts.« Sie seufzte. »Aber ich weiß noch, wie Todd und Cathy Foster gestorben sind. Das war furchtbar. Ash und er standen sich sehr nahe. Es erklärt so manches.« Sie wies auf den Brief. »Und was er hier schreibt, ist real. Das geht nicht auf seine Erkrankung zurück.«

Shaw war der gleichen Meinung. Die Paranoia und gestörte Wahrnehmung seines Vaters hatten zu vielen bizarren Kritzeleien geführt. Die vorliegenden Aufzeichnungen waren jedoch präzise ausformuliert und basierten auf echten Ereignissen. Ashtons Sorge war authentisch.

Außerdem hatte Shaw vor knapp zwei Wochen Ebbitt Droon kennengelernt, einen Handlanger von BlackBridge, was ihn ebenfalls von der Echtheit dieser Dokumente überzeugte.

Er blickte nach draußen, wo der heiße Wind durch das Nadelgras und das opulente rosafarbene Haargras fuhr. Am Rand des Grüns ließ die Brise kleine Staubwirbel aufsteigen. Shaw dachte an Droons Haifischaugen und die geübte Art und Weise, auf die er seine Waffe hielt. Die Unbarmherzigkeit seines Auftrags.

Ich mag es, Leuten wehzutun. Und ich tue ihnen auf eine Art weh, die sie verändert. Für immer.

»Hat Ashton je diese Adresse an der Alvarez Street erwähnt?«

»Nein.«

Manche Frauen hätten in so einem Fall sofort an ein geheimes Liebesnest gedacht. Nicht jedoch Mary Dove; sie wusste, dass Ashton Shaw ihr stets absolut treu geblieben war.

Shaw nahm sein Telefon und zeigte seiner Mutter eine Textnachricht, die er soeben von seiner Privatdetektivin erhalten hatte:

In der Alvarez Street 218 steht ein dreigeschossiges Einfamilienhaus mit 111 Quadratmetern Wohnfläche. Es gehört einer Firma namens DCR Holdings, die schon vor vie-

len Jahren nach kalifornischem Recht gegründet wurde. Steuern und Instandhaltung werden aus Kapitalanlagen beglichen, die den Unterhalt auf praktisch unbegrenzte Zeit garantieren. Eine kurze Befragung benachbarter Geschäfte hat ergeben, dass ein Mann in den Dreißigern das Gebäude in letzter Zeit mehrmals betreten hat. Eventuell ein Homesitter. Keine weiteren Informationen.

Mary Dove lächelte. »DCR Holdings.«

Dorion, Colter, Russell.

So. Sein Vater besaß ein geheimes Versteck, in dem er sich mit seinen Kollegen getroffen hatte, um den Kampf gegen BlackBridge zu planen. Und das Haus war weiterhin betriebsbereit.

»Diese Leute – Braxton und Droon – wissen vermutlich von dir und Dorie«, sagte Shaw. »Ich rufe Tom Pepper an. Er wird ein paar Strippen ziehen und für Bewachung sorgen, sowohl hier als auch bei Dorie.«

»Da sage ich nicht Nein. Aber …« Mary Dove zog ihre Bluse ein Stück hoch, sodass man das Hüftholster mit der 45er Glock sehen konnte. »… wir kommen auch so zurecht.« Sie ließ den Stoffzipfel los und wandte sich einem Schneidbrett zu. »In ein paar Stunden gibt es Abendessen. Sag allen Bescheid.« Dabei klang sie völlig unbekümmert.

82

Colter Shaw und Victoria Lesston saßen auf der Veranda. Es war kurz vor Mitternacht, und hoch am tiefschwarzen Himmel stand eine prächtige Mondsichel.

Die Santa Anas waren zu einer behaglichen warmen Brise abgeflaut. Man hörte das Rascheln der Pflanzen, einige Eulen und ferne Kojoten und hin und wieder einen Wolf.

Shaw trank ein Bier, Victoria ein Glas Wein. Chase lag zu ihren Füßen. Seine Ohren richteten sich gelegentlich auf, vielleicht weil er einen potenziellen Eindringling hörte oder witterte. Doch nichts ließ ihn aufstehen oder sträubte ihm das Nackenfell. »Alles gut, mein Junge«, beruhigte Shaw ihn stets. Die Leine des Hundes blieb um ein Bein von Shaws Stuhl gewickelt. Die Nacht war die Zeit der Raubtiere, und Shaw wollte verhindern, dass der Rottweiler versuchte, sein Zuhause gegen einen überlegenen Feind zu verteidigen.

Im Haus war es dunkel und still; alle anderen waren zu Bett gegangen.

Shaw und Victoria unterhielten sich angeregt und tauschten Geschichten aus.

Er erzählte von den Niemals-Regeln seines Vaters und den Überlebenstechniken, die Ashton den Kindern beigebracht hatte und die im Wesentlichen einem Teil von Victorias Militärausbildung entsprachen.

»Welche Truppengattung?«, fragte er.

»Delta Force.«

Die Spezialeinheit der Armee.

Victoria erklärte, dass die 1st Special Forces Operational Detachment-Delta, weithin bekannt als »die Einheit«, schon seit dreißig Jahren auch Frauen für den Kampfeinsatz rekrutierte, nicht etwa für Schreibtischjobs.

Sie verglichen die Erfahrungen bei seinen Prämienjagden und ihren Sicherheitsaufträgen. Das Eintauchen in Eiswasser. Das Anfertigen einer Waffe – noch dazu einer besonders tückischen – aus einem Rosenbusch. Diverse nahrhafte, wenngleich widerliche improvisierte Mahlzeiten während eines Einsatzes.

Shaw schilderte, wie er und seine vierzehnjährige Schwester mal eine neunzig Meter hohe Klippe hinabgeklettert waren, um einem Rudel Wölfe zu entfliehen.

»Die jagen doch nur nachts«, wandte Victoria ein.

»Das stimmt.«

»Aha«, sagte sie. »Das heißt, der Abstieg fand im Dunkeln statt. Gab es Mondlicht?«

Er verneinte und erkundigte sich, ob sie vergleichbare Abstiege bewältigen musste.

»Ein paar.« Sie winkte ab.

»Okay. Welches war der längste?«

»Keine Ahnung, etwa vierhundert.«

»Vierhundert Fuß, nicht schlecht.«

Sie schien kurz zu überlegen. »Na ja, es waren eigentlich Meter.«

Eine Viertelmeile senkrecht nach unten.

»Der Pokal geht an Sie«, räumte Shaw ein.

Schweigend saßen sie einen Moment lang da. Dann streckte Victoria sich und zuckte zusammen, weil die verletzte Schulter sofort protestierte.

»Ich glaube, ich bin müde«, sagte sie.

Er war es ebenfalls.

Shaw begleitete sie zu ihrem Zimmer, das früher Dorie gehört hatte. Die Wände waren hauptsächlich mit Motiven der amerikanischen Ureinwohner geschmückt, mit wilden Tieren und Hunden, aber auch mit Dampflokomotiven, von denen seine Schwester als Kind regelrecht besessen gewesen war.

An der Tür drehte Victoria sich zu Shaw um, auf eine gewisse zielstrebige und unverkennbare Art und Weise. Sie strich sich das Haar aus dem Gesicht. Colter Shaw legte seine Hand auf ihre unverletzte Schulter, beugte sich leicht nach unten und küsste sie fest. Sie drückte sich mit ganzem Leib an ihn. Chase beobachtete das alles mit einer Mischung aus Einsicht und Verwirrung, wie nur Hunde sie zum Ausdruck bringen können. Nach viel zu kurzen fünfzehn Sekunden löste Victoria sich von Shaw.

»Gute Nacht«, flüsterte sie und ging in ihr Zimmer.

83
22. Juni

Das Wetter in Gig Harbor hatte sich seit Shaws letztem Aufenthalt deutlich verändert.

Es herrschte strahlender Sonnenschein mit wolkenlosem Himmel und ohne jeden Anflug von Nebel. Das Grün der Kiefern leuchtete, das Wasser war blau wie Saphir.

Shaw steuerte den Winnebago durch die Einfahrt. Die beiden Säulen mit den schmiedeeisernen Torflügeln wurden von Engeln aus Beton gekrönt. Die armen Geschöpfe waren schmutzig und ihre Schwingen vom Wetter geglättet.

Er hielt an und ließ den Blick über das Gelände schweifen. Der verbeulte grüne Pick-up, den er suchte, stand ganz in der Nähe. Shaw fuhr hin und parkte dahinter. Er nahm einen zwanzig mal fünfundzwanzig Zentimeter großen Umschlag vom Beifahrersitz, stieg aus dem Wohnmobil und ging zu dem Mann, der vor einem frischen Grab stand.

»Mr. Harper.«

Der breitschultrige Mann schien zu erschrecken. Offenbar hatte er den Winnebago nicht gehört. Er runzelte die Stirn und überlegte kurz. »Shaw.«

Adam hatte einen schlichten Grabstein mit seinem Namen, dem Geburts- und dem Sterbedatum darauf. Keine Engel und auch keine Basreliefs wie im Studienraum des Camps der Stiftung.

Auf dem benachbarten Grabstein stand der Name Kelly Mae Harper.

»Ich möchte Ihnen etwas erzählen«, sagte Shaw.

Der Mann zuckte die breiten Schultern.

»Sie wissen ja, dass Adam nach dem Tod Ihrer Frau für drei Wochen weg war.«

Stan Harper nickte.

»Und Sie haben gesagt, dass er nach seiner Rückkehr nicht mehr so niedergeschlagen war.«

»Er war wieder so wie früher als Kind, geradezu glücklich. Seine Probleme fingen erst als Teenager an. Worauf wollen Sie hinaus, Shaw?« Er sah auf das Grab zu seinen Füßen. »Er ist gegangen.« Seine Stimme zitterte.

»Er war während der besagten drei Wochen in einer Sekte.«

»Einer Sekte?«

»Die aus den Nachrichten. Die Osiris-Stiftung.«

Stans leerer Blick blieb auf den Boden gerichtet. »Und?«, murmelte er.

»Die Lehre dieser Sekte besagte, dass wir nach unserem Tod zurückkommen.«

»Wie bei … einer Wiedergeburt?«

»So ähnlich«, sagte Shaw.

»Und Adam hat daran geglaubt?«

»Ja, das hat er. Es hat ihn getröstet. Vor seinem Tod war er überzeugt davon, er würde wieder mit seiner Familie vereint sein. In einem anderen Leben. Mit seiner Mutter und Ihnen.«

Harper lachte gequält auf. Shaw konnte nicht erkennen, was der Mann von dieser seltsamen Neuigkeit hielt.

»Das ist doch Schwachsinn. Von vorne bis hinten. Die Kirche genauso. Himmel, Hölle. So sehe *ich* das jedenfalls. Seit Kelly.«

»Adam hat es etwas bedeutet.«

Stan schwieg.

»Hier.« Shaw gab ihm den Umschlag. Harper öffnete ihn und zog Adams Notizbuch der Osiris-Stiftung heraus, das Shaw von Frederick erhalten hatte.

Harper musterte die Vorderseite. *Der Prozess.*

»Das hat Adam gehört. Eine Art Tagebuch. Er hat darin seine Gedanken und Erinnerungen notiert. Was ihm an seinem Leben gefallen hat und was nicht.

Die schlechten Gefühle – Wut, Angst, Kummer – und die guten Gefühle – Freude, Liebe, Behagen. Und wie nennen wir die, schlau, wie wir sind? Die Minuspunkte und die Pluspunkte …

Shaw hatte die Seiten überflogen. Der Satzbau ließ zu wünschen übrig, manche Stellen waren sehr umständlich und andere reine Schimpftiraden. Es gab auch inhaltslose Kritzeleien. Aber unter den Pluspunkten fanden sich gemeinsame Erlebnisse mit seinem Vater.

»Ich will das Ding nicht. Was soll ich damit?« Harper stopfte das Notizbuch zurück in den Umschlag und gab ihn Shaw. Dann sah er wieder das Grab an. »Ich weiß nicht, wieso ich hergekommen bin. Ich dachte, ich würde etwas fühlen. Oder zu irgendeiner Erkenntnis gelangen.«

»Auf Wiedersehen, Mr. Harper.«

Der Mann erwiderte nichts.

Shaw machte sich auf den Rückweg zum Winnebago. Auf halber Strecke hörte er: »Warten Sie.

Harper kam zu ihm. »Vielleicht nehme ich das doch mit. Nur … Egal, ich nehme es.«

Shaw reichte ihm den Umschlag.

Harper nahm ihn und ging zu seinem Pick-up. Mit der freien Hand zog er den Wagenschlüssel aus der Tasche.

84

Der Winnebago stand in der Nähe von Tacoma auf dem Parkplatz einer Walmart-Filiale.

Shaw saß in Pullover und Jeans auf der Sitzbank des Wohnmobils. Vor ihm auf dem Tisch lag ein dicker Aktenordner mit *Ashton Shaw Material*, wie das Etikett besagte. Die Karte von San Francisco lag zuoberst, zerknittert und fleckig. Shaw ging die achtzehn angekreuzten Stellen durch, die sich überwiegend im Norden befanden – im Marin County und bis hoch ins Weinanbaugebiet. Napa, Sonoma.

Auf der beiliegenden Karte sind die Orte markiert, die als Versteck für Gahls Dokumente in Betracht kommen oder zumindest darauf verweisen könnten.

Shaw nippte an einem edlen honduranischen Kaffee, verfeinert mit genau der richtigen Menge Milch. Das war immer eine heikle Sache: Zu wenig ließ sich nachbessern, zu viel nicht.

Es klopfte an der Tür.

»Mr. Shaw? Hier ist Sue Bascomb.«

Shaw schob die Landkarte in den Ordner und öffnete die Tür. Der Winnebago federte ein wenig, als die stämmige Frau eintrat. Sie trug ein dunkelgrünes langärmeliges Kleid und eine schwarze Strickjacke.

Shaw bot ihr einen Kaffee an, den sie dankend ablehnte,

und dann nahmen sie an dem kleinen Tisch Platz. Die Frau stellte ihm eine Reihe vorbereiteter Fragen. Er sprach die Antworten in eine Aufzeichnungs-App in ihrem Smartphone, und sie machte sich außerdem Notizen. Shaw gab ihr keine persönlichen Informationen und sagte natürlich auch nichts über Victoria.

Er schilderte jedoch detailliert die brutale Misshandlung des Reporters Klein und den entsetzlichen Mord an John. Er äußerte sich nicht spezifisch über Abby, beschrieb aber die sexuellen Übergriffe im Allgemeinen. Diese Einzelheiten schienen die Frau am meisten zu interessieren.

»Das ist sehr gut, Mr. Shaw«, sagte sie nach einer halben Stunde.

»Nennen Sie mich ruhig ›Colter‹.«

»Hilfreich. Sehr hilfreich.« Sie blätterte durch ihre Notizen und schien eine weitere Frage stellen zu wollen, vielleicht, um an einem Punkt nachzufassen, als draußen auf dem Parkplatz jemand etwas rief.

Sie standen beide sofort auf. »Da brennt offenbar ein Auto«, sagte sie beim Blick durch das Fenster. Shaw schnappte sich einen der Feuerlöscher, die er in der Nähe des Fahrersitzes bereithielt, und lief nach draußen.

Ein SUV in der Nähe stand lichterloh in Flammen, und die Rauchschwaden schraubten sich himmelwärts wie ein schwarzer Tornado. Shaw musste sofort wieder an Johns grauenhaften Tod denken, von dem er soeben erst erzählt hatte.

Leute rannten aus dem Geschäft und von ihren eigenen Fahrzeugen herbei, um nachzusehen, was vor sich ging.

»Da sitzt einer drinnen! Sieh doch!«

»Wähl den Notruf!«

»Zurück! Er könnte in die Luft fliegen!«

Shaw eilte zu dem Wagen und gab einige Schaumstöße aus dem Feuerlöscher ab. Das bewirkte nicht viel, zügelte einen

Teil der Flammen aber lange genug, um erkennen zu können, dass in dem SUV niemand mehr saß. Der vermeintliche Insasse war bloß ein Stapel Kartons.

Es knallte einige Male.

»Das sind Kugeln!«, kreischte ein Mann, und alle ergriffen die Flucht.

Shaw ersparte sich die Erklärung, dass explodierende Patronen sich anders anhörten. Vermutlich platzten gerade einige Konservengläser.

In der Ferne ertönten Sirenen.

Shaw stellte den leeren Feuerlöscher auf das Gras des Trennstreifens und kehrte zum Wohnmobil zurück. Im Eingang blieb er stehen. Die Frau war weg.

Und nicht nur das.

Der Order mit *Ashton Shaw Material* war ebenfalls verschwunden.

85

Draußen stand nirgendwo mehr der Wagen, mit dem sie hergekommen war.

Um zu verhindern, dass Shaw aus dem Augenwinkel etwas mitbekam, hatte ihr Begleiter ein Fahrzeug auf der windwärts gelegenen Seite des Winnebago angezündet und so durch den dichten Rauch die Sicht auf die Flucht erschwert.

Schlau.

Shaw stieg wieder ein und nahm eine schnelle Bestandsaufnahme vor. Die Schlafkabine war immer noch verriegelt, und der Frau war zu wenig Zeit geblieben, um die komplizierten Schlösser zu knacken. Trotzdem musste er sich vergewissern.

Ja, es war alles noch da. Seine eigene Notfalltasche, unter Überlebensexperten auch bekannt als SRH- (für »Sofort raus hier«) oder weniger jugendfrei VDS-Tasche (»Verpiss dich schnell«). Die Faustfeuerwaffen: der 357er Colt Python und die 380er Glock. Und seine Lieblingslangwaffe, ein Lee Enfield No. 4 Mk2. Dieses britische Repetiergewehr war sechzig Jahre alt, verschrammt und zerkratzt, aber zuverlässig wie ein V-8 Eisenblockmotor und teuflisch treffsicher. Hinzu kamen jede Menge Munition, Putzzeug und sein bestes Nikon-Zielfernrohr.

Würde er diese Feuerkraft brauchen? Keine Ahnung.

Doch wie hatte es im Brief seines Vaters geheißen?

Wiegen Sie sich niemals in Sicherheit ...

Sein Telefon meldete summend den Eingang einer Textnachricht. Sie kam von Victoria und zauberte ihm ein seltenes Lächeln auf die Lippen.

Er überlegte einen Moment lang und verschickte eine Antwort.

Danach ging es zurück an die Arbeit.

Er schrieb an Mack McKenzie, die in Washington, D. C. bereitstand.

Schicke Foto via E-Mail.

Ihre Antwort:

Okay.

Shaw ging zur Küchenzeile und holte die Digitalkamera aus ihrem Versteck hinter den Kaffeepackungen und Tassen. Er entnahm die SD-Karte und wählte an seinem Computer eine gute Porträtaufnahme der Frau, die noch vor zehn Minuten zweieinhalb Meter von der Kamera entfernt gesessen hatte.

Dieses Bild schickte er in einer verschlüsselten E-Mail an Mack.

Gleich darauf erhielt er ihre Textnachricht.

Suche läuft.

Macks Internetexperte würde per Gesichtserkennung alle verfügbaren Onlinequellen durchsuchen und ein Dossier über Shaws Besucherin erstellen.

Bei der es sich nicht um Sue Bascomb handelte, eine Auszubildende der Osiris-Stiftung – das war lediglich eine

Tarnexistenz. Shaw war sich sicher, dass diese Frau in Wahrheit Irena Braxton hieß und im Auftrag von BlackBridge seit Jahren daran arbeitete, die belastenden Beweise zu finden, nach denen auch Ashton und seine Kollegen gesucht hatten, und im Zuge dessen alle Mitwisser zu eliminieren.

Anfangs hatte er sie nicht im Verdacht gehabt. Als sie im Camp an ihn herangetreten war und von dem geplanten Buch über Eli und die Gefahren der Stiftung gesprochen hatte, hatte er ihr geglaubt.

Doch während des späteren Telefonats hatte sie sich als Journalistin bezeichnet. Das wäre in der Tat ein guter Vorwand gewesen, um sich Shaw zu nähern. Abgesehen von einem Umstand, der ihr eindeutig unbekannt war: Eli hätte niemals eine Reporterin als Gefährtin im Camp aufgenommen. Sie log also.

Shaw wusste auch noch, was sein Vater über Braxton geschrieben hatte:

Sie mag wie eine gütige Großmutter aussehen, ist aber absolut skrupellos…

Shaw versuchte nachzuvollziehen, wie seine Gegner die Sache angegangen waren.

Er nahm an, dass Braxton und Droon – der vermutlich den SUV angezündet hatte – ihm zum Camp gefolgt sein könnten oder seine Telefonate und Nachrichten abgefangen hatten, um so seine Absichten herauszufinden. Er wechselte oft das Telefon und benutzte Wegwerfgeräte, doch wie sein FBI-Freund Tom Pepper zu sagen pflegte: »Falls man dich abhören will, hört man dich ab.«

Von den Hügeln oberhalb des Camps aus hätten die beiden beobachten können, worum es bei der Stiftung ging. Nachdem Shaw mit seiner Ansprache Eli bloßgestellt hatte, könnte Braxton eine Gelegenheit gewittert haben, Kontakt zu ihm aufzunehmen. Als dann die Behörden eintrafen, hätte sie in dem Durcheinander einfach das Gelände betreten, sich ein weggeworfenes Amulett umhängen und zu Shaw gehen können, um ihm von dem Buchprojekt zu erzählen.

Ihr wahres Ziel bestand natürlich darin, in Erfahrung zu bringen, was er über Ashtons Suche nach Amos Gahls Belastungsmaterial wusste.

Shaw musste seine Gegenmaßnahmen sorgfältig planen. Bei dem heutigen Treffen hätte es auch passieren können, dass man versucht hätte, ihn unter Druck zu setzen oder zu foltern. Er war darauf vorbereitet; unter seiner Kleidung trug er Körperpanzerung, und im hinteren Hosenbund steckte seine 380er Glock. Außerdem hörte Mack das Gespräch mit »Bascomb« über eine offene Telefonverbindung mit, um notfalls die örtliche Polizei verständigen zu können.

Doch warum einen Kampf riskieren? Shaw machte es ihnen leicht: Er ließ die Akte Ashton Shaw offen auf dem Tisch liegen.

Deren Inhalt natürlich gefälscht war.

Shaw hatte das echte Material fotografiert, verschlüsselt und ins Netz hochgeladen, sowohl auf seinen eigenen als auch auf Macks sicheren Server. Dann hatte er die Papiere in einem Geheimfach unter den Bodenbrettern des Winnebago versteckt.

Auf der Landkarte der falschen Akte hatte Shaw Gebiete der Region San Francisco markiert, die in entgegengesetzter Richtung der tatsächlichen Markierungen lagen.

Der Rest der Unterlagen in dem Ordner war bedeutungslos – und irreführend. Es handelte sich um veraltete Downloads aus einer Zeit, als Ashton und seine Kollegen noch aktiv nach den Beweisen gesucht hatten.

Die Akte, die Braxton gestohlen hatte, würde sie an der Nase herumführen, bis ihr schwindlig war.

Shaw ließ den Motor des Wohnmobils an, legte den Gang ein und verließ den Parkplatz, der inzwischen voller Löschfahrzeuge war. Inmitten der Rauchschwaden schossen aufgeregte Kunden Selfies mit dem schwelenden Fahrzeugwrack.

Er fuhr nach Süden. In sieben oder acht Stunden würde er sein Ziel erreichen: San Francisco, genauer gesagt Ashtons Haus an der Alvarez Street, das Ende dieser speziellen Reise.

Während er in seinem bequemen – und behaglichen – Winnebago über die glatten Highways rollte, kam Colter Shaw ein Gedanke: Es war natürlich möglich, dass Ashton das Paket für seine Kollegen versteckt hatte, die sich eventuell aus der sicheren Anonymität wagen und den Kampf gegen BlackBridge wieder aufnehmen würden.

Doch warum dann ein Versteck auf dem Echo Ridge? Er hätte mühelos einen Ort in der Bay Area wählen können.

Nein, je länger Shaw darüber nachdachte, desto überzeugter war er, dass der Brief nicht an irgendwelche Kollegen gerichtet war, sondern an eines seiner *Kinder*. Nur sie würden wissen, wie sein Verstand arbeitete – beispielsweise die Geruchsspur –, und nur sie könnten die Unterlagen finden, niemand sonst.

Sie allein verfügten über die nötigen Fähigkeiten, um sich einem Gegner wie BlackBridge zu stellen. Ashton hatte sie nicht umsonst schon in jungen Jahren so strikt in der Kunst des Überlebens unterwiesen.

Doch an welches seiner Kinder hatte Ashton konkret gedacht?

Shaw hatte so eine Ahnung, dass er, Colter der Rastlose, gemeint war, als sein Vater in dem Brief um Hilfe bat, mit einer Handschrift, die sogar noch eleganter war als die von Shaw.

Die Chance, dass er mit dieser Vermutung richtiglag? Unmöglich zu sagen. Vielleicht neunzig Prozent, vielleicht zehn.

Doch letztendlich spielte es keine Rolle. Colter Shaw hatte sich entschieden. Die Mission des Vaters war nun die des Sohnes.

Anmerkung des Verfassers

Sekten und sektenähnliche Organisationen – von denen in den USA derzeit mehrere Zehntausend aktiv sind – wurden im Laufe der Jahre in vielen umfangreichen Studien, Artikeln und Dokumentarfilmen behandelt. Falls Sie das Thema vertiefen möchten, folgt hier eine Auswahl der Bücher, die mir während der Recherchen zu diesem Roman als besonders hilfreich in Erinnerung geblieben sind:

American Messiahs von Adam Morris.

Banished: Surviving My Years in the Westboro Baptist Church von Lauren Drain.

Born into the Children of God: My Life in a Religious Sex Cult and My Struggle for Survival on the Outside (deutsch als: *Euer Traum war meine Hölle: Als Kind misshandelt und missbraucht in einer Sekte*) von Natacha Tormey.

Cartwheels in a Sari: A Memoir of Growing Up Cult von Jayanti Tamm.

Daughter of the Saints: Growing Up in Polygamy von Dorothy Allred Solomon.

Girl at the End of the World: My Escape from Fundamentalism in Search of Faith with a Future von Elizabeth Esther.

Going Clear: Scientology, Hollywood and the Prison of Belief (deutsch als: *Im Gefängnis des Glaubens: Scientology, Hol-*

lywood und die Innenansicht einer modernen Kirche) von Lawrence Wright.
Heaven's Gate: America's UFO Religion von Benjamin E. Zeller.
In the Shadow of the Moons: My Life in the Reverend Sun Myung Moon's Family (deutsch als: *Ich schaue nicht zurück*) von Nansook Hong.
A Journey to Waco: Autobiography of a Branch Davidian von Clive Doyle; mit Catherine Wessinger und Matthew D. Wittmer.
Manson: The Life and Times of Charles Manson von Jeff Guinn.
Prophet's Prey: My Seven-Year Investigation into Warren Jeffs and the Fundamentalist Church of Latter-Day Saints von Sam Brower.
Radical: My Journey out of Islamic Extremism von Maajid Nawaz.
The Road to Jonestown: Jim Jones and Peoples Temple von Jeff Guinn.
Ruthless: Scientology, My Son David Miscavige, and Me (deutsch als: *Rücksichtslos: Mein Sohn, der Scientology-Chef*) von Ron Miscavige.
Seductive Poison: A Jonestown Survivor's Story of Life and Death in the Peoples Temple (deutsch als: *Selbstmord im Paradies: Mein Leben in der Sekte*) von Deborah Layton.
Shattered Dreams: My Life as a Polygamist's Wife von Irene Spencer.
The Sound of Gravel: A Memoir von Ruth Wariner.
Stolen Innocence: My Story of Growing Up in a Polygamous Sect, Becoming a Teenage Bride, and Breaking Free of Warren Jeffs von Elissa Wall; mit Lisa Pulitzer.
Stories from Jonestown von Leigh Fondakowski.
A Thousand Lives: The Untold Story of Jonestown von Julia Scheeres.

Troublemaker: Surviving Hollywood and Scientology (deutsch als: *Troublemaker: Wie ich Hollywood und Scientology überlebte*) von Leah Remini.

Massacre at Waco: The Shocking True Story of Cult Leader David Koresh and the Branch Davidians (deutsch als: *Sektenführer des Todes: David Koresh und das Waco-Massaker*) von Clifford L. Linedecker.

The Unbreakable Miss Lovely: How the Church of Scientology Tried to Destroy Paulette Cooper von Tony Ortega.

Under the Banner of Heaven: A Story of Violent Faith (deutsch als: *Mord im Auftrag Gottes: Eine Reportage über religiösen Fundamentalismus*) von Jon Krakauer.

Underground: The Tokyo Gas Attack and the Japanese Psyche (deutsch als: *Untergrundkrieg: Der Anschlag von Tokyo*) von Haruki Murakami.

The World in Flames: A Black Boyhood in a White Supremacist Doomsday Cult von Jerald Walker.

Danksagung

Das Schreiben eines Romans ist niemals eine Einzelleistung, zumindest in meinem Fall. Ich danke den folgenden Personen für ihre Unterstützung, die dieses Buch entscheidend geformt hat: Mark Tavani, Madeline Hopkins, Danielle Dieterich, Julie Reece Deaver, Jane Davis, Francesca Cinelli, Seba Pezzani, Jennifer Dolan und Madelyn Warcholik; außerdem Julia Wisdom, Finn Cotton, Felicity Blunt und Anne O'Brien auf der anderen Seite des Großen Teichs. Und wie immer gebührt mein tiefster Dank der unvergleichlichen Deborah Schneider.

LESEPROBE

AUS

VATER MÖRDER

VON JEFFERY DEAVER

Erscheinungstermin: Juni 2023

DAS STAHLWERK

Colter Shaw zieht seine Waffe und steigt leise die Stufen hinab. In dem weitläufigen Untergeschoss des alten Gebäudes riecht es stechend nach Schimmel und Heizöl.

Ein Keller, erinnert Shaw sich unwillkürlich an das letzte Mal. Und daran, was er dort erlebt hat.

Über ihm hämmert Musik, tanzen Leute. Der Bass ist schnell wie der Herzschlag eines Sprinters. Aber da oben und hier unten sind getrennte Universen.

Am Fuß der Treppe sieht Shaw sich um. Orientiert sich … wie immer, ganz automatisch. Der Keller ist halb ausgebaut. Rechts der Stufen befindet sich eine große leere Fläche. Links zweigen Räume von einem etwa fünfzehn Meter langen Korridor ab.

Auf der Freifläche scheint es nichts zu geben, das ihm gefährlich werden oder weiterhelfen könnte. Er wendet sich nach links und steuert den Gang an, vorbei an den Boilern und an Vorräten: großen Packungen Toilettenpapier, Chili-Konserven, Wasser in PET-Flaschen, Papierhandtüchern, Papptellern, Plastikbesteck. Einer Großpackung Neun-Millimeter-Munition.

Shaw dringt langsam in den Korridor vor. Beim ersten Raum rechts steht die Tür offen. Kaltes Deckenlicht fällt heraus, aber auch ein wärmeres Flackern. Er wagt einen kurzen Blick um die Ecke. Ein Büro. Aktenschränke, Computer, ein Drucker.

An einem Tisch sitzen zwei stämmige Kerle und schauen sich auf einem Monitor ein Baseballspiel an. Einer der beiden lehnt sich soeben zurück und nimmt die letzte Flasche Bier aus dem Sechserträger auf einem dritten Stuhl. Shaw weiß, dass sie bewaffnet sind, denn er kennt ihre Branche. Solche Männer sind immer bewaffnet.

Shaw ist nicht unsichtbar, aber der Gang ist dunkel, ohne Deckenleuchten, und Shaw trägt eine schwarze Jacke, schwarze Jeans sowie – da er mit dem Motorrad hier ist – schwarze Stiefel. Die sind zwar nicht so leise wie die Ecco-Schuhe, die er normalerweise bevorzugt, aber der Lärm von der Tanzfläche im Erdgeschoss übertönt Shaws Schritte. Vermutlich könnte man hier sogar unbemerkt einen Schuss abfeuern.

Die Männer sehen sich das Spiel an und plaudern und reißen Witze. Es gibt fünf leere Bierflaschen. Das könnte sich als hilfreich erweisen: der getrunkene Alkohol. Sein Einfluss auf die Reaktionszeit. Und auf die Zielsicherheit.

Falls es so weit kommt.

Shaw überlegt: Soll ich sie jetzt entwaffnen?

Nein. Das könnte in die Hose gehen. Die Erfolgschance liegt bei höchstens fünfundsiebzig Prozent.

Er hört die Stimme seines Vaters: Sei niemals brachial, wenn es auch dezent geht.

Außerdem ist er sich nicht sicher, was ihn hier erwartet. Falls gar nichts, schleicht er sich einfach auf demselben Weg wieder hinaus, ohne dass die Männer etwas mitbekommen.

Er huscht ungesehen an der Türöffnung vorbei und hält inne, bis seine Augen sich nach dem hell erleuchteten Büro erneut an die Dunkelheit gewöhnt haben.

Dann geht er weiter und überprüft den Rest. Die meisten Türen stehen offen, in fast allen Räumen ist es finster.

Die Musik und das Stampfen der Tänzer sind ein zweischneidiges Schwert. Niemand kann Shaw kommen hören, aber er selbst ist ebenso taub. Womöglich hat jemand ihn bereits entdeckt und lauert ihm nun mit gezogener Waffe in einem der leeren Räume auf.

Zehn Meter den Flur entlang, dann zwölf.

Leerer Raum, leerer Raum. Shaw nähert sich dem Ende des Korridors, wo ein zweiter Gang nach rechts abzweigt. Es gibt also weitere Bereiche zu kontrollieren. Wie viele wohl?

Der letzte Raum. Die Tür steht nicht offen. Ist sogar abgeschlossen.

Shaw nimmt sein Taschenmesser und drückt mit der Spitze der Klinge den Riegel ein kleines Stück aus der Öffnung im Schließblech zurück in Richtung Schloss. Dann zieht er sehr fest am Knauf, damit der Riegel nicht wieder zurückschnellt und setzt mit der Messerspitze nach. Nach einem Dutzend Wiederholungen ist die Tür offen. Shaw steckt das Messer ein, zieht die Pistole und hebt sie schussbereit, den Abzugsfinger seitlich am Schlitten.

Vorwärts.

Die Frau ist Anfang zwanzig und hat ihr Haar zu einem komplizierten Zopf geflochten. Sie trägt Jeans und ein hellgraues Sweatshirt. Sie sieht die Waffe und atmet tief ein, um zu schreien. Shaw hebt eine Hand und steckt sofort die Pistole ins Holster. »Keine Sorge. Es wird alles gut. Ich hole Sie hier raus. Wie heißen Sie?«

Einen Moment lang bleibt sie stumm. Dann: »Nita.«

»Ich bin Colter. Haben Sie keine Angst.«

Es ist dreckig hier. Ungegessenes Chili auf einem Pappteller. Eine halb ausgetrunkene Flasche Wasser. Ein Eimer als Toilette. Die Frau ist nicht gefesselt, aber angeleint. Um ein Wasser oder Abflussrohr liegt ein Fahrradschloss, an dem wiederum ein Knöchel der Frau mit einem Kabelbinder befestigt wurde. Shaw schaltet die Deckenlampe aus. Es ist auch so hell genug.

Er schaut zurück in den Korridor. Das Flackern des Bild-

schirms dauert an, das Baseballspiel läuft weiter. Wie lange noch? Wäre wichtig zu wissen.

»Sind Sie verletzt?«

Sie schüttelt den Kopf.

Er nimmt sein Messer und klappt es mit einem Klicken auf. Dann sägt er sich durch die Plastikfessel und hilft der Frau beim Aufstehen. Sie ist wacklig auf den Beinen.

»Können Sie gehen?«

Ein Nicken. Sie zittert und weint. »Ich will nach Hause.«

Shaw muss erneut an das Spiel Stein, Schere, Papier denken, wie gerade mal zehn Minuten zuvor. Er wünscht, er hätte sich mehr angestrengt, viel mehr.

Sie treten hinaus auf den Korridor. In dem Moment denkt Shaw: Der dritte Stuhl.

Oh, verdammt.

Der Sechserträger braucht keinen eigenen Sitzplatz. Es gibt bei dem Spiel noch einen weiteren Zuschauer.

Und da kommt der dritte Mann auch schon die Treppe herunter und bringt eine neue Packung Budweiser. Als er den Betonboden erreicht, blickt er auf und entdeckt Shaw und Nita. Er lässt das Bier fallen. Mindestens eine der Flaschen zerbricht. »He!«, ruft er. Und greift an die Hüfte.

Das Flackern im Baseballzimmer hört auf.

ERSTER TEIL

24. Juni

DIE MISSION

Zeit bis zum Tod der Familie:

52 Stunden

Kapitel Eins

Das Versteck.

Endlich.

Colter Shaws Reise zu diesem kornblumenblauen Haus im viktorianischen Stil an der schmucklosen Alvarez Street im Mission District von San Francisco hatte Wochen gedauert. Vom Silicon Valley über die ostkalifornische Sierra Nevada nach Washington State. Genau genommen dauert sie schon fast mein ganzes Leben, dachte Shaw nun, als er von der Sitzbank seiner Yamaha aus an dem Gebäude emporblickte.

Wie so oft, wenn man ein lange ersehntes Ziel erreicht, macht es einen schlichten ersten Eindruck, ganz gewöhnlich, unscheinbar. Doch falls es enthielt, was Shaw sich erhoffte, würde es das genaue Gegenteil sein: eine Fundgrube an Informationen, die Hunderte, vielleicht sogar Tausende von Leben zu retten vermochten.

Als Sohn eines Überlebensfachmanns stellte Shaw sich zudem eine weitere Frage: Wie sicher war dieses Versteck denn nun genau?

Von hier unten wirkte es verlassen und dunkel. Shaw ließ die Kupplung kommen und fuhr in die Gasse hinter dem Haus, wo er abermals innehielt. Ein gotischer schmiedeeiserner Zaun umschloss einen zugewucherten Garten. Auch von hier aus sah man kein Licht, keinen Hinweis auf einen Bewohner, keine Bewegung. Shaw gab Gas und kehrte zur

Vorderseite zurück. Er bremste und schob die Maschine im Leerlauf auf den Bürgersteig.

Dann nahm er seinen schweren Rucksack, kettete das Motorrad samt Helm an und stiefelte durch den einen Meter breiten Grünstreifen vor dem Gebäude. Hinter einem Buchsbaumstrauch fand er die Schutzschalter des Stromkreises. Falls es im Haus eine Bombe gab, was unwahrscheinlich war, würde sie vermutlich fest verdrahtet sein; ob nun bei Telefonen, Computern oder improvisierten Sprengvorrichtungen, es war stets heikel, sich auf Batterien zu verlassen.

Mit Hilfe der Schlüssel, die sein Vater ihm vermacht hatte, entriegelte Shaw nun die Tür und stieß sie auf, die andere Hand in der Nähe seiner Waffe. Ihn erwarteten aber nur Stille und der Lavendelduft eines Lufterfrischers.

Bevor er nach den Dokumenten suchte, die sein Vater hier hoffentlich hinterlassen hatte, musste er das Haus einmal komplett kontrollieren.

Kein Hinweis auf eine Bedrohung ist nicht dasselbe wie keine Gefahr.

Mit dem Erdgeschoss fing Shaw an. Auf das Wohnzimmer folgte ein Salon, von dem aus eine Treppe nach oben führte. Dahinter lagen ein Esszimmer und schließlich die Küche mit einer verstärkten, fensterlosen Tür zur Gasse. Eine zweite Tür in der Küche führte in einen Keller – der in weiten Teilen Kaliforniens eigentlich eher unüblich war. Die wenigen Einrichtungsgegenstände waren funktional und nicht zusammenpassend. Die Farbe der Wände erinnerte an alte Knochen, und die Vorhänge waren in der Sonne stellenweise ausgebleicht, sodass sie nun unbeabsichtigte Batikmuster trugen.

Shaw ließ sich Zeit und inspizierte jeden Raum auf dieser Etage und in den beiden Obergeschossen. Nichts deutete auf aktuelle Bewohner hin, aber auf einer Matratze im ersten Stock lag ordentlich gefaltetes Bettzeug.

Als Letztes nahm er sich den Keller vor.

Shaw schaltete seine Taschenlampe mit dem blendend hellen Halogenstrahl ein, stieg die Stufen hinab und stellte fest, dass der Raum weitgehend leer war. Ein paar alte Farbdosen, ein zerbrochener Tisch. Am hinteren Ende gab es einen Kohlenverschlag mit einem kleinen Haufen schwarz glitzernder Brocken darin. Shaw musste unwillkürlich lächeln.

Stets auf alles vorbereitet, nicht wahr, Ashton?

Da entdeckte er im Halbdunkel drei Kabel, die von der Decke baumelten. Eines, neben der Treppe, endete in einer Fassung mit einer kleinen Glühlampe. An den beiden Leitungen in der Mitte und am Ende des Kellers gab es keine Lichtquellen mehr. Die blanken Kabelenden waren mit Isolierband umwickelt.

Shaw kannte den Grund für diese Maßnahme: Man sollte den hinteren Teil des Raumes nicht gut einsehen können.

Er richtete seine Taschenlampe auf die Rückwand und kam näher.

Alles klar, Ash.

Der gesamte Keller war vom Boden bis zur Decke mit großen, mattschwarz gestrichenen Sperrholzplatten ausgekleidet. Doch bei genauerem Hinsehen unterschieden die Fugen um eine der Platten sich von den anderen. Es handelte sich um eine Geheimtür vor einem versteckten Raum. Shaw zog sein Taschenmesser und klappte es auf. Nachdem er die Wand noch etwas länger in Augenschein genommen hatte, entdeckte er in Bodennähe einen Schlitz. Er schob die Klinge hinein und hörte ein Klicken. Die Tür sprang ein kleines Stück auf. Shaw verstaute das Messer, zog seine Pistole und leuchtete geduckt ins Innere. Dabei reckte er die Taschenlampe hoch und nach links, um das Feuer eines etwaigen bewaffneten Gegners auf sie zu ziehen.

Er tastete nach Stolperdrähten. Negativ.

Mit einem Fuß zog er die Tür langsam auf.

Sie hatte sich höchstens einen halben Meter bewegt, als mit gleißendem Blitz und ohrenbetäubendem Knall ein Sprengsatz explodierte. Ein Splitter traf Shaw mitten in die Brust.

Wenn Sie wissen möchten,
wie es weitergeht, lesen Sie
Jeffery Deaver
Vatermörder
ISBN 978-3-7645-0826-5
ISBN 978-3-641-30652-6 (E-Book)
Blanvalet Verlag

Privatermittler Colter Shaw findet jede vermisste Person – auch wenn er sich dafür in tödliche Gefahr begeben muss …

ISBN 978-3-7645-0749-7

ISBN 978-3-7645-0786-2

ISBN 978-3-7645-0826-5

Lesen Sie mehr unter: **www.blanvalet.de**